艾治平
谈诗词艺术美

艾治平 ● 著

百花文艺出版社
BAIHUA LITERATURE AND
ART PUBLISHING HOUSE

图书在版编目（ＣＩＰ）数据

艾治平谈诗词艺术美 / 艾治平著. -- 天津：百花
文艺出版社，2010.11
ISBN 978-7-5306-5686-0

Ⅰ. ①艾… Ⅱ. ①艾… Ⅲ. ①古典诗歌－文艺美学－
文学研究－中国 Ⅳ. ①I207.22

中国版本图书馆CIP数据核字(2010)第206749号

百花文艺出版社出版发行
地址:天津市和平区西康路35号
邮编:300051
e-mail:bhpubl@public.tpt.tj.cn
http://www.bhpubl.com.cn
发行部电话:(022)23332651　邮购部电话:(022)23332478
全国新华书店经销
天津午阳印刷有限公司印刷
✳
开本880×1230毫米　1/32　印张17.875　插页4　字数432千字
2011年1月第1版　　2011年1月第1次印刷
印数:1-3000册　　定价：35.00元

艺术履痕

艾治平，男，一九二五年八月二十四日生，河北省乐亭县人。一九四八年参加革命。一九四九年毕业于北京大学文学院中文系。同年二月参加第四野战军南下工作团，任总团部《改造报》见习记者。八月调新华社第四野战军总分社，任随军记者。参加解放广州、粤桂边追击战和次年的渡海解放海南岛诸战役。一九五零年至一九六零年，先后在四野兼中南军区《战士报》、广州《南方日报》、《羊城晚报》任文化记者。一九六零年调暨南大学。现为中文系教授。一九九零年三月离休。任教广州颐海老人大学、广东老干部大学二十年。

一九四七年出版《今日的北大》，次年再版。一九四八年出版《七五前后》（署名慕容丹），许德珩先生题写封面。该书现被列入《国家图书馆馆藏革命历史文献简目》（国图善本组编）。参加工作后出版有：《初访五指山》、《血的友谊》、《谈通讯写作》、《再访五指山》、《边防之鹰》。近年著作有：《古典诗词艺术探幽》（台湾学海出版社一九八四年翻印，获广东省优秀社科奖）、《诗词抉微》、《唐诗选析》(获全国优秀畅销书奖)、《宋词的花朵》、《历代绝句精华鉴赏》、《现代散文选读》、《秦牧评传》(合作)。离休后著作有《婉约词派的流变》(获优秀学术著作奖,国家教委颁发"荣誉证书")、《诗美思辨》、《诗品辨析》、《清词论说》、《花间词艺术》、《人生有情》(自传)、《词人心史》、《艺妓诗事》、《人生自是有情痴》(自传性散文集)、《人生自是有情痴续编》、《艾治平解读名诗》、《艾治平解读名词曲》,并编著《名家评论艾治平著作》。共九百万字,另发表诗词曲鉴赏稿近七百篇。

篇　前　寄　语

　　1978 年，经历过十一年新华社第四野战军总分社、军旅和地方报纸的记者生涯，经历过大学十八年"写作"课教学，也经历过长达二十三年的被迫"停笔"的苦难岁月（自 1955 年至 1978 年）后，迎来了像我在北京大学求学时那样的任情纵性的写作生活。前后四年，由湖南人民出版社出版了《古典诗词艺术探幽》和《诗词抉微》两本书，合计四十九万八千字，先后发行九万九千六百册，并获得广东省优秀社科研究奖，前者还被台湾省学海出版社翻印。当时的《人民日报》、《光明日报》、《文学报》等报道了书的出版消息和简略内容。香港《文汇报》两次发表的评论文章，一在 1982 年 6 月 16 日；一在 1985 年 9 月 6 日。书行销海内外，受到众多读者的关注与好评，我共收到来信数百余封。

　　当时用《探幽》和《抉微》作为书名，便觉含意不明确。

其实我心里所想的是探索诗词的艺术美。我由早年直至今日，始终认为唐宣宗李忱《吊白居易》的两句诗："童子解吟长恨曲，胡儿能唱琵琶篇。"历千百年而光景常新，成为历史箴言的原因是：《长恨歌》和《琵琶行》的艺术美最强烈，以致成为千古绝唱，也压倒了白居易所有的诗。在大学听俞平伯先生的必修课《词选》，选修课《清真词》，以他的《读词偶得》和《清真词释》为最关键的辅助读物，那上面的话，不少能背诵。1978年后，自己登上大学讲坛讲诗词，为多部鉴赏辞典释诗词，十之八九是讲诗词的艺术美，所以《探幽》、《抉微》两本书，全讲的是诗词的艺术美略及思想美。尤其在词中，常常是字、辞、句，都有无限"美"，致使与此相近的在《诗美思辨》（上海学林出版社一九九四年版，一九九六年再印）一书中，不由自主的词竟占了绝大半。第六版彩图本《辞海》（上海辞书出版社2009年9月第一版）的解释是：

> "艺术美"与"现实美"相对。对现实生活加以集中、概括、加工、提炼而表现在艺术作品中的美。来源于现实生活，又是艺术家创造性劳动的产物和审美体验以及思想、情感、理想、个性、风格、才华的具体表现，比现实生活中的美更具有集中性、生动性、独创性、稳定性以及个性特征和感染力量。主要表现于艺术形象、意境、结构、语言的美，是内容的真善美与形式的统一。它是美的集中表现和美学研究的主要对象。

窃以为辞学家们上面这番话，一述艺术美的渊源、形成和特质;一述它的"主要表现"在"艺术形象、意境、结构、语言的美"诸方面。这与《探幽》与《抉微》的内涵切中肯綮。但原来的书名却觉笼统,有点含糊不清。

《汉语大词典》和新版《辞海》都无"思想美"条目,但后者却有"思想性"云:

> 指文艺作品中所体现的思想意义。取决于作家、艺术家的认识水平、思想境界的高低和艺术地表现生活的广度与深度。在文艺作品中,思想与情感、思想与艺术是不可分割的因素,作为艺术构成因素的思想意义,不是以抽象形态出现在作品中,而是被情感所熔铸,并通过艺术的描绘自然呈现出来。

为了弥补不足,在《诗词抉微》的首篇我便专谈诗词的思想美:《思想:开屏的孔雀》。接着的《"寓意则灵"》、《共话兴亡,立意不同》、《所历、所见与铁门限》等数篇以致《莲塘情歌》、《"弄潮儿向涛头立"》等篇都是谈思想美的。正如上引《辞海》中所说的,要在某些所谓"中性作品"中,把思想与艺术两者截然分开,我认为那是相当困难的。

同时还应谈到的是著名诗人臧克家1985年7月13日给湖南人民出版社的信上说:"我年已八十,体衰神衰,以读此书为乐。"(按,指《诗词抉微》)又说:"我不认识艾治平同志,但读过他的文章,熟悉他的大名。"十天后,在7月23日的信中,记述了他读此书的动人情景:"这些天,每天灯下读《诗词抉微》,浓墨、线条,红蓝相间,这是我的读书习惯。"他一一列出读过的许多篇后说："得益甚深。治平之文，有胜人之处，他的写法我是欣赏的。他博闻广引，能从中得到知识与材料……其中一般的材料我是知道的。"在此信中，臧老提出了两点颇有价值的参考意见："我觉得有两点使我不甚满足：(一)有些材料可以不一一引证。某一点需要取证时，择重要的材料为之证就是了。这样显得精炼而无繁(烦)琐之感。而且可以多多发挥作者诗情与意见，这样更可能有味一点儿。(二)这本书不是普通的通俗读物，不少一般故实及字句不需加以解释，让读者自己去领会。"(上文据湖南人民出版社总编室编《编辑参考》总第 174 期，1985 年 8 月 28 日。)

我 1978 年以后迄今出版了二十本书，虽北京、辽宁、广东各有一本或两三本，但其中四本是在湖南人民出版社、湖南文艺出版社，六本是在上海学林出版社出版的。如今兜了一个圈子，好像"少小离家老大回"的游子，回到了我的故乡。蒙百花文艺出版社眷顾，先将三十年前的旧作《古典诗词艺术探幽》暨《诗词抉微》经过我认真修订合并一册，分为上下编，成为名实相符的"谈诗词艺术美"呈现读者面前，心里是很高兴的，于此表示我对出版社、对故乡人民的深深谢意。

北人南来六十一年于岭南
2010 年 3 月 24 日

目 录

上编

杜甫诗意图

读诗与解诗

读书有没有方法？读古典诗词有没有方法？这大概和古人关于写文章的说法相近："定体则无，大体须有。"至少前人行之有效的方法，还是可以参考借鉴的。宋代理学家朱熹说："古人云：'读书千遍，其义自见'，谓读得熟，则不待解说，自晓其义也。"清代散文家姚鼐说："学文之法无他，多读多为。"又说："大概学古文者，必须放声疾读，又反读，久之自悟。"明代著名诗人兼诗评家谢榛说："学李、杜者，勿执于句字之间，当率意熟读，久而得之。此提魂摄魄之法也。"杜甫主张："读书破万卷"，不仅要读得多，还要读熟、读懂。白居易读书，"以至于口舌成疮，手肘成胝"。所以不妨说，熟读精思，于古于今，都不失为学习之一法。

但是，熟读精思的目的，都是为了准确地理解它，应用它。诗歌创作，有它自己的特殊规律、表现方法。因此，应根据诗的特殊规律、结构特点、表现方法来理解诗。对于杜牧的《赤壁》，就曾有过"村学究"的解释，在诗苑里，人们引为笑谈。先看这首诗：

折戟沉沙铁未销，自将磨洗认前朝。
东风不与周郎便，铜雀春深锁二乔。

有名的赤壁之战发生在东汉献帝建安十三年（二〇八）。当时曹操攻占荆州后，想乘胜东下，进攻吴国。吴将周瑜联合刘备趁着东南风烧了曹操的兵船，大破曹军。杜牧可能到过这个古战场，便写了这首怀古诗。说：在沉沙中发现了折断的戟，磨洗之后，认出是前朝使用过的武器。"铁未销"，但人事有了很大变化。接着引出下面的议论，说如果东风不给周瑜方便，战争失败，吴国灭亡，大小二乔（吴主孙策娶乔公的大女儿大乔，周瑜娶其小女儿小乔），就要被曹操夺取，置于铜雀台中了。诗人心有所感，借以抒怀。这本是通常的怀古感慨。像赤壁之战这样的大事，并不好写，诗人"因小见大"，在二十八个字中，说明赤壁之战关系到国家存亡，社稷安危；而且暗喻自己胸怀大志，却不被重用的意思。诗通过具体人物，反映出一段史实，倾吐出国家兴亡与自己怀才不遇的感喟。这是一首好诗。可是，许彦周怎样说呢？他认为："孙氏霸业，系此一战。社稷存亡，生灵涂炭，都不问，只恐捉了二乔，可见措大不识好恶。"（《彦周诗话》）后来，为杜牧诗作注的冯集梧加以反驳说："诗不当如此论，此直村学究读史见识，岂足与语诗人言近旨远之故乎！"（《樊川诗集注》）另一位反驳者何文焕说："夫诗人之词微以婉，不同论言直遂也。"（《历代诗话考索》）许彦周由于不懂得诗反映生活的特殊规律，和诗所独具的借事托意，言近旨远的表现方法，所以未能读懂这首诗，把诗解错了。

杜牧的另一首七绝《江南春》，也引起过类似的误解。诗云：

千里莺啼绿映红，水村山郭酒旗风。
南朝四百八十寺，多少楼台烟雨中。

你看：千里莺啼，红绿相映；水村山郭，酒旗处处；细雨濛濛，烟霏云敛；……单从景色看，也表达出春雨、春山、春花、春莺等等景色的美丽。可是也有人不这么看，《升庵诗话》的作者杨慎说："千里莺啼,谁人听得? 千里绿映红,谁人见得? 若作十里,则莺啼绿红之景,村郭、楼台、僧寺、酒旗皆在其中矣。"何文焕反驳说:"余谓即作十里,亦未必尽听得着看得见。题云《江南春》,江南方广千里,千里之中莺啼而绿映焉,水村山郭无处无酒旗,四百八十寺楼台多在烟雨中也。此诗之意,意既广不得专指一处,故总而命曰《江南春》,诗家善立题者也。"(《历代诗话考索》)正是,题目写得明明白白,曰《江南春》,即非专指江南某地方;而江南春色如此,更非夸张——何况诗是允许夸张的呢。

在诗词里面,为了使主题表达得更深刻,诗人常有借用前人诗句以代己意的。如姜夔〔扬州慢〕下阕:"杜郎俊赏,算而今、重到须惊。纵豆蔻词工,青楼梦好,难赋深情。二十四桥仍在,波心荡、冷月无声。念桥边红药,年年知为谁生?"诗人杜牧曾经在扬州住过,他写下不少歌咏扬州的名篇。在词里姜夔大量借用杜牧的诗意,如"纵豆蔻词工"三句,是借杜牧《赠别》:"娉娉袅袅十三余,豆蔻梢头二月初。春风十里扬州路,卷上珠帘总不如。"和《遣怀》:"落魄江南载酒行,楚腰纤细掌中轻。十年一觉扬州梦,赢得青楼薄幸名。""二十四桥",虽实有其桥,但也源于杜牧的诗:"青山隐隐水迢迢,秋尽江南草木凋,二十四桥明月夜,玉人何处教吹箫。"(《寄扬州韩绰判官》)姜词借用杜诗,用意是表明:就是像杜牧这样喜欢游赏的人,如果重到扬州,如今也会兴味索然;纵使有像杜牧写"豆蔻词"、"青楼梦"那样的才华,也表达不出我此刻悲怆的心情! 这种深入一层的写法,使扬州昔时繁华和今日荒凉情景,形成鲜明对照,从而增强了今昔殊异的怆然之感。可是有位同志看到"豆蔻词工"、"青楼梦好"、"二十四桥"等类字样,就指责姜夔"所凭吊的扬州,是没有妓女好玩了,荒凉寂寞了"等等。这样"以文害辞"、"以辞害志"的人,更在"望文生义"者之下了。

诗词在文学的家族中是最讲究精炼的。它有自己独特的构造艺术。比如有的诗句是"互文",有的诗句是"互体"。"互文"是两个词(如"秦汉")本要合在一起说的,如"秦汉时明月秦汉时关",因为音节和字数的限制,前面省去了"汉"字,后面省去了"秦"字,而成为"秦时明月汉时关"(王昌龄)。意思是说,从秦汉起,月亮已经照着防备胡人的关塞了。解释时得把两个词("秦汉")合起来讲。"互体"的如"风含翠筱娟娟净,雨浥红蕖冉冉香"(杜甫)。上句说风中翠竹,饱含雨意,美好光洁;下句说雨中荷花,也含风意,清香冉冉。风声雨意,互见上下句中。此外尚有"侧重"和"倒装"写法。"香稻啄余鹦鹉粒,碧梧栖老凤凰枝"(杜甫),诗人回忆长安时期物产丰美、景色动人,说那里的香稻是鹦鹉啄余的,那里的碧梧是凤凰栖老的,侧重"香稻"和"碧梧",把它们分别放在两句之首。如果写成"鹦鹉啄余香稻粒,凤凰栖老碧梧枝",不仅意思顺当,而平仄仄平平仄仄,仄平平仄仄平平,也完全符合诗的格律。但这样却反映不出杜甫此刻身居秦州、心怀故国的矛盾心情。所以诗人把侧重点放在"香稻"和"碧梧"上,而表明它们的非同寻常。除了"侧重",也还有"倒装",如"春水船如天上坐"(杜甫),"谢公最小偏怜女"(元稹),"杜鹃口血老夫泪"(李贺)等都是。但有的同志认为杜甫的"香稻啄余鹦鹉粒,碧梧栖老凤凰枝","把诗句推敲到不合理的程度",则把诗解"死"了。

有的诗词结构十分特殊,如苏轼题作《徐州藏春阁园中》的〔浣溪沙〕词:

惭愧今年二麦丰,千岐细浪舞晴空。
化工余力染夭红。

归去山公应倒载,阖街拍手笑儿童。
甚时名作锦熏笼?

词的章法跳跃,结构巧于变化。开头说:真是难得,今年大麦小麦生势旺盛,丰收在望。诗人进得园来,登上藏春阁,纵目远眺,一片丰收景象奔入眼底,心头一阵欢快,诗,也就油然而生了。这样说是依据下句"千岐细浪舞晴空"。通常称植物的分支旁出为"岐"。古人把麦有岐,看作祥瑞的征象。麦浪翻风,碧波如海,这是常见的光景。"舞晴空",更见出生势挺拔。没有"千岐细浪舞晴空"令人喜悦的自然景色,便不会产生"惭愧今年二麦丰"的感受。第三句"化工余力染夭红"另是一番意思。说:"化工"(大自然的主宰)不仅使麦子获得丰收,它还有余力使花儿烂漫开放。从词的末句知道,这花是一种颜色鲜艳、氤氲扑鼻的锦熏笼(又名瑞香花)。五、六句"归去山公应倒载,阗街拍手笑儿童",说由于丰收在望,乡人醉酒归去,满街儿童拍手欢笑。这里用晋代山简(字季伦)被儿童嘲笑"日夕倒载归,酩酊无所知"的故事,十分贴切。末句"甚时名作锦熏笼?"这就是那颇负名气的锦熏笼吧?这首词章法跳跃,构成一幅新巧的意境。这就是:登阁纵目,二麦舞空的丰收景象,映进眼帘;而当目光回顾,又看到了园中的瑞香花。须臾,诗人的目光又被另一种景象吸引住了:乡人醉酒,蹒跚归去;儿童满街,争相拍手。后来,似锦如熏的瑞香花又吸引住诗人,于是他不由自主地发出一声询问:"甚时名作锦熏笼?"这首词上阕首两句写丰收在望,末句写藏春阁盛开的瑞香花。下阕首两句写乡间醉酒的欢乐,末句再点到瑞香花。从结构说是这样:

　　惭愧今年二麦丰,千岐细浪舞晴空。
　　化工余力染夭红,甚时名作锦熏笼?
　　归去山公应倒载,阗街拍手笑儿童。

　　苏轼的作品,"语意到处即为之,不可限以绳墨"。可见,阅读诗词,必须了解它的特殊规律,结构特点,熟读精思,善于意会,才能得出符合诗的实际的解释。

诗中觅真意

    读懂一首诗,有时并不容易,读后而能领会诗的真意,往往更难。俞平伯说:"反复吟诵,则真意自见。"这是俞先生多年来的经验谈。在反复吟诵中,需要"体察入微",设身处地地为诗人想一想:他在什么情况(社会情况、个人生活情况)下写的这首诗,他为什么写这首诗,通过诗他要表达的思想感情,等等。

    陶渊明五十三岁那年秋天,写了二十首《饮酒》诗。传诵人口的是第五首:

> 结庐在人境,而无车马喧。
> 问君何能尔? 心远地自偏。
> 采菊东篱下,悠然见南山。
> 山气日夕佳,飞鸟相与还。
> 此中有真意,欲辨已忘言。

    这首诗的第六句"悠然见南山",有一些版本也作"悠然望南山"。那么应是"见"还是"望"呢? 跟陶渊明时代距离较近的白居易有《效陶潜体诗十六首》其九,其中有两句:"时倾一樽酒,坐望东南山。"沿袭了当时坊间版本。近年出版的《陶渊明集》,也作

"望南山"。胡仔《苕溪渔隐丛话》（前集卷三）云："东坡云：'陶潜诗：'采菊东篱下，悠然见南山。'采菊之次，偶然见山，初不用意，而景与意会，故可喜也。今皆作'望南山'……觉一篇神气索然也。"苏轼的意见是对的。不是因为这个字（"见"）是"诗眼"，会影响一句诗或一首诗的艺术效果；而由于"悠然见南山"显示出的境界是：偶然抬头，无意中见到，"不期而遇"，"邂逅相逢"，因此，诗人无限高兴，才写出"山气日夕佳，飞鸟相与还"这样"神与物游"的诗句。所谓"境与意会"的"境"，此刻是"无车马喧"的安闲环境；此刻的"意"（人的主观感受）是"鸟倦飞而知还"（《归去来辞》）。诗人厌倦扰攘的官场，宁愿过田园生活。无意而"见"山与此刻的"境"，完美和谐；有意而"望"山，与此刻的"境"，格格不入，破坏了静谧的诗意。清代王士禛说："心不滞物，在人境不虞其寂，逢车马不觉其喧。篱有菊则采之，采过则已，吾心无菊。忽悠然而见南山，日夕而见山气之佳，以悦鸟性，与之往还。山花人鸟，偶然相对，一片化机，天真自具，既无名象，不落言铨，其谁辨之。"（《古学千金谱》清治怒斋刊本）改"见"为"望"，就表现不出"心不滞物"的陶渊明此刻那种无心、无邪的"忘言"感情，而无异于以望山玩水为风雅的人了。故上书又云："题是饮酒，诗不必咏饮酒也。公陶情于酒而本无心，观序所云，亦属不经意之笔。"（上书卷十八）这种时刻不忘表露自己"雅兴"的人，不会和"飞鸟相与还"；身处田亩，也不会感觉"此中有真意"。正是一个"见"字，塑造出了恩格斯说的"这一个"陶渊明。所以，不反复吟诵，体察入微，是难觅得诗中之真意的。

诗词中的真意，有的本不难弄清，却被人深文周纳，给搞糊涂了。张惠言编的《词选》是一本有影响的书。在温庭筠一首〔菩萨蛮〕①的后面，他评论说："此感士不遇也。篇法仿佛《长门赋》，而用节节逆叙。此章从梦晓后领起，'懒起'二字，含后文情事；'照花'四句，《离骚》初服之意。"说词的主题是讲有才能的人不被重用,那么,词中美人的活动就都变成了这位"不遇"之"士"的行为了。说"照花前后镜,花面交相映。新贴绣罗襦,双双金鹧鸪"四句如屈原《离骚》的"退将复修吾初服",是政治上不得意,退而加强道德品质的修养。(即以芳洁的服饰比喻美好的品德。"初服",喻固有的美德)。就全词说,既看不出"士不遇";就这四句说,也没有修身立德的意思。这首词不过写一个贵族妇女早晨懒起床,梳洗迟,插花照镜,看见绣衣上鹧鸪成双,顾影自怜。真意在此,宁有他哉! 却被张惠言深文周纳了。

欧阳修〔蝶恋花〕《庭院深深》词,古人以至今人都寻找过它的"微言大义"。张惠言说:"'庭院深深','闺中既以邃远'也。'楼高不见','哲王又不寤'也。章台游冶,小人之径。'雨横风狂',政令暴急也。乱红飞去,斥逐者非一人而已,殆为韩、范作乎?"为赋予这首词以政治性,他说"庭院深深"如屈原《离骚》中的"闺中既以邃远兮,哲王又不寤"(宫中深远,楚怀王又不觉醒。屈原被放逐,感叹见不到怀王)。又说这首词暗示政治黑暗,小人横行,贤者被放逐,等等。这种说法并无根据。其实,开头三句"庭院深深深几许? 杨柳堆烟,帘幕无重数",是写这位妇女住处的环境。"玉勒雕鞍游冶处,楼高不见章台路",说登高望远,不知所怀念的人游踪在何处。"雨横风狂三月暮,门掩黄昏,无计留春住",是望而不见后,天气骤变的情景。最后"泪眼问花花不语,乱红飞过秋千去",说春去花残,青春难驻,愁苦也更深了。

对一首诗词,有时往往因各人的学识、经历、体会之不同而产生不同的理解。就如"庭院深深"这三句,它的真意是:一位妇女晨起,看见庭院里一株一株杨柳,烟笼雾罩,像无数重"帘幕"。这样,使庭院不知"深几许"了! 这里的"帘幕"是虚拟,是比托。但也有人说:"庭院里外有无数重的帘幕,帘幕外面又有杨柳。"或说:"烟雾笼罩着杨柳,深院里帘幕重重数不清。"这是把这三句解"实"也解"死"了。虽然有说古人庭院里有无数重帘幕的,但从诗

意看,还是黄蓼园说得好:"杨柳烟多,若帘幕之重重者。"(《蓼园词选》)

另外,觅得诗中真意,还须把文学与历史区别开来。历史,必须完全真实;而文学是允许在真实的基础上作符合事物本质特征的夸张乃至虚构的。因此,以史实的"确凿无误"来要求诗词,就会此路不通。比如苏轼〔念奴娇〕《赤壁怀古》为了从各个方面塑造周瑜这个英雄典型,作者描写他:两军阵前,从容不迫,指挥若定,"谈笑间",曹操的五十万大军"灰飞烟灭"了("遥想公瑾当年,小乔初嫁了,雄姿英发。羽扇纶巾,谈笑间、樯橹灰飞烟灭。")!看,讲人品,他雄姿英发,丰神俊逸;论风度,他羽扇纶巾,温文尔雅,一副风流潇洒的儒将派头。在个人生活上,有一位如花似玉的新婚妻子陪伴着。但《三国志·周瑜传》载:"瑜时年二十四,吴中皆呼为周郎……时得桥(乔)公两女,皆国色也。策自纳大桥,瑜纳小桥。"赤壁之战是在汉献帝建安十三年,时周瑜和小乔结婚已经十年了,岂得谓"初嫁"? 显然不是苏轼不明历史,而是从"英雄"必有"美人"的传统观念出发,有意为之,读诗的人是不应过分拘泥的。

还有地理位置等与实际不符的。"峨眉山下少人行"(白居易《长恨歌》)。有人认为峨眉山在嘉州(今四川乐山县),明皇由秦入蜀并不经此地,当改为"剑门山下少人行"。又说"七月七日长生殿,夜半无人私语时","长生殿乃斋戒之所,非私语地也。华清宫自有飞霜殿,当改'长生'为'飞霜'"。或说"岁岁金河复玉关"(柳中庸《征人怨》),金河在今内蒙古呼和浩特市南面,而玉门关在甘肃西部,两地相距三千里,又怎样"复"呢? 岂不是要"岁岁"跑来跑去! 其实,峨眉山在诗中不过代指四川;"长生殿"事,不过说明有"私语"这样一件事情;而金河、玉关则泛指西北边疆。所以有此误解,是由于死抠历史背景与当日事实的缘故。至于说因《长恨歌》中有"夕殿萤飞思悄然,孤灯挑尽未成眠"句,而责问说:

"殿内虽冷,何至挑孤灯耶"等等,则更是门外话了。"须参活句,勿参死句。"(严羽)写诗如此,读诗也应如此,不然"买椟还珠",是会把"真意"弄错的。

古代诗词,有的有寄托,有的无寄托,不必篇篇去找寄托。有的把真意藏起来,有的真意毕现,并非篇篇皆"意在言外"。对李商隐的某些《无题》诗和一些较隐晦的诗词,在我们内部有不同看法,见仁见智,是完全可以的。何况,"作者之用心未必然,而读者之用心何必不然"(谭献)、"诗无达诂",也不是完全没有道理呢。但这和故作曲解,混淆文学与历史的区别,并不是一码事。

① 温庭筠:〔菩萨蛮〕
　　小山重叠金明灭,鬓云欲度香腮雪。懒起画蛾眉,弄妆梳洗迟。
　　照花前后镜,花面交相映,新贴绣罗襦,双双金鹧鸪。

"无理而妙"

在古典诗词里,我们有时会看到这种情况:从人之常情和事物的常理来说,它是违反人情也悖于事理的。可是经过一番认真思考,深入体会此境、此情、此人的内心世界,设身处地地为他或她想一想,就会觉得虽"无理"却有情,比按生活的常情和事物的常理,直观地描述出来,更激动人心,艺术效果也更强烈:清代的词论家贺裳称这是"无理而妙"。

贺裳举过两个例:一是李益的诗:"嫁得瞿塘贾,朝朝误妾期。早知潮有信,嫁与弄潮儿。"(《江南曲》)一是张先词的结句:"沉恨细思,不如桃杏,犹解嫁东风。"(〔一丛花令〕)①李诗写的是一位商人妇,"商人重利轻别离",她日日伫望江头,而归期常误,失望至极,便说出了决绝的话。弄潮的年轻人知道潮水的涨落有定时,那么,他去弄潮也就有定时。早知如此,不如嫁给这样的人,就不会常误归期了。她的爱很深,可是却得不到爱情,不禁由爱生恨,说出了看似无情,实是有情;看似无理,实是有理(从人的心境说)的话。正因为这样,她那颗焦急怨苦而又无人告语的火热的心,才真切地呈露出来。

张先的词,写一位闺中人送别以后,"伤高怀远",痴情地直望到黄昏;而"斜月帘栊",夜,静悄悄地降临了。这时,她更感到孤独冷清,于是:沉恨细思,觉得自己不如桃杏花,可以"嫁"给东风,得到抚爱。据说欧阳修很推重这几句,张先往谒,他"倒屣迎之",称张先为"'桃杏嫁东风'郎中"。吴乔《围炉诗话》引贺裳的话说:"严沧浪谓诗有别趣,不关于理,而理实未尝碍诗之妙。……如'早知潮有信,嫁与弄潮儿'。但是于理多一曲折耳。"而吴乔则认为:"大抵赋须近理,比即不然,兴更不然。"在这里,李诗张词正是通过奇特的联想和比喻,从无理却有情这一矛盾中,深刻地揭示出人物的心灵;而这"于理多一曲折"正是一种必要的独特的艺术手段。

人到感情激越的时候,常牵情于物,说出"无理"的话来。"江南二月试罗衣,春尽燕山雪尚飞。应是子规啼不到,故乡虽好不思归。"(周在《闺怨》)江南春早,二月已试罗衣,燕山春迟,尚在飞雪。故乡春好,但人不思归,为什么呢?"应是子规啼不到",却责怪起子规鸟"不如归去"的啼声不到征人的耳边!这不是为征人开脱么?可是,却深刻地透视出这位闺中人善良、温顺的性格和如水的柔情。同是无理而有情,与那位"早知潮有信,嫁与弄潮儿"的商人妇比较,她是别一种妇女典型。

苏轼中秋夜怀念弟弟子由的词说:"不应有恨,何事常向别时圆?"(〔水调歌头〕)月亮的圆缺,是亘古以来不变的自然现象,但苏轼却责怪月亮:你如果没有恨,为什么偏偏在人家离别的时候圆呢?这问得似乎古怪,毫无道理,但是"无理有情",表达出了诗人怀子由之情深。

诗词的意境、章法、结构常有它独特的地方,有时也不可以常理常情求之。秦观的"杜鹃声里斜阳暮"(〔踏莎行〕),有人赞好,黄山谷却说:"既云'斜阳',又云'暮',则重出也。"(胡仔《苕溪渔隐丛话》前集卷五十引《诗眼》)这种说法受到许多人的非议。王楙说:"此句读之,于理无碍。谢庄诗曰:'夕天际晚气,轻霞澄暮阴。'一联之中,三见晚意,尤为重叠。梁元帝诗:'斜景落高春。'

既言'斜景',复言'高春',岂不为赘?古人为诗,正不如是之泥。"(《野客丛书》卷二十)王直方说:"愚谓此亦何害而病重也。李太白诗:'睇彼落日暮',即'斜阳暮'也。刘禹锡:'乌衣巷口夕阳斜',杜工部:'山木苍苍落日曛',皆此意。别如韩文公《纪梦诗》:'中有一人壮未少',《石鼓歌》:'安置妥贴平不颇'之类尤多,岂可亦谓之重耶!"(《词林纪事》卷六引《王直方诗话》)杨慎说:"见斜阳而知日暮,非复也。犹韦应物诗:'须臾风暖朝日暾。'既曰'朝日',又曰'暾',当亦为宋人所讥矣。此非知诗者。古诗:'明皎夜光','明''皎''光'非复乎。李商隐诗:'日向花间留返照'皆然。"(《词品》卷之三)此外还有人指出:苏轼有"回首斜阳暮",周美成有"雁背夕阳红欲暮",等等。为什么知名的文学家如黄山谷会提出"重出"的指责呢?看来正是由于他忽视了诗的特殊构造,以常情常理要求诗,来定诗的优劣,而忽视了诗的特殊构造,"此非知诗者"也。

夸张,是古典诗词的一种重要的、独特的表现手法。说它重要,是因为诗不能没有夸张(当然并不是说每首诗都用它);说它独特,是因为它在诗中具有特殊的功用。诗里面如果没有夸张,那么"白发三千丈"(《秋浦歌》十五),"燕山雪花大如席"(《北风行》),人们会说李白在讲疯话;"黄蜂频扑秋千索,有当时纤手香凝"(〔风入松〕),人们会说吴文英词中的主人公患了神经病;"蒸沙烁石燃虏云,沸浪炎波煎汉月"(岑参《热海行送崔侍御还京》),人们也许会觉得如果没有孙悟空去借芭蕉扇,那就只好热死了。

不过,对于诗词中一些看似无理而却近情的夸张写法,也有人从纯科学的角度提出种种责难。如对杜甫《古柏行》中咏孔明庙前古柏的两句诗:"霜皮溜雨四十围,黛色参天二千尺。"宋代的大科学家沈括认为:"四十围乃是径七尺,无乃太细长乎?此亦文章病也。"(《梦溪笔谈》)黄朝英反驳说:"存中(沈括)性机警,善《九章算术》,独于此为误,何也?古制以围三径一,四十围即百二十尺,围有百二十尺,即径四十尺矣,安得云七尺也? 若以人两手大指相合为一围,则是一小尺,即径一丈三尺三寸,又安得云七尺也? 武侯庙柏,当从古制为定,则径四十尺,其长二千尺宜矣,岂得以太细长讥之乎?"(《苕溪渔隐丛话》前集卷八引《缃素杂记》)。可惜黄朝英也用纯科学的计算法来衡量诗,用生活的真实来印证诗的真实性。这样,即令合于自然科学,却不合于诗的"科学"。所以后人纷纷指出他们的错误看法。有的说:"四十围二千尺者,姑言大且高也。诗人之言当如此,而存中乃拘拘然以尺寸校之,则过矣。""四十围二千尺,皆假象为词,非有故实。"(《唐宋诗举要》卷二引)有的说:"……此乃激昂之语,不如此,则不见柏之高大也。"(仇兆鳌《杜少陵详注》引范元实语)有的说:"诗意其翠色苍然,仰视高远,有至二千尺而几于参天也。"(钱谦益《钱注杜诗》引《邂斋闲览》)即使杜甫这两句诗证之于生活,证之于科学,可能无理,但是它有情。它是用来象征孔明的伟大人格,表现出诗人的景仰,艺术效果强烈。明智的读者谁会责怪它"无理"呢!

用生活的真实,或用自然科学的道理评价诗,因而把诗读错,不能领会其真意的例子,颇不少见。比如,"自闻秋雨声,不种芭蕉树",虽不是佳作,有的人却无理指责说:"芭蕉何能称树?"(见王士祯《居易录》)又如"柳塘春水漫,花坞夕阳迟"(严维《酬刘员外见寄》),是说翠柳摇曳在春水上,夕阳照在似锦的花坞里。春水弥漫,波光潋滟,再衬以翠柳垂拂,这种境界确是很美的。难怪梅圣俞赞赏说,"天容时态,融和骀荡",是"意新语工"的佳作(见欧阳修《六一诗话》)。可是也有人指责说:"夕阳迟,则系花;春水漫,何须柳?"(刘攽《中山诗话》)意思是说,夕阳迟迟下落,好像对花坞留恋似的,反映出作者爱时惜花的心情,是可以的。但说春水漫出堤岸,那与柳何干呢? 薛雪驳得好:"此俗子见解。"(见《一瓢诗话》)

一切文学作品都是社会生活的反映。诗亦不例外。但诗有它反映生活的独特手段,而重要的一点是:"诗者,志之所之也,在心为志,发言为诗。情动于中而形于言,言之不足故嗟叹之,嗟叹之不足故永歌之,永歌之不足,不知手之舞之,足之蹈之也。"(《毛诗序》)这里所说的"志",也就是"情"或"情意",与白居易的话近似:"大凡人之感于事则必动于情,然后兴于嗟叹,发于吟咏,而形于歌诗矣。"(《采诗以补察时政》)就是说,诗是由于诗人"感于事",情绪激扬,而"形于言"即写成了诗。苏轼称孟郊的诗是:"诗从肺腑出,出辄愁肺腑。"(《读孟东野诗》)李清照说:"诗情如夜鹊,三绕未能安。"(《失题》)袁枚说:"诗如鼓琴,声声见心。"(《续诗品·斋心》)对于诗来说,感情是至关重要的。有的诗虽看似无理,但是有情,而读者也往往忘掉它的"无理",记住了它的"有情";何况表面看似"无理"的诗,从诗的欣赏角度看,正是"无理而妙"的呢。

① 张先:〔一丛花令〕

伤高怀远几时穷?无物似情浓。离愁正引千丝乱,更东陌、飞絮蒙蒙。嘶骑渐遥,征尘不断,何处认郎踪?　　双鸳池沼水溶溶,南北小桡通。梯横画阁黄昏后,又还是、斜月帘栊。沉恨细思,不如桃杏,犹解嫁东风。

境界·高格

　　诗贵意境。李贺诗的意境，每与人不同。他创造的艺术天地，常出人意想之外。对情思相仿的内容或景物，他更不落窠臼，往往力排众议，别树新帜。有时，一首诗的立意或遣词，初时虽不见有何新奇处，但在中间或结尾，往往宕开一笔，奇景突现，异彩纷至，造成一个崭新的艺术境界。在诗国里，李贺不是一个袭古守旧、人云亦云的人，而是一个独辟蹊径、勇于探索的攀登者。

　　伤怀念远，闺中相思，是《诗经》三百篇以来古典诗歌常见的主题。这类诗写的不外是缠绵悱恻的离情别绪。而像李白"春风不相识，何事入罗帏"（《春思》）那样很有新意的佳句并不多见。李贺的这类诗，虽然写的也是离情别绪，但却意境新颖，不落俗套，情思隽永，颇耐人寻味。如他的《江楼曲》：

　　　　楼前流水江陵道，鲤鱼风起芙蓉老。
　　　　晓钗催鬓语南风，抽帆归来一日功。
　　　　鼍吟浦口飞梅雨，竿头酒旗换青苎。
　　　　萧骚浪白云差池，黄粉油衫寄郎主。
　　　　新糟酒声苦无力，南湖一顷菱花白。
　　　　眼前便有千里思，小玉开屏见山色。

楼前的流水通向离人去的地方,在这"鲤鱼风起芙蓉老"的暮春初夏,晨起梳妆,寄语南风,说他若肯张帆顺流而归,也不过竟"一日功"。在这第一层里,微露相思,不过却像不那么着意用心似的。接着说,鼍吟浦口,梅雨纷飞,市上的酒旗,已改用苎麻布做的了。俯瞰江上,白浪奔涌,仰视天际,密云层层,真想把粉黄色的油衣雨具给他寄去啊。这是第二层,情意也加深了。往下说:新糟酒熟,滴注有声,但饮之不能消愁,反苦酒味无力。眼前湖水,碧波如镜,千里之思,正不能禁,恰在此刻,侍女小玉推开屏风,如黛的山色,飞扑在眼前!如果说第一层的意思略有含蓄,第二层明白显露,那么这第三层就真正是言有尽而意无穷了。"小玉开屏见山色",既见之后,从人的感受说,必是更惹动了一番心绪。为何如此?诗人连一个字也没有说。当一夜"雨疏风骤"、"浓睡不消残酒"的李清照早晨醒来,侍女说"海棠依旧"的时候,她忙不迭地反驳说:"知否?知否?应是绿肥红瘦!"此刻,女主人的一腔心事和她急切如焚的心情和盘托出了。李贺在这首诗中塑造的是另一种妇女的典型。他赋予女主人这样一种性格:内心火热,表面沉静。她有言("语南风")有行(寄油衫),感觉新酒无力,怕小玉开屏,情思深沉。但这一切,却又像不经意似的!在那些伤怀念远、说愁诉恨的古典诗歌作品中,这样意境清新,情思隽永,淡中寓浓,似淡实浓的诗,这首是别具一格的。

李贺诗的意境清新、情思隽永,是他在艺术天地里不拘常法,不为物役,意必己出的独创精神的结果。

又如,写蜀道难的诗,在唐当以李白为首。李贺的《蜀国弦》,也极写蜀道之难,却是另一种风格。"枫香晚花静,锦水南山影。"花静,山影,一片幽深。"惊石坠猿哀,竹云愁半岭。"巨石劈空而下,无所依傍,因而似"惊";猿猴攀枝绕藤,跳跃腾掷,因而如"坠"。"巴东三峡巫峡长,猿鸣三声泪沾裳。"在这似"惊"如"坠"

的险境中，又闻猿声，其"哀"何堪想象！半山之间，茂竹如林，烟云缭绕，使人望而生愁。这两句不仅写出蜀道之难，更把蜀道上的愁苦凄绝，描绘尽至。但诗人意犹未足，将此情景，再推进一层说："凉月生秋浦，玉沙粼粼光。"月初升秋浦之上，照彻水底白沙，水波粼粼，寒光闪闪。上面六句，写得凄苦愁绝，惊险万状，使人有无处可安，无所栖身之感。但结尾两句，诗人却异峰突起，弹的完全是另一个调儿了：

谁家红泪客，不忍过瞿塘？

你不是说蜀道石惊猿哀，愁云惨雾，凉月白沙，粼粼寒光么？可是不知哪家的一位姑娘，她不忍离开乡土，泪眼盈盈，不肯过瞿塘去哩！如果这末两句沿着前六句的路数直写下来，必然是"因景生情"，感叹身世，说出一番哀愁欲绝之类的话。这样，诗的意境会平淡无奇，必难生色。但这别开生面的一结，使整首诗"活"了起来，从而也使得诗的意境开阔多了。

诗贵意境。我国古典诗歌作品中的美好意境，一向为人们所重视和津津乐道。尽管对于意境的说法有所不同，对它的解释有异，比如王世祯称它为"意象"（《艺苑卮言》），胡应麟名之曰"兴象"（《诗薮》），王夫之叫它做"情景"（《姜斋诗话》），王国维则又揭橥"境界"说，所谓"词以境界为最上。有境界则自成高格，自有名句"（《人间词话》）。而从诗歌创作实践看，有才能的诗人也莫不在意境上下功夫。所以，从古至今的诗林词海里，"高格"、"名句"之作不少，千百年来为人们争相传诵。但意境是思维对存在，作者的主观对外界客观事物的反映。因此，从作者来说，主观的"意"（思想感情）必然具有阶级属性和作者的性格特征；从彼时彼地的现实看，客观之"境"（社会环境和自然环境）也总是笼罩着时代的色彩。所以，意境独创的诗，无不同作者所处的彼时彼地的社会、自然环境有关,而诗人的倾向又总要或隐或显地表现出来的。

公元七五二年(唐玄宗天宝十一载)秋天,杜甫、高适、岑参、储光羲、薛据结伴到长安城东南的慈恩寺,登上大雁塔,即景赋诗,除薛据的诗失传以外,其余四人的诗,都流传下来。诗题相同,诗人们的观感却大不一样。高适感到官卑职小,壮志难酬,因此,想四处寻游,露出了一点儿牢骚:

> 盛时惭阮步,未宦知周防。
> 输效独无因,斯焉可游放。

一向具有豪迈精神的岑参,这时却产生了佛理可以参悟,佛家可以崇奉,了悟佛理可以受用无穷,佛道可以相通的消极思想:

> 净理了可悟,胜因夙所宗。
> 誓将挂冠去,觉道资无穷。

储光羲感觉宇宙空虚,佛法可通,塔势高峻,像人生的路途一样艰危:

> 俯仰宇宙空,庶随了义归。
> 崱屴非大厦,久居亦已危。

杜甫则迥异于他的同伴们[①]。他赞美塔势如何"跨苍穹",逼近云霄("七星在北户,河汉声西流。")。更可贵的是他对国事的深切关注,对沉湎酒色的唐玄宗的含蓄讽刺,而诗的意境显然与上述诗人的不同:

> 秦山忽破碎,泾渭不可求。

俯视但一气，焉能辨皇州？

回首叫虞舜，苍梧云正愁。

惜哉瑶池饮，日晏昆仑丘。

他感到秦山"破碎"，昆仑"日晏"，危机四伏，国脉如缕，深刻地表现出诗人的殷忧。正是："乱源已兆，忧患填胸，触境即动。只一凭眺间，觉山河无恙，尘昏满目。"（浦起龙《读杜心解》）

虽然，王国维说："有境界则自成高格。"但是准确地说，"格"的"高"，总是与诗人的思想感情成正比的。

① 杜甫：《同诸公登慈恩寺塔》
高标跨苍穹，烈风无时休。自非旷士怀，登兹翻百忧。方知象教力，足可追冥搜。仰穿龙蛇窟，始出枝撑幽。七星在北户，河汉声西流。羲和鞭白日，少昊行清秋。秦山忽破碎，泾渭不可求。俯视但一气，焉能辨皇州？回首叫虞舜，苍梧云正愁。惜哉瑶池饮，日宴昆仑丘。黄鹄去不息，哀鸣何所投？君看随阳雁，各有稻粱谋！

美酒佳酿,谁知其味?

翻开《全唐诗》或《全宋词》,我们会发现:登山临水,托物兴怀,男欢女爱,离情别绪等类篇什很多。有些作品,尽管题材、主题相近或完全相同,但构思不同,情趣殊异。有的传诵人口,成为名篇,有的却不是这样。把这类诗对照来看,是可悟出一些道理来的。

中唐以后,唐帝国开始走下坡路。统治集团穷奢极欲,驱使大量民伕开采金玉。"美人首饰王侯印,尽是沙中浪底来"(刘禹锡《浪淘沙》),劳民伤财,民不堪命。试看反映这种生活的两首诗:

官府征白丁,言采蓝溪玉。

绝岭夜无人,深榛雨中宿。

独妇饷粮还,哀哀舍南哭。

——韦应物《采玉行》

采玉采玉须水碧,琢作步摇徒好色。

老夫饥寒龙为愁。蓝溪水气无清白。

夜雨冈头食榛子,杜鹃口血老夫泪。

蓝溪之水厌生人,身死千年恨溪水。

斜山柏风雨如啸，泉脚挂绳青袅袅。

村寒白屋念娇婴，古台石磴悬肠草。

——李贺《老夫采玉歌》

韦应物的诗共六句，首两句写官府征民伕（"白丁"），去盛产宝玉的陕西蓝田县采玉。中两句说，高山夜雨无人，独宿在榛莽中。末二句想象家中妇人饷粮归来，独自哀哀哭泣。诗纯用白描，语言平实，浸透着对穷苦人民的同情。

李贺的诗首句叠用"采玉"，表示对长期采玉生活的厌烦。第二句是对统治者穷奢极欲的控诉。接着对采玉工人的苦难作了细致描绘。传说龙生水中，如今连水中之王的龙都发愁了，因为饥寒交迫的采玉人，年年月月泡在水里，弄得水都浑浊了。夜宿冈头，日食榛子。老泪纵横，心中哀苦，真如杜鹃啼血啊。这样年复一年，蓝溪水因吃饱了采玉工人的血泪而生厌，采玉人身死千年之后，对溪水也怨恨无穷。最后四句："雨如啸"，写大雨滂沱；"青袅袅"，说身系长绳下到水底的采玉工人，如一缕游丝，摇曳不定。这是多么惊心动魄的险境！最后笔锋一转，说采玉老人看见悬肠草（又名思子蔓），不禁想起了寒村草屋中的儿女！

把两首诗比较一下，就会发现：首先，韦诗写的是一般采玉工人的生活，没有具体人物；李诗人物具体，不作泛泛描写。其次，韦诗平铺直叙，没有具体情节；李诗不仅有人物，有情节，还有人物的心理活动，"思子之情，触物兴怀"，真切感人。第三，李诗形象鲜明，比喻生动，词尚奇诡。李在韦后（韦死后一年，李始生），不因袭前人，独出机杼，富于创新精神。

同类题材的作品，有些写得各具特色，情致殊异。写闺怨相思的诗，如王昌龄的《闺怨》，李益的《江南曲》，王建的《望夫石》，都别开生面，各具特色。先看《闺怨》：

闺中少妇不知愁,春日凝妆上翠楼。

忽见陌头杨柳色,悔教夫婿觅封侯。

"不知愁",表现出她性格开朗,天真娇憨;大好春光,愁从何来!所以她精心打扮("凝妆"),登楼望远。但登楼之后,忽见柳色,触动心事,因而生愁。为什么见柳色而生愁?诗中未点明。也许曾折柳送别,也许因柳勾起一段往事,这些都无关紧要。关键是由"愁"而"悔",悔什么?悔自己不该教丈夫出去寻求功名。原来她对丈夫一往情深,而今尤甚!

再看《江南曲》:

嫁得瞿塘贾,朝朝误妾期。

早知潮有信,嫁与弄潮儿。

这首诗写商人妇的"怨"。"朝朝误妾期",可见误期已不止一次了,正是"商人重利轻别离"的同义语。潮汐涨落,本有定期,早知如此,还不如"嫁与弄潮儿"。这个妇人的"怨",与那位"不知愁"的少妇的"怨"不同。也许夫妇之间的感情原来就不怎么好,所以望而不至,就想到"嫁与弄潮儿"去了;也许爱深但失望至极,一时感情激动,说出了决绝的话。不管何种情况,都深刻地表达出了人的感情。

三看《望夫石》:

望夫处,江悠悠,化为石,不回头。

山头日日风复雨,行人归来石应语!

望夫不见,愿化为石,日日立在风雨中。如果有一天行人归来,那么,"化为石"的妻子就能再与丈夫说一番话儿。

总之,三首诗的主题都是写丈夫远去而产生的愁怨。但它们表现的思想感情不同:第一首的愁怨是"责己",有着深挚的爱情;第二首的愁怨是"责人",怨天尤人;第三首虽然愁怨满怀,但既不"责己",也不"责人","行人归来石应语",她的灵魂表明了她对丈夫是多么痴情!她矢志不渝,把热切的爱寄托在美好的想望中。三首诗主题相同,但它们立意创新,各有千秋。

诗贵独创。但有时也可承前人的写法而加以创造。"梦中不识路,何以慰相思"(沈约《别范安成》)。写得真切朴实,但不如"梦里分明见关塞,不知何路向金微"(张仲素《秋闺思》)形象生动,情深意远。薛涛《送友人》又不同:"水国蒹葭夜有霜,月寒山色共苍苍。谁言千里自今夕?离梦杳如关塞长。"在秋夜寒冷的月光下,水边蒹葭,山上青峰,都呈现出一片青色。谁说今夜以后会迢迢千里?即使你到最遥远的关塞,梦魂中我也跟随你到那里。有景有情,情景交融,低徊婉转,缠绵悱恻。主题相同,但这首诗的思想感情,却更深刻。

好的诗,常和独具神采的形象分不开。"美女如花"是最常见的说法。但"有情芍药含春泪,无力蔷薇卧晓枝"(秦观《春日》)。说映着水珠儿的芍药花,像多情的少女,雨后的蔷薇花如娇弱的女郎,新颖尖巧,别具一格。"莲花泛水,艳如越女之腮"(梁昭明太子《月启》),这比喻已光彩闪灼,绚丽夺目了。但李贺又新中出新:"花枝草蔓眼中开,小白长红越女腮,可怜日暮嫣香落,嫁与春风不用媒。"(《南园十三首》其一)前两句意与"莲花泛水"相仿,奇妙在第四句"嫁与春风不用媒"。花开正红,少女青春,这些都是美好的。但花终有一天会随东风而飘荡,少女终有一天要嫁人。良辰、美景、赏心、乐事,终会过去,花无百日红,人无千日好,诗人怅惘复杂的心情,写得多么富有情采!

花,是美的。诗人这样写道:"一枝红艳露凝香"(李白),"裁剪冰绡,轻叠数重,淡着胭脂匀注"(赵佶),"泪点轻匀,犹带彤霞晓露痕"（李清照），等等。可是陈师道别有说法："一枝剩欲簪双髻，未有人间第一人。"（《谢赵生惠芍药》）我很想折下一枝花来，簪在一位女子的髮髻上，却找不到一个配得上戴这朵花的人间第一美人！不说花美，而说人间没有一个美人配得上戴这朵花，新巧别致，与众不同。

好的作品，还和从新的角度，用新的艺术手法来表现分不开。古代的一些画家们，为我们作出了楷模。如"野渡无人舟自横"这个画题，不画一只小船系在杨柳岸边，不画鹭鸶、乌鸦或什么鸟儿栖息篷顶，却画一个船工蹲在船尾吹笛子，没有人要过渡，突出旷野的荒凉，寂寞无人。画家没有单纯就题作画，而是深入诗意，独出心裁，景中有情，神韵悠扬。又如：《深山藏古寺》，不画古寺坐落在山腰，或深山老林里面，也不画两山耸峙的山谷间露出古寺一角红墙，只画一个老和尚在山脚下的小溪边挑水：点出"藏"字。不画古寺，而古寺却隐在画中。《踏花归去马蹄香》，不画落英缤纷，红花满地，只画几只蝴蝶，飞逐马后，使丹青难描的"香"跃然纸上。《竹锁桥边卖酒家》，不画房舍、人物、酒坛，只画竹树梢头露出一个酒帘儿来，使人低徊遐思，韵味无穷。这些都说明艺术家们匠心独运，别具新意。

谢榛说："作诗譬如江南诸郡造酒，皆以麯米为料，酿成则醇味如一。善饮者历历尝之曰：'此南京酒也，此苏州酒也，此镇江酒也，此金华酒也，'其美虽同，尝之各有甄别，何哉？做手不同故尔。"（《四溟诗话》）阅读和欣赏诗词的人，他应该是一个面对美酒佳酿的"善饮者"，在"其美虽同"中，区分出哪是南京酒、苏州酒、镇江酒，还是金华酒。只有这样，才能体会到诗味！

关于诗味

关于诗味,梁代文学评论家钟嵘提出过有益的见解。他说:"使味之者无极,闻之者动心,是诗之至也。"(《诗品》)稍后,晚唐诗人司空图也说:"古今之喻多矣,而愚以为辨于味,而后可以言诗也。"(《与李生论诗书》)并提出诗要有"韵外之致"、"味外之味"、"象外之象、景外之景"。清代主"神韵"说的王士禛和主"性灵"说的袁枚,都倡导诗味,并体现在他们的诗作中。

何谓诗味?一般是指诗要经得住咀嚼,余味隽永,有"言外之意"。"黑狗身上白,白狗身上肿"之类的咏雪"打油诗",虽无多大意思,但这个"肿"字却用得有味。明白如话、浅显直露而又有"回甘之味"的诗,往往长期传诵人口。且看贺知章《回乡偶书》:

> 少小离家老大回,乡音无改鬓毛衰。
> 儿童相见不相识,笑问客从何处来。

这首诗说出了许多人之所见、之所闻、之所感,但为他们所未曾说出来的话。它反映出生活的真实,没有任何雕饰。千百年来有这种境遇的人,感同身受;没有这种境遇的人,也好像触动了自己什么似的。从"少小"至"老大",岁月长久,所幸现在终于回来了！首句七个字,写出了这种深沉而不平静的感情。是悲?是喜?先悲后喜?悲喜交集?一开始,就掀动了感情的波澜。"乡音无改",似是一喜,但"鬓毛衰",则又可悲了。是先喜后悲,悲喜交集。所以,感情仍是不平静的。"儿童相见不相识",显然是因"老大回"、"鬓毛衰"。这一来,又不免引起许多感触。但是一声"笑问",显示出问者的亲切、尊敬,又令人顿生喜悦。悲喜交集,回环往复,始终贯穿在这明白如话的二十八个字中。唐玄宗天宝三年(七四四)贺知章奉旨回乡,这时他已经八十多岁了,可谓"告老还乡"。此时此地,此情此景,感情是极其复杂的。诗虽通俗浅显,却是充满着诗味的。

再看看白居易〔忆江南〕第二首:

> 江南忆,最忆是杭州:
> 山寺月中寻桂子,郡亭枕上看潮头。
> 何日更重游?

诗人说,江南最值得"忆"的是杭州,而杭州最值得"忆"的有两件事:"山寺月中寻桂子,郡亭枕上看潮头。""何日"句只是为了加重其值得"忆"的感情分量。

我们知道,白居易是"扬鞭簸车马,挥手辞亲故"(《初出城留别》)告别"似弈棋"的长安,满怀快意,来到杭州的。"胜游从此始。"于是,每天早晨,这位新任刺史来到衙署,处理一州大事。首先他疏通李泌守郡时开凿的六井,解决居民的饮水问题。动员民工,在西湖筑一道长堤,蓄水灌田,解除了一千多顷土地的旱涝威胁。而每当公余之暇,迎朝霞,送落日,诗人徜徉在西子湖畔,过着载酒、听歌、观舞、咏诗、流连潋滟的湖光山色的生活。比起在长安时"有诗不敢吟,有酒不敢吃"那"终日多忧惕"的光景来,这里的一切怎能叫诗人忘怀?然而诗人"最忆"的为什么只有"山寺月中寻桂子，郡亭枕上看潮头"呢？白居易在《留题天竺灵隐两寺》诗中说："在郡六百日，入山十二回。宿因月桂落，醉为海榴开。"《东城桂》诗中也说："子坠本从天竺寺……落向人间取次生。"可见这里的"山寺"，指的是天竺寺；所寻的"桂子"，是那种"纷纷如烟雾，回旋成穗，散坠如牵牛子，黄白相间，咀之无味"（《词林纪事》引），传说服食了可以长生的东西。在月明如水的夜里，微风轻拂，缕缕清幽的丹桂香气，弥漫着静静的天竺寺院，童心未泯的诗人，为寻找那种传说吃了可以长生的桂子，心驰神往了！

丹桂飘香的节令，也正是观潮的好时候。每年八月，钱塘潮水怒涨，中秋节后三日，更达顶峰。"白马奔腾，银山倾倒。"每届此时，车马纷纷，游人如织，不绝于途。白居易观潮的"郡亭"，是刺史衙门里的"虚白亭"。他在《郡亭》诗中云："况有虚白亭，坐见海门山。潮来一凭槛，宾至一开筵。"诗人读书、宴客、对云水、听管弦，大都在这个亭子里。"枕上看潮"，固然别致。但诗人这样写，还别有用意，那就是要表达他当年杭州刺史生活的政清事简，快意闲适。所以"枕上看潮"、"月中寻桂"这两个典型细节，是饱含着"诗味"的。

含蓄的诗，能给人留下欣赏的余地，使人沉浸在艺术的美感中。"洛阳城里见秋风，欲作家书意万重。复恐匆匆说不尽，行人临发又开封。"（张籍《秋思》）异乡作客，秋风起兮，触动离愁，欲作家书，思绪万千。诗人没有直叙乡思，只写了刹那间的个人生活的一个细节："行人临发又开封"。"封"而又"开"，乡思之重，感慨之深，可以想见，却以平淡、自然、精炼的七个字出之。再如："桃花飞入正行舟，卧引菱花信碧流。闻道风光满扬子，天晴共上望乡楼。"（李益《行舟》）首二句实写"行舟"，春色烂漫，桃花飞入驶在碧流上的船中。后两句是设想，想象在"风光满扬子"的时候，天清气朗，登上高楼去望家乡。为什么"行舟"水上会有这些想象呢？诗人留给读者去想象，去玩味，令人感到诗味无穷。李商隐

《谒山》更新颖别致:"从来系日乏长绳,水去云回恨不胜。欲就麻姑买沧海,一杯春露冷如冰。"诗人去游西岳华山,感到时光易逝,去而难返,所以用"系日乏绳"作比。次句是为了加重上句的分量,说光阴如行云流水,刹那逝去,令人不胜怅惘。三、四句说,我到仙女麻姑那儿去,想买下沧海,可是她默而不语,只递给我一杯冰冷的春露。时光的流逝,是不能阻止的。麻姑的沉默,表示她也无能为力,沧海终有一天会变为桑田(故有"春露"),事物总是不断变化着的。诗人把朴素的唯物辩证思想,表现得既生动、新颖,又充满着感情,诗味是浓醇的。

"意思犹五谷也。文,则炊而为饭;诗,则酿而为酒也。"(吴乔《围炉诗话》)如果每首诗都达到"酿而为酒"的程度,那么,诗就不会乏味,读时便如饮醇酒,感情微醺了。

此情深处，红笺无色

"情动于衷，而发于言。"写诗，一定要自己先有所感动，然后才能用言语表达出来。"登山则情满于山，观海则意溢于海。"（刘勰）写诗，必须具有丰富饱满的感情。白居易说："感人心者，莫先乎情。"又说："诗者，根情、苗言、华声、实义。"要进行创作，首先得有感情，它像植物的根一样重要。为人传诵的诗词，大抵不仅有情，而且情真。

南唐后主李煜的词，王国维说："真所谓以血书者也。"显然，这是指李煜降宋以后的作品。李煜降宋以前的词，是他纵情宴乐、朝欢暮舞生活的写照。后期的词，由于当了俘虏，成了"违命侯"，过着"日夕只以眼泪洗面"的生活，"亡国之音哀以思"，是充满着斑斑血泪的。试看这首〔虞美人〕：

> 春花秋月何时了？往事知多少。
> 小楼昨夜又东风，故国不堪回首月明中！
>
> 雕栏玉砌应犹在，只是朱颜改。
> 问君能有几多愁？恰似一江春水向东流。

春花娇艳,秋月皎洁,是一年当中最美好的景物。如今,这一切虽依然存在,当生死尚且不知的时候,美景当前,更使人难堪,从而产生"何时了"的感慨。词以"问"开始,像问天,也像问自己;写眼前的光景,也正为自己绘出一幅无可奈何的肖像。由今思昔,往事如梦,还记得多少?无限伤情,万般感慨!三、四句构思和一、二句同,也是一言今,一视昔。今天是:被幽禁在一座小楼上,明月满楼,银辉洒地,遥夜如水,东风入户。"又"字有一年一度的意思。李煜于公元九七六年正月被虏至汴京,到九七七年正月作这首词,时间恰好一年。昔日的"故国"是怎样一幅景象?南国的芳春,是这样迷人:"船上管弦江面绿,满城飞絮混清尘。"南国的清秋,是这样绝俗:"千里江山寒色远,芦花深处泊孤舟。"可是这一切,今天都不堪回首了!以上四句,章法严密,层次井然。一、三句相承,二、四句相承,前者言今,后者视昔。写得珠圆玉润,浑然天成。接着,又是今昔对写,次序倒转,先昔而后今:精雕着美丽花纹的栏杆,想来还在,自己的容貌却苍老憔悴了。就是说:景物依旧,人事已非。昔也好,今也好,引起来的都是愁。愁如春水,潺潺东流,永无止息!李煜后期的词,常用"东"字,如:"自是人生常恨水长东","小楼昨夜又东风","恰似一江春水向东流"。可能有暗指江东故国的意思。结尾两句,诗人自问自答。惟其自问,见心中有难言之苦,不得不问;惟其自答,见蕴含既久,体会之深,乃有所感而发。"情动于衷,而发于言。"词的感情极其真实。

情真意深,似"幽咽泉流",轻舒徐缓,扣人心扉的是晏几道词〔鹧鸪天〕:

彩袖殷勤捧玉钟,当年拼却醉颜红。
舞低杨柳楼心月,歌尽桃花扇底风。

从别后,忆相逢,几回魂梦与君同。

今宵剩把银釭照，犹恐相逢是梦中。

　　词的上阕是追忆往昔生活情景。春衫年少，裘马轻狂，这是一般公子哥儿的形象。词中的主人却更具深情。"绿酒初尝人易醉"，为什么还一杯一杯饮下去？借酒消愁？酬酢宾客？不，是"彩袖殷勤捧玉钟"。酒钟以玉制成，可见其华贵。写杯之华贵，是为了衬托人。美人如花，手捧玉钟，殷勤劝酒，蜜意深情，佳景良宵，怎生能却？只有拼却一醉，来酬知己了！

　　开头两句倒装，见当年之情深，并预示今后相思之情苦。

　　"舞低杨柳楼心月，歌尽桃花扇底风。"是对当年纵情佚乐的生动描述，"舞"和"歌"，可用它"劝酒持觞"，也可"析醒解愠"，但从月挂柳梢，高照楼台，不断起舞，直到月亮沉落下去；从狂欢既久，桃花扇底回荡的歌声都消失了，写出极度欢愉的情景。

　　上阕是对"当年少日，暮宴朝欢"生活的回忆。这种回忆不可少。正因为少年时的生活如此温馨，少年时的人如此深情，所以离别之后，才有一次一次的梦中欢聚。而且也正由于这个原因，所以才有相逢后的"犹恐"之情。

　　下阕写相逢后情景。前三句是两人相互诉说。言别后梦中的多次"相逢"是共同的，双方都有的。久别重逢，自然说了很多话，但诗人只拣出这一件来。这是因为抒情诗有别于叙事诗，更有别于戏剧和小说的地方。虽只三句，但情真意挚，心胸照人，足见相思之情深。

　　"今宵剩把银釭照，犹恐相逢是梦中。"结尾两句陡然一转，异境突现，把人引入一个新的艺术境界。果然真的相逢了么？该不会像过去那样是一次一次的梦中相见吧！"犹恐"二字，含有惊喜、担心、疑惑、似是似非的种种复杂的感情，写得真情活现。这种意外重逢，惊喜交集，恍若梦境的写法，宋以前的诗中屡有所见。如戴叔伦《江乡故人偶集客舍》："还作江南会，翻疑梦里逢"；司空曙《云阳馆与韩绅宿别》："乍见翻疑梦,相悲各问年。"但更与杜甫"夜阑更秉烛,相对如梦寐"(《羌村》)的情境相仿。大概经过好一阵"笼灯就月,仔细端相",曾经多少次魂牵梦萦的人竟呈现在眼前,于是惊喜若狂,把所有的银灯全点起来,今天晚上,可以重温"旧梦"了!

这首词写了分别前的欢乐、分别后的怀念和重逢时的惊喜。与上述李煜的词一样,写得真情流露,深切生动。诗贵情,情贵真。"文章不是无情物。"诗,更是感情的结晶。诗而无情,就很难成其为诗了。

晏几道的词多是流连歌酒、遗情遗恨之作。低徊婉曲,风流妩媚,相思至极,钟情至深。"红烛自怜无好计,夜寒空替人垂泪。"(〔蝶恋花〕)不说自己寒夜无眠、泪痕空垂,也不言自己满怀凄凉、"无好计",而将这一切托之于红烛,说连红烛都深受感动。词意更婉曲,更情深。"梦魂惯得无拘检,又踏杨花过谢桥。"(〔鹧鸪天〕)谢桥,谢娘家之桥,指情人居住的地方。寤寐思之,魂牵梦萦,因此时常有"过谢桥"(梦中相会)的时候。但这"过",一是"踏杨花"而过,一是"又过",既见春色宜人,又见情深以往。妙在"梦魂""无拘检",梦中相会,不必受什么约束,没有世间那么多阻碍。

总之,上面这些词,无论写悲感,无论写欢情,都真挚深沉,感人肺腑。正是:"此情深处,红笺为无色。"(晏几道〔思远人〕)如此深情,纸面上又怎能完全表达得出来?

叶叶心心有余情

芭蕉叶初生时是卷着的,长大时才慢慢舒展开来。有些诗词的感情,深杳内蕴,最后隐隐流露出来,正像那"半叶蕉心卷未舒"的芭蕉叶,"叶叶心心、舒卷有余情"(李清照〔添字采桑子〕),而不是一览无余的。白居易的抒情小诗《人定》,就是其中的一首:

人定月胧明,香消枕簟清。翠屏遮烛影,红袖下帘声。
坐久吟方罢,眠初梦未成。谁家教鹦鹉,故故语相惊。

夜深人静,月色朦胧,炉香已残,枕席清凉。翠屏掩住烛影,深闺中的女主人放下珠帘。她久坐无聊,吟诗遣闷;入睡之后,梦又不成。而恰在此刻,哪个不晓事的人家,还在教鹦鹉学舌,频频传来使人心惊的声音!诗至此,戛然而止。巧学人言的鹦鹉,究竟学了些什么舌,留给读者去意会,去想象,诗虽写完,而余情犹在!

当然,诗是留有想象余地好,还是直言不讳、明白如话好,往往因各人爱好不同而异。艺术的风格与手法,应该多种多样,不拘一格。在揭露封建帝王对妇女任意弃置的诗中,这两类的作品都不少。"泪湿罗巾梦不成,夜深前殿按歌声;红颜未老恩先断,斜倚薰笼坐到明。"(白居易《后宫词》)无须推敲,失宠宫人的怨苦,浮漾纸面。但同类题材的诗,也有别一种写法,如张祜《咏内人》：

> 禁门宫树月痕过,媚眼惟看宿燕窠。
> 斜拔玉钗灯影畔,剔开红焰救飞蛾。

月过宫树,禁苑幽寂,眉眼有情,而所看的却是梁上栖宿的燕窠。一种孤寂凄苦心绪,隐蓄在诗句中。后两句选取生活中的一个一般细节:她在灯影下,拔出玉钗,从火焰中救出了一只飞蛾。这个平常的生活细节,放在特定的环境中,就不平常了。她为什么要救出"飞蛾",为什么会同情它呢? "飞蛾"在诗中又隐喻什么? 余情无限,令人遐思。

周邦彦〔渔家傲〕也称得上是一首"叶叶心心、舒卷有余情"的典范之作：

> 灰暖香融消永昼,葡萄架上春藤秀,
> 曲角栏杆群雀斗。清明后,风梳万缕亭前柳。
>
> 日照钗梁光欲溜,循阶竹粉沾衣袖。
> 拂拂面红如着酒,沉吟久:昨宵正是来时候。

春来,昼长夜短,永日无事,便点起麝香来,望着那缕缕轻烟,袅袅升起。从"灰暖香融"四个字看,如此来"消永昼",已经有一段时间了。这是室内的光景。室外光景是:葡萄架上的春藤,生姿秀逸,春意摇漾;在回廊的曲角栏杆上,群鸟欢欣跳跃,争相逐斗;微风轻拂,吹动着亭前春柳。这是她从室内举目外望到的春景。单看首句,燃香以消永昼,似乎有点灰暗情绪。但是,当看到葡萄架上的春藤,曲角栏杆上的群雀,轻拂的柳,这样生机勃发、婀娜多姿的春意时,她这样的"消永昼",看来并非长日无聊,而是别有所思。果然,她迈着轻盈的步子出房来了,夕阳照在她的钗梁上,明光闪烁,好像要滑溜下来。循着台阶,是一排翠竹,竹粉沾上她的衣袖。这时候,她脸上泛起了红晕,像刚饮过酒,一片春意,万种风情,涌上心头。她站在阶前的竹旁,回味、思索、沉默无语。原来她在想着:"昨宵正是来时候!"昨天这个时刻,正是他来到这儿的时候。虽然,最后把隐藏帷幕后面的事挑明了,但感情却像"半叶蕉心卷未舒"、"叶叶心心、舒卷有余情",令人神驰意远。

这种"有余情"的句子,有的在词的开头,如"日日双眉斗画长,行云飞絮共轻狂"(晏几道〔浣溪沙〕)。词中写的是封建时代为达官贵人们侑酒娱宾的歌儿舞女。她们的命运如行云飞絮一样漂浮不定,好似轻狂;她们巧妆打扮,是为了博取主人的欢心。一个"斗"字,见出她们用心之苦。在这动人的"双眉"后面,隐藏着多少辛酸的泪珠啊!有的是在句中,如"双鸳池沼水溶溶,南北小桡通"(张先〔一丛花令〕)[1]。词写一位妇女独处深闺的哀愁。上阕写情人别去,"嘶骑渐遥,征尘不断",踪迹难得,因此有"伤高怀远几时穷,无物似情浓"之感。下阕由景及情,说池水溶溶,小船南北往来,人们各自奔忙着。但在池水溶溶中,偏偏有一对鸳鸯自由自在地游着。表面上无一"情"字,却余情宛然。有的在词的结尾:"当时明月在,曾照彩云归"(晏几道〔临江仙〕)[2]这是一首怀念歌女小蘋的词。彩云,喻美女,借指小蘋。当时照着她回去的明月,如今仍在,而人已杳然远去。表面看,只是回忆往日生活中一件小事,但余情缭绕,动人心魄。

[1] 张先:〔一丛花令〕(见本书第 17 页)

[2] 晏几道:〔临江仙〕

梦后楼台高锁,酒醒帘幕低垂。去年春恨却来时。落花人独立,微雨燕双飞。　　记得小蘋初见,两重心字罗衣。琵琶弦上说相思。当时明月在,曾照彩云归。

笑，透视心灵的镜子

说到"笑"字运用得巧的诗人，我想到白居易《长恨歌》中的名句："回眸一笑百媚生，六宫粉黛无颜色。"这两句诗，简单朴素，胜过千言万语，只用"回眸一笑百媚生"七个字，就把杨贵妃的美丽写出来了。对这句诗，吴曾《能改斋漫录》说："盖祖李白《清平词》'一笑皆生百媚'之语。"而韦应物《广陵遇孟九云卿》诗也有"西施且一笑，众女安得妍？"江总也有"回身转佩百媚生，插花照镜千娇出。"虽说各有特点，但韦诗没有具体描绘，比较空泛；李诗只写了"一笑"时的情态；江诗只写出了"百媚生"时的动作；唯有白居易的"回眸一笑"句，写出了笑时回眸的神姿——那剪水双眸的顾盼之情。

欧阳修〔南歌子〕写一对新婚夫妇的爱情生活，深刻地透视出他们的内心世界：

凤髻金泥带，龙纹玉掌梳。
去来窗下笑相扶，爱道："画眉深浅入时无"？

弄笔偎人久，描花试手初。
等闲妨了绣工夫，笑问："鸳鸯两字怎生书？"

这首词,用了两个"笑"字,一是"去来窗下笑相扶";一是"笑问:'鸳鸯两字怎生书'?"从第一次"笑",见出两情融和。这句承上启下:如果不是"去来窗下笑相扶",这位新嫁娘也许不会梳起美丽的"凤髻",还配上金泥带和龙纹的玉掌梳吧。如果不是有"去来窗下笑相扶"这样的感情,她就不会低下头来深情地问一句:"画眉深浅合时样么?"表现出她活泼、天真而又有点调皮的性格。"弄笔偎人久,描花试手初。等闲妨了绣工夫",写出了她性格的另一面。但她"弄笔"也好,"描花"也好,显然都心不在焉。如果第一次"笑"是互笑,是相视而笑,见出两情的缠绵;那么这第二次笑,就是轻轻浅笑,脉脉含情的笑。你看她描花不成,把刺绣功夫空空耽搁,却回过头来似娇似痴地"笑"了:"鸳鸯两个字怎样写呀?"这位新嫁娘一共讲了两句话:一句是关心她的画眉合不合时样,一句是问鸳鸯两个字怎样写。前者是发自真心的探问,是真的关心;后者是别有用心,意在言外:鸳鸯成双成对在一起,朝夕不离。这正是自己美好想望的祝愿啊。所以这个"笑"字,更传出了人的"神",透视出人的心灵奥秘。

如果说这位新婚少妇的笑还可以让人一眼看穿,能了解到她此刻的内心情愫,那么张泌词里那位青春少女的笑,就不那么一望可见而颇耐寻味了。叶申芗的《本事词》说张泌初与邻女浣衣相善,为赋〔江城子〕云:

浣花溪上见卿卿:眼波明,黛眉轻。高绾绿云,金簇小蜻蜓。好是问她来得么?和笑道:"莫多情。"

在浣花溪上,他见到一位可爱的少女,她那双明亮的眼睛,眼波如水,微微闪动;蛾眉轻描,高绾的黑发髻上,别着金饰小蜻蜓。他问:你肯到我这里来么?她回答:"莫多情!"这含笑的回答,似有点含嗔,半真半假。这嫣然一笑,透露出她内心的情愫,颇耐咀嚼。

再看李清照〔浣溪沙〕《闺情》：

绣幕芙蓉一笑开，斜偎宝鸭衬香腮，眼波才动被人猜。

一面风情深有韵，半笺娇恨寄幽怀，月移花影约重来。

　　这里的"笑"是随着"绣幕芙蓉"的打开呈现在人眼前的。他看见她笑着掀开绣有芙蓉花的帷帐，又看到她斜偎着鸭形的香炉，手衬着香腮。从"斜"字传出她的娇慵。她担心自己的心事，只要眼波一转，就会引起人家的猜疑。下阕说她一见钟情，写信给他，表达自己的幽怀，约他月移花影时再来相会。词写了她的神情和心理活动。这里的笑，既不同于欧阳修词里的新婚少妇的笑，也不同于那浣衣邻女的笑。她"笑"里所表现的内心喜悦，更强烈，热情更洋溢，包含着对初恋生活的骄矜与自得。

　　"笑"在不同情况下，常产生不同的魅力。谢榛《四溟诗话》说："鲍防《杂感》诗曰：'五月荔枝初破颜，朝离象郡夕函关。'此作托讽不露。杜牧之《华清宫》诗曰：'一骑红尘妃子笑，无人知是荔枝来。'二句皆指一事，浅深自见。"[①]从指前者"托讽不露"看，似是说"深"；那么后者就是"浅"了。但殊不知这浅中有人物，有形象，所以它似浅实深，成为广泛流传的一首诗。张志和〔渔歌子〕"笑着荷衣不叹穷"的"笑"[②]，显示出雪溪湾里身着荷衣的钓鱼翁，不畏风雪，更不叹穷的风骨。李商隐的《北齐二首》，开头都用一个"笑"字：一首说"一笑相倾国便亡，何劳荆棘始堪伤"[③]；一首说"巧笑知堪敌万几，倾城最在着戎衣"。前者纪昀引李廉衣的话说，"欠浑"；后者评曰，"滞相"。张采田一反其说，称前者"虽朴而神味极自然"，后者"笔力苍健，警策异常"。其实，"一笑"，"巧笑"，贵在直言不讳，讽意立见，不绕弯子，"欠浑"、"滞相"之说，正见出纪氏"夫子之道也"。李贺在《恼公》中描摹少女的内心世界是："密书题豆蔻,隐语笑芙蓉。"这少女拿起笔书写"豆蔻"、"芙蓉",这象征爱情的隐语;诗人用来形容她此刻神情的字,也只用一个"笑"。她笑什么呢? 诗人没有说,但读者可以体会到:少女的心灵也正隐藏在这个"笑"字之中。而"月明中妇觉,应笑画堂空",表示丈夫在外面寻欢作乐,家中的妻子月夜独处,画堂空寂,但用一个"笑"字反说,则更见出空房独守的寂寞了。

"笑",是个显示动态的字。同样情境,不用这个字,往往是静态;用这个字,往往变静为动,使情境活跃起来。如"闲依露井,笑扑流萤,惹破画罗轻扇"(周邦彦〔过秦楼〕)。"笑扑"两句源于杜牧《秋夕》:"银烛秋光冷画屏,轻罗小扇扑流萤④。"写一个女子笑着追扑飞动的萤火虫,把手中的画罗扇都弄破了。她天真活泼,和杜诗中满怀幽寂的宫女不同。

同样情境,"笑"字还可加深人的感情分量:"扬舲万里,笑当年底事,中分南北。"(张炎〔壶中天〕)张孝祥〔六州歌头〕:"追想当年事,殆天数,非人力。"两人都在作品中寄寓宋室南渡,国土沦亡的慨叹。张炎用一"笑"字,更表现出无可奈何,加重了慨叹的感情。在〔台城路〕里,张炎又说:"水国春空,山城岁晚,无语相看一笑。"水国山城,春空岁晚,"一见若惊,相对如梦",无可告语,"相看一笑"。这"笑",是无声之叹,无泪之泣,比痛哭流涕,更为沉重。

"笑"字,在通常情况下,总是表示欢乐的。如"纸屏石枕竹方床,手倦抛书午梦长。睡起莞然成独笑,数声渔笛在沧浪。"(蔡确《水亭》)水亭消夏,读书困倦,不觉"午梦长"。一觉醒来,莞然而笑,又闻数声渔笛,悠然入耳。多么安恬闲适,悠然自得! 但是,"笑",有时也表示着不欢悦的凄苦情怀。苏轼被贬黄州时,写出了千古绝唱《念奴娇·赤壁怀古》,其中有:"故国神游,多情应笑我,早生华发。"诗人感叹赤壁古战场,缅怀当时只有三十四岁的周瑜,雄姿英发,建立了惊天动地的功业,而自己比他大十多岁,却身遭贬谪,未能建功立业,心里怎会没有感触? 然而,这种自作多情，又是多么可笑！这自嘲的"笑"，包含着多少难言之痛啊！周邦彦〔应天长〕《寒食》写春夜独处的寂寥，上阕有这样几句："条风布暖，霏雾弄晴，池塘遍满春色。正是夜台无月，沉沉暗寒食。梁间燕，前社客，似笑我，闭门愁寂。"暖风晴雾，池塘春满，夜台无月，寒食节日，一片孤寂情景。但诗人却不肯从正面说，而托之于梁燕，由燕子眼中看出，说这无知的梁燕"似笑我，闭门愁寂"。这一"笑"字，一反其原来的字义，比由人直说"愁寂"而愁寂多了。

　　蒲松龄《聊斋志异》中的《婴宁》，用十二个不同笑声，写出一个天真、烂漫、活泼的少女形象。"笑"是婴宁性格的主要特征。婴宁的笑有多种姿态，有拈花含笑，有纵情大笑，有倚树狂笑，有憨笑、浓笑、微笑等。连蒲松龄自己也说："我婴宁殆隐于笑者矣。"《诗经·硕人》描写一位美人，传神的句子是最后两句："巧笑倩兮，美目盼兮。"笑，确实是可以传出人的神、透视人心灵的镜子。

① 杜牧：《过华清宫绝句》
　　长安回望绣成堆，山顶千门次第开。
　　一骑红尘妃子笑，无人知是荔枝来。

② 张志和：《渔歌子》
　　霅溪湾里钓鱼翁，舴艋为家西复东。
　　江上雪，浦边风，笑着荷衣不叹穷。

③ 李商隐：《北齐二首》
　　一笑相倾国便亡，何劳荆棘始堪伤。
　　小怜玉体横陈夜，已报周师入晋阳。

　　巧笑知堪敌万几，倾城最在着戎衣。
　　晋阳已陷休回顾，更请君王猎一回。

④ 杜牧：《秋夕》
　　银烛秋光冷画屏，轻罗小扇扑流萤。
　　天阶夜色凉如水，卧看牵牛织女星。

万斛深情寄梦游

日有所思，夜有所梦。人睡眠的时候，由于各种刺激，或残留在大脑里的外界事物引起各种影像，形成了梦。据记载，宋代金石学家赵明诚年幼时，父亲将为他选择配偶。一天，赵明诚午睡，梦见背诵一本书，醒来后只记得三句："言与司合，安上已脱，芝芙草拔。"将它告诉父亲。父亲高兴地说：你将得到一个很有文词的妻子了。并为他解释："言与司合"是"词"字，"安上已脱"是"女"字，"芝芙草拔"是"之夫"二字，这不是说你是"词女之夫"吗？（见《琅嬛记》引）后来他果然成了有名的词女李清照的丈夫。

《红楼梦》里的香菱跟黛玉学作诗，虽日夜苦吟，茶饭无心，坐卧不定，但两首咏月诗仍然没有写好。林黛玉的评语是"措词不雅"，"过于穿凿"。这两首诗[①]，一则内容空洞、重复，一则点染藻饰，了无新意。但第三首，即"忽于梦中得了八句，梳洗已毕，便忙写出"的那首，却不失为一首好诗：

精华欲掩料应难，影自娟娟魄自寒。

一片砧敲千里白，半轮鸡唱五更残。

绿蓑江上秋闻笛，红袖楼头夜倚栏。

博得嫦娥应借问：何缘不使永团圆？

云雾遮不住月亮，"精华难掩"，比喻自己的才华不会被埋没。第二句顾影自怜，表现出自己的寂寞心情。三句隐括李白"长安一片月，万户捣衣声"（《子夜吴歌》其三）意。四句隐括李白"峨眉山月半轮秋"（《峨眉山月歌》）意。或借"砧敲"、"鸡唱"，曲折地表达出内心幽怨；用"绿蓑江上"与"红袖楼头"对举，作进一步皴染，幽怨更深。最后由一己而推至嫦娥，说她也会感叹命运之神为什么不使人们永远团圆呢？一反"人有悲欢离合，月有阴晴圆缺，此事古难全"（苏轼）的意思，而是引得月里的嫦娥同情，使她也关心起人间不幸来。余音悠悠，回旋不已。

"记梦"的诗，往往感情真挚深沉，是诗人思想的反射，精神的折光，深刻感人。

南宋诗人陆游，在他九千三百多首诗作中，有九十九首"记梦"诗。他做过各种各样的梦。他梦见自己铁马冰河，驰骋在沙场上；他梦见：北伐胜利，中原光复，敌人投降了；他还梦见：跟随皇帝御驾亲征，收复了凉州，看见凉州的少女们站在高楼上，临窗梳头；……这样的梦，是美丽的，是陆游渴望胜利的一种独特表现方式。在其"记梦"作品中，〔夜游宫〕（记梦，寄师伯浑）是有代表性的一首：

雪晓清笳乱起，梦游处、不知何地。
铁骑无声望似水。想关河，雁门西，青海际。

睡觉寒灯里，漏声断、月斜窗纸。
自许封侯在万里。有谁知？鬓已残，心未死。

早晨，雪花漫天飞舞，传来一阵急促杂乱的笳声。这是作者梦中恍惚听见的。急促、杂乱、蓦然而至的笳声，使本来清静幽深的雪晓变得一片迷离杂乱,以致竟难辨身在何处。"铁骑",紧跟"乱起"的"清笳"出现,已知这是一支军容整齐的劲旅。"无声",见出它严肃的纪律。"望似水",言军旅不断,形容其多。以水为喻,形象鲜明。这一句写出了这支大军的威严整肃。但是,现在它在什么地方呢?"想关河,雁门西,青海际。"原来它在西北边防重地雁门关和青海边,和敌人进行英勇的战斗!下阕写梦醒后的情景和感慨,气氛完全不同了。

壮志难酬,只有托之于梦。赵翼《瓯北诗话》称:"即如《记梦》诗,核计全集,共九十九首。人生安得有如许梦! 此必有诗无题,遂托之于梦耳。"但陆游的梦,是"何时嫖姚师,大刷渭桥耻"(《投梁参政》)的衷心企望,是"惊壮志成虚,此身如寄"(〔双头莲〕)的深情慨叹,是诗人人格的折射。

李清照认为"词别是一家",主张以词抒情。浓厚的时代感情,在她的词里表现得十分含蓄。〔渔家傲〕《记梦》就是独具风格的一首词:

天接云涛连晓雾,星河欲转千帆舞。
仿佛梦魂归帝所,闻天语,殷勤问我归何处?

我报路长嗟日暮,学诗谩有惊人句。
九万里风鹏正举。风休住,蓬舟吹取三山去。

云海苍茫,波涛奔涌,晓雾迷濛。在这个气象万千的宇宙里,天河流转,万顷沧波上,千帆飞舞。

"仿佛梦魂归帝所",她梦见自己到了上帝住的地方。"闻天语,殷勤问我归何处?"又听见上帝问她:你如此辛苦奔走,要去什么地方呢?

下面,是她回答天帝的话。路还遥远,天又晚了。这是作者嗟

046

叹的原因。

"学诗谩有惊人句",这不是诗人的自我菲薄,而是怀才不遇,无法冲破现实的牢笼,找不到理想的出路的感喟。李清照渴望自由,不满于"寂寞深闺"的生活。"九万里风鹏正举。风休住,蓬舟吹取三山去。"《庄子·逍遥游》:"鹏之徙于南冥也,水击三千里,搏扶摇而上者九万里。"她热切想望能像鹏鸟一样迎着狂风,高飞远扬,飞到那自由、幸福的海外仙山去!

通过"记梦",李清照深情地表达出自己的理想、愿望,倾诉了心中的悒郁和不平。

"记梦"诗有时也用来表现缠绵的爱情生活。清代著名词人纳兰性德写了几首悼亡词,其中〔沁园春〕一首,前有一小序:"丁巳重阳前三日,梦亡妇澹妆素服,执手哽咽。语多不复记,但临别有云:'衔恨愿为天上月,年年犹得向郎圆。'妇素未工诗,不知何以得此也?觉后感赋长调。"这是"梦中得句"。苏轼有一首〔江城子〕《乙卯正月二十日夜记梦》[②],也是悼念亡妻的。但上阕八句并非"记梦",而是"记实",抒写自己的心情。下阕开头一句"夜来幽梦忽还乡"以后,才转入"记梦"。"小轩窗,正梳妆",是青年夫妇生活中一件普通的事。在这里,诗人没有一件一件列举亡妻的遗事,而只是拣出这件一般的典型的人人熟悉的、却又可以引起无穷联想的事情,集中概括地写出了十年前青年夫妇之间那充满着欢乐的爱情生活。最后"料得年年肠断处:明月夜,短松冈"三句,是梦醒以后的思绪和感触。"幽梦"醒了,"小轩窗'不见了,"正梳妆"的人儿自然也成了幻影。月色凄清,不能成寐;回首往事,旧情如梦。这时,诗人不由自主地神驰千里之外:但见一片松冈,荒烟野蔓,碧海青天,明月当空。何止今夜如此,以后年年岁岁,将是这样相思,使人断肠!结尾与开头"不思量,自难忘"照应,愈见出伉俪感情的诚笃。

"记梦"的诗词,往往表达了诗人的真实感情,具有激动人心的艺术力量。因为这种昼思夜想以至成梦得来的诗,大多是寄寓着诗人最真挚、最深沉、如万斛泉涌的感情的。

① 《咏月二首》:

月挂中天夜色寒,清光皎皎影团团。
诗人助兴常思玩,野客添愁不忍观。
翡翠楼边悬玉镜,珍珠帘外挂冰盘。
良宵何用烧银烛,晴彩辉煌映画栏。

非银非水映窗寒,试看晴空护玉盘。
淡淡梅花香欲染,丝丝柳带露初干。
只疑残粉涂金砌,恍若轻霜抹玉栏。
梦醒西楼人迹绝,余容犹可隔帘看。

② 苏轼:〔江城子〕

十年生死两茫茫,不思量,自难忘。千里孤坟,无处话凄凉。纵使相逢应不识,尘满面,鬓如霜。　夜来幽梦忽还乡。小轩窗,正梳妆。相顾无言,唯有泪千行。料得年年肠断处:明月夜,短松冈。

"春来发几枝?"

郭沫若同志说:"王维的《相思》:'红豆生南国,春来发几枝?愿君多采撷,此物最相思。'我三四岁就读过这首诗了,直到今年(一九六二)七十岁,到了高要、海南等地,见到多种红豆才读懂了它。王维是山西人,没有见过红豆树,因此他这首诗第二句显然应该用问号。可是我见过许多新本唐诗却用句号。"的确,一个标点符号之差,使全诗的情味、气韵都不同了。

辛弃疾〔永遇乐〕《京口北固亭怀古》词的结尾说:"凭谁问:廉颇老矣,尚能饭否?"廉颇本来迫切地希望赵王召见,效命疆场,击破强秦,使赵国强胜起来。所以他在赵王的使者面前,"一饭斗米,肉十斤,披甲上马,以示尚可用"。但结果因仇人贿赂了使者,使者回报赵王说:"廉将军虽老,尚善饭;然与臣坐,顷之,三遗矢矣。"(《廉颇蔺相如列传》)于是,赵王便没有用他。此处作者以廉颇相比,说自己虽然老了,还不忘为国效力,收复中原。可是朝廷一味屈膝媚敌,权奸当道,谁还会关心我,任用我呢? 这一问,使诗人那种抑郁悲愤、激昂排宕的情绪,变为力重千钧的严厉质问了。

"落日镕金,暮云合璧,人在何处?"(〔永遇乐〕)初春的傍晚,落日余晖,一片火红,像镕金那样璀璨。烂漫的云霞,四围聚拢,像玉璧渐渐聚合起来。景物是这般迷人,然而,"人在何处"?

李清照这一问，把自己的凄楚之情，无依之感，表现得何等深沉！这个"人"，既不是曾经和李清照一道飘零的那些"流人"，也不是她死去了的丈夫赵明诚，而是作者自指。从往日里的"位下名高人比数"，到今天的"飘零遂与流人伍"，社会地位的变化，有多么急剧！从每饭罢，坐归来堂烹茶论文的生活，到"吹箫人去楼空"的日子，前后光景的变化，有多么悬殊！从"笑语檀郎，今夜纱厨枕簟凉"的旖旎岁月，到"永夜恹恹欢意少"的凄凉夜晚，真是恍如隔世！所以，"人在何处"？是"此身虽在堪惊"（陈与义）的另一种说法，正是通过这一"问"句，作者无所适从的心情就愈深沉了。

　　对王维《过香积寺》①"深山何处钟"句的标点，有的用句号，有的却用了问号。此诗题曰"过"，故没有从正面写香积寺。首二句说云笼雾罩，绵延数里，不知香积寺在何处。山中古木参天，不见人径，恰在此刻，是何处传来了钟声呢？钟声可闻，但不辨何所来，故有此疑问。写出行人的乍闻钟声，产生疑问，十分传神。如果这句诗是句号，便不会有这番含意了。

　　白居易〔忆江南〕说他"最忆是杭州"。结尾淡淡一笔，更把诗人对杭州的深情怀念，和再到杭州的殷切渴望，用"何日更重游？"这一问句，深刻地表现出来。通过这句情深意长的问，读者可以看到诗人"最忆"杭州的那颗火热的心了。

　　在诗词里，有的问句是肯定真意的。如牛希济的〔生查子〕词：

　　新月曲如眉，未有团圞意。红豆不堪看，满眼相思泪。

　　终日劈桃瓤，人（仁）在心儿里。两朵隔墙花，早晚成连理？

　　从新月想到不能团圆，从红豆引起了相思的苦情。从桃仁在桃瓢里,比喻爱人在自己的心儿里。一片相思,万般柔情。诗人偏以问句作结:"两朵隔墙花,早晚成连理?"这是似问实答,表示出女人坚信终会像连理枝那样结合在一起!词看似平淡,实则意趣悠扬。开头,望新月,看红豆,心中愁苦。接着,劈桃瓢,觉得爱人就在自己心儿里,不觉由悲而喜。于是产生了坚定的信念。所以这一"问"还有点儿俏皮、自得、会心的微笑在里面呢。

诗词的问句在结尾,往往余音未绝、余味无穷。"绿蚁新醅酒,红泥小火炉。晚来天欲雪,能饮一杯无?"(白居易《问刘十九》)因酒而看到温酒的小火炉,因火炉而觉天寒欲雪,孤寂无聊,想邀友人来饮。"能饮一杯无?"这一问,仿佛友人就在面前,围炉共话。不问其能不能来,但问其能不能饮,与首二句紧相关联,可见不是萍水之交,而是一位老朋友,一请就会来的!"若道巫山女粗丑,何得有此昭君村?"(杜甫《负薪行》)本意是说她们的丑,是由于生活的折磨,并非由于什么地理环境所致,并以貌美的王昭君来作证明。故作疑问的反诘,感情更深刻。"请君试问东流水,别意与之谁短长?"(李白《金陵酒肆留别》)分别时,尽管要走的人和不走的人,都喝了许多酒,但惜别之情并未消减。要知道我们的惜别之情有多少,请你去问无穷无尽向东流去的长江水,到底谁短谁长? 这一问,情更长,意更深,把惜别之情,描绘得酣畅淋漓,使人仿佛看到滚滚长江东逝水及那比长江还长的真挚友情。"如何十二金人外,犹有人间铁未消?"(陈孚《博浪沙》)这一问,对秦始皇聚天下兵甲铁器于咸阳,铸十二金人,以为从此可以长治久安,讽刺多么深刻有力!

"江畔何人初见月? 江月何年初照人?""谁家今夜扁舟子? 何处相思明月楼?"张若虚《春江花月夜》中这四个问句,一是问月:在历史的长河中,是谁先站在江岸上看到你的呢? 你又在何年开始把光华给予人类的呢? 二是代人设问:是哪个游子还飘荡在一叶扁舟之中? 又是哪家的思妇望明月而相思呢? 这里不仅物态人情,两臻佳境,而且由于使用了排比和对偶句,大大加强了感人的艺术力量。杨慎在《词品》中曾引无名氏的诗,并加以评论,说:"'万里长江一带开,岸边杨柳是谁栽?锦帆落尽西风起,惆怅龙舟更不回。'此词咏史、咏物,两极其妙。首句见隋开汴通江,次句'是谁栽'三字作问词,尤含蓄。不言炀帝,而讥吊之意在其中。末二句俯仰今古,悲感溢于言外。"

"春来发几枝?"所以应是问句,和上面谈的许多问句一样,在一般情况下,都是为了更强烈地表达出人的思想感情,加强诗的感染力量。因此,无论创作还是阅读作品,对一个标点符号,都应该细加斟酌。

① 王维:《过香积寺》
不知香积寺,数里入云峰。
古木无人径,深山何处钟?
泉声咽危石,日色冷青松。
薄暮空潭曲,安禅制毒龙。

酒旗的启示

　　酒旗，或称酒帘、酒斾、酒幌、青旗、青帘，在古典诗词里面出现，往往作为抒情写景的陪衬，而非专咏其事。比如王安石〔桂枝香〕《金陵怀古》有："征帆去棹斜阳里，背西风、酒旗斜矗。"是说在一望无际的大江上，来来往往的船帆洒满了斜阳的余晖，急匆匆地驶过去，两岸卖酒人家的酒帘竖立，迎风飘动。酒旗，成为这首音调高亢、境界开阔的怀古词的组成部分。张昇〔离亭燕〕有："云际客帆高挂，烟外酒旗低亚。"酒旗在这儿也是作为江南景物的衬托。柳永〔夜半乐〕中的"望中酒斾闪闪，一簇烟村，数行霜树。"是写"扁舟一叶，乘兴离江渚"的路途之所见。至于秦观〔望海潮〕"烟暝酒旗斜"，说在夜雾迷漫中见酒旗斜立，不过是增加他"重来是事堪嗟"的陪衬。而段成式〔柳枝〕中的"只向江南并塞北，酒旗相伴惹行人"，李中〔江边吟〕"闪闪酒帘招醉客"，不过说无论江南塞北，有酒帘相伴，可以聊寄旅人的客中寂寞罢了。梅圣俞《春寒》："亚树青帘动，依山片雨临"，欧阳修《秋怀》："西风酒旗市，细雨菊花天"，酒旗在这儿，是春、秋日抒怀的景物衬托。李贺《江南曲》："鼍吟浦口飞梅雨，竿头酒旗换青苎。"说鼍吟浦口，梅雨纷飞，市上的酒旗，已改用苎麻的了。酒旗在这儿，表明了季节的变换。总之，酒旗出现在诗词中，一般总是景物的烘染，感情的陪衬，或表示节令的变化,对于作品的立意,并无多大作用。的确,酒旗是一件平常的东西。它既不能像花朵(比如梅花)、虫鸟(比如雁、蝉、蟋蟀)等,可以寄托人的精神;也不像春风秋雨、微云淡月,用来表达人的感情。所以它往往处于从属的陪衬地位。

但是,事情也会有例外。在林林总总、千姿万状的诗词里面,酒旗,也有助于诗的意境的形成,主题的表现,给人以美感和想象。先看陆龟蒙的《怀宛陵旧游》:

> 陵阳佳地昔年游,谢朓青山李白楼。
> 惟有日斜溪上思,酒旗风影落春流。

陵阳山在今安徽省宣城县境内。南朝齐诗人谢朓(玄晖)做宣城太守时,在陵阳山麓建了一座楼,后人称之为"谢公楼",又名"北楼"。唐代诗人李白也在宣城住过几年,他在《秋登宣城谢朓北楼》诗中,赞赏这里风景幽美:"两水夹明镜,双桥落彩虹。人烟寒橘柚,秋色老梧桐。"不禁兴起"临风怀谢公"之感。陆龟蒙到宣城游历,追念昔日旧游,自然想到了谢朓、李白、青山、北楼。首两句以十分精炼的笔墨,概括出往时的人物风流,山水胜境。这是从大处着眼,写的是大景。三、四句说,宛陵风景,处处令人怀念,更使人寻思的是:落日时,在清溪之上,看卖酒人家门前高挂的酒旗,迎风飘拂,映着斜日,影子落在春流之中。这里的酒旗,与行人相伴,写得很有生气。"酒旗风影落春流"是一个小景,但它绾结全诗,与前两句的大景,巨细相映,匀称自然。景物依稀当年,而诗人对前辈诗人的深切仰慕,也历历可感了。酒旗虽小,而对于形成诗的境界和它的美学价值,却是不可忽视的。

再看辛弃疾的〔鹧鸪天〕《代人赋》:

> 陌上柔桑破嫩芽,东邻蚕种已生些。

平岗细草鸣黄犊,斜日寒林点暮鸦。

山远近,路横斜,青旗沽酒有人家。
城中桃李愁风雨,春在溪头荠菜花。

开头,作者用泼墨的技法,描绘出农村早春傍晚时清丽疏淡、欣欣向荣的画图。

路旁的桑树,被春风吹甦了,长出了鹅黄嫩绿的幼芽。东头邻居家的蚕种,也孵出了小蚕。从村外细草铺地的山坡上,不时传来小牛的鸣叫。快要落山的太阳,照在带几分春寒的树枝上,暮鸦也归巢了。用来表现早春景色的东西很多,这里诗人单选择了"柔桑"、"蚕种"、"细草"、"黄犊",它们清新,富有生气,可能寓有农事活动方在开始的意思。

词的传统写法是:上阕写景,下阕言情。这首词转入下阕,开头仍然是写景,但它有波澜,有层次,不同于上阕的平铺直列。由平岗而望见远山,由横斜的道路而望到它是通向酒店去的。但如果作者一味地去写景,不见有人的活动,那么即令是"阳春烟景"、"千里莺啼",也不会有新鲜感。当然也不能衬以车水马龙,摩肩接踵,因为它和作者已经安排下的环境气氛,调和不起来。"青旗沽酒有人家"这句,是全篇的主心骨,它使得前面的许多景物,刹那间活跃起来。"酒旗"在这幅生气勃勃、欣欣向荣的江南早春图里,使画面别具情趣,"此中有人,呼之欲出",更活泼生动了。词的最后两句,是对平静而富有斗争气息的农村生活的赞美。

王夫之说:"有大景,有小景,有大景中小景。"(《姜斋诗话》)酒旗,在陆诗、辛词里面,可谓"小景"矣,但是,由于诗人的巧妙构思,匠心独运,如果不说胜过了"大景",至少它们是相映相衬而相得益彰的。这就是极其平常而不为人所注意的小酒旗,给予我们的启示。

晨钟·暮钟·半夜钟

常听到人们说：暮鼓晨钟。

其实，钟声并不都在一日之晨，薄暮、午夜以及其他时间都可以闻到。

晨闻钟声，有时只是表示一天的破晓。"报道先生春睡美，道人轻打五更钟。"（苏轼）诗中跳跃着一种轻快的情趣。"来是空言去绝踪，月斜楼上五更钟。"（李商隐）说所思之人不来，自己苦待到天明，仍是踪影杳然。如果上句解作虚幻的梦境，则下句是写梦醒后的惆怅。但钟声都表明着时间。为李商隐诗作笺注的清代冯浩说这两句是："谓绹（令狐绹）来相见，仅有空言，去则更绝踪矣。令狐为内职，故次句点明入朝时也。"通过晨钟，"来点明入朝时"，在唐诗中颇不乏见。岑参《和贾至舍人早朝大明宫之作》："金阙晓钟开万户，玉阶仙仗拥千官。"这里钟声也表明时间。正是"钟鸣而宫门开，仗出而朝班齐。"写出了早朝壮景和盛况。同是借助宫廷景色来写钟声，有的有所寓意，如钱起《赠阙下裴舍人》[①]："长乐钟声花外尽，龙池柳色雨中深。"这是一首投赠希望得到引荐的诗。对这两句诗，俞陛云先生有段很精辟的话："上句谓长乐宫中之钟声，传递至花外而尽，言宫禁深严，钟声非外人所得闻，惟舍人在阙下闻之。下句言柳以在龙池之畔，故得雨露为多，喻裴为近臣,故承恩独厚。因后半首有'阳和不散穷途恨'及'献赋十年犹未遇'句,故知长乐龙池句,羡舍人之身依禁近,而伤己之以白髪相对华簪,非泛言宫中花柳之景也。"(《诗境浅说》)

晨钟入耳,当一天开始之际,还往往给人以警觉。如:"欲觉闻晨钟,令人发深省"(杜甫《游龙门奉先寺》);"猿鸣钟动不知曙,杲杲寒日升于东"(韩愈《谒衡岳庙遂宿岳寺题门楼》);还有纳兰性德的词:"来去苦匆匆,准拟待晓钟敲破。"(〔寻芳草〕)至于"羁旅长堪醉,相留畏晓钟"(戴叔伦《江乡故人偶集客舍》),更别有新意。一个"畏"字,写出了此时此地("天秋月又满,城阙夜千重")、此情此景("还作江南会,翻疑梦里逢。风枝惊暗鹊,露草覆寒虫")中,"偶集"在一起的"故人"那种不忍别、又不得不别的复杂心情。他乡作客,故人们偶然欢集,时值秋夜,"城阙千重",灯月交辉,本应作长夜饮,可是却怕听见钟声。因为这样一来,便"明日隔山岳,世事两茫茫"(杜甫)了。这晓钟有着多么摄人心魄的力量! 顾敻的词:"山枕上、长是怯晓钟"(〔甘州子〕),"觉来枕上怯晨钟"(〔浣溪沙〕),与戴叔伦"相留畏晓钟"不同,前者写的是男女欢情,"绮筵散后绣衾同",担心着"何期良夜得相逢",因而"怯晨钟"。可见晨钟之于不同的人,所起的作用也是不同的。

不过,真正写出诗人独特的感受,写出晨钟特色的,还是杜甫。他在《船下夔州郭宿,雨湿不得上岸,别王十二判官》②诗中有"晨钟云外湿"句。叶燮对此大发过一篇议论,最后说:"不知其于隔云见钟,声中闻湿,妙悟天开,从至理实事中领悟,乃得此境界也。"(《原诗·内篇下》)当时船泊夔州城外,雨湿不得上岸,夔州地势高,寺在山上,云雾弥漫,所以说钟声从云外传来。"江鸣夜雨",钟声要通过云和雨,才能传入船里,因而又说钟声要被沾湿。这句诗写出了此时此境此人的独特感受,是写晨钟的名句之一。

暮钟,在古人笔下多是表示时间或寄寓感慨的。如:'钟声自仙掖,月色近霜台"(钱起《和万年成少府寓直》);"山寺钟鸣昼已昏,渔梁渡头争渡喧"(孟浩然《夜归鹿门歌》);"楚江微雨里,建业暮钟时"(韦应物《赋得暮雨送李曹》);"别来沧海事,语罢暮天钟"(李益《喜见外弟又言别》);"灯影深村夜,钟声古寺秋"(黄庚《西州即事》);"独夜忆秦关,听钟未眠客"(韦应物《夕次盱眙县》)。前三例切题,后三例则是感慨系之。

说到半夜钟,不能不首先提到张继的《枫桥夜泊》:

月落乌啼霜满天,江枫渔火对愁眠。

姑苏城外寒山寺,夜半钟声到客船。

这是一首很有艺术特色的诗。从题目"夜泊"知道诗人是客舍舟中。"月落乌啼霜满天",既说明是秋天,也表明夜已深了。由近及远,看到的是:经霜的枫林,点点的渔火。前两句通过残月、啼鸦、霜天、渔火,还有文字上没有明白写出来的、但实际闪现在眼前的茫茫江水,把周围环境渲染得一片萧瑟、凄清。在这种情境下,远方游子,泊船江干,欲眠不得,愁绪满怀,难免不有杜甫"飘飘何所似,天地一沙鸥"之感吧。后来,在这欲眠未眠、似眠非眠的怅惘忧思之中,传来了午夜钟声,一声声,一下下,敲击在不眠游子的心上。这种景况,和"伤心枕上三更雨,点滴凄清,点滴凄清"(李清照〔添字采桑子〕),很相仿佛,只不过一是钟声敲在心上,一是雨声打在心上罢了。诗的色彩、声响,与人的心境互相融合,而且静中有动,以动衬静,使人有不堪其静之感。

但是,对这样的好诗,宋代的欧阳修却进行指责,说"夜半钟声到客船"句,"句则佳矣,其如三更不是打钟时。"(见《六一诗话》)此后几百年,一直争论不休。据当时身居其地的人说,姑苏一带寺院,是有午夜打钟的习惯的(见《庚溪诗话》)。

其实,唐代不少诗人写过"夜半钟声",如:"定知别后家中伴,遥听猱山半夜钟"(于鹄);"新秋松影下,半夜钟声后"(白居易),

058

"悠哉逆旅频回首,无复松窗半夜钟"(温庭筠);"秋深临水月,夜半隔山钟"(皇甫冉);"杳杳疏钟发,中宵独听时"(司空曙);以及王建的"未卧尝闻半夜钟",陈羽的"隔水悠悠半夜钟",许浑的"月照千山半夜钟",等等。再说,"诗人借景立言,唯在声律之调,兴象之合,区区事实,彼岂暇计"。(明胡元瑞语)清马位也说:"今吴中山寺,实以夜半打钟。然亦何必深辩,即不打钟,不害诗之佳也。如子瞻'应记侬家旧姓西',夷光姓施,岂非误用乎?终不失为好。"(《秋窗随笔》)而且,更为重要的是,不应该把这句诗解死,说作者一定听到钟声,因为诗的第二句已经点出"愁眠"。其实,作者怀着羁旅乡愁无法睡熟,何况外面有"乌啼",那明月、渔火还会映进船舱来。在这种欲睡未睡、似睡非睡的景况下,悠悠的钟声似幻似真、似有似无地传入耳中,也不是不可能的。钟声在这儿,既以动衬静,又制造了诗意所需要的氛围和声调,而且与首句"月落"、"乌啼"相应,亦景亦情,浑融无迹。

另外,钟声有时既不在晨,也不在暮,还不在半夜,可是却更有意味。常建的《题破山寺后禅院》是首写禅院之幽静的诗。起联点题:"清晨入古寺,初日照高林。"这时所见的是:"曲径通幽处,禅房花木深。山光悦鸟性,潭影空人心。"曲径通幽,花木蓊郁,鸟恋山光而悦性,人见潭影而心空。这里写了超乎尘世的禅院。首句虽云"清晨",但从次句"日照高林"看,时间已稍晚了。结以"万籁此俱寂,唯闻钟磬音。"真是"静中之动,弥见其静"。王维《过香积寺》有句云:"古木无人径,深山何处钟?"说古木夹道,寂无人迹,唯闻钟声悠悠飘来,而不知其从何处来。两诗同一机杼。不过,一见其"静",一见其"幽";一写寺内,一写寺外。细细品味,还是稍有不同的。

韦应物《初发扬子寄元大校书》[③]有:"归棹洛阳人,残钟广陵树"句,说以我归棹洛阳之人,回望广陵,听到残余的钟声,从朦胧的烟树中隐隐传来。作者对广陵钟声尚如此留恋,则对亲爱的朋友的恋情之深就可想而知了。惜别之情,喷涌而出。情景交融,意味隽永。沈德潜云:"写离情不可过于凄婉,含蓄不尽,愈见情深。"(《唐诗别裁》)

钟声,虽然声声都是单调、凝重的音响,但诗人们却能谱出一曲曲动人的乐音。

① 钱起:《赠阙下裴舍人》
二月黄鹂飞上林,春城紫禁晓阴阴。
长乐钟声花外尽,龙池柳色雨中深。
阳和不散穷途恨,霄汉长悬捧日心。
献赋十年犹未遇,羞将白发对华簪。

② 杜甫:《船下夔州郭宿,雨湿不得上岸,别王十二判官》
依沙宿舸船,石濑月涓涓。风起春灯乱,江鸣夜雨悬。晨钟云外湿,胜地石堂烟。柔橹轻鸥外,含情觉汝贤。

③ 韦应物:《初发扬子寄元大校书》
凄凄去亲爱,泛泛入烟雾。归棹洛阳人,残钟广陵树。今朝此为别,何处还相遇?世事波上舟,沿洄安得住?

爱情,怎样表达?

古代的诗,从《诗经》起,有不少叙说爱情的。而"别是一家"的词,描述爱情的就更多了。古代的诗人是怎样表达这一题材的呢?

有的诗词,言词坦直,感情强烈,一泻无余地表达出幽怨或欢乐。如"无端嫁得金龟婿,辜负香衾事早朝"(李商隐《为有》);"早知潮有信,嫁与弄潮儿"(李益《江南曲》);"偷眼暗形相,不如从嫁与,作鸳鸯"(温庭筠〔南歌子〕);"陌上谁家年少、足风流。妾拟将身嫁与,一生休。纵被无情弃,不能羞"(韦庄〔思帝乡〕);"须作一生拼,尽君今日欢"(牛峤〔菩萨蛮〕);等等。但也有委曲婉转、深沉执著的。这类作品,譬之品茗,过浓则苦,太淡寡味;惟淡中有浓郁之味,浓中有清淡之气,才能给人以真正的美感。韦庄的〔浣溪沙〕就是这样的作品:

夜夜相思更漏残,伤心明月凭阑干,想君思我锦衾寒。

咫尺画堂深似海,忆来唯把旧书看,几时携手入长安?

开头三句,语似平铺,意似直叙,感情的抒发也似直截了当。不过细细看来,它层次叠连,婉转巧姿,境界深邃,感情委婉,感染力强。首句写相思,从"夜夜"看,可见已非一日了;"更漏残",表明夜已深。次句继续写相思。在月明之夜,她凭栏伤心,思念着远方的爱人。从笔势所向,感情的发展,接下来应该加浓相思的程度。但出人意想之外,诗人纵笔驰骋,远扬开去,却从对方立说:"想君思我锦衾寒。"她相思之情苦,却不扑空,因为远方的知音和自己是"共鸣"的。这是想象,但语气是肯定的。

上阕三句,从一般到具体,再跳跃到对方。三层意思,三种境界,把思妇辗转不寐,深夜怀人的情状,充分表现出来;感情激越,写来婉转动人。就像"初日芙蓉春月柳",温情脉脉。

"咫尺画堂深似海",说自己深居独处,虽然相距咫尺,却无由会面。"忆来唯把旧书看",以看"旧书"作为唯一可慰相思的东西。从"旧书",可见新近不曾接到书信。这一句写得婉转深沉。结句再推进一层:"几时携手入长安?"这句与"想君"句呼应,表示对爱情的坚贞不渝,遥想有一天会"携手入长安",过美好团聚的幸福生活。婉转而爱深,是这首词的特色。

无独有偶,李商隐的《无题》诗,也表达了女主人婉转的爱情,与韦词有异曲同工之妙。诗曰:

> 凤尾香罗薄几重,碧文圆顶夜深缝。
> 扇裁月魄羞难掩,车走雷声语未通。
> 曾是寂寥金烬暗,断无消息石榴红。
> 斑骓只系垂杨岸,何处西南待好风?

一、二句说她夜深相思,无以排遣,便缝制起有凤尾和青碧花纹的圆顶罗帐,期待着与情人相会。三、四句倒笔插叙,追忆两人一次偶然的相遇:对方车行甚速,恍如雷声滚过,自己因含羞用团扇掩住面孔,两人未通款曲。五、六句又回到现实情境中来:蜡烛燃久,暗淡无光;石榴花开,消息杳然,流光易逝,一别经年。最后寄相思于未来,期待着西南风,有一天将我吹送到他所在的地方。

韦词李诗写的都是爱情。一是相思凭阑,夜不成寐,卧看"旧书";一是"碧文圆顶夜深缝"。一希望"携手入长安",一希望"西南待好风"。心曲相同,都婉转地表达出深沉的爱情。

明代大画家唐寅(伯虎),善画能诗。他有首七言古诗《题拈花微笑图》:

> 昨夜海棠初着雨,数朵轻盈娇欲语。
> 佳人晓起出兰房,将来对镜比红妆。
> 问郎花好侬颜好? 郎道不如花窈窕。
> 佳人见语发娇嗔,不信死花胜活人。
> 将花揉碎掷郎前,请郎今夜伴花眠。

这首题画诗,开头两句写海棠昨夜刚刚受了细雨的滋润,娇嫩、明艳,有数朵还缀着水珠,鲜活得像"欲语"似的。此两句,极写花的美,用意仍在写人。接着出现了一位少妇。她早起走出闺房,大概被海棠花的美艳吸引住了,采下几朵海棠,拿在镜子前跟自己的红颜对比起来。"问郎花好侬颜好?郎道不如花窈窕。"一问一答,各尽其妙。问者一腔喜悦,信心满怀;答者脱口而出,漫不经意:"你么? 不如花美丽。"这一下可惹得她娇嗔起来:"不信死花胜活人!"话冲口而出后,继之而来的是行动:"将花揉碎掷郎前,请郎今夜伴花眠。"表面看,这时她愤怒多于委屈了。不过,这一切都是娇嗔,是撒娇,是闹着玩儿的。这样,把幸福的爱情生活写得有声有色,看似婉转,却又率直。虽然,没有一个字写少妇的美,可是她的美可以想象到,决不是"不如花窈窕";在爱人看来,她的"娇嗔"不也是美的么? 不然,就不会有那句违心之言了。

在唐五代词里有一首无名氏的〔菩萨蛮〕,题意与唐寅的诗如出一辙。词云:"牡丹含露珍珠颗,美人折向庭前过。含笑问檀郎:花强妾貌强? 檀郎故相恼,须道花枝好。一面发娇嗔,碎挼花打人。"这里两人的表情都很直露:一个是"檀郎故相恼",故意气一气她;一个是"碎挼花打人",她也像是真的生气了,不仅将花揉搓碎了,而且还用碎花来"打人"!宋初词人张先也有一首〔菩萨蛮〕,和无名氏的词几乎一样。词云:"牡丹含露珍珠颗,美人折向帘前过。含笑问檀郎:花强妾貌强? 檀郎故相恼,刚道花枝好。花若胜如奴,花还解语无?"上阕只一字不同("庭"与"帘"),但含意毫无区别。下阕檀郎只是:"刚道花枝好",她一下就不高兴了:"花若胜如奴,花还解语无?"她虽没有"发娇嗔",也没有"碎挼花打人",但脾气却好像更大一些。

李清照的〔减字木兰花〕,题意与上述诗词相近,但写法稍有不同。词云:"卖花担上,买得一枝春欲放。泪点轻匀,犹带彤霞晓露痕。 怕郎猜道,奴面不如花面好。云鬓斜簪,徒要叫郎比并看。"这花,是她从卖花担上买来的。它刚刚开放,上面带着露珠和红霞一样的光彩。她把花斜簪在云鬓上,为的是:"怕郎猜道(心里暗想),奴面不如花面好。"所以,要郎将花和她的面对比地看一看。

这四首诗词,都是描写女人借花撒娇弄痴的,但形象不同。一个是充满着风情、笑谑、调侃和温情;两个是感情奔放、热烈、粗犷;一个是态度娴雅、大方、开朗、风趣,艳而不谑。

爱情在古典诗词中的表现多种多样。这里的几首诗词,大都写出了人的风情美,形象美,还写出了人的心灵美。这是诗人匠心独运的结果。

"唯造平淡难"

平淡,人们往往与"单调"、"乏味"联系在一块儿。但梅圣俞《读邵不疑学士诗卷》云:"作诗无古今,唯造平淡难。"葛立方《韵语阳秋》认为:"欲造平淡,当自组丽中来;落其华芬,然后可造平淡之境。"又说:"'清水出芙蓉,天然去雕饰'(李白),平淡而到天然处,则善矣。"平淡,应该是平而有趣,淡而有味;应该是"一语天然万古新,豪华落尽见真淳"(元好问);应该是"归真返璞"(《战国策·齐策四》),"看似寻常最奇崛"(王安石)。

清明,在古代是人们关心的一个节日。杜牧的《清明》是广泛传诵的一首诗:

> 清明时节雨纷纷,路上行人欲断魂。
> 借问酒家何处有,牧童遥指杏花村。

这首诗"看似寻常最奇崛",乍看首两句,也许有人会说,这个人太没意思了,落了点小雨,就值得惆怅伤感("断魂")么?如果把首句的"纷纷"与次句的"断魂"联系起来,细细揣摩,就觉得不是没有缘由的。佳节行路的人,难免会有点心事("每逢佳节倍思亲")。现在细雨又下个不停,冒雨趱路,自然"别是一番滋味在心

头"了。"纷纷"是形容春雨,也是形容这"行人"的情绪。第三句
乍看颇平淡,如果和第四句联系起来,情趣就不同了。它仿佛使人
看到:绵绵春雨中,牧童骑在牛背上,手指远方:"瞧,那不就是杏
花村嘛!""行人"闻讯而喜,喜而赶路,以及他那急匆匆的样子,都
浮现在人的眼前。这首诗正是"平淡"里面见"真淳"的。

曾慥《乐府雅词》录有两组无名氏的〔九张机〕,其中两首是:

一张机,采花陌上试春衣。风晴日暖慵无力。
桃花枝上,啼莺言语,不肯放人归。

两张机,行人立马意迟迟。深心未忍轻吩咐。
回头一笑,花间归去,只恐被花知。

先看第一首。暮春三月,莺啼柳绿,这位少女春衣初试,喜溢
眉梢,到陌上采桑来了。可是,诗人既没有写她采桑,也没有直说
她此时的心情,而是巧妙地从反面立意。他写了明媚的春光,热烘
烘的太阳,盛开着的桃花;在桃花枝上蹦蹦跳跳、歌喉婉转、叫个不
停的黄莺。从鸟的啼声里,她听到一种奇妙的语言:"不肯放人
归。"无知的黄莺有知了,它要把人给留住哩。当然,不是黄莺留
人,是这位少女自己不愿意走,所以在她听来,黄莺也解人意了。
于此,我们才明白:这位少女为什么要"试春衣",在"风晴日暖"的
春天里,她为什么这样"慵无力"。

次看第二首。它是第一首的续篇。少女的愿望实现了,期待
着的人骑着马来了。他们讲了些什么话,神情怎样,作者没有写。
在分手的时刻,她犹豫不定,恋恋不舍。她有心里话想跟他说,可
又不好意思说。"深心未忍轻吩咐"句包含着丰富的感情,写出了
这位少女踌躇迟疑的情态。要说的话儿到了嘴边上,还是没有说
出来。因为他已经知道自己的心里话了。于是,"回头一笑,花间

归去"，躲进花丛中去了。"回头一笑"，含意深刻。本来"花间归去"之后，这位少女的心已呈现出来，但诗人还要补足一句："只恐被花知"，方才的事，也许被花儿听去了。至此，才可以了解到这位少女的心灵。这两首小词，表面看像是"平淡"，实际上它的内涵丰富。没有这种生活实感的人，不会写得如此耐人寻味。

梅尧臣（圣俞）的一些诗，平淡朴素。《苕溪渔隐丛话》后集卷二十四称："圣俞诗工于平淡，自成一家。如《东溪》云：'野凫眠岸有闲意，老树着花无丑枝。'《山行》云：'人家在何许？云外一声鸡。'《春阴》云：'鸠鸣桑叶吐，村暗杏花残。'《杜鹃》云：'月树啼方急，山房人未眠。'似此等句，须细味之，方见其用意也。"这些诗和他同情人民疾苦的《田家》、《陶者》、《田家语》等，迥异其趣。它们表现的是一种闲适、幽寂的生活情境。如《鲁山山行》：

适与野情惬，千山高复低。

好峰随处改，幽径独行迷。

霜落熊升树，林空鹿饮溪。

人家在何许？云外一声鸡。

起联写山，次联点行，后二联写山行的具体景物："幽径"，究竟"幽"到什么程度呢？"独行迷"，一个人走路，会有迷路的危险。这够"幽"了吧，但作者觉得还不够，又补足两句："霜落熊升树，林空鹿饮溪。"正幽绝至极，不禁发问"人家在何许"的时候，仍人影杳然，而一声鸡啼，却从云外遥遥传来。真是平淡自然，而又含有无限野趣。

李清照的词，造语平淡，却情味无穷。"绿肥红瘦"，"宠柳娇花"，"清露晨流，新桐初引"，"红藕香残玉簟秋"，"被冷香消新梦觉，不许愁人不起"，等等，历来为人们所称道。或说"天下称之"，"此语甚新"；或说"全句浑妙"，"浑成脱化，如出诸己"；或说"语意飘逸,令人省目","便有吞梅嚼雪,不食人间烟火气象";或说"皆浅俗之语,发清新之思"。杨慎《词品》对李清照推崇备至,说"宋人中填词,李易安亦称冠绝";对〔声声慢〕("寻寻觅觅")一阕,尤致赞扬。他认为"炼句精巧则易,平淡入妙者难"。而李清照的这些词,正是以"平淡入妙"的。

在小诗中,看似平淡而饶有意味的颇不少。李端有两首写少女情态的小诗,一曰:"开帘见新月,即便下阶拜。细语人不闻,北风吹裙带。"(《拜新月》)一曰:"鸣筝金粟柱,素手玉房前。欲得周郎顾,时时误拂弦。"(《听筝》)前一首说,开帘见月,下阶便拜。从古代妇女拜月、倾诉心曲这一古老风俗中,表现出少女质朴、纯真的感情。藏在内心深处的话儿,只能对月诉说,但又怕"人闻",所以只能"细语"了。仅五个字便刻画出此刻她那颗激动不安的心。结句更妙,不写人的举态,而只说北风吹拂着她的裙带,岂北风知其隐衷耶? 此时无声胜有声。虽无一语倾诉心事,却使人完全感触到这少女的心灵了。后一首说,筝发出激越的声音,是少女在深闺中素手弹出。她时时故意弄错指法,为的是引起人家的注意。"曲有误,周郎顾。"她多么希望着"周郎"来"顾曲"呀。同是写少女情态,一怕人知,一怕人不知,虽都字数寥寥,平淡浅白,但人的形神栩栩如见,正是"平'而有趣,"淡"而有味。

"欲造平淡难。"但其所以难,难在必须先有生活上的"浓",然后才能达到艺术上的"淡",如同先有生活上的"巧",然后才能达到艺术上的"拙"一样。这"浓"后之"淡","巧"后之"拙",是要花费诗人更多心血的。

"一生儿爱好是天然"

诗词有的含蓄蕴藉,有的如话家常。切不可以风格不同而论其优劣。内容决定形式。艺术风格和艺术手法,总须适应作品的具体内容。

一种新文体兴起时,尤其是来自民间的作品,大抵明白浅显者多。作者胸怀坦荡,情感明朗;没有忧谗畏讥,更无遮掩藏饰。诗三百篇是如此,敦煌曲子词也如此。这些没有沾染上文人习气的作者们,正是"一生儿爱好是天然"。

敦煌曲子词多出于小手工业工人、城市贫民、中小商人等市民阶层之手。这些词,一般感情真挚,朴素自然,与"镂玉雕琼"、"裁花剪叶"的唐五代"花间词",迥然不同。试看无名氏〔菩萨蛮〕:

枕前发尽千般愿,要休且待青山烂。
水面上秤锤浮,直待黄河彻底枯。

白日参辰现,北斗回南面——
休即未能休,且待三更见日头!

在封建社会里,人们总是用"许愿"来表达自己的坚决意志和愿望。"愿"有"千般",足见其多。愿多,显示出情深;情深,愿也就坚决了。枕前发愿,愿有千般,两人的厚意深情,说得再明白不过了。首句"枕前发尽千般愿",是全词的"引子",由此引发出:青山烂,秤锤浮,黄河枯,白日见参辰(二星名),北斗移南面,三更出太阳六件事情。人们知道,在现实生活中,这些事情是根本不可能出现的。然而,要割断两人间的恩爱,却必须它们一一出现才成。这样,把"未能休"的心意表现得十分坚决!这首词,没有任何藻饰,通过一连串众所周知的根本不可能出现的事情,表达出劳动妇女对爱情坚贞不渝的思想感情。

有的作品,语言简朴,明白如话,耐人回味。如孟浩然的《春晓》:

> 春眠不觉晓,处处闻啼鸟。
> 夜来风雨声,花落知多少?

这首诗如话的程度,和口语没有什么不同。这"话"像吃橄榄,初尝无味,咀嚼下去,回甘之味,便津津然生于颊辅间。"春眠不觉晓",实际是"不觉而觉",因为已经听到鸟声处处了。夜来风雨交作,而为花忧;既"晓"之后,啼鸟弄晴,又为花喜,心情亦随之而开朗。但对夜来风雨的担心,对花事的关注,并未稍减。所以问道:"花落知多少?"喜忧之中,透出无限伤春心事。说穿了对于落花,是唯恐其多,但愿其少的。

民歌,往往朴实无华,情趣天然。一些文人的拟作,都还保留着民歌痕迹。这里只看崔颢《长干曲》组诗中的第一、二首:

> 君家何处住?妾住在横塘。
> 停船暂借问,或恐是同乡。

家临九江水，来去九江侧。

同是长干人，生小不相识。

　　上首是女方问，下首是男方答。问者先问："君家何处住？"不待回答又作自我介绍："妾住在横塘。"表现出急切的心情。下首男方回答说：我家也住九江边上，而且经常在江上来往。又说：我们"同是长干人"，却一直还不认识呢。表面上看，女方的问是由于"或恐是同乡"，男方的解释含着歉意。但透进一层看，女方先问，显然有情；男方后答，答而解释，绝非无意。问答之间，微露出彼此的欢悦。此诗，如话家常，但话中有意，给人天真自然的感觉。

　　"山中相送罢，日暮掩柴扉。春草明年绿，王孙归不归？"（王维《送别》）一般送别，多写临歧时依依惜别。这首诗却从"送罢"写起。"罢"而掩门，寂寞可见。今年草绿送别，到明年春草再绿时，你回不回来呢？纸短情长，余韵无穷。"君自故乡来，应知故乡事。来日绮窗前，寒梅着花未？"（王维《杂诗三首》之二）一个朋友从家乡来，诗人向他探问家乡的事，可是别的事都不问，只问他来的时候，自己家里雕花窗前的梅花开了没有。为什么关心的只是梅花呢？原来梅花象征着人的品格，表示自己高逸，超然尘外。"此地别燕丹，壮士髪冲冠。昔时人已没，此地水犹寒。"（骆宾王《于易水送人》）此诗的关键在后二句：昔时人没，往者已矣，时至今日，易水犹寒！"水犹寒"三字，令人凛然，言近而旨远。这几首诗都如话家常，情趣天然，雄浑有力。

　　富有天然情趣的诗，应力避肤浅，要求语言清楚明白，却如一泓秋水，一眼甘泉。目与之接，神清气爽；以口尝之，则沁人心脾，馨香盈口。做到这点，诗人必须有充实的生活。

意脉不露

　　宋代文学批评家严羽讲到写诗之忌时说："语忌直,意忌浅,脉忌露。"(《沧浪诗话》)用语忌直说,诗意忌浅露,反对内涵俱现,一览无余。李贺的诗,用语每不直说,诗意多不俱陈,深曲含蕴,意脉不露,耐人咀嚼。试看这首《难忘曲》:

> 夹道开洞门,弱柳低画戟。
> 帘影竹华起,箫声吹日色。
> 蜂语绕妆镜,画娥学春碧。
> 乱系丁香梢,满栏花向夕。

　　重门洞开,垂柳低拂,画戟耸列门前。日光穿过竹帘,映出时明时暗、闪烁不定的斑影;风透帘隙,引来轻微声响,恍如悦耳的箫声。前四句写了洞门的壮巍,室内的清幽。"蜂语绕妆镜,画娥学春碧。"不写人,却写一群蜂嗡嗡不绝,围绕妆镜,不肯散去,在看她的画得像春草般碧绿纤细的蛾眉。这两句极写人的艳丽,用笔婉曲。人的艳丽,是从蜂闻香而至表现出来的。继则只点出蛾眉细碧如春草,虽始终未窥全貌,但人的风姿绰约,却比一览无余更动人。门庭如此华丽,房帏如此幽深,闺中如此艳丽,显然是达官之家,富豪之门。可是这诗的主题究竟写什么呢?"卒彰显其志",结联微微透出,达官贵人对爱情不会专一,四处寻花问柳,用"乱系"二字点出。家中虽然姬妾"满栏",却如"向夕"之花,而被冷落在一旁。这首诗分明是讥讽权势之家姬妾众多,骄奢淫逸的,但却被诗人写得这样深曲委婉。讽喻之情,在前六句中一点都未透出,最后两句才露出诗的真意,从而使人感到诗"脉"所在。

黄庭坚〔清平乐〕,也是一首深曲含蕴、意脉不露的词:

> 春归何处? 寂寞无行路。
> 若有人知春去处,唤取归来同住。
>
> 春无踪迹谁知? 除非问取黄鹂。
> 百啭无人能解,因风吹过蔷薇。

"春归何处? 寂寞无行路。"上句问,下句答。却又似答、非答,含蓄隐微。惜春之情,像不经意地露出了一点儿。这层意思,到二、三句逐渐明朗:"若有人知春去处,唤取归来同住。"话说得天真、恳切而痴情。"若有人",话语不肯定,像连自己也有疑惑。看来,虽有一片"唤取归来同住"的痴情,而希望却渺茫。何况"春无踪迹谁知",这一来不更令人失望吗? 但"除非问取黄鹂",情绪稍为一转,因为人虽不知道春的去处,黄鹂倒像是知道哩! 作者就这样不露痕迹、漫不经心似的,一会儿说不知春归何处,一会儿又好像知道,一会儿仿佛有人知道,一会儿又仿佛黄鹂知道。迷离惝恍,蒙胧莫辨,真意何在呢?

最后,把希望寄托在黄鹂身上了。但是,"百啭无人能解,因风吹过蔷薇"。黄鹂的歌声尽管清脆圆啭,叫个不停,可惜没有人听得懂它唱的是什么。但一阵风起,那凋谢的蔷薇花瓣儿,随风吹走了。

春到底归去没有？如果归去了，又"归何处"了呢？

作者的艺术手法是巧妙的，他分明惋惜春的归去，却又不费劲似的掩住了这种感情。"春归何处？"开头一问，作者始终没有回答。直到最后，才隐约回答：黄鹂百啭，蔷薇花落，这春不分明已经归去了？只不过他始终不愿一语道破罢了。

"意脉不露"经常表现在诗的关键句上。诗人有时把真意藏住，让读者去揣摩领会。这在李贺的诗中表现得很突出。如"何须问牛马，抛掷任枭卢。"(《示弟》)何必去问成败得失，随意掷出去、任其好坏算了！诗人非不想"问"，而是世事迫人，求生无计，只好听之任之了。愤激之情，令人扼腕。"买丝绣作平原君，有酒唯浇赵州土。"(《浩歌》)殷勤地买来丝线是为绣一幅平原君的像，有酒也只愿到他的坟上去祭奠。为什么这样呢？诗中一点也未展示，而读者却可心领神会，因为这位赵公子是思贤若渴、爱惜人才的人。"蓝溪之水厌生人，身死千年恨溪水。"(《老夫采玉歌》)蓝溪之水厌恶生人，身死水中的人虽历千年也仍恨溪水。这完全是反话。实际是说人死得太多了，溪水都因容纳这么多的死人而生厌了；死的人除了采玉之外，别无出路，故千年之后仍对溪水而含恨。诗情回环往复，比直说出求生无路、对统治者不满来，更深刻感人。"凄凉四月阑，千里一时绿。"(《长歌续短歌》)①这首诗的头六句，说自己高歌苦吟，衣破发白，渴便饮酒，饥食陇粟。表现出郁郁落落的情怀。但这两句一反其"直"：初夏过后，绿肥红瘦，千里碧绿，生机益然。对此佳景而感凄凉，其人心情之落寞，可以想见。这一片美景正是反衬自己之憔悴的。

诗要用形象思维。"意浅"、"脉露"与形象思维背道而驰，因而为诗人所切"忌"。

① 李贺：《长歌续短歌》
长歌破衣襟，短歌断白发。

秦王不可见，旦夕成内热。
渴饮壶中酒，饥拔陇头粟。
凄凉四月阑，千里一时绿。
夜峰何离离，明月落石底，
徘徊沿石寻，照出高峰外。
不得与之游，歌成鬓先改。

"像吃橄榄的回甘味儿"

"含不尽之意,见于言外"(梅圣俞),"句中有余味,篇中有余意"(姜夔),都是说诗词要"言有尽而意无穷"。用梁启超的话说,就是:"向来写情感的,多半是以含蓄蕴藉为原则,像那弹琴的弦外之音,像吃橄榄的那点回甘味儿,是我们中国文学家所最乐道。"(《中国韵文里头所表现的情感》)

的确,优秀的诗作,读后往往给人留下"含不尽之意"的感觉,比章回小说的"欲知后事如何,且听下回分解",还耐人寻味。因为诗已结束并无"下回",而"后事"则需要读者去"分解"了。寿王的妻子杨玉环被他父亲唐玄宗夺走,册封为贵妃,李商隐没有像白居易那样"为尊者讳",说"杨家有女初长成,养在深闺人未识。天生丽质难自弃,一朝选在君王侧";也没有像杨万里那样直言不讳,说"寿王不忍金宫冷,独献君王一玉环"。他是这样写的:

> 龙池赐酒敞云屏,羯鼓声高众乐停。
> 夜半宴归宫漏永,薛王沉醉寿王醒。
>
> ——《龙池》

在玄宗所住的兴庆宫内,云母屏开,饮宴作乐,羯鼓声,急促高亢。宴罢夜深归来,玄宗的侄儿薛王李琄沉酣大醉,而玄宗的儿子寿王李瑁,却夜不成寐。读者不难想象出来罢。

曹操死后,他的儿子曹丕把他的姬妾攫为己有。诗人崔国辅没有直述其事,像曹丕的母亲骂一句"狗彘不食其余"(连畜生都不如),而说:

> 朝日照红妆,拟上铜雀台。
> 画眉犹未了,魏帝使人催。
>
> ——《魏宫词》

看,她们早上起来正梳妆打扮,曹丕就派人催促去承欢了。

对于玄宗霸占儿媳的秽行,对于曹丕侵辱父亲姬妾的丑态,李商隐和崔国辅的诗,给人留下了"见于言外"的"含不尽之意"。

描述封建帝王骄奢荒淫生活的诗,有李白的"姑苏台上乌栖时,吴王宫里醉西施。吴歌楚舞欢未毕,青山欲衔半边日。银箭金壶漏水多,起看秋月坠江波,东方渐高奈乐何"(《乌栖曲》);有白居易的"骊宫高处入青云,仙乐风飘处处闻。缓歌慢舞凝丝竹,尽日君王看不足"(《长恨歌》);有李煜的自我描述"红日已高三丈透,金炉次第添香兽,红锦地衣随步皱。　佳人舞点金钗溜,酒恶时拈花蕊嗅。别殿遥闻箫鼓奏"(〔浣溪沙〕);等等。这类诗,直叙其事,直抒其情,反映了封建帝王荒淫无耻的生活。但是也有另一种写法,如李商隐《吴宫》:

> 龙槛沉沉水殿清,禁门深掩断人声。
> 吴王宴罢满宫醉,日暮水漂花出城。

宁静安谧,幽情寂寂,水殿风清,龙槛沉沉,禁门深掩,悄无人声。当这日暮之时,流水带着落花,从禁苑沟里缓缓流出。诗人没有去写帝王朝臣的欢歌纵舞,也没有作任何烘托渲染,和上述李白、白居易、李煜的诗词不同,只写了"宴罢"后的光景。但是从这"满宫醉"、"断人声"的寂静中,不久前恣情纵乐的场面,却如在目前。诗人着意写狂欢后的沉寂,却不由你不去想满宫醉前的喧腾。这比从正面径直去写吴王的荒淫生活,作品的内涵显得更丰厚。正如纪昀说的:"荒淫之状,言外见之。"

鲁迅在《革命文学》中引用过白居易两句诗:"笙歌归院落,灯火下楼台。"(《宴散》)①前句说:达官贵人们宴会后回家去了,笙歌也跟着他们回到院落里去了。这是写他们豪华、排场之后。接句说:宴会时辉煌的灯火也随着他们一块下楼台,送他们回家。这里虽然写富贵,写阔绰,但没有用金、玉、珠、宝之类字眼。鲁迅借这两句诗表示:革命文学不在于里面有没有革命的口号、革命的标语、革命的辞藻,而在于其内容是不是革命的,有没有革命的思想感情。

在封建社会里,幽禁在宫苑里的妇女,是统治者的玩物。"后宫佳丽三千人",但大多数终生不得见君王一面,老死在深宫之中。对此,唐代诗人们写过不少诗,进行抨击。如白居易的《后宫词》和刘方平的《春怨》:

> 泪湿罗巾梦不成,夜深前殿按歌声。
> 红颜未老恩先断,斜倚熏笼坐到明。

> 纱窗日落渐黄昏,金屋无人见泪痕。
> 寂寞空庭春欲晚,梨花满地不开门。

两首诗都是写宫女整日无聊,泪痕掩面,空庭寂寞,恩情断绝。虽写得形象鲜明,却了无余味。同样主题的诗,也有完全不同写法的,如王昌龄的《长信秋词》(五首之三)和顾况的《宫词》:

奉帚平明金殿开,且将团扇共徘徊。

玉颜不及寒鸦色,犹带朝阳日影来。

玉楼天半起笙歌,风送宫嫔笑语和。

月殿影开闻夜漏,水精帘卷近秋河。

上首说,金殿门开,天色方晓,打扫之余,竟日徘徊;自己貌如婕好,却不能与寒鸦相比:它从皇帝住的朝阳宫飞来,还能沐浴圣恩;而自己由朝至晚,徘徊瞻顾,百无聊赖。一种又羡、又妒、又怨、又恨的苦衷,藏而不露。

下首前两句写别处的笙歌笑语,后两句说自己夜深闻滴漏,卷帘看秋河。前者一片喧哗,后者一片阒寂。一动一静,"荣枯咫尺",不言怨,而怨自在其中矣。

把上述两组四首主题相同的诗稍作比较,就可看出:前二首浅显、明白、通俗、生动;但含蓄、耐人寻思,像吃橄榄有"回甘味儿",就不能不说是后二首了。

沈德潜《唐诗别裁》评论刘禹锡的《石头城》说:"只写山水明月,而六代繁华,俱归乌有,令人于言外思之。""山围故国周遭在,潮打空城寂寞回。"说群山依旧围绕着古城(指石头城,即今南京),江潮日夜拍打着城墙,潮退去后,一切复归于寂寞。"淮水东边旧时月,夜深还过女墙来。"是说夜深的时候,月亮还跟过去一样,从女墙上照射过来。的确,读此诗时,不仅能领略到古城的荒凉,而且还可以"言外思之",想到昔日石头城的繁华、热闹;历史无情,一切都在变化着。同样,"旧时王谢堂前燕,飞入寻常百姓家"(《金陵五题·乌衣巷》),"沉舟侧畔千帆过,病树前头万木春"(《酬乐天扬州初逢席上见赠》),这些诗都表示出:权豪势要,高官显宦,虽曾经炬赫一时,但终于灰飞烟灭。从历史的兴亡变迁中,诗人吊古抒怀,含而不露地写出了他遭受压抑的复杂感情。苏轼说:"言有尽而意无穷者,天下之至言也。"是的,诗词要给人留下思考的余地,有一点回味才好。

①　白居易:《宴散》
　　小宴追凉散,平桥步月回。
　　笙歌归院落,灯火下楼台。
　　残暑蝉催尽,新秋雁带来。
　　将何迎睡兴,临卧举残杯。

寓庄于谐

诗词大都写得端庄，不像戏曲那样，有时可以插科打诨，逗人一笑。但是，在林林总总的诗词里面，也有写得诙谐、令人发笑的。然而，透过字面上的谐，可以看到隐藏着的庄及深刻的含意。庄与谐并不矛盾，是辩证统一的。

当诗人胸中抑郁不平时，诙谐的话往往脱口而成诗。这类诗常有浅显、明快、一泻如注的特点。辛弃疾的〔西江月〕《示儿曹，以家事付之》，就是他罢官后息影林下时写的。词曰：

万事云烟忽过，百年蒲柳先衰。
而今何事最相宜？宜醉、宜游、宜睡。

早趁催科了纳，更量出入收支。
乃翁依旧管些儿：管竹、管山、管水。

开头，诗人有点消沉情绪：万事如云烟过眼，岁月易逝，蒲柳之姿，望秋而落。于是提出并回答了"而今何事最相宜？宜醉、宜游、宜睡"的问题。

接着，他嘱咐儿辈们：早点交纳赋税，还要计划好出入收支，把家务经营管理好。至于他，仍旧能够做些"管竹、管山、管水"的事情。表面看，从上下两结尤其是"三宜"、"三管"，表现出狂放不羁任情洒脱的意趣。这是一个不问国家大事，只关心家人儿女的人说的话。但这番似"谐"而实"庄"的话，正传出了作者抑郁不平的心声。这话是故意反说，需要倒过来看。一个平生抱定"了却君王天下事"的爱国志士，当眼看年华逝去，长期不被起用，仍然息影林下的时候，心情的苦闷，是莫可名状的。然而，现在除了醉、游、睡，没有什么事儿可干！一腔悲愤，满腹牢骚，万千感慨，溢于言表。正是似淡实浓，力重千钧！

寓庄于谐的诗，常含有讽刺意味。这种讽刺，表面看似不辛辣，像有点儿幽默。唐朝诗人卢仝，有一次，收到孟谏议送给他三百片新茶。诗人走笔写了首谢诗①。诗开头叙述送茶的经过和茶的名贵难得，说只有"至尊"和王公们，才能饮到。再说自己饮这"碧云引风吹不断，白花浮光凝碗面"的茶以后的感受：

一碗喉吻润；两碗破孤闷；

三碗搜枯肠，唯有文字五千卷；

四碗发轻汗，平生不平事，尽向毛孔散；

五碗肌肤清；六碗通仙灵；

七碗吃不得也，唯觉两腋习习清风生。

饮至后来，两腋生风，快羽化而登仙了！但诗人本意不在夸大茶的神通。诗最后几句说得很明白："至尊"与王公们只知饮茶享乐，不知民间疾苦，那么请问谏议大夫，老百姓"到头还得苏息否？"这一番看似"茶能通神"的谐语背后，隐喻着极其郑重的责问。

爱情，是敦煌曲子词内容的一个方面，如何来表达内心的衷曲，无名氏〔鹊踏枝〕是通过人与"灵鹊"一问一答的方式来表达的：

> 叵耐灵鹊多漫语,送喜何曾有凭据。
> 几度飞来活捉取,锁上金笼休共语。
>
> 比拟好心来送喜,谁知锁我在金笼里。
> 欲他征夫早归来,腾身却放我向青云里。

词的手法十分新颖,通篇用的对话形式。上阕是人言,下阕是鸟语(把鸟拟人化)。它们一问一答,妙趣横生:

少妇说：

> 可恨灵鹊的话儿没有准,
> 没凭没据报假喜。
> 几次活活捉住了,
> 这次把你锁进笼子不睬你。

灵鹊说：

> 我一片好心来报喜,
> 谁知道却把我锁在笼子里。
> 但愿你那出远门的丈夫早回来,
> 我好飞身钻进青云里。

少妇思念征夫,是诗词里常见的内容。像此词这样通过活泼、切合各自身份的语言,把人物和鹊儿写得这样活灵活现的,却不多见。词的感情色彩明朗,通过鹊儿的"怨",把征妇的相思之情,巧妙地表达出来。俏皮奇巧,活跃跳荡,读后使人感到少妇可爱可怜。从"几度飞来活捉取"看,这只灵鹊来报假喜,已不止一次了。当然,少妇盼望着喜讯传来,也不止一次了。所以当这回又听到"报喜"的时候,她觉得特别可恨可恼,一怒之下,把它锁进金笼,不再去理睬它了。可是,这只喜鹊的答话也很妙。它被锁进笼子,好心没得好报,感到有些委屈。虽然,这回它仍希望征夫早点归来(它是因此而惹下"祸"的),但却是从自己的利害(挣脱出笼子)来考虑问题了。这样描写,既合乎它此刻的情境,也表现出这只灵鹊的"灵"来。

这首词,艺术技巧很高,寓庄于谐,耐人寻味,深刻地表现了少妇思念征夫的殷切情意。可见好的诗词作品中的"谐",隐含着郑重的"庄"。它与庄并不矛盾,是辩证的统一。

① 卢仝:《走笔谢孟谏议寄新茶》

日高丈五睡正浓,军将打门惊周公。口云谏议送书信,白绢斜封三道印。开缄宛见谏议面,手阅月团三百片。闻道新年入山里,蛰虫惊动春风起。天子须尝阳羡茶,百草不敢先开花。仁风暗结珠琲瓃,先春抽出黄金芽。摘鲜焙芳旋封裹,至精至好且不奢。至尊之余合王公,何事便到山人家?柴门反关无俗客,纱帽笼头自煎吃。碧云引风吹不断,白花浮光凝碗面。一碗喉吻润;两碗破孤闷;三碗搜枯肠,唯有文字五千卷;四碗发轻汗,平生不平事,尽向毛孔散;五碗肌肤清;六碗通仙灵;七碗吃不得也,唯觉两腋习习清风生。蓬莱山,在何处?玉川子,乘此清风欲归去。山上群仙司下土,地位清高隔风雨。安得知百万亿苍生命,堕在巅崖受辛苦!便为谏议问苍生:"到头还得苏息否?"

诗中议论

诗,靠形象思维;议论,靠逻辑推理。它们不是相矛盾吗?事实说明,诗中议论,有时并不破坏诗情,还会增强艺术的完美。

杜甫对诸葛亮是深怀仰慕的。《蜀相》①后四句:"三顾频烦天下计,两朝开济老臣心。出师未捷身先死,长使英雄泪满襟。"就表现了诗人的极尽赞美。"三顾",指刘备三次往隆中,恳请诸葛亮出山,辅佐自己开基创业。"两朝",指辅佐刘备和后主刘禅。这两句概括了诸葛亮一生的才德。"出师"两句,感情强烈,忠愤填膺,字字浸血,深切感人。《宋史·宗泽传》记有一段故事:"泽请上(宋高宗)还京二十余奏,为黄潜善等所抑,忧愤成疾。诸将入问疾,泽曰:'吾以二帝(徽宗、钦宗)蒙尘,积愤至此,汝等能歼敌,则我无所恨。'众皆涕泣曰:'敢不尽力。'诸将出,泽叹曰:'出师未捷身先死,长使英雄泪满襟。'无一语及家事,但呼过河者三而薨。"可见杜诗影响之深。这四句纯乎议论,但因其感情强烈真实,流转自然,丝毫见不出议论的痕迹来。

温庭筠《懊恼曲》②是为感怀焦仲卿和刘兰芝的悲剧而作。如:"藕丝作线难胜针,蕊粉染黄那得深?玉白兰芳不相顾,青楼一笑轻千金。莫言自古皆如此,健剑刜钟铅绕指。三秋庭绿尽迎霜,唯有荷花守红死。"前四句以藕丝不能作线穿针,蕊粉染黄不能呈现深色,美玉和香兰这两种性质不同的东西不能互相重视,比喻男女之间不容易情投意合。后四句说,男女之情,虽难契合,但契合之后,遇到外界压力而要拆散时,有的逆来顺受,如铜钟之被利剑劈开;有的如硬度低的铅条,可以随意弯曲,绕在指头上。深秋九月,庭中的树木经不住霜打,绿叶变成枯黄;而荷花却宁死也不肯改变它鲜红的颜色。诗人赞美焦、刘感情契合的难得,批判在恶势力面前的逆来顺受,歌颂了敢于反抗封建礼教的斗争精神。而杜甫诗中的议论纯以感情出之,温诗中的议论,则纯以形象(借助比喻等)出之,读来都不乏味。

诗歌中有讲述道理的哲理诗,如苏轼《题西林壁》:"横看成岭侧成峰,远近高低各不同。不识庐山真面目,只缘身在此山中。"诗的主旨是说,身在其中,反为所迷,不能辨别事物真相。朱熹《观书有感》:"半亩方塘一鉴开,天光云影共徘徊。问渠那得清如许,为有源头活水来。"比喻书像方塘一样清澈,映出天光云影;它所以"清如许",是因为有活水从源头上不断流来。换言之,书的内容这样精纯,因为它有丰富的写作源泉。实际上阐述了知识来源于实践和生活的客观真理。这两首诗由于运用生动而富情趣的比喻,因而理中有趣,充满着诗意。

宋代杨万里有《过松源晨炊漆公店》诗:"莫言下岭便无难,赚得行人错喜欢;正如万山圈子里,一山放过一山拦。"这诗说明:在前进的道路上,有许多困难,克服一个困难前进一步,前面又有困难,等待着人们去克服。通过"下岭"这一具体行动来讲道理,讲得形象、鲜明,给人留下深刻印象。再如《下横山滩头望金华山》四首中的第一首:"篙师只管信船流,不作前滩水石谋;却被惊湍漩三转,倒将船尾作船头。"通过"篙师行船"这一具体生动的事物,说明在顺境中要想到逆境时的道理,理中有趣,形象而亲切。

苏轼《琴诗》,是一首寓理于情、寓抽象于形象的好诗。诗曰:

若言琴上有琴声,放在匣中何不鸣?

若言声在指头上,何不于君指上听?

  诗人以弹琴作比喻,说明主观与客观之间的关系。琴能发出琴音,是由于琴师指头的弹拨;琴师的指头所以能弹出声音,是因为有琴。琴是客观,弹是主观。前者决定后者,后者又作用于前者。一个深奥的哲学道理,就这样余味无穷地说清了。沈德潜《说诗晬语》说:"议论须带情韵以行,勿近伧父面目耳。"情韵"是议论诗决不可少的。

  抒情小词,同样可以寓理于情。秦观〔鹊桥仙〕写牛郎织女七夕相会就是夹叙夹议的。"纤云弄巧,飞星传恨,银汉迢迢暗度。"写这对情侣相会时的夜晚星空。"金风玉露一相逢",点出相逢的时间,表明相逢的环境。下面接以"便胜却人间无数",便从抒情、叙事陡转为议论了:虽然他们一年只见一次面,却胜过人间见无数次面。这一议论,言简意赅,语浅情深,表示出两情的坚决。"柔情似水,佳期如梦,忍顾鹊桥归路?"仍是写这对情侣相爱情状,但下面接以"两情若是久长时,又岂在朝朝暮暮?"就把"忍顾"两句流露的微微伤情、淡淡哀愁,如风卷残云,一挥而去了。看,只要我俩的爱情坚贞不渝,矢不负心,又岂在乎见面还是不见面呢? 如果说"金风"两句还是以诗人口气发表议论,"两情"两句显然是男女主人信誓旦旦地表白自己坚贞的爱情了。通过上下阕紧相呼应的议论,把牛郎织女的纯洁、真挚和忠贞的爱情表现了出来。

  一般说来,词的形象性强而含蓄。因此,词中的议论成分少,就是议论,也多寓于含蓄蕴藉中,有时还和讽刺联系在一起。南宋末年的李好古,写过一首调寄〔谒金门〕的《怀故居》;

花遇雨,又是一番红素。

燕子归来衔绣幕,旧巢无觅处。

谁在玉楼歌舞？谁在玉关辛苦？

若使胡尘吹得去,东风侯万户。

过去,诗人写"花遇雨",总不免是落红满地,随风飘扬,不见踪影。"一朝春尽红颜老,花落人亡两不知','泪眼问花花不语,乱红飞过秋千去","甫能炙得灯儿了,雨打梨花深闭门"等,诗人往往把花的凋残、飘零,与人的青春易逝,命运坎坷,紧密地联系在一起。李好古却不同,他说:"花遇雨,又是一番红素。"雨后的花,不仅没有凋残、飘落,而且红素相映,更可爱了。它的含意是:故国山河,经历了多次无情风雨,如今依然美好。接着,以燕子自喻,有"等是有家归未得"之感。那么这是谁的过错呢?下阕作者以问代答,寓议论于强烈的对比中,义正辞严,发出质问:"谁在玉楼歌舞? 谁在玉关辛苦?"把在玉楼里的酣歌宴舞的统治者,和在玉门关浴血战斗的士卒作了对比之后,诗人发出更深沉的声音:"若使胡尘吹得去,东风侯万户。"说如果东风能够把敌人吹赶走,就封它作"万户侯"! 下阕的议论,运用对比,形象鲜明,感情激越,所以,使人没有呆滞之感。

当然,诗中议论,也有写得单调、枯燥的。这多半是由于感情不深,缺乏比喻,忽视形象,不重情趣,只是径直说理的缘故。

① 杜甫:《蜀相》

丞相祠堂何处寻? 锦官城外柏森森。

映阶碧草自春色,隔叶黄鹂空好音。

三顾频烦天下计,两朝开济老臣心。

出师未捷身先死,长使英雄泪满襟!

② 温庭筠:《懊恼曲》

藕丝作线难胜针,蕊粉染黄那得深?

玉白兰芳不相顾，青楼一笑轻千金。
莫言自古皆如此，健剑制钟铅绕指。
三秋庭绿尽迎霜，唯有荷花守红死。
庐江小吏朱斑轮，柳缕吐牙香玉春。
两股金钗已相许，不令独作空城尘。
悠悠楚水流如马，恨紫愁红满平野。
野土千年怨不平，至今烧作鸳鸯瓦。

诗词的结构：章法

"文无定法，文成法立。""定体则无，大体须有"。这四句话说明：创作，既不应有一个固定的框框，桎梏人们的手脚；但也不是完全无"法"可循，"大体"还是有的，只是无"定体"、"定法"。"诗犹文也。"不过有时它更不拘一格了吧。

关于诗的结构，虽没有明确的规定，但也有一种"章法"。这就是元代范梈说的："起、承、转、合。""起"，即开始；"承"，即承上；"转"，即转折；"合"，即收合。譬如绝句，首句为"起"，次句为"承"，三句为"转"，末句为"合"。后来，人们往往拘泥此说，有云："千古章法，不出起、承、转、合之外，虽千变万化，其宗不离。近体之分起承转合，固不待言。即古体之或长或短，或累千言，或裁六句，无不就此四句展之、缩之、顿之、挫之。或重转或重开，千端万绪，层浪叠波，而要其归于有起承转合而已。"

五言绝句如宋之问的《渡汉江》，是一首还乡途中之作。诗曰：

> 岭外音书断，经冬复历春。
> 近乡情更怯，不敢问来人。

起句是说久客岭外，音书隔绝。次句"经冬复历春"即承"断"

字而来,表明经过冬天又到春天而仍得不到音书。从"复"字看出时间已经有两年以上了。第三句宕开一层,转出新意:离开岭南,渡过汉江,故乡(汾州,今山西省汾阳)渐近,心情越发不安。末句既补足了上句的"怯",也回合到乡思之深。正是"忧喜交集,若有所畏耳"。(《澹园诗话》引唐汝询语)

七言绝句如刘禹锡《春词》,是写宫怨的。诗曰:

> 新妆宜面下朱楼,深锁春光一院愁。
> 行到中庭数花朵,蜻蜓飞上玉搔头。

起句说调脂匀粉,打扮整齐,走下楼来。次句紧承上句的"下朱楼",是下后之所见所感,是先喜而后忧。第三句另转别意:行到中庭,无聊之极,数落花以遣闷。末句一方面说蜻蜓无知,不解人愁;另一方面表明既不能邀宠君王,则唯有蜻蜓赏此新妆了。貌似闲而神怨,归结到宫怨的主题。

律诗每首八句,第一、二两句(起联)为"起",三、四两句(颔联)为"承",五、六两句(颈联)为"转",七、八两句(结联)为"合"。五律如卢纶的《送李端》,是一首乱离别友之作。诗曰:

> 故关衰草遍,离别正堪悲。
> 路出寒云外,人归暮雪时。
> 少孤为客早,多难识君迟。
> 掩泣空相向,风尘何所期。

一、二两句,上句点明时令是冬天,地点是故乡;次句点明送别,说明事情的缘起。三、四句,一指行者,一指送者。说寒云拥路,行人去矣;暮雪塞途,人正归时。五、六句转出新意,写别后的感慨。一怜行者,一悲自身;古道热肠,情见乎辞。末两句说天下风尘扰攘,后会难期,合收送别后的感慨。

七律如皇甫冉《春思》,写新春闺怨。诗曰:

> 莺啼燕语报新年,马邑龙堆路几千?
> 家住层城邻汉苑,心随明月到胡天。
> 机中锦字论长恨,楼上花枝笑独眠。
> 为问元戎窦车骑,何时反旆勒燕然?

首句说莺啼燕语,时届新年,一片热闹欢快景象,是写"春"。次句"马邑"、"龙堆",俱在边陲,远路迢迢,征人未还,是写"思"。起联擒题,开门见山。三、四句,一写少妇所住之地,一写征夫所去之乡,是承上二句写"春思"之情殷。五、六句别转一层新意:借窦滔妻苏蕙织锦成回文,题诗其上的事,从另一个侧面,转写远别幽怨。末二句是希望征夫早日奏凯还乡。收合全诗,扣住题旨;以问作答,倍觉情痴动人。

起、承、转、合的章法,并非一种刻板的公式。有的诗并不遵循这一章法。如文天祥的《过零丁洋》:

> 辛苦遭逢起一经,干戈落落四周星。
> 山河破碎风飘絮,身世飘摇雨打萍。
> 惶恐滩头说惶恐,零丁洋里叹零丁。
> 人生自古谁无死,留取丹心照汗青。

第一、二句以精通经书,出而为官,戎马倥偬,倏逾四载而感叹身世、关注国事作"起"。第三、四、五、六句是"承",说山河破碎像被风吹散的飞絮,自身飘荡像遭受雨打的浮萍,而无论国家或个人的命运,都令人"惶恐",感到孤苦无依。最后两句才是'转',说人生从来会有一死,愿留下丹心,永标史册。这一"转",使原来低沉的调子,昂然而起,结束题旨,包含有"合"的意思。

至于八句以上的诗,更没有"定体"、"定法"。杜甫《送重表侄王砅评事使南海》,从开头"我之曾祖姑,尔之高祖母"至"盛世垂不朽",足有三十八句,写的都是曾祖姑之事,与重表侄王砅了无关涉,不过因评事而追念其高祖母而已。故总三十八句为一"起"。"凤雏无凡毛,五色非尔曹",这"二句牵上搭下",才"承"接而到评事。最后"转"到自己:"我欲就丹砂,跋涉觉身劳……"但是即转即合,表现出诗人的超然高举,也就结束了。全诗七十六句,一"起"恰占一半;把"转""合"融为一体,也只六句。"是诗滔滔莽莽,如云海蜃气,不得以寻常绳尺束量之。"(《读杜心解》)形式服从内容和"诗无定法",在这里又得到生动的体现。

长篇叙事诗,往往以意为主,并不那么注意起承转合。比如白居易的《琵琶行》,基本上是分三大段:从"浔阳江头夜送客"到唯见江心秋月白为第一大段,写与歌女的邂逅和她精湛的艺术。从"沉吟放拨插弦中"到"梦啼妆泪红阑干"为第二大段。是叙述这位歌女的身世。从"我闻琵琶已叹息"至结句'江州司马青衫湿",是诗人抒发"同是天涯沦落人,相逢何必曾相识"的感慨。如一定要在这里找起承转合的话,那只能把第一大段截分为二:"忽闻水上琵琶声"是"承"的开始,而第二、三两大段是"转"与"合"了。或者如有人说,开始写江上送客引出琵琶女,这是"起";接着叙写她弹琵琶和倾诉飘零身世,这是"承";再写诗人自己贬谪的感叹,这是"转"。末六句再写重弹琵琶,满座悲泣作结,这是"合"。《长恨歌》的起、承、转、合则分明得多。起写杨玉环入宫得宠,以"九重城阙烟尘生,千乘万骑西南行"作过渡,"承"写下面"马前死"的前后情景。从"天旋地转回龙驭"一转,写李隆基对杨玉环的思念。最后以"临邛道士鸿都客"找到杨玉环作结,起、承、转、合,落落有致。

在两章以上的组诗中,有时一转,有时数转,有时即起即承,即承即转,或即转即合,恍如万壑千岩,烟出云没,错落层出,变化无穷。如杜甫的《羌村》三首①。这首分为三章的组诗，是写至德二年八月，杜甫丢了左拾遗的官后，回到鄜州羌村探望家小的情景。第一首是总起；第二首的前四句是承，中四句是转，后四句是合；第三首前八句是承，中四句是转，后四句是合。总起之后，承、转、合变化不一。了解此中路数，是有益于对诗的理解的。

总之，诗无论古今体，几乎每首都合起、承、转、合的结构规律。特别是近（今）体诗（或称律体诗）的律、绝两类，概莫出起、承、转、合之外。一般说，起，有明起者，即开篇就题之本意说起，如"山中相送罢"（王维《送别》），"故人西辞黄鹤楼"（李白《黄鹤楼送孟浩然之广陵》）；有暗起者，即不明见题字，而题意自见，如"白日依山尽"（王之涣《登鹳雀楼》），"春城无处不飞花"（韩翃《寒食》）；有陪起者，即欲说此物，先从他物说起，如"孤云将野鹤"（刘长卿《送上人》），"劝君莫惜金缕衣"（杜秋娘《金缕衣》）；有反起者，即从本题反面说起，而后归到正题，如"玉阶生白露"（李白《玉阶怨》），"闺中少妇不知愁"（王昌龄《闺怨》）。承，即承上，有说承须和缓，有说承须留有余地，总之要承上句而进一步说明题意。转，要推进一层，别开生面，给人以"柳暗花明"之感。合，为结穴处，须统摄全文，引人遐思，余音袅袅，不绝如缕。

词的结构组织比诗的起承转合，更有明确的规定，那就是分段。词的最早名称叫曲子词、曲词、歌词。刘熙载《艺概》称："词即曲之词，曲即词之曲。"后来，才脱离音乐而成为一种独立的文学体裁。词有词调，即每首词与其配合的乐调；有词牌，即词调的名称。每一个词调都有一个或几个名称，因而词牌的数目很多。每一词调，出于音乐的要求，又有在字数、句数和声韵方面的格律规定，这叫词谱。一般地说，词牌并不是词的题目。但个别的词，它也是题目，如白居易的〔忆江南〕、张志和的〔渔歌子〕、皇甫松的〔采莲子〕等等。词如果有题目，大都注在词牌的下面，如王安石的〔桂枝香〕，题目是《金陵怀古》。因为词本是倚声（按曲）歌唱的，每首词就是一支歌曲，所以一首词也叫一阕。词的一段，又叫一片，是音乐中可以暂时休止的段落。一首词只有一段的，称为单调。单调的词多是小令，如〔十六字令〕、〔忆江南〕、〔如梦令〕等。一首词分两段的，是双片词，称双调，是词中的多数，上片叫上半阕（或称上阕），下片叫下半阕（或称下阕）。此外还有分三段的称三叠，分四段的称四叠。词的形式活泼多样，除基本的词调，又采用了减字、摊破、叠韵、偷声等方式，来加以变化。词是按照乐谱的音律节拍来写的，过去人们称"填词"。但在声腔方面，仍可自由伸缩，倚旧曲为新声。如〔木兰花〕原为七言八句，后将上下阕的第一、三两句各减三字，就成为〔减字木兰花〕。摊破又名摊声，如〔浣溪沙〕上下阕的末句，本来都是七言句，乐曲摊开后，就变七字为十字，成为七言、三言两句，名〔摊破浣溪沙〕。叠韵的词，因是双调词加倍，就成了四叠，如〔梁州令〕五十字，〔梁州令叠韵〕就叠成了一百字。依谱填词，句度声韵虽有一定格式，但在声腔方面，仍可自由伸缩。如〔木兰花〕上、下阕原是各押三个仄韵，后来不但把第一、三两句各减了三个字，并且将第三、四两句的仄韵改为平韵，就好像这种平韵是从别处窃取来的，故名〔偷声木兰花〕。

词的分成两段、三段或四段，一般说，下阕的开头要能承接上阕，这样下阕的开头称为"过片"。"过片不要断了曲意，须要承上接下。"（张炎《词源》）但这并不是严格的法规。词也有的上阕写一事物，下阕写另一事物，如苏轼的〔贺新郎〕，上阕写冰滢玉洁的美人，下阕写不与"浮花浪蕊"为伍而愿"伴君幽独"的榴花。这是一首托意之作，诗人把美人与榴花合二为一了。也有的上阕和下阕的一部分连接着，到过片时不"过"，如辛弃疾的〔永遇乐〕②，上阕和下阕的前三句（从"千古江山"至"赢得仓皇北顾"）连写孙权、刘裕、刘义隆的故事。从下阕的第四句（"四十三年"）才过片，开始写自己。还有更特殊的是，在表示事物的时间上，不按顺序安排，如李清照的〔醉花阴〕："薄雾浓云愁永昼，瑞脑销金兽。佳节又重阳,玉枕纱厨,半夜凉初透。　　东篱把酒黄昏后,……"上阕从开头到"半夜凉初透"止,下阕应接着写"半夜"以后的事,但写的却是"东篱把酒黄昏后",时间又"回转"了。原来,她是半夜天凉以后入睡,而黄昏后东篱把酒独酌的情景,蓦然涌上心头! 这比平铺直叙地说白天怎样,黄昏怎样,夜里又怎样,情更深,味更浓。所以词的结构组织,正像诗的起承转合,也是可以不拘此"格"的。

　　诗词的结构属于谋篇的范畴。篇如何谋? 起承转合,"过片不要断了曲意"是个规律。但规律用之于实际,不能生搬硬套。大体说,结构贵在周密完整,要把意思表足。而错落有致,避免平铺衍展,枯燥乏味,对诗、词、文都是具有普遍意义的。

① 杜甫:《羌村三首》

峥嵘赤云西,日脚下平地。柴门鸟雀噪,归客千里至。妻孥怪我在,惊定还拭泪。世乱遭飘荡,生还偶然遂。邻人满墙头,感叹亦嘘欷。夜阑更秉烛,相对如梦寐。

晚岁迫偷生,还家少欢趣。娇儿不离膝,畏我复却去。忆昔好追凉,故绕池边树。萧萧北风劲,抚事煎百虑。赖知禾黍收,已觉糟床注。如今足斟酌,且用慰迟暮。

群鸡正乱叫,客至鸡斗争。驱鸡上树林,始闻叩柴荆。父老四五人,问我久远行。手中各有携,倾榼浊复清。"莫辞酒味薄,黍地无人耕。兵革既未息,儿童尽东征。"请为父老歌,艰难愧深情。歌罢仰天叹,四座泪纵横。

② 辛弃疾:〔永遇乐〕《京口北固亭怀古》

千古江山,英雄无觅、孙仲谋处。舞榭歌台,风流总被、雨打风吹去。斜阳草树,寻常巷陌,人道寄奴曾住。想当年,金戈铁马,气吞万里如虎。

元嘉草草,封狼居胥,赢得仓皇北顾。四十三年,望中犹记、烽火扬州路。可堪回首,佛狸祠下,一片神鸦社鼓。凭谁问:廉颇老矣,尚能饭否?

诗的句法、字法

诗的语言组织有它的特点，和散文不尽相同。而每首诗的构成总是离不开"积字成句，积句成篇"的。因此，必然也会有句法和字法的问题。句法，是指诗句的语言组织。有云：作诗重在句法，一句不恰，全篇皆弱；一句不炼，全篇皆涣。这话是有道理的。字法，是说用字贴切、生动，任你是名家高手，也移易不得。有云："凡诗须字少意多，以十字道一事者拙也，约之以五字则工矣。以五字道一事者拙也，见数事于五字则工矣。"说的是语贵精炼。"吟成五个字，用破一生心"（方干《赠路明府》）、"吟安一个字，捻断数茎须"（卢延让《苦吟》）之类的话，是说字贵准确。同时，不仅要"句中无余字，篇中无长语"，还要"句中有余味，篇中有余意"（姜夔《白石道人诗说》），并达到"意新语工，得前人所未道者"（欧阳修《六一诗话》）的程度。

句法、字法，牵涉到句型、炼字、炼句的问题。如五言句的基本句型是上二下三，七言句的基本句型是上四下三，并且还有一般句型和特殊句型，等等。

五言句的基本句型（二、三），如：

红叶　晚萧萧，长亭　酒一瓢。

欲穷　千里目，更上　一层楼。

一般句型有上二中一下二(二、一、二),如:

　　星河　秋　一雁,砧杵　夜　千家。

　　太乙　近　天都,连山　到　海隅。

还有上二中二下一句(二、二、一),如:

　　明月　松间　照,清泉　石上　流。

　　春风　骑马　醉,江月　钓鱼　歌。

特殊句型有上一下四句(一、四),如:

　　青　惜峰峦过,黄　知橘柚来。

　　露　从今夜白,月　是故乡明。

还有上四下一句(四、一),如:

　　雀啄北窗　晚,僧开西阁　寒。

　　寻觅诗章　在,思量岁月　惊。

此外还有:上三下二句(三、二),上一中二下二句(一、二、二),上一中三下一句(一、三、一),上一中一下三句(一、一、三),等等。

七言句的基本句型(四、三),如:

　　晴川历历　汉阳树,芳草萋萋　鹦鹉洲。

　　少小离家　老大回,乡音无改　鬓毛衰。

一般句型有上四中一下二句(四、一、二),如:

　　年年喜见　山　长在,日日悲看　水　独流。

　　细雨湿衣　看　不见,闲花落地　听　无声。

还有上一中三下三句(一、三、三),如:

　　鱼　吹细浪　摇歌扇,燕　蹴飞花　落舞筵。

　　门　通小径　连芳草,马　饮春泉　踏浅沙。

特殊句型有上二下五句(二、五),如:

　　独怜　一雁飞南海,却羡　双溪解北流。

　　鸿雁　不堪愁里听,云山　况是客中过。

还有上五下二句(五、二),如:

永夜角声悲　自语,中天月色好　谁看?

不见定王城　旧处,空怀贾傅井　依然。

此外还有:上四中二下一(四、二、一),上三中一下三(三、一、三),上三下四(三、四),上一下六(一、六),上六下一(六、一),上二中四下一(二、四、一),上一中四下二(一、四、二),等等。

古人作诗讲究句锻字炼,"百炼成字,千炼成句",在用字上作推敲功夫。因为五言句型多为上二下三,七言句型多为上四下三,所以往往把五言句的第三字和七言句的第五字,叫做"诗眼",是所"炼"之字,要特别在这个字上下功夫。如"泉声咽危石,日色冷青松"的"咽"、"冷"是炼字。"江间波浪兼天涌,塞上风云接地阴"的"兼"、"接"是炼字。但这决不是一成不变的。五律还有炼在第二字的,如"星垂平野阔,月涌大江流"、"红入桃花嫩,青归柳色新"中的"垂"、"涌"、"入"、"归";有炼在第五字的,如"香雾云鬟湿,清辉玉臂寒"、"柳塘春水漫,花坞夕阳迟"中的"湿"、"寒"、"漫"、"迟";也有炼在第二和第五字的,如"山随平野尽,江入大荒流"中的"随"、"尽"、"入"、"流"。七律还有炼在第二字的,如"路绕寒山人独去,月临秋水雁空惊"中的"绕"、"临";有炼在第七字的,如"长乐钟声花外尽,龙池柳色雨中深"中的"尽"、"深";也有炼在第二字和第五字的,如"鱼含月影随云动,鸟吐花声寄树间"中的"含"、"随"、"吐"、"寄"。

炼字还有炼实字、虚字、响字、拗字等说法。有云"眼用实字方健","用实字要融艳",如:"旅愁春入越,乡梦夜归秦"的"春"、"夜",皆是实字。有云"眼用虚字,方得空灵之妙","用虚字要健练",如"天远疑无树,潮平似不流"的"疑"、"似",皆是虚字。有云"眼要用响字",如"白沙留月色,绿竹助秋声"的"留"、"助"。王士禛称赞孟浩然的"气蒸云梦泽,波撼岳阳城"(《临洞庭上张丞相》):"'蒸'字'撼'字,何等响,何等确,何等警拔也。"(《然镫记闻》)也有眼用拗字的,如"掬水月在手,弄花香满衣"的"月"、

"香"，"残星几点雁横塞，长笛一声人倚楼"的"雁"、"人"，皆是拗字。

　　沈德潜说王维的五律《观猎》"章法句法字法，俱臻绝顶，此律诗正体"。（《说诗晬语》）从章法、句法、字法说，它完全符合律诗的结构组织："风劲角弓鸣，将军猎渭城"为起，点题。"草枯鹰眼疾，雪尽马蹄轻"承写"猎"字。"忽过新丰市，还归细柳营"，转到归去之轻疾。"回看射雕处，千里暮云平"特写"观"字作收。起、承、转、合，章法井然。

　　"起手贵突兀"（《说诗晬语》），"凡起句当如爆竹，骤响易彻"（《四溟诗话》），"起处有峻嶒之势"（《岘嶇说诗》）。王维的诗起联用倒装法：劲风吹过绷紧的弓弦，发出强烈的鸣声。先闻其声，而后写人，笔势轩昂。这一"起"有千钧之力。"草枯"，则猎物难藏，愈使"鹰眼疾"；"雪尽"，则纵辔驰骋，更觉"马蹄轻"。一"疾"，见鹰之勇；一"轻"，见马之骏。炼字极见功力。新丰市，细柳营，均在长安市附近，但相距数十里。接着用"忽过"、"还归"，写出将军猎后轻骑的矫捷。最后，兴尽而返，回顾刚才射猎之处，千里寂寥，暮云横亘，已经遥遥远去。结处有余味，有气概。通首章法严密，句法遒劲，无字不恰，而且"句中有余味，篇中有余意"，表现出青年诗人昂扬奋发的精神。

　　据说，宋代大文学家苏轼不仅与父苏洵、弟苏辙都有文经武纬之才，博古通今之学，后来文人杜撰出来的苏小妹也才学过人。一天，小妹以"轻风细柳，淡月梅花"请长兄东坡"各加一字作腰"。东坡加"摇"、"映"二字，乃成"轻风摇细柳，淡月映梅花"句。小妹认为不好。东坡想了一下，说："那就改成'轻风舞细柳，淡月隐梅花'好吗？"小妹还是不满意。最后，小妹改成"轻风扶细柳，淡月失梅花"。东坡和在座的诗人黄山谷都抚掌称善。用'扶'字好于"摇"字"舞"字，是因为使无形的风仿佛有了知觉，使其人格化了。用"失"字好于"映"字"隐"字，因为它表现出了特定情境中

（月下）的物（梅花）的特征，具有影影绰绰，既不显也不"隐"的朦胧美。

《醒世恒言》中有一篇《苏小妹三难新郎》，说洞房花烛之夕，苏小妹出了三个题目，来"难"新郎，"三试俱中式，方准进房"。前两题新郎都顺利地过了关，第三题是求对，出对曰："闭门推出窗前月。"这下可难住了新郎，"左思右想，不得其对"，急得"在庭中团团而步，口里只管吟哦'闭门推出窗前月'七个字，右手做推窗之势"。当时，庭中有一大花缸，装满一缸水，欲帮忙而又怕被小妹知觉的苏东坡，便向缸中投进一个小砖片，只见水中天光月影，混淆莫辨，新郎顿然敏悟，遂援笔对出："投石冲开水底天。"这里，两例都说明"千熔百炼"贵在准确、稳妥、贴切、自然，都是工于用字和炼句的。

炼字炼句，最后应归于炼意。赵翼的话说得好："知所谓炼者，不在乎奇险诘曲，惊人耳目，而在乎言简意深，以一语胜人千百，此真炼也。"（《瓯北诗话》卷六）沈德潜说："古人不废炼字法，然以意胜而不以字胜，故能平字见奇，常字见险，陈字见新，朴字见色。"（《说诗晬语》卷下）就是说，炼字的目的，"在乎言简意深"，用极其精炼的字，表达出丰富深刻的内容。有些诗人，也常不受章法、句法、字法的限制，"笔力所到，自成创格"；"行乎所不得不行，止乎所不得不止"，是不可限以绳墨的。正是："能与人规矩，不能使人巧。"（《孟子·尽心下》）诗的章法、句法、字法，不可不知，因规以成圆，因矩以成方，这是一个方面。但要达到"巧"，要"不依古法但横行，自有云雷绕膝生"（袁枚），而往往又是不囿于规矩的。这就是作诗的辩证法。

一个字，一粒珍珠

"意思犹五谷也。文，则炊而为饭，诗，则酿而为酒也。"这是吴乔在《围炉诗话》中论诗、文及其关系的话。欲使"酒"醉人——沉浸在诗的美感中，用字方面的功夫，是不容忽视的。诗中的每一个字，都负着不可旁贷的任务。对于"为求一字稳，耐得半宵寒"的苦吟，如果不是抛开内容，专争"一字之奇"，就不应该持非议的态度。何况事实往往是：这"一字之奇"，或使全诗生姿添色，或使诗意隽永含蕴，或使诗句灵活飞动，像一粒璀璨的珍珠，给人留下深刻的印象。

"词尚奇诡"、"要呕出心乃已"的天才诗人李贺，他诗中的某些字，妥贴匀称，颇见功力，状物抒情，各擅其长。初秋七月，银河露冷，衰兰满园，景物平常。但接着说："夜天如玉砌，池叶极青钱，仅厌舞衫薄，稍知花簟寒。"(《七月》)①就不能不惊叹诗人状物细微，摹情妥贴了。荷叶初生，浮漾水面，充其量也不过一枚青钱那么大。用一"极"字，荷叶之小可见。夜天露冷，究竟有多么冷？着一"舞衫"，不过"仅厌"其"薄"。归卧"花簟"(竹席)，也不过"稍知"其"寒"而已！把荷叶的初生尚小，和人对初秋那种新凉未寒的感觉，刻画得多么细腻，多么富有情趣！比杜甫的"点溪荷叶叠青钱"，或杜牧的"天街夜色凉如水"，深曲委婉，似有过之。

杜甫《咏怀古迹五首》其三咏明妃诗,新巧之字,时出屡见,增强不少感人的艺术魅力。诗云:

　　　群山万壑赴荆门,生长明妃尚有村。
　　　一去紫台连朔漠,独留青冢向黄昏。
　　　画图省识春风面,环佩空归月夜魂。
　　　千载琵琶作胡语,分明怨恨曲中论。

　　明妃(姓王名嫱,字昭君)的家乡在荆门山附近(旧说昭君村在今湖北省秭归县东北),是个"群山万壑"的地方。但这里用了一个形容人的动作的"赴"字,就把从三峡到荆门这一路连绵不断而静止的山写活了。下句说"尚有村",见出人事沧桑,今昔殊异。三、四句概括尽昭君一生。"一去",说明王昭君去意坚决,义无反顾;"独留",却又多么的感慨万千! 显然,这四个字既有对昭君的赞美,也有临风凭吊的深怀同情。而"连"字显示出"朔漠"无限广远;"向"字表现出异域荒凉寂寞。为使诗思摇漾,作者连用了叠韵"朔漠"、双声"黄昏",增强了感人的力量。虽然梁代诗人江淹《恨赋》中说过:"昭君去时,仰天太息。紫台稍远,关山无极。望君王兮何期,终芜绝兮异域。"却不如杜诗的深刻凝练。接下来两句说:假使当初汉元帝能辨识她的丰容丽质,就不会有青冢独留、环佩空归之恨了。"春风面","月夜魂",一状姿容秀美,一写冷月孤魂:同一个王昭君,昔如彼,今如斯。诗人虽不直言,但讽情贬义,却隐含在具有不同色彩的六个字中了。结两句说,自今而后,琵琶永远弹奏着思归的曲调,昭君的遗恨也千载永传了。"千载"、"分明"用得何等真切率直,怨恨之情,溢于言表。陶开虞说:"此诗风流摇曳,杜诗之极有韵致者。"这和用字新巧是分不开的。

　　柳宗元《渔翁》②,苏轼说它"有奇趣",并认为"结两语虽不必亦可"。这样剩下的就只有四句了:

渔翁夜傍西岩宿,晓汲清湘燃楚竹。

烟消日出不见人,欸乃一声山水绿。

这几句都是写渔翁的生活。所谓"奇趣"就在这一个"绿"字上。本来幽寂无声的境界,"欸乃一声",山水随之而"绿"了。着此一字,尽得风流。当此"烟消日出"的时刻,这一个"绿"字既为山水生光,又使人感觉生机盎然,充满欢悦情趣,给原本平淡的境界以色彩。虽然"绿"是个平常字,用在这里,却恰如韩愈所云:"六字寻常一字奇",使诗富有情趣和色彩美了。

诗词中粒粒珍珠一样的字,贵在显示出清新的色彩和意境。写女人姿容秀美的字,车载斗量。周邦彦〔拜星月慢〕的用字,却不落窠臼,如:

笑相遇,似觉、琼枝玉树相倚,暖日明霞光烂。水盼兰情,总平生稀见。

在"笑相遇"之后,出现在面前的这位美人,使他觉得好像是:"琼枝玉树"、"暖日明霞"——像琼枝和玉树交相辉映,明洁鲜耀;像暖日和明霞闪烁生光,神采照人。而"水盼兰情"四字,不仅说人的眼波明媚如水,还表明她的性格像幽兰一样宁静。四个字既有人的形("水盼"),也有人的"神"("兰情")。

李贺写人的丽质艳容,也具有色彩美。在长诗《恼公》中屡见不鲜,如:"歌声春草露,门掩杏花丛",是用从"杏花丛"的门外听见歌声,来点明她的住处;而这歌声的清圆,又是用"春草露"来映衬的。居处清幽如此,其人雅丽可见;歌声如春草之露,玉润晶莹。这每三个字组成的短词,关键不在于表明了人的住处和歌声,而在于一开头就写出了故事中的人物。"月分蛾黛破,花合靥朱融。"

黛眉像新月般分开,两颊涂的胭脂如花瓣聚合在一块。用"破"来描摹眉黛弯如新月,虽不见"新",但用"融"字来描摹胭脂涂得匀净舒贴,像聚合的花瓣一般,却是"新"而又"巧"的。

字的新巧,可以加强作品的思想性。如杜甫《丽人行》中的:

> 犀箸厌饫久未下,鸾刀缕切空纷纶。

这两句说:尽管御厨师拿着装有鸾铃的刀,把肉切得像丝缕一样细,赶忙制出许多精美的食品,可是这些贵妇人还是拿着筷子久久不动一下!这里先用一个"久"字,形象地表现出贵妇人们举起筷子来时开始迟疑、继而生厌、终至微微蹙起眉头来的神情。后用一个"空"字,形象地表现出御厨师们如何竭尽心力却白白地忙乱了一大阵子。虽是一个字,对于表现豪门贵族的奢侈生活,却收到了很好的艺术效果。借用王国维的话说,就是"境界全出"。

杜甫《新安吏》,写唐王朝为取得平定"安史之乱"的胜利,四处"喧呼点兵"的情景。诗中所"点"之"兵"被迫离家后,有这样两句:

> 白水暮东流,青山犹哭声。

这里用了一个"哭"字,把当时的情景,形容曲尽。《杜臆》的作者王嗣奭有段很精辟的见解:"此时瘦男哭,肥男亦哭,肥男之母哭,同行同送者哭;哭者众,宛若声从山水出,而山哭,水亦哭矣!至暮,则哭别者已分手去矣,白水亦东流,独青山在,而犹带哭声,盖气青色惨,若有余哀也。只这一'哭'字,犹属'青山',而包括许多哭声,何等笔力,何等蕴藉!"当然这个"哭"字,又是和诗人用比兴手法情寓景中很有关系的。

在杜甫《茅屋为秋风所破歌》里,"布衾多年冷似铁"这个

"冷"字，乍看或许体会不到它的妙处。可是我们知道，成都的八月，即使"风怒号"，也不会很"冷"，更不至于"冷似铁"的。在不很冷的"八月秋高"的日子里，杜甫独自感到如此"冷"，就把诗人"自经丧乱少睡眠，长夜沾湿何由彻"的"寒士"境况，深刻地透视出来了。杜甫写鉴湖的五月，又用了一个"凉"字："鉴湖五月凉。"我们知道，农历江南五月是挥汗如雨的季节了，所以鉴湖的可喜可爱，正从这一个"凉"字中，透露出来。这是诗人从身历其境的感受中来的。如果杜甫没有成都草堂和那一段壮游生活，就不会想出这样达意传神的字来的。

　　类似的例子，真是多得不胜枚举。如王安石的"春风又绿江南岸"的"绿"，字，据说初为"到"字，继改"过"字，再改"入"字，又改"满"字，连改了十多个字，最后始定为"绿"字。杜甫《送蔡都尉诗》"身轻一鸟□"句，缺了一个字，许多人来补：有的补"疾"字，有的补"落"，字，有的补"起"字，有的补"下"字，有的补"度"字，等等。后来找到一个善本，才知道大家补的都不对，原来是"身轻一鸟过"。这句诗的接句是："枪急万人呼。"这样，上句说他跳跃如一只鸟飞过那样又高、又快、又轻。下句说他善于使枪，博得万人贺彩。杜甫的"林花着雨胭脂湿"，据说"湿"字为蜗涎所蚀，苏轼补为"润"字，黄山谷补为"老"字，秦观补为"嫩"字，佛印补为"落"字。从全首诗看，它是写乱后长安景象，用"胭脂润"或"胭脂嫩"表现明快色彩，显然不合适。而花在雨中，也不一定掉落，颜色更不会暗淡，所以用"落、用"老"，也不一定合适，还是杜甫的"湿"字更贴切些。

　　因为一个字像珍珠一样璀璨，取得了很好的艺术效果，为人们争相传诵，而成为佳话的很多。如宋祁的"红杏枝头春意闹"，由于"闹"字，作者被称为"红杏枝头春意闹尚书"。张先的"云破月来花弄影"，由于"弄"字，而被称为"云破月来花弄影郎中"。而他自己也认为，因有"云破月来花弄影"，"娇柔懒起，帘压卷花影"，

"柳径无人,坠飞絮无影",可以"目之为张三影"。赵嘏由于有"残星数点雁横塞,长笛一声人倚楼",被称为"赵倚楼"。秦观由于有"山抹微云,天粘衰草",被称为"山抹微云秦学士"。柳永由于有"杨柳岸,晓风残月",被称为"晓风残月柳三变"。贺铸由于有"一川烟草,满城风絮,梅子黄时雨",被称为"贺梅子"。王士禛由于有"郎似桐花,妾似桐花凤",被称为"王桐花";他的弟子崔华由于有"黄叶声多酒不辞",被称为"崔黄叶"。而另一位姓管的诗人,由于有"两三点雨逢寒食,廿四番风到杏花",被称为"管杏花"了。

当然,如果作品的思想内容苍白,空洞无物,手法拙劣,缺乏艺术性,那么,即使有一些生姿添色如珍珠般的字,也是无济于事的。但如果在重视思想与艺术的同时,也重视"一字之奇",也重视这"一粒珍珠",像马雅可夫斯基所说从几百吨矿石里提炼一克镭那样,去提炼词语;有杜甫那样"语不惊人死不休"、"清词佳句必为邻"的决心,真正做到"一字不苟",则又是可取的了。

① 李贺:《七月》
  星依云渚冷,露滴盘中圆。好花生木末,衰蕙愁空园。夜天如玉砌,池叶极青钱。仅厌舞衫薄,稍知花簟寒。晓风何拂拂? 北斗光阑干。

② 柳宗元:《渔翁》
  渔翁夜傍西岩宿,晓汲清湘燃楚竹。
  烟销日出不见人,欸乃一声山水绿。
  回看天际下中流,岩上无心云相逐。

"为人性僻耽佳句"

　　文学是语言的艺术。诗由于它篇幅短小，对语言的要求更为严格。什么是诗的语言？用谢榛的话说是："诵之行云流水，听之金声玉振，观之明霞散绮，讲之独茧抽丝。此诗家四关。使一关未过，则非佳句矣。"（《四溟诗话》卷一）大意是说，诗要文字清畅，铿锵悦耳，色彩明丽，意味隽永。如果"一关未过"，"则非佳句"。

　　刘勰《文心雕龙·隐秀》说："故自然会妙，譬卉木之耀英华；润色取美，譬缯帛之染朱绿。朱绿染缯，深而繁鲜；英华曜树，浅而炜烨。"这里说"自然会妙"（具有天然美的），要像树上的花朵，色虽浅而光华耀目。"润色取美"（施以人工美的），则要像绸子上染的红绿色一样，"深而繁鲜"。这些都是对"佳句"的一般要求。

　　但我们知道，诗是由字、句组成的。欲求诗佳，字佳、句佳是不可少的。所以既应炼字，也应炼句。因为"立片言而居要，乃一篇之警策"。（陆机《文赋》）"诗之用，片言可以明百义。"（《一瓢诗话》）由于它"居要"（可以突出主题）、"明义"（可以加深对主题的理解），所以受到诗人们的重视。杜甫说："为人性僻耽佳句，语不惊人死不休"（《江上值水如海势聊短述》）；"陶冶性灵存底物？新诗改罢自长吟"（《解闷十二首》之七）。而且还以此鼓励他的朋友们。他赞赏李白："李侯有佳句，往往似阴铿。"（《与李十二白同

108

寻范十隐居》)他赞赏高适:"美名人不及,佳句法如何?"(《寄高三十五书记》)他赞赏孟浩然:"复忆襄阳孟浩然,清诗句句尽堪传。"(《解闷十二首》之六)他赞赏王维:"最传秀句寰区满,未绝风流相国能。"(引同上之八)他赞赏郑谏议:"思飘云物动,律中鬼神惊。"(《敬赠郑谏议十韵》)他赞赏刘伯华:"雕刻初谁料,纤毫欲自矜。"(《寄峡州刘伯华使君四十韵》)诗如此,词亦不例外。南宋词人张炎在谈到词的句法时说:"于好发挥笔力处,极要用工,不可轻易放过,读之使人击节可也。"(《词源》)

诗句的佳,主要看其能否真实生动地表达出特定的诗旨和意境。比如杜甫的"朱门酒肉臭,路有冻死骨",是佳句;而"笑时花近靥,舞罢锦缠头",也是佳句。杜牧的"牧羊驱马虽戎服,白髮丹心尽汉臣",是佳句;而"娉娉袅袅十三余,豆蔻梢头二月初",也是佳句。苏东坡的"大江东去,浪淘尽、千古风流人物",是佳句;而"雾帐吹笙香袅袅,霜庭按舞月娟娟",也是佳句。韩愈的"豪华少年岂知道,来绕百匝脚不停",是佳句;而"银烛未销窗送曙,金钗欲醉座添春",也是佳句。如果说韩愈的"升堂坐阶新雨足,芭蕉叶大栀子肥"(《山石》),是佳句;那么秦观的"有情芍药含春泪,无力蔷薇卧晓枝"(《春日》),也是佳句。元好问说:"拈出退之《山石》句,始知渠是女郎诗"(《论诗三十首》其二十四),是不公允的。瞿佑举杜甫"香雾云鬟湿,清辉玉臂寒"等诗句说:"诗亦相题而作,又不可拘于一律。"就秦观写的是雨后春景的"题"来说,这两句颇具情韵,不能单以风云气少儿女情多,来定高下。薛雪有诗云:"先生休讪女郎诗,《山石》拈来压晚枝。千古杜陵佳句在,'云鬟''玉臂'也堪师。"(《一瓢诗话》)朱梦之说:"淮海风流句亦仙,遗山创论我嫌偏。铜琶铁绰关西汉,不及红牙唱酒边。"(于源《镫窗琐话》引)这些反驳都有道理。总之,佳句之"佳",是不能离开作品的主题和意境而要求的。

如果大体归纳一下的话,"佳句"多表现在以下四个方面:

一曰:体物入微,写出特点。写山光水色、花鸟虫鱼的作品,在古典诗词里很多,佳句也比比皆是。如"江流天地外,山色有无中"。(王维《汉江临眺》)①人们称其佳,主要是指后句。这两句是说汉水浩渺,似从天外而来;眺望江上山色,明灭闪现,似有似无。一句写水,一句写山:水则烟波浩渺,山则若有若无,一显一隐,映带成趣,更见出汉水"郡邑浮前浦,波澜动远空"的气势,充分表达出汉江之胜概。

　　这句亦见欧阳修的词:"平山阑槛倚晴空,山色有无中。"(〔朝中措〕《送刘仲原甫出守维扬》)苏轼也有词云:"长记平山堂上,欹枕江南烟雨,渺渺没孤鸿。认得醉翁语,山色有无中。"(〔水调歌头〕《黄州快哉亭赠张偓佺》)有人对欧阳修的词妄加指责,说:"'平山阑槛倚晴空,山色有无中。'平山堂望江左诸山甚近,或以为永叔短视(近视),故云'山色有无中'。"又说:"盖'山色有无中',非烟雨不能然也。"(《苕溪渔隐丛话》引《艺苑雌黄》)这种指责是毫无道理的,就是苏轼说得也不准确。欧阳修分明说"平山阑槛倚晴空",怎么会有"江南烟雨"? 欧阳修词的原意是说:从平山堂远望,山色在烟霭中若隐若现,忽没忽现,捕捉的是刹那间的变幻景象,足见诗人的体物入微,何"短视"之有? 至于欧阳修是否用王维的诗,并不紧要。因为"诗人意所到,而语偶相同者,亦多矣"。(《庚溪诗话》)权德舆的"远岫有无中"(《晚渡扬子江》),把"山色"改为"远岫";王维的"青霭入看无"(《终南山》)说白云青霭若合若无,因远近而感受不同;意思都很相近。而王维的"山色有无中"向被称为佳句,是和上句"江流天地外"搭配得好,而又与全诗珠联璧合分不开的。

　　叶梦得《石林诗话》讲过一个写同类事物而艺术效果迥然不同的例子。他说:"老杜'细雨鱼儿出,微风燕子斜'②,此十字殆无一字虚设。细雨着水面为沤,鱼常上浮而淰,若大雨则伏而不出。燕体轻弱,风猛则不能胜,惟微风乃受以为势,故又有'轻燕受风

110

斜'之语。"又说:"唐末诸子为之,便当入'鱼跃练江抛玉尺,莺穿丝柳织金梭'体矣。"细雨落在水面上,激起一个个浅浅水泡,鱼儿追逐水泡跳跃着。这里鱼儿之于水,有"鱼戏莲叶东,鱼戏莲叶西"之"戏"的意思,显示出鱼儿活跃的情态。风轻,燕子借微风斜旋飞行。从"斜"可以想象出燕子的态势。如浦起龙云,这两句是"接江边写"(《读杜心解》)。上句是俯察,下句是仰观。本是极平常的景物,写得"天然工巧而不见其刻削之痕"。"鱼跃"两句便不同了,它说:江水像条白色的丝带子,鱼儿跃起来像抛起一支玉尺;柳条细如丝线,黄莺在其间穿来穿去,像用金梭在织丝。平板枯滞,比喻拙劣,虽有"练"、"玉"、"丝"、"金"的涂饰,却乏生姿动态,不能给人以鲜活的美感,更少天然情趣。杜诗成为佳句,正由于诗人之善于体察,写出了特定环境中(细雨、微风)特定事物(鱼儿、燕子)的特点("出"、"斜")。

二曰:情景交融。"情景名为二,而实不可离。神于诗者,妙合无垠。巧者则有情中景,景中情。"(《姜斋诗话》)比如"柳塘春水漫,花坞夕阳迟"。(严维《酬刘员外见寄》)绿柳成荫,垂拂岸畔,春水摇漾,弥漫池塘;花坞向晚,霞晖掩映,这时连夕阳也迟迟而不愿下落!"流连光景惜朱颜。"作者的"春之恋",情溢纸面,景中含情,不见痕迹。杜荀鹤《春宫怨》:"风暖鸟声碎,日高花影重。"据《苕溪渔隐丛话》引谚语称:"'杜诗三百首,唯在一联中':'风暖鸟声碎,日高花影重'是也。"风暖,则鸟声细碎而多;日当亭午,花影交映重叠。这位宫女对鸟声花影体会如此入微,可见其心境之无聊。"碎"、"重"不仅用字工切,情景融洽,而且人的心声可闻。"含风鸭绿粼粼起,弄日鹅黄袅袅垂。"(王安石《南浦》)一写春水之绿,一写春柳之黄。鹅黄嫩绿,物华撩人,以景传情,诗人对南浦是满怀喜悦的。"映阶碧草自春色,隔叶黄鹂空好音。"(杜甫《蜀相》)映阶碧草,景色娱目;隔叶黄鹂,清声悦耳。但"入一'自'字'空'字,便凄清之极,二语是但见祠堂而无丞相也。"(金圣叹语)即景成章,而杜甫对诸葛亮的眷念之情,深寓其中。这些都可堪称为情景交融的佳句。

三曰:借景自况。谢榛说:"韦苏州曰:'窗里人将老,门前树已秋。'白乐天曰:'树初黄叶日,人欲白头时。'司空曙曰:'雨中黄叶树,灯下白头人。'三诗同一机杼,司空为优:善状目前之景,无限凄感,见乎言表。"(《四溟诗话》)司空曙《喜外弟卢纶见宿》有"雨中黄叶树,灯下白头人"句。寒雨敲窗,黄叶飘坠,这是室外景;孤灯照壁,白头相对,这是室内景。室外室内,情景和谐,而这雨中的黄叶树,不正是孤灯之下的白头人的象征么!此外,如"竹怜新雨后,山爱夕阳时"(钱起《谷口书斋寄杨补阙》),"野旷天低树,江清月近人"(孟浩然《宿建德江》),"岸花飞送客,樯燕语留人"(杜甫《发潭州》),"萧萧远树疏林外,一半秋山带夕阳"(寇准《书河上亭壁》),"绿阴不减来时路,添得黄鹂四五声"(曾几《三衢道中》),等等。

四曰:警辟意深。如:"朱门酒肉臭,路有冻死骨"(杜甫《自京赴奉先县咏怀五百字》),"是岁江南岸,衢州人食人"(白居易《轻肥》),深刻地揭露了社会现实;"王师北定中原日,家祭无忘告乃翁"(陆游《示儿》),"人生自古谁无死,留取丹心照汗青"(文天祥《过零丁洋》),表现了诗人对国家的忠诚与关心;"新松恨不高千尺,恶竹应须斩万竿"(杜甫《将赴成都草堂途中而作》),"斩除元恶还车驾,不问登坛万户侯"(岳飞《题新淦古寺壁》),表现出爱憎分明与纯洁无私的强烈感情。这种言浅意深的佳句,感人至深,铭刻在人们的心头。

诚然,句之佳,一方面不能完全由意而定,但另一方面,"无论诗歌与长行文字,俱以意为主。意犹帅也。……烟云泉石,花鸟苔林,金铺锦帐,寓意则灵"。(《姜斋诗话》)可见,炼字,炼句,炼意,三者并不矛盾。因此,诗人在炼字、炼句的同时,也应注意炼意。句清意新,斯为上矣,而艺术的魅力也会更大。

112

① 王维:《汉江临眺》
　　楚塞三湘接,荆门九派通。
　　江流天地外,山色有无中。
　　郡邑浮前浦,波澜动远空。
　　襄阳好风日,留醉与山翁。

② 杜甫:《水槛遣心》(其一)
　　去郭轩楹敞,无村眺望赊。
　　澄江平少岸,幽树晚多花。
　　细雨鱼儿出,微风燕子斜。
　　城中十万户,此地两三家。

行文无序赏花开

古人赋诗作文,讲究"有物有序"。"物",指作品的思想内容。"序",指层次结构。"行文无序赏花开。"一朵花从含苞到怒放,总是一瓣一瓣展开来的。从一首诗来说,固然需要层次井然;就是一首诗中的一联或一句,也应像那美丽的鲜花,一瓣一瓣展开,最后显示出动人的深意来。

《古诗十九首》中"青青河畔草"是一首题材平常的思妇诗①。女主人公是位"昔为娼家女,今为荡子妇"的普通妇女。不过诗人描写这个人物,却花费了一番心思。诗是从"荡子妇"倚楼凭窗开始的:"青青河畔草,郁郁园中柳。"草色青青,柳条郁郁,一在河畔,一在园中。前者是远眺,后者是近观,由远及近,层次井然。这种情景和那位"春日凝妆上翠楼""忽见陌头杨柳色"的闺中少妇很有点相像。接下来四句是全诗的"主脉":

> 盈盈楼上女,皎皎当窗牖,
> 娥娥红粉妆,纤纤出素手。

开头,我们只看到这位少妇是在楼上,仪态轻盈,接着见她姿容秀丽,立在窗口,再后看见她伸出那细而白嫩的手。诗由景起

114

"兴",引出人物来。这人,她的动作是:倚楼、当窗、开窗出手,层次井然。描绘她的美丽,先是仪态("盈盈"),后是姿容("皎皎"、"娥娥""纤纤")。即同是姿容,却也有先后。"皎皎",是说在明媚的春光中,她的风采皎如明月。"娥娥",说她妆饰艳丽,容貌美好。"纤纤",再进一层,十分具体地刻画出素手的形状。总之,诗的层次随着人的活动步步展开。写人的美,由粗到细,由一般到具体,层层深入,情思愈见。而思妇的形象,也就像那美丽的花朵,一瓣一瓣开放,愈放愈艳,使诗的情味达到既浓且醇的境地。

北宋词人柳永,有一首用旧曲名创制的新声乐府〔夜半乐〕,长达一百四十四字。诗人采用了铺叙手法,写得它像一篇游记式的散文:

> 冻云黯淡天气,扁舟一叶,乘兴离江渚。渡万壑千岩,越溪深处,怒涛渐息,樵风乍起。更闻商旅相呼。片帆高举,泛画鹢、翩翩过南浦。　　望中酒旆闪闪,一簇烟村,数行霜树。残日下,渔人鸣榔归去。败荷零落,衰杨掩映。岸边两两三三,浣纱游女。避行客、含羞笑相语。　　到此因念,绣阁轻抛,浪萍难驻。叹后约丁宁竟何据?惨离怀,空恨岁晚归期阻。凝泪眼、杳杳神京路,断鸿声远长天暮。

这首词共有三叠。许昂霄《词综偶评》说:"第一叠(段)言道途所经,第二叠言目中所见,第三叠乃言去国离乡之感。"不过准确地说,第一叠"所经"中有"所见"("怒涛渐息,樵风乍起"),也有"所闻"("商旅相呼")。那是在一个冻云黯淡的天气里,乘一叶扁舟,一路上之所见所闻的景象。第二叠描写的范围小了些,是在"一簇烟村"周围发生的事情,景之外,有了鸣榔归去的渔人,笑语含羞的浣纱游女。第三叠由"游女"而想起"绣阁轻抛"和自己萍踪浪迹的漂泊生活。正是"日暮乡关何处是,烟波江上使人愁"

的景况。这首词从第一叠着意写景,到第二叠刻意写人,到第三叠因人生感,线索清晰,脉络分明。而诗人的羁旅之情,身世之感,也就在层层铺叙中展现出来。

人常说:"文不离题。"写诗,更应切题。有些诗,正是从层次逐一展开,显示出题意,表达出题旨,见出诗人匠心独运的。试看僧皎然的《寻陆鸿渐不遇》:

> 移家虽带郭,野径入桑麻。
>
> 近种篱边菊,秋来未着花。
>
> 叩门无犬吠,欲去问西家。
>
> 报道山中去,归时每日斜。

这首寻人不遇的诗,写得超脱、自然,不矫揉,不夸饰。它层次井然,恰合题意,逐层剥落,切中题旨。首句"移家"是"寻"的开始;步入"野径"是在途中;看见"篱边菊",是已近被寻者的庭院;"叩门"无人,道出"不遇";最后两句,是"西家"的回答。概言之,前四句是"寻",后四句是"不遇"。

与皎然《寻陆鸿渐不遇》的写法有异曲(主题不同)同工(手法相同)之妙的,是薛逢的《宫词》:

> 十二楼中尽晓妆,望仙楼上望君王。
>
> 锁衔金兽连环冷,水滴铜龙昼漏长。
>
> 云髻罢梳还对镜,罗衣欲换更添香。
>
> 遥窥正殿帘开处,袍袴宫人扫御床。

首二句从一般到具体,从众人到个人:十二楼(以示其多)的宫人们都梳妆打扮,自己也妆成伫候君王。三、四句写久待不至,门上环冷,铜龙漏长,时间静悄悄地过去了。五、六句写重新"对

116

镜"、"添香"，再作一番修饰。最后两句从"遥窥"他处宫人们为"扫御床"而忙碌的情景，表示希望终成幻影。事件、时间、人的感情，层层递进，没有一个字写怨，而怨却藏在递进的层次中。

杜甫的"万里悲秋常作客，百年多病独登台"（《登高》），有八层意思。异乡作客，难免有家国之思，这是一层；"常作客"，二层；登高望远，三层；"独登台"，四层；正当"无边落木萧萧下"的"悲秋"时候，五层；"百年"迟暮之人，六层；"多病"之身，七层；又是在离乡"万里"之遥的地方登台，八层。如此，激越的感情，深沉的心境，就更真切地传达出来了。

在《琵琶行》里，当"忽闻水上琵琶声，主人忘归客不发。寻声暗问弹者谁"的时候，白居易是这样写这位琵琶女当时神情举态的：

琵琶声停欲语迟。

在这儿，七个字三次停顿：琵琶声停——欲语——迟。它表现出琵琶女闻"声"始则一惊，故"琵琶声停"；继而辨明来意，因而"欲语"；但久历风尘、饱经沧桑的残破了的心，终于使她不由自主地又"迟"了！一句七个字，把这位当年红极一时的"长安娼女"，今则委身为贾人妇的"沦落人"的心灵，入木三分地刻画了出来。

在《长恨歌》里，当多情的杨贵妃在九华帐里"闻道汉家天子使"这个突如其来的消息时，诗人白居易这样写她此刻的神情和动作：

揽衣推枕起徘徊。

这句含有四层：揽衣——推枕——起——徘徊。你看，她乍听消息，揽衣，推枕，起，一个动作紧连一个动作，真是又惊喜又急促。

可是她不曾夺门而出，却停下脚步，徘徊起来了！那么，是事出突然，不敢置信？还是"一别音容两渺茫"，千头万绪，不知打哪儿说起？惊疑之状，悲喜之情，与慌乱无所适从的神态，复杂的心情，通过这句七个字四个层次，细致深刻地描绘出来了。

这种层次递进的传统艺术手法，在表演艺术中也常见到。梅兰芳演《贵妃醉酒》，把杨贵妃饮酒的身段和表情，分为三个层次：始则掩袖而饮，继则不掩袖而饮，终则肆意而饮。这出戏是说杨玉环苦待唐玄宗"御驾"不到，无法排遣郁积心头的苦闷，乃借酒消愁的。第一次含杯的时候，神志清醒，尚知娇羞，故掩袖而饮。第二次含杯，微有醉意，娇羞渐失，顾忌已忘，乃不掩袖而饮。第三次含杯，已沉沉醉矣，身份地位，忘得干干净净，一腔抑郁，无人告语，便旁若无人地倾杯而饮了。这三个层次，正是为了表现出她由"未醉"到"初醉"，到"沉醉"这三个不同阶段的心情变化而创造出来的。

《西厢记》"长亭送别"开头一段，从眼神的顾盼来说，一位名演员谈过她的表演艺术："碧云天"，是高而远；"黄花地"，是低而阔；"西风紧，北雁南飞"，是自右到左；"晓来谁染霜林醉"，是遥遥相向；而"总是离人泪"，则必须以凝视的目光对之了。这，自然都是为表现层次而显示出人的感情之起伏变化的。

① 无名氏：《青青河畔草》
　青青河畔草，郁郁园中柳。盈盈楼上女，皎皎当窗牖。娥娥红粉妆，纤纤出素手。昔为娼家女，今为荡子妇。荡子行不归，空床难独守。

118

曲径通幽

"初看开头,便知结尾","门户洞开,一览无余"的作品,一般说是不会引人入胜的。但如能做到千岩万转,云霓明灭,山重水复,曲径通幽,却往往产生诱人的艺术魅力。这种情况,历来为作家们所注意。黄山谷说:"长篇须曲折三致意,乃可成章。"(《诗人玉屑》卷五引)姜夔的话更形象具体:"波澜开阖,如在江湖中,一波未平,一波已作。如兵家之阵,方以为正,又复是奇;方以为奇,忽复是正;出入变化,不可纪极,而法度不可乱。"(《白石道人诗说》)叙事诗或长篇抒情诗,"曲折致意""波澜开阖"看来容易些,而抒情短章虽较难,却也不乏其例,如欧阳修咏西湖的〔采桑子〕:

群芳过后西湖好:狼藉残红,飞絮濛濛,垂柳阑干尽日风。

笙歌散尽游人去,始觉春空。垂下帘栊,双燕归来细雨中。

西湖,在今安徽省阜阳县西北,是颍河诸水汇流处,宋时属颍州。欧阳修为颍州太守时,常来西湖游赏。晚年退休后,旧地重临:"回顾曩昔,满目繁华,绿柳朱轮;而今天则清风明月,幸属于闲人。"诗人心有所感,写了十首〔采桑子〕,吟咏颍州西湖,这是其中的一首。

众芳芜秽，花事阑珊，表现在古人的诗词里，多是触绪牵情，会引起无限伤感来的。可是在这儿，欧阳修竟一反往常，说："群芳过后西湖好。"群芳过后的西湖，究竟有什么好呢？这真使人费解了！我们知道，作者说过"春深雨过西湖好"，那是因为"百卉争妍，蝶舞蜂喧，晴日催花暖欲燃"。作者还说过"荷花开后西湖好"，那是因为"载酒来时，不用旌旗，前后红幢绿盖随"。是的，作者也说过"轻舟短棹西湖好"，但那也因为"绿水逶迤，芳草长堤，隐隐笙歌处处随"。可是像现在这样"狼藉残红，飞絮濛濛，垂柳阑干尽日风"。也就是说：百花凋谢，落红遍地；飞絮漫天，蒙蒙似雨；而垂柳阑干那边，则整日价刮着风，无休无止！这时光正是："一年春事都来几？早过了，三之二。"难道这就是它"好"之所在么！？

总之，"狼藉残红，飞絮濛濛，垂柳阑干尽日风"，春已经归去了。但这时诗人仍觉得："西湖好。"后来，等到"笙歌散尽游人去"，才顿然感到："春空"，春去后的空虚寂寞猛然扑上心头了。由此可见，西湖的"好"，实际上和"群芳"之过与不过，关系不大，而一切倒在于游人之去与不去的呢！即是说：只是由于"笙歌散尽游人去"，人的思绪才开始发生了急剧变化，突然感到"春空"。所以，这里的"始觉"两个字，是切不可轻轻放过去的。

"垂下帘栊"，看来并非得已，而是由于"始觉春空"的缘故。可是在"垂下帘栊"之后，忽见归来双燕，它们或则"软语商量不定"，或则"爱贴地争飞，竞夸轻俊"。此刻，这美丽、灵巧的双燕，不由的取代了"游人"的位置，一阵喜悦蓦地掠过心头。所以，最后诗人仍感到："西湖好。"

这首词，写出了诗人面对"群芳过后"的西湖而产生的起伏变化的感情：他始而心情平静，继而感觉"春空"，最后"双燕归来"，又生欢悦。转辗腾挪，充分表达出这位"文章太守"的闲适情怀。

无名氏的〔醉公子〕词,写出了人的忽喜忽悲、忽爱忽恨的起伏变化的复杂感情。词云:

> 门外猧儿吠,知是萧郎至。
> 刬袜下香阶,冤家今夜醉。
>
> 扶得入罗帏,不肯脱罗衣。
> 醉则从他醉,还胜独睡时。

夜深人静,这位妇女独守空帏,忽然听到门外的狗儿叫(猧,小狗),想着是所爱的人回来了。由悲转喜,一个"知"字传出了消息。显然她一直在等待着他,听到"猧儿吠",于是忙不迭地走出来。"刬袜下香阶",顾不上穿鞋,只着袜子,其喜可见。一看,"冤家今夜醉"。字面上是"今夜醉",但实际的意思是:"今夜又醉"了。醉,已非一次了!所以不禁悲从中来。可是所幸"扶得入罗帏",他到底还是回来了,总强如不"至"吧。于是悲而复喜。但他大醉酩酊,"不肯脱罗衣"。这时,女主人的心情能不起变化吗?最后,"醉则从他醉,还胜独睡时"。则是自作宽解,以求自我安慰了。夜深待人,心中生悲,人至而喜,一转;因醉而悲,二转;"扶得入罗帏",三转;"不肯脱罗衣",四转;"还胜独睡时",五转。悲而喜,喜而悲,悲悲喜喜,喜喜悲悲,真是"千岩万转路不定"啊!但正因其路径"曲",才使我们感到诗境之"幽"。

五代尹鹗有一首〔菩萨蛮〕,与上首无名氏的词颇相似,词云:

> 陇云暗合秋天白,俯窗独坐窥烟陌。
> 楼际角重吹,黄昏方醉归。
>
> 荒唐难共语,明日还应去。

上马出门时，金鞭莫与伊。

陇云暗合，白日将尽，深秋薄暮，倚窗独坐。写人，用一"窥"字，很传神，写出了这位妇女的心曲。丈夫回来了，心里欢喜，这是一转；"荒唐难共语"，喜而悲，又一转；但毕竟回来了，悲而喜，又一转；"明日还应去"，想到他明天还会出去放荡，不由变喜为悲，又一转；"上马出门时，金鞭莫与伊"。想个法儿把马鞭藏起来，让他不出门，就再不去胡闹了，又转悲为喜。这是痴想。但这最后一转，却更见出了女主人的无可奈何而又强求解脱的心！两首词写在封建社会里，妇女生怕爱人情有他移的复杂感情，细致入微，生动真切。

常听到人们说：小说要故事曲折。这话自然有道理。但如果因此说，文体有别，诗并不需要曲折，就值得考虑了。两相比较，只能说程度有所不同罢了。施补华说："诗犹文也，忌直贵曲。"（《岘佣说诗》）袁枚说："凡做人贵直，而作诗文贵曲。"（《随园诗话》卷四）这些话讲得都有道理。

袁枚对"诗如何而后可谓之曲"？答过别人的提问。他举王仔园《访友》诗："乱鸟栖定夜三更，楼上银灯一点明。记得到门还不扣，花阴悄听读书声。"说："此曲也。若到门便扣，则直矣。"又举宋人的《咏梅》："绿杨解语应相笑，漏泄春光恰是谁"，《咏红梅》云："牧童睡起朦胧眼，错认桃林欲放牛。"说"咏梅而想到杨柳之心，牧童之眼，此曲也，若专咏梅花，便直矣。"（引同上）不过，这些诗只是稍具情味，是无曲折、波澜的，因而也使人觉不出其"幽"来。

“凤头”，诱人的开端

“万事开头难。”庖丁解牛，目无全牛，但胸有全牛，故游刃而有余。文与可画竹，“兔起鹘落”，“振笔直遂”，因“得成竹于胸中”也。“二句三年得，一吟双泪流。”从苦节力学来说，无可厚非。但另一方面也说明贾岛“胸无成竹”，故耗时费日；而“独行潭底影，数息树边身”二句，也未必就是佳句。所以开头的“难”，是和作者对全部事物的了解程度很有关系的。

诗怎样开头好？历代的评论家们讲过不少话。有说“起手贵突兀”（沈德潜《说诗晬语》）。有说“起句当如爆竹，骤响易彻”（谢榛《四溟诗话》）。有说诗的开头应如“凤头”，等等。其实都是说，开头，要引人注目，使人迫不及待地读下去。

孙光宪〔谒金门〕①是一首写送别的词，开头两句浅白、平淡，却是破空而来：

> 留不得！留得也应无益。

首句表示出去意坚决，势若截铁。次句却说“留得也应无益”。“突起”之后，接以“急转”，起转之间，把那种不顾一切，决然离去的心情，一下揭示出来。

123

这种破空而来的开头，破题点题，直截了当，快人快语。但接下去应稍作收煞，不宜一泻千里。因此，孙氏接着说："白纻春衫如雪色，扬州初去日。"在烟花三月的日子里，那穿着雪白春衫的人，往扬州飘然远去了。淡淡两笔，就使得方才破空而来的急，和缓下来。这样，疾徐、抑扬、起伏、高低，错落有致，就产生一种音韵回环的声情美。

周邦彦〔凤来朝〕②写一个女人春睡未醒的情态，开头也是"突兀""骤响"的。他说："逗晓看娇面"：袒露、无余、情态毕见。接句却稍作收煞："小窗深，弄明未遍。"天虽晓，小窗却深，故"明"而"未遍"：雾中看花，似见而未见，似隐而未隐，颇耐寻味。若次句仍沿着首句步子直趋，情趣便不会如此浓了。

当然，破空而来、直趋而下的开头，也不是没有，如李白《蜀道难》："噫吁嚱，危乎高哉！蜀道之难，难于上青天！"曹植《赠徐干》："惊风飘白日，忽然归西山。"岑参《白雪歌送武判官归京》："北风卷地白草折，胡天八月即飞雪"等。这些诗句，或如石破天惊，狂涛裂岸；或如疾风骤雨，迅不可阻；或如渔阳鼙鼓，动地而来。莫不给人以突兀、劲峭、生动，鲜明的形象感。

诗词的开头是多种多样的：或即景抒情，直摅胸臆；或寓情于景，铺叙委婉；或比喻象征，引起题意；或入手擒题，笼盖全篇；等等。要之，开头的选择，须有利于内容的表达，有利于主题的展开，巧妙地传达出诗情诗味来。也有一些诗的开头，看似一般，却含有深意。长篇叙事诗《孔雀东南飞》，写汉末庐江府小吏焦仲卿与妻刘兰芝的婚姻悲剧。这一对恩爱夫妻被迫离散后，一投水于前，一自缢于后，以一死表示对于压迫者的反抗。诗的开头是：

孔雀东南飞，五里一徘徊。

一个注本说："古诗言夫妇离别往往用双鸟起兴。《艳歌何尝行》：

'飞来双白鹄,乃从西北来,……五里一返顾,六里一徘徊。'是本篇起头两句的来源。"但为什么不用别的鸟,偏用美丽的孔雀起兴?"五里一徘徊",只是重复前人的诗吗?应该说:娴雅清逸的孔雀,是"精妙世无双"的刘兰芝的象征。"五里一徘徊",是对难割难舍不忍永诀——即诗中"二情同依依"的真实写照。开头这十个字,不仅笼盖全篇,还隐含着人的高洁、情的真切等寓意在内的。

稍后,北朝民歌《木兰诗》开头两句是:

唧唧复唧唧,木兰当户织。

唧唧,一般解为叹息声,也有解为织布机的声音。全句说连续不断地叹息着。但这首诗的第四句又说:"唯闻女叹息",意似重复。从诗的脉络说,首句应为第四句,现放到第一句来,是为了加强痛苦的气氛,使人感到"当户织"的木兰心事重重,并使诗的发展,耐人寻思。

秦观〔满庭芳〕③的开头是:"山抹微云,天粘衰草,画角声断谯门。"据《避暑录话》等记载,当时传诵颇广,苏轼还因此称秦为"山抹微云君"。而蔡絛《铁围山丛谈》记载:说秦观的女婿范元实在一次宴会上,开始未被人注意。当一个歌女唱了许多首秦的词后,问范是什么人,方才"不敢吐一语"的范,"遽起,又手而对曰:'某乃山抹微云女婿也。'"座中人深表敬佩。这开头三句全是写景:远处的山峰飘浮着几片薄云,这云好像"抹"在山峰上。衰草由近而远,延伸远去,直达天边,好像和天"粘"在一起。山与微云,天与衰草,中间用一"抹"字和"粘"字,既自然而富情趣,又显得它们彼此之间好像很亲昵。把深秋那种黯淡、萧瑟、凄清景象,写得如一幅淡墨画。这是目之所见。耳之所闻呢?是"画角声断谯门"。从城楼门边传来了如泣如咽的悲凉号角声。这个开头在当时和以

125

后都为人传诵,除了用字妥贴,景物如画,还因为它先声夺人,而又恰切地表达出这一对"暂停征棹,聊共引离尊"的人此刻的心声。就抒情诗而言,写景,说到底总是为了抒情的。

柳永写杭州湖山美丽、城市繁华的〔望海潮〕的开头,另是一种写法。他说:"东南形胜,三吴都会,钱塘自古繁华。"入手擒题,大气包举,笼盖全篇。这有着"烟柳画桥,风帘翠幕","三秋桂子,十里荷花"的杭州,它既是祖国东南形势重要、交通便利的地区,又是三吴(吴兴、吴郡、会稽)诸镇的大都会,自古以来就是龙盘虎踞的胜地。这种开头,既不摹绘景物,又不刻意抒情,它大处落墨,具有"黄河之水天上来"的气势。很有点像王勃写地处"豫章故郡,洪都新府"的滕王阁,开门见山,一下子就把它推上"襟三江而带五湖,控蛮荆而引瓯越"的地位。

好的开头,有时既景中含情,而又恰合作品的意境,使景、情、境融溶和谐,水乳难分。如秦观〔鹊桥仙〕的开头:"纤云弄巧,飞星传恨,银汉迢迢暗度。"诗人写的是牛郎织女每年"金风玉露一相逢"的情事。初秋七月,天朗气清,暮色迷茫,空中的云彩,纤细轻柔,好像是织女巧手织出的绚丽彩锦。秋晚的"云"与织女的"巧"自然联系起来。天空中的星闪烁飞动,仿佛在传递着什么恨事。题是咏七夕(〔鹊桥仙〕这个词牌,调与题是统一的),就自然是为牛郎织女传递离别之恨了。又将"飞星"与这一对不幸的情侣联系起来,和上句一样自然。这两句的景,成了特定的"境中景",特定的"景中情",它只能用之于七夕之夜,又只能用之于咏牛、女事。景、情、境不能移易,又如此水乳交融,和谐完美,为在不知不觉之中渡过("暗度")天河("银汉")的他俩,铺下了一条如云似锦的五彩路。这是一个很有特色又美丽的开头。

说到诗的好开头,人们总是会提起柳宗元的《登柳州城楼寄漳、汀、封、连四州》。这首诗开头的特色,可以用八个字来概括:大气包举,笼盖全篇。诗云:

城上高楼接大荒，海天愁思正茫茫。

惊风乱飐芙蓉水，密雨斜侵薜荔墙。

岭树重遮千里目，江流曲似九回肠。

共来百粤文身地，犹自音书滞一乡。

公元八一五年（元和十载），韩泰、韩晔、刘禹锡、陈谏同柳宗元从贬所奉召进京。未久，五人又遭迫害，柳宗元被贬为柳州刺史，韩泰贬漳州（今福建漳州市一带）刺史，韩晔贬汀州（今福建长汀县一带）刺史，陈谏贬封州（今广东封开县一带）刺史，刘禹锡贬连州（今广东连县一带）刺史。柳宗元抵柳州后，写这首诗寄给其他四人，诗借登城望远，抒发再次被贬的愤慨，表达对战友们的深切怀念。诗的开头两句说，登上柳州城楼远眺，看到一片辽阔荒凉景象，我的愁思像大海苍天一样，茫茫无际。诗句雄浑，感情激越，真是"忧端齐终南，颖洞不可掇"。（杜甫诗）漠漠大野，碧海苍天，既是登楼所见之景，也是诗人此刻精神感情的征象。而且音节响亮，音色壮美，正是"有百事交集之感"。（沈德潜语）以下六句，或写狂风猛吹池塘的荷花，暴雨猛打墙上的薜荔；或写山岭上树木重重，遮住远眺的视线，曲曲折折的柳江恰似"肠一日而九转"；最后感叹大家同被贬到岭南有文身风俗的地方，音信难通。全诗的后六句与起联的茫茫愁思，激怀沉感，完全合拍。正如纪晓岚所云："一起意境阔远，倒摄四州，有神无迹，通篇情景俱包得起。"这个开头是有统帅全篇作用的。

白居易《新乐府》有"首句标其目"的话。意思是开头要旗帜鲜明，讽刺什么，揭露什么，使读者一目了然。如"伤农夫之困也"的《杜陵叟》的开头："杜陵叟，杜陵居，岁种薄田一顷余。""恶幸人也"的《盐商妇》的开头："盐商妇，多金帛，不事田农与蚕绩。""刺新间旧也"的《母别子》的开头："母别子，子别母，白日无光哭声苦"等等,直截了当,一语破的(主题),多用于讽刺或批判性质的诗。

诗的开头,多种多样,它是诗的一个组成部分,要与全诗结合得好。无论起手突兀,出人意外;即景生情,渲染气氛;大气包举,笼罩全篇;寓意象征,含蕴深刻。总之,开头都要给人以吸引力。所谓开头如"凤头",就是说要美丽、鲜艳、引人注目的意思。

① 孙光宪:〔谒金门〕

留不得! 留得也应无益。白纻春衫如雪色,扬州初去日。　轻别离,甘抛掷,江上满帆风疾。却羡彩鸳三十六,孤鸾还一只。

② 周邦彦:〔凤来朝〕

逗晓看娇面,小窗深、弄明未遍。爱残朱宿粉云鬟乱,最好是、帐中见。　说梦双蛾微敛,锦衾温、酒香未断。待起难舍拚,任日炙、画阑暖。

③ 秦观:〔满庭芳〕

山抹微云,天粘衰草,画角声断谯门。暂停征棹,聊共引离尊。多少蓬莱旧事,空回首、烟霭纷纷。斜阳外,寒鸦万点,流水绕孤村。

销魂! 当此际,香囊暗解,罗带轻分,谩赢得青楼薄幸名存。此去何时见也? 襟袖上、空惹啼痕。伤情处,高城望断,灯火已黄昏。

"豹尾"与临去秋波

说到结尾,白居易有"卒章显其志"的话。他的讽喻诗结句,一针见血,严于斧钺。揭露达官显宦豪华生活的《轻肥》结句是:"是岁江南旱,衢州人食人。"揭露豪门权势狂歌纵乐的《歌舞》结句是:"岂知阌乡狱,中有冻死囚。"揭露贵族富户附庸风雅的《买花》结句是:"一丛深色花,十户中人赋。"揭露贪官掠民、取媚皇帝的《重赋》结句是:"夺我身上暖,买尔眼前恩;进入琼林库,岁久化为尘。"等等。

"卒章显其志"的诗当"显其志"的时候,往往使诗的思想达到高峰。杜甫的七律《又呈吴郎》①,是劝说人不要阻止"无食无儿"的妇人打枣,对她表示同情和怜悯的。但结尾一转,使诗的思想达到高峰:

> 已诉征求贫到骨,正思戎马泪沾巾。

这时已不只是对一妇人的同情和怜悯,而是对封建统治阶级残酷剥削的控诉,因为像老妇人这样被剥削得穷到骨头的社会根源,是由于战火不熄,广大人民的苦难越来越深,这样的不幸者,不知还有多少！所以诗人止不住流下泪来了。

唐玄宗和杨玉环的爱情故事，从白居易《长恨歌》以来，历代不少诗人写过诗。清朝袁枚《马嵬驿》："莫唱当年长恨歌，人间亦自有银河；石壕村里夫妻别，泪比长生殿上多。"说造成"安史之乱"的直接原因，是唐玄宗的荒淫与对安禄山的宠信。因"安史之乱"，如"石壕村里夫妻别"这样生离死别的悲剧，真不知有多少！所以诗一开头就指出，对于唐玄宗杨玉环的爱情，是不值得歌唱的。三、四句说明原因，持批判态度。虽然宋朝就有："三郎（唐玄宗小名）掩面马嵬坡，生死恩深可奈何？瘗土驿旁何足恨，潼关战处骨埋多！"这首诗也持批判态度，但所悲悼的是战士，不是遭逢丧乱的民众。前两句微有惋惜意，不似袁枚诗的单刀直入；但后两句"志"的表达，同袁诗一样，却是果决、鲜明的。

在同类题材的诗中，既讽刺尖刻，又不那么率直，而诗味浓醇的，是晚唐诗人李商隐《马嵬二首》的第一首，特别是后两句："君王若道能倾国，玉辇何由过马嵬？"纪昀评曰："太径直。"实则，"结局反说冷刺，……用笔曲折，警通异常"。（张采田语）第二首七律说：

> 海外徒闻更九州，他生未卜此生休。
> 空闻虎旅传宵柝，无复鸡人报晓筹。
> 此日六军同驻马，当时七夕笑牵牛。
> 如何四纪为天子，不及卢家有莫愁。

一、二句说，海外仙山的传说，渺茫难期，来生未卜，今生他们是不能见面了。三、四句说，夜宿马嵬，报更的是军中刁斗，再也听不到像长安宫中的鸡人报晓了。五、六句说，此日六军不发，杨妃缢死，而当年七月七日却"笑"牵牛织女的不能常相厮守。结两句说，为什么一个做了四十五年皇帝的人，反而不如普通人家夫妇始

130

终相聚？言外之意是,既保不住自己的宠妃,就更说不上保国卫民了。诗用倒叙手法,先从杨妃死后玄宗命方士招魂写起。从"徒闻"、"未卜"中,已见出讽刺。三、四句写夜宿马嵬,又用"空闻"、"无复"的今昔对照,讽意较前逼进一步。五、六句用"此日"与"当时"对照,所谓的盟誓,竟不值一文,讽意更深。最后两句是诗的结穴,力重千钧,使诗的思想含意达到高峰,也使诗人的"志"充分表现出来。较之郑畋:"玄宗回马杨妃死,云雨难忘日月新。终是圣明天子事,景阳宫井又何人?"(《马嵬坡》)说玄宗对杨妃情深,而又英明为国,与陈后主不同的"赞美歌",是迥异其趣的。

杜甫在《寄高适岑参三十韵》里称赞高、岑的诗有"篇终接混茫"的话。这种结尾,与"卒章显其志"不同,往往不直截了当揭示主题,但它引人思索,去探求那没有表现在字面上的含意。诗词相比,"篇终接混茫"在词里,往往更含蕴。周邦彦〔瑞龙吟〕②写诗人去访问旧识的秋娘,看到"褪粉梅梢,试花桃树","定巢燕子,归来旧处",惜乎人已不见。诗人回忆起从前的情景:初相识时她还是个"乍窥门户""盈盈笑语"的少女。如今,旧地重临,则人去庭空,一切皆成陈迹。最后,诗人写寻人不见,在苍茫的暮色中,怅然归去,结以:

断肠院落,一帘风絮。

风絮,漂泊不定,一向是愁的象征。如:"试问闲愁都几许?一川烟草,满城风絮,梅子黄时雨";"撩乱春愁如柳絮";等等。那么,"断肠院落,一帘风絮",这人的哀愁不也如柳絮一样纷至沓来,连绵无际吗? 这一结的好处,用沈义父《乐府指迷》的话说,是"以景结情",有"含不尽之意"。

"篇终接混茫",不仅有余味,引起人们的遐思,有娓娓不尽之感;而且有时还能把诗人的内心深情,清晰地表达出来。我们知道，宋高宗建炎二年(一一二八)，女词人李清照住在与金人隔江相望的边防重镇建康(今南京)。当时，江南人民斗志昂扬，而偏安一隅的南宋王朝，却仍过着醉生梦死的生活。就在这种景况下，李清照写了〔永遇乐〕。词的下阕忆昔、伤今合写："中州盛日，闺门多暇，记得偏重三五。铺翠冠儿，撚金雪柳，簇带争济楚。如今憔悴，风鬟雾鬓，怕见夜间出去。不如向、帘儿底下，听人笑语"。说在汴京还没有沦陷的时候，"中州盛日"的元宵佳节，闺中往往多暇，年轻的妇女们，戴上镶嵌着翡翠鸟羽毛的帽子，腰里系着金银线绣的飘带(撚金、雪柳，或指头上的饰品)，每人都打扮得漂漂亮亮，来庆祝这个隆重的节日。这些"感风吟月"的盛事，如过眼烟云，转瞬成空！昔日的娇姿艳容，已经憔悴；风尘奔走，蓬首垢面，还有什么心情再去灯前月下赏玩呢？因此，"不如向、帘儿底下，听人笑语"。一个人静悄悄地躲在帘儿底下，听着别人的喧声笑语。心情冷寂，惘然不尽之情，溢于言外。但又好像心里有点儿矛盾。她回忆起"中州盛日"，感时伤怀，懒得夜间出去。可是对于美景，还心向往之。所以，她虽闭门不出，却要"向帘儿底下，听人笑语"。对于现实，诗人并未忘情。她不甘心过寂寞生活，面对无情的社会现实，却又感到无能为力。因此，感情的波澜，思想的矛盾，回环往复，达到"混茫"的境界。

在诗里面，李商隐《齐宫词》写的是历史题材，也是"篇终接混茫"的。诗曰：

> 永寿兵来夜不扃，金莲无复印中庭。
> 梁台歌管三更罢，犹自风摇九子铃。

永寿宫是往日齐废帝淫乐的地方，潘妃步步生莲的舞步，印在它上面不知有多少！如今国亡家破，繁华如烟，已成过去。每当夜阑人静的时候，听到那九子铃声，还像往常一样响着。不光是铃声响,"梁台歌管"也一直响到三更,因为那些新贵们,又在寻欢作乐了。这一"结",不仅从热闹中写出齐宫的今昔,而当我们意识到这"九子铃"就是沉湎于女色的齐废帝萧宝卷用来为潘妃装饰宫殿的宝物时,就不难领会诗人"小物寄慨,倍觉唱叹有情"(纪昀语)的深意了。

诗的结尾和诗的开头一样,是多种多样的。王士禛论乔吉(梦符)关于作今乐府"凤头、猪肚、豹尾"的话时指出:"大概起要美丽,中要浩荡,结要响亮。"(陶宗仪《辍耕录》)如果"卒章显其志"的结尾像"豹尾"有力的话;而"篇终接混茫"的结尾,就恰如清代另一位戏曲家李渔说的"临去秋波那一转"有情了。也就是说,前者给人以明快和醒觉,后者给人以含蓄和思索。它们各擅胜场,应根据诗的内容和主题表达的完美而确定。

① 杜甫:《又呈吴郎》,见本书《敷陈其事,须带情韵》。
② 周邦彦〔瑞龙吟〕

　　章台路,还见褪粉梅梢,试花桃树。愔愔坊陌人家,定巢燕子,归来旧处。　　黯凝伫,因念个人痴小,乍窥门户。侵晨浅约宫黄,障风映袖,盈盈笑语。　　前度刘郎重到,访邻寻里,同时歌舞,唯有旧家秋娘,声价如故。吟笺赋笔,犹记《燕台》句。知谁伴、名园露饮,东城闲步?事与孤鸿去。探春尽是,伤离意绪。官柳低金缕。归骑晚、纤纤池塘飞雨。断肠院落,一帘风絮。

关于改诗

　　文学作品写好初稿之后,往往需要修改,这是人们都知道的。诗贵精粹,尤其需要改,也是常识范围的事。

　　可是,我们知道:"李白一斗诗百篇","敏捷诗千首";晚唐诗人温庭筠,"每入试,押官韵作赋,八叉手而成八韵",时号"温八叉";初唐四杰中年纪最轻的王勃,省亲路经南昌,在都督阎伯屿的宴会上,即席挥毫,写下了一篇"文惊四座"的《滕王阁序》。此外,还有曹子建"七步成诗",骆宾王七岁写《咏鹅》诗,李贺七岁写出《高轩过》那样的名篇等等传说。这些"下笔千言,倚马可待"、"笔不停辍,文不加点"的逸事,看来是有的。

　　当然,也有另外一种情况。比如杜甫说自己是:"新诗改罢自长吟"(《解闷十二首》其七),"为人性僻耽佳句,语不惊人死不休"(《江上值水如海势聊短述》),"意匠惨淡经营中"(《丹青引赠曹将军霸》)。而作诗力求"使老妪能解"的白居易,有人说他"点窜涂抹,及其成篇,殆与初作不侔"(见《诗人玉屑》卷八);散文家兼诗人欧阳修,则"作文先贴于壁,时加窜定,有终篇不留一字者"(吕本中《童蒙诗训》)。快速成篇,既多且好,与"诗不厌改","旧句时时改",这两种看似矛盾的情况,未可厚薄。而对于日锻月炼,精益求精的写作态度,总还是令人钦敬的。

"百炼为字。"在一个字上千斟百酌,诗人们有时要花费很多工夫。因为它有时确如"光弼临军,旗帜不易,一号令之,而百倍精彩"。(《寒厅诗话》)在我国的文学史上,有许多"百炼为字"的佳话。最有名的是苦吟诗人贾岛的"推敲"故事。它在《唐才子传》、《诗话总龟》等书中都有记载,文字大同小异,今按《诗话》录之:

> 贾岛初赴举在京师,一日于驴上得句云:"鸟宿池边树,僧敲月下门。"又欲作"推"字,炼之未定。于驴上吟哦,引手作推敲之势,观者讶之。时韩退之权京兆尹,车骑方出。岛不觉行至第三节,尚为手势未已。俄为左右拥至尹前,岛具对所得诗句,"推"字与"敲"字未定,神游象外,不知回避。退之立马久之,谓岛曰:"敲字佳。"遂并辔而归,共论诗道,留连累日,因与岛为布衣之交。

这首题为《题李凝幽居》的五言律诗的前四句是:"闲居少邻并,草径入荒园,鸟宿池边树,僧敲月下门。"首两句写环境:闲居少邻,草径园荒,不仅"幽",而且凄清。后两句是这种凄清幽寂居处的深一层写法,目的仍是渲染其"居"之"幽"。现在谈到这首诗,大多认为"敲"字比"推"字好。如云:"敲字响,推字哑,故敲字优也。"(《汉文文言修辞学》)一些唐诗选本,也多作"敲"。但也还有斟酌的余地。一般人家的门夜间是关着的。而寺院的门白天开着,这时并不一定关着,可能是虚掩着。如果是虚掩,那肯定不必"敲";而且从题目到内容写的都是幽寂荒僻来说,那也是"推"字好。试想:在万籁俱寂,鸟已入睡,月色荒寒的情景下,一个僧人静悄悄地推开佛门,不更有种清幽绝俗、纤尘不染的气氛么!王夫之说:"若即景会心,则或推或敲,必居其一;因景因情,自然灵妙,何劳拟议哉。"(《姜斋诗话》)倒是"推"字"即景会心",更能显示出此时此地的幽寂来吧。或说,这门不是寺院的门,而是李凝"幽居"的门,敲者就是曾经做过和尚的作者贾岛。但若说幽居的门就一定关着,也缺乏充分的根据。这首诗在群芳竞艳的唐诗里,并不算一首好诗,推敲的故事流传千载,主要是它表现出诗人创作态度的认真。贾岛说他"独行潭底影,数息树边身"(《送无可上人》)这两句诗是:"二句三年得,一吟双泪流,"而且"知音如不赏,归卧故山秋"。但这首诗也不算好。"苦吟"在一定意义上说应该肯定,但作为人的精神产品的诗,还需要重要的条件,比如思想、才能、生活、感情等。

人们都知道"一字师"的故事。这个故事也见于多人的笔下,文字繁简不同,情节则完全一样。这里引陶岳《五代史补》中的话:

> 郑谷在袁州,齐己携诗诣之。有早梅诗云:"前村深雪里,昨夜数枝开。"谷曰:"数枝"非早也,未若"一枝",齐己不觉下拜。自是士林以谷为一字师。

是改为"一"字好,还是原来的"数"字好,一直存在着歧见。有云:早开的梅花有几枝开放,写得很自然,也切题;一棵树上的花在一夜开放时,不会只有一枝开,改为一枝开,反而不真实。这样说没有错。问题在于:这样是否最充分地表达出诗人的感情。写的是"早梅",而且是"昨晚"才"开",又是在"深雪"里,忽见一枝梅来"报春",诗人的喜悦感更强。如果是"千树万树梅花开",人的感受会完全不同,即令是"数枝"也不如"一枝"能更好地表达出人的蓦见而喜、喜中有惊的心情。同时,用"一枝"也更显示出所咏的确是"早梅"。至于真实的问题,一棵树上的梅花开得总是有迟有早,"一枝"先开并不见得比"数枝"开就不真实。何况生活的真实不能与艺术的真实画等号。看来,郑谷是堪称"一字师"的。

"文章不厌百回改";"好句时时改,无妨悦性情";"诗不厌改,贵乎精也";"赋诗十首,不若改诗一首";"文章频改,工夫自出";"数改求稳,一悟得纯";等等,都说明诗需要改。人的认识不会一次完成,一件精美的艺术品,总要经过不断琢磨和雕饰。因此,就是大诗人也不例外。宋代何迁《春渚纪闻》卷七说他曾经看到苏东坡的手稿,在苏写给欧阳叔弼的一首诗里,有一句原作"渊明为小邑"。起初圈去"为"字,改成"求"字,接着又将"小邑"改成"县令"。又说:还将原诗里的"胡椒亦安用,乃贮八百斛?"改成"胡椒铢两多,安用八百斛?"这是一首五言古诗,题为《欧阳叔弼见访,诵陶渊明事,叹其绝识,叔弼既去,感慨不已,而赋此诗》。开头两句"渊明为小邑,本缘食不足",是说陶渊明为衣食不足去做小县县官。改"为"成"求",更见出他的迫切,加深了"食不足"的分量。改"小邑"为"县令",含意明确,也更妥贴。"胡椒"两句说的是一个故事:唐代宗时,宰相元载因事获罪赐死,抄没家产,单是贮存的胡椒就有八百斛之多。原句的意思说:胡椒有什么用,却贮藏八百斛那样多? 这就把胡椒看成没有多大用处的东西了,显然与事理不合。问题的实质更在于:没有必要贮藏那样多。现在改为"胡椒铢两多,安用八百斛?"只要铢两重已经够了,怎用得了八百斛呢? (古时以十斗为一斛,后来又以五斗为一斛)同时用"铢两"之微和"八百斛"之巨,构成强烈的对照,更显出元载贪污程度之严重。

据说清代著名的画家和诗人、"扬州八怪"之一的郑板桥,幼年就为他的老师改过诗,而且改得比原作强多了。那是在一次春游中,他们看见桥下浮着一具少女的尸体,面容还未变,身上着红衣,下身系绿裙。老师看见后深感痛惜,随口吟了一首诗:

二八女多娇,风吹落小桥。

三魂随浪转,七魄泛波涛。

郑板桥一听,说这首诗有毛病,既不相识,何从断定她是风吹落水?三魂七魄,虚无缥缈,何从断定她"随浪转"又"泛波涛"呢?并说这四句应改成:

谁家女多娇,何故落小桥?
青丝随浪转,粉面泛波涛。

用"谁家"代替"二八",用"何故"代替"风吹",语意含蓄,还表现出人们乍见此情景,必然会产生的疑问心理。"三魂"、"七魄",目不能见,远不如"青丝"、"粉面"具体、形象、富有感染力。当然,严格地说,"粉面"两字用得也不怎么好,即使死亡未久,面色未变,用"粉面"也不贴切。但经这一改,去掉主观臆测,且含蓄、具体、鲜明,可谓"青出于蓝"了。

关于改诗,袁枚讲过一段颇有见地的话,他说:"改诗难于作诗,何也?作诗,兴会所至,容易成篇;改诗,则兴会已过,大局已定,有一二字于心不安,千力万气,求易不得,竟有隔一两月,于无意中得之者。刘彦和所谓:'富于万篇,窘于一字',真甘苦之言。《荀子》曰:'人有失针者,寻之不得,忽而得之,非目加明也,眸而得之也。'所谓'眸'者,偶睨及之也。唐人句云:'尽日觅不得,有时还自来。'即'眸而得之'之谓也。"(《随园诗话》卷二)因此,他又说:"诗不可不改,不可多改。不改,则心浮;多改,则机窒。"(《随园诗话》卷三)无论字、句或内容的删削、增益、改换,总以有所见,有所得,然后才可能改得好。这样就需要再作一番认真的思考、探索,才能"眸而得之",才能"有时还自来"。即使这样,也并不是所有的诗,都越改越好,却也有改坏了的。袁枚讲的是"自改",但与改人诗,道理是一样的。

清代桐城诗人方扶南,写过一首咏周瑜墓的诗。其中两句,少年时写的是："大帝君臣同骨肉,小乔夫婿是英雄。"后来听人说这两句一般化。中年时他把这两句改为："大帝誓师江水绿,小乔卸甲晚妆红。"有人又说不好。晚年将这两句改为："小乔妆罢胭脂湿,大帝谋成翡翠通。"三次改诗,越改越坏。开头虽无新意,也还写出了孙权与周瑜情同骨肉的君臣关系,并赞扬了周瑜的英雄业绩,会使人联想起"遥想公瑾当年,小乔初嫁了,雄姿英发。羽扇纶巾,谈笑间、樯橹灰飞烟灭"那一番英风绮景。二改,一说大帝,一说小乔,两者毫无联系,而且"誓师"对"卸甲","江水绿"对"晚妆红",也觉得别扭。三改,离题更远,"大帝谋成翡翠通",何所云乎哉,"真乃不成文理"(见《随园诗话》)了。

改自己的诗,有时不容易改好;改别人的诗,有时更难改好。周密《武林旧事》卷三记述了宋高宗赵构为人改词的故事:

> 一日,御舟经断桥。桥旁有小酒肆,颇雅洁,中饰素屏,书〔风入松〕一词于上。光尧(宋高宗)驻目,称赏久之,宣问何人所作,乃太学生俞国宝醉笔也。其词云:"一春长费买花钱,日日醉湖边。玉骢惯识西泠路,骄嘶过沽酒楼前。红杏香中歌舞,绿杨影里秋千。　暖风十里丽人天,花压鬓云偏。画船载取春归去,余情付湖水湖烟。明日再携残酒,来寻陌上花钿。"上笑曰:"此词甚好,但末句未免儒酸。"因为改定云:"明日重扶残醉",则迥不同矣。

其实,赵构并没有改好。俞国宝是个没有取得功名的太学生,心情抑郁,家境清贫,他虽说"日日醉湖边",但酒若有剩,当然要携回家,以便明日再饮,因此有"明日再携残酒"句。通过这"画龙点睛"的一句,内蕴深厚,隐藏着他内心的郁闷,更表示出他的穷困。客居合肥的南宋词人姜白石,不就有"强携酒、小乔宅"的话么? 赵构不同,他是南宋半个天下第一等富人,当然不会喝残酒,更不会携残酒,也就体会不到喝残酒的人的心情,所以他认为这样写"未免儒酸"。如果真的改成"重扶残醉"(现在的选本如此),那就只能体现出这皇帝老子的身份:他要饮醉,醉而"残"(醉意醺醺)、"残"而要人"扶",而且"明日"还得"重扶"!"儒酸"的确没有了,但"皇酸"油然而生。这一改,与俞国宝词的原意大相径庭。正如俞平伯先生指出的:"原本作'再携残酒',另有一种意境,未必不工。"(《唐宋词选释》)这种改法,和张炎在《词源》中提到的因"琐窗深"句的"深"字不协,改为"幽"字,仍不协,再改为"明"字一样,把词的原意完全颠倒了。

顾嗣立《寒厅诗话》第十七则后半称:"若寇莱公化韦苏州'野渡无人舟自横'句为'野水无人渡,孤舟尽日横',已属无味,而王半山(安石)改王文海(藉)'鸟鸣山更幽'句为'一鸟不鸣山更幽',直是死句矣。"为什么说改得"无味",改成了"死句"呢?前者因为原句意思已足,完整无缺,改成十字句,反而重复了。"渡"者,自然有水,何必再改成"野水",反觉生硬。正因为"野渡无人",所以"舟自横",何用点明"孤舟"?后者原句有"动中见静"意,"一鸟不鸣"只有静而无动,而且在山中听鸟鸣,是别有一番情趣的。

这种不顾全诗和作意而"就句改句"的事情,并不鲜见。如谢榛改杜牧《题宣州开元寺水阁阁下宛溪夹溪居人》中的五、六两句:"深秋帘幕千家雨,落日楼台一笛风"为'深秋帘幕千家月,静夜楼台一笛风",不知杜牧诗前四句"六朝文物草连空,天澹云闲今古同。鸟去鸟来山色里,人歌人哭水声中",末两句"惆怅无因见范蠡,参差烟树五湖东",都是登高远眺的景象。如果改"雨"为"月",改"落日"为"静夜",则"鸟去鸟来山色里"非夜中之景,"参差烟树五湖东"亦非月下所能见,和全诗所写深秋落日便完全不合了。

谢榛又说刘禹锡"旧时王谢堂前燕,飞入寻常百姓家"(《乌衣巷》）①或易之为"王谢堂前燕,今飞百姓家"。而他又拟作曰:"王谢豪华春草里,堂前燕子落谁家。"清何文焕正确指出:刘禹锡原诗"妙处全在'旧'字,及'寻常'字"。别人的改作是:"点金成铁",谢榛拟作是"尤属恶劣"（见《历代诗话考索》）。至于谢榛又将杜牧的"借问酒家何处有? 牧童遥指杏花村",改为"酒家何处是,江上杏花村";或"日斜人策马,酒肆杏花西"。还说这一改"不用问答,情景自见"。其实这一改,虽没有违反作意,有碍事理,但原作那种含蓄隐微,余味邈然,则荡然不存了。

还有人提出柳宗元《别舍弟宗一》②的末两句"欲知此后相思梦,长在荆门郢树烟","'烟'字只当用'边'字,盖前有'江边'故耳。不然,当改云:'欲知此后相思处,望断荆门郢树烟。'"（《竹坡诗话》）马位反驳得好,说:"既云梦中,则梦境迷离,何所不可到,甚言相思之情耳。一改'边'字,肤浅无味;若易以'处'字'望断'字,又太直,不成诗矣。诗以言情,岂得沾沾以字句求之?"（《秋窗随笔》）同时,"烟"字还有树烟不散,以状相思情深,魂梦萦绕的意思。

诗以精炼为贵。一般说改简为繁不如以简驭繁,言简而意深。谢榛说:"诗有简而妙者,若刘桢'仰视白日光,皎皎高且悬',不如傅玄'日月光太清'。阮籍'一身不自保,何况恋妻子',不如裴说'避乱一身多'。戴叔伦'还作江南会,翻疑梦里逢',不如司空曙'乍见翻疑梦'。沈约'及尔同衰暮,非复别离时',不如崔涂'老别故交难'。卫万'不卷珠帘见江水',不如子美'江色映疏帘'。刘猛'可耻垂拱时,老作在家女',不如浩然'端居耻圣明'。徐凝'千古还同白练飞,一条界破青山色',不如刘友贤'飞泉界石门'。张九龄'谬忝为邦寄,多惭理人术',不如韦应物'邑有流亡愧俸钱'。张良器'龙门如可涉,忠信是舟梁',不如高适'忠信涉波涛'。崔涂'渐与骨肉远,转于僮仆亲',不如王维'久客亲僮仆'。李适'轻帆截浦拂荷来',不如浩然'扬帆截海行'。"（《四溟诗话》）如果是

141

改作,一般说应比原作简练为好。

　　总之,以上种种改诗,究竟是改好了,还是改坏了?仍可作进一步探索。有些可以明白地看出是改好了,也有些明白地看出是改坏了。凡此种种都说明:写诗,须付出艰辛的劳动;改诗,也须付出艰辛的劳动;而把诗真正改好,尤须付出艰辛的劳动。因此,改诗,正可说是一次"再创造"呢。

① 刘禹锡:《乌衣巷》

朱雀桥边野草花,乌衣巷口夕阳斜。

旧时王谢堂前燕,飞入寻常百姓家。

② 柳宗元:《别舍弟宗一》

零落残红倍黯然,双垂别泪越江边。

一身去国六千里,万死投荒十二年。

桂树瘴来云似墨,洞庭春尽水如天。

欲知此后相思梦,长在荆门郢树烟。

诗·画·情

自称"宿世谬词客,前身应画师"的唐代诗人王维,苏轼说他"诗中有画"、"画中有诗"。的确,王维的诗,色彩明丽,境界清幽。明月、清泉、嫩竹、红莲、大漠、孤烟、长河、落日,既给人以美感,又情致宛然。如写春天的早晨,雨霁云开,桃柳争妍,表现闲适生活的:

> 桃红复含宿雨,柳绿更带春烟。
> 花落家僮未扫,莺啼山客犹眠。
>
> ——《田园乐》

绿柳红桃,含雨带烟,娇艳欲滴;花落未扫,莺啼犹眠,一个闲适逸趣的隐士形象,活跃在画图中了。

王维的"诗中有画",有时单从一联或一句中,"绘景绘情"地描摹出来。如:

> 大漠孤烟直,长河落日圆①。

仅十个字,勾勒出祖国边疆雄浑、壮丽、开阔而又微带荒凉的画面。

"浩浩乎平沙无垠"。边疆的沙漠是"大漠",这个"大"字是含有荒凉意味的。"孤烟直",观察细微,但"烟"而云"孤",可见景色的单调;接着衬以"直"字,则又绘出了劲挺、扶摇、直薄云天的壮美。"长河",是因大漠一马平川。如果地势高峻,那么这"河"就应是"黄河之水天上来"(李白),或"黄河远上白云间"(王之涣)了。"落日"本是圆的,为人所常见,但它映在长河中,便愈见其圆,不仅壮美,而且亲切喜人。不为诗家清规戒律所囿的香菱,说过这样一番话:"'大漠孤烟直,长河落日圆。'想来烟如何直?日自然是圆的。这'直'字似无理,'圆'字似太俗。合上书一想,倒像是见了这景的。要说再找两个字换这两个,竟再找不出两个字来。"因为"诗的好处,有口里说不出来的意思,想去却是逼真的;又似乎无理的,想去竟是有理有情的。"(《红楼梦》第四十八回)两句十个字,正是"绘景绘情"的。

王维《观猎》是写一位将军出猎情景的。在将军还没有出场的时候,诗人先写了一句:

风劲角弓鸣。

"劲",是由于风大,因而先听到"鸣"声。既从"弓鸣"显出"风劲",又从"风劲"显出弓力。只用五个字,就为"将军猎渭城",制造了一种"山雨欲来"的环境气氛,并为以后写将军的意气轩昂,雄姿英发和欢快酣畅情状,作了"先声夺人"的预示。在开头这两句中,将军虽未出现,从"绘声"中,不也"绘"出了他的"影"来么?"诗传画外意,贵有画中态。"(宋晁以道)王维"诗中有画"的诗,正由于他具有画的形态,所以兼收诗画的魅力,特别深刻感人。

元代戏剧家马致远的〔天净沙〕,是一首久享盛名的小令:

枯藤老树昏鸦,小桥流水人家,古道西风瘦马。

夕阳西下,断肠人在天涯。

这首小令,前三句各写了不同的三种事物。我们看到:西风萧瑟的深秋季节,地下没有红花,树上不见绿叶,也没有芳草,有的只是干枯的藤,苍老的树,和归巢的晚鸦,以及一曲溪水,溪上有小桥,桥畔有人家。这景色,正仿佛前人曾经写过的:"寒鸦千万点,流水绕孤村"(隋炀帝),"斜阳外,寒鸦万点,流水绕孤村"(秦观)。从第三句看,与前两句不同:既有"瘦马",自然有人骑在这疲惫无力的马上(隐约地写出人)。这时候,"夕阳西下",点出时间。"断肠人在天涯"——直至此刻,才明显地写到旅人,写到旅人的心情。这是一幅凄清、萧瑟、充满离愁的画面。开头两句写景。第三句于写景中隐约现出人物。第四句又写景,对这幅萧瑟凄清的秋景图,作进一步皴染。第五句是结穴之笔,于是人物形象,特别是人的感情,跃然纸上,使形象鲜明起来。

元代另一位戏剧家白朴,也有一首写秋景的〔天净沙〕:

孤村落日残霞,轻烟老树寒鸦,一点飞鸿影下。
青山绿水,白草红叶黄花。

从两首小令描写的景物看,几乎完全相同,意境都萧瑟凄清,而白作的色彩稍明朗一点。值得注意的是,由于白朴没有用一根感情的彩绳把各个景物串起来,所以,这些景物(孤村、落日、残霞、白草、红叶、黄花等),就像清代戏剧家李渔说的,成了"散金碎玉"、"断线之珠",纷然麇集,芜杂零乱。如果只从画面看,白作也可说是诗中有"画",只是这"画"不过是一幅风景照片而已。但无奈其缺乏"情",就使诗黯然失色,好像只是一堆堆任意涂抹的颜色了。从这里可以看出:单纯的物象(特别是纷纭杂陈的物象)是不可能组结成一首优秀作品的,因为它没有将主观情理与客观事物凝聚一体,使之成为活的艺术形象。诗,总是以情为主的。通常说"诗情画意",很有道理。没有情,纵使有"画意",也不会感人的。

我们还可举出"长亭送别"(王实甫《西厢记》)的〔正宫·端正好〕与〔天净沙〕比并看。"碧云天,黄花地,西风紧,北雁南飞。晓来谁染霜林醉?总是离人泪。"前五句写景(也是一幅秋景图),末句抒情。但它和马致远的〔天净沙〕一样,前几句的景,是经过精心选择,是为最后一句的情服务的;正由于有前几句的"景",才如此浓重地渲染出离愁别苦的"情"来。但如果没有"总是离人泪"的"情",也不可能这样深切感人。所以它们是相辅相成的。

总之,"诗中有画",尚须"画中有情",达到"诗情画意"的境界。但也有的诗,看来只是一幅图景,由于作者艺术手法巧妙,结构层叠,情虽不显露,却也是一首好诗。如雍陶《题君山》:

> 烟波不动影沉沉,碧色全无翠色深。
> 疑是水仙梳洗处,一螺青黛镜中心。

通首写景。按诗意,是可以绘出一幅"君山图"来的。"影沉沉",是说君山的倒影,颜色深暗;"烟波不动",指湖水宁静无波,映出水外的烟云。接着说,翠绿的山色浓于碧色的湖水。作为诗,诗情诗意,造语用词,都平淡一般。绘成画,也是一幅没有特色的山水画。可是,后两句却为诗生姿,为"画"添色,诗情画意,两皆超然了。"疑是水仙梳洗处"说:是"水仙"(水中女神,舜妃湘君姐妹)梳洗的地方么?用一"疑"字,妙在"是"与"不是"之间,诗人既不肯定也不否定,让读者去思索,去玩味。末句七个字,用了两个比喻:"一螺青黛",是古代一种螺形的黛墨,用作绘画,少女们也常用它画眉,这里用以比喻君山。"镜",用以比喻洞庭湖。其实这两句只不过说"君山在洞庭湖中"。但由于诗人把湖光山态和神话传说联系了起来，又在七个字中巧妙地连用两个比喻，就把山的秀美与水的明净，相映生辉地织成了一件精美的艺术品。

写景的诗，易于"诗中有画"。在短小的叙事诗中，能写出"画意"来么？张藉有一首《夜到渔家》，就是通过叙事表现出画意来的。这是一首五言律诗：

> 渔家在江口，潮水入柴扉。
> 行客欲投宿，主人犹未归。
> 竹深村路远，月出钓船稀。
> 遥见寻沙岸，春风动草衣。

前四句叙事，平淡无奇。接下来说，近处密竹丛生，村路延伸远去。"月出"，见出时间之晚，回应题目"夜到"。"钓船稀"，见出投宿不易，暗示投宿人的急切心情。恰在此刻，远远地看见人在寻找沙岸泊船，还看见春风吹动他（"主人"）的草衣。这位"欲投宿"的"行客"的内心欢快，未着一字；"渔家"的情状，似隐似现，未睹其貌；而所见者，唯有"草衣"飘动于春风中耳！末句神韵悠悠，情思缕缕，飘荡江畔，总觉得有些话诗人没有说出来似的。

① 王维:《使至塞上》
单车欲问边，属国过居延。
征蓬出汉塞，归雁入胡天。
大漠孤烟直，长河落日圆。
萧关逢候骑，都护在燕然。

147

诗的连环画

"诗中有画",这画可以是静止的。但也可以像连环画,一幅接一幅,构成一个完整的意境。这样的画,一般是动的。欧阳修的《梦中作》,四句诗各自成画,但组合起来,却构成一幅能动的连环画。

夜凉吹笛千山月,路暗迷人百种花。
棋罢不知人换世,酒阑无奈客思家。

乍看,这四句诗各不相关,俨然四种情境,四幅单轴画:一是月照千山,夜凉如水,有人在吹笛;一是百花盛开,簇拥道侧,有人不辨路径;一是两人对弈,一局棋罢,不知人间何世;一是酒阑人散,宴罢成空,有人竟想起家来了。把这四幅画并放在一起,便可看到:千山夜月,百花争艳,景色美好,可是夜凉路暗,归途已迷;棋罢,酒阑,一切都已过去,这样,虽是"美景当前",又怎能不生怀乡之感呢?把多种景物连缀起来,便组成了一幅意境完整的连环画。

杜甫的《绝句》(四首之一),也是一幅画得很成功的连环画。诗云:

两个黄鹂鸣翠柳,一行白鹭上青天。
窗含西岭千秋雪,门泊东吴万里船。

两个黄鹂在翠柳的柔条细枝中鸣叫,怡然自得;一行白鹭向湛蓝的青天飞去。悠然、闲适,充满生机,富有情趣。诗的前两句写的是近景、动景,有生命的东西。后两句凭窗远望,西岭千秋积雪好像"含"在窗口,草堂门外,停泊着远去东吴的万里之船,表现出诗人游目骋怀,心驰万里的喜悦。四句诗,一句一景,如四个不同的镜头,各不相涉。有人说"四句不相连属"(杨升庵),有的甚至说是'断绵裂缯'(胡元瑞)。其实,所写的无一不是草堂内外的景物,将黄鹂、翠柳、白鹭、青天、千秋雪、万里船连缀起来,显然可以看出杜甫对春光的由衷喜悦,开朗胸怀,和对远游吴越的向往。四句诗相映生辉,共同组成一幅生机勃勃、情味隽永的连环画,可以见出诗人的心声。与上首诗相比,表现出两种完全不同的心境。

杜甫的另一首诗:"日出篱东水,云生舍北泥,竹高鸣翡翠,沙僻舞鹍鸡"(《绝句六首》其一),也是一幅"一句一意,摘一句亦可成诗"的连环画。第一句写积雨新晴,旭日照篱东,光景明媚;次句写舍北湿蒸未散,表明宿雨新晴;三句写竹上鸣禽翡翠可爱;四句写长颈赤喙、黄白色似鹤的鹍鸡,悠然地在沙上舞动。"日照""云生"是远景,但把它们和"篱东水""舍北泥"相接,便给人以近的感觉,好像就在舍北篱东。翡翠鸣、鹍鸡舞,是近景,但把它们与"竹高""沙僻"相接,便给人以远的感觉。而且"竹高"句是朝上看,"沙僻"句是往下看。这样上下远近景物连起来,构成一幅色彩淡雅、情趣幽适的画图,表示出诗人喜晴的欢悦。但分开也可一句一意,一句一景,各自成为单幅画。另一首"迟日江山丽,春风花草香。泥融飞燕子,沙暖睡鸳鸯"(《绝句二首》其一),也是一句一意,可以单独成画,合起来却是一幅春景悦人的连环画。首句说"春日迟迟",江山秀媚;次句写花草凝香,春风轻拂;后两句写因泥融,燕子衔泥作巢;因沙暖,鸳鸯慵贪春睡。欢愉之情,洋溢在既可单幅也可连幅的"春景图"中。杜甫的另一首诗《西阁雨望》,也是一句一意:"楼雨沾云幔,山寒着水城。径添沙面出,湍减石稜生。菊蕊凄疏放,松林驻远情。滂沱朱槛湿,万里傍檐楹。"前六句"俱秋深微雨之景",后两句"则设为大雨江涨之想,以寄出峡之思,是虚境"。(见浦起龙《读杜心解》)而全诗正也可构成一幅云水轻灵、菊松澹远的深秋"微雨图"。

这种一句一意的诗,有说起自民间歌谣《四时咏》:"春水满四泽,夏云多奇峰,秋月扬明辉,冬岭秀孤松。"四句诗是四幅单轴画,它们彼此之间没有联系,也显示不出人的感情。王维的"柳条拂地不忍折,松柏梢云从更长,藤花欲暗藏猱子,柏叶初齐养麝香"。虽也是一句一意,但同样彼此间了无联系,且景色也乏情味,都构不成具有内在联系的连环画。

白居易《暮江吟》短短二十八个字,却画出一幅色彩鲜明、景物变幻的"暮江图":

> 一道残阳铺水中,半江瑟瑟半江红。
> 可怜九月初三夜,露似珍珠月似弓。

"瑟瑟",本是一种碧色宝石名,此处指斜阳照不到的江水。残阳一道,斜铺水中,光芒射处,呈现红色;而日光照不到的地方,水仍为碧色。接着我们看到了另一幅暮色苍茫的近夜图:晶莹的露水像粒粒闪烁的珍珠,轻贴在碧蓝天幕上的月亮像一把弯弯的弓。诗有四句,画分两组,它们构成了红日西沉到新月初升这一段时间的美丽景色,而且从时间的推移中,将情寓于景中了。

还有一种更奇特的"连环画",它像电影镜头,一个接一个地推移、转动,简直使人目不暇给了。如李珣〔南乡子〕:

乘彩舫,过莲塘,棹歌惊起睡鸳鸯。游女带香偎伴笑,争窈窕,
竞折团荷遮晚照。

作者把这些活泼、美丽、还带点儿顽皮的少女,安排在一个清
幽的环境里:莲塘一片,清香满池;鸳鸯睡而惊起,夕阳将下未下。
人,在行动着;景,在变幻着;画,也一幅一幅地映现着。你看她们
乘着彩舫,在莲塘泛舟而过。她们一面欣赏莲塘景色,一面拨船前
进;轻歌荡桨,联吟递唱,把熟睡着的鸳鸯惊醒了。她们手拈香花,
偎依着伙伴欢笑。最后两句,诗人用"争"字和"竞"字,使整个画
面上更加活跃起来:她们笑着、唱着,争姿斗丽,焕发出青春的光
彩! 不仅如此,她们还"竞折团荷遮晚照"。这一方面是晚照色彩
鲜艳,炫人眼目,故"竞折团荷"以"遮晚照";另一方面是想借"团
荷",来"遮"一下因见双栖双飞的鸳鸯而引起的不宁静的心情。
这首词共六句,仿佛是一幅接一幅的图画组成的连环画。画
面生动,不仅能看到人的情态,而且仿佛可闻到人的脉搏的跳动。

色彩的魅力

诗,是语言的艺术;画,是色彩的艺术。但诗除语言流丽,音韵谐和外,一些描绘自然景物和抒情的小诗,也需要色彩鲜明,与诗的内容协调一致。

当然,诗的色彩明、晦、强、弱,或热烈,或清澹,要看作品所表达的思想感情,决不是艳丽缤纷就好。刘勰说:"凡摛表五色,贵在时见;若青黄屡出,则繁而不珍。"(《文心雕龙·物色》)就是说,凡描写各种色彩的字,偶然应用,方觉可贵;如果青的、黄的屡见迭出,就繁杂而不足奇了。他认为像《诗经·小雅·裳裳者华》中说盛开的花朵只用"有黄色的,有白色的"("或黄或白"),《楚辞·九歌·少司命》中说到秋天的兰花只说"绿色的叶子,紫色的茎"("绿叶""紫茎"),就够了。而颜色的调配,与作品所反映的客观环境,和作者所表达的感情,要融溶和洽,却是更重要的。

"两个黄鹂鸣翠柳,一行白鹭上青天。"(杜甫)黄鹂、翠柳,新鲜、明丽,显示出活泼泼的飞跃气氛。而且一个"鸣"字,表现出鸟儿的怡然自得。白鹭、青天,给人以平静、安适的感觉。一个"上"字,表现出白鹭的悠然飘逸。两句诗具体、细腻,生机蓬勃,情趣盎然,写出了初春宜人和诗人此刻那种淡泊、喜悦的情怀。相反,"残灯无焰影幢幢"、"暗风吹雨入寒窗"(元稹),物象凄惨,色彩暗淡,显示出作者悲愤忧伤的感情。"山桃红花满上头,蜀江春水拍山流。"(刘禹锡)山,即白盐山,在今四川省奉节县,因石晶莹如盐,故名。山是洁白的,桃红而"满",可见花开之盛。红白相映,分外夺目。"春水"——"春来江水绿如蓝",靛绿澄洁,拍山而流:山依水,水恋山,色彩一片明净。而诗中女主人公所担心的是:"花红易衰似郎意,水流无限似侬愁。"色彩描绘出的山水依恋景色,正是热恋中的少女复杂心情的映现。可见诗中色彩,总是要表现出人之情思来的。

色彩出现在作品中,看来有时并非刻意为之,而随手拈来,却往往吸引住读者的视觉,惹起人深一层想象。"念柳外青骢别后,水边红袂分时。"(秦观〔八六子〕)"青骢",青色的马,指远去的人;"红袂",红色衣袖,指穿红衣的佳人。"青骢","红袂"两相映衬,去者留者"柳外""水边"依依话别的情景,依稀如在目前。"当时相候赤阑桥,今日独寻黄叶路。"①当日在赤阑桥边等候情人,风光旖旎;今日独步黄叶路上,景物萧瑟。赤阑、黄叶,色彩鲜明;而"赤阑桥"使人想到如火的青春,"黄叶路"便由景及人,显示出人之心绪凄迷。景物色彩在这儿,又因人之离合不同,而表现出不同的感情色彩来。而"烟中列岫青无数,雁背夕阳红欲暮",不仅色彩绚丽,还从青山耸列于烟雾中,显示相距之遥;从夕阳染红雁背的暮色中,暗示音信杳然。结以那桃源仙境中的她,如今宛如入江云,飘无踪影,而自己对她的情,却似雨后粘地的柳絮,难舍难分。美景艳色中,又寄寓着多少深情!

同样,白居易〔忆江南〕②的名句"日出江花红胜火,春来江水绿如蓝",也仿佛随手拈来,俯拾而得。他说早晨太阳的光芒,把岸上的红花照得比烈火的光焰还要红。而阳光投在春天的江水上面,绿得像靛青般的蓝。红的火红,绿的碧绿,旭日初照,金碧辉煌。加倍地显出江南风光的"好"来。

红胜火的江花,绿如蓝的江水,是经过诗人慧眼刻意挑选出来的。从色彩来说，红、绿、蓝，鲜明而强烈；从季节环境来说，既在"春来"而又当"日出"的时候。如此，活鲜鲜的形象美，跃然而生，使人欢悦。两句十四个字，由于事物本身的典型性，色彩的鲜明，刻意的渲染，就把诗人白居易对江南的热爱，强烈地表现出来。如果用白色、黄色，就不可能把人的感情色彩描绘得这样浓重。

用字明丽，熠熠生光，在整首作品中，造成一种活泼、新鲜、悠扬动人的色彩美，诗词中都不乏先例。这里我们看李贺的诗《大堤曲》和欧阳炯的词〔南乡子〕。《大堤曲》是一首"拟古乐府"的恋歌。诗云：

> 妾家住横塘，红纱满桂香。
> 青云教绾头上髻，明月与作耳边珰。
> 莲风起，江畔春，大堤上，留北人。
> 郎食鲤鱼尾，妾食猩猩唇。
> 莫指襄阳道，绿浦归帆少。
> 今日菖蒲花，明朝枫树老。

看来诗人在选字遣词和色彩上，经过了细密的考究。这位家住横塘的少女，穿的是染满桂香的红纱衣；发如青云，绾成高髻；明月般的珠子耳环，双垂耳边。这些词，色彩缤纷，清香盈溢，从"髻"中见出高，从"珰"中见出垂，少女明媚照人的美好形象，脱颖而出。莲风乍起，江畔春深，她来到大堤上，送别情人。"郎食鲤鱼尾，妾食猩猩唇。"虽说是以珍馐美馔来比喻相聚日子的欢乐生活，但用词的新巧，色彩的明艳，音调的和谐，声韵的悠扬，都显露出情意的绵绵。良辰美景，瞬将逝去，低徊依恋，劝说行人不要朝着襄阳大道而远离，绿浦上的归帆，是这样的少；何况今日菖蒲花开（夏天），明天就要枫叶如丹呢（秋天）。岁月如流，红颜易老，不知相见在何日！这首诗，用了一系列色彩鲜明的词——红纱、桂

154

香、青云、明月、莲风、鲤鱼尾、猩猩唇、绿浦、菖蒲花、红枫树,或通过形象的比喻,或运用联翩的浮想,或赋予明丽的色彩,而且用一条贯穿始终的激情的彩绳,把它们串起来,就给人造成了一个气息清新,色彩浓郁,可感可触,而又可以使读者驰骋其情怀的艺术境界。

欧阳炯有一首〔南乡子〕,用二十八个字,描绘出几种色彩,调色匀称,浓淡适度,反映了客观环境的真实,也表现出人的内在感情。看似信手拈来,实则风致天然,与《花间集》中大量"镂玉雕琼","裁花剪叶"之作,颇不同调。这首词是:

> 路入南中,桄榔叶暗蓼花红。
> 两岸人家微雨后,收红豆,树底纤纤抬素手。

词用"路入南中"领起,仿佛使人看到一位满面风尘而游兴勃勃的旅人,来到别具风味的"南中",脸上浮现着惊异、新奇又微含神秘的情态。"桄榔叶暗蓼花红",是首先映进他眼帘的色彩,也是诗人对"南中"风物的高度浓缩。高大的桄榔树,具有地域的特征。"叶暗",见出叶子的密密层层,显示出生势旺盛和它那绿森森的颜色,它是生长在陆地上的树。再看水里:蓼花盛开,一片鲜红。桄榔的"暗",蓼花的"红",两相映衬,便暗者愈暗,红者愈红,鲜明耀眼,色彩强烈。南国风光,多么诱人!继续往前走,他又看到:两岸的红豆树上,有纤纤素手不停地移动着。一个"抬"字,颇为传神,既见出人的动作,也传出人的情态。这时候,微雨初过,年轻的妇女们,正在采撷红豆。显然,这位旅人是坐在船上而"路入南中"的。船儿慢慢地行驶,他举目四顾,看到了高大浓绿的桄榔树,看到了鲜艳的蓼花;从艳艳红豆的掩映中,又看到了妇女们那一双双素手。桄榔的"暗"与蓼花的"红"相映生辉,加上艳艳的红豆与白玉般的素手,相映相衬,就更妩媚动人了。而在这一片艳丽、明媚、秀雅、柔和的色彩中,人的情影,依稀可见;旅人内心的畅意,也似可见。色彩,在这儿又传出了人的感情。

为了突出色彩的魅力,诗人常常把具有色彩的字,放在句子的前面。如杜甫的诗:"青惜峰峦过,黄知橘柚来。"(《放船》)看到青色,爱惜峰峦由船前过去;看到黄色,知道成熟的橘柚将迎面而来。"碧知湖外草,红见海东云。"(《晴二首》其一)看见碧色,知道是湖外草绿;看到红色,知道是东方海上的云霞。正是"'草''碧',想到湖外,'云''红',望入海东"。(《读杜心解》)"绿垂风折笋,红绽雨肥梅。"(《陪郑广文游何将军山林十首》其五)色绿而下垂的是被风吹折的笋,色红而饱满的是经雨洗润的肥大梅子。"红浸珊瑚短,青悬薜荔长。"(《观李固请司马弟山水图三首》其三)红色浸在水中的是短短的珊瑚,青色悬垂的是长长的薜荔。以上这些给有色彩的字以突出的地位,使它首先吸引住人的视觉,而且也符合生活的真实。比如《放船》中的两句,自然是首先看到青色、黄色,船行近之后,才能确定是峰峦和橘柚。

所以,色彩在诗词中的艺术魅力,也是不应该忽视的。

① 周邦彦:〔玉楼春〕

桃溪不作从容住,秋藕绝来无续处。当时相候赤阑桥,今日独寻黄叶路。　　烟中列岫青无数,雁背夕阳红欲暮。人如风后入江云,情似雨余粘地絮。

② 白居易:〔忆江南〕

江南好,风景旧曾谙:日出江花红胜火,春来江水绿如蓝。能不忆江南?

诗的氛围和色调

成功的文学作品,有时和氛围、色调的描写有着直接关系。我们看《红楼梦》,读到"凤尾森森,龙吟细细","湘帘垂地,悄无人声","一缕幽香,从碧纱窗中暗暗透出"这几行文字,会猜到这是林黛玉住的潇湘馆。读到"那边有两只仙鹤,在松树下剔翎,一溜回廊上吊着各色笼子,笼着仙禽异鸟",会猜到这是贾宝玉住的怡红院。"仁者爱山,智者乐水。"从不同的氛围和色调中,不仅见出人的不同爱好,还可见出人的精神气质来。

诗词也不排除氛围和色调描写。苏轼〔念奴娇〕①对一战功成的三十四岁名将周瑜,是极其赞美的。诗人在描述这位青年将军之前,先写了赤壁的奇伟壮丽:"乱石穿空,惊涛拍岸,卷起千堆雪。""乱石穿空",是仰视所见山峰的奇峭、高峻。"惊涛拍岸",是俯视所见水势的激扬奔涌。"卷起千堆雪",是目光平视、放眼远望所见波涛澎湃、浪花翻卷的景象。最后概括于"江山如画"四个字中。三句诗把奇伟壮丽的赤壁,有声("惊涛拍岸")、有色("卷起千堆雪"),而又情境毕见("乱石穿空")地悬挂于读者眼前了。正是在这样雄奇壮美的氛围和色调下,周瑜出场了。接着四句:"小乔初嫁了,雄姿英发。羽扇纶巾,谈笑间、樯橹灰飞烟灭",才是对"公瑾当年"的正面描写。但是如果没有前面的氛围和色调,

157

周瑜的"雄姿英发"给人的印象就不会这样深刻。

〔洞仙歌〕是苏轼写蜀主孟昶和花蕊夫人夏夜纳凉的故事。在花蕊夫人出场前,作者描写了水殿的氛围、色调:"水殿风来暗香满。绣帘开,一点明月窥人。"水殿,是纳凉的地方。一阵风来,满殿生香,氤氲扑鼻。"绣帘开",是因"水殿风来";由于"绣帘开",明月才能窥人。作者在这里写了风、香、绣帘、明月。这四样景物,都是为人的出场制造气氛。饶有意味的是,作者不写人抬头望月,也不直接写月亮穿堂入户,却说:风来,绣帘开,明月窥人。而且月之与人,不是"全月",只是"一点";月之与人,不是探出整个脸儿来,而是"窥"。这不是月亮含羞,而是诗人以此来写人的羞态,人的含情脉脉。通过这种特有的氛围和色调,"花不足拟其色,似花蕊之翾轻也"的花蕊夫人,就恍若出现在目前了。

张先〔醉垂鞭〕②是东池宴上的赠妓之作。起句写她所穿的裙子:"双蝶绣罗裙",裙子上面绣着双飞的蝴蝶,和温庭筠"胸前绣凤凰"(〔南歌子〕)、"新贴绣罗襦,双双金鹧鸪"(〔菩萨蛮〕)同样笔法,都是表现衣饰之美。结句写她所着之衣:"昨日乱山昏,来时衣上云。""衣上云"是说她衣上的图案如云烟缭绕。为表示出衣饰的美来,诗人由"衣上云"联想到山上云。但不写云,而写山,并且是乱山,是微带昏暗的山。使人感到云浮山中,如丝如缕,仿佛衣如云一样飘飘欲起了。诗人创造这样一种缥缈混茫的气氛,是为使这位"朱粉不深匀"、"柳腰身"的美人,更显出她的韵致天然。这首词没有从正面着笔,是用氛围、色调,写出了她似"旦为朝云,暮为行雨"的神女的。

白居易《琵琶行》是描写人物出场氛围较浓的一首叙事诗。开头的十四句、九十八言,一直没有写到诗的主角——琵琶女,写的是"枫叶荻花秋瑟瑟"、"别时茫茫江浸月"等送客时的氛围、色调和主客的心情。直到"犹抱琵琶半遮面",人物才真正出场。有人说:诗的第一段是"描写歌女丰富多彩的演奏艺术"。但是,严格地说,第一段(指从开头至"唯见江心秋月白")的前一半,还没有写到演奏艺术。真正写演奏艺术是从"转轴拨弦三两声"这句才开始的。不过,开头这十四句,对于描绘具有高超音乐修养和飘零身世的歌女,对于表现诗人的感伤,揭示"同是天涯沦落人,相逢何必曾相识"的主题思想,是大有裨益的。那颤抖着的枫叶,那无声的荻花,那瑟瑟的秋风,那江中的月影和茫茫的江水,都使人预感到:作者要叙述的事,要描写的人,不会是欢乐场景,不会是喜剧式人物。

这种氛围、色调,有时只在一句诗中就得到充分的表现。晏殊〔蝶恋花〕的开头一句是:"槛菊愁烟兰泣露。"这是一首写离别相思的词。从"菊"见出是秋天。"菊"而有"槛",是在庭院中。菊花罩着轻烟,兰花染有露珠,说明是清晨。用"愁"来表示"槛菊"的所感;用"泣"来诉说兰花上何以有露。但是菊、兰本是无知物,缘何有感有情? 这是"以物状人"。物态人情,两相交融,二者合而为一。在这种氛围和色调下,继续一层深一层地写出思妇的情怀。

文学的艺术手法,既有共性,也各有个性。诗,就是较长的叙事诗也不同于小说,有自己的特点和规律。另一方面,艺术手法是多种多样的。一首诗采用什么手法,决定于内容和主题的完美表达。因此,有不少写人物的诗,并没有制造艺术氛围,是开门见山的。白居易的另一首长诗《长恨歌》,第三句"杨家有女初长成",就写到了人。《上阳人》,更开门见山:"上阳人,红颜暗老白髪新。"以及"杜陵叟,杜陵居,岁种薄田一顷余"的《杜陵叟》;"卖炭翁,伐薪烧炭南山中"的《卖炭翁》;等等。都是如此。比起小说来,氛围和色调之于人物描写,虽然并不重要,但是却不妨备此一格的。

① 苏轼:〔念奴娇〕《赤壁怀古》

159

大江东去,浪淘尽、千古风流人物。故垒西边,人道是、三国周郎赤壁。乱石穿空,惊涛拍岸,卷起千堆雪。江山如画,一时多少豪杰!

遥想公瑾当年,小乔初嫁了,雄姿英发。羽扇纶巾,谈笑间、樯橹灰飞烟灭。故国神游,多情应笑我,早生华发。人生如梦,一尊还酹江月。

② 张先:〔醉垂鞭〕

双蝶绣罗裙,东池宴,初相见。朱粉不深匀,闲花淡淡春。　细看诸处好,人人道,柳腰身。昨日乱山昏,来时衣上云。

欲擒故纵

平铺直叙、一泻无余的作品,一般说来不会引人入胜。反之,顿挫抑扬,往往金声而玉振;曲径通幽,每引人寻踪而探胜;欲擒故纵,才能见诗意文情和山重水复的丘壑之美来。

李白《早发白帝城》是一首传诵人口的诗:

> 朝辞白帝彩云间,千里江陵一日还。
> 两岸猿声啼不住,轻舟已过万重山。

开头两句说船行迅速,从白帝城到江陵,朝发暮至,只需一日。回过头来,补叙路途所见所闻。沿江两岸,猿啼不住,此落彼起。这山猿声未离耳,那山猿声又入耳,故有"啼不住"之感。其所以如此,因船行快也。其实这句仍是说船行之速,但不直说,而借助于"猿声"。这既造成了诗的曲折回旋,起到"走处仍留,急语须缓"的作用,避免了句句直写船行迅速的平板,又可以见出风光的奇异来。它像一个闸门,把直泻的水流暂时拦住,这一"纵",仍是为了"擒"。因此"轻舟已过万重山"一出,那种水流湍急,舟行迅速,与诗人遇赦放还的轻快心情,便异常生动地表现出来了。浦起龙说杜甫《闻官军收河南河北》^①"八句诗,其疾如飞……生平第一首快诗也"。(《读杜心解》)因为这首诗把诗人的心理情状,刻画入微。最后"即从巴峡穿巫峡,便下襄阳向洛阳"两句诗,一连用四个动词将四个地名连接起来,表现出诗人迫不及待的喜悦心情。李、杜的诗,构思不同,但从"一气流注而曲折尽情"说,它们又有相同处。

王之涣《凉州词》的"纵"也用在第三句:

> 黄河远上白云间,一片孤城万仞山。
> 羌笛何须怨杨柳? 春风不度玉门关。

前两句写出了古凉州一带荒寒空旷的景象。征夫戍卒的凄苦幽怨,隐约可见。但第三句故作宽慰:"羌笛何须怨杨柳? 春风不度玉门关。"早已经是意料中的事情了。第三句用故意宕开的一"纵",渟蓄、牢笼住更多的感情,待第四句一出,征夫戍卒的怨苦,便倾涌如注了。

黄庭坚《登快阁》是一首擒纵手法贯穿始终的诗:

> 痴儿了却公家事,快阁东西倚晚晴。
> 落木千山天远大,澄江一道月分明。
> 朱弦已为佳人绝,青眼聊因美酒横。
> 万里归船弄长笛,此心吾与白鸥盟。

开头两句说,公事办完了,登上快阁,纵目远眺。三、四句说,千山落叶,碧天寥廓,澄江如练,月色生辉。对此美景,很应流连吧? 不,"朱弦已为佳人绝",知音既去,便一切情味索然了。这一"纵",几乎使开头四句的美景当前、心旷神怡的愉悦气氛,一丝儿不存了。接着,情绪又骤然一变,"青眼聊因美酒横",知音虽去,美酒尚存,那就还是开怀畅饮吧!"万里归船弄长笛,此心吾与白鸥盟。"这儿景色虽好,它却不及故乡山水,我的心已与故乡的白鸥约好,真想吹着笛子坐船回去呀!综观全诗,感情抑扬,起伏不定:初登而喜(前四句),忽而转忧("朱弦"句),继又转喜("青眼"句),喜而复忧("万里"两句)。通过这一而再、再而三的纵笔,作者对于宦途的厌倦,对于乡园的向往,便愈见其深、愈感其切了。由于它用的是顿挫、跌宕、纵而后擒的手法,因此,也愈见出感情的深沉。

周邦彦〔满庭芳〕《夏日溧水无想山作》的纵笔,也是为了擒,即表现作者因官卑职小,心情悒郁,极不得意的心情。词曰:

> 风老莺雏,雨肥梅子,午阴嘉树清圆。
> 地卑山近,衣润费炉烟。
> 人静乌鸢自乐,小桥外、新绿溅溅。
> 凭栏久,黄芦苦竹,拟泛九江船。
>
> 年年,如社燕,飘流瀚海,来寄修椽。
> 且莫思身外,长近尊前。
> 憔悴江南倦客,不堪听、急管繁弦。
> 歌筵畔,先安簟枕,容我醉时眠。

开头三句,一幅夏日江南景色,亲切迎人,美丽如画。接下去突然一纵:"地卑山近,衣润费炉烟。"地方潮湿,衣服常要用烟火烘干;那么所居之地也就说不上好了。可是"人静乌鸢自乐,小桥外、新绿溅溅"。人静鸟喧,小桥流水,环境是清幽的。心绪不觉为之一振。但"凭栏久"以后,又觉得自己过的不就像"住近湓江地低湿,黄芦苦竹绕宅生"的白居易那种贬谪生活么?真是喜("风老"三句)而忧("地卑"二句)、又喜("人静"三句)又忧("凭栏久"三句),回环跌宕。这心情有多么矛盾!下阕,"年年"三句,仍写苦情。"且莫"两句，表示在"尊前"似可求得快活，不觉一喜。但"憔悴"三句，又是一片苦情。既始终得不到快活，求不到解脱，那就还是"醉眠"的好。一腔子宦途失意的愁苦忧怨，就这样顿挫抑扬、欲擒故纵地推上了高峰。如果一味直写其苦，就单调、平板，不会如此深刻感人。

唐肃宗上元年间，杜甫的成都草堂落成后，有一天，他来到成都附近的胜地琴台，在这里留下了《琴台》诗：

> 茂陵多病后，尚爱卓文君。
> 酒肆人间世，琴台日暮云。
> 野花留宝靥，蔓草见罗裙。
> 归凤求凰意，寥寥不复闻。

一、二句说司马相如（茂陵）多病之后，尚爱卓文君，隐含有风流文采，令人艳羡的意思。接下来说，现在所见的是：空留酒肆于人间，遗踪犹在，因此有琴台日暮云深，临风依依之感。五、六句是遐思浮想：眼前这美丽的野花，似文君当年的艳容；芳草茵茵，仿佛是她那时候所系的绿色罗裙。最后两句点明主题：当年相如那"归凤求凰"的琴音，如今已寂寥不可复闻了。诗的前六句，对相如、文君的"美之不容口"的纵笔，正是为最后两句蓄势，为了把诗意表达得更完美、更充实。对相如与文君这种不为世俗所羁、超然世外、"玩人世于酒肆之中"的人，深致感慨。

当然，"纵"不是随意驰骋，其目的是为了"擒"，为了猎取更好的艺术效果。这种手法，很有点像常说的"盘马弯弓"。"将军欲以巧伏人，盘马弯弓惜不发"（《雉带箭》），本是韩愈赞张建封射技高强的句子。欲显示其巧，当做了射前的准备时（"盘马弯弓"），就要珍视自己的技艺，不轻易一发而出。同样，诗人写诗，若要其巧，也要欲擒故纵。如果作者一泻如注，读者则一览无余了。

164

① 杜甫:《闻官军收河南河北》
　　剑外忽传收蓟北,初闻涕泪满衣裳。
　　却看妻子愁何在,漫卷诗书喜欲狂。
　　白日放歌须纵酒,青春作伴好还乡。
　　即从巴峡穿巫峡,便下襄阳向洛阳。

烘云托月

烘托，或谓烘云托月。原指作画时，渲染云彩来衬托月亮。它是从侧面着意描写，使主体或主题思想鲜明突出的一种手法。"渲染烘托，妙夺化工。"（方薰《山静居画论》）云和月是绚丽的，而要它们异彩纷呈，尽态极妍，也还要烘之托之，才能达到更高的艺术境地。诗人们也往往为此而不惜呕心沥血。

杜甫离蜀东下，舟次忠州途中，一天夜晚，细草微风，船泊江干，写下了《旅夜书怀》①。其中有两句说：

星垂平野阔，月涌大江流。

"平野阔"，"大江流"，一写陆地，一写江水，两相辉映，伟岸雄奇，气象万千。以星光遥挂如垂来烘托，便愈见出平野的茫无际涯；用月光似奔涌倾泻来烘托，就愈见出大江的浩瀚渺茫。看似涉笔成趣，但却是"大巧谢雕琢"而妙夺化工的。

上两句诗虽隐有诗人的感情和性格，但并不明显，它是以景衬景，用景物来烘托景物的。而更常见的是以景映情，通过景物的烘托，来深化人的感情。李清照"薄雾浓云愁永昼，瑞脑消金兽"（〔醉花阴〕），写的是重阳佳节这天的室内外景物，但它烘托出了室内的寂寥和此刻人物的心情。南唐后主李煜在他成了亡国之君时写有一首〔清平乐〕②，一开头说："别来春半，触目愁肠断。砌下落梅如雪乱，拂了一身还满。"词的首二句是全篇之目，诗人要写的是"触目愁肠"。但怎样表现这"愁肠"呢？又为什么这样触目生愁呢？用的完全是烘托手法。梅花飘落，纷飞如雪，竟落满了一身。由此可见，这人伫立阶前已经很久了。如果说"落花人独立，微雨燕双飞"（晏几道）是一幅公子哥儿伤情念远的春思图；"春日游，杏花吹满头。陌上谁家年少，足风流。妾拟将身嫁与，一生休。"（韦庄）是一幅少女热情大胆的痴情图；而这满身落梅的李煜，就是一幅亡国之君的伤心图了。这三幅图的共同处是：用景物来烘托人，显示出人的感情。不过李煜却觉得这样还不够，在下阕他就用雁既未传音信，归梦也未作成，再来作一番烘托渲染。这就像画家作画一样，愈勾勒，愈皴染，情意也就愈浓厚。所以最后以"离恨恰如春草，更行更远还生"来状这"触目愁肠断"，也就水到渠成、更深刻感人了。

诗人们在一篇作品中，或运用各种不同的艺术手法，或以某一种为主兼及其他，但也有通首都是用烘托手法的。如李贺《伤心行》：

> 咽咽学楚吟，病骨伤幽素。
> 秋姿白髪生，木叶啼风雨。
> 灯青兰膏歇，落照飞蛾舞。
> 古壁生凝尘，羁魂梦中语。

长时吟诗，咽咽幽怨，心忧神伤，一身病骨，幽冷凄寂，白髪早落，哪里还禁得起窗外落叶飘坠和如啼的风雨声呢！诗的开头，与"日夕著书罢，惊霜落素丝"（《咏怀二首》其二）情境相仿，哀怨似又过之。接着说，灯焰发青，灯油将尽，飞蛾围着将熄的灯光飞舞。

那么诗的真意究竟何在呢？直到结联才微微透出消息：墙壁上满布灰尘（着一"凝"字，见出灰尘之厚，壁之古），羁旅之人在梦中喃喃地说着话。题曰："伤心"，但诗人的伤怀并没有径直说出，就是最后也只轻轻一点，说不过是"梦中语"罢了。虽如此，读者倒愈觉诗人的伤情最苦，"心之云伤，良已极矣"！因为周围的景物、气氛，完全烘托出了羁旅人的情怀。辛弃疾独宿博山王氏庵中，用"绕床饥鼠，蝙蝠翻灯舞。屋上松风吹急雨，破纸窗间自语"的眼前之景，来映衬那种感时伤事，郁积无聊的心情，轻描淡写，寄慨遥深。而李贺的诗，则情胜于景，刻意雕绘，极力加强气氛的渲染，凄苦之情，也就更深重了。

烘托的另一种用法是前半写景，后半抒情。写景为了抒情，为了烘托人的思想感情。南宋诗人范成大，写过一首诗《春思》：

> 沙际绿蘋满，楼头芳树多。
> 光风入网户，罗幕生绣波。
> 前年花开忆湘水，今年花开泪如洗。
> 园树伤心三见花，依旧银屏梦千里。

前四句说，江边的沙汀上，长满了绿蘋，已经是春天了。楼前楼后的树木，枝繁叶茂，一片阳春艳景映进重门深锁的人家。床前长长垂下的绣罗帏幕，被风吹得荡起了波纹。题目曰"春思"，开头四句写的全是"春景"，没有一点儿"思"的味道。可是读了后四句，当我们知道这位思妇已经三见园树花开，空忆湘江流水，而依旧银屏空守，只有梦中去会一会千里迢迢的情人的时候，就觉得前四句的烘托必不可少。春景如此绚烂，春色如此撩人，怎会不引起离人的春思来呢！当然也有不同的写法，如李白的《春思》："燕草如碧丝，秦桑低绿枝。"一开始就说出两人相隔之遥，一"燕"（河北）一"秦"（陕西），相去千里。"当君怀归日，是妾断肠时。"应归而未归,这"断肠"是双方都有的。"春风不相识,何事入罗帏?"一腔怨情,只好发泄到"不相识"的"春风"身上。这里一句烘托也没有,情真意挚,不让范诗。

烘托,在带有议论性的诗里也常见到。如杜牧的《沈下贤》:

> 斯人清唱何人和? 草径苔芜不可寻。
> 一夕小敷山下梦,水如环佩月如襟。

诗是怀念当时著名诗人和传奇小说家沈下贤的。首句说,沈的"清唱"现在已经没有人和了。次句说,沈的旧居长满了青苔和杂草,如今已无从寻访了。三、四句说,一夜,梦中到了沈的旧居,但闻水声如美女所戴环佩,但见月色如美女所穿衣服。诗本是对沈的文学成就表示崇敬,对沈的身后寂寞表示惋惜,但完全没有从正面落笔,纯用的烘托手法。

烘托,有时用在诗的开头。如"芳蹊密影成花洞,柳结浓烟香带重"。(李贺《春怀引》)在未写弹琵琶怀人的少女之前,先写她所居的柳浓花密的环境。有时用在诗的结尾。如"春风知别苦,不遣柳条青"。(李白《劳劳亭》)可见,它是无定法、可以不拘一格的。

① 杜甫:《旅夜书怀》
  细草微风岸,危樯独夜舟。
  星垂平野阔,月涌大江流。
  名岂文章著? 官应老病休。
  飘飘何所似? 天地一沙鸥。

② 李煜:〔清平乐〕
  别来春半,触目愁肠断。砌下落梅如雪乱,拂了一身还满。
  雁来音信无凭,路遥归梦难成。离恨恰如春草,更行更远还生。

想象——设想

　　想象,是诗歌表现手法的一个方面。在一定的意义上说,没有想象就没有诗。从古典诗词中,有时我们会看到:作者本来在自我抒怀,但笔锋一转,突然落到对方身上。这样,意境开阔,别具情味,并使作者的感情更深刻地表达出来。

　　范仲淹的〔渔家傲〕是写边塞凄凉景色和久戍边塞的将士思念家乡的一首词。开头两句:"塞下秋来风景异,衡阳雁去无留意。"说明这是边塞的秋天,与内地的秋天风景不同。接着,以大雁此刻要飞回南方,具体表明风景异。这里说雁无留意,完全是人的设想,是从人的感情出发的。雁尚不愿留住边塞,更何况人?这种递进一层的写法,加重了人的感情分量。

　　柳永〔八声甘州〕①从雨后登楼写傍晚时江天辽阔的景象。秋风飒飒,暮雨潇潇,红衰翠减,景物凋残,年华似水,无语东流。于是,因景生情,抒发出自己单栖踪迹和多感情怀的苦闷。下阕到快要结尾的时候,笔锋一转,神驰千里,由此及彼,陡然落在所怀念着的对方身上:"想佳人、妆楼颙望(抬头呆望),误几回、天际识归舟。"(多少次误把远处开来的船当作爱人的归舟)这是想象。本是自己望乡怀人,"叹年来踪迹,何事苦淹留?"却从对面写佳人切盼自己回去,还设想她倚楼望远。这是推己及人,因此,更深切感人。李清照有"惟有楼前流水,应念我、终日凝眸"(〔凤凰台上忆吹箫〕),是推人及物(流水)。两者有异曲同工之妙。

唐玄宗天宝十五年(七五六),杜甫从奉先移家白水。不久,肃宗李亨在灵武(今宁夏回族自治区)即位。他只身前往,途中被安史叛军俘至长安。八月的一个月夜,写了《月夜》这首诗:

> 今夜鄜州月,闺中只独看。
> 遥怜小儿女,未解忆长安。
> 香雾云鬟湿,清辉玉臂寒。
> 何时倚虚幌,双照泪痕干。

这首诗前六句写远地妻儿在月夜的情景,一句话也没有说自己在月夜如何。正是"心已驰神到彼,诗从对面飞来。"(浦起龙语)而且不说自己看月忆人,却说妻子看月忆己。接着,不说自己看月忆儿女,偏说儿女看月尚不解忆己。正因儿女年幼"未解忆长安',则母之忆,辞情更苦。这样也照应了次句的"独"。再后,又想象妻子忆己的光景:雾本无香,香从"云鬟"中来。雾深露重,头发已被沾湿;伫望既久,玉臂寒生。从"湿"、"寒"见出望久,见出忆深。最后,才表示出诗人满怀希望:什么时候我们才能倚薄帷("虚幌")一同看月,让月光照干脸上的泪痕?诗人的设想和想象,合情合理,比照直说自己如何看月忆人,更觉情深一往,爱意弥坚。

欧阳修〔踏莎行〕②写一个远行人在旅途中的感受。上阕写这远行人途中的所见所感。下阕则完全是他设想中的女人的情景:

> 寸寸柔肠,盈盈粉泪,楼高莫近危栏倚。
> 平芜尽处是春山,行人更在春山外。

171

自己是："离愁渐远渐无穷,迢迢不断如春水。"那么留在家中的人呢？想象她一定是："寸寸柔肠,盈盈粉泪",心里难过极了。而且她迟疑、犹豫,想去登楼望远,又鼓不起勇气来。因为她知道:就是登上楼去,倚着那高高的栏杆凝望,但人已经走远,望不见了。所能望见的,不过只是一片长满青草的平原,即使可以望到尽头,而远处的青山也会挡住视线,何况行人又远在春山之外呢！由自己的离愁,设想到家中人的离愁,并想到她会登楼望远,以及她的迟疑、犹豫等等。这样,更写出了离愁的深重。

柳永〔雨霖铃〕③开头说清秋送别,兰舟待发,执手相看,无语凝噎,两人如何难舍难分。接着说这人乘船而去,一路上将看到"千里烟波"、"暮霭沉沉"、碧天空阔。而"今宵酒醒何处？杨柳岸、晓风残月",便又完全是设想之词了。当他酒醒的时候,大概已是拂晓,他从船舱里面探出头来,只见:两岸杨柳轻拂,残月朦胧。这是多么凄清的景色！这想象,既增强了环境的氛围和色调,又把"多情自古伤离别"的主题,渲染得更加深浓了。

和柳永的写法完全相同的,是周邦彦的〔兰陵王〕《柳》④。开头说,高柳垂阴,烟中弄碧,拂水飘绵,行人乘船远去。接着是一番感慨,说像我这样的"京华倦客",也有久客思家之感。在闻哀弦而饮酒,华灯高照的寒食节日,诗人接着写下这样四句:"愁一箭风快,半篙波暖,回头迢递便数驿。"周济说:"一'愁'字代行者设想,以下不辨是情是景,但觉烟霭苍茫。"(《宋四家词选》)在这即将分别的时刻,预想行人船行飞快,春水方生,春江波暖,一下子就会驶过几个驿站,那时你回望送行的人,他们已远远地被抛在北边了。这是想象中的情景,但它马上会成为事实,正因为离别而伤感,便愈怕这事实的迅速到来。景中含情,情中见景,所以"但觉烟霭苍茫",而不能辨了。比柳永"今宵酒醒何处"的想象——设想,感情更深沉,笔势更顿挫,词意也更深厚。戈载说:"清真之词,其意淡远,其气浑厚,其音节又复清妍和雅,最为词家之正宗。"(《七家词选》)从这里也可看出来。

李清照〔怨王孙〕写她秋日里的一次出游。词曰：

> 湖上风来波浩渺,秋已暮,红稀香少。
> 水光山色与人亲,说不尽,无穷好。

> 莲子已成荷叶老,清露洗,蘋花汀草。
> 眠沙鸥鹭不回头,似也恨,人归早。

开头说秋风萧瑟,波光浩渺,红稀香少,一片凄清景色。但接下来唱的却是另一个调儿:'水光山色与人亲',是想象,是作者的主观感受。实际上是"水光山色"之美作用于人,因而使人感到它可亲可爱。可是作者却偏说"水光山色"来"与人亲"。这样,无知的山水也具有灵性了,也就更可亲可爱了。下阕开头两句,是对秋色秋光的实写:莲花结子,荷叶衰残,岸上的蘋花与水中沙洲上的小草,一红一绿,相互映衬。最后三句,却又是想象之词:在沙滩上假寐的鸥鹭头也不回,好像是埋怨人们这么早就归去,一点儿也不懂得欣赏湖上美丽的秋光。这三句的写法和上阕后三句完全相同,都是变主观为客观,即把自己热爱自然的主观意识,赋予水光山色和眠沙鸥鹭。正是通过想象,把自己对湖上秋光的流连难舍、一片眷恋之情,细致深刻地表现了出来。

李商隐有名的《无题》⑤诗"相见时难别亦难"的五、六两句,也是从对方设想的想象:"晓镜但愁云鬓改,夜吟应觉月光寒。"从此以后,在早晨的妆台上,你将看到自己的容颜憔悴;夜深不寐,独自成吟,伴你的明月,也更觉凄冷。这样就使一、二句表现的叙别,三、四句表现的坚贞爱情,更增加了感情的分量。所以,最后只有寄希望于"殷勤探望"的青鸟了。韦庄〔浣溪沙〕前两句说:"夜夜相思更漏残,伤心明月凭栏干。"说的是自己这方面的情况。第三句一反其意,从对方来设想,想象对方"思我锦衾寒"。这一来,把双方的感情密切联结在一块儿,虽相隔万里,而犹如咫尺了。元好问的《客意》头两句"雪屋灯青客枕孤,眼中了了见归途"。写在一个初冬的夜晚,诗人孤零零地住在旅店里,外面雪花飘飞,面对一盏青幽幽的油灯,眼前浮现出归家的路径。"山间儿女应相望:'十月初旬得到无?'"想象自己在山中的家,儿女们坐在灯下,殷切地盼望着,他(她)们也许还说:"十月初旬能够回到家来么?"通过想象——设想,旅中人思家心切和家中儿女们的情态,都历历如见了。

① 柳永:〔八声甘州〕

对潇潇暮雨洒江天,一番洗清秋。渐霜风凄紧,关河冷落,残照当楼。是处红衰翠减,苒苒物华休。惟有长江水,无语东流。　　不忍登高临远,望故乡渺邈,归思难收。叹年来踪迹,何事苦淹留?想佳人、妆楼颙望,误几回、天际识归舟。争知我、倚阑干处,正恁凝愁。

② 欧阳修:〔踏莎行〕

候馆梅残,溪桥柳细,草薰风暖摇征辔。离愁渐远渐无穷,迢迢不断如春水。　　寸寸柔肠,盈盈粉泪,楼高莫近危阑倚。平芜尽处是春山,行人更在春山外。

③ 柳永:〔雨霖铃〕

寒蝉凄切,对长亭晚,骤雨初歇。都门帐饮无绪,留恋处、兰舟催发。执手相看泪眼,竟无语凝噎。念去去千里烟波,暮霭沉沉楚天阔。　　多情自古伤离别,更那堪、冷落清秋节。今宵酒醒何处?杨柳岸、晓风残月。此去经年,应是良辰好景虚设。便纵有千种风情,更与何人说?

④ 周邦彦:〔兰陵王〕《柳》

柳荫直,烟里丝丝弄碧。隋堤上,曾见几番,拂水飘绵送行色?登临望故国,谁识,京华倦客?长亭路,年去岁来,应折柔条过千尺。　　闲寻旧踪迹,又酒趁哀弦,灯照离席。梨花榆火催寒食。愁一箭

174

风快,半篙波暖,回头迢递便数驿,望人在天北。　　凄恻,恨堆积。
渐别浦萦迴,津堠岑寂。斜阳冉冉春无极。念月榭携手,露桥闻笛,
沉思前事,似梦里,泪暗滴。

⑤ 李商隐:《无题》

相见时难别亦难,东风无力百花残。
春蚕到死丝方尽,蜡炬成灰泪始干。
晓镜但愁云鬓改,夜吟应觉月光寒。
蓬山此去无多路,青鸟殷勤为探看。

想象——浮想联翩

描写杨贵妃的美丽,李白说:"云想衣裳花想容",白居易说:"芙蓉如面柳如眉。"这是想象,也是譬喻。而这想象很一般,还不是飞腾的、浮想联翩的。

《文心雕龙·神思》篇,是极力推许飞腾的、浮想联翩的想象的。所谓"寂然凝虑,思接千载;悄焉动容,视通万里;吟咏之间,吐纳珠玉之声;眉睫之前,卷舒风云之色;……"这种想象,不受时间和空间制约,你可以想到千年以上,万里以外;你可以想到各种美妙的境界,像珠圆玉润的声音;你可以想到壮丽的景象,像风云的舒卷……总之,诗人是带着感情的"眼镜"来观察和反映生活的。尽管生活中的事物千姿百态,却莫不染上作者的感情色彩,以至于打破事物间固有的联系,或改变事物原来的特征,而依作者的感情要求,予以称心如意的安排。

吴文英〔风入松〕①,是写暮春怀人的词。其中有两句:

> 黄蜂频扑秋千索,有当时纤手香凝。

全词写雨后天晴,西园风景如画,林亭"主人"的心情也不坏,还日日来清扫一下。不过人仍感觉无聊。由于所思的人不在眼前,面

176

对着十日九风雨的春光,便陷入了沉思默想。一个人寂寞地坐在亭子里,痴痴地望着远处:看见黄蜂一群紧接一群,向秋千上的绳子扑去。原来那绳索上,还有她从前打秋千时手上留下的余香啊。"黄蜂"两句写得很传神,景象如绘,仿佛就在眼前。"黄蜂频扑秋千索"是实写,而"有当时纤手香凝"便是超越时间和空间,不受现实局限的飞腾的、浮想联翩的想象了。

牛希济〔生查子〕②是一首写离情的小词。当一对情人在疏星淡月的"清晓"、"语已多,情未了"即将分手的时候,作者怎样来表达这位女主人的感情呢?你听她说:

记得绿罗裙,处处怜芳草。

草是绿色的,由草的绿色,联想到罗裙的绿,从罗裙联想到穿罗裙的人,因为爱人,便也应该"怜芳草"呀!百转千回,柔肠寸断,女主人的殷殷嘱咐和恋恋惜别的深情,感人肺腑。

"诗要用形象思维。"诗人把自己的印象、感受和在生活中所接触的形形色色事物表达出来,要借助于想象。这种想象经过诗人的思维活动,必然受个人世界观的制约。古诗词里面,咏月的作品很多。还没有完全摆脱齐梁宫体诗影响的张若虚,对着春江花月夜的一片美景,想象到"江畔何人初见月?江月何年初照人?""谁家今夜扁舟子?何处相思明月楼?"诗人杜甫当对月怀念家人时,他想象:"斫却月中桂,清光应更多。"(《一百五日夜对月》)如此,"可照见家中人也"。(《杜诗镜铨》)后来,他漂泊夔州,离家千里,此时对月,想象又不同了:"斟酌嫦娥寡,天寒奈九秋!"(《月》)由于自己的孤独寂寞,而想象嫦娥孤寂独处,这位天上的仙女怎样度过萧瑟的九秋啊!

苏轼和辛弃疾各写过关于中秋饮酒的词。苏写了有名的〔水调歌头〕("明月几时有?")他说:"我欲乘风归去,又恐琼楼玉宇,高处不胜寒。"幻想着遨游月宫。但"高"既不可上,"寒"又不能胜,故急下一转语:"起舞弄清影,何似在人间!"辛弃疾的(〔木兰花慢〕),却更奇特。词曰:

> 可怜今夕月,向何处,去悠悠?
> 是别有人间,那边才见,光影东头?
> 是天外,空汗漫,但长风浩浩送中秋?
> 飞镜无根谁系?姮娥不嫁谁留?

> 谓经海底问无由,恍惚使人愁。
> 怕万里长鲸,纵横触破,玉殿琼楼。
> 虾蟆故堪浴水,问云何玉兔解沉浮?
> 若道都齐无恙,云何渐渐如钩?

今夕的月不知到遥远的什么地方去了?此地无光,于是驰骋其极大胆而奇异的想象:"是别有人间,那边才见,光影东头?"是不是另外还有个人间,那里刚好见到月亮从东方升起呢?言外之意是:不在这边,就在那边。而且还想象在那汗漫的天外,空虚无物,只有浩浩长风把中秋月送走了呢?还是经过无从可询的海底?真使人难以捉摸,令人生愁。在这里,诗人想象的骏马跨越现实生活的国土,而翱翔于虚幻的境界中了。这种奇思异想,在辛弃疾生活的十一世纪,人们的确会认为荒诞。可是到了十五世纪,波兰天文学家哥白尼关于地球环绕太阳运行的理论出现后,辛弃疾的想象,就被科学真理所证明了。二十世纪初的王国维惊叹曰:"辛弃疾中秋饮酒达旦,用《天问》体作〔木兰花慢〕以送月曰:'可怜今夕月,向何处,去悠悠?是别有人间,那边才见,光影东头?'词人想象,直悟月轮绕地之理,与科学家密合,可谓神悟。"(《人间词话》)可是,诗人何来此"神悟"呢?这"神"又是什么呢?看来是由于诗人情动于衷,感情激扬,才会有那无所羁縻、卷舒风云之色的浮想联翩,才表现出了他朴素的唯物主义思想。

一般说,具有浪漫主义色彩的诗人,常常是浮想联翩的。这从李白的诗里可以看到,从李贺的诗里也可以看到。浮想联翩是李贺诗歌的一大特色。但他绝非脱离实境,向壁虚构,而是立足于社会现实的高峰,借助于鲜明生动的艺术形象,所以写来仿佛可见,似若可闻,往往产生深邃感人的艺术力量。《苦昼短》本是讽刺唐宪宗好神仙,求方士,冀图长生不老的诗。但作者不正面立论,直斥其非,而是采取了与太阳"谈话"这样一种有趣的方式:"飞光飞光,劝尔一杯酒。吾不识青天高,黄地厚。惟见月寒日暖,来煎人寿。食熊则肥,食蛙则瘦。"多么亲切!诗人完全赋予了太阳以人的感情,劝太阳("飞光")饮酒,谦虚地说自己不知道天高地厚,不知道夜寒日暖,岁月如流,人的寿命自然会随日月而消蚀,这就像"食熊则肥,食蛙则瘦"一样平常,一样自然。接着,诗人直抒所感,轻轻一点:"神君何在? 太一安有!"便又讲起了"故事"来:"天东有若木,下置衔烛龙,吾将斩龙足,嚼龙肉,使之朝不得回,夜不得伏。自然老者不死,少者不哭。"说天东有六龙驾日而行,我将斩龙足,嚼龙肉,使白天走不到尽头,夜晚也不能潜伏下去,这样日夜长在,自然也就没有老死了。当然这是不可能的。但整篇寓嘲讽于谈龙说日、"食熊"、"食蛙"的奇思异想、浮想联翩中,讽刺深刻,情趣盎然,增强了感人的艺术魅力。

李贺的浮想联翩,不仅上穷碧落下黄泉,而且是多方面的。在《瑶华乐》中,他想象周穆王驱驰八骏,周游天下,"五精扫地凝云开。高门左右日月环,四方错镂楼层殷"。星辰、云霞、日月……一片天上的奇情异彩。在《神仙曲》中,他想象驰骋于海外的神山中,但见"斗乘巨浪骑鲸鱼。春罗书字邀王母,共宴红楼最深处"。仙人骑着鲸鱼,乘风破浪,遨游海上。还想用春罗的请束来邀王母赴宴,以及考虑是派仙鹤、青龙,还是小环去好? 完全是一派神仙世界。在《神弦曲》、《神弦》、《神弦别曲》诸诗中,他把天神、女巫、海神、山怪、青狸、寒狐等各种精灵,写得活灵活现,使人仿佛置身于这个奇异的世界中。在《湘妃》中,他想象"离鸾别凤烟梧中,巫云蜀雨遥相通",葬身苍梧的舜和他的投湘水而死的妃子们,在烟云缥缈的苍梧山中,深情地相会。在《帝子歌》中,他想象"山头老桂吹古香,雌龙怨吟寒水光。沙浦走鱼白石郎"。山头老桂散发出幽香,水中雌龙怨吟,尊贵的神(帝子)不来,只见群鱼跟着小神急匆匆地纷纷奔走。总之,正是由于这种浮想联翩,大大扩展了读者的眼界,真是宇宙之大,无奇不有。李贺的涉想奇异,使诗国的领域开阔起来。

想象,是诗的翅膀。没有想象,诗就不能飞翔。如实地描绘再好,也只能得其"形",而不能传其"神"。但想象决不能靠冥想苦思,或灵机一动,它必须植根于坚实的生活土壤中。脱离生活的"空想",是不可能达到"思接千载"、"视通万里"而浮想联翩的。

① 吴文英:〔风入松〕
听风听雨过清明,愁草瘗花铭。楼前绿暗分携路,一丝柳、一寸柔情。料峭春寒中酒,交加晓梦啼莺。　　西园日日扫林亭,依旧赏新晴。黄蜂频扑秋千索,有当时纤手香凝。惆怅双鸳不到,幽阶一夜苔生。

② 牛希济:〔生查子〕
春山烟欲收,天淡星稀小。残月脸边明,别泪临清晓。　　语已多,情未了。回首犹重道:记得绿罗裙,处处怜芳草。

180

寓情于景

诗词里面的景和情,一般说,景指景物,情指人的感情。完全写景的作品有没有呢? 如果说有,景里面也总是隐约地有着人的影子、感情以至"这一个"人的某些征象的。"天门中断楚江开,碧水东流至此回。两岸青山相对出,孤帆一片日边来。"(李白《望天门山》)两岸青山隔江对峙,浩瀚奔流的长江(当涂一带,古时属楚国,长江流经这里的一段称楚江)从中穿过,天门山好像被隔断了。碧绿的江水因江面较狭,在这里回旋不已。一叶孤舟从日出的东方驶过来。不见人影,不闻人声,此中无人,何来感情? 但是从东流的大江,两岸的青山,孤帆一片,日出东方:这种种奇彩壮观,能说没有映现出这"望天门山"之人此刻的心情么? 王国维说:"一切景语皆情语也。"(《人间词话》)王夫之说:"情景名为二,而实不可离。神于诗者,妙合无垠。巧者则有情中景,景中情。"(《姜斋诗话》)这些话是有道理的。

景和情出现在诗词里面,往往有种种不同的情况。最常见的是先景后情,情因景生,即所谓触景生情。不少的词上阕写景,下阕抒情,似乎已成了常规。但也有一些诗人,当他们感情奔涌时,忽然掉转笔锋写景去了。可是仔细一看,原来景中含情,比照直把感情倾吐出来,更真切深厚。李白两首送行诗结尾,一说:"孤帆远影碧空尽,唯见长江天际流。"(《黄鹤楼送孟浩然之广陵》)一说:"挥手自兹去,萧萧斑马鸣。"(《送友人》)前者说,船行已远,到了水天相接的地方,看不见了。这时只望见长江奔流天际。后者说,挥手告别,马鸣萧萧。依依惜别之情,寓于帆影、碧空、长江流水和萧萧马鸣的景物中了。

寓情于景,自然并不都在诗词的结尾,也有在开头的。传说唐代一个七岁女孩子在武则天面前写过一首《送兄》诗,受到武后的赞赏。诗曰:

> 别路云初起,离亭叶正飞。
> 所嗟人异雁,不作一行归。

在离别的时刻,风起云涌,落叶翻飞,洒满长亭。一片凄凉景色! 风云易色,使人有前路茫茫之感;落叶离枝,又暗切幼妹之离开长兄。如果这位女孩是孤苦无依的,就更觉恰切。别路云起,离亭叶飞,平平常常的景物,由于切合此时此地此人的心境,也就很好地传达出了这人的心声。后两句直抒胸臆,增强了首句寓情于景的感人力量。

杜甫《旅夜书怀》"细草微风岸,危樯独夜舟"两句是近景;"星垂平野阔,月涌大江流"两句是远景。但无论远近,都景中有情,隐约可见。正如一位评论家说的:一、二句意绪"凄绝",三、四句胸怀"旷远"。就是说,寓于景中之情,先悲而后喜。从全诗来看,正也是悲喜交集,感慨万端的。

景,是客观存在,是外向的;情,是人的主观感受,是内在的。当诗人不直接抒情而寄寓于景物时,就要求所选择的景物与人的思想感情,密切合拍,息息相通。如果景是"形",情是"神"的话,那么,这"景中之情"最好"形神兼备"。温庭筠〔望江南〕说:"梳洗罢,独倚望江楼。过尽千帆皆不是,斜晖脉脉水悠悠。肠断白蘋

州。"倚楼独望,千帆过尽,不见人归。接着,诗人写了这样一句:

斜晖脉脉水悠悠。

脉脉斜晖,悠悠流水。凄清萧瑟,纤绵轻柔:既是景的写实,也是情的映现;既是物的"形",也是人的"神"。只这一句,就使前面几句活了起来,而将此时此地"这一个"人的心灵和盘托出了。附带说一句:结句"肠断白蘋州"是多余的蛇足,只不过这样才符合填词的要求罢了。

再如李白〔菩萨蛮〕①的开头两句:"平林漠漠烟如织,寒山一带伤心碧。"凭高望远,所见之林自然是平的。而且显示出林的广远,迷漫在一片冥蒙的烟景中。林如此,山呢? 山是青绿色的。当"暝色入高楼"的时刻,这山的颜色应是黯淡的。说"碧"已够奇妙,可是又说这碧山在"伤心"哩。山是自然界的景物,它本无知,是把人的感情移于山,这山便有生命,有感知,而人格化了。山尚如此痛惜人意,那么人的伤心可知了。寓情于景,比径直抒情,其情岂不更深!

有的诗,诗人虽在景物中寄寓着深情,但从字面上是看不出来的。"千形万象竟还空,映水藏山片复重。"这是唐朝诗人来鹄《云》诗中的开头两句。天上的云,"千形万象",波谲云诡,变化无穷。它有时遮住远处的山,有时倒映在近处的水中。但变来变去始终是一场"空"——不见有雨落下来。再读三、四句"无限旱苗枯欲尽,悠悠闲处作奇峰"。知道诗人是因关心"旱苗枯欲尽",在翘首云天,伫候雨落。从首句云的"千形万象"的变化,见出诗人仰望之久;从次句有时片云"映水",有时重叠"藏山"的观察精细中,见出诗人关注之殷。字面上是写云,写云的变化,但诗人欲云成雨的焦急之情,隐匿其间。

南宋词人蒋捷有一首自抒身世的小词,调寄〔虞美人〕,题目

叫《听雨》:

> 少年听雨歌楼上,红烛昏罗帐。
> 壮年听雨客舟中,江阔云低,断雁叫西风。
>
> 而今听雨僧庐下,鬓已星星也。
> 悲欢离合总无情,一任阶前点滴到天明。

这首词概括了诗人的一生。少年时的生活情景是:歌楼听雨,罗帐烛昏。中年时的生活情景是:客舟听雨,江阔云低,雁叫西风。老年时的生活情景是:僧庐听雨,两鬓星霜。年月不同,生活异趣。少年时的欢乐,壮年时的漂泊,老年时的凄凉,全是通过景来表现的。但是景中也寓有情。作者没有直接抒情,而寓于景中的情,却更深沉,更凝重。词的最后两句,与前面写法不同,却是直抒心怀了。

韦庄〔菩萨蛮〕中有一首回忆了他少年时的浪漫生活:"如今却忆江南乐,当时年少春衫薄。骑马倚斜桥,满楼红袖招。翠屏金屈曲,醉入花丛宿。……"这首词只是记叙了一件一件的欢乐事,似乎都是"景",但由于诗人用了像"春衫薄"、"倚斜桥"、"红袖招"、"翠屏"、"花丛"等确切、生动映衬贵族公子生活的景物,就使读者感受到了诗人的欢乐感情。正像从"池塘生春草,园柳变鸣禽"(谢灵运《登池上楼》),感到春意盎然,见出诗人的喜悦;从"请看石上藤萝月,已映洲前芦荻花"(杜甫《秋兴》)的时间推移中,见出诗人对京华的思念;从"回乐峰前沙似雪,受降城外月如霜"(李益《夜上受降城闻笛》)的沙白似雪,寒月如霜,见出诗人的凄苦心情。如此等等,都是寓情于景的佳句。

诗人们的写景抒情手法,常因人而异。所以,如何寓情于景,是在诗的开头,是在诗的结尾,是占诗的一半,或只是诗中的一句,得视如何把感情表达得更完美、更妥贴、更酣畅而定。但是,寓情于景的关键,还是在情。如果没有真挚、深刻、饱满、热烈的情,那么它所寓的景,不过是幅没有艺术加工的风景画。正如"剪彩为花,绝少生韵"(沈德潜语),是不会感动人的。

① 李白:〔菩萨蛮〕

平林漠漠烟如织,寒山一带伤心碧。暝色入高楼,有人楼上愁。

玉阶空伫立,宿鸟归飞急。何处是归程? 长亭更短亭。

景生情，情异景

通常有一句话说："触景生情。"看来是先有了景，而后才生发出人之喜怒哀乐的情来。"人心之动，物使之然也。感于物而动，故形于声。"（《礼记·乐记》）说明情的产生，是由于自然景物的触发，有什么样的景，就产生什么样的情。

可是，情况有时却不同。触景生情，但生出来的情，与客观的景，截然相反：情与景异。就是说，当"淫雨霏霏，连月不开"时，可能"心旷神怡，宠辱皆忘"；而当"春和景明，波澜不惊"时，也可能产生"去国怀乡，忧谗畏讥"的感情。如果说写景是为了抒情，抒情是为了表达人的思想，这种景情不相谐的情，却往往产生更动人的艺术力量。

柳永有一首〔定风波〕①词，写一位妇女怀念爱人时的寂寞无聊情状。开头说："自春来、惨绿愁红，芳心是事可可。"春来，万木争荣，群芳竞艳，本来是令人欢欣的季节。但是，面对这桃红柳绿的炫目春光，她感到的是"惨"和"愁"！自然界的鲜花异草，既然引不起什么兴趣来，所以，日子就一任它含含糊糊过去了。这三句极写她百无聊赖的情绪。春花春草本身是美好的，如今的"惨"、"愁"，是出于这位特定的、具体的、"这一个"人的感受。在这么美好的骀荡春光里，她的感受竟然如此，那么她的"惨"愁"之深，就

186

更不言而喻了。

唐代宗广德年间,杜甫往来梓州、阆州后,又回到成都。这时,他写的《登楼》诗开头两句是:"花近高楼伤客心,万方多难此登临。"这两句用的是倒装手法,即因"万方多难"而"伤客心"。起势突兀凌峻,如顺说,便平直无力,不能"涵盖通篇"。"花近高楼",春满眼前,正好赏玩,但"景生情",却"情异景",两相径庭,更见出诗人因"寇警山外"伤心之深。"渭城朝雨浥轻尘,客舍青青柳色新。"(王维《渭城曲》)微雨初过,尘土不扬,天朗气清,是一个多么美好的早晨。柳吐金丝,比以前更加嫩绿了。在柳色的映照下,客舍也好像蒙上了一层青色! 美景良辰,但所生的情是相反的。"劝君更尽一杯酒"——不仅要喝,还要一饮而尽。因为"西出阳关无故人"——阳关之外,再也见不到老朋友了。这情,既是伤情,又是"景生情"、"情异景"。以美好的景物,反衬离别的忧伤,不仅愈见情深,而且也洋溢出友情之笃了。

同样手法,从杜丽娘的身上也可看到。当这位珍惜自己青春、渴望自由幸福生活的少女,从久闭的深闺走出,步入"姹紫嫣红开遍"的花园,看见"满园关不住"的春色时,却惹起了这样的感触:"良辰美景奈何天,赏心乐事谁家院?"(见《牡丹亭)第十出)春光如海,多么明媚,多么令人回肠荡气。"良辰"、"美景"、"赏心"、"乐事",是古人艳羡的"四美"。可是,在杜丽娘看来,却是"奈何天",却有此身何寄之感,倒反而伤情起来! 和"惨绿愁红"一样,都是从客观环境中,写出人的主观感受,以景衬情,景情截然,正是"以乐景写哀,以哀景写乐,一倍增其哀乐"(《姜斋诗话》)了。杜甫的"感时花溅泪,恨别鸟惊心"(《春望》),是以花鸟这样美好的景物,写"国破山河在"的悲痛,就更见出诗人的悲痛之深。红花是艳丽的。当元稹慨叹古行宫的昔盛今衰时,他却写了"宫花寂寞红"(《行宫》)这样的句子。"风暖鸟声碎,日高花影重。"(杜荀鹤《春宫怨》)春光如此美好,而这位"早被婵娟误,欲妆临镜慵"的宫女,却发出了深深的哀怨！诗词之外也是如此,如沈復写他新婚之后和妻子离别的情景:"及登舟解缆,正当桃李争妍之候,而余则恍同林鸟失群,天地异色。"(《浮生六记》)桃李争妍,万紫千红的美景,引起的却是伤怀,愈见出离人的哀愁。这种动人的艺术力量,一方面由于修辞学上的陪衬手法;但更主要的是:作者用写景衬托出人的精神,景物中不仅寓有人的感情,而且寓有人的气质,人的心声和灵魂。

所以,同样的枫叶,在游目骋怀的杜牧看来,是"停车坐爱枫林晚,霜叶红于二月花"。在长亭送别的崔莺莺看来,却是"朝来谁染霜林醉,总是离人泪"。同样是菊花,在坚贞不屈的郑所南笔下,是"宁可枝头抱香死,何曾吹落北风中"。在利禄熏心的陈叔达笔下,却是"但令逢采摘,宁辞独晚荣"。同一明月,晏殊说:"明月不谙离别苦,斜光到晓穿朱户。"(〔蝶恋花〕)张泌则说:"多情只有春庭月,犹为离人照落花。"(《寄人》)同一夕阳,李商隐说:"夕阳无限好,只是近黄昏。"(《乐游原》)朱自清反其意而用之:"但得夕阳无限好,何须惆怅近黄昏。"同一杨柳,刘禹锡说:"长安陌上无穷树,唯有垂杨管离别。"(《杨柳枝》)韦庄则说:"无情最是台城柳,依旧烟笼十里堤。"(《台城》)同样的蝉鸣,身任皇帝秘书监、志得意满的虞世南说:"居高声自远,端不借秋风。"(《咏蝉》)"狱中闻蝉"的骆宾王则说:"露重飞难进,风多响易沉。"等等。景物虽同,却因人之情不同而异,所以情始终是主导的。

触景生情,显然关键在于情。诗词中咏落花的作品,感情大多消沉伤感,但辛弃疾的〔粉蝶儿〕《和晋臣赋落花》却别开生面,"绝不作妮子态"。所以,情之于景,景之与情,归根结底,还是决定于内在的情。试看这首词;

昨日春如十三女儿学绣,一枝枝不教花瘦。
甚无情便下得雨僝风僽,向园林铺作地衣红绉。

188

而今春似轻薄荡子难久。记前时送春归后，
把春波都酿作一江醇酎，约清愁，杨柳岸边相候。

　　春天的脚步静悄悄地走远了。昨天，还是明媚的艳阳天，春光像个十三岁的绣花小姑娘，用她轻快灵巧的小手，把一枝枝花儿绣得多么丰盈，真是"春色满园关不住"啊。而今不同了，夜来一阵无情的风雨，把园中的花，吹得满地皆是，就像给地上铺下了一块起着皱纹的红毯子。

　　辛弃疾的这首词，与多情善感的诗人咏落花的低徊浅唱截然相反，它清丽、疏朗、开阔，字里行间荡漾着一股灵秀、鲜活的气味。诗人把昨日的春，比喻为十三岁女儿，她蹦蹦跳跳，玩玩闹闹，巧绣春光，把春光绣得那样丰满。比喻本身是虚，却给人以实的感觉。这是诗人经过认真创造而揭示出来的诗的境界，达到了更完美的、更高的艺术的真实。

　　一夜风雨，落红满地，春天的脚步远去了；而昨天却是花开似锦，红满枝头。春天，犹如那朝秦暮楚的"轻薄荡子"，是不会久驻的！昨日的春和今天的春，作了交代，有了个比较，话似乎都说完了。所以，诗人的笔锋一转，回忆起"前时"。这样，"山穷水尽"的局面，又现出了"柳暗花明"：

　　记得上一回送春归去以后，那碧波轻漾的春水呀，都酿作一江浓酒了。今天，请到我们曾分手的杨柳岸边来吧，我们在这儿饮酒、叙旧，消解那离别的清愁。春水是酿不成酒的。可是在这里，谁都不会觉得它不真实。无理而有情，就使情胜于理了。

　　此词题为"赋落花"。写落花，往往容易蒙上一层感伤的色彩。但是，辛弃疾却不然。他把落花写得这般清新、茜丽，连一点儿淡淡的忧烦都没有。这是由诗人的情决定的。诗人，应该使自己的情思变得更健美些。

① 柳永:〔定风波〕

自春来、惨绿愁红,芳心是事可可。日上花梢,莺穿柳带,犹压香衾卧。暖酥消,腻云亸,终日厌厌倦梳裹。无那!恨薄情一去,音书无个! 早知恁么,悔当初、不把雕鞍锁。向鸡窗,只与蛮笺象管,拘束教吟课。镇相随,莫抛躲,针线闲拈伴伊坐,和我,免使年少光阴虚过。

状难写之景

　　"状难写之景,如在目前"(梅圣俞),是说把不容易使人感触的景物,写得形象生动,栩栩如生。比如说:愁、恨是最难把握、最难触摸的,但诗人们往往把它说得很形象,很具体。或以山、水喻愁之多,如:"旧恨春江流不尽,新恨云山千叠"(辛弃疾),"忧端齐终南,澒洞不可掇"(杜甫),"请量东海水,看取浅深愁"(李欣),"夕阳楼上山重叠,未抵闲愁一倍多"(赵嘏);或以舟船装载不下喻愁之重,如:"只恐双溪舴艋舟,载不动许多愁"(李清照),"无情汴水自东流,只载一船离恨向西州"(苏轼);或以春水,春草喻愁之连绵不绝,扫处即生,如:"离愁渐远渐无穷,迢迢不断如春水"(欧阳修),"离恨恰如春草,更行更远还生"(李煜)。后来,到戏曲里面,这愁不仅船载不动,而且马儿也驮不动,车儿也载不起了。如:董解元《西厢记诸宫词》〔仙吕·点绛唇缠令·尾〕云:"休问离愁轻重,向个马儿驮也驮不动";王实甫《西厢记》〔正宫·端正好·收尾〕云:"遍人间烦恼填胸臆,量这些大小车儿如何载得起。"总之,经过一番比拟、映衬,难以触摸的愁,可以给人以实感了。

　　音乐,是一种听觉艺术。有时你觉得它好,"如听仙乐耳暂明",但不容易具体说出它的好来。"可意会不可言传",人们对于音乐,有时不就这么说么！不过在中国古籍上也常看到,说好的音乐是:"余音绕梁,三日不绝","声动梁尘","声震林木,响遏行云","瓠巴鼓瑟,而鸟舞鱼跃";或"座上美人心尽死,尊前旅客泪难收";等等。但这样,还不能给人以实感,音乐本身的妙处,也未曾道着。可是,白居易的《琵琶行》,于描绘琵琶声音的变化中,既给人以美感享受,又把人带入了一个如听仙乐的境界:

> 大弦嘈嘈如急雨,小弦切切如私语。
> 嘈嘈切切错杂弹,大珠小珠落玉盘。
> 间关莺语花底滑,幽咽泉流水下滩。
> 水泉冷涩弦凝绝,凝绝不通声暂歇。
> 别有幽情暗恨生,此时无声胜有声。
> 银瓶乍破水浆迸,铁骑突出刀枪鸣。
> 曲终收拨当心画,四弦一声如裂帛。

你听:这里有"急雨"、"私语"、"珠落玉盘"、"间关莺语"、"幽咽泉流"、"银瓶乍破"、"铁骑突出",以及"裂帛"等多种声音,或此伏彼起,或交相错落,或"无声胜有声"。通过这一连串形象的、其声可闻、其状若见的比喻,使你仿佛听到了许多美妙的声音。如果说李贺描绘的箜篌之声"昆山玉碎凤凰叫,芙蓉泣露香兰笑",韩愈写的琴声"昵昵儿女语,恩怨相尔汝",仿佛引领你走进一个又一个新的境界,而白居易给你的便是听觉的满足了。

一般来说,诗歌并不要求写出生动的人物形象。但有的诗人却能在二三十个字的小词中,写出人物的生动情态,使这"难写之景",如在目前。李煜有首〔菩萨蛮〕是写一位少女偷偷和一个男人幽会的(有人说,这个少女就是小周后,这个男人就是李煜)。开头"花明月黯飞轻雾",说的是一个花儿盛开、淡月朦胧、轻雾微飘的夜晚。"月黯",又飞着"轻雾",花本应黯然失色,为什么竟然

"花明"了起来？这是诗中人的真情实感。细细体味，这位少女那颗激动、欢悦的心，从"月黯"、"轻雾"，特别是从"花明"中，隐隐地呈现出来。次句"今宵好向郎边去"以下，写的是这位少女赴约的情状："刬袜步香阶，手提金缕鞋。"手上提着用金线绣成的漂亮鞋子，只穿着袜子走上了香阶。为什么要写成这副样儿？惟其如此，正写出了她惊悸、畏怯、娇痴的情状。"画堂南畔"相见之后，于是：

> 一向偎人颤。

五个字，抵得上一大篇爱情絮语，把这位少女此刻那种娇羞、怯弱、似惊似喜、又惊又喜的感情，描摹尽致。没有真切的体会，是不可能把热恋中少女的微妙情怀，写得如此深刻的。这个"颤"字，用得很传神，把那种难写之景，生动如画地表现出来了。

李清照的一首〔点绛唇〕里，写出了一位不同情态的少女。"蹴罢秋千，起来慵整纤纤手。露浓花瘦，薄汗轻衣透。"词的上阕，意境平常，不过说她刚打完秋千，汗透薄衫，人很疲倦，连手都懒得去揩一下。下阕却别是一番景象："见有人来，袜刬金钗溜。和羞走，倚门回首，却把青梅嗅。"看见有人来，一阵忙乱，来不及穿鞋，脚上只着袜子，头上的金钗也滑脱下来了。后来，这种狼狈相又变成了另一副模样："和羞走"，还有点儿余悸犹在。可是，当她这样走到门边的时候，便停下脚步，回过头来看，显出一副天真、活泼而带点儿顽皮的神态了：

> 倚门回首，却把青梅嗅。

她嗅青梅是别有所寄，是为了掩饰某种隐衷，而偷视那个"人"。于此，对于她为什么那样忙乱、害羞，而"倚门回首"等情状,便寻到了脉络。

　　有人认为这首〔点绛唇〕"词意浅薄"。其实是望文生义。如果透过一层看,从"蹴罢秋千"表现出来的"慵",从用"露浓花瘦"来表现她的丰姿和神态看,可能是她心有所思、意有所属的。所以"见有人来"时,她是那么慌急而含羞。因此,最后两句写的倚门、回首、嗅青梅,都是有意而为之。不然,为什么她不一直急步而走?李白《长干行》有"郎骑竹马来,绕床弄青梅"句,那是说一对小儿女的游戏事情。李清照词中写的是位青春初觉的少女,她嗅青梅,不是游戏,而是心有所思的。总之,诗人所要表达的是一番难于言传的心事,她不愿"一语破的",也不愿隐晦其辞,希望别人在意会中领会到这难写之景。

静与动

王维的田园诗中,那层峦叠嶂、连绵不断的终南山,白云缭绕着青青烟雾的山峰,那树木葱郁、泉声幽咽、连日光也染有寒意的深山古径,特别是那松间的明月,石上的清泉,春涧的鸟鸣,秋水的潺湲,都会使人心驰神往。他不仅注意色彩的浓淡,也注意音响的隐显,从各种不同的画面中,传出各种不同的音响,就像电影中的配乐,有、无、隐、显,是配得很好的。

王维自编《辋川集》中的二十首五言绝句,乍看都是"妙手偶得之"的写景小诗,其实寓有作者的性格在内。这些诗,清丽自然,绘景细腻,静动手法,时有所见。如《鹿柴》一首:

> 空山不见人,但闻人语响。
> 反景入深林,复照青苔上。

诗写森林中傍晚时一种极为幽寂的境界。首两句说,深山幽谷,林木苍郁,由"空"而见出山的静。然"但闻人语响"。这是听觉上的启示。"响",这是画外音。前句静,后句动,而"动"者,盖由于"人语响"。从"不见人"到"闻人语",感觉向外推移,使人产生空间的外延和纵深。后两句说,林深杳冥,夕阳的余晖反照在青苔上,倏忽逝去,又是寂静的空山了。"反景"(影)色调是暖的;

"青苔"色调是冷的。冷暖相对,暖刹那即逝去,无论在心理上、在触觉上,都给人以愈冷之感,是动中寓静,愈显示出其静来。总之,上两句写不见,下两句写见;不见的是人,见的是影。一"见"一"不见",正是诗人幽寂情怀的写照。

再看《皇甫岳云谿杂题五首》中的《鸟鸣涧》:

> 人闲桂花落,夜静春山空。
> 月出惊山鸟,时鸣春涧中。

人闲、花落、夜静,因此而觉山空。幽邃寂寥,静得有点凄清了。后两句却景色奇异,月出,鸟鸣;春涧之中,流水潺潺。前者静,后者动,以动衬静,更映现出深山的幽静。

诗情,画意,音乐美,构成王维山水诗静动巧妙结合的艺术境界。"竹喧归浣女,莲动下渔舟。"(《山居秋暝》)听见竹林中的喧声,知道浣纱的女子回来了。看见莲叶摆动,知道打鱼的船儿回来了。都是先闻其声,后见人和物(渔舟)。生活的实际恰是这样:两岸密密层层的竹林里,一叶扁舟穿溪而过,总是先闻窸窸窣窣的竹篁之声和莲叶的音响,而后始见浣女和渔舟。"渡头余落日,墟里上孤烟。"(《辋川闲居赠裴秀才迪》)或说出自陶渊明的"暧暧远人村,依依墟里烟"。《红楼梦》第四十八回林黛玉为香菱解诗,说陶诗比王诗"淡而现成"。不过,被看作是不懂诗的香菱,她的话倒说出一番道理:"'渡头余落日,墟里上孤烟',这'余'字合'上'字,难为他怎么想出来!"王诗的确比陶诗略胜一筹。"暧暧远人村,依依墟里烟",这景象完全是静止的。王诗便不同了。虽同样是十个字,但"墟里上孤烟"一句,就包含了陶诗两句的内容。加以"渡头余落日"句,境界就更开阔了。两人都写到"墟里烟",陶诗较一般化,王诗用一"上"字,孤烟直上,颇有气势,动态显然可见。"渡头余落日"的"余"字,是日将落而未落、缓缓而落,也显示出了动

196

态。这里虽听不到音响，却给人恍若有声的感觉，具有音乐美。

诗中静与动的出现，是现实生活的真实反映。自然界的事物，无论山水草木，晴阴雨雪，总是有时动，有时静，不可能总是一个样子的。"草路幽香不动尘，细蝉初向叶间闻。溟濛小雨来无际，云与青山淡不分。"（周昂《西城道中》）路边野草散发出一阵阵幽香，尘土不扬；稠密的树叶间刚刚传来知了的鸣声；小雨迷濛，若有似无；遥望远处，一抹青山与天边浮游的云连在一起，简直分辨不出是云还是山了。静中有动，却给人以愈静的感觉。"梅子黄时日日晴，小溪泛尽却山行。绿阴不减来时路，添得黄鹂四五声。"（曾几《三衢道中》）梅子黄了的五月，天气晴朗；小船划到尽头，又漫步山路了。山路两旁，绿树成荫，还和来的时候一样，只是现在听到了黄鹂清脆的叫声。也是静中见动，愈见其静。"鸡唱三声天欲明，安排饭碗与茶瓶。良人犹恐催耕早，自扯蓬窗看晓星。"（华岳《田家》）天还未亮，妻子已经为丈夫安排好了食具，但转而一想，现在催他下田耕种可能时间还早吧，于是扯开茅屋的窗子，望一望天色，看究竟什么时候了。这是动中有静，以静写动。"春阴垂野草青青，时有幽花一树明。晚泊孤舟古祠下，满川风雨看潮生。"（苏舜钦《淮中晚泊犊头》）诗写坐在船中所见淮河情景。前两句写白天行舟所见，后两句写"晚泊犊头"所见。春阴天低，望似垂垂欲下，两岸草色青青；因为是行船淮中，船在动，所以"时有""幽花一树明"，画面在变动，但给人以静的感觉。是动中见静，以静写动。后两句说"晚泊孤舟古祠下"，看见的是"满川风雨"——风声、雨声；"看潮生"——潮涨潮落，一片喧嚣。画面虽没有移动，却给人以动的感觉，是静中见动。一首诗，静动结合得和谐、完美，会产生艺术感染力；一件事物给人留下深刻的印象，往往是既靠视觉也靠听觉的。

王维《从岐王过杨氏别业应教》有一句诗："坐久落花多。"说在花丛里坐久了，才发现落在地上的花瓣儿渐渐多了起来。这是一句描写静的诗。王安石把五字句改为七字句说："细数落花因坐久"（《北山》）①,意思说,细数落花,因此坐得久了。"坐久",是"细数落花"的结果。接下来,"缓寻芳草得归迟",又缓慢地向偏僻的地方去寻芳草,以便回去迟一点。这两句是描写诗人在观赏花草时的动作和心情。"细数落花因坐久",变静为动,却显得更静、更安闲,"但见舒闲容与之态"。（《石林诗话》）因而也更显出春天的欣欣向荣和诗人对春景的无限留恋。

诗词中静、动的出现,无论或明显,或隐喻,总是为着造成特定的艺术氛围,产生强烈而深刻的艺术效果。它们有时看似相反,而实则相成。"'红杏枝头春意闹',着一'闹'字而境界全出。'云破月来花弄影',着一'弄'字而境界全出矣。"（王国维《人间词话》）红杏枝头,已显示出春意,而且二月杏花开,繁花满枝,在严寒的北国,使人充分感觉到早春的气氛。虽如此,但着一"闹"字后,却觉得这春意仿佛有了知觉,雀跃、跳动、蓬蓬勃勃,从静而动起来了。春夜,月下,花前,已显示出优美的环境气氛。但是,着一"弄"字,使人感觉不仅有花,而且花在摆动,地上的花影在婆娑起舞。这花由静而动,仿佛传出了春天欣欣向荣的喧闹声和"春宵一刻值千金,花有清香月有阴"的意境。王国维说,着一字而境界全出,就是因为在诗情画意之外,又有了动态美。一般说,平庸、单调、整齐、划一,总难产生动人的艺术魅力。他如虚与实,含蓄与直率等,都是这个道理。

另一位有田园风味的诗人范成大,平生所写词不多,其所作《石湖词》,无甚特色,风格趋向婉约派。而〔忆秦娥〕,却新颖倩秀,静动谐和,诗情、画意、音乐美,结合得很好。词云:

楼阴缺,阑干影卧东厢月。

东厢月,一天风露,杏花如雪。

隔烟催漏金虬咽,罗帏黯淡灯花结。

灯花结,片时春梦,江南天阔。

怀人念远的作品,写来容易感情黏滞,浓得化不开。幽怨愁苦,满纸凄迷。但这首小词,感情浓淡,调和适度;静动映衬,恰到好处。词中的女主人,她深夜不寐。月照楼头,阑干卧影,这夜是静的。楼阴转过,月照东厢,夜已经深了。杏花满枝,皎如白雪,这夜是一个春夜。在此时刻(月下),在此环境(花前),在"一天风露"之下,她痴情地怀念远人。上阕一片宁静,虽然,风是动的,但在杏花、明月、楼阴、阑影的映衬下,以动映静,更给人以静的感觉。后来,她从花前月下回到闺房来了。春夜沉沉,余寒犹在;人既不能入睡,便只好望着窗外的夜空出神。这时候,夜,更静更深了。隔着烟雾,只听到铜龙的漏声低低地呜咽着。"隔烟催漏金虬咽"是动景,但此时此境,像"鸟鸣山更幽"一样,却愈显得静了。接下来,"罗帏黯淡灯花结"是描绘室内。"罗帏黯淡",是由于灯芯结了花。而当意识到"灯花结"是喜讯的预兆时,人的感受自然不同了。这灯花究竟报来了什么喜呢?"片时春梦,江南天阔。"她入梦了。梦见自己到了一望无际的江南平原上,找到了自己日夕怀念的人!但是,好梦不长,片时就醒来了。结尾两句,脱胎于"枕上片时春梦中,行尽江南数千里"(岑参),贴切自然,词如己出。

这首小词,环境平常,情节单纯,构思新巧,行文有序:先是东厢望月,后是寂听漏声,忽然灯花报喜,由喜而入梦,直至梦醒。在这前前后后的时间里,有静有动,寓动于静,在愈静的环境中,映现出人的心情。如果只静不动,或只动不静,人的心情,便不会表达得如此深刻,创造不出这样完美的艺术气氛来。

① 王安石:《北山》
　北山输绿涨横陂,直堑回塘滟滟时。
　细数落花因坐久,缓寻芳草得归迟。

虚与实

　　谢榛说:"诗不可太切,太切则流于宋矣。"(《四溟诗话》)宋代人写的诗,有的如实描绘,缺乏形象思维,很难给人留下回味的余地。当然,诗也不可完全不切,水中之月,镜中之花,虚无缥缈,恐怕也非好诗。所以,论诗有虚中有实,实中有虚,亦虚亦实的说法。

　　姜夔有一年冬天路过吴松时写过一首小词〔点绛唇〕,上阕二十个字:"燕雁无心,太湖西畔随云去。数峰清苦,商略黄昏雨。"用的是拟人手法:太湖西畔的燕雁,似无任何心事,悠然自得,随云而去。几座凄清的山峰,在黄昏的冷雨中商量着什么。隐隐地流露出诗人落寞无聊的心绪。下阕说:"第四桥边,拟共天随住。今何许?凭阑怀古,残柳参差舞。"在有泉林之胜的苏州甘泉桥边,本想和诗人天随子一同隐居,却又不甘如此清寂的生活。于是颇有"今何许"的感喟。此时此境,凭阑怀古,诗人看到了什么呢?他没有直抒胸臆,说:"自是人生长恨水长东";也没有借助形象的比喻,说:"恰似一江春水向东流";或者并不作答:"别是一番滋味在心头";等等。而是笔锋远扬,"顾左右而言他":

　　残柳参差舞。

几枝残柳,迎风飘摇,一片萧索,无限寂寞。试想:柳本柔弱,而况又残;舞本缥缈,而况参差;一反前面的实写,最后从虚处落笔,就把那种感时伤事、"俯仰悲今古"的心情,表现得更强烈了。

　　李贺《将发》是一首二十个字的小诗,虽显示不出诗人的风格,却是既不太切,也非不切的。"东床卷席罢,护落将行去。"收拾停当,即将登程,前路寥廓,略感惆怅。开篇破题,平平淡淡,只不过讲出了远行人的一般心情。接下来说:

秋白遥遥空,月满门前路。

眼前的秋色空旷辽远,弥天漫地;月光如水,洒满路途。特别是那月光照着"将发"的门前之路,一直往前伸展,似乎没有个尽头。使人有天地之大,无处可依,茫茫前路,莫之所适的感觉。这层意思,诗人没有实写出来,而寓于秋色秋月所造成的艺术氛围中。其实这两句是"离恨恰如春草,更行更远还生"的别一说法。诗人托之于虚笔,就觉得不粘不滞而空灵超脱了。

　　《古诗十九首》"行行重行行"的开头几句说:"行行重行行,与君生别离。相去万余里,各在天一涯。道路阻且长,会面安可知?"意思浅显,不过说两人离别之后,天涯海角,相见难期。如果径直说下去,便觉平淡。所以诗人改变了写法:

胡马倚北风,越鸟巢南枝。
相去日已远,衣带日已缓。
浮云蔽白日,游子不顾返。
思君令人老,岁月忽已晚。
弃捐勿复道,努力加餐饭。

胡马、越鸟，一产北地，一产南方，故土情深，故一"倚北风"，一"巢南枝"：物尚如此，何况人乎！相去日远，相思日深，人一天天消瘦，衣带也一天天松了。但游子为什么"不顾返"呢？是因为"浮云蔽白日"（"浮云"，指另有所欢；"白日"，旧多隐喻君王，此处象征远行的丈夫），心绪忧伤，形体消瘦，岁月无情，倏忽过去。被弃如此，还有什么好说，只有希望你多多珍重。可以看出："胡马倚北风，越鸟巢南枝"和"浮云蔽白日，游子不顾返"，是从对方——远方的"君"（丈夫）着笔，是设想之词，是虚写。"相去日已远，衣带日已缓"和"思君令人老，岁月忽已晚"，是就己立言，说的是"相思者"，是实写。最后两句，一写自己，一说对方，又是实虚并写。如果诗人平铺直叙，不是一会儿设想对方，一会儿写思妇；一会儿虚写，一会儿实叙；相思之情，便不会表现得如此深刻。而且两句一转意，更有一种参差错落的美。

王昭君这个名字，在中国人民中间是家喻户晓的。据清胡凤丹编《青冢志》载，收有关于王昭君诗词的书，就有二百三十多部。实际还不止此数。对于这位"生归异域，死葬胡沙"的汉明妃，是"马上琵琶关塞黑，更长门、翠辇辞金阙"（辛弃疾），还是自愿请行，远适异域，不是我们所探讨的。但各类历史图书的记载，都说她美丽动人，至今仍无异议。但她究竟有多么美？史学家范晔有一段娓娓生动的描写："昭君丰容靓饰，光明汉宫；顾影徘徊，竦动左右。帝见大惊，意欲留之，而难于失信，遂与匈奴。"前三句已经绘声、绘影、绘形地写出了昭君的美；接下来三句是从殿上文武百官和汉元帝的眼中写昭君的美，最后两句是结果——迫于信用，只好送昭君去作阏氏。这是史家之实写于《后汉书》的。诗词里有许多写王昭君的名篇，王安石的《明妃曲》（二首）是其中之一。"其一"的开头四句就是写王昭君的美貌："明妃初出汉宫时，泪湿春风鬓脚垂。低徊顾影无颜色，尚得君王不自持。"这是写明妃辞宫远别的悲泣之状。泪湿鬓垂，低徊顾影，神情黯然，就是这么一副情状,尚使君王难以自持! 写昭君的美没有用一个形容她美的字眼,完全是虚写,但是它使人觉得这"无颜色"不也很美么! 同是写昭君的美,实写、虚写,俱臻佳妙,这是和文体不同有关的。

"郁孤台下清江水,中间多少行人泪?"①这是辛弃疾词〔菩萨蛮〕的开头两句。郁孤台下的江水,日夜奔流,中间有着多少行人的眼泪啊! 泪,是个实实在在的字,此处却写得超脱、空灵。请看,本是自己不得意,感时抚事,但诗人一不肯说自己落泪,二不直说行人落泪(行人,指丧乱流离的人民),而是说江水"中间"有"多少行人泪"! 这样就愈见出诗人的郁郁落寞和丧乱之人(包括诗人在内)的悲苦。同样,在《金陵赏心亭为叶丞相赋》这首〔菩萨蛮〕的下阕:"人言头上发,总向愁中白。拍手笑沙鸥,一身都是愁。"前两句说人们常言头上白发是因发愁多的缘故。作者没有接着这个话头说下去,而却满怀欢乐地说:如果人言可信,那么沙鸥岂不一身都是愁了(因为沙鸥是一身雪白的)。结尾两句,虚中传神,把人的乐观、风趣、诙谐、豪放情怀,写得既空灵又真切,既超脱又亲近。这样写"泪"写"笑",比直书其事,给予读者的印象要深刻得多。

诗中的虚实手法,许多时候是为了加重感情的分量,更深刻地表达出诗人的情思。杜甫的《望岳》,起联"岱宗夫如何? 齐鲁青未了",写远望山势连绵,山色青翠,亘齐鲁而不尽。三、四句"造化钟神秀,阴阳割昏晓",写近望山形耸拔,结聚着多少奇光丽景。五、六句"荡胸生层云,决眦入归鸟",写山上之云气层叠,心胸开阔,张目极视,目随飞鸟,进一步写山之高。这六句实写泰山的山色、山形、山高。最后两句"会当凌绝顶,一览众山小",是设想登上山的最高峰俯瞰,比起泰山来,众山都微不足道了。这两句是打算,是想象,是还没有付诸行动的虚写。但由实而虚,却更加重了感情的分量。

另外,虚与实结合得好,有时和虚字的使用也很有关系。李清照晚年处于国破家亡,流离异乡的境地。她"日晚倦梳头"、"欲语泪先流"。怎样排遣愁思呢? 在〔武陵春〕的下阕她这样说:"闻说双溪春尚好,也拟泛轻舟。只恐双溪舴艋舟,载不动、许多愁。"这里一连用了六个虚字:"闻说"、"也拟"、"只恐"。双溪春好,却只是"闻说";泛舟出游,也只是"也拟"。接着,又闪出"只恐"的念头,把"也拟"的想法一下否定了。结果,仍是"日坐愁城"! 双溪春好,泛舟出游,本都是实,但衬以虚字,则化实为虚,从而更深刻地表达出题旨,写出了人极其悲苦的心情。

清代画家方薰说:"古人用笔,妙有虚实,所谓画法,即在虚实之间。虚实使笔生动有机,机趣所之,生发不穷。"(《山静居画论》)他认为古人用笔的神妙,就在有虚有实。如果虚实运用适当,就能使笔生动有机趣,这样画面就充满了生气。(画面的空白或笔墨稀疏的地方叫虚,画得繁多的地方叫实。)又说:"画树只须虚实取势,顿挫涉笔。应直处不可屈,应屈处不可直。"说画树须要有虚有实,取得形势,落笔要有顿挫,应该直的地方不可以屈,应该屈的地方不可直。也就是说,用笔要有变化,有实实在在的浓笔,也有若有似无的淡墨或空白的虚笔。它和诗的虚实手法很相似。一首诗如果老直说下去,像拙劣的画家画树那样,画成一棵直挺挺的树,必然缺乏机趣。它需要变换手法,既要实实在在联系着诗的主题,又需要生发开去,表面上看像是画家的疏淡笔墨,甚至是空白,若不着题似的,而实际上仍是以虚映实,为了更好地凸现出主题。这又多少有点像戏剧舞台上的"静场",有时比人物在台上讲一大堆话,还深入角色,还见机趣。可说是善于取势的。

① 辛弃疾:〔菩萨蛮〕

郁孤台下清江水,中间多少行人泪? 西北望长安,可怜无数山。

青山遮不住,毕竟东流去。江晚正愁予,山深闻鹧鸪。

形与神

王维有四首题作《少年行》的诗,这里且看第一首和第三首:

> 新丰美酒斗十千,咸阳游侠多少年。
> 相逢意气为君饮,系马高楼垂柳边。
>
> 一身能擘两雕弧,虏骑千重只似无。
> 偏坐金鞍调白羽,纷纷射杀五单于。

新丰美酒,游侠少年,比千金还重的"意气"把他们联系在一起,而痛饮高歌,豪情满怀。从前三句诗人创造的艺术形象看,表现出当时社会生活的一个场景,具有一定的真实感;但也使人感觉平淡,不会引起更多的联想。第四句恰恰以巧补拙,以奇补平,这句一出,使前三句描绘的游侠少年的"形"栩栩而传神了:少年相逢,意气相投,他们在高楼(此处应指酒店)上饮酒,将马系在垂柳边。马对于游侠,是"真堪托死生"(杜甫)的伙伴。"系马",显示了游侠少年的英俊,并从旁衬托出"意气"。系马的地方,垂柳碧绿婀娜,生意盎然。而"系马"之人与"垂柳"相映,就使游侠少年意气风发,更神采飞扬了。

"一身能擘两雕弧",见出游侠少年射技高强;"虏骑千重只似无",情豪胆壮,勇力过人。因此,取得了"纷纷射杀五单于"的赫赫战功。如果只是这样,那给人的印象还只是"形",因为它没有给人留下吟味的余地。但有了第三句,整首诗都不同了:

偏坐金鞍调白羽

说"偏坐",从第一、二句看,正由于艺高胆大;"金鞍"、"白羽",有色有光,光色鲜丽,为"偏坐"的少年生姿添色。苏轼赞美一战功成的周瑜有"谈笑间、樯橹灰飞烟灭"的话。"偏坐"在这里,正有"谈笑间"那种从容不迫、指挥若定的英雄气势。记得小时候读过一首诗,当时颇为神往,诗云:"翩翩马上帽沿斜,尽日寻春不到家。偏爱张园好风景,半天高柳卧溪花。"如今看来,诗的第一句写出了这位公子哥儿风流倜傥的形态,接下来的三句,并没有进一步刻画出人物的神。因为这三句只不过说他所游之处,是一个风光优美的地方罢了。

陈子昂《登幽州台歌》是一首慷慨高歌之作。一个有理想而怀才不遇、壮志难酬的知识分子,登上幽州台,抚今追昔,感慨良深,写下了这首诗:

<blockquote>
前不见古人,后不见来者。
念天地之悠悠,独怆然而涕下。
</blockquote>

全诗大意是说:历史的长河滚滚向前,永无休止。在我以前的那些卓越人物,随着历史的波涛已经过去,我是看不见了;我渴望出现的卓越人物,又还没有到来:"先贤"、"后贤",俱不可见。正是:古人已远,后人未来。于是禁不住怆然涕下!

此诗展现了一幅意境雄浑、浩瀚空旷的图画:高台耸立,诗人临风登台,面对苍茫雄伟的祖国山川,心潮奔涌,壮怀激扬。前三句粗线条大笔勾勒,寓拙朴于壮美,遒劲浑厚;再衬以浩茫无涯、深邃莫测、无始无终的天地,则此时此地此人的感情,喷涌而出了。这着色非常浓重的一笔,濡染挥洒,墨透纸背。通过"独怆然而涕下"这个典型的动作,人的心灵,人的精神内蕴,也昭然可见了。

形与神是一件事物的两个方面。形是神的基础。无形的神,是空中楼阁,只能给人以虚无缥缈的感觉。对形与神,人们有时会有不同的看法,多半是苏轼的四句诗引起的。这四句诗见于他的《书鄢陵王主簿画折枝二首》的第一首:"论画以形似,见于儿童邻。赋诗必此诗,定知非诗人。"意思说,论画如只求形似,那是儿童见识,太幼稚了;作诗如果只停留在题面上,而没有意境、比兴、寄托,也一定不会成为一首好诗、一个好的诗人。这个见解是正确的。有人说苏轼的话有片面性,那是由于把苏轼的话理解为完全"不求形似"。苏轼的朋友晁以道特地和了一首诗,为苏作了补充,说:"画写物外形,要物形不改。诗传画外意,贵有画中态。"意思是说,画如果描写对象以外的形态,就必须不改变对象本身的状貌;作诗如果采取题外抒写的手法,关键是要把主题充分表达出来,这才能成为好诗。晁以道的话自然也没有错。如果苏轼的话是只求神似,轻视形似,主张"遗貌取神",那么,晁以道的"特为坡老下一转语",无疑就很有必要了。

工诗、书、画,人称"三绝"而以画名卓著的清人方薰说过这样一段话:"画不尚形似,须作活语参解。如冠不可巾,衣不可裳,履不可屩,亭不可堂,牖不可户,此物理所定,不可相假者。古人谓不尚形似,乃形之不足,而务肖其神明也。"(《山静居画论》)说对画不尚形似这句话,要灵活领会它的意义。像帽子不能当作手巾,上衣不可当作下裳,鞋子不能当作木屐,亭子不可当作堂室,窗口不可当作门户,这是物理所确定的,不可假借的。而古人说的不尚形似,乃是说只求形似还不够,必定要达到神似才好。"衣不可裳",

207

"不可相假"等等，无疑也是对的。但形似和神似，并不存在上衣和下裳的矛盾，而是一致的。就是说，画也好，诗也好，单是形似还不够，尚须达到神似——形神兼备。清代诗评家王世祯论画，说："陈道复妙而不真，陆叔平真而不妙，真妙俱得惟周少谷耳。"画家陈淳（道复）笔墨洒脱，不拘形似，故说"妙而不真"。画家陆治（叔平）用笔平实，故说"真而不妙"。而据说家里养着许多禽鸟，每天仔细观察它们饮啄和常态的周少谷，才能"真妙俱得"，画出了形神兼备的作品。对于写作诗词，从这儿也可以得到一些有益的启示。

总之，好的作品，只求形似还不够，尚须肖其所描写的事物的神。正像我们对事物的认识，首先是认识它的外表，而后才认识其实质一样。作品中的形与神的关系是辩证统一的。正如当代大画家齐白石说的："作画妙在似与不似之间，太似为媚俗，不似为欺世。"而成功的诗、画作品。总是由于诗画家们首先重视"形"，并进而达到"神"的缘故。

李白《静夜思》是一首脍炙人口的小诗：

床前明月光，疑是地上霜。
举头望明月，低头思故乡。

诗通俗易懂，语言、结构平淡、浅豁，不用典故，也没有夸张。由于它淡而有味，浅而有致，所以千百年来，为人吟咏背诵。

人们喜欢这首诗，是有多方面原因的。但主要是由于诗人创造的艺术境界的真实，它为许多人之所见，为许多人之所感，本就了然于心。一经诗人道出，便倍觉亲切。"床前明月光"，月光穿窗度户，直临床前，如水银洒地，明亮耀眼，致人不能成寐。"疑是地上霜"，霜白微有寒意，月光铺地以为霜，说明两者的酷似，也微微牵动了人的感情。于是禁不住抬起头来"望明月"。圆月在天，耀如白昼,玉宇无尘,清光万里。此时此景,最容易引起各种情怀:或家国之思,或休戚之感,或忆亲友,或念闺中,万千事物纷至沓来。但是诗人摒弃一切,只凝聚在一点上:"低头思故乡。"对于有着子规声啼,杜鹃花开,又有着风流名士如扬子云的故居,还有司马相如的琴台的故乡,李白确有很深的感情。"峨眉山月半轮秋,影入平羌江水流"(《峨眉山月歌》),诗人由蜀出游,就没有忘记那秀丽的峨眉山月。如今异乡望月,思念最殷切的自然就是故乡了。最后这句像一个聚光点,把诗人纷乱的思绪,如潮的感情,一下集中凝结起来,闪现出动人的光彩。这首诗由始至终贯注着诗人的激情,以情观物,写出了这静夜思中的人的心灵,使读者看到了这人的"神"。

"香墨弯弯画,胭脂淡淡匀,揉蓝衫子杏黄裙,独倚玉阑无语,点檀唇。"(秦观〔南歌子〕上阕)写一个倚阑独立的人,画着弯弯的眉毛,涂着淡淡的胭脂,揉蓝色的衫子、杏黄色的裙,嘴唇上抹着口红。下阕写她思念远人:"人去空流水,花飞半掩门。乱山何处觅行云,又是一钩新月,照黄昏。"上阕全是写她的服饰打扮,下阕又只是写景。但是我们却触到了她感情的脉搏:人如流水,一去不复回,时当日暮,"花飞半掩门"。这光景比起"雨横风狂三月暮,门掩黄昏,无计留春住",或"雨打梨花深闭门"来,并好不多少!何况乱山横路,行踪难觅,如钩新月又挂在黄昏时的天幕上呢? 凝妆倚阑,情人不见,内心的感情翻江倒海了。

秦观写旅舍荒寒,行路待晓的〔如梦令〕①里有这样几句:"遥夜沉沉如水,风紧驿亭深闭。梦破鼠窥灯,霜送晓寒侵被。""梦破鼠窥灯",梦醒了,看见老鼠窥灯,一个"窥"字,深得此境之神,比起辛弃疾"独宿博山王氏庵"中所见"蝙蝠翻灯舞"的景况,更饶意味。

唐代诗人张祜有两首咏玄宗在长生殿按道教仪式,接受仙人所赐符箓,以求长生的诗。其一云:"日光斜照集灵台,红树花迎晓露开。昨夜上皇新受篆,太真含笑入帘来。"其二云:"虢国夫人承主恩,平明骑马入宫门。却嫌脂粉污颜色,淡扫蛾眉朝至尊。"(《集灵台》)集灵台是斋戒祭神的肃穆而神圣的地方,可是贵妃杨玉环却"含笑入帘",那位三姨虢国夫人却"淡扫蛾眉"——"素面朝天"!

　　秦观的两首词,张祜的两首诗,或通过服饰景物造成的艺术氛围,或通过一个场景,或用一两个奇巧的字,不仅写出彼时彼地的"真境",而且由"真"入"神",达到"写其形,必传其神,必写其心"(陈郁《藏一腴话》)的境地。"写神则生,写貌则死。"这话虽然讲得绝对了一些,但在特定情境下,也并非完全没有道理。

　　①　秦观:〔如梦令〕
　　　　遥夜沉沉如水,风紧驿亭深闭。梦破鼠窥灯,霜送晓寒侵被。无寐,
　　　　无寐,门外马嘶人起。

虚处藏神

清代大画家笪重光说:"绘花不能绘其馨,绘水不能绘其声,绘人不能绘其情。"(《画筌》)花香、水声、人情确乎难以描绘,不能使它们表现在画面上。但这些东西画面上虽无,却应该虚处藏神,给人以有的感觉。

一幅画、一首诗的幅度、容量有限,既不需包罗万象,也不需和盘托出。所以,艺术上的"虚",是不可少的。沈德潜说:"王龙标(昌龄)绝句,深情幽怨,音旨微茫。'昨夜风开露井桃'一章,只说他人承宠,而己之失宠,悠然可思,此求响于弦指之外也。"(《说诗晬语》)且看这首《春宫怨》:

> 昨夜风开露井桃,未央前殿月轮高。
> 平阳歌舞新承宠,帘外春寒赐锦袍。

桃得春风而开,情景融溶,用以喻人的承宠。桃开则夜暖,月高则夜深,宫中宴乐既欢且久,隐约可见。三句拈出"新"字,意在托出旧人。末句看似写承欢者:桃绽春暖,夜宴方开,欢歌醉舞。一则,实无春寒。二则,既有,人亦不觉。但仍恐其寒而赐锦袍,对新宠眷爱之隆,便清楚可见了。正是:不寒而恐其寒,赐非所需之人,旧人(失宠者)满腔幽怨,透过新人的承宠表现出来。从全诗看,所写无一而非新承宠者,但当透过表象之虚,窥到内藏之神时,就觉得比直写旧人的怨,意味隽永多了。

再看李白的《玉阶怨》:

> 玉阶生白露,夜久侵罗袜。
> 却下水精帘,玲珑望秋月。

伫望既久,始见白露;露降逾时,始侵罗袜。"却下(放下)水精帘"后,仍不愿睡去,和先前一样望着玲珑秋月。从诗的情境看,远处是秋月,近处是白露,而且玉阶生露,露侵罗袜。这位画中人始则阶前望月,继则入户下帘,终仍望月。如果我们闭目一想,随着这一幅一幅画图越来越明晰,一位柔肠百转、怨意弥深的思妇形象,便闪现眼前了。从字面上看,不仅不见愁之类的字,而眼下景物又何其美好:秋月、玉阶、白露、水精帘。但把全诗仔细吟味之后,却觉得无处不是怨,无处不生愁。正是从虚处写出了人的神。

王昌龄的《少年行》与李诗的情境恰相反,而手法却无异:

> 白马金鞍从武皇,旌旗十万猎长杨。
> 楼头少妇鸣筝坐,遥见飞尘入建章。

诗中主角是高坐楼头鸣筝的少妇。这时她举目遥望,看到了自己的丈夫。他白马金鞍,服饰华丽,跟随着皇帝打猎归来,旌旗招展,声威赫赫,十万人马,簇拥着回建章宫去了。字面上,少妇没有任何表情,她似乎只是千万观众中的一个,但少妇的欢跃喜悦之神,正是从这虚处流露了出来。

虚处藏神,有时还能化平淡为神奇,使原来看似平淡的东西,表现出深一层的内容。温庭筠的名作〔菩萨蛮〕("小山重叠金明灭"),一、二句写美人未起情状;三、四句写她欲起则慵,弄妆则迟,娇慵万状;五、六句写簪花照镜;七、八句写所着之衣。总之,整首词不外说她如何懒于起床和梳妆打扮。而不同的是:七、八句还别有一番意思:

新贴绣罗襦,双双金鹧鸪。

自己身上穿着的短袄,上面绣着成双成对儿的金鹧鸪。是顾影自怜呢?还是风流自赏?看来和上两句("照花前后镜,花面交相映")恰相反,显然是前者而不是后者了。作者没有从正面落笔,只是用"双双金鹧鸪"来暗示女主人的孤单寂寞。这样,她懒起、梳洗迟的原因,一下都找到了。所以,这两句决不单是写她的衣着,是寓实于虚,将人物的神藏之于虚处。

写歌妓舞妓生活的词,在五代和宋初的词里面很多。晏几道的〔浣溪沙〕,就是其中别开生面的一首。词云:

日日双眉斗画长,行云飞絮共轻狂。
不将心嫁冶游郎。
溅酒滴残歌扇字,弄花熏得舞衣香。
一春弹泪说凄凉。

开头说,歌儿舞女们竞相打扮,争姿斗妍。但她们的命运如行云飞絮,飘忽不定,不能由自己掌握。即使被迫委身于冶游郎,但心却未嫁给他们。过片两句,写人的娇柔、美丽、风采,传出了她们的神:劝酒持觞,银灯一曲,酒溅在歌扇之上,将扇子上的字都弄模糊了。陪着贵人们宴游作乐,流连花丛,随手拈花,舞衣都染上了香味!这两句既是写她们的平日生活,更是写人的美。结句说,春光虽好,而她们却过着弹泪的凄凉的日子。这样,更见出前面的

"轻狂"是勉为欢笑了。此诗写人、写人的美，不从正面落笔，完全用虚写，但人的神却藏而不住，比那些堆满"花容月貌"、"云鬓花颜"、"荣曜秋菊，叶茂春松"、"翩若惊鸿，婉若游龙"等类词儿的作品，显得更美。

　　写英雄人物也是如此。杜甫赞美诸葛亮从正面着笔的有："三顾频烦天下计，两朝开济老臣心"（《蜀相》）；"诸葛大名垂千古，宗臣遗像肃清高。三分割据纡筹策，万古云霄一羽毛"（《咏怀古迹》五首之五）；等等。但杜甫也有另一种写法，他没有像上面这样直写、实写诸葛亮的功德，而是通过"霜皮溜雨四十围，黛色参天二千尺"、"云来气接巫峡长，月出寒通雪山白"的"柯如青铜根如石"的古柏树（《古柏行》），来表示钦仰之情，来虚写诸葛亮之神的。

　　传说宋代画院考试，有一次出的题目是："竹锁桥边卖酒家"。应试者都在"酒家"上下功夫，仅有一人只画桥边竹梢头挂着一面酒旗。另一个题目是："踏花归去马蹄香"。应试者都画马上观花的情景，单有一个人画落红满径，几只蝴蝶飞逐马后。结果两人都中了选。这样画，自然不像画一幢酒楼，或人骑在马上看花，那样彰彰在目。虽然，一幅酒招儿、几只蝴蝶，看似虚，却给人留下了想象的余地，看到更饱满的形象。画马上观花，只能显示出花的颜色，"不能绘其馨"。反之，如这位画家所画，便真若花气袭人，芳香四溢了。

　　语云："虚处藏神。"写人物、写景物，都需要虚。这样，才能表现出那激动人心和引人遐想的艺术境界来。

神余言外

诗词不像小说那样要塑造出人物形象,但要像小说一样,写出人的思想感情。像画家那样绘出人的形,可能并不难,而要画出人的神,就不那么容易了。但也有些诗词,只短短的几句,既写出了人的思想感情,又写出了人的神——人的精神气质。不过,这种神没有表现在字面上,而是"神余言外"(陈廷焯《白雨斋词话》)罢了。

在封建社会里,妇女被视为玩物,始乱终弃,秋扇见捐。诗人们常为她们的不幸发出不平之鸣。所谓"君恩如水向东流,得宠犹疑失宠愁","西宫夜静百花香,欲卷珠帘春恨长",等等。杜荀鹤也有一首《春宫怨》①,写法却不同。诗的前两句说,自己少小貌美,以为可以取悦君王,谁知"承恩不在貌",所以过着孤寂的生活。结两句接着"风暖鸟声碎,日高花影重"的话头,本应申述自己的怨情吧,但作者却别有说法:

> 年年越溪女,相忆采芙蓉。

越溪,是自己的家乡。夏末秋初,水乡泽国,女伴结队成行,荡舟湖上,竞采芙蓉。这是一种多么欢悦的生活呀!而如今,对于这般良辰、美景、赏心、乐事,却只有"忆"的份儿了。这比把怨一泻如注地倾吐出来,更深沉、感人。

表现人的神,诗人们还往往借助于事物。当幽闭深闺的杜丽娘,挣脱封建礼教的束缚,决心去花园一游的时候,汤显祖是这样透视这位青春初觉的少女的心的:

> 停半晌、整花钿。没揣菱花,偷人半面,迤逗的彩云偏。
>
> ——《牡丹亭·惊梦》

这个在封建礼教牢笼里长大的少女,到自己家中花园里去,也得冒很大的风险。真是"咫尺天涯"!所以她"停半晌、整花钿"。但不料那讨厌的菱花镜中,却已窥到自己的"半面"。内心的秘密仿佛一下子被揭开了。她心慌意乱,把彩云般的云髻都弄偏了。这里,不说她忐忑不安、惊喜交集,不说她自己去照镜,却说镜子偷窥了她。如果这是"善假于物"的话,正因此,这个一直被勒令"只合香闺坐"、如今却青春初觉的少女的神,才摇漾而生了。

写人的神,有时还借助于比喻。如李清照〔醉花阴〕的结句,就是通过比喻来表现出人之神的;

> 帘卷西风,人比黄花瘦。

用花比人,司空见惯;用花的"瘦"比喻人的瘦,也不是破题第一遭。如:"人瘦也、比梅花、瘦几分"(康与之);"人与绿杨俱瘦"(秦观);等等。可是,"帘卷西风,人比黄花瘦",使她的丈夫赵明诚"自愧弗逮";直到今天,它仍是传诵人口的名句。原因在于:以黄花比人,不仅比出了人的形,还比出了人的神,既形似,又神似。

我们知道,"位下名高人比数"的李清照,睥睨当时的文坛,连柳永、苏轼都不放在眼下,有"露花倒影柳三变,桂子飘香张九成"

216

句,并且说晏殊、欧阳修、苏轼的词,"皆句读不葺之诗"。她始终以清高自命,直到飘零的晚年,还嗟叹"飘零遂与流人伍"呢。所以在这里以黄花比喻人的瘦,显然有所寓意:菊花(《礼记》:菊有黄华(花))是高洁雅士的象征。"菊残犹有傲霜枝",喻人自是不凡。菊花清丽秀逸,用以状物(比拟人的瘦),人的神态可见。自然,"人比黄花瘦"这句,和全词的结构、语言、气氛处理的成功有关。但用这特定事物(黄花),传达出特定人物的感情和精神气质,则是由于神似的缘故,而这种神又是于言外见之。

秦观的〔浣溪沙〕,有人说它含蓄,或摘其一二句说"奇语"。其实这首词的特点主要在于:剔透玲珑,神余言外。词云:

漠漠轻寒上小楼,晓阴无赖似穷秋,
淡烟流水画屏幽。

自在飞花轻似梦,无边丝雨细如愁,
宝帘闲挂小银钩。

春天,云雾濛濛,阴湿湿的天气,倒有点深秋的模样。"轻寒"而云"漠漠",隐含着人的心情寂寥,一个人轻轻地来到了小楼上。此刻,春寒料峭,冷意侵人,寂寞的心情更觉沉重,不说人之无聊,反说"晓阴无赖",以景衬情,愈见出人的无聊来。远望景色凄清,无可玩赏,而室内又"淡烟流水画屏幽",画屏闲展,那上面一片淡烟流水的图景,却多么清幽自得。

窗外,飞花片片,恬然自适,飘忽不定,迷离惝恍;细雨如丝,迷漫天际,密密层层,交织一块。他不说梦似飞花,愁如细雨,却说飞花似梦,丝雨如愁;而且飞花是"自在"的,丝雨则是"无边"的。这样,就愈觉得春梦遥远,闲愁无尽。花落春去,令人神伤了。室内,床上的"宝帘"却和往常一样,挂在小银钩上,还是那么安闲。

这首小词秀媚在骨,清丽可喜。

在这轻烟袅袅,流水潺潺的画屏上,是否还能寻到一些往昔旖旎的情景? 在这飞花细雨中,还能忆起来一些旧欢残梦? 从这"宝帘"挂着"小银钩"的安闲情态中,往日温馨的生活,还依稀仿佛? 回答是肯定的。

这首词,虽然没有用一个火辣辣的字眼,也没有用一句镂心刻骨的相思词儿,完全从自己方面来抒情,而没有提到对方,但却写出了相思之情深和充溢胸怀的柔情。

这首词的女主人,深于情,专于情,秀媚在骨,含蕴深藉。这一切,并没有表现在字面上。其神,是"见于言外"的。

① 杜荀鹤:《春宫怨》
早被蝉娟误,欲妆临镜慵。
承恩不在貌,教妾若为容。
风暖鸟声碎,日高花影重。
年年越溪女,相忆采芙蓉。

画工·化工

明代思想家李贽说:"《拜月》、《西厢》,化工也;《琵琶》,画工也。"他认为《拜月亭》、《西厢记》,是"宇宙之内,本自有如此可喜之人";而《琵琶记》则"似真非真,所以入人人心者不深"。(《杂说》)一般说,画工,是指刻意雕绘的作品,虽穷极工巧,但缺乏天然情趣。化工,虽"何工之有",但一派自然,妙乎天成,韵味无穷。

王国维认为史达祖〔双双燕〕中"软语商量不定"句是画工,"柳昏花暝"句是化工。看来,画工求形似,要画得像;化工则透过形而入其神,要见出精神,含蕴隽永。

〔双双燕〕①写的是过春社了,一双去年冬天飞走的燕子现在又飞了回来。它们匆匆地穿帘度幕,飞来飞去,当发现去年住过的地方,如今布满灰尘、一片清冷的时候,便"软语商量不定"起来了。这里作者写一双"试入旧巢相并"的燕子,一会儿鼓动着眼珠,仔细地瞧那雕花的华丽的屋梁和画着山水花卉的天花板("还相雕梁藻井");一会儿又喃喃地不知在商量着什么("又软语商量不定")。虽然刻画入微,形态逼真,但言尽意也尽了。所以是画工。但"看足柳昏花暝"则不同:这双燕的一天,欢欢畅畅过去了。因为"看足柳昏花暝"——把大自然的一切美景,都游历、玩赏过了,所以到了傍晚,便"栖香正稳",没有挂虑,安安静静地入了梦乡。而"愁损翠黛双蛾,日日画栏独凭"的思妇,对于"看足柳昏花暝"、"便忘了天涯芳信"的燕子,她是怨?是恨?是羡慕?是嫉妒呢?把这句与下文联系起来,便可看出,它不仅"能尽物情",而且透过"物"(双燕),还看到"人"(思妇)的心灵:她注意燕子归来,看到它们双双"栖香正稳"而产生羡慕之情。所以是化工。

苏轼的朋友章质夫填了首〔水龙吟〕《杨花》词②,苏轼和了一首③。有人认为章词好,有人认为苏词好。说前者好的理由是,它"曲尽杨花妙处";说后者好的理由是"幽怨缠绵,直是言情,非复赋物"。细看章词,也果然如此。他以"燕忙莺懒芳残,正堤上柳花飘坠"领起,写杨花飘坠到"青林"、"深院"、"珠帘",缀满"春衣",铺满"绣床";而那些蜂儿、鱼儿,以至楼头望远的女人,也都与杨花"时见"。章对杨花的描绘,可说是曲尽妙处,称得上刻画入微、穷极工巧的画工之笔了。苏词不同,它一开头就说"似花还似非花,也无人惜从教坠"。从字面上看,写的只是杨花的形态,但透进一层,却含有这样的意思:因其"似花",故曾经引起人的爱怜,但终因其非花,就再也得不到人家的爱惜,而任它零落天涯了。作者并非单写杨花,显然隐有人的影子。这首词结以"细看来不是杨花,点点是离人泪",意思就更清楚了。你看,她这时梦已醒来,"寻郎"的幻境倏然成空;春既老去,易逝的青春愈觉灰暗了。"留连光景惜朱颜"。所以"一池萍碎"(旧有"杨花入水为浮萍"的说法)的杨花上面,就点点滴滴,尽是有情人流下的清泪了。作者写物(杨花),却没有停留在物上;写人(思妇),又不拘泥在人上。"不离不即"(刘熙载语),称得上是化工之笔。

晏殊〔破阵子〕④的下阕,写古代闺阁中一对少女,颇为传神,是完全不事雕绘的化工之笔。词的上阕说:燕子飞来,梨花落后,正是春分、清明时候,"池上碧苔三四点,叶底黄鹂一两声。"小小池塘里,疏疏落落地飘散着三四点青苔,幽静小园的树上,有一两声黄鹂鸣叫。景色清幽,有静有动,柳絮飞舞。下阕说:她要到东边邻居家去找女伴欣赏春光，恰好在"采桑径里逢迎"，便一边走一边采摘路上的花草。她想到昨晚做的那个好梦，"预兆"着今天斗草将赢，满心欢喜，于是禁不住："笑从双脸生。"上阕写景，下阕写人，而人的活动是斗草。但关于斗草的场面，又不着一字，完全写斗草前后的活动和心情。这里可以看出作者化工之笔运用得巧妙。

司空图说："意象欲生，造化已奇。"（《诗品·缜密》）他主张诗歌要创造栩栩如生的形象，应该如天工神斧。"帘卷西风，人比黄花瘦。"是用黄花作比喻，传出了人的神；"裁剪冰绡，轻叠数重，淡着胭脂匀注"。是用杏花作比喻，传出了人的神。前者没有具体写黄花的形，而后者却具体写了杏花的形——像裁剪的洁白丝绡，轻轻折叠起来，上面染着一层淡淡的胭脂。但我们觉得两者都活脱、形象，因为一个很像"薄雾浓云愁永昼"的李易安，一个很像经过"无情风雨"、"易得凋零"的俘虏皇帝赵佶。看来，画工与化工，都要写出栩栩如生的形象，才能显示出"造化已奇"。"软语商量不定"，虽无余味，但写这对燕子亲昵、活泼的情态，却真切动人。就是章质夫的咏杨花，虽有人说它"了无生趣"，但也还有曲尽妙处的一面。所以，对画工，也不应采取否定的态度。

沈德潜《说诗晬语》说："《庐江小吏妻》诗（即《孔雀东南飞》，又名《焦仲卿妻》、《古诗为焦仲卿妻作》），共一千七百四十五言（有的本子作一千七百六十五言），杂说十数人口中语，而各肖其声口性情，真化工笔也。中别小姑一段，悲怆之中，自觉温厚。"为沈德潜称赏的"别小姑一段"是这样写的：

却与小姑别，泪落连珠子。
新妇初来时，小姑始扶床。
今日被驱遣，小姑如我长。
勤心养公姥，好自相扶将。

初七及下九,嬉戏莫相忘。

在写小姑以前,焦仲卿曾经规劝过母亲,其中有"结髪同枕席,黄泉共为友。共事二三年,始尔未为久"等语。在短短二三年中,小姑不可能从"始扶床"长到"如我长"。不过,这是写诗,我们可以不必去管它。这样写不仅合乎作嫂子的身份和口吻,而且由小姑联系到自己,增加了往事历历、不胜今昔之感,表现出对小姑的关切,姑嫂的和美。"勤心养公姥,好自相扶将":善良温厚,不以被无理遣归而怀恨;"初七及下九,嬉戏莫相忘":每年七月七日的乞巧节,每月十九日的"阳会"(妇女们娱乐欢会的日子)时,还希望"莫相忘"!通过这几句"肖其声口性情"的话,刘兰芝的性格便更完美地表现出来了。所以,是"真化工笔也"。

① 史达祖:〔双双燕〕
   过春社了,度帘幕中间,去年尘冷。差池欲住,试入旧巢相并。还相雕梁藻井,又软语、商量不定。飘然快拂花梢,翠尾分开红影。
   芳径,芹泥雨润。爱贴地争飞,竞夸轻俊。红楼归晚,看足柳昏花暝。应自栖香正稳,便忘了、天涯芳信。愁损翠黛双蛾,日日画阑独凭。

② 章质夫:〔水龙吟〕《杨花》
   燕忙莺懒花残,正堤上柳花飘坠。轻飞乱舞,点画青林,全无才思。闲趁游丝,静临深院,日长门闭。傍朱帘散漫,垂垂欲下,依前被风扶起。　兰帐玉人睡觉,怪春衣、雪沾琼缀。绣床渐满,香球无数,才圆却碎。时见蜂儿,仰粘轻粉,鱼吞池水。望章台路杳,金鞍游荡,有盈盈泪。

③ 苏轼:〔水龙吟〕《次韵章质夫杨花词》
   似花还似非花,也无人惜从教坠。抛家傍路,思量却是,无情有思。萦损柔肠,困酣娇眼,欲开还闭。梦随风万里,寻郎去处,又还被莺呼起。　不恨此花飞尽,恨西园、落红难缀。晓来雨过,遗踪何

在？一池萍碎。春色三分：二分尘土，一分流水。细看来，不是扬花，点点是离人泪。

④ 晏殊：〔破阵子〕

燕子来时新社，梨花落后清明。池上碧苔三四点，叶底黄鹂一两声，日长飞絮轻。　　巧笑东邻女伴，采桑径里逢迎。疑怪昨宵春梦好，原是今朝斗草赢，笑从双脸生。

山高月小

  在绘画艺术上，一般说有"浓妆"与"淡抹"、"工笔"与"意笔"、"精雕细琢"与"大笔挥洒"等技法。诗词也不例外，而且反对一般高矮，一般大小。一些被传诵的作品，往往高者愈高，矮者愈矮，大者愈大，小者愈小。

  杜甫《登岳阳楼》，是一首五律。开头两句："昔闻洞庭水，今上岳阳楼，"表现出昔闻其名，今始登临，如愿以偿，心情欣慰。结尾两句："戎马关山北，凭轩涕泗流"，见出北方烽烟未熄，诗人对国事忧心如焚。从诗的艺术构思说，重要的是中间四句：

> 吴楚东南坼，乾坤日夜浮。
> 亲朋无一字，老病有孤舟。

前两句描写洞庭湖，汪洋万顷，气势磅礴，湖水辽阔，好像把东方的吴国和南方的楚国分开了，天地日月也仿佛出没其中。诗人以如椽的大笔，酣畅淋漓地写出了洞庭湖的雄浑壮阔。后两句，境界与上两句完全相反：既老且病，一叶孤舟，漂泊流落，并且久不得亲朋的一音一信了。天地如此辽漠，景物如此壮阔，而自己却到了如此困踬的地步！一大一小，一阔一狭，两相映衬，诗人的穷愁潦倒、孤苦落寞,生动地表现出来了。

再看柳宗元的《江雪》:

千山鸟飞绝,万径人踪灭。

孤舟蓑笠翁,独钓寒江雪。

读着这首诗,我们脑子里会浮现出一幅画:一个身披蓑衣、头戴斗笠的渔翁,独傍孤舟垂钓,背景是一片银白世界。千山,说明山多,山峦连绵,自然鸟也多,但如今竟连一只飞鸟也没有。万径,说明路多,路多,平日行人自然也多,但如今却人踪灭,竟连一个人也没有。千山、万径,这世界有多么辽阔;鸟飞绝、人踪灭,现实又是这样地荒寒冷漠。接着三、四句"孤舟蓑笠翁,独钓寒江雪"说:江上有渔船,船上有人物,但船仅有一只,人也只有一个。在无垠的江雪上,在千山万径的衬托下,这孤舟上的独钓者,便愈显示出他的孤而且独。

同样情境,在杜甫《旅夜书怀》中也可见到。这旅夜不仅静,而周围环境又如此辽阔雄奇:"星垂平野阔,月涌大江流。"恰是在这样的背景上,我们看到了诗人的形象:

飘飘何所似? 天地一沙鸥。

"即景自况",正是:"一沙鸥,何其渺! 天地,何其大!"(《杜诗说》)可是,这般大的天地,诗人却无处容身! 于此,沙鸥(人的象征)之小更可见了。

古代诗歌写山之高大险峻者可谓多矣。这里只看王维的《终南山》。诗云:

太乙近天都,连山到海隅。

白云回望合,青霭入看无。

分野中峰变,阴晴众壑殊。

欲投人处宿,隔水问樵夫。

　　首两句说,太乙山(即终南山)距京都长安不远,山脉连绵不断,直达海边。三、四句说,回望山头,青色的雾气,流漾而下;白云缭绕,烟雾迷茫,渐远之后,又不见了。五、六句说,一峰之隔,便是不同的"分野"(古人以天上二十八星宿座的区分,标志地上的界域,叫"分野");同一时间内,各山谷的阴晴也不同:这样来写终南山的既大且高。最后两句是说,隔水问打柴的人,想找个居住的地方。但诗人探询住处,为什么要"隔水问"呢?表面看,这两句是写人,但实际上仍是写山,写山的连绵不断,人迹罕至;虽说山中有人,但也只是远远地有个樵夫吧。读完这首诗,我们感觉到:这山的确大,这人的确小。崇山峻岭,如果没有这人的衬托,便不会给人以如此高大之感觉。

　　小中见大,从比较中显示出大者愈大,小者愈小,使小给人以鲜明的印象。杜甫是最善于掌握这种美学原则的。当他一身漂泊、万里流离时,他说:"支离东北风尘际,漂泊西南天地间。"(《咏怀古迹五首》其一)东北、西南,天地何其大!支离、漂泊,孑然一身,又何其小!当他叹息"万里悲秋常作客,百年多病独登台"(《登高》)的孤寂时,作为映衬的背景又是多么壮阔:"无边落木萧萧下,不尽长江滚滚来。"当他离开夔州,由三峡出川,漂泊在江汉一带时,他说:"江汉思归客,乾坤一腐儒。"(《江汉》)这种写法,与"飘飘何所似,天地一沙鸥",正是"言乾坤之大,腐儒无所寄其身"。(陈后山语)在《暮春题瀼西新赁草屋五首》其三里,他又说:"身世双蓬鬓,乾坤一草亭。"仍是以自身("小")置于乾坤之("大")中,"如此'身世',而老于'蓬鬓',则悲甚也。自有'乾坤',而身在'草亭',抑又洒然也"。(浦起龙《读杜心解》)他如:

"关塞极天唯鸟道,江湖满地一渔翁。"(《秋兴》八首其七)说身居巫峡,心望京华,夔州多高山,非人迹所可往来;江湖广远,天地辽阔,自己却像渔翁漂泊在茫茫江湖上。江湖何其大,而人又何其小啊!又如"日月笼中鸟,乾坤水上萍","谁怜一片影,相失万里群",与上述诸句,寓意相同。凡此种种,大小相映,愈见出诗人的孤苦寂寞来。

当苏东坡沉浸在"月白风清"的赤壁之夜,写"山高月小,水落石出,……"的时候,也许并非要给"山高月小"以美学评价。但如果以此美景作为一种艺术手法,把它运用到诗歌中来,或许可从一个侧面说明诗歌中的大与小,而具有美学价值吧。

小中见大

古典诗词中,有许多作品虽只二十来个字,却给人留下难忘的印象。每读一回,常会有一种温故知新的感觉。原因之一,是由于这些作品达到了小中见大的艺术境界。

元稹《连昌宫词》是他七言歌行中的代表作。作者借宫中老人的口,描述了"安史之乱"前连昌宫的繁华,唐玄宗、杨贵妃等的寻欢作乐,和兵乱后连昌宫的荒凉景象,充满着昔盛今衰之感。但元稹还有一首《行宫》小诗(亦作王建诗,题为《古行宫》),字数不及前者的三十分之一,却也表现了昔盛今衰之感。试看:

> 寥落古行宫,宫花寂寞红。
> 白头宫女在,闲坐说玄宗。

二十个字,描绘出一幅昔盛今衰、无限感慨的场景,画面平静、安谧、幽寂、超脱。古行宫仍巍然而立,已经荒败寥落;宫花虽仍开放,越红却越流漾出令人难耐的寂寞。白头宫女,百无聊赖,坐在宫门口,在谈说开元天宝年间的旧事。这首小诗,虽然没有写当年"楼上楼前尽珠翠,炫转荧煌照天地"的繁华。但是,从今天已经没有事情好做、闲极无聊的白头宫女的话语中,我们却仿佛听到昔日的"仙乐风飘",看到如今已经不在的"缓歌慢舞"！一幅"力士传呼觅念奴,念奴潜伴诸郎宿"的恣情纵乐的图景,一幅"荆榛栉比塞池塘,狐兔骄痴缘树木"的破败情景,不禁涌现眼前！二十个字给读者留下了非常广阔的想象余地。这是元稹对生活高度集中概括的结果。

杜牧的《过华清宫绝句三首》(其一),也只用了二十八个字,便揭露了唐玄宗和杨贵妃的骄奢淫逸生活:

> 长安回望绣成堆,山顶千门次第开。
> 一骑红尘妃子笑,无人知是荔枝来。

首句写长安回望骊山,佳木葱茏,花繁叶茂,无数金碧辉煌的建筑掩映其间,宛如一堆锦绣。次句从山上宫门一个接一个地打开,写出唐王朝统治者又开始了淫逸生活。三、四句写了一件具体而典型的事件:爱吃鲜荔枝的杨贵妃在骊山上的华清宫里笑了。她笑,一因喜欢吃的东西到口了;二因受到天子的专宠。可是,由于马跑得太快,竟无人知道马上所载的是来自涪洲的鲜荔枝！这幅图景很小,但小中见大,一幅统治阶级穷奢极欲的画图,展现在我们的眼前。

此外,汪元量的《醉歌》之一:

> 南苑西宫棘露芽,万年枝上乱啼鸦。
> 北人环立阑干曲,手指红梅作杏花。

杜牧的《赤壁》:

> 折戟沉沙铁未销,自将磨洗认前朝。
> 东风不与周郎便,铜雀春深锁二乔。

229

都是小中见大之作。汪诗前两句说，南苑西宫，荆棘长出了芽，可见许久都无人管理了；万年枝上，乌鸦聒噪，成何样子！这两句写尽宋亡后宫苑的荒凉破败。接云："北人（指进入宫苑中的元朝人）环立阑干曲，手指红梅作杏花。"写的虽然是生活当中的一个小场景，却暗示出宋朝已亡的大事。

　　杜牧的诗说，有人发现了埋在沙中的断戟，经过磨洗，辨认出它是赤壁之战的遗物。东风假使不给周郎以方便，那么大小二乔就被安置于曹操的铜雀台中了。

　　"北人环立阑干曲，手指红梅作杏花"，"东风不与周郎便，铜雀春深锁二乔"。说的都是国家兴亡的大事情，所不同的是一用虚笔，一用实写。奇妙的是，无论虚、实，都只说到这样的程度：北人南来，进入宫中，误认梅花作杏花；如果孙吴失败，那么二乔的命运就不堪设想了。重大的变化，不仅"家破"，而且势必"国亡"。这类政治大事情，都不说破，而从小中见之。

　　再如：杜甫"窗含西岭千秋雪，门泊东吴万里船"。（《绝句》）一写山，写窗中所见的岷山终年积雪；一写水，由门前的船只而想到万里之外的东吴。都是通过窗、门之小而见出山、水之大来。后来，宋代诗人曾公亮有"开窗放入大江来"（《宿甘露僧舍》），苏轼有"挂起西窗浪接天"（《南堂》），也都是通过一窗之小来见出江、浪潮之大的。至于陆游的"凉州女儿满高楼，梳头已学京都样"，通过夜梦当时已被西夏占领的凉州的女儿梳头这一件生活小事，反映出诗人渴望国威重振、收复失地的重大政治抱负，更是从芥子之微以见大千世界了。

　　"柳叶开时任好风"、"花覆千官淑景移"，以及"风正一帆悬"、"青霭入看无"，王夫之认为："皆以小景传大景之神。"（《姜斋诗话》）因为"柳叶"句写的虽是柳芽在春风中轻轻舒展的小景，但从小景中透出了春的消息，使人感到春临人间的广阔天地。

"花覆"句说的虽是紫宸殿里种了许多花,文武官员鹄立花下,看日影慢慢地移动,但从这小景中,却见出了百官上朝的盛况。以及从风正一帆高悬如挂,和青霭微茫,入眼似无的小景中,传出了长江浪涌和终南雄丽的大景之神。

欲小中见大,就要多描写具体形象,通过具体形象显示出高度概括、凝炼的功夫。而小是从大来的。如果对事物没有透彻、精辟、洞察秋毫的了解,就掌握不到、也描绘不出其小来。这就是为什么只有写过《连昌宫词》的元稹,才能写出《行宫》;只有写过大量深刻反映人民生活诗篇的杜甫,才能写出"朱门酒肉臭,路有冻死骨"这样惊心动魄的句子;只有"死去原知万事空,但悲不见九州同"这样强烈爱国感情的陆游,才会产生如此崇高而美丽的想象的原因。

缩龙成寸

　　古典诗歌中的绝句,虽只有二十个字或二十八个字,但"语近情遥,含吐不露"。那种弦外音,味外味,每使人意远神驰,浮想联翩。它们寓繁于简,由博返约,缩龙成寸,却不会有支解细碎的感觉。

　　唐代诗人祖咏,有一年参加朝廷的考试。试官出的题目是《终南望余雪》。按试帖诗的规格,一般要写五言六韵十二句,但祖咏只写了四句就交了卷。不用说,他只有功名无成,受到排斥。但这首诗却留传下来,为人称道。《唐诗三百首》里就选了它:

　　　　终南阴岭秀,积雪浮云端。
　　　　林表明霁色,城中增暮寒。

　　当时有人问祖咏为什么不按规格写,他回答说:"意思都说完了。"鲁迅说过这样的话:"意思完了而将文字拉长,更是无聊之至。"(《致赵家璧》一九三四年十二月二十五日)祖咏无疑是做对了。山北为阴,终南山的主峰在长安之南,所以从长安城里正望其背面。首句用"阴岭"二字点明从北面看终南山,山北又是易于积雪的。"秀",显示出终南山清雄、俊逸的神采。"积雪浮云端",既

232

描绘出终南山的高峻,也写出了雪的深厚。三句从树林顶端反射的明亮雪光("霁色"),再正面渲染"余雪"。四句"意□言外",用我们今天的话讲,表现了诗人的人道主义精神。诗虽只有四句,却把《终南望余雪》的题旨完美地表达出来了。王士祯《渔洋诗话》又举一例说:"闾济美试《天津桥望洛城残雪诗》只作得二十字云:'新霁洛城端,千家积雪寒。未收清禁色,偏向上阳残。'主司览之,称赏再三,遂唱过。"这却又幸而得中了。

许浑七律《金陵怀古》,有人认为应删去中间四句,有人认为它不像怀古诗,毛病也出在这四句上。全诗曰:

> 玉树歌残王气终,景阳兵合戍楼空。
> 楸梧远近千官冢,禾黍高低六代宫。
> 石燕拂云晴亦雨,江豚吹浪夜还风。
> 英雄一去豪华尽,惟有青山似洛中。

金陵是六朝建都的地方。首两句说,六朝最后的一个陈国,在《玉树后庭花》靡靡的歌曲声中完了,随着隋兵攻克陈后主的景阳宫,如今它已一片空寂。最后两句说英雄一去,豪华岁月也逝去了,只有青山无恙,犹似洛中。整首诗不过写因六朝兴亡而引起的感慨,虽"气象雄浑",却了无新意,是怀古诗的老调头。中间四句,也是因凭吊荒冢遗迹而写六朝兴亡,或通过江上风云晴雨来寄慨时代变迁,和首尾四句意思都差不多,删掉它是有道理的。

白居易《晚岁》诗共十六句:

> 壮岁忽已去,浮荣何足论。
> 身为百口长,官是一州尊。
> 不觉白双鬓,徒言朱两轓。
> 病难施郡政,老未答君恩。

岁暮别兄弟,年衰无子孙。

惹愁谙世网,治苦赖空门。

揽带知腰瘦,看灯觉眼昏。

不缘衣食系,寻合返丘园。

清代纪昀(晓岚)主张删掉八句(即前四句和十一到十四句),剩下来的八句是:

不觉白双鬓,徒言朱两轓。

病难施郡政,老未答君恩。

岁暮别兄弟,年衰无子孙。

不缘衣食系,寻合返丘园。

一、二句与五、六句反复,因为既云"白双鬓","壮岁"自然是过去了。三、四句与七、八句也反复,因为既"病难施郡政",虽仍在其"官"位,"一州尊"也就徒具形式了。下面说,"年衰无子孙",那么"惹愁"、"腰瘦"、"眼昏",自然接踵而至了。删掉它没有那么啰嗦。《晚岁》以寄慨为主旨,剩下的八句足以表达题意了。

由上述诸例可以看出:缩龙成寸对于以精炼为贵的诗歌,是有重要意义的。

卢纶《塞下曲》是以"寸龙"表现出"全龙"、容量大而又首尾完整的组诗。试看其中的两首:

林暗草惊风,将军夜引弓。

平明寻白羽,没在石棱中。

林暗,是由于夜,也由于树木的葱茏茂密,与"柳暗花明"的

"柳暗"有相似的意思。"惊风",据"风从虎"的传说,风吹草动,以为有虎,但也有风力骤急的意思。总之,诗一开始就渲染出"山雨欲来风满楼"的强烈气势,为人物出场制造了特定的环境和气氛。"将军夜引弓",是说将军在夜间射猎。对于将军,这在当时是一件极平常的事。但写至此,戛然而止,"引弓"之后若何,诗人没有说。可是,第一句造成的强烈气氛,第二句的人物行动,都给人留下了悬念和驰骋想象的空间。第二天早晨,寻到了箭,它插进了有棱角的石头里!《史记·李将军列传》称:"广出猎,见草中石,以为虎而射之,中石,没镞,视之,石也。"这里显然用的是李广的故事。"白羽",指箭尾上的白色羽毛(这里指箭),因为将军的气力过人,连箭尾的白羽毛都射进石头里去了。诗首尾衔接,生动地描绘了一个善射的将军。

另一首诗说:

月黑雁飞高,单于夜遁逃。

欲将轻骑逐,大雪满弓刀。

月亮为浓云所掩,"雁飞"是从高空传来的叫声知道的。首句制造了一个典型的环境气氛。在这凛然肃穆的气氛中,"单于夜遁逃"了。因此,月黑、雁飞的气势越浓重,越衬出单于(古时匈奴最高统治者的称呼)夜遁逃的狼狈,也为这首诗的主题思想埋下先声夺人的伏线。果然,"欲将轻骑逐,大雪满弓刀"。你看,月黑风高,雁唳长空,浓云漫天,将军率领着轻装快速的骑兵,在大雪纷飞中奔突驰骋了。刀光剑影,白雪纷纷落在寒光逼人的刀弓上。这是一幅多么动人心魄的进军图!将军的英武,战士的效命,奔马的疾驰,衬以"月黑雁飞高"、"大雪满弓刀"的景象,就把将士们昂扬奋发的精神,成功地表现了出来。这两首诗,没有从正面烜赫将军如何英武,前一首只说箭"没在石棱中",后一首只写了"欲将轻骑逐"，便表现了将军的英武形象。这种强烈的艺术效果，正是靠缩龙成寸达到的。

欲把诗写得短些，耐人寻味，避免拖沓冗长、空洞浮泛，古典诗词中的缩龙成寸的表现手法，是颇值得借鉴的。

凫胫·鹤胫·咫尺万里

在古代诗歌名篇里,有被沈德潜称之为"古今第一首长诗"的《孔雀东南飞》。但是,也有二三十个字的短诗,或五七个字的名句。如:宋人潘大临的绝句"满城风雨近重阳",咏荆轲的《易水歌》:"风萧萧兮易水寒,壮士一去兮不复还"等,都流传千古。刘邦的《大风歌》三句,项羽的《垓下歌》四句,或叱咤风云,踌躇满志;或英雄末路,感慨唏嘘。因为它们真实地再现了人物的精神,所以成为传诵的名篇。

诗不能以长短论优劣。《庄子·骈拇》云:"凫胫虽短,续之则忧;鹤胫虽长,断之则悲。"没有必要强求一致。作诗填词也如此。"意则期多,字唯求少。"(李渔)像杜甫称赞王宰画山水图那样:"咫尺应须论万里。"从咫尺山水见万里之势。或如佛经上说:"一粒粟中藏世界";或者更通俗地说:"秤砣虽小压千斤。"这种艺术手法是应该肯定的。

汉乐府《陌上桑》[①],歌颂了机智、美丽、忠于爱情的采桑女罗敷。作者着重写罗敷的服饰华美,是为了衬托她的美貌。而对于罗敷的美貌,却又不着一词,完全用旁观者的神情、举态来从侧面着笔。对于使君无耻的调戏,她报以愤怒地斥责:"使君一何愚!"正言表明:"使君自有妇,罗敷自有夫。"最后写她夸夫,也是为了刻画她机智、聪明的性格。总之,这首诗通过铺陈、渲染、烘托、夸张等手法,写出罗敷外貌和内心的美,塑造了一个动人的艺术形象。

几百年后,唐代大诗人李白《子夜吴歌》中的一首说:

秦地罗敷女,采桑绿水边。

素手青条上,红妆白日鲜。

蚕饥妾欲去,五马莫留连。

这首小诗六句三十个字,基本内容同于五十二句二百五十六字的《陌上桑》。论篇幅只是前者的九分之一。在《陌上桑》中,介绍人物的开场白是六句三十个字:"日出东南隅,照我秦氏楼。秦氏有好女,自名为罗敷。罗敷善蚕桑,采桑东南隅。"李白用了十个字:"秦地罗敷女,采桑绿水边。"写罗敷的美艳,前者用了十四句七十个字(从"青丝为笼系"至"但坐观罗敷")。李白仅用了十个字:"素手青条上,红妆白日鲜。"素手、青条,娟秀雅洁,不着意去写景物,却透出人的精气神韵。红妆、白日,两相辉映,情彩夺目。一个"鲜"字,更把罗敷美艳、明丽的青春形象刻画了出来。

由此可见,像《陌上桑》那样,着意写罗敷的发式、耳坠、下裙、短袄,以及她所携带的采桑工具的精巧,和众人的啧啧艳羡,固然描绘出了罗敷动人的美;而"素手青条上,红妆白日鲜',却也写出了罗敷动人的美。由于作品体裁风格之不同,故各得其当。但是,从留给读者以想象,更多点咀嚼说,后者又胜前者了。

在《陌上桑》中,写使君的无耻调笑,用了不少笔墨(从"使君从南来"至"罗敷自有夫"),而李白只用了十个字:"蚕饥妾欲去,五马莫留连。"充分表达出对使君的憎恶、轻蔑、嘲弄和讥讽。字少意多,咫尺万里,是李白这首小诗的显著特色。

当然,两首同为乐府诗又各有所长,都是好诗。前者虽繁富而不觉冗长,后者虽简约而不觉单薄,正是"繁而不可删","略而不可益"(《文心雕龙·熔裁》),各有自己的艺术价值。

丈夫远戍,妻子思归,是古诗词里常见的主题。主题相同,有的写得枝繁叶茂,有的写得疏朗开阔。前者如薛道衡的乐府诗《昔昔盐》,后者如张潮的《江南行》。薛诗首先从暮春景色着笔:"垂柳复金堤,蘼芜叶复齐。水溢芙蓉沼,花飞桃李溪。"接着引出人物:"采桑秦氏女,织锦窦家妻。"说她具有罗敷、苏蕙那样的美丽和才德。接触到正题后,写丈夫远戍,思妇独守空闺的心情:"关山别荡子,风月守空闺,恒敛千金笑,长垂双玉啼。盘龙随镜隐,彩凤逐帷低。飞魂同夜鹊,倦寝忆晨鸡。暗牖悬蛛网,空梁落燕泥。"丈夫远别,闺中独守,笑颜不见,泪如玉箸双垂;无心打扮,把镜子藏起来,连帷幕也懒得卷起;神魂不定,如夜鹊惊飞;辗转枕席,卧听鸡鸣;蛛网满窗,梁上燕巢:一片荒凉冷落景象。最后说:"前年过代北,今岁往辽西。一去无消息,那能惜马蹄。"丈夫到处奔波,行踪不定,你为什么不快点儿回来?从思妇所处的环境,到她百无聊赖,到热情望归的心情,写得曲曲入微,针线细密。但张潮的《江南行》,只用了四句二十八个字:

　　　　茨菰叶烂别西湾,莲子花开不见还。
　　　　妾梦不离江上水,人传郎在凤凰山。

　　茨菰叶烂的时候,行人远去。因为当日作别"西湾",所以思妇的梦也沿着水路相寻,"不离江上水"。但是,"莲子花开不见还"。此刻又听说"郎在凤凰山"。正如沈归愚说的:"总以行踪无定言,在水在山,俱难实指。"(《唐诗别裁》)也正如《西厢记》上的话:"知他今宵宿在那里,有梦也难寻觅。"《昔昔盐》写相思,真实、切贴、具体、详尽;《江南行》写相思,空灵、超逸、缠绵、婉转。前者实在,后者传神。或为"鹤胫",或为"凫胫",正是各具特色的。

　　"艳色天下重"的西施,她究竟有多美?李白没有从西施本身写一个字。"镜湖三百里,菡萏发荷花。五月西施采,人看隘若耶。回舟不待月，归去越王家。"（《子夜吴歌》）荷花盛开，弥漫三百里镜湖；西施幸亏在这儿采莲，要是在若耶溪呀，会把整个溪都挤"爆棚"的啊！所以，采莲回去不到一个月，就被越王召到宫里去了。"人看隘若耶"，仅仅五个字，艺术的含量有多么的大！

皇甫松〔望江南〕只有二十七个字："楼上寝，残月下帘旌。梦见秣陵惆怅事，桃花柳絮满江城，双髻坐吹笙。"月夜入寝，因寝成梦，梦见"桃花柳絮满江城，双髻坐吹笙"。在桃花柳絮满天飞舞，春满江城的日子里，"双髻坐吹笙"，为什么会引起惆怅？正是："用'惆怅事'一语点明梦境，又可包括其他情事，明了而又含蓄。"（俞平伯《唐宋词选释》）于咫尺之内，而使人意驰万里的。

诗贵精炼。如何在有限的篇幅里，容纳下丰富的内容，这是诗人们苦心孤诣追求的。怎样才能做到这点呢？诗人必须深入生活，注重生活的蓄贮，要有敏锐的洞察力，以及注重艺术上的熔铸锤炼、浓缩概括。这些都是不可缺少的。只有厚积，才能薄发，才能写出"咫尺万里"的艺术精品来。

① 无名氏:《陌上桑》

日出东南隅，照我秦氏楼。秦氏有好女，自名为罗敷。罗敷善蚕桑，采桑城南隅。青丝为笼系，桂枝为笼钩。头上倭堕髻，耳中明月珠。缃绮为下裙，紫绮为上襦。行者见罗敷，下担捋髭须。少年见罗敷，脱帽着帩头。耕者忘其犁，锄者忘其锄。来归相怨怒，但坐观罗敷。

使君从南来，五马立踟蹰。使君遣吏往，"问是谁家姝？""秦氏有好女，自名为罗敷。""罗敷年几何？""二十尚不足，十五颇有余。""使君谢罗敷，宁可共载不？"罗敷前致辞："使君一何愚！使君自有妇，罗敷自有夫。"

东方千余骑，夫婿居上头。何用识夫婿？白马从骊驹；青丝系马尾，黄金络马头；腰中鹿卢剑，可值千万余。十五府小吏，二十朝大夫，三十侍中郎，四十专城居。为人洁白皙，鬑鬑颇有须，盈盈公府步，冉冉府中趋。坐中数千人，皆言夫婿殊。

蜻蜓·莲叶

艺术大师齐白石有一幅画,题作《蜻蜓莲叶图》。画面上两三只蜻蜓,三两枝荷花。蜻蜓用的是细针密缕,刻意求工,连翅膀上的脉络都看得出来的"工笔";但"濯清涟而不妖"的荷花,却大笔挥洒,淋漓泼墨,用的是"意笔"。一浓一淡,产生了强烈的艺术魅力。

白居易的《长恨歌》,有揭露封建帝王骄奢淫逸生活的一面,也有同情李杨爱情真挚的一面。作者紧紧抓住这看似矛盾的两个方面,精雕细刻。而对其他则用泼墨,用意笔。安禄山叛变,是一件危及唐王朝江山的大事情,也使李杨爱情彻底破灭。但白居易只写了两句话:"渔阳鼙鼓动地来,惊破霓裳羽衣曲。"杨贵妃的死,是《长恨歌》从揭露转向同情的开始,白居易虚写两句:"花钿委地无人收,翠翘金雀玉搔头";实写两句:"君王掩面救不得,回看血泪相和流。"从"黄埃散漫风萧索"至"魂魄不曾来入梦"一连三十二句,写唐玄宗对杨贵妃夜以继日的思念。其中"蜀江水碧蜀山青,圣主朝朝暮暮情。行宫见月伤心色,夜雨闻铃肠断声"。说水碧山青,行宫月色,不仅引不起愉快,反而惹起"朝朝暮暮"的思念之情。而当归来后,见池苑依旧,更惹起"芙蓉如面柳如眉"的思念,无论"春风桃李花开日",还是"秋雨梧桐叶落时",都触景伤情,感物怀人。这里用各种各样景物作衬托,以浓笔极度渲染玄宗的寂寞,及对杨贵妃的临风怀想。这里,"浓妆"与"淡抹",处理得十分得体。

杜甫《赠卫八处士》[①]写两个老朋友久别重逢。但"明日隔山岳,世事两茫茫",一夕相聚,便要南北东西。当儿女们"怡然敬父执,问我来何方"的时候,下面应该有一番答话和交谈。但作者完全省略了。它用"问答乃未已"一语带过去,紧接以"儿女罗酒浆",就转入了与"问答"无关的方面去。这是由于诗的"沧海桑田"和"别易会难"的主题思想,要求集中笔墨去写主客双方的感受,而儿女的出现,不过为增强"少壮能几时"的气氛罢了。

诗歌的概括性强,它要求用简练的语言,表现出复杂、错综、丰富的生活内容。所以,一般说,淡抹者多。杜甫的《石壕吏》:"吏呼一何怒,妇啼一何苦!"紧接下去是:"听妇前致词,……"至于吏如何"怒",便省略了。陆拥时说:"其事何长,其言何简;吏呼二语,便当数十言。"白居易写"红颜暗老白髪新"的"上阳人",只用"莺归燕去长悄然,春往秋来不记年。惟向深宫望明月,东西四五百回圆"。便把她"入时十六今六十"的四十四年间的孤苦生活生动地写出来。由于诗人观察敏锐,能于纷纭复杂的现象中,选择具有代表性的东西,虽只是轻轻的"淡抹",却给人以强烈的印象。

杜甫六岁的时候,在偃城看过公孙大娘的剑器浑脱舞。晚年,他漂泊夔州,又看到公孙大娘弟子李十二娘(即"临颍美人")舞剑器,感时抚事,诗人写下《观公孙大娘弟子舞剑器行》这首诗。开头四句:"昔有佳人公孙氏,一舞剑器动四方。观者如山色沮丧,天地为之久低昂。"说她舞技精妙,不但惊人,而且可以感动天地。接着四句:"爠如羿射九日落,矫如群帝骖龙翔;来如雷霆收震怒,罢如江海凝清光。"是对公孙大娘舞姿的描写:她忽然伏身而下,剑光明亮闪烁,好像后羿射落九日;她忽然腾身而起,矫健轻捷,好像群神驾龙飞翔;她开始舞蹈,前奏鼓声暂停,好像雷霆息了震怒;

她舞蹈完了,手中的剑影,好像江海上平静的波光。接着,用"绛唇珠袖两寂寞,晚有弟子传芬芳"两句,过渡到写其弟子李十二娘:"临颍美人在白帝,妙舞此曲神扬扬。"题目是《观公孙大娘弟子舞剑器行》,但诗人描绘这位弟子的舞,只用了"神扬扬"三个字。而写公孙大娘的舞姿舞态却用了八句五十六个字。一略一详,一淡抹,一浓妆,多么分明!杜甫写这首诗,是抒发他昔盛今衰的感慨。因此,他写童年记忆中的公孙大娘的剑器舞,细针密缕,抒发他忆昔(开元、天宝年间盛事)的感情,所以,用了"浓妆"。对于杜甫的另一首诗《江南逢李龟年》:"歧王宅里寻常见,崔九堂前几度闻。正是江南好风景,落花时节又逢君。"黄生说:"此诗与《剑器行》同意,今昔盛衰之感,言外黯然欲绝。"但是写法不同:此诗前两句写过去之盛,后两句写今日之衰,用一"又"字使昔盛今衰形成尖锐对比,却是没有浓、淡之别的。

简括地说,诗中或浓或淡的写法,蜻蜓与莲叶的"工笔"和"意笔"的画法,都是为了突出作品的主题思想,反对平均使用笔墨,和静与动、虚与实、形与神、大与小一样,都是对立的统一,是符合美学原则的。这种传统的艺术手法,在绘画、诗歌,以至小说、散文等创作中,一直为人们广泛地运用着。

① 杜甫:《赠卫八处士》

人生不相见,动如参与商。今夕复何夕,共此灯烛光。
少壮能几时?鬓发各已苍。访旧半为鬼,惊呼热中肠。
焉知二十载,重上君子堂。昔别君未婚,儿女忽成行。
怡然敬父执,问我"来何方"?问答乃未已,儿女罗酒浆。
夜雨剪春韭,新炊间黄粱。主称"会面难",一举累十觞。
十觞亦不醉,感子故意长。明日隔山岳,世事两茫茫。

细节，散碎的珍珠

细节，在诗词中，有时像一粒粒散碎的珍珠，发出耀眼的光彩。

辛弃疾的〔清平乐〕《独宿博山王氏庵》①，写一位"平生塞北江南，归来华发苍颜"的壮士（诗人自己），独宿古寺的情景。词上阕的"饥鼠"、"蝙蝠"、"松风"、"急雨"等，不过是一个一个独立的词，一些极平常的事物，但当作者用一条艺术彩绳把它们联结起来，构成完整的意境时，绕床的饥鼠，翻灯舞的蝙蝠……便渲染出一幅荒寒、萧瑟的景象，有力地衬托出一个爱国战士的心声。

温庭筠《商山早行》②一共八句，不过流传人口的却只是这两句：

　　　　鸡声茅店月，人迹板桥霜。

鸡声、茅店、月、人迹、板桥、霜：十个字，写出了六件事，写出了景物、节令、时间、地点和在此景况中的人物。"鸡声茅店月"，时间不谓不早，表现出环境氛围和色调，颇具特色。"人迹板桥霜"，凄清、萧索的景况，豁然可见。十个字概括出一幅鲜明、生动的图景。如果把六件事物分开看，只不过表现出它们各自不同的意象。可是，把它们联结起来，就显示出这些细节感人的艺术力量：一幅情景如画、真切动人的中世纪早行图,便展现在我们眼前了。

辛弃疾另一首〔清平乐〕《村居》③是写农村生活的小词。上阕写环境的幽美和一对富有风趣的老夫妇。下阕写他们的三个孩子:

> 大儿锄豆溪东,中儿正织鸡笼,
> 最喜小儿无赖,溪头卧剥莲蓬。

三个儿子,各有不同:一个"锄豆",一个"织鸡笼",一个"卧剥莲蓬"。大儿、中儿勤快,或在溪东豆田劳动,或在织鸡笼。调皮的是小儿子,什么活儿不干,趴在溪前的草地上,不声不响地在剥莲蓬。然而,他却最讨人喜欢。从这儿可以看出,作者对生活的深刻理解,他是从翁媪心目中说的。因为父母,特别是老年父母,总觉得小儿子最可爱。这个小儿子所以写得生动传神,是由于作者从现实生活中摄取了最具有特征并切合小孩子性格的"卧剥莲蓬"这样一个细节。

周邦彦的〔少年游〕④是一首写男女情爱"恰到好处"的小词。上阕说:

> 并刀如水,吴盐胜雪,纤指破新橙。
> 锦幄初温,兽香不断,相对坐调笙。

"并刀如水,吴盐胜雪",形容刀快、盐白。古代并州(今山西省太原)以产快剪刀驰名,杜甫有句云:"焉得并州快剪刀,剪取吴淞半江水。"(《戏题王宰画山水图歌》)吴地(今浙江一带)盛产盐,洁白如雪,李白《梁园吟》有句云:"玉盘杨梅为君设,吴盐如花皎白雪。"古人喜以盐置梅或橙中,所以,这里紧接下去有"纤指破新橙"句。以上三句写女人殷勤待客。"锦幄初温,兽香不断",写室内景况。罗帏低垂,锦衾香暖,炉烟袅袅,一片温馨气氛,笼罩着房间。环境如此适意,而屋里的人"相对坐调笙"。两人相互调笙,互相指点。先是吃橙,后是调笙,通过这两个细节,写出了男女欢会时温情脉脉的情致。周济说:"此亦本色佳制也。本色至此便足,再过一分,便入山谷恶道矣。'(《宋四家词选》)

小诗小词有时虽只有一个细节,但往往会使全篇生动活泼。冯延巳的〔谒金门〕⑤是写一位妇女当"风乍起,吹皱一池春水"的时候,引起了自己感情的波澜。开头写她"闲引鸳鸯",手挼杏蕊,看鸭儿相斗,碧玉簪从她松散的鬓上掉下来。写出了人的触目生愁,寂寞无聊。结句说:

> 终日望君君不至,举头闻鹊喜。

"举头闻鹊喜"这个细节,深刻地表达出人的思想感情。《开元天宝遗事》记载:"时人之家,闻鹊声皆以为喜兆,故谓灵鹊报喜。"然而,"终日望君君不至",鹊儿报喜,又岂能信? 可知她"闻鹊喜"和"终日望君"已有多次了。既知其不可信,还冀其可信,不过是求得片刻的安慰罢了。正是:"无凭谙鹊语,犹得暂心宽。"(韩偓)这样表现人的愁苦,比起温庭筠的明白告诉人家"肠断白蘋洲"来,胜强多了。可见细节是大为有用的。

杜甫《哀江头》"忆昔霓旌下南苑",描摹杨氏姊妹们的曲江宴游,正面写杨贵妃"昭阳殿里第一人,同辇随君侍君侧"的骄纵得意,可说只有两句:

> 翻身向天仰射云,一笑正坠双飞翼。

辇前才人带着弓箭,向着天空一箭射去,就把翱翔蓝天的飞鸟射下来了。杨贵妃不禁嫣然一笑,皓齿明眸,悠然闲适,洋洋自得。

白居易《上阳髮发人》中,有两句是写白髪宫女的衣著的:

小头鞋履窄衣裳,青黛点眉细细长。

这小头的鞋子,窄窄的衣裳,青黛画的眉毛,又细又长:原来是天宝末年最时髦的妆束。可是时至今日,她们仍在穿着呢。这比"一闭昭阳多少春"、"深宫不计年"的直接描述皇帝广选嫔妃,使多少妇女的青春白白葬送的罪恶,更深切感人。

白居易《琵琶行》写那位"老大嫁作商人妇"的不宰女人,回忆她当年色艺双绝,使多少"善才"自愧,使多少"秋娘"(名娼)妒羡,使多少"五陵年少"(豪门子弟)倾倒,过着欢情纵乐的生活时,描绘当时的情景有两句是:

钿头云篦击节碎,血色罗裙翻酒污。

打拍子唱歌,本来是用木板的,但由于兴酣意畅,竟用"钿头云篦"了,并且敲打碎了;艳红的裙子,竟因过度的戏谑、狂纵,为酒所污了。恣情欢乐、狂歌醉舞的情景,跃然纸上。较之晏几道"舞低杨柳楼心月,歌尽桃花扇底风",别是一番景象。

上述写杨贵妃、上阳白髪人、琵琶女的细节,像一粒一粒珍珠,闪耀着耀目的光彩,使人物形象更加鲜明、生动。正因为细节有如此重要的作用,所以,历来的诗人、作家都很注意选择典型的细节,刻画人物的性格。

① 辛弃疾:〔清平乐〕《独宿博山王氏庵》
绕床饥鼠,蝙蝠翻灯舞。屋上松风吹急雨,破纸窗间自语。　　平生塞北江南,归来华髪苍颜。布被秋宵梦觉,眼前万里江山。
② 温庭筠:《商山早行》

晨起动征铎,客行悲故乡。鸡声茅店月,人迹板桥霜。槲叶落山路,枳花明驿墙。因思杜陵梦,凫雁满回塘。

③ 辛弃疾:〔清平乐〕《村居》

茅檐低小,溪上青青草。醉里吴音相媚好,白发谁家翁媪?　　大儿锄豆溪东,中儿正织鸡笼。最喜小儿无赖,溪头卧剥莲蓬。

④ 周邦彦:《少年游》

并刀如水,吴盐胜雪,纤指破新橙。锦幄初温,兽香不断,相对坐调笙。　　低声问:向谁行宿?城上已三更。马滑霜浓,不如休去,直是少人行。

⑤ 冯延巳:〔谒金门〕

风乍起,吹皱一池春水。闲引鸳鸯芳径里,手按红杏蕊。　　斗鸭阑干独倚,碧玉搔头斜坠。终日望君君不至,举头闻鹊喜。

数字与诗

数字用得太多,会使文章枯燥乏味。诗是美丽形象、鲜明节奏与和谐音调组成的乐章。以数字入诗,会不会影响诗的韵味呢?

事实作出的回答是:诗的数字用得适当,会使形象鲜明,诗味浓醇,富有情韵。如《孔雀东南飞》写刘兰芝的贤德勤劳时,一下就用了几个数字:

> 十三能织素,十四学裁衣,
> 十五弹箜篌,十六诵诗书,
> 十七为君妇,心中常苦悲。

虽然,谁都知道,事实上不会十三专学这样,十四专学那样,十五学一样,十六又去学另一样,以及十七岁又怎样,等等。但是读来并不会觉得她讲的是假话。而且正是这几个坚实有力、和谐有致的数目字,表现出刘兰芝资质聪颖,才德兼备。从而,使人感到她后来被遗弃,完全是"君家妇难为",她确是无罪的。这些数字使刘兰芝的形象变得高大而完美,使读者同情这个不幸的妇女。

在古诗《陌上桑》中,罗敷是怎样夸耀她夫婿的呢?

十五府小吏,二十朝大夫,

三十侍中郎,四十专城居。

通过一系列数目字,这位府小吏的青云得意,似若可见;罗敷会心的笑声,仿佛可闻。当然这里写她夸夫,只是为了刻画她机智、聪明的性格,并非生活的真实就是这样。

李商隐的一首《无题》诗,通首都用数字组成。诗曰:

八岁偷照镜,长眉已能画。

十岁去踏青,芙蓉作裙衩。

十二学弹筝,银甲不曾卸。

十四藏六亲,悬知犹未嫁。

十五泣春风,背面秋千下。

诗写一个早熟的少女,她八岁已懂得打扮,学会画眉,学会照镜,并且已知含羞了(从“偷”字中透出)。她性格活泼,十岁到野外去踏青,穿着像芙蓉一样鲜艳的裙裳。十二岁刻苦自习音乐,“银甲”(套在手指上用以拨弦的“骨爪”)经常都不卸下。十四岁“待字闺中”,父母却没有为她作嫁的打算。所以十五岁在秋千架下,就因胸怀心事对春风而泣了。诗的风格清新明朗,借少女而自况,表示出诗人以才华自负,而前途渺茫的复杂心情。这首诗的数字用得轻捷、灵巧,形象生动,富有音乐美。

有的诗通首间插着数字。如李峤的《风》:

解落三秋叶,能开二月花。

过江千尺浪,入竹万竿斜。

秋风能使树叶飘落,春风能使二月花开。草木荣枯,随风变化,道理平常,写来自然,完全是口语。这是从季节说的。风吹过江上,掀起巨浪,蔚为壮观;风吹进竹林,使万竿竹摇曳,幽韵无穷。这是从风形成的奇景说的。"三"、"二"、"千"、"万"几个数目字,在这里运用得灵活、自然,既说明了事理(前两句),又表现出一片奇景壮观(后两句)。

苏轼的《赠王子直秀才》,八句诗中,有六句用了数目字:"万里云山一破裘,杖端闲挂百钱游。五车书已留儿读,二顷田应为鹤谋。水底笙歌蛙两部,山中奴婢桔千头。"它的数字不像李峤的诗都用在第三个字(五言通常炼第三字),因此更错落有致、灵活疏宕。如第一句在第一、五字,第二句在第五字,第三、四句各在第一字,第五、六句各在第六字。六句诗活画出了王子直悠闲自在、逍遥树下、与世无争、自得其乐的隐者生活。最后两句"幅巾我欲相随去,海上何人识故侯",表示诗人对此种生活的羡慕,愿相随去,与之共隐。

杜甫《百忧集行》①的前六句是:"忆年十五心尚孩,健如黄犊走复来。庭前八月梨枣熟,一日上树能千回。即今倏忽已五十,坐卧只多少行立。"六句中,数字凡五见。讲的事情有两件:一是十五岁时候的事,步履矫健如黄犊走复来,"一日上树能千回";一是五十岁时的事,这时"坐卧只多少行立",已经步履维艰了。前后对比,景况截然,三十五年岁月弹指过去了。通过一连串数目字,就使下面"强将笑语供主人,悲见生涯百忧集"的现实情景,倍觉感人。

除上面这种排句似的数字外,诗歌中还有种对称似的数字。如辛弃疾写他夜行黄沙道中情景的〔西江月〕的两句:

七八个星天外,两三点雨山前。

星不多,有七八个;雨不大,只那么两三点:既写出夏夜步月情景,还写出此刻诗人恬然自得的心情。又如："二三点露滴如雨,六七个星犹在天";"有时三点两点雨,到处十枝五枝花";"一寸二寸之鱼,三竿两竿之竹";"池上碧苔三四点,叶底黄鹂一两声"。这些都通俗浅显,饶有诗味。

唐代两个文学家韩愈和柳宗元,分别被贬谪到岭南的潮阳和柳州。他们都有诗记述其事。韩愈的诗中有:

> 一封朝奏九重天,夕贬潮阳路八千②。

柳宗元的诗中有:

> 一身去国六千里,万死投荒十二年。

九重天,指皇帝;路八千,说贬途遥远。一封奏章,朝进夕贬,而又如此之远,作者的心情,仅从开头两句已可见出。柳宗元的境况更不好:"一身"、"六千里",何其形单影只,却不得不备历艰辛;"万死"、"十二年",何其凄怆苍凉,却不得不久驻蛮荒! 比起"雪拥蓝关马不前"的韩愈来,感慨之深,似又过之。数字产生的艺术效果,也胜于前者。

再有一种是"数字诗"。如张祜的《宫词》:

> 故国三千里,深宫二十年。
> 一声何满子,双泪落君前。

写宫怨的诗在唐诗中颇不少见。但写得言浅而意深,通脱而含蕴,明朗而深邃,感情激越却又能以淡语出之的,却不多见。这首诗,每句有一个数目字:"三千"、"二十"、"一"、"双"。如果单看一句两句,数目字所起的作用还不明显。把四句连吟而下,这一个接一个的数目字,便产生深刻感人的艺术力量。不幸的宫女,远离故乡("故国"),长期禁锢在深宫里,每听见那为封建帝王赏心悦目的《何满子》舞曲,就禁不住流泪! 这些浅白的数目字,揭示了宫女的深沉哀怨。当然,一个一个数目字,只有经过诗人艰苦的思维活动,用一条感情的彩绳串起来,才能成为耀眼的明珠。

数字,在诗歌中,有时是确指,有时是虚指,有时举其成数,有时极言其多,而成为夸饰之词。如:写李白的善饮能诗则说:"李白一斗诗百篇";写饮酒中的生活情趣则说:"烹羊宰牛且为乐,会须一饮三百杯";写黄河之长则说:"三万里河东入海";写边地之远则说:"玉塞去金人,二万四千里";写剑阁之险阻则说:"一夫当关,万夫莫开。"这些数字,虽有夸张成分,但表现出的形象却鲜明生动,给人以真实的感觉。

自然,有的诗中虽有数目字,但并不是好诗,如李林甫《璠岳应制》云:"云收二华出,天转五星来,十月农初罢,三驱礼后开。"主要原因是这首"应制诗"无真情实感,毫无情趣,味同嚼蜡。而不是由于使用了数目字。

①　杜甫:《百忧集行》
　　忆年十五心尚孩,健如黄犊走复来。
　　庭前八月梨枣熟,一日上树能千回。
　　即今倏忽已五十,坐卧只多少行立。
　　强将笑语供主人,悲见生涯百忧集。
　　入门依旧四壁空,老妻睹我颜色同。
　　痴儿不知父子礼,叫怒索饭啼门东。

②　韩愈:《左迁至蓝关示侄孙湘》
　　一封朝奏九重天,夕贬潮阳路八千。
　　欲为圣朝除弊事,肯将衰朽惜残年?
　　云横秦岭家何在? 雪拥蓝关马不前!
　　知汝远来应有意,好收吾骨瘴江边。

偶合与模仿

诗,要有独创性,要新。"文不按古,匠心独妙"(《唐诗纪事》),"新诗一联出,白髪数茎生"(刘梦得语)。可见创新是要费点儿精神的。由于诗人所处的环境、际遇及诗的主题之近似或相同,因此有时出现词句偶合、意境近似的现象。这在抒写山川胜境、离情别绪的作品中,尤属多见。这类作品虽明眼人一看就知,却还是觉得它自有意趣,自成佳境,只不过词句或意境与前人偶合罢了。

晚唐诗人李群玉《同郑相公出歌姬小饮戏赠》的"风格只应天上有,歌声岂合世间闻"这两句诗,一看就知道来自盛唐大诗人杜甫的"此曲只应天上有,人间能得几回闻"(《赠花卿》)。但是通观全诗,这首诗别有意趣,另具佳境,与某些沿袭作品不同。全诗是:

> 裙拖六幅潇湘水,鬓耸巫山一段云。
> 风格只应天上有,歌声岂合世间闻。
> 胸前瑞雪灯斜照,眼底桃花酒半醺。
> 不是相如能赋客,争教容易见文君。

起写歌姬服式髪式之美;接写她风韵之佳,歌声之妙;再写她"酒半醺"时的美态娇姿;最后以文君称人,以相如自况,归到题目的"戏赠"。三、四句如果是有意为之,但也用来天工机巧,恰到好处。

宋范晞文《对床夜话》说:"诗人发兴造语,往往不约而合。如'雨中山果落,灯下草虫鸣',王维诗也;'树初黄叶日,人欲白头时'。乐天诗也;司空曙有云:'雨中黄叶树,灯下白头人。'句法王(维)而意参白(乐天),然诗家不以为袭也。"为什么"诗家不以为袭"呢? 因为王维的诗句说雨中果落,灯下虫鸣,是用来衬托"秋夜独坐"的凄清。白居易的诗句重在"初"、"欲"二字,显示出一种渐进的情态。司空曙则借景("黄叶树")以自况("白头人"),感慨殊深。三人的诗句是各有意趣,各具佳境,而不相侔的。

宋魏庆之辑录的《诗人玉屑》(卷八)引《蔡宽夫诗话》,讲过一个有趣的故事:

> 王元之本学白乐天诗,在商州尝赋《春日杂兴》云:"两株桃杏映篱斜,装点商州副使家。何事春风容不得,和莺吹折数枝花。"其子嘉祐云:"老杜尝有:'恰似春风相欺得,夜来吹折数枝花'之句,语颇相似",因请易之。元之忻然曰:"吾诗精诣,遂能暗合子美耶!"更为诗曰:"本与乐天为后进,敢期杜甫是前身!"卒不复易。

杜甫《绝句漫兴九首》其二是:"手种桃李非无主,野老墙低还是家。恰似春风相欺得,夜来吹折数枝花。"桃李本是自己亲手种,并非无主,只因墙低,未能保护好。虽在家里,却像被春风欺负,吹折数枝。说是"春风相欺",却寓有"欺人"(野老)的意思,反映出杜甫成都作客的失意心情。王禹偁(字元之):"何事春风容不得,和莺吹折数枝花。"说想用桃杏花来装点一下环境,竟被风吹去而"容不得"！"两株"、"装点"显示出春色不多,即此无多的春色,竟也被风吹折了数枝！贬官商州做团练副使的王禹偁,境况不如杜甫,感情也激越得多。这两句诗恰切地表达出他此刻的心情。"诗言志。"所以虽"暗合子美",也"卒不复易"。对于这样反映出真情实感的作品,偶合并不算疵病。

有的偶合,是由于"人同此心,心同此理"。比如离乡多年,思乡情深,这时人总是最敏感的。如:"近乡情更怯,不敢问来人。"(宋之问《渡汉江》)正如唐汝询所云:"隔岁无书,近乡正宜问讯,今云不敢问者,思之之深,忧喜交集,若有所畏耳。"(《澹园诗话》引《唐诗选》)杜甫陷安禄山军中,由长安逃归凤翔,拜左拾遗后作的《述怀》中,有四句云:"自寄一封书,今已十月后。反畏消息来,寸心亦何有?"与宋之问的诗意很相近。消息不来,日夜企盼;但又怕消息来了,会有不幸。所以"反畏消息来"。对矛盾心情的刻画,十分深刻。他如:"复恐匆匆说不尽,行人临发又开封。"(《秋思》)诗人张籍宦游洛阳,因闻秋风起,触绪牵情而作家书,感思无限,封而又开,正也表现出心情"有所畏耳"。"临水不敢照,恐惊平昔颜"(马戴《落日怅望》);"莫遣行人照容鬓,恐惊憔悴入新年"(李益《盐州过五原至饮马泉》)。都是因久滞他乡,恐朱颜已改,故临水"有所畏耳"。上述诸诗,意同词近,表达出各自的境遇和感情,含蕴深刻。所以都是佳句,也没有人因"偶合"而去责备诗人们。

有的偶合,合在立意相近,格调相仿上。如章碣《焚书坑》诗:"竹帛烟销帝业虚,关河空锁祖龙居。坑灰未冷山东乱,刘项原来不读书。"与陈孚《博浪沙》诗:"一击车中胆气豪,祖龙社稷已惊摇。如何十二金人外,犹有民间铁未消?"正是"同一意也,而不觉其蹈袭"。(《寒厅诗话》)再如王维的"但去莫复问,白云无尽时"(《送别》[①]);李白的"桃花流水杳然去,别有天地非人间"(《山中问答》[②]);韦应物的"落叶满空山,何处寻行迹"(《寄全椒山中道士》③）；贾岛的"松下问童子，言师采药去。只在此山中，云深不知处"（《寻隐者不遇》）。这些与诗人那种高旷瞻远、寄身物外的精神意识所形成的诗的格调，都是不谋而合的。

其他像李白的"山随平野尽，江入大荒流"（《渡荆门送别》）与杜甫的"星垂平野阔，月涌大江流"（《旅夜书怀》），简直如出一辙。有说李是"壮语"，杜则"骨力过之"（胡应麟《诗薮》内编卷四）。有说李写的是"昼景"，杜写的是"夜景"，"李是行舟暂视，杜是停舟细观"（王琦注《李太白文集》卷十五引）。有说李"止说得江山"，杜"则野阔星垂，江流月涌，自是四事也"（《唐宋诗举要》引）。不过，李杜文章，光焰万丈，而这两句正是"皆适与手会，无意相合，固不必谓相为依傍，亦不容区分优劣也"。（《石洲诗话》）晏几道的词"门外绿杨春系马，床前红烛夜呼卢"，源自韩翃的诗"门外碧潭春洗马，楼前红烛夜迎人"，但"气格乃过本句，不谓之剽可也"。岑参"那知故园月，也到铁关西"，与韦应物"宁知故园月，今夕在西楼"，"语意悉同，而豪迈闲澹之趣，居然自异"。（俱见陆游《老学庵笔记》）许浑的"残云归太华，疏雨过中条"（《秋日赴阙题潼关驿楼》），与欧阳修的"归云向嵩岭，残雨过伊川"（《雨后独行洛北》）；晏殊的"梨花院落溶溶月，柳絮池塘淡淡风"（《寓意》），与袁凯的"柳絮池塘春入梦，梨花院落冷侵衣"（《白燕》）；戴叔伦的"一年将尽夜，万里未归人"（《除夕宿石头驿》），与崔涂的"乱山残雪夜，孤烛异乡人"（《除夜有怀》）；张宝臣的"竹枝风影更宜月，荷叶露香偏胜花"（《晚步》），与厉樊榭的"竹阴入寺绿无暑，荷叶绕门香胜花"（《游智果寺》）；王梦楼的"烟光自润非关雨，水藻俱香不独花"（《游曲院》），与梁守存的"似经雨过风犹飐，未到花时叶早香"（《看新荷》）；等等。这些或在意或在句偶合的佳句，都没有给人以因袭之感。

关于用字的精警，人们经常举出王安石"春风又绿江南岸"的例子。这句诗见他的《泊船瓜洲》："京口瓜洲一水间，钟山只隔数重山。春风又绿江南岸，明月何时照我还？"据说其中的"绿"字，他最初用"到"，觉得不好，改为"过"，又改为"入"，改为"满"等等，换了十几个字，最后才定为"绿"（见洪迈《容斋续笔》卷八）。"绿"字色彩鲜明，富有生意，使人有春天如在目前的感觉。从炼字上说，这个字是"诗眼"。钱锺书先生《宋诗选注》说："王安石《送和甫寄女子》诗里又说：'除却春风沙际绿，一如送汝过江时'，也许是得意话再说一遍。但是'绿'字这种用法在唐诗中早见而亦屡见：丘为《题农父庐舍》：'东风何时至？已绿湖上山'；李白《侍从宜春苑赋柳色听新莺百啭歌》：'东风已绿瀛洲草'；常建《闲斋卧雨行药至山馆稍次湖亭》：'行药至石壁，东风变萌芽，主人山门绿，小隐湖中花。'"钱先生接着说："于是发生了一连串的问题：王安石的反复修改是忘记了唐人的诗句而白费心力呢？还是明知道这些诗句而有心立异呢？他的选定'绿'字是跟唐人暗合呢？是最后想起了唐人诗句而欣然沿用呢？还是自觉不能出奇制胜，终于向唐人认输呢？"诗人泊船瓜洲，他亲身感受到春风拂面，亲眼看见了江南一片葱绿，即景会心，最后选定了这个"绿"字。尽管王安石可能读过前人那些诗句，但也还是因为身有所感，目有所触的缘故。所以，也还是不谋而合的可能更多一些吧。

王安石的"一水护田将绿绕，两山排闼送青来"（《书湖阴先生壁》），叶梦得《石林诗话》、曾季貍《艇斋诗话》认为是用典，都从《汉书》中来，所谓"史对史"，"汉人语对汉人语"。吴曾《能改斋漫录》认为整个句法，来自五代沈彬的诗"地隈一水巡城转，天约群峰附郭来"。又本许浑诗："山形朝阙去，河势抱关来。"高步瀛不同意是用《汉书》（即用典）的说法，他认为："此不过摘字，与《汉书》原意无关，亦盖偶合耳。"也不同意来自前人的诗，他说："此亦句法偶同耳，未必有意效之也。"（见《唐宋诗举要》）高步瀛的话很有道理。因为湖阴先生（杨德逢）是王安石住在金陵紫金山下的邻居。题在壁上的诗说杨老先生为了爱护秧田，携来绿色的水环绕着田地,而两面的高山也推门直入,把苍翠的山色送给人看。诗人不直说引水灌田,或说有一条小河环绕着绿油油的田地,不说门前有两座苍翠的山,而说"人携水"、"山送青",表现出两者之间的亲切感情,也更符合隐居者的心情。王安石把他身之所感,目之所见写下来,非脱胎于前人,而是即景会心,自自然然写下来的。

与偶合相反是模仿,或称沿袭。严重者,叫它蹈袭、剽窃,都无不可。但宋人黄庭坚等却偏给它起了个美妙的名儿,叫"夺胎换骨",叫"灵丹一粒,点铁成金",叫"翻案法"。其实,正如吴乔严厉批评后指出的:"偶同前人何害,作意蹈袭偷势亦是贼!"(《围炉诗话》)

吴乔对唐、宋、明三代诗作过比较,他认为:"唐诗有意,而托比、兴以杂出之,其词婉而微,如人而衣冠。宋诗亦有意,惟赋而少比、兴,其词径以直,如人而赤体。明之瞎盛唐诗,字面焕然,无意无法,直是木偶被文绣耳。"(《围炉诗话》)就是说,唐诗有内容,词委婉含蓄,像人着衣冠;宋诗虽也有内容,但词直乏味,像人没有穿衣裳;明诗专门模仿盛唐,无内容无规法,字面虽好看,却像穿漂亮衣裳的木偶。这种讲法,基本上符合实际。试看包括黄庭坚这样江西诗派领袖人物在内的诗人,是如何"灵丹一粒,点铁成金"的吧:

如白居易的诗:"相去六千里,地绝天邈然,十书九不到,何以开忧颜。"黄庭坚只"点"了几个字,就变成自己的"创作":"相望六千里,天地隔江山,十书九不到,何用一开颜。"杜甫的诗:"落月满屋梁,犹疑照颜色",黄庭坚"点"为:"落日映江波,依稀比颜色。"杜荀鹤的诗"日月浮生外,乾坤大醉间",范成大"点"为:"酒缸幸有乾坤大,丹鼎何忧日月迟。"杜甫有句云:"昨夜月同行",陈师道则曰:"勤勤有月与同归。"杜甫云:"文章千古事",陈师道说:"文章平日事。"就是"吾文若万斛泉源,不择地而出"的苏轼,主张

"文章本天成,妙手偶得之"的陆游,在诗的构思意境上,有时也沿袭前人。白居易有"明朝风起应吹尽,夜起衰红把火看"。(《惜牡丹花二首》)说深夜持烛赏花,怕明天风把花吹尽。苏轼就有:"只恐夜深花睡去,故烧高烛照红妆。"(《海棠》)陆游就有:"应须直到三更看,画烛如椽为发辉。"(《花时遍游诸家园》)总之,不求创新,专事模仿,为宋诗一大弊。

吴乔说明代复古派的某些诗"直是木偶被文绣"的话,一点儿没有错。而且这些文绣不是自制,也是从前人那里搜罗来的。如复古派领袖人物李梦阳的《艳歌行》,就完全是模仿前人之作。看其中的第一首:"晨日出扶桑,照我结绮窗。绮窗不时开,日光但徘徊。"前两句仿《陌上桑》的"日出东南隅,照我秦氏楼";后两句仿曹植的《七哀》:"明月照高楼,流光正徘徊。"就是并不赞成复古的杨慎,也陷入了模仿的泥坑,试看他的《塞垣鹧鸪词》:

> 秦时明月玉弓悬,汉塞黄河锦带连。
> 都护羽书飞瀚海,单于猎火照甘泉。
> 莺闺燕阁年三五,马邑龙堆路十千。
> 谁起东山谢安卧,为君谈笑靖烽烟。

第一句仿王昌龄的"秦时明月汉时关"(《出塞》);第三、四句仿高适的"校尉羽书飞瀚海,单于猎火照狼山"(《燕歌行》);第五、六句仿皇甫冉的"莺啼燕语报新年,马邑龙堆路几千"(《春思》);第七、八句仿李白的:"但用东山谢安石,为君谈笑靖胡沙"(《永王东巡歌》)。

本来,在诗词中沿用前人个别语句,或稍加变化用到自己的作品中,是可以的。如晏几道的"今宵剩把银钉照,犹恐相逢是梦中"。"盖出于老杜:'夜阑更秉烛,相对如梦寐。'戴叔伦:'还作江南会,翻疑梦里逢。'司空曙:'乍见翻疑梦,相悲各问年。'"(《野客丛书》)因"梅子黄时雨"句而有"贺梅子"之称的贺铸,这句词就来自寇准的诗:"梅子黄时雨如雾。"周紫芝"梧桐叶上三更雨,叶叶声声是别离",分明用温庭筠的"梧桐树,三更雨,不道离情正苦。一叶叶,一声声,空阶滴到明"。柳永的"杨柳岸晓风残月",分明用魏承班"窗外晓莺残月"。苏轼的"梦随风万里,寻郎去处,又还被莺呼起",分明用金昌绪的"打起黄莺儿,莫叫枝上啼。啼时惊妾梦,不得到辽西"。这样的例子,不胜枚举。为什么它们没有引来模仿之嫌? 一是作者没有像宋、明一些诗人那样整首诗套用;二是用来恰到好处,与自己的诗浑然一体;三是有新意,甚至有"青出于蓝而胜于蓝"者。

总之,偶合,无可厚非;模仿,应该反对;创新,则是最可贵的。

① 王维:《送别》
　下马饮君酒,问君何所之?
　君言不得意,归卧南山陲。
　但去莫复问,白云无尽时。

② 李白:《山中问答》
　问余何事栖碧山? 笑而不答心自闲。
　桃花流水杳然去,别有天地非人间。

③ 韦应物:《寄全椒山中道士》
　今朝郡斋冷,忽念山中客:
　涧底束荆薪,归来煮白石。
　欲持一瓢酒,远慰风雨夕。
　落叶满空山,何处寻行迹?

青 出 于 蓝

抄袭,是创作上绝不允许的;模仿,至多也只许发生在"学步"者身上。但如果赋予作品以新的内涵,表现出新的境界,借用别人的片意只言,却是可以的。这使我们想起了"青出于蓝"的话。

从宋代以来,许多人称赞过林逋"疏影横斜水清浅,暗香浮动月黄昏"。(《梅花》)但这两句诗并非林逋的创造,它来自五代人江为的诗:"竹影横斜水清浅,桂香浮动月黄昏。"为什么"改二字为'疏影'、'暗香'以咏梅,遂成千古绝调,所谓点铁成金也"(顾嗣立《寒厅诗话》引李日华语)呢?从林逋改作中我们看到:梅花清朗的影子,斜映在清浅水中,幽香在朦胧月色中飘散开来。再看江为的原作:竹子往往是成林的,"竹影横斜",显示不出它的美态;"桂香浮动",在月下也显示不出它的特色来;并且"竹影"与"桂香"两样事物,缺乏内在联系。所以,林逋诗虽本自江诗,因为赋予了新的内涵、新的境界,赋予新的主题,就成为自己的创造,而青出于蓝了。

庾信《华林园马射赋》:"落花与芝盖齐飞,杨柳共春旗一色"。虽造句清新,但不如王勃从中脱颖而出的"落霞与孤鹜齐飞,秋水共长天一色"。因为后者不仅语句清新,而且灵巧飞动;不仅有色彩,而且有情态;不仅有物的形,而且形中传神。请看:落霞自上而下，孤鹜自下而上，它们有时好像在一起飞行；秋水碧波，连绵远去；放眼望天，蔚蓝天色直垂而下，水色天光，浑然一体，景色诱人，境界开阔：一幅多么美丽的天然画图！庾信诗描写车子上的曲柄凉伞(芝盖)在落花飞舞中前进，队伍的旗子同杨柳一样鲜明。这是一般的叙述，看不出景物的美丽，而且用旗子与杨柳对比，也不和谐。因此，王诗虽源于庾赋，但意境全新。杜牧诗《赠别》："蜡烛有心还惜别，替人垂泪到天明。"不过说蜡烛似同情人的离别，像替人垂泪到天明(实际说蜡烛燃了一夜)。晏几道词〔蝶恋花〕："红烛自怜无好计，夜寒空替人垂泪。"诗人不说自己寒夜无眠，不说自己"无好计"，不说自己"垂泪"，而将这一切都归之于红烛。无知的红烛成了有知的人的化身，则人的凄凉可知了。这些都可说是"青出于蓝"的。

王国维说："'西风吹渭水，落叶满长安'，美成以之入词，白仁甫以之入曲，此借古人之境界为我之境界者也。然非自有境界，古人亦不为我用。"(《人间词话》)贾岛《忆江上吴处士》："秋风吹渭水，落叶满长安。"诗句平平，因为不过是说自吴去后，长安现已是秋天，表明自己所居之地的节令，对于"忆"的主题，不过渲染了一下气氛。周邦彦稍作润饰，写成："渭水西风，长安乱叶，空忆诗情婉转。"(〔齐天乐〕)回忆起同朋友在京时的情境：西风落叶，诗情婉转，令人恋念！充分表达出友谊的真挚。白朴《梧桐雨》："銮驾迁，成都盼。更那堪浐水西飞雁，一声声送上雕鞍。伤心故园，西风渭水，落日长安。"写唐明皇在仓皇奔蜀的路上，看到西飞雁，想起当日西风渭水，落日长安的景况，因而更显出今日的凄苦，景中含情的成分也更浓重了。

秦观的〔八六子〕是一首写别后相思的词。回忆从前相聚时的旖旎生活，诗人写了这样一个场景："夜月一帘幽梦，春风十里柔情。"这是写当时的欢愉之情。在春风醉人的夜晚，繁华的十里长街上，皎月满窗，她柔情似水，两人沉浸在甜蜜的爱情中。但这两句是用杜牧《赠别》中的:"春风十里扬州路,卷上珠帘总不如。"杜诗写的是一个"娉娉袅袅十三余"的姑娘,像二月豆蔻花初开时的淡红鲜妍。在春风十里的扬州路上,家家户户卷起珠帘,可谁家姑娘也不如她美丽。词用诗语,环境变为"月夜","总不如"变为"柔情"、"幽梦",都比诗中意境更美丽而令人沉醉了。

赵德麟〔锦堂春〕是一首写"春思"的词。最后两句"重门不锁相思梦,随意绕天涯",是从沈约"梦中不识路,何以慰相思"(《别范安成》)化出。唐诗有"重城不锁梦,每夜自归山"。宋词有"金门不锁梦,随意绕天涯"。但都不如这句感情沉挚,情思缠绵。正如前人所云,它虽与"枕上片时春梦中,行尽江南数千里"(岑参《春梦》)同一机杼,然赵词胜岑诗。

柳永〔雨霖铃〕的名句是:"今宵酒醒何处? 杨柳岸、晓风残月"。前面说过实出自魏承班〔渔歌子〕:"窗外晓莺残月。"柳词所以成为千古名句,是和词的意境分不开的。这两句是设想离人乘船而去,夜里当酒醒之后,探出船舱一看,唯有两岸杨柳,晓风轻拂,残月斜挂。景色凄清,情思无限,借景传情,深刻地传达出人的感情。魏承班的词,是写一位美人在"落花飞絮清明节"时的春思。她因为情人"一去音书断绝"而枕席难安。"梦魂惊,钟鼓歇,窗外晓莺残月。"后句在这首词里只表明环境,写得平直,而且景物与人的感情缺乏有机联系。以上词句都来自前人的诗句或词句,却另有新意,别具情趣。所以是"青出于蓝"的。

有时完全相同的句子,由于"诗与词之分疆"(刘体仁语),由于作者表达感情的不同,产生的艺术效果也会不同。晏殊〔浣溪沙〕①:"无可奈何花落去,似曾相识燕归来",一向为人传诵。但这两句见于他的七律《示张寺丞王校勘》中就不那么有名了。原诗是:"上巳清明假未开,小园幽径独徘徊。春寒不定班班雨,宿酒难禁滟滟怀。无可奈何花落去,似曾相识燕归来。梁园赋客多风味,莫惜青钱万选才。""无可奈何"两句,在诗中,只表达出春去花落,燕子归来,徒增怅惘的感情。但在词中,属对自然工巧,生动地表达出特定环境中的人的感情。而且贴切、含蕴,"情致缠绵,音调谐惋的是倚声家语。若作七律,未免软弱矣"。(《词林纪事》)

晏几道〔临江仙〕②"落花人独立,微雨燕双飞",源自五代翁宏《春残》诗:"又是春残也,如何出翠帷? 落花人独立,微雨燕双飞。寓目魂将断,经年梦亦非。那堪向愁夕,萧飒暮蝉辉。"晏词写"梦后"、"酒醒"的时候,只见"楼台高锁"、"帘幕低垂"——昔日的欢乐已成过去。因此,有"去年春恨却来时"的感觉。接着,写今年的春景。"落花",显示春色将尽;"微雨",显示天气常阴。在这种景况下,人则"独立",燕则"双飞",因此,就觉得寂寞难堪了。而翁宏的诗只是说春残花落,不愿走出闺房,不愿见"人独立",也不愿见"燕双飞",诗的境界不高。"落花"两句在诗里不相称,虽有名句,并无名篇;而且不如晏词和谐融洽,感情更不如晏词真挚、深沉。所以,词为人称道,诗却默默无闻了。

王世祯说:"'寒鸦千万(飞数)点,流水绕孤村',隋炀帝诗也。'寒鸦数点,流水绕孤村',少游词也。语虽蹈袭,然入词尤是当家。"(《艺苑卮言》)为什么"入词尤是当家"? 这更得从全篇看。秦观的〔满庭芳〕词上阕:"山抹微云,天粘衰草,画角声断谯门。暂停征棹,聊共引离尊。多少蓬莱旧事,空回首、烟霭纷纷。斜阳外,寒鸦数点,流水绕孤村。"几片浮云在山上轻轻飘动,一望无际的天好像粘连着枯萎了的秋草。这时,"画角声断谯门",由于情人赶来饯别,所以,"暂停征棹,聊共引离尊"。于是,回忆起过去多少美妙的"旧事",到如今也只是"空回首,烟霭纷纷",转眼成空了。而在此时此地,此情此景,再配以船傍孤村,夕阳西下,流水无声,寒鸦归巢,就更衬出人的满腹离愁了。所以,秦词的"斜阳外"三句,"虽不识字人,亦知是天生好言语"。(见《苕溪渔隐丛话》)因为不仅情景谐和,更"自有境界",而不为隋炀帝《诗》所囿。

再有一种情况是,把前人的诗句原封不动或易一、二字,用到自己的诗中来，与全诗浑然一体，不露间隙。苏轼诗中有句云：
"峨眉山月半轮秋，影入平羌江水流。谪仙此语谁解道，请君见月
时登楼。"首两句是李白《峨眉山月歌》原句。所以，接着加以说
明："谪仙此语。"庾信诗："永韬三尺剑，长卷一戎衣。"杜甫改为：
"风尘三尺剑，社稷一戎衣。"陆龟蒙诗："殷勤与解丁香结，从放繁
枝散诞香。"王安石改为："殷勤与解丁香结，放出枝头自在春。"都
较原诗为佳，可谓"点铁成金"。至于黄庭坚将谢朓的"澄江静如
练"，改为"凭谁说与谢玄晖，休道澄江静如练"；王安石将王藉的
"鸟鸣山更幽"，改为"一鸟不鸣山更幽"，这些都是反其道而用之
了。

　　总之，抄袭，应该坚决反对。而"青出于蓝"却是值得赞许的。

①　晏殊：〔浣溪沙〕
　　一曲新词酒一杯，去年天气旧亭台。夕阳西下几时回？　　无可奈
　何花落去，似曾相识燕归来。小园香径独徘徊。
②　晏几道：〔临江仙〕
　　梦后楼台高锁，酒醒帘幕低垂。去年春恨却来时。落花人独立，微
　雨燕双飞。　　记得小蘋初见，两重心字罗衣。琵琶弦上说相思。
　当时明月在，曾照彩云归。

诗中人物

诗歌作品中,有的有人物,有的没有。有人物的诗,也不一定要刻画出人物的性格来。但也有些作品,往往寥寥几笔,就使人物栩栩如生,活现纸上。

杜甫《石壕吏》:"吏呼一何怒,妇啼一何苦!"只十个字,由于诗人匠心独运,"吏呼"与"妇啼",对照鲜明,又用了加重语气"一何",就使"呼"者那暴跳如雷的凶狠样子活现了出来,而"啼"者的哀苦形象也历历如绘。再配以"听妇前致词"的具体描绘,人物形象便栩栩如生、呼之欲出了。

诗词中的人物描写,往往不从正面着笔。白居易作《长恨歌》,是为了"不但感其事,亦欲惩尤物,窒乱阶,垂于将来者也"。(陈鸿《长恨传》)可是,杨贵妃这个"尤物"却使我们感到可爱,给人留下了深刻的印象。诗人开头用两句写她的"天生丽质":"回眸一笑百媚生,六宫粉黛无颜色。""回眸一笑"是说她的动作、情态;"百媚生"是给予人的感觉。前者是因,后者是果。下面一句是对比:"六宫粉黛",都是千挑万选出来的美人,可是她们与杨贵妃一比,却黯然失色!这比用"绿云生鬓,白雪凝肤,渥饰光华,纤秾有度,举止闲冶,如汉武帝李夫人"。(《丽情集·长恨传》)描绘她的美,决不逊色。"回眸一笑百媚生",以极其精炼的笔墨把人物写活了。

白居易在另一首长诗《琵琶行》中,写一个昔盛今衰的琵琶女时,有时从正面描写,有时用烘托手法。当"寻声暗问弹者谁"时,她"琵琶声停欲语迟":一连三个动作(琵琶声停、欲语、迟),表达出她复杂的心情。写她色艺双绝,全没有从正面写,用的是对比反衬手法:"曲罢曾教善才服,妆成每被秋娘妒。"其艺之高,其貌之美,可以想见。"五陵年少争缠头,一曲红绡不知数",既是写她美貌,也是写她艺高。"钿头云篦击节碎,血色罗裙翻酒污",更写出了她当年生活的得意和放纵。总之,六句四十二个字,生动而深刻地刻画了这位琵琶女的形象。

诗词中人物的思想感情,由于篇幅的局限,常有大幅度的跳跃。如李清照〔如梦令〕:

> 昨夜雨疏风骤,浓睡不消残酒。
> 试问卷帘人,却道海棠依旧。
> 知否? 知否? 应是绿肥红瘦!

晚来一阵风雨,没有想到雨是这样狂,风是这般骤。担心着花事阑珊的女主人,不由得引起了一番心事。怎样排遣这空虚、寂寞的情怀? 便不觉多饮了点酒。虽说是酒醉而浓睡,但"雨疏风骤"的印象,却无法摆脱。如今一觉醒来,宿酒未消,余温犹在;"夜来风雨声,花落知多少?"蓦地涌上心头。于是,急不可耐地问侍女。可是,听到的竟是这么一句若无其事的回答:"海棠花么,还不是跟昨天一样。"问者惴惴不安,忧心如焚;答者淡然冷漠,漫不经心:对照鲜明,情绪截然,映现出两种不同的心情和感受。从而也见出女主人对海棠花是多么一往情深。因此,她带着责备的口吻来纠正侍女的话了:"不,不,知道不知道? 知道不知道? 海棠花现在是绿叶多红花少了!"从侍女六个字的答语:"却道海棠依

268

旧",和女主人十个字的反诘:"知否? 知否? 应是绿肥红瘦!"我们看到:一个是天真无邪,一个是心事重重;一个是漫不在意,一个是神有专注;一个是听者无意,一个是问者有情:两个人物,性格鲜明,截然不同。

诗词里面的人物,有时虽是一个投影,却给人留下耐人寻味的印象。试看苏轼的〔蝶恋花〕:

> 花褪残红青杏小。燕子飞时,绿水人家绕。
> 枝上柳绵吹又少,天涯何处无芳草?
>
> 墙里秋千墙外道。墙外行人,墙里佳人笑。
> 笑渐不闻声渐悄,多情却被无情恼。

这首词,写一个人在暮春漫步,偶然听到笑声而惹起来烦恼。上阕通过暮春景物的描绘,寄寓乡园之思。下阕的一"笑"一"恼",旧说是因为"行人多情","佳人无情";或说:"言墙里佳人之笑,本出于无心情,而墙外行人闻之,枉自多情,却如被其撩拨矣。"(张相《诗词曲语辞汇释》)这真是笑者自笑,恼者自恼,了无关涉。但仅一投影,却有无限情味。李冠的〔蝶恋花〕与苏词很相似:

> 遥夜亭皋闲信步,才过清明,渐觉伤春暮。
> 数点雨声风约住,朦胧淡月云来去。
>
> 桃杏依稀香暗度,谁在秋千,笑里轻轻语?
> 一寸相思千万绪,人间没个安排处。

这首词和苏词一样,也是写一个人在春夜漫步,偶然听到笑语

269

声而惹起来的烦恼。本来，春色宜人，但春色也恼人。当没有"触媒"引起的时候，觉得青杏、燕子、绿水、淡云、微月、桃杏都是美好的。后来当被"墙里佳人笑"和"笑里轻轻语"撩拨起感情的琴弦时，原来潜藏着的暗流就浮漾而出了。李冠词里的人物，也只是一个投影，不过把听笑语后惹起的烦恼说得如此具体："人间没个安排处"，不如苏词含蓄好。

诗中人物，不用像小说那样精雕细琢，但手法高超的作家，只用几笔浅浅地勾勒，就能给人以如见其人的感觉。当然，关键在于作者对生活和人物必须有深刻的理解。

肖像与剪影

一般说,诗歌的人物描写,并不求其全,往往是"取其一点,不及其余",求其神而不袭其貌,甚至是一个侧影,一个镜头,或者一颦,一笑,一举手,一投足就可以了。总之,诗歌中的人物,贵在表现人的精神,特别是他(或她)内心深处的情愫。

当然,诗歌的人物描写和小说也有相同之处。比如肖像描写,在白居易的诗歌中就有不少。如:"新丰老翁八十八,头鬓眉须皆似雪;玄孙扶向店前行,左臂凭肩右臂折。"(《新丰折臂翁》)这是一幅老残的肖像。"满面尘灰烟火色,两鬓苍苍十指黑。"这是"可怜身上衣正单,心忧炭贱愿天寒"(《卖炭翁》)的卖炭翁的肖像。至于诗人把谏官比作"彩毛青黑花颈红,耳聪心慧舌端巧,鸟语人言无不通"的秦吉了(鸟名);把掠夺人民的豪强军阀比作长爪鸢;把执掌刑法、纠弹的大官比作"嗉中肉饱不肯搏"的雕和鹗(《秦吉了》)等,则又是运用比拟来刻绘人物的肖像了。

古典诗歌中,不乏肖像描写的成功之作。如李白《嘲鲁儒》[①]中的四句:

> 足着远游履,首戴方山巾。
> 缓步从直道,未行先起尘。

鲁儒脚上穿着远游时的鞋子,头上戴着方正的帽子,慢吞吞地沿着直道行走,未起步已扬起灰尘。幽默、诙谐,生动地勾勒出了腐儒的肖像。

但是,诗歌中人物的艺术魅力,主要不在于绘出成功的肖像。诗,是形象的艺术;诗,更是抒情的艺术。在人物的身上,蕴含着诗人的深挚感情。在一些小诗中,这种感情往往只赋予人物在特定情境中的具体活动,从而揭示出人物的神韵,特别是他(她)内心的情愫。试看这两首小词:

> 蝴蝶儿,晚春时。
> 阿娇初着淡黄衣,倚窗学画伊。

> 还似花间见,双双对对飞。
> 无端和泪湿胭脂,惹教双翅垂。
>
> ——张泌〔蝴蝶儿〕

> 六张机,行行都是耍花儿,花间更有双蝴蝶。
> 停梭一晌,闲窗影里,独自看多时。
>
> ——无名氏〔九张机·其六〕

两首小词的人物都是妇女。前者说,晚春时,阿娇在窗下画蝴蝶,画着画着,她觉得似曾相识,由画样上的蝴蝶,想起了往日花间里双飞的蝴蝶:今昔不同,时地各异。于是,眼泪禁不住掉下来,湿了画幅,把画上的蝴蝶弄坏了。后一首说,一位妇女手巧,织出了新花样:花儿朵朵娇艳,花间蝴蝶双飞。这时她"停梭一晌,闲窗影里,独自看多时",陷入了长时间的沉思。

这两首小词都只写了她们刹那间的思想活动,和在短时间里引起的感情波澜,形体、外貌,以及其他方面,一句话也没有说。就是说只写了她们生活中的一个小侧面,小镜头。但是,透过这些"剪影",我们不是可以想象出她们的"全影"来么?

又如,于鹄《巴女谣》:

> 巴女骑牛唱竹枝,藕丝菱叶傍江时。
> 不愁日暮还家错,记得芭蕉出槿篱。

小诗中的人物是位牧牛的巴地少女。夏末秋初,莲菱盛长,她一边牧牛,一边唱着家乡的《竹枝词》,流连忘返。日暮了,仍不愿回家:"天晚了,怕什么,回家的路儿我记得,家就在那一片木槿篱笆后面长着芭蕉的地方呀!"透过小小的"剪影",展现了她勤劳、勇敢、质朴、自信的性格。

除从侧面"剪影"外,再有一种是剪取人物的主要特征。如李煜的〔一斛珠〕:

> 晚妆初过,沉檀轻注些儿个,向人微露丁香颗。一曲清歌,暂引樱桃破。
> 罗袖裛残殷色可,杯深旋被香醪涴。绣床斜凭娇无那,烂嚼红绒,笑向檀郎唾。

词的上阕写一个女人的口。她梳妆打扮好后,先在嘴唇上轻轻涂了一些"沉檀"(口脂),向人微微地吐出舌尖。后又张开樱桃般的小口,唱一曲清歌。下阕说她饮了酒。深红色的酒,沾湿了衣袖。她多饮了一点酒。于是,她斜倚绣床,娇媚无限,烂嚼红绒,笑着向心爱的人儿吐去。读这首词,一个女人的形神、情态、娇容、巧笑,历历如在目前。

① 李白:《嘲鲁儒》
　鲁叟谈五经,白髮死章句。
　问以经济策,茫如坠烟雾。
　足着远游履,首戴方山巾。
　缓步从直道,未行先起尘。
　秦家丞相府,不重褒衣人。
　时事且未达,归耕汶文滨。
　君非叔孙通,与我本殊伦。

人物的心声

用精炼的语言,摹绘人物的心声,是古典诗词刻画人物形象的一种手段。

杜甫《无家别》①是一位家破人亡,孑然一身,阵败归来,但又将被征召入伍的人的血泪控诉。当"县吏知我至,召令习鼓鞞"时,诗人这样描摹他此刻的心声:

> 虽从本州役,内顾无所携。
> 近行止一身,远去终转迷。
> 家乡既荡尽,远近理亦齐。

听说是在本州服役,值得庆幸。但是,"内顾无所携",由于上无父母,下无妻儿,孑然一身,家里没有人可以告别("无所携",无可告别的人),便由堪可庆幸,骤转而自伤。这是一层意思。"近行"两句说:虽然孤零一身,所幸的是到离乡很近的州城;如果远去,心里会更加迷乱。是自慰,也是自喜,是又一次堪可庆幸。这是第二层。然而,转念一想:反正家里一无所有了,到本州和到外地还不是一样。是堪可庆幸后的又一次自伤。这是第三层。以上六句,写"无家别"者的伤心,回环往复,真使人若闻其声了。

诗人有时还通过景物所造成的环境、氛围，来显示出人物心声的不平静。这首《无家别》在"贱子因阵败，归来寻旧蹊"后，接着写了这样四句：

久行见空巷，日瘦气惨凄。
但对狐与狸，竖毛怒我啼。

阳光有强、弱、明、暗，是无所谓肥瘦的。"瘦"，是诗人赋予这位孤独者的独特感受。狐与狸出现在人曾居住的地方，竟敢对"我"发怒而啼，真是"喧宾夺主"了。从这一带有强烈感情色彩的景物所造成的环境、氛围中，人物那颗充满辛酸的颤栗着的心，生动地描绘出来了。

"黄梅时节家家雨，青草池塘处处蛙。有约不来过夜半，闲敲棋子落灯花。"（赵师秀《约客》）与朋友相约，届期不至，时过夜半，独坐无聊。屋外夜雨潇潇，蛙声处处，"最难风雨故人来"，于是一个人敲着棋子，望着灯花，悠然落下。屋外的喧闹与室内的寂静，形成强烈的对照。通过这独具特征的景物造成的艺术氛围，把人的心声描绘得多么细致入微！

心声，有时直截了当地诉诸人物的内心独白："学梳蝉鬓试新裙，消息佳期在此春。为爱好多心转惑，偏将宜称问旁人。"（韩偓《新上头》）一个姑娘，到了"上头"（出嫁）的年龄，她要把两鬓梳得如蝉翼一般。因为听说好日子就在今年春天，所以她想把梳蝉鬓学得像一点。可是，她没有把握，心中疑惑不定，就去问人：这头梳得像不像样呀？这样，便把一个在封建社会里受父母之命而待嫁的少女的心声，写得曲曲入微。

和这位待嫁的少女具有相同"心声"的，是何应龙的《采莲曲》：

采莲时节懒匀妆，月到波心发棹忙。

莫向荷花深处去,荷花深处有鸳鸯。

为什么这位采莲少女"采莲时节懒匀妆"呢?因为她满怀心事。"月到波心发棹忙",说采莲到了波心,划桨的手儿忙乱了。三、四句是她内心的独白:还是不要把船划到花深处去吧,那里有成双成对的鸳鸯鸟呀。这明白如话的语言,写出了少女怀春的心声。

晏几道〔生查子〕是写离人心曲的一首小词:

> 金鞭美少年,去跃青骢马。
> 牵系玉楼人,绣被春寒夜。
>
> 消息未归来,寒食梨花谢。
> 无处说相思,背面秋千下。

首两句以金形容物,以美形容人,说少年乘着青骢马走了。接着,用"牵系"来喻"玉楼人"的魂牵梦萦,说她觉得春夜绣被生寒,既点明了时令是在早春,更写出她心情的凄冷。他走了多久呢?一直到梨花飘落的寒食节日,还没有回来。"无处说相思",只好"背面秋千下"去暗自垂泪了。含情脉脉,柔肠寸寸,一片深情,无人告语。正是"意致凄然,妙在含蓄"(黄蓼园语),深刻地表现出了人的心声。

杜甫《捣衣》诗说:

> 亦知戍不返,秋至拭清砧。
> 已近苦寒月,况经长别心。
> 宁辞捣衣倦,一寄塞垣深?
> 用尽闺中力,君听空外音。

这首诗不露筋脉,缠绵深挚,含蓄委婉。思妇心中明知道戍守边地的丈夫不会回来了,但是,秋天一到,她还是拂拭着衣砧,准备捣衣。苦寒的冬月已经临近,何况久别的心一直想念着远人!既怕他受冻,又欲表寸心,所以,怎能辞去捣衣的辛苦而不将寒衣寄给戍守边疆的丈夫呢?我已用尽了力气,你若能听见响传远方的捣衣声,该有多好啊!相思无限,柔情似水,跃然纸上,而思妇那颗善良、美好、为离情所苦的心,也清晰可闻了。

描写心声,对于人物形象的创造来说,是一种以少胜多、以一语胜百语的表现手法。诗人要善于描绘人物的心声,读者应该注意倾听人物的心声。

① 杜甫:《无家别》

寂寞天宝后,园庐但蒿藜。
我里百余家,世乱各东西。
存者无消息,死者委尘泥。
贱子因阵败,归来寻旧蹊。
久行见空巷,日瘦气惨凄。
但对狐与狸,竖毛怒我啼。
四邻何所有?一二老寡妻。
宿鸟恋本枝,安辞且穷栖。
方春独荷锄,日暮还灌畦。
县吏知我至,召令习鼓鞞。
虽从本州役,内顾无所携。
近行止一身,远去终转迷。
家乡既荡尽,远近理亦齐。
永痛长病母,五年委沟溪。
生我不得力,终身两酸嘶。
人生无家别,何以为蒸藜!

对比的艺术

诗词中的对比,能产生强烈的艺术效果,给读者留下深刻的印象。试看皇甫松〔梦江南〕:

> 兰烬落,屏上暗红蕉。闲梦江南梅熟日,
> 夜船吹笛雨潇潇。人语驿边桥。

这里写了两种不同的环境。从第一种环境里可以看到:夜,深沉了。兰草油灯里的灯花落下,画屏上的美人蕉变暗了。表明这是一个凄清寂寞的夜晚。

从第二种环境里看到的是完全不同的景况。梦中的江南,情调明朗,色彩清丽:风景绝佳,梅子正熟;山村水郭,细雨纷纷;船泊泽国,笛声悠扬;人语驿桥,春水碧波。这里,有景,有情,有色彩,有声音,还有人物。这是一个多么令人难忘的夜晚!两种环境,都是夜景,但现实的夜如此凄清、冷寂,蕴含着丝丝哀怨。而梦中江南的夜,却是那样欢乐、愉快、醉人。今昔对比,作者对江南故乡怀念的深情,隐约可见。它像一股轻声低唱着的小溪,激动着读者心中的感情琴弦。

周邦彦的〔过秦楼〕,通首用对比手法,写离情别意、今昔殊异

之感。词云：

水浴清蟾，叶喧凉吹，巷陌马声初断。闲依露井，笑扑流萤，惹破画罗轻扇。人静夜久凭阑，愁不归眠，立残更箭。叹年华一瞬，人今千里，梦沉书远。

空见说、鬓怯琼梳，容消金镜，渐懒趁时匀染。梅风地溽，虹雨苔滋，一架舞红都变。谁信无聊，为伊才减江淹，情伤荀倩。但明河影下，还看稀星数点。

月儿像水洗过一般明亮（古代神话说，嫦娥奔月，化为蟾蜍。后以清蟾借代明月），飒爽的秋风在树叶间喧闹。这时深巷静寂，马的嘶声也渐渐听不到了。开头三句回忆意中人当日的住处和景物，点出季节是秋天，时间是夜晚。次三句，回忆她那时在露井旁边，天真、活泼、娇痴，“笑扑流萤”，把画罗扇子弄破了。而今更深人静，夜不归眠，独自凭栏，看着计时铜壶上的指针（“更箭”）慢慢移动，让时间悄悄流逝……昔时的欢乐，今日的凄凉，两相对比，何其鲜明！所以，有“叹年华一瞬，人今千里，梦沉书远”的今昔殊异、离愁难耐之感。下阕前三句写的是听说的对方情景：她浓密的黑发稀疏了，连琼玉般的梳儿都怕用了；临镜梳妆，看见美丽的容颜消瘦了。所以，渐渐地懒得梳妆打扮了。“梅风”三句写自己所处的环境、天时、景物。接着三句，说自己像江淹那样才思减退，像荀倩那样神情伤损，都是由于离情难遣。这种把对方的情况和自己的情况作对比来写，愈见出两情之苦。结两句与上阕结两句同，又是今昔殊异、无可奈何之感。通过对比，更深刻地表现出离情别绪之深。

李贺的诗，不乏抑郁悲愤之作。他的这类诗，大多用对比手法。《马诗二十三首》其十一，前后共四句，两两形成鲜明的对比。

280

"内马赐宫人,银鞯刺麒麟。"赐给宫女的马,银鞍上绣着麒麟,金碧辉煌。别的马便完全不同:"午时盐板上,蹭蹬溢风尘。"终日负重奔驰,困顿劳累,却从来没有人关心。两种马的遭遇不同。人又何尝不是这样:有的飞黄腾达,受重用;有的困顿劳苦,为衣食而奔走。从中表露出对朝廷用人唯亲的抨击,诗人是通过对比表达出来的。

"深刺当世之弊",又不公然出之以议论,发之以抨击,是艺术的形象思维所要求的。诗人有时只作客观叙述,把两种截然相反的事物摆出来,让读者从对比中得出自己的评价。如李贺的诗《春昼》:

朱城报春更漏转,光风催兰吹小殿。草细堪梳,柳长如线。卷衣秦帝,扫粉赵燕。日含画幕,蜂上罗荐。平阳花坞,河阳花县。越妇擆机,吴蚕作茧。菱汀系带,荷塘倚扇。江南有情,塞北无限。

诗人写了不同的春昼。一种是:更漏报晓,春临朱城,景色宜人。和风吹过小殿,嫩草自碧,柳条垂绿,秦王卷衣赠人,赵后脂粉匀香。艳阳映上画幕,游蜂群集枕席,花坞春浓,桃李芬芳。一片风情,十分愉悦的情景。接着,诗人绘出另一幅完全不同的图景:初春时刻,越妇架稳了织机,等候着蚕儿作茧;菱蔓如带,浮荡水面,塘里荷叶,如扇斜倚。最后,以"江南有情,塞北无限"——一则阳春,一则清寂,画龙点睛地阐明题意。帝王富室的春昼和田野之家的春昼,截然不同。前者纵情逸乐,后者辛勤耕织,对比鲜明,虽不着一字议论,而其义自见,蕴藉含蓄,讽刺深刻。

又如李商隐的那首"深情绵邈"的《无题》:

何处哀筝随急管,樱花永巷垂杨岸。

东家老女嫁不售,白日当天三月半。

溧阳公主年十四,清明暖后同墙看。

归来展转到五更,梁间燕子闻长叹。

　　首两句说,从垂杨飘拂的河边,樱花盛开的深巷里,传来一阵急管繁弦。三、四句说,穷人家的女儿年纪大了嫁不出去,在这春色恼人的三月,难免会有迟暮之感。五、六句说,富人家的女儿,在明媚的春光里,与情人相偕出游,欣赏美景。七、八句说,穷人家的女儿寂寞归来,辗转不寐,只有梁间燕子听到她声声长叹!穷富两家儿女的不同情景,对比鲜明,效果强烈。

　　在白居易闪耀着现实主义光辉的作品中,对比手法的运用也十分成功。在《轻肥》中,一方面是:"罇罍溢九酝,水陆罗八珍。果擘洞庭橘,脍切天池鳞。"而另一方面则是:"是岁江南旱,衢州人食人!"在《歌舞》中,一方面是"朱轮车马客,红烛歌舞楼;欢酣促密坐,醉暖脱重裘。"而另一方面则是:"岂知阌乡狱,中有冻死囚"!在《买花》中,一方面是豪门贵族相率买花赏玩:"贵贱无常价,酬值看花数:灼灼百朵红,戋戋五束素。"而另一方面则是:"一丛深色花,十户中人赋!"剥削阶级的奢侈浪费,与劳动人民的悲惨生活,形成多么鲜明的对比。从鲜明的对比中,表现了诗人强烈的爱憎感情。

　　韩愈在《荆谭唱和诗序》里说:"欢愉之辞难工,而穷苦之言易好。"朱淑贞〔生查子〕词云:"去年元夜时,花市灯如昼。月上柳梢头,人约黄昏后。　　今年元夜时,月与灯依旧。不见去年人,泪湿春衫袖。"上阕写欢愉,下阕写愁苦,对比鲜明:去年元夜与今年元夜的景物没有不同,只是今年少了一个人。元宵花市的热闹情景,作者一个字也没有写,但从对比中,把景物依旧,人事已非,表现得十分鲜明。

叠字·叠句·排比

叠字,叠句,在诗、词、曲中并不少见。

两字重叠,往往使原来平淡的句子,境界开阔,情趣横生。李嘉祐"水田飞白鹭,夏木啭黄鹂",描写出一幅极平常的初夏农村图。王维"漠漠水田飞白鹭,阴阴夏木啭黄鹂"。"漠漠",显示出水田开阔广远;"阴阴",显示出夏木浓荫一片。诗的境界开朗多了。再如"无边落木萧萧下,不尽长江滚滚来"。(杜甫)因落叶"萧萧"而见"风急",因江流"滚滚"而见浪大。其声可闻,其状可见。从而生动地描绘出"万里悲秋"的画面。"新霜浦溆绵绵白,薄晚林峦往往青。"(王安石)从"绵绵"、"往往"见出新霜银白一片和林峦青翠晶洁。

《古诗十九首》"青青河畔草"首十句,开头六句连用了叠字:"青青河畔草,郁郁园中柳。盈盈楼上女,皎皎当窗牖。娥娥红粉妆,纤纤出素手。""青青","郁郁",不仅具有色彩美,而且表现出春光的烂漫。"盈盈",见出"楼上女"的绰约风采;"皎皎",写她临窗远眺时姿容明媚。"红粉妆"本来就很艳丽,再饰以"娥娥"二字,就更显出这人的美貌。"素手"本有洁白如玉的意思,用"纤纤"来形容,更见出色彩和美态。这些叠字,有助于作品刻画出一个容颜丰美、妆饰艳丽的妇女形象。难怪顾炎武惊为绝响:"连用

六叠字,亦极自然,下此即无人可继。"(《日知录》)

杜甫是一位善用叠字的能手。"留连戏蝶时时舞,自在娇莺恰恰啼。"蝶舞"时时",莺啼"恰恰",一片春光,弥漫天地;运用口语,清新流畅,充分表现出诗人漫步江畔的喜悦心情。"繁枝容易纷纷落,嫩蕊商量细细开。"盛开的花,"纷纷"而落,令人惋惜!于是诗人寄语那含苞待放的花朵("嫩蕊"),请你们斟酌商量,还是慢慢开放吧。真是爱花希望"花解语"啊!"风含翠筱娟娟净,雨裛红蕖冉冉香。"翠竹"娟娟"而含风,荷花"冉冉"而沾雨,其"净"其"香"如在目前。其他如"穿花蛱蝶深深见,点水蜻蜓款款飞";"信宿渔人还泛泛,清秋燕子故飞飞";"杨柳枝枝弱,枇杷树树香";等等。都是叠字用得恰到好处的佳句。

从上述可见,叠字或叠在句首,或叠在句中,或叠在句尾,状物抒情,妥贴自然。可见如杜甫等"语不惊人死不休"的艺术大师们的文字锻炼功力之深。

叠字,有叠三字的。如欧阳修〔蝶恋花〕首句:"庭院深深深几许?"其实单看这一句,却也平常,只有与后面两句"杨柳堆烟,帘幕无重数"连起来看时,才感到它与比喻运用得形象、别致,颇有关系。庭院本来就是深深的,但深到什么程度呢?作者没有直言,他绕了一个弯子,说:庭院里一株一株杨柳,凝聚着烟雾,烟笼雾罩,就像有无数重帘幕似的。所以,就愈不知其"深几许"了?

在词人里面,李清照是一位善用叠字的能手。〔如梦令〕的第五、六句必须用叠字。当"昨夜雨疏风骤",她早晨醒来,残酒未消,急忙问花儿有没有凋残,侍女漫不经心地回答说"海棠依旧"时,李清照说:"知否?知否?应是绿肥红瘦!"当她回忆一次旅游,"兴尽晚回舟,误入藕花深处"时,她慌急地呼出:"争渡?争渡?……"前者的"知否?知否"两叠字,流露出女主人的不满、责问,表示出她对"绿肥红瘦"的惋惜。后者"争渡?争渡?"把时间之晚,心情之急,充分地表现了出来。

李清照〔声声慢〕的开头,连叠七字,历来为人称赞:"寻寻觅觅,冷冷清清,凄凄惨惨戚戚。"十四个字,包括三层意思:"寻寻觅觅",似是在寻找什么失掉的东西,传出这个人若有所失的情状。"晚来风急",梧桐细雨,环境凄清,心绪茫然,无可寄托排遣,所以好像丢失了东西一样;不管是南渡之前的爱情生活,还是读书论文的幸福岁月——这些似乎都遗失了,令她寻觅。"冷冷清清",是寻觅的结果,是经过寻觅后给人的感受。这四个字既是指环境,更是指心情。是寻觅无所得,而空虚寂寞接踵而来,故有此感。"凄凄惨惨戚戚",是经过"感受"产生的深一层愁苦情怀,是心灵的描绘。通过这一连七组叠字,把一个长于"盐絮家风人所许"的贵族之家,中经丧乱死了丈夫,如今过着"飘零遂与流人伍"生活的女人的心情,深刻地表现出来,并呈现出一个鲜活的艺术形象。

李清照这种叠字上的创新,为许多评论家所赞赏。张端义认为:"此乃公孙大娘舞剑手。本朝非无能词之士,未曾有一下十四叠字者。……后叠又云:'梧桐更兼细雨,到黄昏点点滴滴',又使叠字,俱无斧凿痕。"(《贵耳集》)所谓"无斧凿痕",即很自然,不牵强。这无疑是很对的。因为它写此时此地此情此景中的李清照,真实、确切!

陈廷焯《白雨斋词话》引《西青散记》说,有"负绝世才,秉绝代姿,为农家妇"的绡山女子双卿,因"姑恶夫暴,劳瘁以死",留有词十二阕,其〔凤凰台上忆吹箫〕云:"寸寸微云,丝丝残照,有无明灭难消。正断魂魂断,闪闪摇摇。望望山山水水,人去去隐隐迢迢。从今后,酸酸楚楚,只似今宵。 情遥。问天不应,看小小双卿,袅袅无聊。更见谁谁见,谁痛花娇。谁望欢欢喜喜,偷素粉写写描描。谁还管生生世世,夜夜朝朝。"陈廷焯认为:"其情哀,其词苦,用双字至二十余叠,亦可谓广大神通矣。易安见之,亦当避席。"又说:"叠至四五十字,而运以变化,不见痕迹,长袖善舞,谁谓今人不逮古人?"这首词情哀词苦,叠字用得也妥贴,但也仅此而已。

词的意境并不美,格调也不高,远不如李清照〔声声慢〕写闺中秋雨点滴凄清,因而柔肠寸断,生动深厚。而双卿词叠字虽多至四五十字,也不如李清照"寻寻觅觅"一连七组叠字,有层次,多变化,写出了人的心理活动。"易安见之,亦当避席"之说,毋乃太过乎!

叠字,也有用得不好的。如元人乔吉〔天净沙〕《即事四曲》之一:"莺莺燕燕春春,花花柳柳真真。事事风风韵韵,娇娇嫩嫩,停停当当人人。"通篇用叠字组成。但正如前人所批评的:"不若李之自然妥贴。"(陆以湉《冷庐杂识》)陈廷焯更斥为"丑态百出","娇娇嫩嫩""四字尤不堪"(《白雨斋词话》)。这里的关键不仅在叠字的组成是否妥贴,而更在于艺术形象必须是意与象的有机结合。这种"丑态百出"的情况,在元人小令里,不是个别的。

如果说叠字像颗颗珍珠,耀人眼目,那么叠句则使人目眩了。当汉元帝目送王昭君远去,回顾方才来时的路上,四野荒凉,草木添黄,寒兔迎霜,一片萧瑟情景时,马致远通过一连串叠句,写出了汉元帝此刻的感怀:

> 他他他,伤心辞汉主;我我我,携手上河梁。他部从入穷荒,我銮舆返咸阳。返咸阳,过宫墙;过宫墙,绕回廊;绕回廊,近椒房;近椒房,月昏黄;月昏黄,夜生凉;夜生凉,泣寒蛩;泣寒蛩,绿纱窗;绿纱窗,不思量!

> ——《汉宫秋》

这里的叠句,产生了强烈的艺术魅力,表现出汉元帝送走王昭君后,肝肠寸断,凄怆欲绝。

关汉卿散曲〔南吕·一枝花〕《不伏老》,运用叠句,成功地表现了他的坚韧、顽强的性格:

> 我是个蒸不烂、煮不熟、捶不扁、炒不爆、响珰珰一粒铜豌

豆。恁子弟每,谁教你钻入他锄不断、砍不下、解不开、顿不脱、慢腾腾千层锦套头。我玩的是梁园月,饮的是东京酒,赏的是洛阳花,攀的是章台柳。我也会吟诗,会篆籀,会弹丝,会品竹;我也会唱鹧鸪,舞垂手,会打围,会蹴踘,会围棋,会双陆。你便是落了我牙,歪了我口,瘸了我腿,折了我手,天赐与我这几般儿歹症候,尚兀自不肯休!

叠者,必多,多而且又是精巧、细致的描绘,可以使人加深印象,增强艺术的感染力。

排比,是古典诗歌中常见的一种修辞手法。运用排比,往往能使作品气势连贯,可以加深人的印象,增强作品的感染力。如汉乐府诗《江南》:

> 江南可采莲,莲叶何田田。
> 鱼戏莲叶间。鱼戏莲叶东,
> 鱼戏莲叶西,鱼戏莲叶南,
> 鱼戏莲叶北。

在江南水中采莲,只见莲叶清秀碧鲜,一派美景。还能看到:鱼儿在莲叶间游戏作乐,一会儿游到莲叶东,一会儿游到莲叶西,一会儿游到莲叶南,一会儿游到莲叶北。如果说"鱼戏莲叶间"还是一般描写,那么接下来的排比句,就把鱼儿那种嬉游自得,飘忽不定,鲜活动人的情态,生动地描绘出来了。既着重写了鱼,又反映出劳动人民采莲时的愉快心情。

唐代宗广德二年(七六四)三月,杜甫自阆州回到成都草堂。他兴奋地写道:"旧犬喜我归,低徊入衣裾。邻里喜我归,沽酒携葫芦。大官喜我来,遣骑问所须。城郭喜我来,宾客隘村墟。"(《草堂》)前人所谓"乱离之戚,故旧之感,依依之情,慰劳之意,一一俱见,自是古乐府神境,非止袭其调而已"。(见《杜诗镜铨》引)但之所以"一一俱见",是和诗人用排比法分不开的。刘克庄《后村诗话》说,这四句用的是《木兰诗》"爷娘闻女来,出郭相扶将。阿姊闻妹来,当户理红妆。小弟闻姊来,磨刀霍霍向猪羊"。其实,也有不同:《木兰诗》只写人喜(爷娘、阿姊、小弟),而杜诗却人(邻里、大官)、物(旧犬、城郭)合写,而且畅快淋漓,气氛胜于前者。他如杜甫的《石龛》:"熊罴咆我东,虎豹号我西。我后鬼长啸,我前狨又啼。"四个排比句,把道途颠沛的危苦,写得何等形象!但白居易的"我有所念人,隔在远远乡;我有所感事,结在深深肠"(《夜雨》);韩愈的"朝日出其东,我常坐西偏;夕阳在其西,我常坐东边;当昼日在上,我在中央焉"(《庭楸》)。这类排比,虽也可加强诗的气氛,但显不出深刻的意义,无论思想性或艺术性都是不足取的。

敷陈其事,须带情韵

赋、比、兴,历代有不同的含义、不同的解释。"葛之覃兮,施于中谷,维叶萋萋。黄鸟于飞,集于灌木,其鸣喈喈。"(《诗·周南·葛覃》)说葛藤蔓延,伸展到山谷里,叶子长得很茂盛。黄雀停在灌木上叫着,声音悦耳。这样照直地描写景物,就是赋。朱熹注曰:"赋者,敷陈其事而直言之者也。"(《诗经集传》)严格地说,赋属于写作,比、兴属于修辞。

赋虽然体物写志,直书其事。但由于诗之作是外界事物的触发而"情动于衷",在"情以物迁,辞以情发",由此及彼、由表及里而"神与物游"的构思过程中,凡彼此相似,便形成"比";前后相因,便形成"兴"。所以,赋中常兼比、兴,可以加强诗的形象感染力量。毛泽东同志曾经指出:杜甫的《北征》一诗,"可谓'敷陈其事而直言之也'","然其中亦有比兴"。

《北征》诗一开头说:"皇帝二载秋,闰八月初吉。杜子将北征,苍茫问家室。"肃宗至德二年(七五七)八月初一,杜甫北行回家探亲,心情急切,心绪迷茫。接着,叙述他旅途所见种种情况,并夹叙夹议写出他对当时政局的一些看法。基本上是"敷陈其事","然其中亦有比兴",而且比多于兴。如:"猛虎立我前,苍崖吼时裂",是用夸张手法。通过虎吼崖裂,极写山行的艰危。这句也有解作是诗人山行中所见踞立的怪石如"猛虎",则又是用比了。"山果多琐细,罗生杂橡栗,或红如丹砂,或黑如点漆。"山果细小,遍地丛生,点缀在橡栗中间,有的红如丹砂,有的黑如点漆。更显然是用比了。前者是隐比,后者是明比。此外,如"乾坤含疮痍",用"疮痍"来比遭战祸的人民;"平生所娇儿,颜色白胜雪",用"白胜雪"来比娇儿的苍白脸色。都是用的明比。"昊天积霜露,正气有肃杀。"国家要平定叛乱,就得像严酷肃杀的秋天那样,威逼凌厉,声势夺人。用的是隐比。兴的手法在《北征》里虽不明显,但如"鸱鸮鸣黄桑,野鼠拱乱穴","阴风西北来,惨淡随回纥",都含有兴的意味。

诗,要有形象性。从一定意义上说,没有形象也就没有诗。《北征》以赋为主,兼用比兴。这样,便于表达作者的思想感情,创造鲜明的艺术形象。如果一味"直陈其事",便会平铺堆叠,枯燥乏味。较长的诗篇,总要触及景物,除以赋为主外,比兴两法也总是相与俱来的。

以赋为主的诗,一般来说,感情强烈、真挚。虽平铺直叙,亦能感人。如白居易《宿紫阁山北村》:

> 晨游紫阁峰,暮宿山下村。
> 村老见予喜,为予开一樽。
> 举杯未及饮,暴卒来入门:
> 紫衣挟刀斧,草草十余人。
> 夺我席上酒,掣我盘中飧。
> 主人退后立,敛手反如宾。
> 中庭有奇树,种来三十春。
> 主人惜不得,持斧断其根,
> 口称"采造家,身属神策军"。
> 主人慎勿语,中尉正承恩。

此诗除最后两句稍夹议论的劝慰话外，通篇平铺直叙，直截了当地写出了一伙得到皇帝宠信的神策军人明火执仗的抢劫。不事假借，不用比兴，没有状物抒情，没有刻意求工，作者只是敷陈其事，把自己之所见如实地写了出来，情景逼真，讽刺深刻，感染力强。

敷陈其事的诗，在表现重大政治题材、社会生活、民生疾苦方面，往往是深刻感人的。杜甫的《北征》、《自京赴奉先县咏怀五百字》、《三吏》、《三别》，白居易的组诗《新乐府》、《秦中吟》等，都是这方面的杰作（当然这些诗中，亦有比兴）。这里试看杜甫的《又呈吴郎》：

> 堂前扑枣任西邻，无食无儿一妇人。
> 不为困穷宁有此？只缘恐惧转须亲。
> 即防远客虽多事，便插疏篱却甚真。
> 已诉征求贫到骨，正思戎马泪沾巾。

诗写于唐代宗大历二年（七六七）秋天。这时，杜甫已从夔州瀼西移居东屯，将瀼西草堂让给刚从忠州到夔州做司法参军的亲戚吴郎居住。吴为防止邻妇打枣，插上了篱笆。妇人向杜甫诉苦，杜甫写了这封诗的书札。诗的首两句说，还是对那"无食无儿"的妇人不加干涉、任她到堂前来打枣吧。三、四句说，如果不是穷苦，她又何至打人家的枣？她心存恐惧，我们就更应表示亲切。五、六句说，虽然她因为你新来而有些担心是多余的，可是你插上篱笆，就更会使他信以为真了（这是为了使对方接受意见，故意不说穿他先前的做法，反说妇人多虑）。最后说，苛捐杂税使她一贫如洗，这战乱带来的灾难，真令人伤心流泪啊！诗情婉转，耐心劝说，是通过直陈来表达的。

赋,在记叙性诗歌中用得更多。《诗经》中的赋,远超过比、兴。《雅》和《颂》中大部分作品都用赋;《国风》中的长诗《七月》、《小戎》等也用的是赋体。《孔雀东南飞》,除开头两句用兴外,也通篇用赋。而刻画人物,描写环境,以至生活细节,都达到"随物赋形"的地步。稍后于北朝的《木兰诗》,除最后四句"雄兔脚扑朔,雌兔眼迷离。双兔傍地走,安能辨我是雄雌",用比喻赞美木兰巧妙的乔装外,其余五十八句,虽时有夸张成分(如"旦辞爷娘去,暮宿黄河边";"旦辞黄河去,暮宿黑山头"。),基本上都是用赋。在古典诗歌中,用赋写的佳作,还有不少。不过,由于赋的"正言直述"、"易于穷尽而难于感发",不如比、兴的"托物喻情"、"言有尽而意无穷",所以,总是后者的名篇佳句易为人所传诵。

内容决定形式。运用哪种手法,应根据内容而灵活掌握。沈德潜在《说诗晬语》中说:"人谓诗主性情,不主议论。似也,而亦不尽然。试思二《雅》中,何处无议论?杜老古诗中,《奉先咏怀》、《北征》、《八哀》诸作,近体中《蜀相》、《咏怀》、《诸葛》诸作,纯乎议论。但议论须带情韵以行,勿近伧父面目耳。"可见,要使"敷陈其事"的诗生动感人,亦须"带情韵以行"。

比喻，瑰丽的花朵

远在一千四百多年前的文艺理论家刘勰说："'比'之为义，取类不常：或喻于声，或方于貌，或拟于心，或譬于事。"（《文心雕龙·比兴》）就是说可以比声音，比形貌，比心情，也可以比事物。又说："'比'类虽繁，以切至为贵；若刻鹄类鹜，则无所取焉。"比喻的类别虽多，总以比得恰当为宜。如果把天鹅刻画成家鸭，就不可取了。在古典诗歌中，较常见的是：比之以形貌，比之以心思，比之以色彩，比之以品格四个方面。

比喻，是形象思维的一个重要手段。"物虽胡越，合则肝胆"（刘勰）。通过形象化的表达方式，使原来互不相关的事密切联系在一起，是为了创造优美的意境，产生引人入胜的艺术魅力，给人以鲜明、生动、形象化的印象。白居易《琵琶行》："大弦嘈嘈如急雨，小弦切切如私语。嘈嘈切切错杂弹，大珠小珠落玉盘。"是从琵琶弦上发出高、低、粗、细的不同声音来作比的。它不能引起人更多的想象。韩愈《听颖师弹琴》，也是"喻于声"'却给人以想象的空间，驰目骋怀，不仅可闻，而且恍若可见：

> 昵昵儿女语，恩怨相尔汝。
> 划然变轩昂，勇士赴敌场。

浮云柳絮无根蒂，天地阔远随飞扬。

喧啾百鸟群，忽见孤凤凰。

跻攀分寸不可上，失势一落千丈强。

琴声初起，细微幽怨，好比青年男女轻声耳语，倾诉衷情。接着，琴声由轻柔细碎，忽而高亢雄壮，好比勇士赴战场，冲锋陷阵。琴音一会儿轻快悠扬，仿佛万里晴空中浮荡的白云，随风飘扬的柳絮。琴音一会儿和谐清亮，仿佛众鸟争喧，并听到一只凤凰引吭长鸣，清脆、嘹亮。琴音一会儿起伏抑扬，骤然升高，急剧下落，戛然而止。随着比喻的不断变化，不仅满足了我们的听觉，而且"听声类形"，还可以想象到所比事物的情状。给人以具体感、真实感、亲切感。

李贺《李凭箜篌引》是"摹写声音至文"的一首诗。他运用的比喻，不仅变化多，而且想象十分奇特，把有声无形的音乐描写得形象鲜明，栩栩传神，仿佛就在眼前："昆山玉碎凤凰叫，芙蓉泣露香兰笑。"乐声清脆时，像美玉碎裂的声音，像凤凰鸣叫；乐声幽咽时，像带露珠的荷花哭泣；畅亮时，像芳香的兰花在笑。或以声拟声，或以情态喻声，新巧优美，与白居易、韩愈的写法又不同。

比之以形貌。在旧小说里，常用"闭月羞花之容，沉鱼落雁之貌"之类的话来形容（比喻）古代美人的容貌。它毕竟抽象了一些。闭月、羞花、沉鱼、落雁的情态，虽可以想象得出，但和人联系起来，却不能产生具体、真实、可感的形象。《诗经·硕人》形容美人用了一连串比喻："手如柔荑，肤如凝脂，领如蝤蛴，齿如瓠犀，螓首蛾眉。巧笑倩兮，美目盼兮。"前五句的比喻具体、实在；后两句显然不是用比，而且写得空灵清虚。但虚中传神，写出了人的神，人的情态。如果只是前五句，这位美人便是静止的，像个泥塑的观音菩萨。有了后两句，这位美人才活了起来，才具有动的美。

李白"云想衣裳花想容"，用花和云来比喻杨贵妃的容貌和衣饰;"一枝红艳露凝香",以牡丹花来比喻杨贵妃的美。犹如用花比女人一样,很一般,见不出人的神态情致。"强整娇姿临宝镜,小池一朵芙蓉"(李珣),把"宝镜"比为"小池",把"娇姿"比为"芙蓉":池水清澈,芙蓉艳美,脸映池中,真是"荷花娇欲语",别有一番情致了。

再看贺知章《咏柳》:

> 碧玉妆成一树高,万条垂下绿丝绦。
> 不知细叶谁裁出? 二月春风似剪刀。

柳条柔嫩轻盈,纷披下垂,如同丝带一样,是用"绿丝绦"比"万条"。接着以新奇的想象,生动的比喻,把"春风"比作"剪刀",而且还想象这细叶是裁出来的。"此中有人,呼之欲出",形象生动,引人联想。前两句的比喻,还是由物及物,给人的还是物的感觉;而后两句从春柳被裁中,就更显出春柳的情态了。

比之以心思。李清照曾经多次用菊花来比喻自己。一次是当她还过着美满生活的时候,因和丈夫小别而惆怅,她说:"帘卷西风,人比黄花瘦。"(〔醉花阴〕)随着环境的变化,她说:"天教憔悴度芳姿。纵爱惜,不知从此,留得几多时。"(〔多丽〕)也是以菊花自喻,但凄苦之情,浓重多了。后来宋室仓皇南渡,她开始了不幸的晚年生活,丈夫突然死去,金石器皿荡然无存;颠沛流离,艰辛惊恐。这时,再以菊花自比,我们看到的则是:"满地黄花堆积,憔悴损,如今有谁堪摘?"(〔声声慢〕)三次以菊花喻人,都表现出人在不同时间、环境的不同神态和情致。正是物态人情,表里一致,从而揭示出人的内心世界。刘勰说比喻"以切至为贵"。黄侃说:"切至之说,第一不宜沿袭,第二不许笼统。"(《文心雕龙札记》)总之,比喻要精当、明确、自然、合理,要有独创性。如此,方能"喻巧而理至"。

比之以色彩。画家借助颜色绘出万紫千红的艺术品。诗人借助事物作比喻，表现出绚丽多彩的生活画面。"飞流直下三千尺，疑是银河落九天。"（李白《望庐山瀑布》）用色彩洁白的银河从太空直挂而下，比喻庐山瀑布的飞流直下。"歘如飞电来，隐若白虹起。"（引同上）说瀑布忽然奔泻时，像突来的飞电；它平静直流时，又像天上的白虹。庐山瀑布，形象鲜明，用的是带有色彩的比喻。"遥望洞庭山水翠，白银盘里一青螺。"（刘禹锡《望洞庭》）说远望苍翠的洞庭山，像盛在银盘里的青螺。这是把洞庭湖比作银盘，把洞庭山（又叫湘山，君山）比作螺形的黛墨（供绘画用，女子也用来画眉）。雍陶跟刘禹锡有点不同，他说："疑是水仙梳洗处，一螺青黛镜中心。"（《题君山》）他把洞庭湖比作一面明镜，也说洞庭山如螺形的黛墨，使美丽的湖光山态，与神话联系起来，就更新颖有趣了。

"桃花乱落如红雨"（李贺《将进酒》），是以红雨来比喻落花；"一枝寒梅白雪条"（张渭《早梅》），是以白玉来比喻梅花；但是都没有赵佶以"裁剪冰绡，轻叠数重，淡着胭脂匀注"，用裁剪的白色丝绸，"轻叠数重"，还染上了一层淡淡的胭脂来比喻杏花，细致深刻。"断无蜂蝶慕幽香，红衣脱尽芳心苦。"（贺铸〔踏莎行〕①）以荷花的幽香，比自己的坚贞品德；以蜂蝶之断然不来，比得不到权势者的欣赏。"返照迎潮，行云带雨"（引同上），落日的霞晖，返照在涟漪上，迎接着由浦口而来的潮水；天空的流云，带着雨丝，洒向荷塘（回应首两句："杨柳回塘，鸳鸯别浦"）。以荷花在塘浦之间自开自落，久历阴晴风雨，来比喻自己饱经沧桑，情怀郁郁。这两句不仅写景生动，而且暗示出人物的感情和性格。至于以红花比喻霜叶的"霜叶红于二月花"（杜牧《山行》）；以花朵在苍翠碧绿的山峦中好像要燃烧起来，比喻"花红似火"的"山青花欲燃"（杜甫《绝句二首》之二）。都以明丽而寓有生命力的色彩作比喻，更显出事物本身的魅力和感染力。

比之以品格。以物喻志,用比喻来表现人的品格,是比的另一个方面。同是咏蝉的诗,在"狱中咏蝉"的骆宾王表现的是"患难人语":"露重飞难进,风多响易沉。无人信高洁,谁为表余心?"前两句以蝉翼和蝉声比喻自己身陷囹圄,有翅难飞,有口不容辩白冤枉;后两句以餐风饮露的高洁的蝉自喻,希望有人为自己的无辜辩白。李商隐表现的是"牢骚人语":"本以高难饱,徒劳恨费声。五更疏欲断,一树碧无情。"(《蝉》)说蝉品行高洁,栖息在树枝上,餐风饮露,难得一饱。虽发出不平之鸣,也是白费气力。它叫到天快亮时,已声嘶力竭,而所栖息的大树,却无情自碧。也是以蝉自比,以树比他所期望的援手。两人皆以蝉作比,来表示自己的品格。而以秋蝉为譬写其品格高洁的虞世南,则是"清华人语":"垂绥饮清露,流响出疏桐。居高声自远,非是借秋风。"

同是咏梅花的诗,"疏影横斜水清浅,暗香浮动月黄昏",情趣清幽闲适,借以喻"梅妻鹤子"林处士(和靖)的闲逸高洁。"无意苦争春,一任群芳妒。零落成泥碾作尘,只有香如故"〔卜算子〕,陆游用梅花本性不移来比喻自己的高风亮节,高尚情操。毛泽东同志"反其意而用之",借"待到山花烂漫时,她在丛中笑"的梅花形象,来比喻共产主义者的崇高风格。

再如:"兰叶春葳蕤,桂华秋皎洁'(《感遇》),张九龄以兰桂作比,表示自己的品德高洁;"江南有丹橘,经冬犹绿林。岂伊地气暖,自有岁寒心"(《感遇》),又以丹橘自喻,感叹自己具有坚贞品德,却不为世所用。"新松恨不高千尺,恶竹应须斩万竿"(《将赴成都草堂途中作》),杜甫以种松伐竹的日常生活情景,来比喻自己"扶善嫉恶"的胸怀。"云披雾裂虹蜺断,霹雳掣电捎平冈"(《笼鹰词》),柳宗元以劈开云雾,截断彩虹,如迅雷闪电般掠过山冈的苍鹰作比喻,来抒发自己在永贞革新失败前后的豪情和悲愤。"洛阳亲友如相问,一片冰心在玉壶"(《芙蓉楼送辛渐》),王昌龄以心如晶莹的玉壶冰来比喻自己不会去追求功名富贵。"向前敲瘦骨,犹自带铜声"(《马诗·四》),李贺以"骏骨折西风"的马骨的坚韧来比喻自己的铮铮傲骨。总之,诗人们喻中见志,显示出他们各自的品格来。

秦牧同志在《艺海拾贝》中说:"美妙的譬喻简直像是一朵朵色彩瑰丽的花,照耀着文学。"给譬喻以很高的地位。从以上的介绍中,可以看出这一朵朵花,的确是万紫千红,美不胜收的。

① 贺铸:〔踏莎行〕

杨柳回塘,鸳鸯别浦,绿萍涨断莲舟路。断无蜂蝶慕幽香,红衣脱尽芳心苦。　　返照迎潮,行云带雨,依依似与骚人语:当年不肯嫁春风,无端却被秋风误。

明喻·隐喻·博喻

比喻,一般说有三种:明喻、隐喻和博喻。

刘勰《文心雕龙·比兴》有"比类"和"比义"之分。大体说,前者指只取具体事物中的某一点来相比,像"麻衣如雪","两骖如舞"等。这是明喻。后者指用具体形象来比抽象的事物,如"金锡以喻明德"、"珪璋以譬秀民"等。这是隐喻。刘勰认为:"比显而兴隐。"一般说,称比为明喻,兴为隐喻。但在有的隐喻中,并看不出兴的作用来。应该说,它们都是比的范畴,而有明、隐之不同。

明喻,比较显露,一目了然,易引起人的观感。以刘勰举的"麻衣如雪"(《曹风·蜉蝣》)、"两骖如舞"(《郑风·大叔于田》)来看,前者说"麻衣洁白如雪";后者说"三匹或四匹马共驾一辆车时,两旁的马走起来疾徐配合得很好,好像舞蹈一般"。这些比喻,一看便知,所以是明喻。

明喻,要求奇警、新鲜、有创造性。"问君能有几多愁? 恰似一江春水向东流。"(李煜〔虞美人〕说无法触摸到的愁,如流水一样无穷无尽。比喻形象、具体。"离恨恰如春草,更行更远还生。"(李煜〔清平乐〕)春草是随处皆生的,可以见出愁多,而且越走得远,这春草(愁)也越多!"野火烧不尽,春风吹又生。"(白居易《赋得古原草送别》)春草烧而复生,永无衰尽,这离愁也就永无止期了。"只恐双溪舴艋舟,载不动许多愁。"(李清照〔武陵春〕)不说愁有多深(如秦观"落红万点愁如海"),不说愁有多大(如杜甫"忧端齐终南,涵洞不可掇"),而是说舴艋小舟,载都载不动。以舴艋舟之小,喻愁之多,更觉新颖别致。

明喻,一般说不含蓄,无余味。但也有例外,如"慈母手中线,游子身上衣。临行密密缝,意恐迟迟归!谁言寸草心,报得三春晖?"(孟郊《游子吟》)前四句直叙,用的是赋体。后两句以寸草不能报答春光的照拂,比喻做儿子的报不尽母恩。用一问句,尤见情深。孟郊另一首诗《寒地百姓吟》,用对比手法写贫富生活的悬殊。说贫者是:"无火炙地眠,半夜皆立号。冷箭何处来?棘针风骚骚。霜吹破四壁,苦痛不可逃。"前两句说,没有燃料取暖,只在临睡前将地烘热,席地而睡,半夜冻得站起来嚎哭。但究竟有多冷呢?诗人用"冷箭"、"棘针"、"霜吹'来比喻刺人肌肤的寒风。这是用具体事物为喻,写出不见形迹的冷,使人产生真实的感觉。

明喻,也有通过写景的,如:"听雨寒更尽,开门落叶深。"(释无可《秋寄从兄岛》)听了一夜雨声,晨起开门一看,原来没有落雨,是落叶的声音(用"雨声"比落叶声)。"黄叶仍风雨,青楼自管弦。"(李商隐《风雨》)用因风雨而飘零的黄叶,比喻自己孤寂冷落;以青楼弦管的不绝,比喻人家的热闹欢乐:有景有情,情景相异,愈见出苦乐悬殊。"浮云游子意,落日故人情。"(李白《送友人》)浮云孤飞,飘忽不定,以喻游子之心;落日将下,依恋不舍,以喻故人之情:有景有情,先景后情,情景交融,愈觉得友情深重。"桃花潭水深千尺,不及汪伦送我情。"(李白《赠汪伦》)以潭水之深,喻友情之深,"索物以托情",表达出友情的深重。

隐喻,一般是本质和内在意义上的"比"。用刘勰的话说是:"写物以附意,扬言以切事。"通过描写事物来比附某种意义,不惜以夸大来说明事理。诗人因不愿或不能直吐胸臆而用它。如李贺《公无出门》的开头:"天迷迷,地密密。熊虺食人魂,雪霜断人骨。

300

嗾犬狺狺相索索,舐掌偏宜佩兰客。"说天上昏昏沉沉,地上密密麻麻,到处是害人的毒蛇;霜重雪冷把人冻杀。坏人唆使恶犬狂吠,向着好人张牙舞爪。诗里的熊虺、毒虫、狻猊、猰貐等毒蛇猛兽,是隐喻那些把天下搅得天昏地暗、霜冷雪寒的藩镇。在《猛虎行》里,更把那些骄横跋扈、搞独立王国的军阀,比喻为老虎:

> 长戈莫舂,强弩莫挝。
> 乳孙哺子,教得生狞。
> 举头为城,掉尾为旌。
> 东海黄公,愁见夜行。
> 道逢驺虞,牛哀不平。
> 何用尺刀,壁上雷鸣。
> 泰山之下,妇人哭声。
> 官家有程,吏不敢听。

　　一、二句说,老虎很凶猛,锋利的长戈和长弩都不能射杀它们:隐喻藩镇势力强大。三、四句说,老虎哺育子孙,也教它们凶恶狰狞:隐喻藩镇妄图世袭割据,称兵作乱。五、六句说,这些老虎很凶恶,抬起头来像城楼,尾巴摆动像旌旗:隐喻藩镇的嚣张气焰。七、八句说,有法术而善于哺虎的黄公都怕它,夜里也不敢出来行走:隐喻朝臣武将莫奈他何。九、十句说,老虎看到空有虎形而不吃人的驺虞,对他十分不满,骂他无用:隐喻凶恶的藩镇,不满意那些臣服朝廷的藩镇。十一、二句说,不敢杀虎,让宝刀空挂在墙上鸣响,有什么用处:用宝刀隐喻那些力图挽回国势的人,讽刺唐王朝不能任用他们削平藩镇叛乱。最后四句,借用泰山之下一家三代都被老虎吃了的故事,隐喻即使有哺虎期限(下令讨伐藩镇),但贪生怕死的官吏谁也不会执行。这首诗句句写老虎,句句隐喻藩镇,密切接连,如影随形,从各个方面揭露了藩镇的狰狞和朝廷的无能。

301

隐喻,在李商隐的诗中,往往构成唱叹有情、音韵和谐的画面。《锦瑟》①除头尾两联外,中间两联连用四个典故作隐喻:

> 庄生晓梦迷蝴蝶,望帝春心托杜鹃。
> 沧海月明珠有泪,蓝田日暖玉生烟。

庄子梦蝶,喻人事变幻,转瞬成空。杜鹃伤春,喻往事可悲,内心伤痛。"沧海月明",鲛人泣珠,喻旧情已逝,遗恨无穷。"蓝田日暖",喻往事如烟,只留下朦胧的回忆。其他如:"贾生年少虚垂涕,王粲春来更远游。"(《安定城楼》)用贾、王的遭遇,隐喻自己应试不中,依人作客;"春蚕到死丝方尽,蜡炬成灰泪始干。"(《无题》)爱情的真挚,犹如春蚕到死、蜡炬成灰而后已;"二八月轮蟾影破,十三弦柱雁行斜。"(《昨日》)以十六日起月开始破(不圆)和弦柱的数目不成双,喻人的离别。至于借蝉、借流莺表白自己的志行高洁,沦落不遇,理想无法实现等,更是用的隐喻手法。

　　博喻,除《诗经》常用外,韩愈的诗中也常使用,如《送无本师归范阳》、《南山》等,因堆砌累赘,令人生厌。博喻而以形象性胜者,是苏轼的《百步洪》:"有如兔走鹰隼落,骏马下注千丈坡,断弦离柱箭脱手,飞电过隙珠翻荷。"说像兔子奔走和鹰隼从空中急飞而下;像骏马从千丈高坡上冲下来;像迸裂的琴弦弹开琴柱;像箭从手里射出去;像闪电从隙缝一闪而过;像露珠一骨碌从荷叶上滚下来。连用七个比喻来状船行之快,使诗的形象十分鲜明。在词里面,贺铸的"试问闲愁都几许? 一川烟草,满城风絮,梅子黄时雨。"(〔青玉案〕)也是博喻。(这时候)你问我到底愁有多少么? 它如一川烟草,密密层层,笼天盖地;如满城风絮,漫天飘扬;如黄梅时节的雨,连绵不断。这三者既是博喻,又是写景,而且因景见情,烘托气氛,见出愁情。可见,博喻是为着加重事物的分量,深刻地显示艺术氛围的。

① 李商隐:《锦瑟》

锦瑟无端五十弦,一弦一柱思华年。
庄生晓梦迷蝴蝶,望帝春心托杜鹃。
沧海月明珠有泪,蓝田日暖玉生烟。
此情可待成追忆,只是当时已惘然。

兴的三种手法

兴同赋,比一样,历来众说纷纭,莫衷一是。朱熹在《诗经集传》说:"兴者,先言他物以引起所咏之辞也。"刘勰《文心雕龙·比兴》篇说:"兴者,起也。……起情者,依微以拟议。"此外,对于兴,还有"托事于物"(郑众)、"触物以起情"(李仲蒙)等等说法。总之,大致是说:兴,乃由于事物的触动,引起感情,从而把它抒发出来。

兴的艺术手法,一般说来有三种。一种放在诗的开头,用来引起所兴的事物,既有起头的意思,也有启发的意思。《诗经》中的兴,大都在每章的发端两句。其后在文人作品中,如李白《将进酒》的发端是:"君不见黄河之水天上来,奔流到海不复回",于是兴起"君不见高堂明镜悲白发,朝如清丝暮成雪"。张籍《山头鹿》的发端是:"山头鹿,双角芰芰尾促促",于是兴起"贫儿多租输不足,夫死未葬儿在狱"。都承袭了民歌的特点。

兴,源自民间,民歌中最常见。《诗经》中据说有一百一十六篇(实际不止此数)用了兴的,占全诗百分之三十八。它在每章的开头,起着比喻衬托、刻画人物、写景叙事等作用。以《秦风·蒹葭》为例,这首诗共三章。第一章以"蒹葭苍苍,白露为霜"起兴。写在一个秋天的早晨,看见河边芦苇上露水变成霜(露浓如霜),

引起了思念伊人的情思。露凝结如霜，显然是深秋，也暗示时间之早。第二章以"蒹葭萋萋，白露未晞"起兴。芦花雪白一片，露珠没有干。时间显然在前进。第三章以"蒹葭采采，白露未已"起兴。芦花照眼，明亮生光(采)。时间又往前推移了。这三章各以"蒹葭"起兴，引出下面的思念，既是写景，也表现出这个人伫立水滨，眼望蒹葭，思念伊人时间之久。由"蒹葭"而引起"伊人"，由"关雎"而引起"淑女"，由"燕燕"而引起别情，都是引起个别的人或事。但也有引起全篇的，如《孔雀东南飞》的开头两句，以"孔雀东南飞，五里一徘徊"起兴，笼盖全篇。古诗言夫妇离别，往往用双鸟起兴。如《双白鹄》："飞来双白鹄，乃从西北来。十十将五五，罗列行不齐。妻卒(猝)疲病，不能飞相随。五里一返顾，六里一徘徊。'吾欲衔汝去，口噤不能开。吾将负汝去，毛羽何摧颓。''乐者新相知，忧来别生离。踟蹰顾群侣，泪落纵横随。'"这里所指孔雀或白鹄，都是用以引起叙说夫妇生离死别的悲剧。它统摄全篇，具有提纲撮要的作用。

第二种是兼含比喻的兴。如屈原的《离骚》就"讽兼比兴"。它较含蓄，富有情趣。比、兴往往密不可分，兼含比喻的兴在诗词中累见不鲜。"兔丝附蓬麻，引蔓故不长，嫁女与征夫，不如弃路旁。"(杜甫《新婚别》)兔丝是蔓生的小草，附生在蓬和麻上，所以引蔓不长。这里以兔丝比新嫁娘，以蓬麻比被征役的丈夫。浦起龙云：此诗"比体起，比体结(指"仰视百鸟飞，大小必双翔"句)。"(《读杜心解》)但比中有兴，因为它引起了下面全篇的内容。

张九龄《感遇》："兰叶春葳蕤，桂华秋皎洁"、"江南有丹橘，经冬犹绿林"，是以兰桂、丹橘比喻自己的坚贞品德，自然是用比。但比中有兴，因为它引起了下文。诗人借物起兴，目的不在咏兰桂、丹橘，而是借以写人。"梧桐相待老，鸳鸯会双死。"(孟郊《烈女操》)梧桐是参天古木，相偕而老；鸳鸯是美丽的水鸟，双双而死。比意十分清楚。但同时也兴起了"贞妇贵殉夫，舍生亦如此"

的命题,又是比中有兴(这首诗表现的封建礼教思想,是不足取的)。

兼含比喻的兴,有时也出现在一首诗的中间或末尾,而不是在诗的开头,白居易《长恨歌》写"临邛道士"在海外仙山探得杨贵妃的踪迹,使她再度出现在读者面前时,用了这么一句比中兼兴的话:"雪肤花貌参差是",于是兴起了下面的扣扃、传报、下堂等一系列动作,使整首诗峰回路转,展现出一幅崭新境界。出现在诗末尾的,如上述"仰视百鸟飞,大小必双翔",从而兴起"人事多错迕,与君永相望"的话,即一例。

第三种是含有寄托的兴。即用某种事物来寄托诗人的思想感情。这种寄托,古人也称之为兴。"依诗取兴,引类譬喻"(王逸);"兴者,立像于前,后以人事喻之"(《文镜秘府论》);"所谓比兴者,皆托物写情而为之者也"(李东阳)。这种托物寄意法,古人常称为"比兴"、"托兴"、"兴喻","讽兴'等。试看苏轼〔卜算子〕《黄州定慧院寓居作》词:

> 缺月挂疏桐,漏断人初静。
> 惟见幽人独往来,缥缈孤鸿影。
>
> 惊起却回头,有恨无人省。
> 拣尽寒枝不肯栖,寂寞沙洲冷。

缺月如钩,故可挂于"疏桐'之上;又因桐疏才可见月。"漏",是古代计时器。"漏断",表明夜深,铜壶已不闻滴漏声了。此刻,万籁渐寂,听不到白日里的喧闹了。开头两句写远景。"惟见幽人独往来,缥缈孤鸿影。"夜虽深了,但这位"幽人"仍在独自徘徊。这两句是兴起,引起下面一段事情;但也是托事于"孤鸿"。所以,它既写了人,也写了鸿。这样把人的精神感情(内在的,含而不露的)和鸿密切联系起来,人的空虚、寂寞、缥缈、与无所依从的景况,便活脱地映现出来了。

下阕四句是关于鸿(也是关于人)的具体的描写。一只孤鸿飞过来飞过去,它前顾后盼,偶然一声响动,也会回过头留心地看一下。"惊起却回头",寓意深刻。苏轼前因作诗讥讽新法,曾被"逮赴台狱,欲置之死"。这时,他被贬来黄州。百余日的狱中生活,对于"平日文字为吾累"的诗人来说,是不会轻易忘却的。可是自己的委屈,又有谁了解呢。"惊起"两句,看似写鸿,实则是"幽人"内心感情的自语。

然而,这只鸿虽如此孤,如此缥缈,但它还是:"拣尽寒枝不肯栖,寂寞沙洲冷。"鸿雁栖宿苇塘,本不栖树枝上。作者不直说雁不栖树枝,而说它不肯栖,却宁愿在沙洲上过着孤冷的生活。苏轼此刻的孤寂心情、坚定态度,通过托事于物,生动地表现出来了。"凡作诗,悲欢皆由乎兴,非兴则造语弗工。"(谢榛《四溟诗话》)这话是有一定道理的。

比、兴之外尚有赋(见前),表现在诗歌创作中,各具所长,各有所短。锺嵘《诗品》中说:"若专用比兴,患在意深,意深则词踬。若但用赋体,患在意浮,意浮则文散。嬉成流移,文无止泊,有芜漫之累矣。"一般说来,赋中有比、兴,更耐人寻味。而比兴中有赋,则可避免空泛而使诗的内容更充实。

诗的反衬

辛弃疾的〔青玉案〕《元夕》,是一首妙用反衬的好词。试看这首词:

东风夜放花千树,更吹落,星如雨。
宝马雕车香满路。凤箫声动,
玉壶光转,一夜鱼龙舞。

蛾儿雪柳黄金缕,笑语盈盈暗香去。
众里寻他千百度。蓦然回首,
那人却在,灯火阑珊处。

张炎《词源》说:"昔人咏节序,不惟不多,付之歌喉者,类是率俗,不过应时纳祜之声耳。"在咏节序词里,他最满意的是周美成的〔解语花〕《元宵》和史邦卿的〔东风第一枝〕《赋立春》、〔喜迁莺〕《赋元夕》。所谓"不独措辞精粹,又且见时序风物之盛,人家宴乐之同"。辛弃疾这首词,并没有引起他的注意。陈廷焯《白雨斋词话》虽谈到这首词,但说它的结处"了无余味"。可见他没有读懂。彭孙遹说:"稼轩'蓦然回首,那人却在,灯火阑珊处'秦、周之佳境也。"(《金粟词话》)梁启超说:"自怜幽独,伤心人别有怀抱"(《艺蘅馆词选丙卷》),才稍微接触到这首词的真正内涵。

这首咏元夕的词,场面热闹,色彩绮艳,结处峰回路转,别开一种境界。它缺少辛词惯有的慷慨悲壮基调,也与辛词那些反映农家生活的篇什有异,是辛词又一种风格的表现。

宋代由于商业和手工业的畸形发展,城市表面上出现一片繁荣景象。无论北宋的汴京(今开封),或南宋的临安(今杭州),每逢节日,穷奢极侈的统治者都要点缀升平,酣歌醉舞。当时的情景是:"举目则青楼画阁,绣户朱帘。雕车竞驻于天街,宝马争驰于御路。金翠耀目,罗绮飘香。新声巧笑于柳陌花衢,按管调弦于茶坊酒肆。八荒争凑,万国咸通。集四海之珍奇,皆归市易,会寰区之异味,悉在庖厨。"(《东京梦华录·序》)辛弃疾的《青玉案》反映出这种盛况的一个侧面。

"东风夜放花千树,更吹落,星如雨。"开头描绘出一幅灿烂缤纷的元宵画面:万千棵树上闪着红亮的灯光,晶莹耀眼;千家万户门前,红灯高燃,灿若晨星。《东京梦华录》称,正月十六日这天,京城各坊巷,"各以竹竿出灯球于半空,远近高低,若晨星然"。"花千树"、"星如雨"皆指灯。但如把后者解作放焰火的景象,却也不妨备此一说。

"宝马雕车",骏马和装潢美丽的车子是富贵人家出游的象征。"玉壶",指灯。周密《武林旧事·元夕》称:"灯之品极多……其后福州所进,则纯用白玉,晃耀夺目,如清冰玉壶,爽彻心目。""鱼龙",是古代百戏的一种。如果说开头三句还只是描写了灯火的辉煌,而"宝马"以下四句,则不仅有驾着"宝马雕车",一路香风四溢的贵家公子,而且有娓娓引人的凤箫声,明光夺目的"玉壶",热闹的百戏以及那彻夜不熄的鱼形、龙形灯。

上阕极写元宵节之夜的热闹、繁华,色彩浓丽,调子明朗,气氛醉人。

在这样繁华、热闹、五光十色的世界里，戴着"蛾儿"、"雪柳"、"黄金缕"首饰，打扮得漂漂亮亮的游女们，像阵清风，带着盈盈笑语，缕缕幽香，飘然而去了。可是，要找自己所寻求的那个人，却"众里寻他千百度"，遍觅不见。不料，忽然回首："那人却在灯火阑珊处。"原来他正站在灯火阑珊（零落）的地方！至此，我们看到：作者用全词三分之二以上的笔墨，极力渲染的元夕热闹景象，目的不在写景，也不在抒情，而是为了反衬"灯火阑珊处"的那个人。而这个人，正是受到朝廷冷落，不肯趋炎附势、不愿与投降派同流合污的诗人自己！反衬，在这里收到了完美的艺术效果。

李白游苏州怀古之作中有一首《越中览古》，用的也是反衬手法：

> 越王勾践破吴归，义士还家尽锦衣。
> 宫女如花满春殿，只今唯有鹧鸪飞！

曾经遭受吴国侵略，后来卧薪尝胆，发愤图强，终于灭了吴国的越王勾践，胜利归来；忠于越王为国复仇的义士，都得到官爵赏赐；艳丽如花的宫女布满春殿。前三句的极力铺排、渲染，正是为了反衬最后一句"只今唯有鹧鸪飞"的凄凉景象！往事历历，前尘如梦，封建帝王的富贵荣华，难于久驻。吊古之情，伤今之感，虽不着一字，却表现得十分深刻。与本篇主题完全相同的《苏台览古》却别是一种写法："旧苑荒台杨柳新，菱歌清唱不胜春。只今惟有西江月，曾照吴王宫里人。"《唐宋诗醇》云："前《苏台览古》，通首言其萧索，而末一语兜转其盛。此首（《越中览古》）从盛时说起，而末句转入荒凉，此立格之异也。"沈德潜也说："其格独创"（《唐诗别裁》）；查慎行说：其"章法独创"（《初白诗评》）。一言以蔽之，就在于这首《越中览古》用的是反衬。

许浑的七律《骊山》，用的也是反衬，但写法稍有不同：

310

闻说先皇醉碧桃，日华浮动郁金袍；
风随玉辇笙歌迥，云卷珠帘剑佩高。
凤驾北归山寂寂，龙舆西幸水滔滔；
蛾眉没后巡游少，瓦落空墙见野蒿。

全篇以"闻说"二字领起，表明是过去的事。前四句极力铺陈唐玄宗的豪奢狂欢：醉碧桃、郁金袍、玉辇、笙歌、珠帘、剑佩，一派美景。而当此之日，是"日华浮动"，"风随"，"云卷"，赏心乐事，美景当前，昭昭如在目前。后四句以"山寂寂"、"水滔滔"、"瓦落"、"空墙"、"野蒿"的荒凉景色，来反衬昔时的繁华，就更见出诗人昔盛今衰的感慨。

关于春秋时息侯夫人息妫，诗人们写过不少诗。孟棨的《本事诗》记载说：唐代宁王李宪豪奢纵欲，有"宠妓数十人，皆绝艺上色"。一天，他看见左邻一个饼师的妻子很美，就霸占了她。过了一年，宁王问她还想不想饼师，她默不作声。宁王派人将饼师召来，她"双泪垂颊，若不胜情"。当时在座的王维受命赋诗，写了首《息夫人》："莫以今时宠，宁忘昔日恩。看花满眼泪，不共楚王言。"这时只有二十岁的王维，用楚文王灭息后，占有息夫人，她一直不说话的故事，来影射这位不幸的女人，生动感人，使"当时文士，无不凄异"。杜牧的《题桃花夫人庙》，却是另一种写法：

细腰宫里露桃新，脉脉无言几度春。
至竟息亡缘底事？可怜金谷坠楼人。

石崇的爱妾绿珠，因反抗孙秀抢夺她而跳楼自杀，而息夫人却不反抗楚文王的强占，忍辱含垢，苟且偷生。"以绿珠之死，形息夫人之不死，高下自见；而词语蕴藉，不显露讥讪，尤得风人之旨

311

耳。"（《瓯北诗话》）字面上虽无一字之贬，但经过这样一反衬，较绿珠之殉石崇，何啻霄壤！难怪许彦周赞为："此诗为二十八字史论。"（息妫庙，唐时称为桃花夫人庙，故诗有"露桃新"的话）吴天章的："桃花夫人好颜色，月中飞出云中得。新感恩仍旧感恩，一倾城矣再倾国。"与孙文定的"无言空有恨，儿女粲成行"，则是直言不讳的嘲讽；宋之问的"仍为泉下骨，不作楚王嫔"，则简直是为这位"吾一妇人，而事二夫"的别作解释；邓汉仪的《题息夫人庙》："楚宫慵扫黛眉新，只自无言对暮春。千古艰辛惟一死，伤心岂独息夫人。"则是为息夫人也为自己的"二臣之恨"开脱；而《红楼梦》的续作者高鹗引这首诗的后两句为贾宝玉出家后，袭人下嫁蒋玉菡开脱，意义则是完全相同的。从这些诗也可看出：运用反衬手法，目的是为了更好地凸现诗的主题思想。

　　反衬，有时还能"化腐朽为神奇"。顾嗣立称："韩昌黎诗句句有来历，而能务去陈言者，全在于反用。如《醉赠张秘书》诗，本用嵇绍鹤立鸡群语，偏云：'张籍学古淡，轩鹤避鸡群。'《县斋有怀》诗，本用向平婚嫁毕事，偏云：'如今便可尔，何用毕婚嫁？'《送文畅》诗，本用老杜'每愁夜中自足蝎'句，偏云'照壁喜见蝎'。《荐士》诗，本用《汉书》'强弩之末不能入鲁缟'语，偏云'强箭射鲁缟'。《岳庙》诗，本用谢灵运'猿鸣诚知曙'句，偏云'猿鸣钟动不知曙'。此等不可枚举。学诗者解得此秘，则臭腐化为神奇矣。"（《寒厅诗话》）这里说借用前人的意思而不从正面说，偏从反面立言，化"臭腐为神奇"，而见出了新意。

　　反衬，也有联系到诗人自己的，这多半出现在用典使事方面。试看李商隐《贾生》："宣室求贤访逐臣，贾生才调更无论。可怜夜半虚前席，不问苍生问鬼神！"汉文帝在宣室召见从长沙回来的贾谊，却向他询问关于鬼神的事。由于谈话投机，文帝不自觉地在坐席上往前移动。诗的前两句表现出君主的恩遇，后两句却通过"夜半前席"、"不问苍生"而"问鬼神"，揭示出这位皇帝关心的是个人生死,并非求贤若渴,以寻治国救民的大计。诗用欲抑(后两句)先扬(前两句)的手法,反用历史故事,讽刺文帝不能真正重用贾谊,是对汉文帝接见贾谊的反用。从而"反衬"出自己的怀才不遇。他如:"因知海上神仙窟,只似人间富贵家。"(韦庄《陪金陵府相中堂夜宴》)本意是说人间富贵,不异仙家,却偏说海上神仙只似人间富贵。"桃花潭水深千尺,不及汪伦送我情。"(李白《赠汪伦》)本意是汪伦送我之情,如潭水千尺,却偏说桃花潭水千尺,尚不及汪伦送我之情深。这些则又是近似反衬的倒说了。

关于用典

典故,或称用典、用事,是指用过去的事。用过去的事来说明当前的问题,既要"师其意",还须故中出新,使用典情思隽永,耐人寻味。

温庭筠《苏武庙》①,运用典故不仅活,而且别具新巧,出于自然。这首诗的前四句是:

> 苏武魂销汉使前,古祠高树两茫然。
> 云边雁断胡天月,陇上羊归塞草烟。

开篇致慨,遥念先贤:当年异域得逢汉使,魂为之销;今日临风怀想,所见者只有"古祠"与"高树"了!生前、身后概括在十四个字中。三、四句用典,俱见《汉书·苏武传》,一则曰:"昭帝即位数年,匈奴与汉和亲,汉求武等,匈奴诡言武死。后汉使复至匈奴,常惠……教使者谓单于言:天子射上林中得雁,足有系帛书,言武等在某泽中。"一则曰:"乃徙武北海上无人处,使牧羝(公羊),羝乳乃得归。"当年苏武滞留塞外,目之所见是"胡天月",是"塞草烟",是"云边雁断",是"陇上羊归"。这里雁,羊是写实,写苏武每天所接触的事物,所看到的情景,但也是用《汉书·苏武传》的典故。

实写与用典,达到难以区分的地步。

用典要巧,犹如己出。辛弃疾的〔南乡子〕《登京口北固亭有怀》,是他晚年重临京口,触景生情,想到只有十九岁的吴主孙权,"年少万兜鍪,坐断东南战未休"的英雄气概,有感于今天的南宋王朝,对敌人称臣纳贡,屈膝求和,和孙权相比,真是如龙与蛇。于是,诗人喟然叹曰:"生子当如孙仲谋!"这一句完全如出己口的话,却是用典:《三国志·孙权传》注引《吴历》:"公(曹操)见舟船、器仗,军伍整肃,喟然叹曰:生子当如孙仲谋……"其他如:

> 山河举目虽异,风景非殊。
>
> ——〔汉宫春〕

> 可堪回首,佛狸祠下,一片神鸦社鼓。
>
> ——〔永遇乐〕《京口北固亭怀古》

前者用《世说新语》"风景不殊,正自有山河之异"的话;后者"佛狸"是魏太武帝的小名,这里以"佛狸祠"代指在金人统治下的祠庙。敌人祠庙的香火旺盛,说明沦陷区人民抗敌复国的思想单薄,寓意深刻,用事妥贴。这些都说明了辛弃疾善于通过概括力强而含有一定人物、情节、场景或警策语言的典故,表现出丰富的思想和感情。正是"用事,能令事如己出,天然浑厚,乃可言诗"。(《诗人玉屑》)也就是要:自然、明快、不着痕迹,以致使人不觉其用典。

典故,应该成为作品的组成部分,浑化在诗境中。辛弃疾〔贺新郎〕《别茂嘉十二弟》,一连用四个故实,抒发自己的感慨。一是:还没有和君王见面,就被贬入长门宫的王昭君,如今她乘着翠辇从长门宫出来,辞别汉家宫阙要去西域("马上琵琶关塞黑,更长门翠辇辞金阙”）；二是：卫庄姜（卫庄公的妻）抚养的一个名叫完的儿子，即位不久，就被杀害了。完的母亲回娘家去，庄姜送她到郊外，“瞻望弗及，涕泣如雨”，作《燕燕》诗为之送行（“看燕燕，送归妾”）；三是：曾经“以五千之众对十万之军”的李陵，战败投降匈奴，身败名裂。当他要与苏武分别时，不能不有“子归受荣，我留受辱”的感慨，不能不说“异域之人，一别长绝”的话，不能不低吟着“携手上河梁，游子暮何之”的诗句（“将军百战身名裂，向河梁回头万里，故人长绝”）；四是：当“秦兵旦暮渡易水”的时候，荆轲慨然去刺秦王，燕太子丹等人都穿戴白色衣冠，高渐离击筑，荆轲和而歌，声音激昂悲壮（“易水萧萧西风冷，满座衣冠似雪，正壮士悲歌未彻”）。以上王昭君、卫庄姜、李陵、荆轲送别的故事，哪一个不令人扼腕、感叹？这里辛弃疾借用它们，来比照此刻自己的心情，通过“别茂嘉十二弟”来抒发自己的感慨。陈廷焯很欣赏这首词：“稼轩词，自以〔贺新郎〕《别茂嘉十二弟》一篇为冠。”因为它“沉郁苍凉，跳跃动荡，古今无此笔力”。虽评价高了一点，但其所以“沉郁苍凉，跳跃动荡”，是和这四个典故的运用有密切关系的。

典故使用得好，可以增加诗的气氛，耐人寻思，含蕴深厚。李商隐的诗，用典虽多，由于他组织得严密，对事的工切，所以常推陈词而出新意。《西南行却寄相送者》是诗人赴兴元（今陕西汉中市）途中寄友人之作。首两句：“百里阴云覆雪泥，行人只在雪云西。”说阴云密布，笼罩着广漠的雪原，行人远去，似在雪云之西。景中寓情，平淡无奇。但最后两句（准确地说是最后一句），古典今用，古今愈合，却别饶意味了：

明朝惊破还乡梦，定是陈仓碧野鸡。

“陈仓碧野鸡”是秦文公时陈仓宝鸡神传说与汉宣帝时派王褒往益州求金马碧鸡神两典的合用。两句的大意是：想象自己明

316

天身在陈仓,怀乡思友,一定会被陈仓的鸡声惊破还乡梦。这里,将宝鸡的神话传说,与现实生活中的鸡声连接一起,既点出乡思,也说出了自己旅途中的特殊感受。而且,用典切时("明朝"),切地("陈仓")、切人(行人)、切事(离情)。既是自己怀人,又像是相送者揣想着行人。构思、设想,奇异巧妙;典中有情,别具新意。

李商隐七律《潭州》②中间两联用了四个典故:

> 湘泪浅深滋竹色,楚歌重叠怨兰丛。
> 陶公战舰空滩雨,贾傅承尘破庙风。

"湘泪"句是说舜妃娥皇、女英,伤舜南巡,死于苍梧,泪染竹上的事。"楚歌"句指屈原《离骚》、《九歌》中多次指斥的令尹子兰等。"陶公"句借陶侃当年战功显赫,暗示当今摒弃贤能。"贾傅"句借祠庙蛛网尘封、风雨侵凌,而寓人才埋没、怀才不遇之感。这首诗借凭吊古人来抒发诗人的感慨,说的全是古事,也很切题。另外,湘妃竹色,兰芷青葱,雨洒空滩,风吹破庙,又完全切合此刻诗人身居潭州官舍、薄暮独自登楼时的所感所怀所思景况。换言之,典中所含之情景,与诗人今天所感所怀所思之情景,完全融合,用典与现实浑然一体,令人难以区别了。

李商隐是用典使事的能手。典故在他的诗中,运用得巧妙而灵活。"玉玺不缘归日角,锦帆应是到天涯。"说具有"日角龙庭"帝王相的唐高祖李渊,如果不取代隋王朝,隋炀帝恐怕要乘龙舟遍游天涯海角了。"地下若逢陈后主,岂宜重问后庭花!"(俱见《隋宫》)国亡身殒的隋炀帝如果在阴曹地府遇见陈后主,难道还要再观赏一曲《玉树后庭花》吗?推想假设,活用典故,把炀帝的荒淫纵乐与诗人的嘲讽戏谑,痛快而又含蓄地表现出来了。"休问梁园旧宾客,茂陵秋雨病相如。"(《寄令狐郎中》)梁园,是司马相如客游之所,在这里他写成了有名的《子虚赋》。用"梁园"典,为次句自比"病相如"隐下伏笔。这是一典在两句中分用,切事切人,非常妥贴。"窦融表已来关右,陶侃军宜次石头。"(《重有感》)窦融、陶侃均指上表请讨伐宦官的刘从谏,两典实指一人,但读者不觉其重复。因一是讲过去("已"),一是说未来("宜"),寄希望于前句,待实现于后句。从而,愈见出诗人心情的急切。"空闻迁贾谊,不待相孙弘。"(《哭刘司户蒉》)贾谊、孙弘,俱指刘蒉贾谊一度从长沙召回,但转眼成空,和刘蒉虽被举荐,终远谪异域,何其相似!公孙弘虽一度免官,但后位至丞相。对刘蒉来说,却终未能像公孙弘这样,故云"不待"。两典系一人身,寓意不同,意味深长。

巧用典故,能使诗写得凝炼警策。但是,如果一味堆砌典故,像李商隐的《泪》、《喜雪》等诗,一篇中用事十之七八,却反而使诗枯燥乏味、了无情趣了。试看《泪》:

> 永巷长年怨绮罗,离情终日思风波。
> 湘江竹上痕无限,岘首碑前洒几多?
> 人去紫台秋入塞,兵残楚帐夜闻歌。
> 朝来灞水桥边问,未抵青袍送玉珂。

首句用汉戚夫人被囚永巷事,第三句用舜之二妃娥皇、女英泪洒湘竹事,第四句用后人为羊祜死后在襄阳岘首山上立碑事,第五句用昭君出塞事,第六句用项羽被围夜闻楚歌事,第二句也是讲送别伤心之事,最后以"未抵"收转,说如许伤心之事,尚不及灞水桥边青袍寒士送玉珂贵人之可悲可痛!"前皆借事为词,落句方结出本意"(何义门语)。最后我们才明白这首诗是为送别而作。前六句各举一事,说明古人挥泪的原因,借以喻己,却没有内在的联系。所以,尽管用了这么多的伤心典故,却不感动人。这是发人深思的。

用典,"有直用其事者,有反其意而用之者"。(严有翼《艺苑雌黄》)王安石《登飞来峰》[③]"不畏浮云遮望眼"句,就是"反其意

318

而用之者"。陆贾《新语·慎微篇》:"故邪臣之蔽贤,犹浮云之障日也。"把浮云蔽日,比喻奸臣小人在皇帝面前说贤臣的坏话。李白诗云:"总为浮云能蔽日,长安不见使人愁。"(《登金陵凤凰台》)王安石反用此典,说:我不怕浮云遮住远望的视线,那是因为我站在了最高的地方。

怎样用典?古人讲过不少有益的意见。顾嗣立说:"作诗用故实,以不露痕迹为高,昔人所谓使事如不使也。盛庶斋(如梓)谓:杜诗'荒庭垂橘柚,古壁画龙蛇'。皆寓禹事,于题禹庙最切。'青青竹笋迎船出,白白江鱼入馔来'。皆养亲事,于题中扶持字最切。余谓:刘宾客诗:'楼中饮兴同明月,江上诗情为晚霞。'一用庾亮,一用谢朓,读之使人不觉,亦是此法。阮亭先生云:往年董御史玉虬(文骥)外迁陇右道,留别余辈诗云:'逐臣西北去,河水东南流。'初谓常语,后读《北史》魏孝武帝西奔宇文泰,循河西行,流涕谓梁御曰:'此水东流,而朕西上。'乃悟董语本此,深叹其用古之妙。"(《寒厅诗话》)他主张"使事如不使"。"以不露痕迹为高。"就是说:用典,要如己出。

总之,诗中用典,贵在自然,贵在妥贴,贵切合其事。

① 温庭筠:《苏武庙》
　　苏武魂销汉使前,古祠高树两茫然。
　　云边雁断胡天月,陇上羊归塞草烟。
　　回日楼台非甲帐,去时冠剑是丁年。
　　茂陵不见封侯印,空向秋波哭逝川!

② 李商隐:《潭州》
　　潭州官舍暮楼空,今古无端入望中。
　　湘泪浅深滋竹色,楚歌重叠怨兰丛。
　　陶公战舰空滩雨,贾傅承尘破庙风。
　　目断故园人不至,松醪一醉与谁同?

③ 王安石:《登飞来峰》

飞来峰上千寻塔,闻说鸡鸣见日升。

不畏浮云遮望眼,自缘身在最高层。

下编

百年地僻柴門迥
五月江深艸閣寒

杜甫诗意图

思想：开屏的孔雀

大家知道，孔雀的美丽，是当她展开那五彩斑斓的金翠尾的时候。一首诗，一阕词，只有深厚的思想内涵通过完美的艺术形式充分表达出来时，才如"孔雀开屏"那样动人心弦，给人以赏心悦目的感觉。

"春种一粒粟，秋收万颗籽。四海无闲田，农夫犹饿死。"（李绅《悯农》）写出了封建制度压迫下农民的苦难。"父耕原上田，子劚山下荒。六月禾未秀，官家已修仓。"（聂夷中《田家》）农民辛劳种出来的谷，都进了官仓。而农民则是："未曾分得谷，空得老农名。"（曹邺《四怨诗》）①所以人们用老鼠比喻官吏："官仓老鼠大如斗，见人开仓亦不走"（曹邺《官仓鼠》），反映出当时吏治腐败，贪污公行。"健儿无粮百姓饥"，禁不住对"官仓鼠"提出严厉的责问："谁遣朝朝入君口？"这类诗对剥削压迫者进行了强烈的揭发和控诉，思想健朗，艺术上用白描手法，以朴素真实见长。

唐诗中又有不少思想健朗、语言朴素的反映宫廷生活的诗。如果艺术成就不差上下，应该说唯有那些具有思想深度的作品，才如孔雀的翠羽一般珍奇可爱。对于"凤阁龙楼"的帝王宫苑生活，曹雪芹借贾元妃的口仅用七个字作了十分准确的概括，说那是"不得见人的去处"（《红楼梦》第十八回）。在古典诗歌里的"宫怨"诗,仅从封建帝王玩弄妇女这个方面作一些剖视,就够令人触目惊心的了。

白居易的名篇《长恨歌》中有"后宫佳丽三千人"句;陈鸿的《长恨传》中,有"三夫人,九嫔,二十七世妇,八十一御妻,暨后宫才人,乐府妓女"的话。不过"后宫佳丽"绝不止三千人,则是可以肯定的。因为唐高祖李渊一次大开"圣恩",就放出宫人"计三千余人"。太宗李世民时,后宫里"无用宫人,动有数万"(见《唐会要》三)。玄宗的武惠妃死后,"后庭数千,无可意者"(《旧唐书·后妃传》)。元和四年,白居易曾上《请拣放后宫内人状》,就是为这些被幽禁的宫人寻求一线生路的。"玄宗末岁初选人,入时十六今六十。"(《上阳白发人》)白居易为这些"少亦苦,老亦苦"的昔日"红颜"、今则"白发新"的不幸者,发出了不平之鸣。《全唐诗》中有大量写《宫词》或《宫怨》的诗。中唐诗人王建就写有《宫词》一百首,在相当广阔的范围内描写了宫廷生活。王昌龄的《宫怨》诗数量虽不及王建,但却有一些名篇。多数反映宫廷生活的诗,由于"为尊者讳"的政治原因,和"温柔敦厚"诗教的影响,往往表现为"怨而不怒"的红颜薄命思想,未能反映出她们的思想实际。如王昌龄《春宫曲》:

> 昨夜风开露井桃,未央前殿月轮高。
> 平阳歌舞新承宠,帘外春寒赐锦袍。

风拂露井,春桃盛开,暗寓他人承宠,"未央前殿月轮高",欢歌纵舞,未有已时。后两句意思甚明:"不寒而赐,赐非所赐,失宠者思得宠者之乐而愈加愁恨。"(王尧衢)"只说他人之承宠,而己之失宠,悠然可思,此求响于弦指外也。"(沈德潜)正由于"求响于弦指外"的含蓄手法和温柔敦厚的诗教影响,所以此诗"愁"则可见,"恨"则无有也。"斜抱云和深见月,朦胧树色隐昭阳。"(《西宫春怨》)"云和",山名,产美木,用以作瑟,后来用为瑟的代称。如谭元春所说:"斜抱云和以态则至媚,以情则至苦。""昭阳",汉成帝宠妃赵昭仪所居,喻承宠者所居。此刻抱瑟沉思,唯能于朦胧树色中见之。"怨而不怒",不失温柔敦厚之旨。

再一种,不仅"怨而不怒",而且怨而犹待,怨而自恨,如《西宫秋怨》:

芙蓉不及美人妆,水殿风来珠翠香。
却恨含情掩秋扇,空悬明月待君王。

芙蓉是美的,但尚不及妆成之后的美人,则美人之美可见;水殿风来,不闻荷香,但闻美人所着珠翠之香——实际言人之脂粉浓香扑鼻。首句言色,次句言香,如此佳丽,却仍得不到君王的宠爱——汉班婕妤作有《团扇诗》(又名《怨歌行》):"弃捐箧笥中,恩情中道绝",如今秋扇见捐,"含啼""掩扇",谁人能解!明月当空,秋光正好,但君王不至,故觉"空悬",己亦空待矣!陆时雍曰:"'却恨含情掩秋扇',一语三折。夫情之不能已也,却自恨其含情而掩秋扇,掩之者以不忍见也。既自恨其含情矣,而终不能已于情。所以悬明月以相待,又自笑其空为此举也。"既不能忘情于君王,所以,这个妇女的"怨"也是有限的。

《长信秋词五首》(其四)诗意与上首相仿佛:

真成薄命久寻思,梦见君王觉后疑。
火照西宫知夜饮,分明复道奉恩时。

由得宠而失宠,她认为这是自己的"薄命",心情郁闷,沉思不绝。因思而梦,梦觉而疑,似真似幻,恍恍惚惚,这个妇女对君王的感情更甚于上一个。然而无情的现实是:承宠者所居的西宫灯火辉煌,欢歌醉舞,夜宴正浓。"别殿遥闻箫鼓奏。"可是她不仅不怨不恨,她还想起当日在"复道"(宫中楼阁相连,上下通道,称复道)自己也曾受到过恩宠,如今历历在目! 以别人之得宠,衬己之失宠;以过去之得宠,衬今日之失宠;笔法曲折,但作品的思想火花却完全熄灭了。沈德潜评王昌龄的绝句曰:"深情幽怨,意旨微茫。"王的宫怨诗,艺术上确有独到处,但从思想性说,顶多不过表现出她们一点"幽怨"罢了。孔雀虽美,却没有展开它那彩色斑斓的金翠尾。

唐贞元年间,有个不大著名的诗人刘皂(一作李绅),他只留有五首诗,其《长门怨》一首云:

> 宫殿沉沉月色分,昭阳更漏不堪闻。
> 珊瑚枕上千行泪,不是思君是恨君。

宫殿沉沉,一片阒寂,月到中天,很快就要西沉了。昭阳宫殿,暗示得宠者所居,更漏声声,遥遥传来,她感到——"不堪闻"。上句静,次句动;静,令人感到孤寂;动,令人感到难堪。写景抒情,无不凄凉。因此逼出第三句:"珊瑚枕上千行泪。"泪流千行,伤心已极,笔锋至此,是个很大的转折,也是对诗人的考验,他沿袭旧套,忠厚缠绵一番,还是感叹薄命,自怨自艾呢? 都没有! 如高压下的水流,冲开闸口,一下喷洒而出:"不是思君——是恨君!"她一不思,二不怨,充满她整个胸膛的,只有"恨"! "恨君"! 出之于封建宫廷一个被幽禁的宫女之口,真是一语千金! 虽然,她还不能把自己的不幸和摧残妇女的封建制度联系起来,但她提出了一个多么严肃的问题:宫女们的不幸,难道不是由于封建帝王的荒淫无耻么。白居易的《后宫词》说:"雨露由来一点恩,争能遍布及千门? 三千宫女胭脂面,几个春来无泪痕!"他又讽刺封建帝王喜新厌旧说:"不知移旧爱,何处作新恩?"(《怨词》)比起刘皂诗的锋芒所向和直言无隐的激愤来,却"忠厚"多了。

写过一百首七绝《宫词》的王建,有些诗以赞赏的态度写帝王们的荒淫生活,是应该抛弃的糟粕;但也有一些诗写出了这些宫女们的悲惨命运,如《宫人斜》:

> 未央墙西青草路,宫人斜里红妆墓。
> 一边载出一边来,更衣不减寻常数。

未央,汉宫殿名,故址在今陕西省西安市。一、二句说在宫墙西边斜路上那一片草色青青的地方,是埋葬宫里青春妇女的墓地。一、二句叙事,平平淡淡,三、四句诗人也像毫不动感情似的,把事情进一步交代明白:一边,被摧残致死的宫女们不断运去埋葬;一边,被花鸟使从民间各地像货物一样采集来的青春妇女,不断被送入宫中。这样,宫中妇女的数目始终不会减少。"更衣",见《史记·外戚世家》:卫子夫借侍汉武帝更衣机会,受到宠幸入宫被立为皇后。后世用为咏后宫得宠的典故。崔颢《邯郸宫人怨》诗:"瑶房侍寝世莫知,金屋更衣人不见。"他正面揭开多少诗人讳莫如深的帷幕,把"万世一尊"、贵为"天子"的残忍面目,暴露在光天化日之下,在当时是需要很大勇气的。这样的诗,是《宫怨》诗中佼佼者,对于我们认识封建制度一个侧面的罪恶,也是大有教益的。刘皂的同时代人雍裕之的《宫人斜》云:"几多红粉委黄泥,野鸟如歌又似啼。应有春魂化为燕,年年飞入未央栖。"本来,立意是好的,但三句一转,结为"年年飞入未央栖",就大为减色了。

张祜《宫词》四句二十个字,思想和艺术质量都超过他的同代人。诗云:

> 故国三千里,深宫二十年。
> 一声何满子,双泪落君前。

首句言少女离家乡之远,次句言离家乡时间之长,总写内心的痛苦。三句就眼前事进一步写她的痛苦,她在听到哀伤的《何满子》歌曲时,禁不住泪下如雨。这里除数字运用的巧妙更加强人物的沉痛外,又言简意真地写出了这位宫人的深刻不幸。《唐诗纪事》载:张祜诗"传入宫禁,武宗疾笃,目孟才人曰:'吾即不讳,尔何为哉?'指笙囊泣曰:'请以此就缢。'上悯然。复曰:'妾尝艺歌,请对上歌一曲,以泄其愤。'上许。乃歌一声《何满子》,气亟立殒。上令医候之。曰:'脉尚温,而肠已绝。'"《剧谈录》亦有类似记载。后张祜又有《孟才人叹》:"偶因清唱奏歌频,选入宫中十二春,却为一声《何满子》,下泉须吊旧才人。"杜牧对张祜《宫词》颇为赞赏,在《酬张祜处士见寄长句四韵》中说:"可怜故国三千里,虚唱歌词满六宫。"郑谷后又有诗云:"张生故国三千里,知者惟应杜紫微。"(《高蟾先辈以诗笔相示抒成寄酬》)有的记载,虽不一定可靠,不过却从某个侧面说明了这些不幸妇女的深怨。

不论何种题材的作品,总应闪耀出时代的思想火花。孔雀,只有开屏的时候,才显示出它色彩斑斓的翠羽;诗,只有闪耀出思想的火花,才是真正美丽的。

①　曹邺:《四怨诗》(第四首)
　　手推呕哑车,朝朝暮暮耕。
　　未曾分得谷,空得老农名。

"寓意则灵"

关于诗词中的"意",古人讲过很多话。如:"诗以意为主,文词次之。或意深义高,虽文词平易,自是奇作"(刘攽《中山诗话》);"文章以意为之主,字语为之役"(王若虚《滹南诗话》);"诗贵意,意贵远不贵近,贵淡不贵浓"(李东阳《怀麓堂诗话》);"凡为文以意为主,气为辅,以辞采章句为之兵卫"(杜牧《答庄充书》)。汤显祖提出的"凡文以意、趣、神、色为主"(《答吕姜山》),则是对戏曲内容服从声律的形式主义观点的批判。他认为作品的主旨("意")、艺术构思巧妙("趣")、艺术形象生动("神")与艺术语言鲜明("色")四者应达到和谐的统一。主题思想在作品中居统治地位,其他三者是其形式,主宾地位不能移易。王夫之针对明代诗坛上"求形似、求比似、求词采、求故实"的形式主义倾向,在总结前人卓见的基础上,关于诗的内容和形式,提出了一个完整的见解:"无论诗歌与长行文字,俱以意为主。意犹帅也。无帅之兵,谓之乌合。李杜所以称大家者,无意之诗十不得一二也。烟云泉石,花鸟苔林,金铺锦帐,寓意则灵。"(《姜斋诗话》)意,在作品中居统帅地位,而字、句、词采、故实,均是其统帅的"兵"。失却统帅,便成为"乌合之众"。"烟云泉石,花鸟苔林,金铺锦帐。"这些色彩斑斓、娱悦耳目的东西,以之入诗,但也只有"寓意""则灵"。

329

"意",是诗的中心主宰,是区分诗之高下的一个重要标志。

人们常把杜甫的《登岳阳楼》与孟浩然的《临洞庭湖赠张丞相》相提并论。宋·蔡絛《西清诗话》说:"洞庭天下壮观,自昔骚人墨客,题之者众矣。如:'水涵天影阔,山拔地形高。''四顾疑无地,中流忽有山。''鸟飞应畏堕,帆远却如闲。'皆见称于世。然未若孟浩然'气蒸云梦泽,波撼岳阳城'。则洞庭空旷无际,气象雄张,如在目前。至读子美诗,则又不然,'吴楚东南坼,乾坤日夜浮'。不知少陵胸中吞几云梦也。"王夫之从音律上加以比较:"'昔闻洞庭水','闻''庭'二字俱平,正尔振起。若'今上岳阳楼',易第三字为平声,云'今上巴陵楼',则语塞而戾于听矣。'八月湖水平','月''水'二字皆仄,自可;若'涵虚混太清'易作'混虚涵太清'。为泥磬土鼓而已。"(《姜斋诗话》)。王夫之认为:诗的音律应如《乐记》所云:"'凡音之起,从人心生也。'固当以穆耳协心为音律之准。"杜甫、孟浩然的咏洞庭诗,都冲破了"一三五不论,二四六分明"的"典要",而无害于音律之"穆耳协心"。从上所引可见,古人无论从手法、从音律方面进行比较,都认为两诗轩轾难分。

杜诗的一、二句说,"昔闻洞庭水,今上岳阳楼"。以对句直起,雄浑沉厚,"昔闻"、"今上",其兴奋、欢快可见。接以登楼所见:"吴楚东南坼,乾坤日夜浮。"东南为旧吴楚地,洞庭湖像将吴楚分裂成半;湖水四望无边,水天相接,天地像昼夜皆浮动在水面上。"二句包举洞庭气概,'坼''浮'二字,精炼而确。"(俞陛云《诗境浅说》)。五、六句写登临之感:"亲朋无一字,老病有孤舟。"虽"有"孤舟,但亲朋俱"无"一字,则更显其"孤"。结以"戎马关山北,凭轩涕泗流。"这时吐蕃入侵,北方战火未熄,哀时伤世,凭轩流涕,一结眷怀故国,凄然欲绝,此正诗的最可贵处。但历来评价此诗的,或云,"岳阳之诗,在洞庭第一句安顿得好"(俞犀月)。或云:"前四句一气读,故自傲睨。"(陆辛斋)虽然也有说:"落句五字,总收上七句,笔力千钧。"(冯定远)或说:"结语凑泊极难,转出'戎马关山北'五字,胸襟气象一等相称。"(黄白山)但均未从作意上予以充分肯定。实则末两句振起全篇:诗人登上岳阳楼,兴起的不仅是个人身世漂泊,穷愁潦倒的孤寂之感,他更想到国家多难,干戈未已,因此禁不住老泪纵横,从而使作品的思想升华到一个新的境界。

孟浩然的《临洞庭湖赠张丞相》开头说:"八月湖水平,涵虚混太清。"八月湖水溢涨,与岸接平,水天相连,难以分辨。三、四句"气蒸云梦泽,波撼岳阳城",是人们称赞的名句。或云:"'蒸'字'撼'字何等响,何等确,何等警拔也。"(《然灯记闻》)或云:"'波撼岳阳城',亦为高唱也。"(《唐诗纪事》引商璠语)或云:"三四雄阔,足与题称。"(《唐诗别裁》)或云:"颔联写涛势之大,句尤雄浑。此与老杜'吴楚东南坼,乾坤日夜浮'句同属咏赞洞庭,不可多得之作。"(《历代诗评解》)诗的前四句,的确有声有色,远景近景,刻绘壮丽。对此茫茫湖海,浩浩天宇,李白想的是:"长风破浪会有时,直挂云帆济沧海。"(《行路难》)杜甫想的是:"戎马关山北",而自己的处境却是:"亲朋无一字,老病有孤舟。"孟浩然则云:"欲济无舟楫,端居耻圣明。"前句说,欲横渡洞庭,击楫中流,惜无工具,意即无人援引;后句说,自己闲居无事,耻生于此圣明之世。结以"坐观垂钓者,徒有羡鱼情"。"坐观垂钓",出于无奈;"羡鱼情",乃心向往之,多么希望这位张丞相能予以援手啊!纪昀批《瀛奎律髓》云:"此襄阳求荐之作,前半望洞庭湖,后半赠张相公。只以望洞庭托意,不露干乞之痕。"应该说,"干乞之痕"还是露了出来的,只是诗人一气呵成,句句写洞庭;后半抒情志感,也未离开"临洞庭",干乞的手法较高明而已。王夫之的看法,是较全面而辩证的,他一方面主张"意犹帅也""寓意则灵";但另一方面他也说"以意为主,势次之。势者,意中之神理也"。即是说,只有捕捉住描写的对象那足以表现"意"的特征,才能写出"意中之神理"，使作品达到较高的境界。如果我们说"意"专指作品的主旨或主题思想说，那么杜、孟二家同是咏洞庭的诗，立意显然大不相同了。

烟云泉石，花鸟苔林，金铺锦帐，以及大自然赋有生命活力的事事物物，虽都是诗人藉以入诗的素材，但用同样事物相同诗题写出来的诗，就"立意"说，也常会不同。《红楼梦》里的诗词，大都在一定程度上反映出各人的思想、性格和命运。大观园里最后一次诗会填的五首《柳絮词》，都是每个人的身世自况。林黛玉的〔唐多令〕缠绵凄恻，含悲茹苦，不但寄寓无枝可栖、无处可诉的哀怨，而且预示将来爱情破灭的伤痛。"粉堕百花洲，香残燕子楼。"粉堕、香残，写柳絮，也是说自己。百花洲，是唐代歌妓张好好随人游宴歌舞的地方；燕子楼是关盼盼独居之所，两句含有"红颜自古薄命"的哀叹。"一团团，逐队成球。漂泊亦如人命薄：空缱绻，说风流！"美人薄命，正如有时成队、有时又结成球的漂泊无定的柳絮，命也如此，没有必要徒然向人夸耀从前的风流吧。"草木也知愁，韶华竟白头。"这是以柳絮之色白，比喻人因悲愁而青春易老。于是不禁兴起与柳絮同命运的慨叹："叹今生，谁舍谁收！嫁与东风春不管：凭尔去，忍淹留！"柳絮既只能任其飘扬而不能挽留，暗喻自己的命运将更难以自保了。

薛宝钗咏柳絮的〔临江仙〕的基调截然相反：对于林黛玉视为封建势力象征的"风"，她发出由衷的赞美："白玉堂前春解舞，东风卷得均匀。蜂围蝶阵乱纷纷：几曾随逝水？岂必委芳尘？万缕千丝终不改，任他随聚随分。"最后踌躇满志，意兴飞扬，不禁借柳絮而喊出："韶华休笑本无根"——春风啊，别笑我们漂泊无定没有根，"好风凭借力，送我上青云"。我要凭借着春风的力量，直上青云。最后两句，几乎成为趋炎附势、希求平步青云的同义语。林、薛的柳絮词从表现人物对立的思想性格来看，两首词都产生了震撼人心的艺术力量，都具有一定审美价值。不过如果以

"意"求之,我们难道不是觉得林黛玉的词更美么!

所谓"意",一般说就是作者赋予作品的思想内容。所谓"寓意则灵",是指赋予作品(通过字句、词采、故实、形象)以激动人心的力量。作为诗歌来说,"感人心者,莫先乎情"。"意"必须通过"情"来表达。没有情,或情不深,"意"便缺乏感染读者的魅力。所以"意",又兼有"情意"的含意:情中有意,意中有情,密不可分。王夫之说"寓意则灵",也只是说"以意为主"。"主"之外,尚有"次",那就是:"诗歌之妙,原在取景遣韵。"(《古诗评选》卷一)景与情韵,是达"意"所必不可少的。

"意"是一篇作品的中心主宰(诗、词、文皆如此)。意之高下,决定于人的思想和认识的高下;而在抒情诗里面,它又总是和"情"合二而一,密不可分。将王维、孟浩然等的诗词对照来看,是可以透视出一些奥妙的。

共话兴亡，立意不同

古代怀古诗由来已久，琳琅满目。由于词产生较晚，从唐五代以至北宋，怀古词并不多。五代李珣〔巫山一段云〕不过是对"楚王曾此梦瑶姬，一梦杳无期"的一般慨叹。另一位词人鹿虔扆的〔临江仙〕仍是一般的思古之幽情，手法却较新颖，有可取之处。词入北宋，咏史者有之，如刘潜咏项羽庙和李冠咏骊山的两首〔六州歌头〕。真正称得上怀古词的，首推王安石的〔桂枝香〕《金陵怀古》。词云：

> 登临送目，正故国晚秋，天气初肃。千里澄江似练，翠峰如簇。征帆去棹斜阳里，背西风、酒旗斜矗。彩舟云淡，星河鹭起，画图难足。　念往昔，繁华竞逐。叹门外楼头，悲恨相续。千古凭高对此，漫嗟荣辱。六朝旧事随流水，但寒烟衰草凝绿。至今商女，时时犹唱，后庭遗曲。

这首词大约写于宋英宗治平四年(一〇六七)，作者出知江宁府时。"登临送目，正故国晚秋，天气初肃。""故国"，旧都城，指金陵。但这里，它表示出一种亲切的孺慕之殷。王安石七岁时随父王益宦游金陵、读书、出仕，无异成了他的第二故乡。此刻，他登上

334

高处,举目远望,古老的都城,天高气爽,正是空旷的深秋季节。

接着说,放眼望去,银缎子一样闪着清亮白光的江面上,波光如镜,"余霞散成绮,澄江静如练"(谢朓)的美景,扑面而来。青翠的山峰,层峦叠嶂,挤挤拥拥,好像彼此争抢着位置似的。"如簇",既显示着山的众多,又表现出山势的雄伟。这儿没有一点"其色惨淡","其气栗冽"的萧条、肃杀的秋色秋气。刘禹锡《秋词》二首其一有"自古逢秋悲寂寥,我言秋日胜春朝"句。王安石未明言"胜春朝",但他恢弘的胸襟,明敞的怀抱,都表现出他那种奋发踔厉的精神。

这时候,在一望无际的大江上,归帆洒满了斜阳,急匆匆地闪过去;两岸旁卖酒人家的酒帘,迎着西风飘舞;使人不由得会想起"水村山郭酒旗风"的佳处来。

也就在这个时候,那似箭的船儿,转眼之间若隐若现地飘动在水天相接的远处。极目望去,好像漂漾在白云里面。而那如银河一样粼粼闪光的江水上,一群群白鹭纷纷起舞。上阕,或写水,或写山,或写斜阳里的归舟,或写西风里的酒旗:从各个方面,用映衬、比托、渲染等多种手法,把难以用图画表现出来的金陵的晚秋景色,描绘了下来。所以结云:"画图难足。"

以上,与其说是"怀古",不如说是写景;与其说是写景,不如说作者用蘸满感情的彩笔,在写着一阕音韵悠扬、声情壮美的动人的金陵曲!宋·张炎《词源》云:"词以意趣为主,不要蹈袭前人语意。如……王荆公金陵怀古〔桂枝香〕……清空中有意趣,无笔力者未易到。"

下阕进入怀古的主题。"念"字陡然一转,拓开一个新意境:六朝时代荒淫君主们的华灯纵乐,欢歌醉舞,已成陈迹了。如今登高望远,却依稀听到当年的亡国之音。在这结绮楼上,当隋朝大将韩擒虎已兵临朱雀门外的时候,沉湎声色中的陈后主,却还和妃子张丽华寻欢作乐呢。可是这些"六朝旧事",早都像流水一样逝去了。岁月无情,一切都会烟消云散的。那么,个人的得失荣辱,还有什么值得感叹的!如今在金陵城内外,所看到的只是寒烟一片,衰草凝绿,没有人再去追寻几百年前的往事;能够听到的,只是一些歌妓舞女们,还时时地唱着陈后主作的《玉树后庭花》这支艳曲罢了。最后三句,借古喻今,表示出作者对寄情声色的宋王朝统治者醉生梦死、安逸享乐生活的不满。有此一结,使词的境界"更上一层楼"。

前人曾经指出过,这首词有三处化用唐人诗:一是"门外楼头"句,用杜牧《台城曲》:"门外韩擒虎,楼头张丽华"诗意。二是"六朝旧事随流水"句,用窦巩《南游感兴》:"伤心欲问前朝事,惟见江流去不回。日暮东风春草绿,鹧鸪飞上越王台"诗意。三是"至今商女"句,用杜牧《泊秦淮》:"商女不知亡国恨,隔江犹唱后庭花"诗意。但浑融自然,了无痕迹,只有后来周邦彦〔西河〕《金陵怀古》可以媲美。

鹿虔扆〔临江仙〕笔法曲折,似因前蜀之亡(公元九二五年)而暗自伤心;或只是泛咏,并非实指某次亡国事件。词云:

> 金锁重门荒苑静,绮窗愁对秋空。翠华一去寂无踪。玉楼歌吹,声断已随风。　　烟月不知人事改,夜阑还照深宫。藕花相向野塘中。暗伤亡国,清露泣香红。

"金锁",原指门上的饰物。"金锁重门",说宫门上雕镂着金色的连锁花纹,门之华丽可见。但如今它坐落在静静的"荒苑"中。"绮窗",雕刻着花格子图案的窗子,如今是"愁对秋空"。"翠华",皇帝出行时随驾的翠羽华盖,如今是"一去无踪"。"玉楼歌吹",指宫中歌舞,如今是随风而"断",再也听不到那悦耳的声音了。上阕,句句用反衬,用对比,前乐后哀,前荣后枯,把那种昔盛今衰的景象,描绘得历历如见。表面上诗人不动声色,情不外露,但通过映衬、对比，今昔殊异的景象，伤今怀古的幽情，真是"间关莺语花底滑，幽咽流泉水下滩"，从"花底"、从"水下"轻轻流漾出来。下阕，径直写荒凉景色：笼烟罩雾，淡月朦胧，千古如斯，它怎么知道如今人事已非了呢！所以每当夜阑人静的时候，它还静悄悄地照到旧日的深宫里面。藕花，往日多么娇艳，如今却败落在野塘中，花枝上摇漾着的露水珠儿，像也因亡国而暗暗地饮泣！"非复赋物，直是言情"，与上阕的写法又不同。"亡国之音哀以思"，调子是凄凉悲怆的。正是："曲折尽变，有无限感慨淋漓处。"（《历代诗余》六引元·倪瓒语）

北宋中叶，张先、柳永把词由小令扩展到慢词，苏轼又在题材方面予以扩大；北宋末寄慨抒怀、感今思昔的怀古词，也逐渐多起来，而周邦彦〔西河〕《金陵怀古》是其中风格独特的一首。词云：

> 佳丽地，南朝盛事谁记？山围故国，绕清江、髻鬟对起。怒涛寂寞打孤城，风樯遥度天际。 断崖树，犹倒倚，莫愁艇子曾系。空余旧迹，郁苍苍、雾沈半垒。夜深月过女墙来，伤心东望淮水。 酒旗戏鼓甚处市？想依稀王谢邻里。燕子不知何世，入寻常、巷陌人家，相对如说兴亡，斜阳里。

这是一首诗化的散文，文情活泼，诗思摇漾，意韵清新。它引领你徜徉在古时金陵城边！金陵啊，你这龙盘虎踞的地方，六朝时繁华的盛景，如今可还有谁记得么!？"江南佳丽地，金陵帝王州。"（谢朓《入朝曲》）那时偏安江左的吴、东晋、宋、齐、梁、陈等朝代，都定都金陵，前后三百余年。仰望长空，苍茫的群山围绕着这昔日的都城，沿长江两岸，那耸起的山峰，像姑娘们头上的髻鬟；俯视地下，怒卷的潮水，终日扑打着空旷的孤城，几艘张开风帆的船，正驶向遥远的天边。陡峭山崖上的树木啊，依然倒挂在绝壁上，或许美丽的莫愁姑娘曾经在这里系过艇子吧。"莫愁在何处？莫愁石城西。艇子打两桨，催送莫愁来。"(《莫愁乐》)可是这一切都已经过去，成为陈迹了。如今惟有树木青葱，浓雾笼罩着半截营垒，影影绰绰，深夜的月亮绕过城头上的短墙，照亮了旧日繁华的秦淮河。这些怎能不引起人苍凉沉寂的心情！看，酒旗招展；听，戏鼓喧阗，这是什么处所？也许是过去乌衣巷一带与王谢相邻的地方吧。燕子不知道人世变化，它们飞向普通街巷人家，在夕阳的余晖里呢喃不已，好像也在诉说这个古城的盛衰兴亡呢。词隐括了刘禹锡《金陵五题》中《石头城》"山围故国周遭在，潮打孤城寂寞回。淮水东边旧时月，夜深还过女墙来"和《乌衣巷》"朱雀桥边野草花，乌衣巷口夕阳斜。旧时王谢堂前燕，飞入寻常百姓家"两诗。用纯叙述手法，不带任何感情似的，将绕城的青山，髻鬟般对起的山峰，日夜奔涌的长江怒涛，"风正一帆悬"，驶向天际的轻舟，和断岩上的老树，莫愁姑娘系船的地方种种遗迹，以及今天仍可看到的青苍的浓雾，深夜朦胧的月色，黝黯的女墙，等等，平铺直叙，不慌不忙，一一道来。而且结构严整，布局井然：先写金陵形势险固，接写金陵古迹，后写眼前景物。它的长处，不仅"在善融化古人诗句，如自己出"(张炎)，"隐括唐句，浑然天成"(许昂霄)，的确使"介甫《桂枝香》独步不得"(沈际飞)，而且通篇用赋体，"敷陈其事而直言之"；与鹿虔扆的多用比兴与王安石的"漫嗟荣辱"，寄寓着对北宋统治阶级苟且偷安、腐朽荒淫生活的不满，又自不同。大抵鹿、周手法虽不同(一用比兴，一用赋体)，但立意近似，不过抒发自己对历代兴亡的感慨；而王安石则立意新颖高远，透过怀古，表示了对现实的不满与谴责，说"野狐精"，说"绝唱"而为苏轼所赞赏(见杨湜《古今词话》)，可能原因就在此。

所历、所见与铁门限

生活,是创作的源泉,自古而然。

宋代的理学家和儒学大师朱熹,他不仅懂这个道理,而且"以理语成诗",用形象思维的比兴手法,把它表达出来。他把书比作"半亩方塘",他觉得打开书就像打开一面镜子,塘水清澈,天光云影的自然美景映现水中。如果人家问塘水为什么这样清澈,他说:因为源头有清新流动的活水,不断输入进来。书中的思想那样精纯,因为它有丰富的写作源泉——这源泉,就是生活,就是实践。

"读书破万卷,下笔如有神。"(杜甫)这话没有错。但读书,是"流",不是"源"。真正的"源"是生活。唐代以画马著称的大画家韩干,杜甫称赞他"韩干画马,毫端有神"(《画马赞》)。这位画家,很懂得向生活学习的道理。天宝年间,受到唐玄宗的赏识,召他入宫,充当"供奉"(一种专门为宫廷服务的官职),叫他向画马名手陈闳学习。他却天天跑到养有许多匹马的御马厩里,对各类马进行仔细的揣摩研究。当他受到玄宗的责问,回答说:"臣自有师,陛下内厩之马,皆臣之师也。"(见《唐朝名画录》)韩干画马能够自成风格,独步画坛,正由于他不满于只向老师学习,而更潜心于向生活学习的结果。

初唐诗人宋之问有一次路过杭州,去灵隐寺游览。月色山光,

339

触动诗兴,写下《灵隐寺》一首:

> 鹫岭郁岧峣,龙宫锁寂寥。
> 楼观沧海日,门对浙江潮。
> 桂子月中落,天香云外飘。
> 扪萝登塔远,刳木取泉遥。
> 霜薄花更发,冰轻叶未凋。
> 夙龄尚遐异,搜对涤烦嚣。
> 待入天台路,看余度石桥。

灵隐寺在武林山(又名灵隐山)下,寺前有峰,以其形似鹫头,又名鹫岭。起两句,一写飞来峰山势高峻,葱茏苍郁;一写灵隐寺门关闭,一派肃穆空寂。五、六句写桂子从天上飘落人间,芳香随着白云飘向远方,显示出佛寺的空灵神秘。七、八句"扪萝登塔"、"刳木取泉"写山行途中,攀缘登高、寻幽探胜的乐趣。九、十句写深山秋景。最后回忆早年喜欢游赏奇景,说对着惬意的景色,便可洗涤尘世的烦恼。所以现在仍有"待入天台路,看余度石桥"的打算(天台山在浙江省,天台山的楢溪上有石桥)。真是豪情满怀,游兴不减当年。

这首诗虽非名篇,但其中的二、三两句却是历来为人传诵的"佳句"。《全唐诗》引《纪事》云"之问贬黜放还,至江南,游灵隐寺,夜月极明,长廊行吟曰:'鹫岭郁岧峣,龙宫锁寂寥。'久不能续。有老僧点长明灯,问曰:'少年夜久不寐,何耶?'之问曰:'偶欲题此寺,而兴思不属。即曰:何不云'楼观沧海日,门对浙江潮'。之问愕然,讶其遒丽。迟明更访之,则不复见。寺僧有知者曰:'此骆宾王也。'"此事恰好说明一个问题:为什么路经杭州只作一夜游的宋之问写不出,而隐居寺中的"老僧"骆宾王却若有灵感似的一下就吟了出来?说登上寺楼,可以眺望大海中的日出,灵隐寺的大门,正对着汹涌而来的钱塘江怒潮。事实上却是见不到,这是诗人的夸张。但是它使"之问愕然,讶其遒丽",后世也认为"乃一篇之警策"。究其原因,生活——平日对灵隐寺的观感,起了决定作用。如果只靠"耐得半宵寒"或"捻断数茎须"的苦吟,恐怕是写不出来的。

陆游在他逝世的前二年,即嘉定元年(一二〇八)的秋末,在山阴给他的幼子陆子通写了一首《示子遹》。这位八十四岁的老人既是教育儿子,更是对他一生创作经验的严肃总结,诗云:"我初学诗日,但欲工藻绘;中年始少悟,渐若窥宏大。怪奇亦间出,如石漱湍濑。数仞李杜墙,常恨欠领会。元白才倚门,温李真自郐。正令笔扛鼎,亦未造三昧。诗为六艺一,岂用资狡狯(原注:晋人谓戏为狡狯,今闽语尚尔。)?汝果欲学诗,工夫在诗外。"开头说他十多岁作诗,那时只追求华丽的辞藻;到中年以后,稍有领悟,好像逐步才进入"宏大"——注意思想内容艺术风格方面了。接着叙述他在诗歌创作的道路上,也曾走过弯路。写出过一些奇险怪异的作品,那些诗就好像水石冲击而成的"湍濑"。陆游推尊李(白)杜(甫),说自己还没能领会他们的创作方法,常引以为憾事。元稹、白居易也才靠近李、杜的门口,温庭筠、李商隐就更不能与杜甫相提并论。学诗如果不遵循李、杜的创作道路,纵然使出扛鼎那样大的气力,也难得到作诗的三昧——诀窍。诗是诗、书、易、礼、乐、春秋整个文化的一个重要组成部分,哪能用来作为儿戏呢?这里,我们尽可不同意把元、白、温、李贬抑那么低,但陆游最后关于写诗得出的结论,却是不可否认的真理:

汝果欲学诗,工夫在诗外。

"工夫在诗外",这是陆游七十年创作经验的结晶。他学江西诗派走过曲折的道路。只有四十六岁以后,到了川陕前线,亲身经历抗击金人的斗争生活,才进入他创作的黄金时代。"万里客经三峡路,千篇诗费十年功。"在陆游九千三百多首诗作中,大量有价值的作品,写于这十年间。和韩愈以"余事作诗人"一样,陆游正是以"余事作词人"的。在为数仅一百三十余首的词里面,写川陕前线的作品,虎虎有生气,使人有身临其境之感。如〔秋波媚〕《七月十六日晚,登高兴亭,望长安南山》:

> 秋到边城角声哀,烽火照高台。悲歌击筑,凭高酹酒,此兴悠哉! 多情谁似南山月,特地暮云开。灞桥烟柳,曲江池馆,应待人来。

乾道八年(一一七二)三月十七日,陆游到了南郑。他从二十岁抱着"上马击狂胡,下马草军书"的壮志,如今当他四十八岁的高年,一旦夙愿以偿,而身临军事最前线的时候,真是衷心欢跃,夔州时代的颓唐,一变而为奋发鹰扬了。

南郑附近有很多名山胜迹。春天的黄昏里,诗人登上韩信坛和武侯祠,怀念他们的丰功伟业,青史垂名;伫立在汉高祖当年的试剑石旁,更忍不住心绪如潮。他勉励自己说:"登临不用频凄断,未死安知无后期。"诗人满怀壮志,多么想干一番顶天立地的事业!

秋天到了。月色异常皎洁的七月十六日夜晚,陆游和同僚们登上南郑城内西北角的高兴亭。亭子遥对长安城南的南山。长安,是敌人在西北的军事重镇。沦陷了的长安城里的爱国人民,经常冒着生命的危险,提供敌方情报,有时甚至把洛阳的春笋和黄河的鲂鱼都带过来。在这与敌人咫尺相隔的地方,面对着喝得酒酣耳热的同僚们,和弹着琵琶、奏着羯鼓的红袖青衫的歌女们,诗人即席挥毫,顷刻而就,写出了这首〔秋波媚〕。

秋到边城,画角鸣咽,这声音经常只会引起人们的哀思。边城

342

上的烽火,也是为了报警用的。这时候,"悲歌击筑,凭高酹酒",诗人不禁发出这样的感怀:"此兴悠哉!"

"此兴悠哉!"此刻,陆游心中的确充溢着欢乐的感情潮水。中原沦陷四十七年了,诗人多么想看一看如今正在计划着要收复的长安呀!南郑踞秦岭的高处,下面是褒城、骆谷,有一条大路直通往长安。现在从那个方向照过来的火光,不久之后进军的时候也将要看到呢。从前,当燕太子丹遣荆轲去刺秦王的时候,在易水河畔,高渐离曾为他击筑,荆轲引吭高歌,他们是怀着胜利的信心的。现在,望着报警的烽火,伴着筑声和以酒洒地对收复失地的祝祷——这一切,怎能使诗人不感觉"此兴悠哉"呢!

下阕从方才声情激越的情境,铺展开一个清新绮丽的场面。"多情谁似南山月,特地暮云开。""南山",即终南山,也叫秦岭,它坐落在作者的脚下。这时,秦岭上的暮云,似乎特意敞开自己的胸怀,使得终南山头多情的明月,越发皎洁了。这里是借景抒情,仍是为了衬托诗人"此兴悠哉"的心情。

灞桥,在长安城东,是历来为行人送别的地方。曲江,在长安城东南,和灞桥一样,都是有名的胜地。这里,作者既用它们代表长安,也有泛指整个沦陷了的山河的意思。接下去"应待人来"句,明白地表示出诗人的愿望——但更是长安人民和整个沦陷区人民的愿望:盼望着宋朝的军队早日收复失地啊!这首词虽没有昂扬蹈厉的气魄,但却生动地坦现出诗人"此兴悠哉"的喜悦心情。如果陆游不亲临其境,没有深厚的生活底子,是写不出这样血肉饱满的作品来的。

王夫之在《姜斋诗话》里说:"身之所历,目之所见,是铁门限。即极写大景,如'阴晴众壑殊'、'乾坤日夜浮',亦必不逾此限。非按舆地图便可云'平野入青徐'也,抑登楼所得见者耳。隔垣听演杂剧,可闻其歌,不见其舞;更远则但闻鼓声,而可云所演何齣乎?""铁门限"一词,出自佛家的故实。《法书要录》载,南朝陈代智永禅师,为了不使求经书的人踏破门槛,用铁裹住自己所住的永欣寺的门槛。由此引申"铁门限"含有限制严格的意思。王夫之认为:王维在《终南山》一诗中,能够描绘出众壑阴晴不定的微妙变化;杜甫在《登岳阳楼》中写出那样气压百代、景象闳放的诗句;以及在《登兖州城楼》中,写出"平野入青徐"那样特异的风光,都是由于诗人们亲临了终南山,登了岳阳楼,漫游了齐鲁,有过实地观察和真实的生活感受,而不是按照舆地图写出来的。写景必"目之所见",寓意必"心之所感","心目相取",而不"强括狂搜",才能写出好的作品来,反之,道听途说,缺乏真实的生活感受,那就如隔墙听戏"可闻其歌,不见其舞",看不见表演者的真实面貌,如果离得更远一些,那就连演唱的是什么也听不清了。王夫之的话,为无数事实所证明。就以他举的杜甫和王维的例说,杜甫如果不遭逢"安史之乱",不在兵荒马乱中挣扎一番,便写不出那么惊心动魄的"诗史";没有"放荡齐赵间,裘马颇轻狂"的"壮游",便观察不到"平野入青徐"以及"齐鲁青未了"等美景;王维如果不是"中岁颇好道,晚家南山陲",在长安附近的别墅里住下来,他就不可能对"白云回望合,青霭入看无。分野中峰变,阴晴众壑殊"的终南山千变万化的奇妙景色,辨识得那么清楚。这样的例子不胜枚举。明显的如:李煜如果不是"生于深宫之中,长于妇人之手",能把宫廷里欢歌纵舞的生活,写得那么真切? 而如果不是"一旦归为臣虏",他也写不出"问君能有几多愁,恰似一江春水向东流"那样铭心刻骨、动人肺腑的诗句。李清照把她的青春少女的生活写得那样跳跃动荡:"见有人来,袜刬金钗溜。和羞走,倚门回首,却把青梅嗅"(〔点绛唇〕);把她新婚少妇的美满生活写得那样温香旖旎:"晚来一阵风兼雨,洗尽炎光。理罢笙簧,却对菱花淡淡妆。　　绛绡缕薄冰肌莹,雪腻酥香。笑语檀郎,今夜纱橱枕簟凉;"(〔丑奴儿〕)而饱经忧患,孤苦的暮年又是那样凄凄惶惶:"守着窗儿,独自怎生得黑! 梧桐更兼细雨,到黄昏,点点滴滴。

344

这次第,怎一个愁字了得。"不都是由于她的亲身所历、亲身所感吗?

王夫之把"所历"、"所见"作为创作的"铁门限",强调作家要尽可能亲历、亲见,对生活要有真实深刻的理解,无疑是很有见地的。陆游的"挥毫当得江山助,不到潇湘岂有诗";郑肇的"诗思在灞桥风雪中,驴子背上";元好问的"眼处心生句自神,暗中摸索总非真";都穆的"但写真情并实意"以及画家们的"以造化为师"(张璪),"以厩马为师"(韩干),"搜尽奇峰打草稿"(石涛)等等,都是强调生活的重要性。这些古人们的真知灼见,对于我们今天的创作,不仍有着现实意义么。

为尊者讳

　　"为尊者讳",自古而然,于今也没有绝迹。白居易的名作《长恨歌》说:"杨家有女初长成,养在深闺人未识。天生丽质难自弃,一朝选在君王侧。"其实,"选在君王侧"的杨玉环,已不是"初长成",更不是"养在深闺人未识"的人了。白居易的好朋友陈鸿倒是讲了几句实话:"时每岁十月,驾幸华清宫,内外命妇,熠耀景从,浴日余波,赐以汤沐,春风灵液,澹荡其间。上心油然,若有所遇,顾左右前后,粉色如土。诏高力士潜搜外宫,得弘农杨玄琰女于寿邸,既笄矣。"(《长恨传》)。原来是太平天子唐玄宗驾幸华清宫,觉得赐浴华清池的众妃嫔、贵人,"粉色如土"、"无可悦目者",于是"潜搜外宫",在寿邸中发现了这个"尤物"(《长恨传》语)的。说得具体些,杨玉环是蒲州永乐(今山西芮城)人,一说陕西米脂人。开元二十三年(七三五)十一月,她十六岁时被册封为玄宗的儿子李瑁的妃子。被玄宗看中后,为遮人耳目,于开元二十八年(七四○)十月,召幸温泉,度为女道士,住太真宫,道号太真。天宝四年(七四五)七月,寿王另娶韦昭训的女儿,杨玉环进宫,被正式封为玄宗的贵妃。这年她二十六岁,玄宗六十岁。中晚唐以后,诗人咏玄宗杨妃的作品渐多,但对玄宗霸占儿媳的秽行,大都讳莫如深。晚唐李商隐含蓄地说:"夜半宴归宫漏永,薛王沉醉寿王

346

醒。"(《龙池》)罗大经评曰:"其词微而显,得风人之体。"宋代杨万里直道其事:"寿王不忍金宫冷,独献君王一玉环。"(《题武妃传》)罗大经评曰:"词虽工而意未婉。"比起"为尊者讳"的白居易来,杨万里诚实多了。

在中国文学史上,辛弃疾无疑是应该受到尊重的一位伟大作家。从历史唯物的观点看问题,就是这样的作家,无疑也必有着深厚的封建意识和当时的社会习尚。"一分为二",不要把每个作家绝对化,说起来大家首肯,做起来有时并不容易。词至辛弃疾,才真正矗立起豪放派的大纛,辛词反映了当时社会的主要矛盾——民族矛盾。气魄宏伟,真实深刻,这都是事实。辛派词人刘克庄曾经指出:"公所作,大声鞺鞳,小声铿鍧,横绝六合,扫空万古;其秾丽绵密处,亦不在小晏、秦郎之下。"(《后村诗话》)〔念奴娇〕《书东流村壁》就是一首"秾丽绵密""不在小晏、秦郎之下"的词:

> 野棠花落,又匆匆过了,清明时节。刬地东风欺客梦,一枕云屏寒怯。曲岸持觞,垂杨系马,此地曾轻别。楼空人去,旧游飞燕能说。　　闻道绮陌东头,行人曾见,帘底纤纤月。旧恨春江流不尽,新恨云山千叠。料得明朝,尊前重见,镜里花难折。也应惊问:近来多少华发?

东流,旧县名,即现安徽省东至县。二月开着白色花朵的棠梨花谢了。岁月匆匆,又到了清明时节。诗人这回是重经东流村,住在旅舍里。东风无缘无故("刬地")惊醒了好梦,倦卧床上,帷幕中寒气袭人。据邓广铭先生《稼轩词编年笺注》:此词作于淳熙五年(一一七八)春天,诗人自江西豫章(南昌)调往临安(杭州)去就任大理少卿,旅次东流县,题在村壁上的。前三句写时,后两句记地,都是此刻的感受。"曲岸持觞,垂杨系马",回顾从前经过这里时,在曲水环绕的岸边,曾有人持杯劝酒,并把马拴在了垂杨柳上。晏几道"彩袖殷勤捧玉锺",明写歌女殷勤捧杯劝酒。但此词也不单是自己举酒与人告别。像周邦彦〔意难忘〕里"爱停歌驻拍,劝酒持觞"的"持觞"一样,是有人"持觞",也即"彩袖殷勤捧玉锺"意。"垂杨系马",有王维《少年行》诗中"系马高楼垂柳边"那种暗示清隽英发的意思。如此良辰美景,当时却那么轻易地就让它过去了。如今,"楼空人去,旧游飞燕能说"。旧地重临,惜乎人已不在,只有每年来此筑巢的燕子,也许还能够述说那如烟云一般缥缈的往事吧。过片开头三句是词的"主脉":"闻道绮陌东头,行人曾见,帘底纤纤月。"听说在那繁华街道的东头,有人曾在帘儿下见到过她——上次"曲岸持觞"的那个人。"纤纤月",本指新月,这里形容眉毛,牛希济〔生查子〕有"新月又如眉"句。或云:指美人足,刘过〔沁园春〕《咏美人足》有"知何似,一钩新月,浅碧笼云。"总之,都是以局部代整体,借指美女。正因为有着那样一段往事,所以如今感到:"旧恨"——由于当时"轻别",如春江一样流不尽;"新恨"——由于"楼空人去",如云山一样重叠无数。下面作一转语:"料得",是想象,是设想。人于无可奈何,感情无可解脱的时候,常会生出聊以自慰的"幻想":也许终有一天会在"尊前"——宴会的席上,我和她还能重见,可是这时的她,如镜中之花,也"难折"了——因为"名花有主",谁怪我当初没有"花开堪折直须折"(杜秋娘诗句)呢。这时她大概会惊问我:近来您怎么添了这么多白发呀?席上尊前,歌酒流连,是辛弃疾那个时代文人们的寻常事。诗人有其事,记所感,也是诗词中常见的主题。可是有人总是觉得这样的词,似乎不符合"平生塞北江南"志在恢复宋室江山的辛弃疾。陈廷焯说:"悲而壮,是陈其年之祖。'旧恨'二语,矫首高歌,淋漓悲壮。"(《白雨斋词话》转引自《宋词三百首笺》)梁启超的话更直截了当:"此南渡之感。"(《艺蘅馆词选》)近人虽不完全沿袭陈、梁旧说,但也有人一方面言:"词中写他重游旧地,想起曾和一个女子在这里分别,抒发了心中热烈的感情";

348

一方面又说:"由于南宋当局的阻挠,他那收复失地的美好憧憬,却像'镜里花难折'一样,难以实现。'旧恨春江流不尽,新恨云山千叠'两句,把他南归后十多年来政治活动中的许多感慨和怨恨都凝结在里面了。"这两方面的说法是矛盾的:由抒发热烈的男女之情,一下发展到"收复失地的美好憧憬",缺乏内在逻辑,在感情上也衔接不上。其实,这是一首写男女之情的词,清新澹雅,颇有情致,和政治挂不上钩,是大可不必"为尊者讳"的吧。

须知,辛弃疾本人在儿女情事上倒是相当坦率的。在六百二十多首《稼轩词》中,〔乌夜啼〕题为《戏赠籍中人》,有"春寂寂,娇滴滴,笑盈盈。一段乌丝阑上,记多情"句。〔眼儿媚〕题曰《妓》,有"来朝去也,莫因别个,忘了人咱"。〔南乡子〕题曰《赠妓》,有"别泪没些些,海誓山盟总是赊。今日新欢须记取,孩儿,再过十年也似他"句。其他,如题为《有所赠》的"眉黛敛,眼波流,十年薄幸说扬州"(〔鹧鸪天〕)。题为《赠人》的"风流标格,惺忪言语,真个奇绝"。"笙簧未语,星河欲转,凉夜厌厌留客,"(〔鹊桥仙〕)以及其他等多首,都是倾诉与妓女的感情的。只不过〔念奴娇〕写得含蓄些罢了。

欧阳修是北宋词坛上一位重要作家。他的词一向未得到应有的重视,一因被他的文名所掩;二因他的一些写儿女恋情的词,过去常被视为感情不健康,或有人强作解脱,生怕因此有损他名誉似的。其实,淫乱与爱情,猥亵与纯真,是不相混淆的,不能一见写的是男女欢情,就断定不好,还须从整首词的意境和所写的人物形态来衡量。例如:"好个人人,深点唇儿淡抹腮。花下相逢,忙走怕人猜。遗下弓弓小绣鞋。 划袜重来。半嚲乌云金凤钗。行笑行行连抱得,相挨。一向娇痴不下怀。"(〔南乡子〕)上阕生动地描绘出一个没有经验的姑娘与情人相会时,那种惊悸慌乱的情状。下阕"划袜重来"四个字,鲜明地表现出爱情力量的鼓舞,使她战胜胆怯,而终于投入了情人的怀抱。就是那首写男女欢情的〔醉蓬莱〕，它的下阕又多么细腻生动、曲曲入微地写出了一个女孩儿家的痴情、担心与渴望重聚的衷肠："更问假如，事还成后，乱了云鬟，被娘猜破。我且归家，你而今休啊。更为娘行，有些针线，诮未曾收罗。却待更阑，庭花影下，重来则个。"而欧阳修的〔临江仙〕词，过去更为好事者百般解脱。词云：

> 柳外轻雷池上雨，雨声滴碎荷声。小楼西角断虹明。阑干倚处，待得月华生。　　燕子飞来窥画栋，玉钩垂下帘旌。凉波不动簟纹平。水精双枕，傍有坠钗横。

清代舒梦兰《白香词谱》题作《妓席》，徐釚撰《词苑丛谈》引《野客丛书》、《尧山堂外纪》等云："欧阳永叔任河南推官，亲一妓。时钱文僖为西京留守，梅圣俞、尹师鲁同在幕下。一日，宴于后园，客集而欧与妓俱不至，移时方来。钱责妓云：'未至何也?'妓云：'中暑往凉堂睡觉，失金钗犹未见。'钱曰：'若得欧推官一词，当为偿汝。'"据称欧阳修便写了这首词。词的上阕句句写景，轻雷传自柳外，细雨洒落荷塘，轻碎有声，动中见静。小楼西角，断虹明灭，月华初上，人倚阑干。由轻雷而雨声，而断虹，而月华生，这些不断推移变化着的景，全是为着陪衬"阑干私倚"的人。下阕正面写人，却从燕子的"窥"中引出，而"垂下帘旌"，显然是由于怕"窥"。竹席(簟)生凉，惬意恬适，才有"凉波不动"之感，水晶枕不仅成双，而且有"坠钗横"，则显然不是"单栖踪迹"。这类词，它冲破封建礼教樊篱，勇于表露两情欢爱：写情而不伤于雅，言爱而不流于俗，清新婉丽，应归入佳作之林。总之，对于以上这类词，那些"为尊者讳"的人，却硬说"当是仇人无名子所为"（见《词苑丛谈》）。或说："欧公一代儒宗，风流自命，词章窈眇，世所矜式。当时小人或作艳曲，谬为公词。"（曾慥）或云"其甚浅近者，前辈多谓刘辉伪作。"（罗泌）应该说这是为"尊者"帮了倒忙的。

"醇酒妇人","醉入花丛宿","少年听雨歌楼上,红烛昏罗帐"等等,从那个时代的道德观说,人们并不认为是丑事,甚至觉得是风流韵事。所以就连杜甫也写有《陪诸贵公子携妓纳凉》诗,李白也有"风吹柳花满店香,吴姬压酒劝客尝",白居易也有"樱桃樊素口,杨柳小蛮腰",陆游也有"金壶投箭销长日,翠袖传杯领好音"等等之类的诗。我们可以不欣赏他们作品中这样那样的生活情趣,但不能否定诗人们所创造的艺术形象的客观价值,更不应该"为尊者讳"。

"请君莫奏前朝曲"

文艺应该反映现实生活,要破旧俗,出新意,这些说起来是"老调头"的话,却是自古而然,颠扑不破的。

唐代进步思想家、文学家刘禹锡,一生仕途坎坷,几遭贬谪,他先后到朗州(今湖南常德)、连州(今广东连县)、夔州(今四川奉节)、和州(今安徽和县)、苏州(今江苏苏州)、汝州(今河南临汝)、同州(今陕西大荔)等地任地方官。他有机会了解各地的民风,向民歌学习,从中汲取丰富的营养,来提高自己的创作水平。他集中的〔杨柳枝词〕(九首)、〔竹枝词〕(十三首)、〔纥那曲〕(二首)、〔浪淘沙词〕(九首)、〔踏歌词〕等共四十余首。优美自然,新颖活泼,既有别于普通民歌,又不同于一般文人创作,自成一格,别具意趣。

刘禹锡在〔竹枝词〕前面有一小序,叙述他这类作品的创作意图和写作过程。云:"四方之歌,异音而同乐。岁正月,余来建平。里中儿联歌〔竹枝〕。吹短笛,击鼓以赴节。歌者扬袂睢舞,以曲多为贤。聆其音,中黄钟之羽,卒章激讦如吴声。虽伧儜不可分,而含思宛转,有《淇奥》之艳音。昔屈原居沅、湘间,其民迎神,词多鄙陋,乃为作《九歌》。到于今,荆楚歌舞之。故余亦作〔竹枝词〕九篇,俾善歌者扬之。附于末,后之聆巴歈,知变风之自焉。"

刘禹锡认为：各地的歌曲，虽然曲词不同，而乐理是相同的。又说他听〔竹枝词〕的声调，觉得合乎黄钟宫的羽调。结尾激切放言，如吴声歌曲，虽然听来不习惯，也不甚了解，但含思婉转，如《诗经·卫风·淇奥》一样辞采华美。他赞美屈原作《九歌》，于是先后作了〔杨柳枝词〕、〔浪淘沙词〕〔竹枝词〕等民歌体的诗多首。它们在思想内容和艺术形式上，既源于民歌，又有所创造，对后来的诗歌发展，产生了良好的影响。

〔杨柳枝词九首〕中的第一首，开宗明义说明自己对于写诗的根本看法。诗云：

> 塞北梅花羌笛吹，淮南桂树小山词。
> 请君莫奏前朝曲，听唱新翻杨柳枝。

《梅花引》是曾经参加淝水之战的东晋桓伊作的笛曲。据《乐府杂录》记载，笛子本为羌人（古代我国西部少数民族）的乐器。西汉淮南王刘安的宾客淮南小山，在他"闵伤屈原"的《招隐士》中，首句说"桂树丛生兮山之幽"（桂树丛生啊，生长在山里幽静的地方）。这些无论是塞北羌笛吹奏出的《梅花引》，或淮南小山《招隐士》中"王孙兮归来，山中兮不可以久留"的曲意，在当时都不失为具有思想的创新之作。但是紧接着诗人笔锋一转："请君莫奏前朝曲，听唱新翻杨柳枝。"请你不要再唱那几辈子以前的古老的歌曲，还是快来听新改编的反映当前生活的〔杨柳枝〕吧。前面我们引的那段文字是诗人标明为〔竹枝词〕的"序"；这一首诗实际是没有标出的〔杨柳枝词〕的"序"，也是刘禹锡的诗论。以韩愈、柳宗元为首的"古文运动"，以元稹、白居易为代表的"新乐府运动"，是中唐文坛上散文与诗歌"双峰并峙"的两大革新。刘禹锡以他的创作实践，参与其事。时代在前进。文学发展的标志之一，是反映时代，反映现实。作家应该向传统借鉴，也应面对现实生活，向民歌学习,有时学习后者显得更重要一些。"芳林新叶催陈叶,流水前波让后波"(《伤微之、敦诗、晦叔》),"沉舟侧畔千帆过,病树前头万木春"(《酬乐天扬州初逢席上见赠》)。这些反映刘禹锡不断革新、不断创造、不断前进的诗句,千百年后读之,仍令人心驰神往,启人心智。

　　清·王士祯说:"〔柳枝〕专咏柳,〔竹枝〕泛咏风土。"(《师友诗传续录》)后句话是对的,前句话并不准确。单就刘禹锡的〔柳枝词〕说,它较广泛地反映了生活的各个方面。如有的表面咏柳,但含有寓意:"南陌东城春草时,相逢何处不依依。桃红李白皆夸好,须得垂杨相发挥。"只有"桃红李白"夸好、斗妍,还不能显示春光的艳丽,还得有"垂杨相发挥",才使"南陌东城"充满春意。如果说这里借柳表示自己的崇高品格还不明显,那么"城中桃李须臾尽,争似垂杨无限时",一贬一褒,诗人的立意,则十分明显了。我们知道,刘禹锡传诵人口的名篇《元和十年自朗州承召至京,戏赠看花诸君子》"玄都观里桃千树,尽是刘郎去后栽",就是以桃花喻权贵,于戏谑之中,藏讥讽之意,以致使"执政不悦,复出为播州刺史"(《旧唐书·刘禹锡传》)的。十四年后,当他"复为主客郎中,重游玄都观,荡然复无一树,唯兔葵燕麦动摇于春风耳",吟成《再游玄都观绝句》:"百亩庭中半是苔,桃花净尽菜花开。种桃道士归何处? 前度刘郎今又来。"对于桃花的净尽,种桃道士的渺然无踪,而刘郎却"今又来",表现出多么深刻的嘲讽。"城中桃李",不要看它们那么鲜艳、炫耀,但是"须臾尽"——很快就会过去,而"垂杨"却"无限时",永远常在,那是无法相比的。显然,诗咏柳是表象,而另有含意。"花萼楼前初种时,美人楼上斗腰肢。如今抛掷长街里,露叶如啼欲恨谁?""迎得春光先到来,浅黄轻绿映楼台。只缘嫋娜多情思,更被春风长挫摧。"两首诗都寄寓着诗人的坎坷不幸遭遇,而后一首说得更明白,因为自己"嫋娜多情思"——反对因循守旧,要求革新前进,因此受到很多的挫折打

354

击。再如"城外春风吹酒旗,行人挥袂日西时。长安陌上无穷树,唯有垂杨管别离"。前两句写送别的季节、时间和地点,后两句表面看只不过说折柳送别,但透过一层看,"送行之人岂无他枝可折而必于柳者,非谓津亭所便,亦以人之去乡如木之离土,望其随处皆安,一如柳之随地可活,为之祝愿耳"(褚人获《坚瓠广集》)。通常说,"柳"与"留"谐音,表示依依不舍之情,而更祝愿离人,如柳树那样,善于适应环境,在条件不好的地方,也要繁茂生长。一再被贬蛮荒之地的刘禹锡,不正是这样的么?

从刘禹锡的《序》看,〔竹枝词〕是巴、渝(今四川省东部)一带的民歌。"吹短笛,击鼓以赴节。歌者扬袂睢舞",说明它是一种歌唱、音乐、舞蹈密切结合的民间艺术。鲁迅先生曾经指出:"唐朝的〔竹枝词〕和〔柳枝词〕之类,原都是无名氏的创作,经文人的采录和润色之后,留传下来的。""不识字的作家虽然不及文人的细腻,但他却刚健、清新。"(《门外文谈》七)刘禹锡的作品,较多地保持了民间文学的"刚健"、"清新",再加上"文人的细腻"。鲁迅也喜欢刘禹锡这一类作品,他有《赠人二首》,"其一"的第三句"唱尽新词欢不见",用的就是刘禹锡《踏歌词》中的成句。十一首〔竹枝词〕约分为三类:一类是描写男女爱情的;一类是歌唱山川景物、风土人情和劳动人民生活的;一类是斥责随波逐流、经不起风吹浪打或歌颂不怕打击坚贞自守者的。第一类的如:

> 山桃红花满上头,蜀江春水拍山流。
> 花红易衰似郎意,水流无限似侬愁。

山上开放着艳丽的桃花,山下的蜀江水环山而流。山青水碧,本来风光就够美好了,但如今又是漫山遍野一片艳红。春水——"春来江水绿如蓝",清碧鲜洁,这就是眼前的美景。可是这个妇女无心赏景,她说:红花容易衰老,就像我那位郎君的爱意;流不尽的江水，却好似我那无尽的哀愁。诗用比、兴手法，前两句是兴，后两句是比，以山桃花开满山头，蜀江水日夜奔流，引起无限的情思："花红易衰"——"郎意"——负心；"水流无限"——"侬愁"——痴情。比喻鲜明、生动。前两句写景，明媚艳丽；后两句抒情，炽热，深沉。虽微微流露伤情，但色彩鲜明，调子爽朗，具有浓厚的民歌风味。

再一首是：

杨柳青青江水平，闻郎江上唱歌声。
东边日出西边雨，道是无晴还有晴。

上首是以一个山村姑娘口吻写的，这首是以船家姑娘口吻写的。岸边，杨柳青青；江水，波平浪静。第二句用一"闻"字，引出所叙之事，这个少女忽然听到"郎"的歌声，顿时掀起感情的波澜：东边出了太阳，西边却还在下雨；此时此景，你说是有晴还是没有晴呢？这里用"晴"来暗喻"情"，比喻十分巧妙，通过眼前的景物，写出姑娘那颗不平静的心。"'东边日出西边雨，道是无晴还有晴'，描词流丽，酷似六朝"（谢榛《四溟诗话》）。除谐音双关语酷似六朝的民歌外，从风格说，尤有民歌刚健、清新的浓厚生活气息。黄庭坚云："梦得《竹枝》词，辞意高妙，元和间诚可独步。道风俗而不俚，道古昔而不愧，比子美《夔州歌》所谓同工而异曲也。"（《删补唐诗选脉笺释会通评林》卷五十七）王夫之认为，七言绝句"至刘梦得（禹锡），而后宏放出于天然，于以扬扢性情，驱娑景物，无不宛尔成章，诚小诗之圣证矣"（《姜斋诗话》卷二）。〔竹枝词〕正是这样的作品：

第二、三类的如：

江上春来新雨晴，瀼西春水縠纹生。

桥东桥西好杨柳,人来人去唱歌行。

诗生动写出四川奉节县劳动人民当春雨初晴、春水方生时,在桥东桥西,杨柳树下欢歌的情景。而"巫峡苍苍烟雨时,清猿啼在最高枝"。把巫峡的烟雨写得莽莽苍苍,一反过去闻猿声而悲凉的"巴东三峡巫峡长,猿鸣三声泪沾裳"等旧说。又说"个里愁人肠自断,由来不是此声悲",愁不愁,在乎仲人自己,从来不是由于猿声的悲凉。刘禹锡写秋也与众不同:"自古逢秋悲寂寥,我言秋日胜春朝。晴空一鹤排云上,便引诗情到碧霄。"(《秋词二首》其一)破旧说,创新意,新鲜,警策,韵味无穷。其他如:"城西门外滟滪堆,年年波浪不能摧。懊恼人心不如石,少时东去复西来";"瞿塘嘈嘈十二滩,此中道路古来难。长恨人心不如水,等闲平地起波澜"。两首诗,一见"年年波浪不能摧"的奉节县城西、瞿塘峡口的滟滪巨石,而兴起人心不如盘石的恼恨:人为什么一会儿东一会儿西地奔波呢? 一见瞿塘峡中,险滩处处,急流嘈嘈,"此中道路古来难",而兴起长恨人心不如江中水,为什么要无缘无故地掀起波澜呢? 联系刘禹锡的屡遭迫害,道路坎坷,这两首诗显然包含有政治内容。

〔竹枝词〕虽有意仿屈原的《九歌》,但它植根于现实生活的土壤中,奏出的是"今朝曲",将会和〔杨柳枝词〕一样,与"前朝曲"截然对立,在诗坛上永放光辉!

中晚唐和五代诗人词人用〔竹枝〕、〔杨柳枝〕调子写词的很多,如乔知之、柳氏、杨巨源、滕远、施肩吾、裴夷直、白居易、皇甫松、张祜、李涉、姚合、李商隐、温庭筠、司空图、和凝、牛峤、孙光宪等等。但是,从吸取民歌的丰富养料,立意新,手法巧说,都不如刘禹锡。生活是创作的源泉,在这里又得到生动的证实。《旧唐书·刘禹锡传》说:"禹锡在朗州十年,唯以文章吟咏,陶冶情性。蛮俗好巫,每淫祠鼓舞,必歌俚辞,禹锡或从事于其间,乃依骚人之作,为新词以教巫祝,故武陵谿洞间夷歌,率多禹锡之辞也。"《新唐书·刘禹锡传》:"禹锡贬连州刺史,未至,斥朗州司马。州接夜郎诸夷,风俗陋甚,家喜巫鬼,每祠,歌〔竹枝〕,鼓吹裴回,其声伧儜。禹锡谓屈原居沅、湘间作《九歌》,使楚人以迎送神,乃倚其声,作〔竹枝词〕十余篇。于是武陵夷俚悉歌之。"可见刘禹锡反映现实生活的作品,是受到人民广泛欢迎的。

"请君莫奏前朝曲。"刘禹锡的〔杨柳枝词〕、〔竹枝词〕等生动地说明:从民歌汲取营养,把它的"刚健"、"清新"与文人的"细腻"结合起来,奏出一阕阕意境新颖、感情明朗的"今朝曲",无疑是胜过"老调重弹"的"前朝曲"的。这个既朴素又深刻的道理,不永远值得人们记取么!

农村生活的画卷

　　词里面描写农村生活的不仅数量少,而且反映问题的深度和广度,都远不如诗。其原因,既和从一开始词就是作为"绮筵公子,绣幌佳人"们的"清绝之词,用助娇娆之态"而娱宾遣兴有关;另一方面也和传统的"诗庄词媚"、"词为艳科"词着重写儿女情有关。在唐五代文人词里面,如刘禹锡、李珣、欧阳炯等都有一些写莲塘水驿儿女风情的词,但真正以农村生活为题材入词的很少。因此,孙光宪的〔风流子〕是沙里之珠,弥足珍贵。词云:

　　茅舍槿篱溪曲,鸡犬自南自北。菰叶长,水蓣开,门外春波涨绿。听织,声促,轧轧鸣梭穿屋。

　　首句六个字,三组名词勾勒出一幅农家图景:茅舍周围,用槿——一种落叶灌木,叶多齿牙,作成篱笆。篱外,一曲溪水流过。茅舍南北,鸡犬相闻。两个"自"字,说明鸡犬自南而北,自北而南,奔走追逐的欢乐情趣。此刻,篱外小溪中,春水潺湲,绿波荡漾。欧阳修的词有句云:"一夜越溪秋水满。"说的是秋水满溪。这里说的是春水满("涨")溪。而在溪水中,嫩茎可作蔬菜,果实可煮食的菰长出了长叶;水蓣(又叫茝草)有的开着白色,有的开着红色的小花。由舍内而舍外,由近处而稍远,三十四个字绘出一幅田舍风光图。最后写到人事,但人并没有出场,只听到轧轧的织布声——声急而响,从房屋里面传到外边来。全篇清新自然质朴,节奏感强,且语言朴素,生活气息浓厚,在脂香粉腻、闲愁万种的唐五代词里面,这首词,无异一股清凉的秋风,是可以荡涤暑热,一清肺腑的。

经过一个世纪的漫长时间,词由它的崭露头角发展为雄踞艺苑的一枝艳丽花朵。可是反映农村生活题材的作品,直到"一洗绮罗香泽之态,摆脱绸缪宛转之度"的苏轼,才真正放出异彩,这就是元丰元年(一○七八)作者任徐州知州时,写下的五首〔浣溪沙〕。

继熙宁十年(一○七七)秋的严重水灾之后,一冬无雪,一春无雨,徐州发生了大旱。"河失故道,遗患及于东方;徐居下流,受害甲于他郡。田庐漂荡。父子流离,饥寒顿仆于沟坑,盗贼充盈于犴狱(牢狱)。……烟尘蓬动,草木焦然。"(《徐州祈雨青词》)徐州城东二十里有一石潭,与泗水相通。春旱时,苏轼曾来这里祈雨;旱情缓和后,又来这里谢雨。组词〔浣溪沙〕《徐州石潭谢雨道上作五首》①,便是写他一路上的所见、所闻、所感。

"麋鹿逢人虽未惯,猿猱闻鼓不须呼。归家说与采桑姑"(其一)。这是一群像"麋鹿""猿猱"(猴)一样怕见人而又灵巧活泼的农村青少年。他们见了大官,像麋鹿一样急忙躲起来,可一听见"谢雨"的鼓声,又像猴子一样不知道从哪儿钻出来。他们还赶快跑回家去,把太守到来的消息,告诉姐姐或妹妹们。"旋抹红妆看使君,三三五五棘篱门,相挨踏破蒨罗裙"(其二)。写一群农村少女("采桑姑")看热闹的景象。她们"旋抹红妆"——匆忙打扮一番之后,才走出门来,而且"三三五五"挤在篱笆门前,急着争看使君(太守),以致把鲜红的罗裙都踏破了。"老幼扶携收麦社,乌鸢翔舞赛神村,道逢醉叟卧黄昏"(其二)。这是庆丰收看迎神赛会的景象。老翁幼童,相携相扶,虔诚地做着祈祷小麦丰收的仪式。乌鸢在祭神的村子上空盘旋,想去吃那祭神的食品。因为丰收在望,高兴贪杯,有人竟至醉卧路旁了。"麻叶层层蒜叶光,谁家煮茧一村香;隔篱娇语络丝娘。"(其三)这是煮茧缫丝的劳动景象。不论青麻苎麻,都长得青葱茂盛,叶片闪闪发光。村子里处处香味盈鼻——香从何来,举目四望,只见篱笆里一群妇女正在煮茧缫丝,笑语声喧。总之,苏轼在前四首词中,写了农村小伙子见到大官惊恐又活泼的情状;也写了农村姑娘们那种好奇又怕羞的心理、动作和神态;既写了正忙碌着缫丝的农村妇女们的欢声笑语,也写了"垂白杖藜"老翁的艰困生活;既写了在祈祷小麦丰收的祭神日子里人们兴酣畅饮,也写了衣衫褴褛的卖菜老汉的辛勤;既写了自己关心民瘼低声问"豆叶几时黄",也写了自己"敲门试问野人家"讨茶吃的情景。这是一幅封建社会中"民之父母"的州官与民同乐的十分难得的"画卷"。而且,人物形象生动活泼,男女老少,各肖其态;世俗民情,两臻其妙。无论从如"凤毛麟角"一样数量极少的以农村人民的劳动和生活为题材的词来看,或从词的题材扩大方面来看,苏轼这组词都有其伟大价值,是堪可与"大江东去"(〔念奴娇〕)或"明月几时有"(〔水调歌头〕)媲美的。最后,词人巡视归去,他又有什么感想呢?试看〔浣溪沙〕的第五首:

软草平莎过雨新,轻沙走马路无尘。何时收拾耦耕身。
日暖桑麻光似泼,风来蒿艾气如薰。使君元是此中人。

"软草平莎",本来就是一种明洁清丽的景色,而当一场春雨过后,天朗气清,明晃晃的阳光照在上面,便分外透出一种生机勃勃的情致,显得更加新绿可爱了。第二句是紧接第一句来的。"路无尘",是因为刚刚下过了雨。那么在这样的地方,在这样的时候,走马奔行,自然是十分惬意的事情了。这两句看似和"绿杨芳草"，"草薰风暖"之类词儿一样，写的是郊野的宜人景色，不过同时也映衬出这位"轻沙走马"者怡然舒畅的心情。下面的"何时收拾耦耕身"，又是承前两句而来，意思说：何时能离开仕宦生涯，回到家乡去躬耕于田亩之间呢？这种"归去来兮"的思想，苏轼在作品里不止一次流露过，不过最后他总是引身物外，以达观的态度对之。"人有悲欢离合，月有阴晴圆缺，此事古难全。"这是苏轼深明事理的旷达可贵处。

过片一、二两句是对"软草平莎"、"走马无尘"的农村生活进一步的生动描写。桑麻因"日暖"而发光，但"光"竟似"泼"——像水洗过一般明亮；一阵风来，蒿艾草也发出诱人的香气。农村里的景物很多，都没有被诗人编入他的织锦，只选取了平常、易见、决不为人们所注意的东西：蒿和艾。那么岂不是说，它们尚且如此明亮闪光，香气四溢，更何况其他种种景色呢？画《踏春归去马蹄香》的无名画家，不去画马上看花的光景，却画几只蜂蝶飞逐马后，的确比画一大簇一大簇花，有味得多。从意境的新颖来说，彼此是有相似之处的。

结尾"使君元是此中人"句和"何时"句遥相呼应：这时作者干脆说自己本是来自他们之中的一员了。不过和许多出身田亩的士大夫们一样，苏轼虽然说："我昔在田间"，"我是田间识字夫"，"原是此中人"等等，但和农民并不是完全没有距离的。把"耦耕身"与"此中人"合起来看，寄寓有诗人宦海浮沉的感慨，但词中官民关系较亲切，突破了"词为艳科"的藩篱，开前人农村词之所未有，启后人农村词之良端，在词史上，这五首词是不应忽视的。

过了整整一个世纪的漫长岁月，继苏轼而真正举起豪放大纛的是辛弃疾。淳熙八年（一一八一），他由江西安抚使的任上，退居上饶郡外的带湖，后又居铅山期思渡旁的瓢泉。由于对当时官场生活的厌恶，于流连山水之外，他不仅写了"城中桃李愁风雨，春在溪头荠菜花"（〔鹧鸪天〕）那样寓意城里不如乡村的名句，而且笔锋所向,进一步抒写出农村的生活、风俗和习尚。"大儿锄豆溪东。中儿正织鸡笼。最喜小儿无赖,溪头卧剥莲蓬"(〔清平乐〕)。三个儿子,人物形象逼真,声态并见,各有特色。一百年前苏轼词里有过相近的情景。而"东家娶妇,西家归女,灯火门前笑语。酿成千顷稻花香,夜夜费、一天风露"。(〔鹊桥仙〕《山行书所见》)那种娶妇、嫁女灯火笑语的欢乐景象;"三三两两谁家女,听取鸣禽枝上语。提壶沽酒已多时,婆饼焦时须早去。"(〔玉楼春〕)那种农村妇女巧听禽言鸟语的风趣,在苏词就找不到了。具有典型意义的一首是〔鹧鸪天〕《戏题村舍》:

> 鸡鸭成群晚未收,桑麻长过屋山头。有何不可吾方羡,要底都无饱便休。　　新柳树,旧沙洲,去年溪打那边流。自言此地生儿女,不嫁余家即聘周。

鸡鸭成群,桑麻生长得比房子还高,农民们便不会有其他奢望了。岁月流逝,柳树、沙洲、溪水这些自然景物,又会发生变化,而农民们的风俗习惯却不会有多大改变。他们的男婚女嫁,永远不出本村的余、周两姓人家。最后两句,更把农民们淳朴、厚道、乐天安命的世态,生动地表现出来。

由于辛弃疾退居林下前后近二十年,虽过着亭台楼阁、林园鹤鸟的别墅生活,但长期的观察,使他的农村词写得生动,细腻,而且他喜欢通过富有风趣的故事情节,表现淳朴的民风,造成一幅幅形象生动的农村社会风俗画。

孙光宪、苏轼、辛弃疾告诉我们当时农村生活的图景是:茅舍,槿篱,溪曲,麻叶层层,枣花簌簌,或流风,明月,疏星,微雨,以及游鱼,鹊声,蝉鸣等农村自然风光,和少男、少女、络丝娘、老翁、老媪等各样人物的神情举态,大多是充满着恬静、和平的情趣。如果抛开中晚唐以后的社会扰攘,民不聊生,宋中叶以后的半壁山河,民不堪命等社会现实,我们会觉得他们生活在幸福的田园里。不过我们也无须以此去责备诗人们没有写出像唐代诗人杜荀鹤那样的"桑柘废来犹纳税,田园荒尽尚征苗"(《山中寡妇》);像苏轼那样的"而今风物那堪画,县吏催钱夜打门"(《陈季常所蓄朱陈村嫁娶图》);或是像南宋陆游那样的"豪吞暗蚀皆逃去,窥户无人草满庐"(《太息》)的描绘农村生活情状的诗。我们只看他们用词这种独特的文学样式,描写中国的农村生活,有没有"比他们的前辈提供了新的东西"。那么回答是肯定的。因此,对于这一幅幅用不同的色彩、不同的手法,或重彩,或淡抹,绘出来的情趣风格不同的农村画卷,不是应祝贺诗人们为词的清新健康发展,提供了新的因素么。

① 苏轼:〔浣溪沙〕《徐州石潭谢雨道上作五首》(录前四首)

照日深红暖见鱼,连溪绿暗晚藏乌,黄童白叟聚睢盱。麋鹿逢人虽未惯,猿猱闻鼓不须呼,归家说与采桑姑。

旋抹红妆看使君,三三五五棘篱门,相挨踏破蒨罗裙。老幼扶携收麦社,乌鸢翔舞赛神村,道逢醉叟卧黄昏。

麻叶层层檾叶光。谁家煮茧一村香?隔篱娇语络丝娘。垂白杖藜抬醉眼,捋青捣䴬软饥肠,问言豆叶几时黄。

簌簌衣巾落枣花,村南村北响缫车,牛衣古柳卖黄瓜。酒困路长惟欲睡,日高人渴漫思茶,敲门试问野人家。

两幅城市风光图

　　公元九六〇年,赵宋王朝建立,结束了残唐五代的纷攘割据局面。许多年来的田园荒芜,城市破败,开始出现复苏的兴旺景象。宋徽宗崇宁二年(一一〇三),从先人初到京师的孟元老看到的是:"举目则青楼画阁,绣户珠帘,雕车竞驻于天街,宝马争驰于御路,金翠耀目,罗绮飘香。新声巧笑于柳陌花衢,按管调弦于茶房酒肆。八荒争凑,万国咸通。集四海之珍奇,皆归市易,会寰区之异味,悉在庖厨。花光满路,何限春游,箫鼓喧空,几家夜宴。伎巧则惊人耳目,侈奢则长人精神。"(《梦华录·序》)。在词里面,反映北宋城市风貌最有影响的一首,是柳永描写钱塘盛况的〔望海潮〕。杨湜《古今词话》记载:"柳耆卿与孙相何为布衣交,孙知杭,门禁甚严。耆卿欲见之不得,作〔望海潮〕词,往诣名妓楚楚曰:'欲见孙相,恨无门路,若因府会,愿朱唇歌之。若问谁为此词,但说柳七。'中秋夜会,楚婉转歌之,孙即席迎耆卿预坐。"这个故事一方面说明孙何没有忘记穷朋友;另方面名妓楚楚"婉转歌之"后,"孙即席迎耆卿预坐",也可见词的真切感人。原词是:

　　东南形胜,三吴都会,钱塘自古繁华。烟柳画桥,风帘翠幕,参差十万人家。云树绕堤沙。怒涛卷霜雪,天堑无涯。市列珠玑,户盈罗绮,竞豪奢。　　重湖叠巘清嘉,有三秋桂子,十里荷花。羌管弄晴,菱歌泛夜,嬉嬉钓叟莲娃。千骑拥高牙。乘醉听箫鼓,吟赏烟霞。异日图将好景,归去凤池夸。

　　钱塘(今浙江杭州市),在白居易有名的〔忆江南〕里,我们已经领略过她那俊秀的"侧影"了:"山寺月中寻桂子,郡亭枕上看潮头。"如今柳永给了我们更大的满足。从这里看到的不再只是一个"镜头",一个"侧影"了。它是吴兴、吴郡、会稽诸镇的大都会;它自古以来就一直是一个龙盘虎踞的繁华地方! 开头三句,从大处落墨,总写地区形势的险要,人烟的稠密。这种写法,很有点像王勃的"南昌故郡,洪都新府",开门见山,一下子就把它推上了"襟三江而带五湖,控蛮荆而引瓯越"的地位。

　　在钱塘的城外,云树高耸,静绕堤沙;钱塘江的潮水,涌起百丈狂涛,翻滚如雪,洁白似霜;这耸入云天的高树,为沙堤形成了一道浩无涯际的天然屏障。在钱塘的城内呢,市场上摆着各款各式的奇珍异宝,商店里陈列着各种各样的丝锦绫罗,真是极尽富贵豪华之能事了。就是在这样的环境里,参差错落地住着十万户人家。他们生活在"烟柳画桥"的清景中,过着"风帘翠幕"的安逸日子。

　　钱塘,还有湖,并且不止一个;也有山,并且不止一座;它到处是湖光山色,到处是一片清幽翠秀的景色。凉秋九月,桂子飘香;炎夏溽暑,荷香十里;丽日南天,笛声悠悠;夜幕降临,菱歌处处。采莲的少女们,漾着浩荡的湖波,嬉笑清歌;银发如霜的老人们,怡然垂钓。这里的"莲娃",比我们在李珣〔南乡子〕中见过面的"游女",还活泼、天真,更大胆而有豪情。这里的"钓叟",比我们在张志和〔渔歌子〕中相识的"渔父",恬淡自适多了。你听,一阵震天动地的声音传来,由远而近:无数的人,无数的马,簇拥过来。一面大旗,猎猎迎风,钱塘城的长官和他的宾客们出游了! ⋯⋯他们酒醉饭饱之后,听箫鼓于闹市,纵情地欢乐;诗兴勃发时,他们于云蒸霞蔚的湖光山色中,也总要吟诗唱酬一番。所以,直到他们踏上归途的时候,大家仍然余兴犹在。他们暗自思索着:日后回到朝廷("凤池")时,便可把这些"好景",尽情地夸耀一番了。

此词就这样,先是通过景物的描绘,后是通过钓叟、莲娃和长官们的出游活动,淋漓尽致地描绘出钱塘的繁华盛况。从各个不同角度,用铺叙手法层层加深的描绘,形成了这首词的显著艺术特色,从而给人以强烈的感染。据说,当时正觊觎宋王朝国土的金主完颜亮,听到唱"三秋桂子,十里荷花"句,惊羡钱塘的富庶繁华,遂起投鞭渡江的侵略野心。所以宋诗人谢处厚感慨赋诗:"谁把杭州曲子讴?荷花十里桂三秋。哪知草木无情物,牵动长江万里愁。"

柳永描绘都市繁华景象的词,还有好几首,大都"承平景象,形容尽致"(陈振孙语),内容很相近。"列华灯、千门万户。遍九陌、罗绮香风微度。"(〔迎新春〕)"玉城金阶舞舜干,朝野多欢。九衢三市风光丽,正万家、急管繁弦。凤楼临绮陌,嘉气非烟。"(〔看花回〕)这是作者笔下的北宋首都开封。"万井千闾富庶,雄压十三州。触处青蛾画舸,红粉朱楼。"(〔瑞鹧鸪〕)这是作者笔下的苏州。这些词虽都较真实地反映当时都市的繁华,但是作者却未能透过这种表面繁华,看到当时社会危机四伏,统治者耽于淫乐,人民生活朝不保夕。同是写上层统治者的奢侈玩乐,杜甫说:"犀箸厌饫久未下,鸾刀缕切空纷纶。"白居易说:"食饱心自若,酒酣气益振。"对这班权势人物吃腻了山珍海味,酒足饭饱后那种骄横一世的情态,写来多么富有揭露性!柳永在他的词里,虽也写了"对咫尺鳌山开羽扇"的皇帝,"千骑拥高牙"的地方长官,但所采取的态度,与杜甫、白居易显然不同了。

宋室南渡后,迁都临安(今杭州市)。以宋高宗赵构为首的最高统治者,仍耽于淫乐,酣歌醉舞。诗人林升曾发出愤怒的指斥,《题临安邸》云:"山外青山楼外楼,西湖歌舞几时休。暖风熏得游人醉,直把杭州作汴州。"但被金人占领过的城市,却完全是一幅荒凉破败景象,这时写城市风貌最有名的一篇,是姜夔的〔扬州慢〕。词云:

淳熙丙申至日,予过维扬。夜雪初霁,荠麦弥望。入其城,则四顾萧条,寒水自碧,暮色渐起,戍角悲吟。予怀怆然,感慨今昔,因自度此曲,千岩老人以为有黍离之悲也。

淮左名都,竹西佳处,解鞍少驻初程。过春风十里,尽荠麦青青。自胡马窥江去后,废池乔木,犹厌言兵。渐黄昏,清角吹寒,都在空城。　　杜郎俊赏,算而今重到须惊。纵豆蔻词工,青楼梦好,难赋深情。二十四桥仍在,波心荡,冷月无声。念桥边红药,年年知为谁生?

公元一一四一年,宋与金签订了"和议"。根据这项卖国条约,南宋向金国世世称臣,并且把东起淮水中流,西至大散关(今陕西省宝鸡县西南)以北的地方,割让给金国。从此,江北和淮南地带,便成了南宋的北部"国境"。

宋孝宗淳熙三年(公元一一七六)冬日里的一个黄昏,青年诗人姜夔满面风尘地来到了这个"淮左名都,竹西佳处"的扬州。他不打算在这里久留,只是沿江东下,鞍马劳顿,停下来歇一下脚。开头直写扬州,并说明自己不是特意来访,而是"少驻初程"。"竹西",用杜牧《题扬州禅智寺》"谁知竹西路,歌吹是扬州"(竹西路在禅智寺前官河北岸)的诗意,也表示着这里在唐代曾经是如何地繁盛。

我们知道,扬州位于长江与运河交汇之处,在唐代是一个商业极其发达的繁华城市。"夜市千灯照碧云,高楼红袖客纷纷。如今不似时平日,犹自笙歌彻晓闻"(王建);"天下三分明月夜,二分无赖是扬州"(徐凝);"十里长街市井连,月明桥上看神仙"(张祜),都可概见其当时的盛况了。"过春风十里",即指扬州原来极繁华的街道,盖用唐人杜牧诗:"春风十里扬州路"的诗意。这都是过去的情景了,但今天怎样呢?"尽荠麦青青",当年车水马龙、酣歌醉舞的十里长街,现在竟长出了一片绿油油的菜蔬和麦苗啊!在诗词里,写兵燹后荒凉景象的很多,如写长安的"长安寂寂今何有?废市荒街麦苗秀"(韦庄《秦妇吟》);写汴京的"梳行讹杂马行残,药市萧骚土市寒(范成大《市街》);写敌人铁蹄践踏过的村庄的"小桃无主自开花,烟草茫茫带晚鸦。几处败垣围故井,向来——是人家"(戴复古《淮村兵后》)。但是,"过春风十里",藉陈言以怀旧;"尽荠麦青青",摹现实而抒情,尤其是用一"尽"字,更见出繁华事散、扫地春空已到如何程度了。

"自胡马窥江去后,废池乔木,犹厌言兵。"宋高宗建炎三年(一一二九),金人初犯扬州。其后,绍兴三十一年(一一六一),金主完颜亮以号称六十万的兵马,大举南侵,江淮军败。后来,完颜亮虽兵变被杀,金与南宋议和,并撤离扬州北归。但从此"淮南地区便经常成为宋金双方交战的场所,经常遭受敌国人马的蹂躏和践踏,这地区的人民便也愈来愈多地向外逃亡,遂致农田大量荒芜,民户疏疏落落。"(邓广铭《辛弃疾传》)当时淮南东路农田荒芜达四十万亩以上。这种触目惊心的现实情景,诗人用极精炼的文学语言,表达了出来。"废池乔木"对于当日敌人的入侵,尚且是这样憎厌,那么人民的切齿痛恨之情,便不言而喻了。

如今,在这残破荒凉,守备力量单薄的"空城"的黄昏时刻,听到的是阵阵画角的声音,它随着凛冽的寒风,飘送过来。这时候,谁能不兴起周大夫路过故都而发出的"彼黍离离"(见《诗经·黍离》)之悲呢?

在这里,诗人虽流露出一些"流落江湖,不忘君国"的感情,也反映了一定的爱国情绪,但因为出之于"怆然"之怀,所以使"慷慨悲歌"的主题,不免染上了一些"老树寒蝉"的低沉情调。

"杜郎俊赏,算而今、重到须惊。"唐代的诗人杜牧,应淮南节度使牛僧孺的约请,曾来扬州住过两年(大和七年至九年)。他赞美扬州,歌颂扬州,对扬州的歌舞繁华是十分称赏的。可是时至今日,如果他能"旧地重游",也一定会大吃一惊:扬州,已面目全非了!

接着,"纵豆蔻词工"三句,诗人以杜牧比照自己,以杜牧对当年扬州的深情,来喻自己对今天扬州的厚意。那时,杜牧在这里曾经写过"娉娉袅袅十三余,豆蔻梢头二月初。春风十里扬州路,卷上珠帘总不如"(《赠别》);"十年一觉扬州梦,赢得青楼薄幸名"(《遣怀》)等名篇佳句,来寄托他的深厚爱意。然而今天,纵使再有这样动人的好诗,却无论如何也描绘不出我现在对扬州的"怆然"之情啊。"杜郎俊赏"两句,在手法上和"过春风十里"句一样,都是用的今昔不同的映衬手法。扬州,过去以你的繁华、美丽而被"杜郎俊赏",今天,你却是如此冷落、荒凉,以至于使人为之而"惊"了! 这,正是诗人姜夔"予怀怆然"的原因。

"二十四桥仍在,波心荡,冷月无声。"既呼应上阕"过春风"句,又是对今日扬州的映衬描述,也是诗人深一层感慨的抒发。当年杜牧歌唱过的二十四桥仍在,那桥下面的流水,碧波激滟,孤寂的冷月,照在它的上面。

杜牧《寄扬州韩绰判官》诗有"二十四桥明月夜,玉人何处教吹箫"句。二十四桥,有人说指二十四座桥,有人说是一座桥的桥名。据《一统志》称:"扬州二十四桥,在府城,隋置,并以城门坊市为名。"二十四桥既以"城门坊市"为名,自然不在一处,因而也就不是一座桥了。沈括《梦溪笔谈·补笔谈》称:"扬州在唐时最为富盛,旧城南北十五里一百一十步,东西七里三十步,可纪者有二十四桥。"并说存者有南桥、广济桥、开明桥、通泗桥、万岁桥、山光桥七座。但是姜夔这首词既明说"仍在","桥边",似又是指一座桥(不然,怎会二十四座桥边都有红芍药呢)。不过,也可从两方面看:一是姜夔并非纪实,而是泛指某一座桥;二是姜夔这句和

"豆蔻"、"青楼"两句一样,显系用杜牧的诗,那么,上面的"纵"字,便应贯串到"二十四桥"这句,引起"玉人何处"的慨叹,因而"念"到"桥边红药";玉人不在,红药何用?这一来,杜牧的"明月"也就变成"冷月"了。

结尾"念桥边红药,年年知为谁生?"是诗人见景生情兴起来的感慨。追怀往昔盛事,一般说来有两种写法:"繁华事散逐香尘,流水无情草自春。"(杜牧)这是一种。另一种写法,如"庭树不知人去尽,春来还发旧时花"(岑参)和姜夔的"念桥边红药,年年知为谁生"?用后一种写法来寄慨,感情顿挫,意境深切。可惜姜夔的感慨,只是对"当昔全盛之时"的追忆,因而这首词的思想意义,看来也就仅止于此了。

在两万多首宋词里面,专写城市风光的不算多。从这两首一写繁华,一写破败的作品中,既可看出宋由盛到衰的一个侧影,也可看出诗人们由于立意不同(一歌颂,一伤悼),在选取景物,抒怀志感,文字色彩的渲染上,是多么的不同。"文以意为主",就是艺术手法的运用,也总是以"意"为主的。

春雨之歌

春雨,静悄悄地落着。
它滋润着诗人的心田,唱出音韵悠扬的歌声:

> 好雨知时节,当春乃发生。
> 随风潜入夜,润物细无声。
> 野径云俱黑,江船火独明。
> 晓看红湿处,花重锦官城。

——杜甫:春夜喜雨

春夜,落起了细雨。这雨,她好像知人意儿,当人们需要她的时候,她就来了。无知无情的春雨,完全具有灵心慧性了。这时,经过战乱的颠沛流离,越过艰险的栈道,杜甫在成都浣花溪畔的草堂,得到栖身之所。"舍南舍北皆春水,但见群鸥日日来",环境清幽;"眼边无俗物、多病也身轻",生活闲适;"邻人有美酒,稚子也能赊",人情和美。在这样的时刻,云掩初弦月,夜闻春雨声,诗人写出了吟咏春雨的名句。这雨,随着微微的春风,悄悄地来到夜色茫茫的大地,润泽万物,连一点儿声响都没有。"曰'潜',曰'细',写得脉脉绵绵,见造物发生之妙。"(《杜诗镜铨》引仇注)造物为何有此"发生之妙"——"随风潜入",不为人知;"润物无声",功用却大。诗人在咏物写景,也在抒情言志。如果说这两句写出了春雨的性格,应该说也写出了诗人"安得广厦千万间""吾庐独破受冻死亦足"的博大胸襟。这两句杨伦说写"所见"(见《杜诗镜铨》),实际是写"所感"。因为雨的"潜"、"润",诗人是似闻未闻,不觉而觉。五、六句拓开,写"所见"。这时,他由室内走到门边:乌云低垂,雨意正浓,田野间的小路,烟笼雨罩,上天下地,漆黑一片。只有江畔渔船上的灯火,点点闪烁,分外明亮。这是一幅充满着诗情画意的江村夜雨图。这里运用的是映衬手法:云天野径,上下俱黑,江边渔船,灯火点点,"黑""明"相映,色彩分明,但着意衬写的仍是"云俱黑"——正见出诗人对润物无声的春雨的深情。明天早晨起来,成都城内外,处处花儿开放,那一朵一朵花上面,带着晶莹的水珠,显得沉甸甸的,可是也格外鲜艳。最后两句是揣想,但这揣想真实,从侧面反映出春雨的"细",如果是暴雨,就变成"零落残红"了。

题目曰"喜雨",字面上却无一个"喜"字,但字里行间,处处见喜。好雨应时而生,一喜;它"潜入""润物"二喜;雨中夜景之美,三喜;晨起晓景之美,四喜。有此"贵如油"的春雨,但"绝不露一'喜'字,而无一字不是喜雨,无一笔不是喜雨(俞犀月)","'喜'意都从罅缝里迸透"(《读杜心解》)。这是此诗在艺术上的一大特色。

同样在题目上标出"咏春雨",而表现手法却不同的是史达祖的词〔绮罗香〕《咏春雨》,对照来看,是可窥到一些艺术奥秘的。词云:

> 做冷欺花,将烟困柳,千里偷催春暮。尽日冥迷,愁里欲飞还住。惊粉重、蝶宿西园,喜泥润、燕归南浦。最妙他、佳约风流,钿车不到杜陵路。　　沉沉江上望极,还被春潮晚急,难

寻官渡。隐约遥峰,和泪谢娘眉妩。临断岸、新绿生时,是落红、带愁流处。记当日,门掩梨花,剪灯深夜语。

初春,乍暖轻冷,带有寒意的春雨,使花儿受到侵袭。雨色迷濛,如烟雾一样笼罩着柳树。"朝见一片云,暮成千里雨"(孟郊《喜雨》),这春雨无边无际,好像很快黄昏就到来了。一整天就是这样愁云密布,雨一会儿下,一会儿又停了。园林里的蝴蝶,惊怕羽翅沾雨,难以飞起;水岸边的燕子,由于泥土湿润,纷纷衔泥筑巢。"稍稍落蝶粉,斑斑融燕泥"(李商隐《细雨成咏》),写雨中蝶燕一惊一喜,很是传神。道路泥泞,车子也不能驶到杜陵(长安城南,此泛指游赏地)去春游了。同一春雨,蝶、燕、人,感受不同。用笔细微,层次分明。过片,写人走出家门,显示出作品中人物形象:他站在江边,极目远望,江上烟云茫茫,水天迷濛,潮流更急,连渡口也望不清楚了。"春潮带雨晚来急,野渡无人舟自横。"(韦应物《滁州西涧》)时近薄暮,景色凄迷,远山隐约,好像美人含泪的双眉,凄楚动人。谢娘,唐代歌妓名。这里泛指歌女。水边江畔,新绿繁生;落红片片,随水流去;雨后光景,绿肥红瘦。此刻,不由得回忆起从前一段往事:梨花院落,重门深掩,剪烛西窗,夜雨共话。俞平伯先生称:"本篇为咏物体,写江南烟雨极为工细。有正面描写处,有侧面衬托处,有点缀风华处,有与怀人本意夹写处,而以回忆作结。"(《唐宋词选释》)值得注意的是,不论从何方面描写,都紧紧围绕着春雨——处处写的是春雨,但却于最后才见一个"雨"字;而且有别于咏物惯用的堆砌典故,纯用白描,把生活中所看到的春雨中事,予以艺术的再现。姚铉说:"赋水不当仅言水,而言水之前后左右。"(《皱水轩词筌》引)写雨中花柳,雨中蝶燕,雨中江景,雨中峰峦,雨中落红新绿,以及回忆当日雨中情事,正是"前后左右"——俱到。辅叙情节较多,不似杜甫的以自我抒情为主,从"我"中表现出喜雨的情怀。在手法上,可说是各有千秋的。

春雨,在多情诗人们的笔下,能谱写出悲欢抑扬、清新幽怨等各种不同的歌曲。我们喜欢铁板铜琶高歌"大江东去",也喜欢执红牙板,轻吟"杨柳岸、晓风残月"。"天街小雨润如酥,草色遥看近却无。最是一年春好处,绝胜烟柳满皇都。"(韩愈《初春小雨》)初春,小雨滑润得像酥油一样,飘落在刚刚破土的小草上面;草远看似有(因远看一片青色易显)近看却无。诗人感觉一年的景致,初春最好,远远胜过浓烟翠柳的阳春景色。这春雨充满着无限生机,令人心里暖暖的。"柳丝长,春雨细,花外漏声迢递。"(温庭筠〔更漏子〕)①春雨飘落花木上,汇集成滴,纤细幽微,声如更漏,迢递不断。"春雨细"是三句之主。夜深闻春雨,不能成寐,而引起"梦君"一番情事。这春雨给人的是幽怨,是伤情。"小雨晨光内,初来叶上闻。雾交才洒地,风折旋随云。"(杜甫《晨雨》)这春雨,像精灵一样跳跃动荡,"看去只在眼前,然非公却拈不出"(《杜诗镜铨》引)。这是由于杜甫的观察入微,心目交感。"沾衣欲湿杏花雨,吹面不寒杨柳风。"(僧志南《绝句》)②春光明媚,使得这位老僧走出禅堂,来到桥东河畔,如杏花般的细雨飘落身上。但"沾衣欲湿",春雨轻柔,虽湿而不觉。或云湿更畅意,如柔和的春风"吹面不寒"一样,表现出游春的盎然情绪。"朝云漠漠散轻丝,楼阁淡春姿。柳泣花啼,九街泥重,门外燕飞迟。"(周邦彦〔少年游〕)③阴云漠漠的早晨,如丝的细雨轻轻飘落着。春天的楼阁,显得更加清雅了。柳似流泪,花似啼哭,大街上一片泥泞,门外的燕子因羽翅沾湿飞动迟缓了。这是追忆从前一个春雨早晨的情景。春雨,在这里扮演了一个凄清角色,没有它,景色不会如此悲苦。可是也正由于它,把当时"两人知"的"幽恨"渲染得这般深刻,从而衬托出今日主人公坐在阳光灿烂的"金屋",面对"桃枝"(隐指眼前女子)的幸福生活。

有才能的诗人还写出了雨的千姿百态:"行云递崇高,飞雨霭而至。潺潺石间溜,汩汩松上驶;"(杜甫《雨》)"对宿烟收,春禽静,飞雨时鸣高屋。"(周邦彦〔大酺〕)杜说飞雨骤降,石间竹上,潺潺汩汩;周说雨一阵一阵打在屋瓦上,沙沙作响。都以气势雄壮胜。但杜甫用了象声词(潺潺;汩汩),而且借助物象(石间,松上),显得气魄更大些。同是写飞雨,同中又不尽同。"青山澹无姿,白露谁能数。片片水上云,潇潇沙中雨。"(杜甫《雨二首》其一)"坠叶惊离思,听寒螀夜泣,乱雨潇潇。"(周邦彦〔忆旧游〕)虽都描状入神,但前者清朗,后者衰飒,意境又自不同。

春雨,静悄悄地落着。

听一曲前代诗人咏唱的春雨之歌,对我们也是一种艺术上的享受吧。

① 温庭筠:〔更漏子〕

柳丝长,春雨细,花外漏声迢递。惊塞雁,起城乌,画屏金鹧鸪。

香雾薄,透帘幕,惆怅谢家池阁。红烛背,绣帘垂,梦长君不知。

② 僧志南:《绝句》

古木阴中系短蓬,杖藜扶我过桥东。

沾衣欲湿杏花雨,吹面不寒杨柳风。

③ 周邦彦:〔少年游〕

朝云漠漠散轻丝,楼阁淡春姿。柳泣花啼,九街泥重,门外燕飞迟。

而今丽日明金屋,春色在桃枝。不似当时,小桥冲雨,幽恨两心知。

月光曲

  月光,是皎洁美丽的。它如一块纯净的美玉,默默地散发出晶莹的光辉。古今文人学士吟咏它,是因为美,但一经染上诗人的感情色彩,它给予人的感受就会不同:或乐观,或忧戚,或昂奋,或低沉。"质本洁来还洁去。"明媚的月光,总是令人陶醉和向往的。

  "露从今夜白,月是故乡明。"(杜甫)古代诗人们常把明月和思乡联系在一起,这使我们首先想起的是李白。这位蜚声中外的唐代大诗人,生于中亚碎叶河流域的碎叶城(今苏联吉尔吉斯北部托马克附近,唐代属安西都护府)。五岁随父亲迁居绵州昌隆县(今四川江油县)青莲乡。二十六岁,当他"仗剑去国,辞亲远游"(《上安州裴长史书》)离开蜀地时,对故乡的恋念情怀,使他写下一首有名的《峨眉山月歌》:

    峨眉山月半轮秋,影入平羌江水流。
    夜发清溪向三峡,思君不见下渝州。

  景色优美的峨眉山上悬着半圆形的秋月,它那皎洁明亮的影子映入平羌江中,和滔滔的江水一样流动,真是动人极了。"月有阴晴圆缺。"不说月的圆缺,不说月的明晦,而强调的是峨眉山月的"秋"。秋,天高、气清、风爽、月朗,引起人一片联想。月照影流(实际流的是滔滔江水),变静为动,这样,峨眉山上,平羌江中,半轮秋月,上下辉映。"清水出芙蓉,天然去雕饰。"平浅的词语,写出了不平浅的意境。秋夜里从清溪出发奔向三峡,再见了,峨眉月色!在去渝州的旅途上,我又是多么的想念你啊!对未来的幻想与追求,一片纯真美好的感情,融化在皎洁秀丽的峨眉山月中。为朗朗秋月,奏出了一曲昂扬奋发而又情思绵绵的乐章。四句中连用峨眉山、平羌江、清溪、三峡、渝州五个地名,流畅、明快,"古今目为绝唱,殊不厌重";"使后人为之,不胜痕迹矣"。由此也可见出青年时代李白的才思洋溢。

事隔许多年之后,乾元二年(七五九),五十九岁的李白流放夜郎,半道遇赦,归至江夏,逢从峨眉山上来的僧人入中京长安,诗人追忆峨眉山月,感而赋诗。题曰《峨眉山月歌送蜀僧晏入中京》[①]。"我在巴东三峡时,西看明月忆峨眉。月出峨眉照沧海,与人万里长相随。"对峨眉山月,诗人始终未能忘情,就是万里远游之后,也一直是既"看"且"忆",更感觉它相伴而行。如今,"黄鹤楼前月华白,此中忽见峨眉客"。在这江夏城(今武昌)黄鹤楼前的明月下,看见故乡来的人,他带来了峨眉月,这明月还将伴送他回到长安去。这明月不仅照到江夏,照到帝都长安和周围的秦川,而且"归时还弄峨眉月",回到蜀中,仍有峨眉月相伴。瞧,这位蜀僧有多么幸福,他始终有"峨眉月"(不是江夏、长安、秦川等地的月)相伴。其实,"万里共明月",本无所谓这里明月那里明月之分。但是一方面见出诗人对故乡月的感情有多么深沉;一方面对比自己身似浮云,滞留吴越,对"归时"的蜀僧而仍可见"峨眉月"又多么的令人羡慕!经年漂泊,半生坎坷,追怀昔游,"蜀国多仙山,峨眉邈难匹"(《登峨眉山》),对峨眉山月的眷念之诚,真挚质朴,亲切感人。方回论李白诗,说它"要自有朴处"。"最于赠答篇,肺腑露情愫。何至昌谷生,——雕丽句;亦焉用玉谿,纂组失天

378

趣。"比起诡奇瑰丽的李贺（昌谷）和清词丽句的李商隐（玉谿生）来，李白的诗，的确不矫饰，不吞吞吐吐，不迂回曲折，情有所感，即脱口而出，但细细咀嚼，却又觉意味隽永，任情率真。

望月思乡，广泛流行的还是那首传诵古今的《静夜思》：

> 床前明月光，疑是地上霜。
> 举头望明月，低头思故乡。

月亮既照到室内，显然已月升中天，时间不早了。诗人却一直没有睡，他在想什么呢？正由于是沉思默想入了神，于迷离惝恍中，才有"疑是"——似是似非狐疑不定的感觉。这个"霜"字，不仅表明凉意袭人，而且暗示皎洁的月光，是近于惨淡苍白的。这句看似写景，但景中含情——静夜中之人，心潮起伏，颇不平静。字面上不见"思"字，而思在其中矣。"举头望明月"，是从迷离惝恍中醒觉后一个小小的动作，既然辨认清楚不是霜，于是不由得抬起头来，痴情望月，最后又低下头来，直言不讳地吐出衷情："思故乡"！诗的语言明白如话，写"静夜思"的人，却摇曳多姿：他始而未睡，陷入沉思；由"思"而神态恍惚，因而生"疑"；继之痴情望月，最后直吐胸臆。诗人感情的表达，由隐而显，由含蓄而直露，看来也是彻夜不寐的。（作者按：此首亦见上编《形与神》，因解释角度不同，故此次修订仍予保留。）

不过，李白的明月曲，并不都是望月思乡。"小时不识月，呼作白玉盘。又疑瑶台镜，飞在青云端。仙人垂两足，桂树何团团？白兔捣药成，问言与谁餐？"（《古朗月行》）②说小的时候不识月亮，把它叫做白玉盘。又怀疑是神仙所居的瑶台里的镜子飞到天上。传说月亮升起的时候，首先看到月中仙人的两只脚，当看到月中桂树时，才发现月亮有多么圆啊！月亮里的白兔捣成了药，请问它是给谁吃的？用神话传说，轶闻趣谈，生动地描绘儿童的心理情趣,口吻逼肖,一派天真烂漫,而又将月亮的皎洁明亮,写得活泼洒脱,淳朴自然。接下来四句便染有浓厚的政治色彩了。以蟾蜍蚀影,明精沦惑为喻,对玄宗的荒淫享乐与杨国忠等谗谄蔽明,表示了忧虑和沉痛。"蟾蜍蚀圆影,大明夜已残。"说月亮被蟾蜍啮食,变得残缺不全了。这是比喻奸佞专权误国。"羿昔落九乌,天人清且安。"这里用传说唐尧时后羿射落九乌,暗示当时缺少像后羿那样扫除祸害,安邦治国的英雄。"阴精此沦惑,去去不足观。"说月亮已模糊不清,沉沦迷乱,算了吧,已经不值得看了。最后"忧来其如何,凄怆摧心肝"。说悲伤得心肝都像断了一样,形容忧愤到了极点。历代评论家们或认为"盖为安禄山之叛逃于贵妃而作也"(萧士赟)。或曰"忧禄山将叛时作。月,后象,日,君象。禄山之祸,兆于女宠,故言蟾蚀月明,以喻宫闱之蛊惑。九乌无羿射,以见太阳之倾危,而究归诸阴精沦惑,则以明皇本英明之辟,若非沉溺色荒,何以安危乐亡而不悟耶? 危急之际,忧愤之词"。(陈沆《诗比兴笺》)抛开"女祸亡国"的陈腐意识不足取,诗人咏月而有寄托,表示出对国家前途命运的关切。从前八句看,在李白幼小的心灵里,明月已经是光明皎洁的象征了。

也许可以这样说:李白一生与明月结下了不解之缘。比如:他"举杯邀明月,对影成三人","永结无情游,相期邈云汉"(《月下独酌》)。对明月有着多么沉挚的向往和追求。"暮从碧山下,山月随人归"(《下终南山过斛斯山人宿置酒》);"我欲因之梦吴越,一夜飞度镜湖月。湖月照我影,送我至剡溪"(《梦游天姥吟留别》)。明月"随人""送我",简直成为诗人亲密的朋友了。而他还可以驱遣明月去做他自己无法做到的事情:"我寄愁心与明月,随君直到夜朗西。"还有更奇特的是:明月可乘、可揽、可近,而且还可赊。如:"耐可乘明月,看花上酒船"(《秋浦歌》其十二);"俱怀逸兴壮思飞,欲上青天揽明月"(《宣州谢朓楼饯别校书叔云》);"举手可近月,前行若无山"(《登太白峰》)。"且就洞庭赊月色,将船买酒白云边。"(《陪族叔晔及贾至游洞庭》其二)这种豪放、俊逸、妙趣横生的想象,使得李白的形象仿佛就在我们眼前。光明、纯洁、自然、无私,这是李白心中的明月的特征——而伟大诗人李白又何尝不是这样的人呢。

明亮、皎洁的月光,被诗人们谱成间关莺语、幽咽流泉、嘈嘈切切、抑扬亢坠的各种不同的乐章。"月出惊山鸟,时鸣春涧中"(王维《鸟鸣涧》),"明月别枝惊鹊"(辛弃疾〔西江月〕),"月明惊鹊未安枝"(苏轼《杭州牡丹诗》),"月皎惊乌栖不定"(周邦彦〔蝶恋花〕)。明晃晃的月光照得黑夜如同白昼,使得鸟儿都难安栖了。"月漉漉,波烟玉。"(李贺《月漉漉篇》)明月莹莹,映照在烟波上,像玉一般。"琥珀尊开月映帘,调弦理曲指纤纤。"(权德舆《杂兴》)酒香味浓,月映纱帘,美人纤纤玉手,调弦理曲。它们从景情交融、旖旎温馨的环境中,表现出诗情画意。而"回乐峰前沙似雪,受降城外月如霜"(李益《受降城闻笛》);"戍楼刁斗催落月,二十从军今白发,笛里谁知壮士心,沙头空照征人骨"(陆游《关山月》)。月照白沙、戍楼,又完全是另一幅严峻的画图了。至于因远戍、久别而兴"天若有情天亦老,月如无痕月长圆"的感慨,在诗词里就更多了,"可怜闺里月,长在汉家营"(沈佺期);"愿随孤月影,流照伏波营"(沈如筠);"下帘弹箜篌,不忍见秋月"(崔国辅);"共看明月应垂泪,一夜乡心五处同"(白居易);"一夕高楼月,万里故园心"(白居易)等等。都从不同的感怀,抒发出真挚深沉的感情。

月光,皎洁美丽,它年年岁岁,岁岁年年,默无声息地散发出晶莹的光辉。诗人们对它的吟咏也许多数是:流泉竹影、吹箫踏月那样的清幽;朱楼绣阁、洞房夜暗那样的温馨;或长门含怨、思妇无眠的伤怀。的确,在这类题材的诗词中,叱咤风云、气吞万里的篇什少了一些。不过,"陶冶性灵存底物",这类诗总是可以丰富人们的生活情趣吧。

① 李白:《峨眉山月歌送蜀僧晏入中京》

我在巴东三峡时,西看明月忆峨眉。

月出峨眉照沧海,与人万里长相随。

黄鹤楼前月华白,此中忽见峨眉客。

峨眉山月还送君,风吹西到长安陌。

长安大道横九天,峨眉山月照秦川。

黄金师子乘高座,白玉麈尾谈重玄。

我似浮云滞吴越,君逢圣主游丹阙。

一振高名满帝都,归时还弄峨眉月。

② 李白:《古朗月行》

小时不识月,呼作白玉盘。

又疑瑶台镜,飞在青云端。

仙人垂两足,桂树何团圆?

白兔捣药成,问言与谁餐?

蟾蜍蚀圆影,大明夜已残。

羿昔落九乌,天人清且安。

阴精此沦惑,去去不足观。

忧来其如何,凄怆摧心肝。

柔情似水，佳期如梦

诗词里面写男女恋情，虽类不出绮怨，但其中一些受民间歌谣影响的，多能较真实地反映出男女双方的深情，与那些欣赏妇女色相、或寻欢买笑的作品不同，因此历来为人们所喜爱。

青年时浪游江淮，后隐居杭州西湖孤山二十年的林逋，终身不娶，以种梅养鹤为乐，有客人来，还赶着鹤去迎接，人们称他是"梅妻鹤子"。这位超脱尘世的隐士，有一首写男女恋情的小词，颇具民歌风味，感情的真挚，是同类作品不能比拟的。试看这首调寄〔长相思〕（又名〔相思令〕）的词：

吴山青，越山青，两岸青山相对迎，谁知离别情？
君泪盈，妾泪盈，罗带同心结未成，江边潮已平。

吴山，泛指钱塘江北岸的山，这里古代属吴国。越山，泛指钱塘江南岸的山，这里古代属越国。钱塘江两岸，青山掩映，钱塘江水，绿波荡漾。古往今来，它们送走了多少行客，迎来了多少归人！从字面上看，只是说"两岸青山"的相迎或相送，但实际既包括了无语的青山，更包括了长流的绿水。青山绿水，景物美好，相迎则喜，相送则悲。景物本身，不懂人世间的悲欢。词的开头十三个字，也只是谈青山送迎。不过纯写景实际是没有的。景中含情，有

383

时隐,有时显,隐中之情,须从字里行间去揣度。虽说无语的青山,不知迎送过多少人,但此词是送别,所以接下来是:"谁知离别情?"这一问,使前面的景全活了起来。吴山知么?越山知么?钱塘江水知么?"谁知",显然它们都不知;而知者,唯有黯然销魂的送别的人而已。这一句,力重千钧。一方面如果可把前面的景比作颗颗珠玉,因为有了这一句,才把零金碎玉用彩绳串了起来;另一方面,这一句似怨似恨,怨什么?恨什么?怨无语的青山,恨长流的绿水,是耶?非耶?总之她那一腔怨恨是说不出来的。这里虽然没有呼天抢地,大声号啕,但是无言之泣,无声之泪,往往是更见沉痛的。果然,这震撼人心的"离别情"到下阕怎么也压抑不住了。"君泪盈,妾泪盈",四眼含泪,盈盈欲滴,一双叠字,极具艺术魅力,把那种如水的柔情,缠绵的心意,生动地表现出来。诗人善于借助形象,用语又极精炼:泪,是在离别中常见的,泪而"盈"(满),盈而欲滴,而且是"君盈","妾盈",形象十分鲜明。罗带,丝织成的带子。同心结,把罗带打成一个心形的结,象征定情。这里,诗人决不含蓄,一语道破,"罗带同心结未成"——爱情受到破坏,婚事难成。下阕开头的十三个字,正是"流泪眼看流泪眼,断肠人送断肠人"的一种形象生动而又含蓄深刻的写法。在这难分难解的时刻,忽然抬眼望见——"江边潮已平"。江潮涨满,与岸相齐,船将开航,行人去矣!整首词用女方一人称口气,上阕着重写眼前景,景中隐情,至末句("谁知")而始露;下阕着重写离别情,至末句以景结情,弥觉情深。这是一位妇女婚姻遭受阻碍,不得不生离的悲惨画图。诗人吸取民歌言简意深,明白如话却又含蓄不尽的长处,婉约中仍隐隐流漾着刚健意味,在同类送别词中是难得的。

温庭筠的词,在形式上"镂玉雕琼""裁花剪叶",内容则不出闺情范围。宋·胡仔有云:"庭筠工于造语,极为绮靡,《花间集》可见矣。〔更漏子〕(玉炉香)一词尤佳。"(《苕溪渔隐丛话后集》卷十七)不过这首词,一反温词的过分雕琢,内容虽仍不出闺情范围,但语言

流丽自然,并非"极为绮靡"之作,显然是受了民歌的影响。词云:

> 玉炉香,红蜡泪,偏照画堂秋思。眉翠薄,鬓云残,夜长衾枕寒。　　梧桐树,三更雨,不道离情正苦。一叶叶,一声声,空阶滴到明。

华美的卧室里,玉炉上青烟袅袅,红烛滴泪,那烛光好像是有意地单单照映出满怀秋思的人。烛光本是无情物,但着一"偏"字,变无情为有情,正如"蜡烛有心还惜别,替人垂泪到天明"(杜牧《赠别》)。"蜡烛"本无所谓有心或无心,更不懂"惜别",尤不懂"替人垂泪"。这一切全是人的感情作用于物,借物言情,比径直说出更有味。"秋思",是一篇之主。描画过的双眉,颜色变浅淡了;像云雾一样浓密的鬓发,散乱了;秋夜漫漫,枕单衾寒,这一夜又将辗转反侧了。词的前三句玉炉红蜡,寂寞画堂,是衬景;后三句是这衬景中人物的具体形象。景情和谐,活画出"秋思"神态。下阕,语言明快,不留余地,直述相思。秋雨无情,滴落梧桐,不断发出凄凉的声响,全不理会屋内人的愁思。怨秋雨,怨梧桐,是"无理之怨",和上阕一样,却使得情更深。陈廷焯对"后人独赏其末章'梧桐树'数语",颇不以为然,说:"不知'梧桐树'数语,用笔较快,而意味无上二章之厚。(《白雨斋词话》卷一)"其实,这正是民歌的明快,疏朗处,"意味"云云,往往因人而异。陈廷焯论词主张"发之又必若隐若见,欲露不露,反复缠绵,终不许一语道破。"(《白雨斋词话》卷一)持此观点,自然觉得"梧桐树"数语(即下阕)意味不厚了。《赌棋山庄词话》云:"〔更漏子〕'梧桐树'数语,语弥淡,情弥苦。"这话无疑是对的。可惜的是,在以浓艳香软为特色的温词中,这类具有民歌色彩的作品,还不多见。

写男女恋情的诗词,基本格调可以借用秦观〔鹊桥仙〕词中两句话来概括:"柔情似水,佳期如梦。"一方面写出相思的情深,一方面往往有不知相会在何日之感。因此大多幽怨哀伤。上述两首词,吸收了民歌的营养,应该说还是感情疏朗一些的。宋代长安名妓聂胜琼写有一首〔鹧鸪天〕《别情》,是这样的:

> 玉惨花愁出凤城,莲花楼下柳青青。尊前一唱阳关曲,别个人人第几程? 寻好梦,梦难成。有谁知我此时情? 枕前泪共阶前雨,隔个窗儿滴到明。

"玉惨花愁",形容如花似玉的女人因离别而伤情的神态。她出凤城(都城)来到饯饮的莲花楼下。柳色青青,季节是春天了。送别的曲子《阳关曲》奏过,所爱的那个人终于走了。他走过了多少个驿站呢? 别时,别地,最后引出下阕的别情。本来想寻好梦,希望梦中相会,但"梦难成",又偏偏在"有谁知我此时情"的最难受时刻,窗儿外,阶前雨点滴滴;窗儿里,枕畔泪流不停。就这样,一直捱到天明。词的最后两句,与温庭筠词的下阕同,而不觉其袭,盖用得恰到好处,且情意真挚。关于这首词,况周颐《蕙风词话》引《青泥莲花记》称:"李之问解长安幕,诣京师改秩。都下聂胜琼,名娟也,质性慧黠,李见而喜之。将行,胜琼送别,饯饮于莲花楼下,唱一词,末句曰:'无计留君住。奈何无计随君去。'因复留经月。为细君督归甚切,遂饮别。不旬日,聂作一词寄李云……盖寓调〔鹧鸪天〕也。之问在中路得之,藏于箧底,抵家为其妻所得。问之,具以实告。妻喜其语句清丽,遂取妆奁资夫取归。琼至,即弃冠栉,损妆饰,委曲事主母,终身和悦,未尝少有闲隙焉。"况周颐引述这段故事后,接着进行评价,又大发了一通感慨:"胜琼〔鹧鸪天〕词,纯是至情语,自然妙造,不假造琢,愈浑成,愈称粹。于北宋名家中,颇近六一(欧阳修)、东山(贺铸)。方知闺帏之彦,虽幽栖(朱淑贞)、漱玉(李清照),未遑多让。诚坤灵闲气矣。之问之妻,能赏会胜琼词句,既无见嫉之虞,尤有知音之雅,委曲以事,和悦终身,吾为胜琼庆得所焉。"评语的当。这首词本身,基调也是"柔情似水,佳期如梦";但不料"佳期"最后成为现实,而非虚无缥缈、无补于事的梦了。

这类或学习民歌或受民歌影响写男女恋情的词,大抵不如直接模仿民歌的作品,更清新健朗。如刘禹锡的诗:"山桃红花满上头,蜀江春水拍山流。花红易衰似郎意,水流无限似侬愁。"(《竹枝词》第二首)这首诗全用比、兴手法。开头两句是"兴",后两句是"比"。以山桃的红花开满山头,蜀江春水拍山东流,"引起所咏之词";用红花易落,比男子的变心,用水流不尽,比自己的愁情。山桃红花,蜀江春水,色彩明丽,意韵悠长,与那些柔情似水的哀婉之作,又自不同。"杨柳青青江水平,闻郎江上唱歌声。东边日出西边雨,道是无晴还有晴。"(《竹枝词二首》第一首)表面看,是一首即事诗:岸边的杨柳青又青,江中流水平又平。这时江上忽然传来郎唱歌的声音。后两句以天气的"无晴""有晴",谐男人的"无情""有情"。实际上是比喻女子闻歌后,惊喜、迟疑的微妙心理——不知你是无情啊还是有情? 此外,如李白《长干行》其中写"十六君远行"以后的思念;崔颢《长干曲》"停船暂借问"的试探,虽柔情宛然,但色彩都是较明朗的。男女恋情诗,最早在《诗经》中,屡见不鲜,也是色彩明朗者多,只是后来成为文人"献愁供恨"的专利品,就变成缠绵悱恻的调儿了。所以这类向民歌汲取营养的作品,虽程度不同地染有文人习气,却仍是难能可贵的。

莲塘情歌

汉乐府诗里的《江南》,是一首咏江南水乡人民采莲时欢愉情景的民歌。"江南可采莲,莲叶何田田。鱼戏莲叶间。鱼戏莲叶东,鱼戏莲叶西,鱼戏莲叶南,鱼戏莲叶北。"这首诗的特色是:见物不见人。荷叶秀挺,露出水面,生机蓬勃。后来宋词人周邦彦用三句来写荷叶,形象飞动:"叶上初阳干宿雨,水面清圆,一一风荷举。"(〔苏幕遮〕)把雨后初晴,清圆的荷叶在微风中轻轻摆动而又亭亭玉立的姿态,写得很传神,有"真能得荷之神理者"(王国维语)的美誉。的确,比"田田"二字,更写出了荷花的风姿绰约,神清骨秀。接着"鱼戏莲叶间"一句"总冒"后,用铺排手法,生动地描绘出鱼儿在莲叶四面活泼地游来游去。清·陈祚明认为:"排演四句,文情恣肆,写鱼飘忽。较之《诗》'在藻'、'依蒲'尤活。"(《采菽堂古诗选》)《诗经·小雅·鱼藻》"鱼在其藻,依于其蒲"也是写鱼的动态,但不如这首汉代民歌摇曳活泼;更主要的是,它通过"物"(鱼)巧妙地写出了人在劳动中活泼愉快的心情。

诗发展到唐代,无论内容,形式,表现技巧,都有长足进展,跃上一个前所未有的高度。以"采莲"为题材的诗,内容上的显著突破是:不只是歌唱人们一般活泼愉快的生活,更有了具体的人物,情节,而且从风光优美的莲塘中,传出健朗、清新、充满着爱意的情歌！在"父母之命，媒妁之言"的封建社会，小小的莲塘，成了青年男女的"世外桃源"。

> 荷叶罗裙一色裁，芙蓉向脸两边开。
> 乱入池中看不见，闻歌始觉有人来。
> ——王昌龄《采莲曲二首》其二

碧绿而有着网状叶脉的荷叶，有的漂浮水上，有的微微露出水面，与绿水相映，煞是好看。这位姑娘穿的罗裙，和荷叶一样美丽。莲（荷）花，香艳秀美，"莲花泛水，艳如越女之腮"。这位姑娘的脸，像盛开的莲花——粉红中闪动着动人的光彩。荷叶与罗裙，莲花与人面，同色共美，目的都是为了写人的美。但诗人却像没有专去写姑娘的美，他只是说莲塘景色，造语极其巧妙。黄周星曰："采莲之女，浸假欲化而为花叶矣。"三句一转，写姑娘进入密密的荷叶中，这下人与荷花简直分辨不出来了。"闻歌始觉有人来"，前四字，仍是加重荷花与人难分难辨，顺带出她不仅貌美，而且善歌；"有人来"，则是说她采莲归来，回应题目。《采莲曲》其一的结句是："来时浦口花迎入，采罢江头月送归。"她刚刚进入莲塘，有"花"迎她而入；她采罢将归去时，有"月"送她回去。不直言人的娟秀美好，而说花、月对她如此多情。这首诗也正是这样，"从'乱'字'看'字'闻'字'觉'字耳目心三处参错说出情来，若直作衣服容貌相夸则失之矣"（锺惺）。四句诗声色俱佳，颇富情趣。梁元帝（萧绎）《采莲赋》："碧玉小家女，来嫁汝南王。莲花乱脸色，荷叶杂衣香。因持荐君子，愿袭芙蓉裳。"远不如王诗韵味深致。

与王昌龄的诗相仿佛，而人物形象更活脱，人的神态更鲜明的，是李白《越女词五首》的第三首：

耶溪采莲女，见客棹歌回。

笑入荷花去，伴羞不出来。

　　这一组词，清刊本《李诗通》题作《越中书所见》，即写诗人路上偶然碰见的事。若耶溪的采莲女，看见客人来了，连忙笑着划起船，唱起歌，到荷花深处去，她假装害羞，不肯出来。诗人只是记录"所见"么？如果只是这样，诗就淡而无味了。这个"客"不是采莲女素不相识，而是他熟悉的人，爱慕的人，她见他来了，一方面的确有点"羞"，更多的是想开个小玩笑，所以躲入荷花丛中，不肯出来。因此，"笑入"句的"笑"，是"回眸一笑"，含有多少深情蜜意！这首小诗，以情节取胜，一个小小的情节，胜似一箩缠绵的情话，表示出此刻她的内心多么的甜！欧阳炯〔南乡子〕："画舸停桡，槿花篱外竹横桥。水上游人沙上女，回顾，笑指芭蕉林里往。"情境相仿，但韵味不如李诗。李白还有一首《渌水曲》：

渌水明秋月，南湖采白蘋。

荷花娇欲语，愁杀荡舟人。

　　《渌水》本琴曲名，李袭用其题，但所咏与采莲同。南湖的荷花，美艳极了。它不仅"娇"，而且"欲语"，似乎具有人的情态。这一来，令人生妒，以致达到"愁杀人"的程度了！极力写花美，其实人又何尝不美，但此意于"言外见之"。马位说："少陵'春去春来洞庭阔，白蘋愁杀白头人'。太白'荷花娇欲语，愁杀荡舟人'，风神摇漾，一语百情。李杜洵敌手也。"（《秋窗随笔》）"一语百情"，透出了这类诗成功的秘诀。

　　白居易《采莲曲》的构思更高出一筹。四句二十八个字，写出了"典型环境中的典型人物"。诗曰：

菱叶萦波荷飐风,荷花深处小船通。

逢郎欲语低头笑,碧玉搔头落水中。

　　微风拂过水面,荡起碧绿涟漪,菱叶随着水波轻轻摆动,荷花也摇曳生姿。首句七个字,写了四样事物:菱叶,水波,荷花,微风,全是动景,活画出莲塘的独特环境。这时,从浓密的荷花丛中,撑过来一只小船。第三句七个字四层意:逢郎——欲语——低头——笑。显然,她没有料想到情人就坐在驶过来的小船上,因此这"逢郎"是又喜又惊,急忙中想说个话儿,但事出意外,说什么好呢?结果"欲语"却终而未语,这一来似乎更不好意思了,所以不觉低下头来。可是,意外相逢,心中的高兴,忍受不住,于是有最后的"笑"——这是微含着羞意、充满着自得自乐的"抿嘴一笑"。因为高兴,结果弄得"碧玉搔头落水中"。读这首诗,脑子里像"过电影",一个镜头连接一个镜头:逢郎,欲语,低头,笑,神态不同,表情细腻,是连续慢镜头。但突然一个急镜头:"碧玉搔头(玉制的簪子)落水中。"咔哒一声,"电影"停了。但读者的想象才刚开始,广阔的原野任你驰骋。前两句写景,是莲塘的典型环境;后两句写人,确是莲塘的典型人物。爱情,通过微妙的细节能动地"演"出来。在这首小诗中,把一个少女意外见到情人时的惊、喜、娇羞和绵绵情意,写得曲折而逼真,健美而清朗,坦直而含蓄。虽然,像"玉溆花红发,金塘水碧流。相逢畏相失,并着采莲舟"(崔国辅《采莲曲》),"船动湖光滟滟秋,贪看年少信船流。无端隔水抛莲子,遥被人知半日羞"(皇甫松《采莲子二首》其二)。前首共乘兰舟,惬意幸福;后首写这位采莲少女热情大胆,她看上了中意的男子,表示爱情。可是没想到竟被人远远地看见,弄得自己"半日羞"。这类诗都自有情趣,却不如白诗含蓄深厚。

　　在词里面,反映"采莲"题材的较少,这是由于词这种文学样式成为文人们的专利品后,和一些传统的民歌题材,几乎完全绝了

缘。而欧阳修〔渔家傲〕中的一首,却是颇有情趣的。词云:

> 一夜越溪秋水满,荷花开过溪南岸。贪采嫩香星眼慢,疏回眄,郎船不觉来身畔。　　罢采金英收玉腕,回身急打船头转。荷叶又浓波又浅,无方便,教人只得抬娇面。

开头两句是环境描写,顺便也点出季节和时间。首句用一"满"字,表示积水盈溢的情状。苏轼写暴雨降落时的水势,说它好像酒凸过了金杯的杯面:"十分潋滟金樽凸。""满"与"凸"在这里的意思是相近的。次句作者用了一个"过"字,为什么不用"到"、"遍"一类的字呢? 是因为唯有这个"过"字才最充分地表达出荷花蓬勃生长的繁茂样子。一夜之间,秋溪涨满,荷花盛开,那突如其来的情势,正如"忽如一夜春风来,千树万树梨花开"(岑参)那样,令人喜又令人惊!

接着,在这一片波光潋滟,荷香十里的水面上,出现了两个人物:一个是采嫩香连眼也不暇旁视的少女;一个是悄悄来到她身旁的年轻人。这位少女是美丽的,她有两只闪光的大眼睛,明亮如星。她有一双勤快的手,工作专心认真。因为"贪采嫩香",所以便"疏回眄"了。这样,也就"不觉郎船来身畔"了。可以设想:在这当儿,这位少女的感情是似惊(表面上)非惊(内心里),非喜(表面上),而实喜(内心里)。"不觉"二字,语意双关:它既是说少女,也是指年轻人。前者由于专心认真地去采嫩香,所以"不觉";后者也因为沉醉在即将相会的幸福里面,所以"不觉"船行迅速,一下子就来到少女的身畔了。此刻,你看她这一刹那间有多么忙乱:"罢采金英收玉腕,回身急打船头转。"一面急急地把已经采到手中的"金英"(黄色花朵)抛落,一面急急地去掉转船头,想赶忙走开。然而"荷叶又浓波又浅"。船被搁浅了,走不脱。这真的是由于荷叶太稠和水浅的缘故吗? 其实不过是一时慌了手脚罢了。

"无方便"三个字好像是"怨天":"天哪,你怎么不给人方便",实际上也是在"尤人"——埋怨自己。看来这种"埋怨",没有半点儿悔恨情绪,倒是"爱"多于"怨"的。前面本来已经表现出这位少女娇痴的神态了,结尾一句,再正面写这位少女的娇羞。"教人只得"四个字颇耐寻味,原来"抬娇面"是出于无可奈何的:既然走不脱,便不能不抬起脸儿来了。可是正因如此"千回万转",这"娇面"也就最动人,最妩媚。

　　一首几十个字的小词,要写出活泼泼的人物并不容易。这首词却能写出人物的神态、心情,形象生动,调子健康明朗。确是难能可贵的。

　　莲塘,一个小小的天地,诗人们拨动轻柔的琴弦,奏出了一曲曲悦耳的情歌,而且大都明快、活泼,可说是汉乐府"江南可采莲"一曲清歌的延续,因为它们把人们的爱情,从"昵昵儿女语"中解放了出来。

"弄潮儿向涛头立"

游泳,现在已经成为相当普及的体育运动了。

在古代,游泳总是和观潮联系在一起的。

观潮,古往今来指的都是钱塘江的大潮。"浙江之潮,天下之伟观也。"(宋·周密《武林旧事·观潮》)早在两千多年前,庄周有关于钱塘大潮的神奇想象;而西汉著名辞赋家枚乘在其名作《七发》中,有"将以八月之望,与诸侯远方交游兄弟并往观涛乎广陵之曲江。"广陵,旧指扬州;曲江指长江,但《杭州府志》以为就是浙江。因为杭州古属广陵郡,浙江江流曲折,故枚乘有曲江的说法。在民间,潮神伍子胥的故事更为流传。春秋时,吴国战胜越国后,吴王夫差,沉溺声色淫乐中,伍子胥察觉到越国希图再起,屡次劝谏,触怒夫差,赐剑令其自杀。伍子胥临死前,叫人把他的眼睛挂在吴国都城东门上,以观越兵入吴。吴王闻后更怒,令人将伍子胥的尸体,盛以鸱夷之器(皮口袋),投入江中。从此钱塘江波涛汹涌,巨浪排空,传说每当潮来,人们还看见这位潮神骑着白马奔驰于潮头。"怒势豪声逆海门,州人传是子胥魂"(米芾);"浙波只有灵涛在,拜奠青山人不休"(徐凝);"素车白马终何益,不及陶朱像铸金"(瞿佑)。从这本不可信的传说中,表现出人们对美恶的严正态度。

汉魏六朝以来,已有钱塘观潮之风,至唐宋而大盛。孟浩然、白居易、刘禹锡、范仲淹、潘阆、苏轼、辛弃疾、陆游等,都有观潮作品传世。而潘阆的〔酒泉子〕《忆余杭》和辛弃疾的〔摸鱼儿〕《观潮上叶丞相》是其中的代表作。先看前者：

> 长忆观潮，满郭人争江上望。来疑沧海尽成空，万面鼓声中。
> 弄潮儿向涛头立，手把红旗旗不湿。别来几向梦中看，梦觉尚心寒。

宋代观潮胜地在浙江杭州，每年八月十八日是潮汛的高峰，当时的皇帝把这一天定为"潮神生日"，举行隆重的观潮庆典。开头四个字，说明观潮给诗人留下了深刻的印象，因而"长忆"它。而当时的盛况是，杭州市民倾城而出，沿钱塘江边，你拥我挤，争着看江上的情景。苏轼在密州任太守时出猎有"为报倾城随太守"句，说全城的市民都随同他去观猎。但这句用了一个"争"字，一个"望"字，就更写出了那种踮起脚尖，引颈远视的神态。"八月十八潮，壮观天下无。"（苏轼）小诗小词限于篇幅，故作这样精炼的概括。散文写法又不同。吴自牧《梦粱录》卷四《观潮》云："临安风俗，……西有湖光可爱，东有江潮堪观，皆绝景也。每岁八月内，潮怒盛于常时，都人自十一日起，便有观者，至十六日、十八日倾城而出，车马纷纷，十八日最为繁盛，二十日则稍稀矣。"观潮活动，前后连续有十日之久。三、四句写潮势汹涌：前拥后推，排山倒海，奔腾滚滚，简直令人怀疑大海的水都倾倒干净了。周密《武林旧事》卷三《观潮》写大潮来时："玉城雪岭，际天而来，大声如雷霆，震撼激射，吞天沃日，势极雄豪。"这是散文笔法。用字虽多，但不如词写得惊险神奇。因为它一写潮势之大，一状涛声之雄，两句十二个字，威武雄壮，气魄宏伟，而且具有诗人的感情色彩。过片一、二句写到"弄潮儿"——善于游泳的健儿，他们敢于藐视潮头，戏弄潮头，在潮峰浪尖上挺立，各拉红旗，踏浪而上，在惊涛骇浪中，随波起伏，而红旗不湿。《武林旧事》亦有生动的描绘："吴儿善泅者数百,皆披发文身,手持十幅大彩旗,争先鼓勇,溯迎而上,出没于鲸波万仞中,腾身百变,而旗尾略不沾湿,以此夸能。"一、二句写观潮之盛,三、四句写潮水之势,五、六句写弄潮儿的英勇无畏。本来,在观潮活动之中,还有"校阅水军"以及"珠翠罗绮溢目,车马塞途"等热闹喧阗的场面,诗人都省略了。在观潮庆典的具体活动中,只选择了"弄潮儿"这一件事,足见作者熔裁得当。最后写诗人自己的感受,呼应首句"长忆观潮",说从那次观潮以后,几次在梦中重现,每次醒来还觉"心寒"——因惊惧而战慄。这样,既强调了作者的感受之深,也烘托出"弄潮儿"矫健身姿和高超技艺,使作品的艺术感染力更强。〔酒泉子〕共五首,分咏杭州,西湖,孤山等名胜,以这首咏潮写得最好。张宗橚《词林纪事》引《皇朝类苑》说:"好事者以阆遨游浙江,咏潮著名,以轻绡写其形容,谓之潘阆咏潮图。"据传苏轼很欣赏这首词,为翰林学士时,曾写在玉堂屏风上。从这首词看,北宋初豪放词风已露端倪了。

辛弃疾〔摸鱼儿〕《观潮上叶丞相》与潘阆的词不同。他在写钱塘江水的壮观,吴儿弄潮的雄姿的同时,有寄寓国事的政治内容。词云:

> 望飞来、半空鸥鹭,须臾动地鼙鼓。截江组练驱山去,鏖战未收貔虎。朝又暮。悄惯得、吴儿不怕蛟龙怒。风波平步。看红旗惊飞,跳鱼直上,蹙踏浪花舞。　　凭谁问:万里长鲸吞吐,人间儿戏千弩。滔天力倦知何事,白马素车东去。堪恨处,人道是、属镂怨愤终千古。功名自误。谩教得陶朱,五湖西子,一舸弄烟雨。

开头说,铺天盖地的潮水来势汹涌,好像洁白的水鸟联翩飞来,遮蔽了半边天空;片刻间涛声激扬,如同敲起了震动大地的战鼓。起两句写潮来,用鸥鹭比形,用鼙鼓比声。接两句仍写潮来,说后浪催前浪,奔涌向前,像无数穿着白衣铠甲的战士,横渡大江,驱赶着一座座大山;又像貔虎一般的勇士鏖战正酣。这两句写潮来之势。四句连用比,但着笔角度不同,所以不觉板滞。上阕后六句写吴儿弄潮的雄姿:他们朝朝暮暮游水,炼得一身敢触犯蛟龙的好本领,不怕惊涛骇浪,如同在平地上散步。看他们像鱼儿一样跃出水面,挥红旗,踏浪花,翩翩起舞。下阕先用五代时吴越国王钱镠,曾在杭州候潮门外部署士兵用强弩射潮,想阻挡潮水的故事,说射退万里长鲸吞吐般的潮水,是不可能的。接用吴王夫差听信谗言,赐给伍子胥一把属镂剑自杀的故事说:潮水疲倦的时候,潮神伍子胥就乘着白马素车向东退去。而伍子胥的怨恨确实是千古不灭的。最后说,这是由于留恋功名,误了自身。倒不如像陶朱——越国的谋臣范蠡那样,功成身退,携带着西施荡舟于烟雨迷茫的太湖中。下阕作者完全借观潮以寓意:说对金兵压境,南宋偏安一隅,苟且偷安,像吴王夫差那样杀害忠良,与越王勾践议和的办法,是愚蠢的。潘阆的词是小令,言简意赅;辛弃疾的词是长调,铺排延续,寄意深远,但他们都歌颂了"涛头立"、"不怕蛟龙怒"的"弄潮儿",这种敢于斗争,善于游泳,终于征服险风恶浪的人,无疑永远是值得人们赞扬的。

唐宋以来,咏潮佳作不少。"鳌戴雪山龙起蛰,快风吹海立"(周密〔闻鹊喜〕《吴山观涛》),说潮水像巨鳌顶起雪山,像巨龙搅动着海水,以气魄宏伟胜。"鱼吹浪,雁落沙,传吴山翠屏高挂"(贯云石《即景》),以清丽幽绝胜。而"忽觉天风吹海立,好似春霆初发。白马凌空,琼鳌驾水,日夜朝天阙"(吴琚〔酹江月〕),虽宏伟,清丽兼胜,吴琚也因此蒙上皇赐第一,但那种"朝天阙"的马屁味道,毕竟不能使它列入佳作之林。

"弄潮儿向涛头立。"迎风搏浪,视险若夷,艺高胆大,终于战而胜之的英勇无畏精神,就是在今天,也仍然使人击节称赏。

一曲悼亡撼肺腑

中国的悼亡诗,数量不多,从质量上说却超过记叙功德、褒扬忠烈的诔文碑铭。因为这类诗,虚假的成分往往少得多。桓范《世要论·铭诔》篇指出:那些"爵以赂至,官以贿成"的人,在他们死后,"门生故吏,合集财货,刊石纪功,称述勋德,高邈伊周,下陵管晏",借诔碑铭文来"欺曜当时,疑误后世",所以总不免要说些假话的。悼亡诗不同,它是丈夫悼念妻子的,写作不是"歌功",而是"述感","感"而成诗,往往具有感人肺腑的力量。

悼亡诗从何时出现在中国诗坛上?可远溯到《诗经》的《绿衣》篇,但"我思古人,实获我心",不过表现出睹物伤心,而明确以"悼亡"为题并为后世传诵的,是西晋潘岳的《悼亡诗三首》。其中第一首尤其感人,诗云:

荏苒冬春谢,寒暑忽流易。之子归穷泉,重壤永幽隔。私怀谁克从?淹留亦何益!僶俛恭朝命,回心反初役。望庐思其人,入室想所历。帏屏无仿佛,翰墨有余迹。流芳未及歇,遗挂犹在壁。怅恍如或存,回遑忡惊惕。如彼翰林鸟,双栖一朝只;如彼游川鱼,比目中路析。春风缘隙来,晨霤承檐滴。寝息何时忘,沉忧日盈积。庶几有时衰,庄缶犹可击。

开头说冬去春来,光阴荏苒,妻子死去,已经一年了。接着四句说,由于要尊皇帝的旨意,只好将思念亡妻的心暂时收起。真挚感人的是下面八句:"望庐思其人,入室想所历。帏屏无仿佛,翰墨有余迹。流芳未及歇,遗挂犹在壁。怅恍如或存,回惶忡惊惕。"望庐思人,入室后更会想起妻子生前的一切。汉武帝宠李夫人,她死后,"方士齐少翁言能致其神,乃夜张灯烛,设帏帐,令帝居他帐中,遥望见好女如李夫人之状,不得就视"(《汉书·外戚传》)。可是,在帏帐屏风间,却连个相似的形影也看不到。所幸妻子留下的笔墨手迹仍在;衾枕衣裳上的香气还没有消失;遗物还挂在壁上。睹物思人,恍惚她还活着;仔细一想,人已不在,却又忧惶而令人惊惧了。"怅恍如或存,回惶忡惊惕",把诗人那种恍若其未死而终于警觉其已死的心情,写得生动、逼真、亲切。再以飞鸟不能"双栖",比目鱼不能共行,喻夫妇的中路崩析。忧沉哀伤,如"缘隙来"的春风、"承檐滴"的"晨霤"一样,日日盈积,越来越多。最后用庄子的妻子死了,惠施去吊唁,见他正敲着"缶"(古时一种乐器)唱歌的故事,表示日夜忧伤,片刻难忘,但愿有时像庄子那样,稍稍达观一些吧。

唐代的悼亡诗以元稹的《遣悲怀》(三首)[①]最负盛名。这三首诗在艺术结构上很有特色,分开来各自成章:第一首追忆生前,写妻子的安贫和对自己的体贴;第二首感念身后,写她死后家庭生活的变化;第三首自伤身世,着重对死者的怀念。三首诗合起来,又是一首血脉贯通、首尾齐全的组诗。元稹的妻子韦丛是官至太子少保的韦夏卿的幼女。元稹二十四岁任秘书省校书郎时结婚,韦丛比他小四岁,生下五个孩子,仅养活了一个女儿。七年后(即元和四年)韦病卒,元稹作了许多诗悼念,而以这三首最为人传诵。

在第一首中怀念旧情的是中间四句:

> 顾我无衣搜荩箧,泥他沽酒拔金钗。
>
> 野蔬充膳甘长藿,落叶添薪仰古槐。

　　看到我身上衣服单薄,她翻箱倒箧;在我的请求下,她拔掉头上的金钗,为我换酒饮。吃的虽是野菜和豆类,心里却分外甘甜;烧的是她捡拾的古槐树的落叶。

　　在第二首中怀念旧情的也是中间四句:

> 衣裳已施行看尽,针线犹存未忍开。
>
> 尚想旧情怜婢仆,也曾因梦送钱财。

　　韦丛死后,元稹将她的衣服送给别人,都快送光了。可是她亲手缝制的衣服,却完整地封存着,不忍心去打开它。因感旧情,怜及婢仆,"爱屋及乌",伸言旧情之深。因为梦见韦丛,怕她死后灵魂不能升入天堂,所以曾经布施钱财,为她祈求冥福。

　　第三首诗写他对韦丛的怀念,其中一、二句为妻子的早逝而悲伤,最后两句发誓永不再娶,中间四句说:

> 邓攸无子寻知命,潘岳悼亡犹费词。
>
> 同穴窅冥何所望,他生缘会更难期。

　　借西晋末年"邓攸无子"的典故,说自己只剩下一个女儿,是命里注定。借潘岳曾写《悼亡诗》三首比自己这三首诗,说就是做得再好,也只是抒发生者的悲哀,而不能起死者于地下,所以都是多余的"费词"。元稹似未受当时世俗的影响,他清醒地感到:虽说死后同穴是夫妇之义,可是在那黑暗的墓穴里,也不能互通知言,至于说再结来世姻缘,就更虚无缥缈了。

《遣悲怀》前两首的一个显著特点是:通过生前死后的一些具体事情(如无衣、沽酒、充膳、添薪、施衣裳、存针线、怜婢仆、送钱财)来寄哀思。第三首完全从自我方面来抒情,最后是"表态"。人们一向称颂这三首诗感情真实,"读之令人增伉俪之情"(清·洪亮吉《北江诗话》)。

不过,如潘岳的悼亡虽写了"流芳""遗挂"等人亡物在的情景,却不怎么感人。元稹的悼亡拣选了一系列生前死后的生活细节,但那种"贫贱夫妻百事哀"的伤悼和"今日俸钱过十万"的情味,终究不如稍后李商隐的悼亡诗,格调高超,真挚动人。李商隐二十七岁和泾原节度使王茂元的女儿结婚,四十岁妻子死去。前后十四年的夫妻生活,十分美好。"虽冶长无罪,堪成子妻之恩;而吕范久贫,莫见夫家之盛。今车徒俨散,栋宇萧衰;抚归旐以兴怀,吊病妻而增叹。""纻衣缟带,雅况或比于侨吴;荆钗布裙,高义每符于梁孟。"这种对"潘杨之好,琴瑟之美"的由衷之情,每见于诗人给亲友的函件中。诗集里面或明或隐的寄内诗、赠内诗和悼亡诗,数量不少。大中五年(八五一)秋天,妻子初逝,李商隐写了一首痛彻肺腑的《房中曲》,和五年后他从四川东归回到岳家王茂元在洛阳崇让坊的旧居时,写的一首更沉痛的《正月崇让宅》,成为李商隐悼亡诗中的"双璧"。

《房中曲》②的前两句,用枝嫩花小的蔷薇沾水带露,隐喻孩子失去母亲的悲哀;后两句正面写默默地依偎在西帘下"痴若云"的"娇郎"(孩子)。接着四句进入正题,是对往日闺中生活的思慕:

> 枕是龙宫石,割得秋波色。
>
> 玉簟失柔肤,但见蒙罗碧。

想象和妻子共用过的枕头,是龙女赠送的宝石枕,遗爱犹存,弥足珍贵。由枕联想起妻子如秋波的明眸,由盖着的罗衾和床上

的竹席(簟)联想起妻子的"柔肤"。这种夫妻间亲昵情状的描写,反映出诗人一往情深的真挚情爱。接着又是回忆:

> 忆得前年春,未语含悲辛。
> 归来已不见,锦瑟长于人。

"前年春",即大中三年春,诗人由徐州回洛阳携妻来长安,共同度过了最后几个月的美满时光,而今归来已是物(锦瑟)在人亡了。正是:"前虽病含悲辛而人尚在,今则归来而人已不能常见矣。"(张采田《李义山诗辩证》)最后四句设想来生即使相见,也不相识,只有抱恨终古而已。

被称为"悼亡诗最佳者"的《正月崇让宅》,虽然时隔数年之后,但诗人的哀痛毫不减于妻子初逝"愁霖腹疾俱难遣,万里西风夜正长"的时候:

> 密锁重关掩绿苔,廊深阁迥此徘徊。
> 先知风起月含晕,尚自露寒花未开。
> 蝙拂帘旌终展转,鼠翻窗网小惊猜。
> 背灯独共余香语,不觉犹歌《起夜来》。

旧地重来,旧室重入,这时是:密锁重关,廊深阁迥,在如此深沉禁锢的大院中,室外门掩绿苔,风起月晕,露寒花怯,一派凄凉寂寞的景象;室内则是:蝙蝠绕帘飞舞,老鼠翻窗四窜,而诗人疑猜惊悚,长夜难眠,终于好像听到昵昵的私语声,闻到缕缕的幽香。于是不禁吟起"思君之来"的《起夜来》的哀歌。枕席难安,恍惚如见,缠绵深笃的痛悼之情,多么凝重深沉!与元稹"今日俸钱过十万"准备"营奠营斋"来祭祀"自嫁黔娄百事乖"的韦丛,是迥乎不同的。

在词中,苏轼悼念亡妻王弗的〔江城子〕,通过"小轩窗,正梳妆,相对无言唯有泪千行"青年夫妻生活中一个看似平常的细节,表达出他深情的思念。而写悼亡词数量既多,感情尤为真挚的是清初与陈维崧、朱彝尊并称三大词人之一的纳兰性德。在他的《饮水词》中,从词题看出"悼亡"的有七阕,而题虽未标出,但追思亡妇,忆念旧情的约四十余首,占全部作品三百四十余首的七分之一。据徐乾学(健庵)《通议大夫一等侍卫进士纳兰君墓志铭》:"配卢氏,两广总督兵部尚书都察院右副都御史兴祖之女,赠淑人,先君卒。继室官氏,某官某之女,封淑人。"(韩菼《进士一等侍卫纳兰君神道碑》记载同此)纳兰所悼念的,即"赠淑人,先君卒"的卢氏。

纳兰的悼亡词,抒写了对妻子的怀念之情,有的是:"亡妇忌日有感";有的是"梦亡妇"醒后而作;有的是"为亡妇题照",但总的说来,都表现出对死者的无限怀念。如"半月前头扶病,剪刀声犹共银釭。忆生来,小胆怯空房。到而今,独伴梨花影,冷溟溟,尽意凄凉。愿指魂兮识路,教寻梦也回廊"(〔青衫湿〕)。前两句写妻子病中犹不停裁剪,是一位贤良主妇。下面几句三层意思:一、生前胆小,最怕一个人守空房;二、如今却"独伴梨花影",怎不感到"冷溟溟,尽意凄凉"呢!这是生者代死者设想,因此愈觉情深。三、不仅如此关怀怜惜,而且希望"魂兮识路",梦中能相见,就可稍慰"独伴梨花影"的空虚寂寞了。在梦中,他们曾有过相会:"忽疑君到,漆灯风飐,痴数春星。"(〔青衫湿〕)但"梦好难留,诗残莫续,赢得更阑哭一场。遗容在,只灵飙一转,未许端详"(〔沁园春〕)。无论梦中或梦醒后,都这样凄清。诗人虽明知前缘已绝,但是他不止一次希望重续前缘:"重寻碧落茫茫。料短发朝来定有霜。信人间天上,尘缘未断;春花秋月,触绪堪伤。欲结绸缪,翻惊漂泊,两处鸳鸯各自凉。"(〔沁园春〕)碧落黄泉,人间天上,虽默祷"尘缘未断",但无情的事实是:"两处鸳鸯各自凉。"在"亡妇忌日"里,他倾吐"三载悠悠"的相思之情:"重泉若有双鱼寄,好知她年来苦乐,与谁相依。我自终宵成转侧,忍听湘弦重理。待结个、他生知己。还怕两人俱薄命,再缘悭,剩月零风里"。(《金缕曲》)怎么能向幽冥的重泉通个消息,得知她三年来的苦乐,"与谁相依"?诗人知道这是不可能的,一个"若"字交织着希望与幻灭。"与谁相依",是深情的曲折映现。生前相依,不会孤寂;死后无人相依,怎么能不孤寂?不过却又多么希望她不孤寂,所以有"与谁相依"的痴想。接两句,说自己终夜辗转,难以成寐,怎忍"湘弦重理",另有所求。随着感情的翻腾,诗人又发出痴想,不过却仍希望重续前缘——"待结个他生知己"。即使有此可能,却"还怕两人俱薄命,再缘悭,剩风残月里"。命也如此,未来难测,结果恐怕仍是无缘相守,只落得剩风残月、转眼成空吧。纳兰的悼亡词,情真意挚,幽怨哀伤,出自衷肠,感人肺腑。王国维说:"纳兰容若以自然之眼观物,以自然之舌言情。"(《人间词话》)这话既不适用于《饮水词》,更不适用于其中的悼亡词。应该说,纳兰性德是以诗人之眼观物,以情人之舌来写他的悼亡词的。感情真挚深刻,不过调子往往低沉哀伤,或许由于抒发的都是个人一己之情的缘故吧。

① 元稹:《遣悲怀》(三首)
谢公最小偏怜女,自嫁黔娄百事乖。
顾我无衣搜荩箧,泥他沽酒拔金钗。
野蔬充膳甘长藿。落叶添薪仰古槐。
今日俸钱过十万,与君营奠复营斋。

昔日戏言身后意,今朝都到眼前来。
衣裳已施行看尽,针线犹存未忍开。
尚想旧情怜婢仆,也曾因梦送钱财。
诚知此恨人人有,贫贱夫妻百事哀。

闲坐悲君亦自悲,百年多是几多时。

邓攸无子寻知命,潘岳悼亡犹费词。

同穴窅冥何所望,他生缘会更难期。

唯将终夜长开眼,报答平生未展眉。

② 李商隐:《房中曲》

蔷薇泣幽素,翠带花钱小。

娇郎痴若云,抱日西帘晓。

枕是龙宫石,割得秋波色。

玉簟失柔肤,但见蒙罗碧。

忆得前年春,未语含悲辛。

归来已不见,锦瑟长于人。

今日涧底松,明日山头蘗。

愁到天池翻,相看不相识!

清歌·壮歌·挽歌

  作为宋代文学代表的宋词,初期,承晚唐五代的余绪,多数作品笼罩在男欢女爱,离情别绪的氛围中。虽有一二豪杰之士如王禹偁、潘阆、王安石等,具有较疏朗的词风,但是直到苏轼,才"一洗绮罗香泽之态,摆脱绸缪宛转之度",扩大了词的反映面,为词的发展另辟蹊径。不过历久以来形成的"婉约"词风,真正发生深刻的变化,是在汴京沦陷,宋王朝迁都江南以后。"国家不幸诗家幸,赋到沧桑句便工"(赵翼),面对着金兵入侵,半壁河山的无情现实,反映民族矛盾,具有爱国主义和社会意义的"豪放"词,多起来了。终南宋王朝的百余年间,在具有家国之思的词里面,大体上不外是:追怀往事、因事生感的清歌,气吞斗牛的壮歌,与寒蝉凄切的挽歌。从这三类不同的歌声中,我们领略到:虽然同处于家国多难的境况下,但由于诗人们的思想气质不同,他们的心声也是迥异其趣的。

  当经过南渡的颠沛流离,诗人陈与义终于到达高宗"行在"的时候,他抚今思昔,发出一曲感慨婉转的清歌——〔临江仙〕《夜登小阁,忆洛中旧游》:

  忆昔午桥桥上饮,座中多是豪英。长沟流月去无声。杏花疏影里,吹笛到天明。　　二十余年如一梦,此身虽在堪惊。闲登小阁看新晴。古今多少事,渔唱起三更。

经历了靖康之难的诗人,这时,寄居在湖州青墩镇的僧舍里。在夜阑人静的时分,他登上僧舍旁边的一座小阁。此刻,这位"青墩溪畔龙锺客"已经远离他的故乡洛阳了。但是,"国破山河在",回首前尘,历历如在目前。

开头用"忆昔"两字领起,像小说中的"倒叙"一样,把读者带往他二十四岁以前在洛阳生活的岁月中:

在洛阳城南十里一个叫午桥庄的地方,到处开遍"国色天香"的牡丹花。在这最擅盛名的牡丹产地,什么姚黄呀,魏紫呀,各式各样的名贵品种都有。而唐代名士裴度的绿野草堂,就建立在这里。筑山穿池,向有风亭、水榭、燠阁、凉台之胜。加上清流激湍,映带左右的天然风光,就成为唐宋以来文人名士们一个咏觞流连的好去处了。

聚饮的地方,是在"午桥";前来聚饮的人,多是"豪英":地灵人杰,所以就愈发使人"乐以忘返"了。

月亮升起,月色十分皎洁。桥下的水,悄悄地流着。那印在水面上的明月,好像也跟着水一道流走了,"无声"地流走了。月光与流水,和谐交融,把清幽、明净、绝俗超尘的境界,清晰地描绘出来。

请看,在如此"清景无限"的境况中的人们:

杏花疏影里,吹笛到天明。

他们坐在枝头开满了杏花的"疏影"下(自然,他们的身上缀满了点点的月光,也撒满了片片落花),吹着笛子(自然,他们也有的敲着节拍,还有的频频点头,吟哦成声)——

时间,却随着"长沟流月"(投在水中的月影)悄悄地流走、消逝了……

他们,就这样"乐而忘形"地直到天明。

上阕,全是对"洛中旧游"的回顾。虽然历经乱离,但在这里显然没有那种"慷慨赋诗还自恨,徘徊舒啸却生哀"(陈与义诗)的感情。而从水上的"午桥",长沟的"流月",杏花的"疏影"这些景象中,浸润着一种疏放的气息。有人说陈与义的诗是"清于月白初三夜,淡到汤烹第一泉"。如果移来作这首词上阕的评语,不也很恰当么?

下阕,全是个人感情的抒发了。二十余年来,国家经历了多么巨大的动乱,当年午桥聚饮的"豪英",也都星散了。"飘飘何所似,天地一沙鸥。"诗人这时候的境况,比起他一生所尊崇的杜甫来,并不会好多少。

"闲登小阁看新晴"句,点明题意,归到正题上来。接着迸发出个人的感叹:

古今多少事,渔唱起三更。

古往今来多少盛衰兴亡,都如过眼烟云,转瞬成空,消失了,幻灭了! 现在,只有那渔父的歌声,在这更深人静的夜空里,回漾飘荡。不过,就是这些,也终究要消失的。

或"忆昔",或"感今",今昔映照,没有激起诗人昂扬的斗志,只有发为浩叹的苍凉之感。

陈与义一生敬重杜甫,学习杜甫。忧国忧民的诗篇,也的确可以说"涉老杜之涯矣"。特别在南行路上,"避乱襄汉,转湖湘,逾岭峤",几经艰险,耳闻目睹,长了不少见识。所以南渡之初,他就发出了"只今将相须廉蔺,五月荆门未解围"的呼吁,希望文臣武将团结起来,共御外侮。当在南京(今河南省商丘)登位的宋高宗赵构,由扬州而杭州,由杭州一直向海边逃跑的时候,他愤慨地嘲讽说:"初怪上都闻战马,岂知穷海看飞龙。"(《伤春》)但这种可贵的感情,在他的词里却变成为一曲"语意超绝"的清歌了。

宋室南渡后,主战与主和两派一直进行着尖锐的斗争。但由于最高统治者沉湎声色,苟且偷安,所以总是以"主和"的逆流冲垮惨淡经营起来的"主战"堤垒而告终。于是,在从临安(杭州)通往开封(公元一一六一年金人据为首都)的道路上,真是"冠盖使,纷驰骛"(张孝祥〔六州歌头〕),派遣到金国去纳贡请和的使臣,不绝于途。据《宋史·孝宗纪》载:淳熙十一年"八月庚申,遣章森使金贺正旦";十二年,"十一月壬辰,遣章森等贺金主生辰"。当章森(德茂)第二次出使的时候,陈亮以充沛的民族自豪感和宋朝必胜的信心,唱出了一阕气吞斗牛的壮歌,这就是被陈廷焯称为"精警奇肆,几于握拳透爪,可作中央露布读"的〔水调歌头〕《送章德茂大卿使虏》:

> 不见南师久,谩说北群空。当场只手,毕竟还我万夫雄。自笑堂堂汉使,得似洋洋河水,依旧只流东。且复穹庐拜,会向藁街逢。　尧之都,舜之壤,禹之封。于中应有,一个半个耻臣戎。万里腥膻如许,千古英灵安在,磅礴几时通。胡运何须问,赫日自当中。

虽然,章德茂和燕太子丹派出去的刺客荆轲肩负的使命完全不同,但读着这首词,还是会使人想起那首襟怀飒然的"风萧萧兮易水寒"来。临歧送别,以壮行色,从这方面说,它和《易水歌》有类似之处。

"不见南师久,谩说北群空。"南宋的军队已经许久不曾北伐,但是你们不要因此就认为我们没有人才没有力量了。开头两句，提挈全篇，它像水的源头一样，以后那种壮声英概的逼人威势，正由此而来。古人以骏马比喻人才，韩愈《送温处士赴河阳军序》："伯乐一过冀野之北，而马群遂空。"此用其意。

"当场只手，毕竟还我万夫雄。"当场大事，只手可了，毕竟我们还是万夫之雄呢。这里是称赞章德茂，有独当一面的才能，不失为一位英杰之士。不过似也有指整个南宋朝廷上下尚大有作为的意思，即上句"谩说北群空"的文义的延伸。

上面是对国内状况的概述。下面谈的是被敌人侵占的沦陷区的人民。

"自笑堂堂汉使，得似洋洋河水，依旧只流东。"一解作：看到南宋的使节来到，他们喜不自胜，精神异常振奋，像东流的河水一样，沦陷区人民的心是向往南宋的。人心之所向，在和陈亮同时的爱国作家的作品中，都有十分动人的描写。陆游怀着一腔悲愤说："遗民泪尽胡尘里，南望王师又一年。"在孝宗乾道六年（一一七〇），出使金国的范成大，以他亲身的经历，写出沦陷区人民见到"汉官"时，那种欢天喜地，奔走相告的情景："连衽成帷迎汉官，翠楼沽酒满城欢。"陈亮的话是"设想"，但却是符合客观实际的。另一种解释是，这三句是以章德茂的口吻说：自笑堂堂汉使，难道像江河水归大海一样，总要去朝见金主么？则表现出作者对朝廷遣使金朝的不满。

国内的状况如彼，沦陷区人民的状况如此：基于这两种原因，所以诗人充满着必胜的信念，认为恢复中原，消灭敌人的一天是终会到来的：

　　　　且复穹庐拜，会向藁街逢。

　　那就姑且再朝拜金国一次吧，将来总会有一天要把你们掳到

410

我们京城里面来的。上句的拜，固属迫不得已，但由于有了下句的"逢"，便把无限辛酸的情绪，转化为欢欣的笑容了。

接着说，暂时被敌人铁蹄践踏的祖国山河，自尧、舜、禹以来，就是我们的领土啊！这里面总该有人是以向敌人称臣为耻辱的吧。"尧之都"以下五句，不单是感慨系之，而是说的反话，实际是相信耻于向敌人称臣的绝不止一个半个。"万里腥膻如许"，言大片国土沦陷了，遍地皆是胡人的气味。"千古英灵安在，磅礴几时通"，是说抗敌的英雄人物和那种英勇无敌的精神哪里去了，这种极其可贵的民族传统什么时候才能再得到发扬呢？如果说"尧之都"以下两平韵，是"横眉怒目"式的，这三句便是诗人内心感情的奔涌激荡而寓有沉郁之感了。

结尾两句，气势之大，声威之雄，信心之强，胆魄之壮足冠全篇：

胡运何须问，赫日自当中。

金人的命运没有什么可说了，是快到完结的时候了，我们的国势却如日行中天，光芒万丈！

这种壮怀激烈，气吞斗牛的"壮歌"可惜到南宋晚年，就一变而为寒蝉凄切、伤情无限的"挽歌"了。如文及翁的〔贺新郎〕《西湖》：

一勺西湖水，渡江来、百年歌舞，百年酣醉。回首洛阳花石尽，烟渺黍离之地。更不复、新亭坠泪。簇乐红妆摇画舫，问中流击楫何人是？千古恨，几时洗！　余生自负澄清志。更有谁、磻溪未遇，傅岩未起。国事如今谁倚仗？衣带一江而已。便都道、江神堪恃。借问孤山林处士，但掉头、笑指梅花蕊。

411

天下事,可知矣。

南宋晚年,由于国势岌岌乎不可终日,随时都有被强悍的蒙古铁蹄践踏的危险,因此在词坛上,不断涌现出一些悲歌苍凉的作品。这类作品,大多数调子哽咽凄切,既不能振聋发聩,更不会点燃人们奋起的爱国感情,只不过是一曲曲慨叹国亡无日的"挽歌"罢了。文及翁的〔贺新郎〕基调仍是凄怆悲凉,但他对荒淫腐朽的南宋官僚集团,进行猛烈的抨击;对那班以清高自许,对政治漠不关心的士大夫,也义正词严地加以指斥。这首词更好像是南宋晚年统治集团的一幅生活缩影,诗人把它拿出来"示众"似的。

"一勺西湖水",是作者坐在船上,泛舟西湖时所看到的。但它何尝不就是南宋小朝廷的写照呢?国土大半沦陷,偏安一隅,不正像从碧波万顷中取出的"一勺西湖水"吗?国势如此,原因何在?"渡江来、百年歌舞,百年酣醉",直截了当,一语破的,原来从宋高宗渡过长江,建立南宋王朝(公元一一二七),百年来,这一班当国当权的统治者,就一直沉醉在纵情歌舞、淫逸享乐的生活中。

杭州如此,而沦陷了的旧京,现在是怎样一番光景呢?"回首洛阳花石尽,烟渺黍离之地",当年宋徽宗派人到处搜采奇花异石,运往汴京,建造的那座盛极一时的"银岳"(万岁山),今天也和沦陷了的整个中原一样,烟雾迷离,一片荒凉!而且现在,就连像新亭堕泪的东晋名士那样关心国事的人也没有了。

接着,把眼光从遥远的中原再回到西湖上来。你看,这儿是一片怎样的情景呢?"簇乐红妆摇画舫",人们乘船游玩,听歌女们唱着曲子,纵情逸乐。这句与"百年歌舞,百年酣醉"相呼应,也是它的具体而形象的描写。遥望中原,"烟渺黍离";近视西湖,"簇乐红妆";于是诗人禁不住发出"问中流击楫何人是"的感叹——在"西湖歌舞几时休"的今天,哪里还会有像东晋的祖逖渡越长江,去坚决收复失地的人呢?"千古恨,几时洗",看来收复中原,湔雪国耻的希望是不大了。

上阕用概括,用对比,用鲜明的形象,说明国事无望是由于统治者们花天酒地,醉生梦死。下阕谈到自己:一向抱有澄清天下的志向,但正像从前"磻溪未遇"的姜太公,"傅岩未起"的传说,那许多抱着救国济民大志的人才一样,都被埋没了。那么南宋小朝廷仗着什么来巩固边防呢?"衣带一江而已"。或者说,还有可以阻挡住敌人的"江神"吧:真是一群把希望建立在沙滩上的人们啊。显然,诗人是饱含着嘲笑和讽刺的。如果你们再问一问那些像孤山林处士(林逋)一样自命清高,不问国事的士大夫们呢?"但掉头,笑指梅花蕊"。他们又掉过头去,不屑听有关国事的议论了。至此,诗人揭开了全部"现实":有些人酣歌醉舞;有些人把希望建筑在沙滩上;有些人关心梅花,比关心国事还重要。那结果真正是:"天下事,可知矣!"

这首词的笔锋相当犀利,对南宋朝廷上下不愿抗战的官僚士大夫们,作了无情的揭露,有力的抨击,是不妨当作一篇"檄文"来读的。但对国事的不可收拾,只有吊之以"挽歌",诗人完全无可奈何——这或许也是时代使然吧。

血写的诗

况周颐评赵佶的〔燕山亭〕词云:"'真'字是词骨,若此词及后主之作皆以'真'胜者。"

王国维《人间词话》云:"尼采谓'一切文学余爱以血书者'。后主之词,真所谓以血书者也;宋道君皇帝〔燕山亭〕略似之。"

况周颐所谓的"真",王国维所谓的"以血书"的词,都是说词写出了人的真情,人的衷怀,犹如血泪凝铸而成。赵佶在位二十五年,过着极其荒淫的生活,加速了北宋王朝的崩溃。他的悲剧,是咎由自取。但词所产生的客观动人力量,却是由于它"真",由于它是"血写的诗"。

赵佶的〔燕山亭〕,旧题《北行见杏花》。或以词中有"几番春暮"句,说是被俘数年后的"绝笔"。试看这首词:

裁剪冰绡,轻叠数重,淡着胭脂匀注。新样靓妆,艳溢香融,羞杀蕊珠宫女。易得凋零,更多少无情风雨。愁苦! 问院落凄凉,几番春暮? 凭寄离恨重重,这双燕何曾,会人言语。天遥地远,万水千山,知他故宫何处? 怎不思量,除梦里有时曾去。无据,和梦也新来不做。

绡,是生丝之属,前面冠一"冰"字,状其洁白纯净。"冰绡"而云"裁剪",其工巧可知。这样精工裁就冰莹玉洁的像丝缣一样的东西,"轻叠数重",而在它们上面,还着意地染了一层淡淡的胭脂呢。这三句先写杏花的"形"(一、二句),后写杏花的"色"(第三句),刻画出杏花的形态美。

"靓妆",即美丽的装饰。贾至有诗云:"繁花对靓妆。"《南史后妃传》说:"张贵妃尝于阁上靓妆,宫中遥望,飘若神仙。"正是如此"新样"的"靓妆",视之则艳丽横溢;嗅之则香味盈鼻。那么,美丽的蕊珠宫女在她面前,也会自感羞愧。这是透过杏花的"形",进一步写杏花的"神"。像南宗画派的披麻皴法,虽画面已够秀丽了,但总要再渲染一笔。

可是,别看杏花这样艳极一时,花开花落,它也一样地容易凋零,何况又有那无情的风雨的摧残!赵佶被虏后,日夕有性命之忧,过着以泪洗面的屈辱生活。此种境况,和"易得凋零"的杏花,十分相似,寓有以花喻人的意思。

"愁苦!问院落凄凉,几番春暮?"上面"易得"两句还是以物喻人,用的是以杏花象征人的手法;至此,则是自我生活的写照了。从前过着"琼林玉殿,朝喧弦管,暮列笙琶"(赵佶〔眼儿媚〕)的生活,今天身为阶下囚,愁苦之情,自然述说不尽。在这样凄凉的院落里,谁知道已经过了几多个暮春啊?

离恨是无重无数的。欲寄离恨,有谁可凭?现在只有双燕在眼前飞翔。可是仍旧寄不成书。一因"这双燕何曾会人言语";二因"天遥地远,万水千山,知他故宫何处"?虽然没有办法传送消息,但对于那繁华的玉京,那拥有万里之富的"帝王家",又怎么会不去思量?一想,再想……只有梦中得赋归去。梦,是空虚的;梦,是无补于实际的;但近来就是连这种"望梅止渴"的梦,也经常"不做"——做不成了。

人们曾经指责赵佶把半壁江山拱手与人,身为阶下囚,不思国家人民之不幸,只想他的"故宫何处",可谓毫无心肝。其实这是以己推人,以我们的思想认识,来要求"古来贪色荒淫主,那肯平康宿妓家"(指与李师师的关系)的风流天子宋徽宗。我们应一方面指出词中念念不忘"帝王家"淫乐生活的不可取;但另一方面对于它所达到的"猿鸣三声,征马踟蹰,寒鸟不飞"(沈际飞语)的悲怆艺术境界,却不妨说表现出了这位诗画行家的卓越成就。总之,词以杏花兴起,兴中有比,正如唐圭璋先生指出的:"'易得'以下,陡转变徵之音,怜花怜己,语带双关。花易凋零一层、风雨摧残一层、院落无人一层,愈转愈深,愈深愈痛。换头,因见双燕穿花,又兴孤栖膻幙之感。燕不会人言语一层、望不见故宫一层、梦里思量一层、和梦不做一层,且问且叹,如泣如诉。总是以心中有万分委曲,故有此无可奈何之哀音,忽吞咽,忽绵邈,促节繁音,回肠荡气。"(《唐宋词简释》)

况周颐、徐釚、梁启超、王国维等人论词,喜欢把赵佶与李煜并提,因为他们两人有很多相同处。如同是亡国之君,成了俘虏;富有文才,而乏将略;所作词都当得上一个"真"字,而且是以"血写书者"。自然,李煜前期的词,如"向人微露丁香颗","绣床斜凭娇无那,烂嚼红茸,笑向檀郎唾"(〔一斛珠〕)。"眼色暗相钩,秋波横欲流","雨云深绣户,来便谐衷素"(〔菩萨蛮〕),"奴为出来难,教君恣意怜"(〔菩萨蛮〕)等只能说是以"真"胜者,是用欢笑写成的。但他亡国以后的后期词,尽管过的是"此中日夕,只以眼泪洗面"(见王铚《默记》)的生活,不时有生命之虞,他却仍唱出"春花秋月何时了,往事知多少。小楼昨夜又东风,故国不堪回首月明中"(〔虞美人〕),"梦里不知身是客,一晌贪欢","流水落花春去也,天上人间"(〔浪淘沙〕),这样一些没有多少掩饰的"真"话。"旧臣闻知,有泣下者"。也因此,后来他被宋太宗赐牵机药毒死了。从李煜的任情纵性,喜其所喜,哀其当哀,不伪饰,不矫作看,王国维"不失其赤子之心"的话,正是他"真"的透视。我们不喜欢

416

他的恣情纵乐,也不喜欢他的哀伤苦吟,但却不应否定他的词的美学价值。陈廷焯称李煜和晏几道的词"无人不爱,以其情胜也"(《白雨斋词话》卷七)的话,是有见地的。

作为李煜词前后期"分水岭"的是宋开宝八年(九七五),金陵城陷,李煜肉袒出降,并带领江南子弟四十五人随宋军北上,开始成为"亡国残骸"时写的一首〔破阵子〕:

> 四十年来家国,三千里地山河。凤阁龙楼连霄汉,玉树琼枝作烟萝,几曾识干戈。　　一旦归为臣虏,沈腰潘鬓消磨。最是仓皇辞庙日,教坊犹奏别离歌,挥泪对宫娥。

南唐自公元九三七年开国至九七五年国亡,近四十年,首句指建国时间之长。"三千里"指地域的广阔。三、四句一言宫殿巍峨,一言花木葱茏。李煜二十五岁(九六一)继承父业做南唐国主,是在宋王朝建国于汴京的次年,南唐只能奉宋正朔称臣了。"几曾识干戈"是一句老实话。被宋太宗称为"乃一翰林学士"而无"贵貌"的李煜,即令整军经武,恐也难抗赵宋。他一面称臣纳贡,苟且偷安;一面宴饮纵乐,沉酣诗酒。而如今"归为臣虏"作了阶下囚,此后必然要腰瘦鬓斑,在愁苦中消磨岁月了。当在庙堂上拜辞祖先,宫廷女乐奏起离别的哀歌,那么,此时此刻此情此景的李后主,只有"挥泪对宫娥"了。后来大词人苏东坡说:"后主既为樊若水所卖,举国与人,故当恸哭于九庙之外,谢其民而后行,顾乃挥泪宫娥,听教坊离曲!"(《东坡志林》卷四《跋后主词》)申斥得好,义正词严!但末句如果改为"挥泪对社稷",就全词来说,不仅哀而不伤,甚至悲而犹壮,可是这样一来,他就不是"生于深宫之中,长于妇人之手"的李后主,也就失却李煜词之"真"了。从艺术审美的角度说,赵佶的〔燕山亭〕,李煜的〔破阵子〕以及他后期的许多词,是当得上一个"真"字,并且是"以血书者"。

诗贵"情胜",也贵"意真",两者相辅相成,可以收到相得益彰的艺术效果。"意"者,即作者的意图,或称作品的主旨。而"情"正是为了更好地表现它。《红楼梦》贾宝玉祭晴雯的《芙蓉女儿诔》是一篇用斑斑血泪写成的"诗"!请听:"眉黛烟青,昨犹我画;指环玉冷,今倩谁温?鼎炉之剩药犹存,襟泪之余痕尚渍。镜分鸾影,愁开麝月之奁;梳化龙飞,哀折檀云之齿。委金钿于草莽,拾翠盒于尘埃。楼空鸤鹊,从悬七夕之针;带断鸳鸯,谁续五丝之缕?……芳名未泯,檐前鹦鹉犹呼;艳质将亡,槛外海棠预萎。捉迷屏后,莲瓣无声;斗草庭前,兰芳枉待。抛残绣线,银笺彩袖谁裁?褶断冰丝,金斗御香未熨。"这里有对往事欢乐的回忆:"眉黛烟青,昨犹我画。"有因回忆而引起的辛酸:"捉迷屏后,莲瓣无声,斗草亭前,兰芳枉待。"有睹物思人的深沉哀痛:"镜分鸾影,愁开麝月之奁;梳化龙飞,哀折檀云之齿。"有希望幻灭后的遗恨千古:"指环玉冷,今倩谁温?""抛残绣线,银笺彩袖谁裁?褶断冰丝,金斗御香未熨。"总之,从这百来字的短短摘引中,我们可以看出作者强烈的爱憎,他用多么纯洁美丽的语言,对这个"心比天高,身为下贱,风流灵巧招人怨"的女奴,作了动人的礼赞!真正达到了"情满于山","意溢于海",是古代少有的"以血书"的感人肺腑的"诗"!

司马迁说:"昔西伯拘羑里,演《周易》;孔子厄陈蔡,作《春秋》;屈原放逐,著《离骚》;左丘失明,厥有《国语》;孙子膑脚,而论《兵法》;不韦迁蜀,世传《吕览》;韩非囚秦,《说难》《孤愤》;《诗三百篇》,大抵贤圣发愤之所为作也。"(《太史公自序》)司马迁的辉煌巨著《史记》,也正是"遭李陵之祸,幽于缧绁"的"发愤之作"。其后,韩愈说:"穷苦之言易好。"(《荆谭唱和诗序》)。欧阳修说:"内有忧思感愤之郁积,其兴于怨刺,以道羁臣寡妇之所叹,而写人情之难言;盖欲穷则愈工。"(《梅圣俞诗集序》)。义愤出诗人,就是这个道理。没有"安史之乱"造成的"国破山河在",和颠沛流离的生活,杜甫写不出"三吏"、"三别"这样的伟大诗篇;没有宋室的南渡,偏安一隅,造就不出辛弃疾、陆游那样"了却君王天下事,赢得生前身后名","王师北定中原日,家祭毋忘告乃翁"那样"诗情将略,一时才气超然"的人和诗!"国家不幸诗家幸,赋到沧桑句便工",用斑斑血泪写成的诗,往往感人肺腑,动人心弦,只不过这类诗,有时缺乏激昂的力量,更多地浸透着血泪的伤感吧。

诗，形象的艺术

鲁迅先生说："刻玉之状为叶，髹漆之色乱金，似矣，而不得谓之美术。"(《儗播布美术意见书》)为什么？因为它虽有"状"有"色"，虽有"形象"，但还不是艺术形象。"新闻上的记事，拙劣的小说，那事件，是也有可以写成一部文艺作品的，不过那记事，那小说，却并非文艺。"(鲁迅《不应该那么写》)为什么新闻记事和拙劣的小说，"并非文艺"呢？当然道理一样，也是由于缺乏生动的艺术形象，缺乏动人心灵的艺术力量。诗，更是形象的艺术。没有真实、生动、如在目前的活生生的艺术形象，不可能是一首完美的诗。杜甫题画诗为苏轼赞赏，便由于他写出了"竹批双耳峻，风入四蹄轻"的大宛胡马"锋棱瘦骨"的栩栩如生的艺术形象。

温庭筠〔菩萨蛮〕一向被视为这位"花间鼻祖"的代表作，特别是十四首中的第一首：

> 小山重叠金明灭，鬓云欲度香腮雪。懒起画蛾眉，弄妆梳洗迟。　　照花前后镜，花面交相映，新贴绣罗襦，双双金鹧鸪。

总的来说，这是写一个贵族妇女空虚寂寞的生活。辞藻华丽，色彩浓艳，是他的"香而软"(孙光宪《北梦琐言》)，"香而艳"(王世贞《弇州山人词评》)词风的特色。这首词是最有代表性的一首。一、二句写人春睡未起,还躺在床上。日光透过窗纱或树影照到脸上眉间,光影闪烁,故有"明"、"灭"。"小山",许昂霄《词综偶评》称:"盖指屏山而言。"后多沿袭此说。有人并就此延伸其义,曰:"'小山'自是床头之屏山,然不曰'小屏'而曰'小山'者,'屏'字浅直,'山'字较有艺术之距离,且能唤起人对屏山之高低曲折之想象也。"其实,"小山"不如解作"眉"。唐代妇女化妆有"小山眉"。"重叠"者,言其眉乱,故三句有"画蛾眉"句。"欲度",有已度未度之意。鬓云乌黑,香腮如雪,发丝披拂到脸上的,称"已度",仍在额头的,叫"未度"。准确地说,"欲度"恰在这两者之间,写鬓发缭乱,颇为传神。三、四句写她起床了。但前句平,后句奇。虽懒但终于起了床。"弄妆"则是起床后,开始一个"弄"字表现她百无聊赖的神态:她摸摸这个,弄弄那个,拿起梳子,放下脂粉,结果还是什么都没有做成,所以这梳妆就"迟"了。陈廷焯对这两句的评语是:"无限伤心,溢于言表。""弄"字在这里起了关键的作用。"照花前后镜,花面交相映。""花"是头上簪的花(剪彩为花);它与人的脸,由于前后照镜,故相"交映"。李珣"强整娇姿临宝镜,小池一朵芙蓉"(〔临江仙〕),是以"小池"比"镜"。以芙蓉花象征人的脸。崔护"人面桃花相映红"(《题都城南庄》),是人面与盛开的桃花相映。情境不同,用比亦不同,但个个映出了人的美。最后,化妆好了,穿起短袄。这"襦"不是一般布质的,它是"罗"的;不仅是"罗"的,还是"绣"的;不仅是"绣"的,它还有贴金(唐代一种工艺);不仅有贴金,还是"新"贴上去的。如此,可见这"襦"的华丽精美!"双双金鹧鸪"。她似乎是穿上后才发现:这"襦"上还有用金箔贴成的一对鹧鸪鸟儿!应该说,这时候才真正"无限伤心,溢于言表"了!刘熙载评温词有"精妙绝人,然类不出绮怨"(《艺概·词曲概》)的话。写"怨",前六句从正面,从人的"形"着笔,而后两句,则是用侧笔。唐圭璋先生评后两句话:"有此收束,振起全篇。"因为最后这一双鹧鸪鸟儿传出了人的"神",使人更形象化了。(按:此词"虚处藏神"诸篇曾谈及,繁简大异,可参看。)

其实,比温庭筠稍前的中唐诗人权德舆的十二首《玉台体》,其中一首的立意与温词完全相同。诗曰:

> 泪湿珊瑚枕,魂销玳瑁床。
> 罗衣不忍着,羞见绣鸳鸯。

她"泪尽""魂销",无限悲伤。早晨起来,懒于梳妆,不忍穿罗衣,因为看见那上面绣的鸳鸯,就更会引起自己孤枕独栖的伤感。诗有一定形象性,不过,"刻玉之状""髹漆之色",虽写出思妇的念归之情,但艺术形象不饱满,也就是,这样的"状""色"一般化,形象不生动。比起温庭筠词中那个妇人,欲起则"懒",临妆又"迟","花面交映",内心稍喜,穿上"双双金鹧鸪"的罗襦,又不禁引起无限的伤心,形象薄弱得多。温词一出,传唱极盛,而成为千古名作;权诗千百年来,没有引起人多大注意,"此中三昧",值得人深长思之。

苏轼的好友王诜,娶英宗女魏国大长公主,是一个驸马都尉。工书画,精棋艺,他有一首词调寄〔忆故人〕:"烛影摇红向夜阑,乍酒醒,心情懒。尊前谁为唱阳关,离恨天涯远。 无奈云沉雨散。凭阑干、东风泪眼。海棠开后,燕子来时,黄昏庭院。"据说:"徽宗喜其词,犹以为不尽宛转,遂令大晟乐府别撰腔。周美成(邦彦)增损其词,而以首句为名,谓之〔烛影摇红〕云。"(《历代诗余》引《古今词话》)或说:"徽宗喜其词意,犹以不丰容宛转为憾。"(《能改斋漫录》)周美成的词是:"芳脸匀红,黛眉巧画宫妆浅。风流天付与精神,全在娇波眼。早是萦心可惯。向尊前、频频顾眄。几回相见,见了还休,争如不见。 烛影摇红,夜阑饮散春宵短。当时谁会唱阳关,离恨天涯远。争奈云收雨散。凭阑干,东风泪满。海棠开后,燕子来时,黄昏庭院。"其实,周美成的改作是有"增"无"损"——并没有减少什么,而"别撰腔"的确是"增"了一半(即周词的上阕)。这一半描绘出一个人的艺术形象:她脸上的胭脂擦得均匀,黛色的眉毛钩画得精巧玲珑,是学的宫妆式样。她风流美貌,集中表现在那一双娇波欲流的眼睛上。以上极写人的貌美。接着写两人的情深。说早已经彼此属意,几次在筵席上曾经眉目传情。虽有几次这样的见面,但不能互诉衷情,倒不如不见面更好。下阕写"夜阑饮散"时的欢娱生活,恨春宵苦短。再写离别,最后以别后相思结束。下阕与王诜的词〔忆故人〕完全相同,但经周增益后,人物形象鲜明多了,写人的美,与初恋时情态,都生动传神。两首词都写男女情事,周词意中含情,情中有意,两者密不可分。王词未能把两者密切结合,使情含于意中。而且更为主要的是,王诜的词缺乏丰富生动的艺术形象。一、二句说夜阑酒醒,愁思萦怀。三、四句说《阳关》一曲,尊前赋别,从此天涯海角,人各一方,因此离恨无穷。下阕,"云沉雨散",既写实,又象征爱情如沉云散雨,令人难以捉摸。最后三句,写这个在东风中凭阑垂泪人所处的环境。上阕,人物形象极不鲜明,四句只说得一个"别"字;下阕,"海棠开后,燕子来时,黄昏庭院"。景清词畅,情景结合较紧。宋徽宗以为不够"丰容",大概是指艺术形象说的;说不够"宛转",似也有理。王词上阕言别,水流直注,绝无停蓄,与这首抒情小词的基调不谐和(特别是下阕)。宋徽宗能诗擅画,是行家里手。这个亡国之君和李后主一样,是个"翰林学士"材料。诗贵形象,王诜的词不如周邦彦的改作。但朱彝尊称:"原词甚佳,美或增益,真所谓续凫为鹤也。"(《词综》卷七)是从词无须刻画人物形象说的。评论的取向不同。结论亦自不同,徐釚说,"原词甚佳,美成增益,反不及也"(见《词苑丛谈》),是没有道理的。

诗,是形象的艺术,古人们颇懂这个道理。他们不用抽象的语言,而诉诸形象的描绘。早春二月,柳条袅娜多姿,万条下垂,犹如缕缕丝带,怎样表达对春光的赞美和自己的喜悦心情呢?"不知细叶谁裁出,二月春风似剪刀"①。剪刀,是用来裁剪衣物的,春风把柳树吹得长出细叶,说如剪刀裁出精致的衣服。一方面感到春风多厉,一方面觉得这春风的形象鲜明活泼,并且是可以把握的。三句似问,四句实答,而且对一、二句作了十分巧妙的概括。"春去也",多情的诗人产生了依恋难舍的感情,怎样表达呢?"弱柳从风疑举袂,丛兰浥露似沾巾"(刘禹锡)。柔弱的柳丝随风摇摆,多像春天向我挥手告别;露水沾湿的丛丛兰花,恰似春天的离别泪水沾满衣巾。春尚如此多情,怎怪人依恋难舍?把惜春之情,表现得多么委婉!送朋友远行,别情依依,诗人不径直兜出,而说:"江春不肯留行客,草色青青送马蹄。"(刘长卿)前句不说自己"不肯留",而说江南的春天不肯留;后句说路旁浓绿的青草,在春风中轻轻摇摆,好像为离去的马蹄而有点依依不舍。春草不是无情物,更何况人呢?既生动,又形象,感情也是健康的。"杨花落尽子规啼,闻道龙标过五溪。"在杨花落尽子规悲啼的暮春季节,听到朋友被贬远过五溪(今湖南西部贵州东部)的僻远地方,李白怎样表达他对王昌龄的思念之情呢?"我寄愁心与明月,随君直到夜郎西"。"愁心"——为朋友担忧和深怀同情的心,能够"寄",本已奇特,而且是寄给"明月",尤觉奇特,又要它陪朋友一块去到那遥远的地方!一唱三叹,情思摇曳,怀友之情,形象生动。"蝴蝶梦中家万里,杜鹃枝上夜三更。"(崔涂)旅夜抒怀,叹息时光易逝,岁月难留,而诗人说:古代的庄周曾经梦见自己变作一只蝴蝶,何其飘飘然!自己夜梦化作蝴蝶,飞回家乡,可是醒来却离家有万里之遥!杜鹃深夜悲啼,三更皓月当空,辗转难眠,岂不更令人思家!羁旅之怀,披上一袭传奇色彩,更觉形象生动!"霜落熊升树,林空鹿饮溪。人家在何许?云外一声鸡。"以平淡质朴自诩的梅尧臣,写他鲁山山行所见,前两句也的确太寂静也太实在了,可是后两句由实变虚,有问有答,问得渺茫,答得虚空,不闻人声,但闻鸡鸣,在如此荒寂的深山里,"空谷足音",不也格外亲切么！虚实相生,令人觉得这深山中,更有种古朴的野趣。而这,如果离开熊、鹿、鸡的形象。是不可能如此生动感人的。

总之,诗,是形象的艺术。离开形象,便没有诗;而形象不丰容饱满,栩栩如绘,也不会造成精美的艺术。"少陵翰墨无形画,韩干丹青不语诗。"(苏轼)诗也好,画也好,都是因为具有生动的艺术形象,才长留人间,春色永驻的。

① 贺知章:《咏柳》

碧玉妆成一树高,万条垂下绿丝绦。

不知细叶谁裁出,二月春风似剪刀。

形神发展鸟瞰

　　形与神是我国古典文艺理论中一个历来为人们瞩目的问题。那么,它是什么时候提出来,发展的轮廓又是怎样的呢?

　　先秦时代道家学派的大思想家庄子有"形固可以使槁木,而心固可以使如死灰乎"(《齐物论》)和"身在江海之上,心居乎魏阙之下"(《让王》)的话。不过这主要是论述人的形神关系,属于哲学范畴的事。文艺理论上关于形神关系的记载始见于汉淮南王刘安的《淮南子·说山训》。"画西施之面,美而不可说;规孟贲之目,大而不可畏;君形者亡焉。"高诱注:"生气者,人形之君。规画人形无有生气,故曰君形亡。"就是说,"生气"——"神"(即人的风姿神采),是形之"君"(主宰),艺术作品不仅要规画形体,还要传达出主宰形体的"君",即传神。西施虽然画得很美,因为它不传神,就不使人喜悦;战国猛士孟贲的眼睛,虽然画得很大,却不能使人望而生畏,也因为它无神。《淮南子·说林训》还谈到演奏音乐的"君形"问题:"使但吹竽,使工厌窍,虽中节而不可听,无其君形者也。"音乐的"君形",主要是指声。一个人吹竽,别一个人按窍,即使合节拍,也很难奏出动人的声音。

　　不应满足于形似,只有神似才是最高的艺术境界,这些看法无疑是正确的。清人沈宗骞的一段话颇可玩味,可说是道出了此中三昧。他说:"……不曰形、曰貌,而曰神者,以天下之人形同者有之,貌类者有之,至于神则有不能相同者矣。作者若但求之形似,则方圆肥瘦,即数十人之中,且有相似者矣,乌得谓之传神?今有一人焉,前肥而后瘦,前白而后苍,前无须髭而后多髯,乍见之或不能相识,既而视之,必恍然曰,此即某某也。盖形虽变而神不变也。故形或小失,犹之可也,若神有少乖,则意非其人矣。"(《介舟学画编》),这段话大意说,世间的人"形同""貌类"者有之,但神气却没有相同的。只有写出人的神气,才能写出人的性格特征,才是"这一个",而不会"千人一面"。"这一个"的体形的肥瘦,面孔的白黑,无须或有须,随着年龄的变化,前后会有不同,"乍见之或不能相识",但神气不会变,使人感到还是"这一个",因此他认为:"形或小失,犹之可也。"而神气是不能"少乖"的。实际上"形"经过作家的"再创造",总是与"原型"不同而有所升华的。

自汉而魏晋,佛教的广泛流传,和关于形灭神存的禅理的影响,文坛上关于形神问题的议论逐渐多起来。特别在绘画方面,更有长足的发展。而明确提出"传神"说的,是东晋名画家顾恺之。相传他画人尝数年不点睛,人问其故,他说:"四体妍蚩,本无关于妙处,传神写照,正在阿堵之中。"(《历代名画记》卷五)他的话表示出:"以形传神",形是基础。"妙在阿堵"("阿堵",晋代俗语,"这个"的意思,这里指眼睛。)就是要突出重要部位,不能眉毛胡子一把抓。顾恺之为裴楷画像,在他颊上增画三根颊毛,人问其故,他说:"裴楷隽朗有识具,正此是其识具。看画者得之,定觉益三毛如有神明,殊胜未安时。"(《世说新语·巧艺》)这样,"形"起了变化,却更神似了。

真正把形神关系阐述得全面而精辟的,是唐代的著名画家张彦远,他说:"古之画,或能移其形似而尚其骨气,以形似之外求其画,此难可与俗人道也。今之画纵得形似,而气韵不生,以气韵求其画,则形似在其间矣。"又说:"骨气形似皆本于立意而归于用

427

笔,故工画者多善书。"(《历代名画记叙论·论画六法》)形似是绘画反映生活的基本要求,离开形似,生活便无从得到反映。但形似只能表现物象的貌,而不能传其神。要达到神似,须对形似有所损益、增减("移其形似")。也就是说,不求神空求形,固然不对;只有注意画的气韵生动,才能"形似在其间"。以神为尚,却不能离开形,形神兼备,最后统一在立意的要求下。

但是,在唐代以前,诗文谈论关于形与神关系的却很少。除南齐袁嘏自称"我诗有生气"(见《诗品》卷下)这句孤单单的话,几乎看不到用神似的观念来要求文学作品。刘勰"近代以来,文贵形似,窥情风景之上,钻貌草木之中"(《文心雕龙·物色》),说自晋宋以来,作品描写景物重在逼真,细心观察风景的情态,钻研草木的状貌。后句仿佛有点要求神似的影子,不过从作者与景物的触发中,应引出独特的感受,这样才能做到"物虽尽而情有余"。"钻貌"的目的在此,"神似"的影子还是很淡的。成书于中晚唐之交的《文镜秘府论》,《地卷》列有十体,其一就是"形似体",称"形似体者,谓貌其形而得其似,可以妙求,难以粗测者是。诗曰'风花无定影,露竹有余清'"。又云"映浦树疑浮,入云峰似灭。如此即形似之体也"。从引的诗例看,这种"貌其形而得其似"的"形似",观察细致精微,体物幽深,却还不是求其神似。但是另方面,活跃在盛唐的诗人们,却逐渐注意起神似对诗歌创作的重要了。张九龄明确提出"意得神传,笔精形似",要求传神与形似的统一。王昌龄说:"为诗在神之于心。处心于境,视境于心,莹然掌上,然后用思,了然境象,故得形似。"(胡震亨《唐音癸签》卷二)他讲构思的过程,须"神之于心",也就是心和境融溶交会,把物象纳入作者的心思之中。"故得形似"的"似",不是直观的形似,而是心与境相融洽过程中获得的"似"——即"神似"。杜甫赞"韩干画马,毫端有神"(《画马赞》);赞曹霸"将军善画盖有神"(《丹青引赠曹将军霸》);赞李潮的书法"书贵瘦硬方通神"(《李潮八分小篆

428

歌》)。白居易以"形真而圆,神合而全"(《记画》)来评论张敦简所画的动、植、物;元稹以"张璪画古松,往往得神骨"(《画松》)来赞张璪的画松。这里谈的是指艺术创作要达到神似的境界。其后晚唐诗人司空图提出的"离形得似",离形的"似",就是"神似",就是"象外之象"的"象","味外之味"的"味","景外之景"的"景",也就是六朝谢赫在《古画品录》中"若拘以物体,则未见精粹;若取之象外,方厌膏腴"说法的翻版。司空图《二十四诗品·形容》尤集中谈了形与神的问题。

到宋代,重视神似的理论更多起来。苏轼的"论画以形似,见与儿童邻",引起过重"神"不重"形"的指责。其实苏轼不过说:论画如果只求形似,那是儿童的见识。而"作诗必此诗,定知非诗人",也并非主张作诗"非此诗"(作诗非此诗算什么呢),而是说作诗不能在题面上兜圈子,贵有意境,有寄托,亦即"兴发于此而义归于彼"的意思。苏东坡所说的:"观士人画,如阅天下马,取其意气所到。乃若画工,往往只取鞭策、皮毛、槽枥、刍秣,无一点俊发,看数尺许便倦。汉杰真士人画也"(《跋汉杰画山》)。这几句话一则表示:画工之画,只能写出事物的外部形态,没有生气;而士人画则能表达出事物的生气,并寄寓画家的某种情意。他要求有俊发气,反对的是"只取鞭策、皮毛……"的"形似",并未主张完全舍鞭策、皮毛,而且从苏轼的全部诗歌创作看,他并没有轻视形似。讽刺杨贵妃爱吃鲜荔枝的诗,有两首最著名,一是杜牧的《过华清宫绝句》(其一):"长安回望绣成堆,山顶千门次第开。一骑红尘妃子笑,无人知是荔枝来。"首句写从长安回望临潼骊山上的华清宫,林木、花卉、建筑,宛如一堆锦绣。次句说为迎接运载荔枝的飞骑到来,山顶上许多宫殿的大门,一个接一个打开了。"一骑红尘妃子笑"句,看似平淡,实际却很传神。她笑什么?不是"回眸一笑百媚生"的"笑",不是"昔时横波目"的笑,更不是"恨眉醉眼"的笑,很有点儿像杜甫在《哀江头》写的"辇前才人带弓箭,白马嚼啮黄金勒,翻身向天仰射云,一笑正坠双飞翼",那种骄矜、自得、开怀畅意的"笑"。除了全诗的讽刺谴责之意,杜牧笔下的杨贵妃不以形胜而以神胜。反观苏轼的《荔枝叹》便不同:"颠坑仆谷相枕藉,知是荔枝龙眼来。飞车跨山鹘横海,风枝露叶如新采。宫中美人一破颜,惊尘溅血流千载。"这里有的只是如实的铺叙(虽然这种"实"可能有些夸大),但没有用传神笔法。"宫中美人一破颜",这句写得实实在在,完全没有轻视形似。

南宋严羽进一步强调重神似的观点,把它发挥到无以复加的地步:"诗之极致有一,曰入神。诗而入神,至矣尽矣,蔑以加矣。"(《沧浪诗话·诗辨》)清人王士祯发展为"神韵"说,他极力推崇司空图的"不着一字,尽得风流",说:"诗至此,色相俱空,正如羚羊挂角,无迹可求,画家所谓逸品是也。"(《带经堂诗话》卷三《分甘余话》)离开形似,片面强调神似,必然脱离现实,走到虚无缥缈的境地。

赋水，不当仅言水

石延年咏红梅"认桃无绿叶，辨杏有青枝"。常招来物议。苏轼嘲笑说："诗老不知梅格在，更看绿叶与青枝。"因为它没有写出红梅的特征，也不含什么寓意，而又枯燥乏味。唐诗里咏蜻蜓的"碧玉眼睛云母翅，轻于粉蝶瘦于蜂"；咏春景的"鱼跃练江抛玉尺，莺穿丝柳织金梭"；也都是味同嚼蜡的饾饤之作。但苏轼对林逋的梅花诗"疏影横斜水清浅，暗香浮动月黄昏"，和陆龟蒙的白莲诗"无情有恨何人觉？月晓风清欲堕时"，却大加赞赏，说前者绝非桃李诗，后者绝非红梅诗，都表现出他们的"写物之功"。可以说，其"功"就在于形象贴切，不可移易。桃李缺乏"暗香"，也非"疏影"，但用来写梅，则写出了梅在典型环境中的性格特征。陆龟蒙的诗，恰如王士祯的评语："无情二语，恰是咏白莲诗，移用不得。而俗人议之，以为咏白牡丹，白芍药亦可，此真盲人道黑白。"（《带经堂诗话》卷二十七）当长夜已过，天将破晓，残月在天，清风轻拂，此情此景，"素花多蒙别艳欺，此花端合在瑶池"的白莲，不管它有无感情，不管它是否懂得愁恨，可是谁曾看见？谁能理会呢？它却自己悄悄地开了，又悄悄地落了。这种"出淤泥而不染，濯清涟而不妖"的品格，不正像瑶池中的仙子么！事实上，白莲正是诗人自己的写照。诗人"遗貌取神"，完全不去写它的外形，而着重在神态和性格。这种清荧绝俗的风姿,自然决非艳丽的红梅。

　　类似的许多诗例都说明,咏物,既不为物役,又不能没有物;它有的形似,有的神似;即在似与不似之间,也还没有完全离开一个"似"字。章质夫的〔水龙吟〕《杨花》,"曲尽杨花妙处"(魏庆之《诗人玉屑》),这是它的优点,也是它的缺点,因为毕竟太"曲尽"、太似了,就没有给人留下一点空间,一点想象余地。苏轼的〔水龙吟〕《次韵章质夫杨花词》,获得"压倒今古"(张炎《词源》)的令誉,就在它亦物亦人,把物和人巧妙地结合了起来,既写出了物的形,也写出了人的神,是"以形传神"的杰作。"形"是事物的表面现象,"神"是事物的本质特征。欲传其神,总不能离开形;欲表达本质,总不能离开表面,不过在诗词中,也有从表面看,既未写形,也未写神,作者完全用烘托渲衬手法,却写得形神宛在的,如姜夔的〔齐天乐〕。词前的小序说:丙辰岁(宁宗庆元二年,一一九六),他与张功父会饮于张达可之堂,闻屋壁间有蟋蟀,"功父约予同赋,以授歌者"。于是每人写了一首咏蟋蟀的词。试看姜夔的〔齐天乐〕:

　　　庾郎先自吟《愁赋》,凄凄更闻私语。露湿铜铺,苔侵石井,都是曾听伊处。哀音似诉,正思妇无眠,起寻机杼。曲曲屏山,夜凉独自甚情绪?　　　西窗又吹暗雨,为谁频断续,相和砧杵?候馆迎秋,离宫吊月,别有伤心无数。《豳》诗漫与。笑篱落呼灯,世间儿女。写入琴丝,一声声更苦。

　　作者首先以自己咏蟋蟀比作北朝诗人庾信的咏《愁赋》(此赋未有流传,故可能指庾信《哀江南赋》),说蟋蟀的声音如凄凉的私语声。在露水滴湿了门环(铜铺,门环上所饰的兽面铺首),在长满着青苔的石砌井栏边,都可以听到蟋蟀的鸣叫。接着说思妇听见蟋蟀的鸣声,睡不着觉,担心丈夫受寒,便起床寻找织机,想为他赶制冬衣。可是这时候,曲曲折折的屏风上面,绘着的重重远山,更引起她心中的离情别绪。夜深不寐,闻声思人,本已寂寞愁苦,如今坐到织布机前,偏偏又望到遥山远水,"平芜尽处是春山,行人更在春山外"。岂不更触动离愁?欧阳修〔踏莎行〕写的是闺中人登高望远,见重重春山远在天边而伤情寄怨。此处指屏风上的山。下阕开头继续写思妇。这个"过片",最为张炎欣赏,认为没有"断了曲意"(《词源》)。西风夜雨,愈见凄冷,虫鸣断续,砧杵声声,相为应合,它们是为谁而发呢?写蟋蟀,没有直写蟋蟀的"形",而写蟋蟀的"声",但这些"声"生动地传出了思妇的"神"。下面再扩展开去,说无论住在旅舍的人,或在行宫望月的人,听见蟋蟀声都会伤感。"《豳》诗漫与",只有这句才写到诗人自己的感受。《诗经·豳风》的《七月》篇,写蟋蟀的活动:"七月在野,八月在宇,九月在户,十月蟋蟀入我床下。"说蟋蟀给予我的也是愁苦。(漫,语助词,与,给的意思)在闻蟋蟀声而生怨愁步步紧逼的情况下,诗笔突然远扬开去:"笑篱落呼灯,世间儿女":看那些天真烂漫的小儿女们吧,他们正提着灯笼,在篱院里捉蟋蟀,欢声笑语,有多么高兴!这两句"神来之笔"是采用了忙里偷闲,苦中作乐的手法:用世间儿女的自得其乐,反衬出有心人之苦。写来曲折尽致,颇为传神。最后说:把咏蟋蟀的诗,谱成曲子,放在琴弦上弹起来,呼应"序"中的"以授歌者"。写蟋蟀,没有在蟋蟀的"形"上着笔,"遗其形似",而以声传情,以情传神,所以紧紧地抓住了读者的心弦。"将蟋蟀与听蟋蟀者层层夹写,如环无端,真化工之笔也。"(许昂霄《词综偶评》)"蟋蟀无可言,而言听蟋蟀者;正姚铉所谓'赋水,不当仅言水,而言水之前后左右'也"(贺裳《邹水轩词筌》)。总之,无形而传神,是这首词的艺术特点。

再看姜夔《序》中说的"功父先成,词甚美"的张功父的〔满庭芳〕《促织》:

月洗高梧,露溥幽草,宝钗楼外秋深。土花沿翠,萤火坠墙阴。静听寒声断续,微韵转,凄咽悲沉,争求侣,殷勤劝织,促破晓机心。　　　儿时曾记得,呼灯灌穴,敛步随音。任满身花影,犹自追寻。携向画堂试斗,亭台小,笼巧装金。今休说,从渠床下,凉夜听孤吟。

对这首词,姜夔谓其"辞甚美"。周草窗说:"咏物之入神者。"(《历代诗余》引)贺裳说:"不惟曼声胜其高调,兼形容处,心细如丝髪。"(《邹水轩词筌》)许昂霄说:"响逸调远。"不过,从词的构思和形神的观点来看,张功父这首词却不如姜夔的〔齐天乐〕。张词开头五句由"月洗高梧"至"萤火坠墙阴",上天下地,漫无边际,无一字道着蟋蟀。词藻虽美,但铺展太远,不如姜夔的"庾郎先自吟《愁赋》,凄凄更闻私语"点明题意,不给人以"何所云"之感。"静听"以下三句,与姜夔"凄凄更闻私语"同义,反觉辞费。"争求侣"三句,质实有余,空灵不足,不如姜词由物及人,闻声动情,耐人寻味。过片五句回忆儿时情景,接以今日的"独自追寻",不过个人的感慨系之。姜词过片"曲意不断",接写思妇愁情,深韵浑厚;再从更广阔的境域——"候馆"、"离宫"直至眼前的"世间儿女",以及自身闻蟋蟀声的愁苦欢乐,一气贯注,包孕深,涵盖广,为张词所不及。"携向"三句,不过说当时有斗蟋蟀的事情,因此人们"笼巧装金"——即姜"序"中的"镂象齿为楼观以贮之",扬开以后却收不回来。此与开头漫无边际的铺展有关,最后欲"回旋",也无"余地"了。结句发为感慨,自道胸臆,与儿时欢乐作比,振起全篇,是诗人的长处。

总之是:章质夫咏杨花,尽"题中之精蕴",而乏"题外之远致"。苏轼咏杨花,既得"题中之精蕴",复得"题外之远致",即物即人,两不能分。姜夔咏蟋蟀,恰如"赋水不当仅言水,而言水之前后左右",烘托反衬,曲曲尽致,托意遥深("候馆迎秋"三句隐含有使臣被拘,徽钦二帝被虏的沉痛)。张功父咏蟋蟀,无形无神,"心细如丝髪",转觉琐碎,借用张炎评吴文英词的话是:"七宝楼台,眩人眼目。碎拆下来,不成片段。"贺裳说姜不如张,并非公论,后人每沿其说。其实,姜夔的〔齐天乐〕及今为人所称道,张词奄奄乎无所闻,历史,不是已作出了公正的评价么。

文艺作品,重在创造艺术形象。如何处理形与神的关系,是创造艺术形象的一个重要课题。"以形写形","以形传神","赋水,不当仅言水"等,都是其中的一个方面,运用何种手法,作者应根据具体内容和要求,"择其善者而从之",截然断言何者优,何者劣,既不科学,也不符合艺术规律的实际。

手挥五弦与目送归鸿

东晋名画家顾恺之认为："画'手挥五弦'易，'目送归鸿'难。"（《世说新语·巧艺》）"目送归鸿，手挥五弦"，见嵇康《赠秀才入军》十九首的第十四首，是想象他的哥哥嵇喜（"秀才"）行军休息时的光景。顾恺之这样说，是因为：手挥五弦（"五弦"，乐器名，似琵琶而略小）是形体动作，所以易画；目送归鸿，是精神情态，不易表现。喜欢作翻案文章的王安石说："意态由来画不成，当时枉杀毛延寿。"（《明妃曲》）东施效颦，越学越不像，也是由于人的神态是学不来的。以画喻诗，就仿佛后者的形与神：写形容易写神难，道理是一致的。

文学艺术欲展示广阔的生活图景，作者必须通过对客观事物的形象描绘，最后达到抒怀寄志的目的。"物"必有形。"形"通过诗人感情手指的触摸，书之于文字，就非原来存在于天地之间的客观的物，而是有了诗人的情。这就是所谓化景物为情思。唐代画家方士庶说："山川草木，造化自然，此实境也；画家因心造境，以手运心，此虚境也。"（《天慵庵随笔》）就是说，艺术家创造的形象尽管取之于"造化自然"，但它经过诗人的"因心造境，以手运心"——思想感情的熔冶，这时他便有可能在自然景物之外，别构一种超乎原来之"物"的新境界，新美感。而这，正是我们对艺术品应有的要求。

文学艺术作品既取之于"造化自然"，又不全同于"造化自然"，这就出现了一个写形写神的问题。《诗经·卫风·硕人》写卫庄公的夫人姜氏是一个美人。诗的第二段集中写她的美：

> 手如柔荑，肤如凝脂，领如蝤蛴，齿如瓠犀。螓首蛾眉，巧笑倩兮，美目盼兮。

诗的前五句完全用工笔细描，"错采镂金，雕绘满眼"，虽用比喻，并不真切感人，远不如白居易《长恨歌》里写"一朝选在君王侧"的杨玉环，"回眸一笑百媚生，六宫粉黛无颜色"。原因在于："回眸"句写出了人物的情态动作，以形传神，像后来王实甫写崔莺莺佛殿遇张生时的"临去秋波那一转"。"六宫"句用比，是以人比人，"六宫粉黛"是绝色的美人，她们之所以"无颜色"，是与杨玉环相比的结果。它以形传神，给读者以想象，以回味，以更多的艺术感染。《硕人》前五句不同：它说人的手像茅草的嫩芽，皮肤像凝脂，颈子像天牛的幼虫，牙齿像瓠犀，还是"以形写形"，即客观对象的形，通过诗人的观察、认识，然后以形象反映出来。虽具有一定的形象性，但还只是形似。它有"朴"无"灵"，有"实"无"虚"，有"形"无"神"。不过幸而后两句出奇制胜："巧笑倩兮，美目盼兮"，这一下使前面的形象变得栩栩如生，再也不觉得这个美人是木雕泥塑的观音菩萨，而是一个形神兼备的"活"人了。孙联奎《诗品臆说》说得好："'手如柔荑'云云，犹是以物比物，未见其神。至曰'巧笑倩兮，美目盼兮'，则传神写照，正在阿堵，直把个绝世美人，活活地请出来在书本上滉漾。千载而下，犹如亲其笑貌。此可谓离形得似者矣。似，神似，非形似也。"或云："不以虚为虚，而以实为虚。化景物为情思，从首至尾，自然如行云流水，此其难也。"（范晞文《对床夜语》）以虚为虚，必然导致完全的虚无，一些无人可解的隐晦诗就是如此。反之,如果以实为实,虽具有一定形象性,却不能感人;只有化实为虚,才韵味无穷。从"诗画本一律"的方面说,《硕人》的前五句如"手挥五弦",而后两句则是"目送归鸿"了。

写形与传神并不矛盾,只是仅做到前者(形似)还不够,必须力求达到后者(神似)。宋·郭若虚《图画见闻志》有这样一个故事:唐代名将郭子仪的女婿赵纵请画家韩干、周坊为自己画像。画好后,赵夫人评论说:"两画皆似,后画尤佳。"为什么后画胜于前画?她说:"前画者空得赵郎状貌,后画者兼移其神气,得赵郎情性言笑之姿。"前者仅得其"状貌",也就是说,只得其"形似";而后者兼得其"情性笑言之姿",也就是"神似"。恰如"手挥五弦"易,"目送归鸿"难。但是诗、词、画都是难中才能见出高手来的。

一般说,不有形似,何来神似?即神似须建立在形似的基础上。不过,诗毕竟是诗人感情的升华,它并不总是循规蹈矩的。比如王昌龄《初日》写一位少女形象,它的传神和《硕人》不同。先看这首诗:

> 初日净金闺,先照床前暖。
> 斜光入罗幕,稍稍亲丝管。
> 云鬟不能梳,杨花更吹满。

清晨,明净的阳光射进少女的香闺,它是从窗口偷偷跳进来的,蹓到少女的床前,散发出一股温暖气息。从床前它又悄悄地钻进少女的罗帐,这时光线有些倾斜了。它轻轻地抚摸一下榻上的乐器——也许是少女喜欢的琴、瑟、箫、笙吧。人呢,尚未起床,如乌云的美发披散枕边,没有梳理。调皮的杨花随着春风也飘进房里来,它亲昵地躲在那枕边的美发上。诗写得空灵、缥缈,主角是"初日",配角是"杨花",少女始终不言不语没有任何表情地睡在床上。一切活动都是从阳光的初而入室,继而照床,再而罗幕,复照丝管,而又似乎是它看见了枕边少女如云的美发,和杨花怯生生地躺在了枕边。李贺《蝴蝶飞》的前两句:"杨花扑帐春云热,龟甲屏风醉眼缬。"春光烂熳,杨花成阵,拥入闺房,落满屏风和彩色斑斓的衣服上。后两句:"东家蝴蝶西家飞,白骑少年今日归。"浪游的少年东飘西荡,今日才会回来。两首诗有一点地方相似:杨花飘进闺房。闺中人的情思,李诗清楚明白,王诗含而不露。但是从诗人传神的描绘中,那清凉的春风,温煦的朝阳,如雪的杨花,宁静的乐器,一切的美都是属于这个看不见的少女的。空灵传神,不尚形似,是这首诗的艺术特色。

"形"是事物的表面现象,"神"是事物的本质特征。要在文学作品中艺术地表现出后者,除需要通过前者来体现——形似之外,还要神似,所谓形神兼备。但也有的作品,宁可不求形似,而求神似,因此又有"遗貌取神"的说法。"叶上初阳干宿雨,水面清圆,——一风荷举。"(周邦彦〔苏幕遮〕)旭日东升,清润而溜圆的新生莲叶上,跃动着宿雨留下的晶莹的水珠,清风徐来,荷叶低昂,摇曳生姿。这种偏重神似——"遗貌取神"的写法,深得王国维的赞许,说是"真得荷之神理者"。"无情有恨何人觉? 月晓风清欲堕时。"(陆龟蒙《白莲》①)素洁的白莲花,常被秾丽艳异的花欺负,可是她与平凡的花不同,只应生长在仙苑瑶池中。当漫漫长夜过去,晓月西斜,清风生凉的时候,她悄悄地开放,又悄悄地落了。不管她无情也罢,有恨也罢,有谁会看见,又有谁会去关心呢?"香炉一炉春睡足,上方车马正纷纷"(王安石《金陵报恩大师西堂方丈》②)。檐花映日,午风送来花草的清香;翠竹林外,时时传来黄鹂清脆的歌声。古城金陵名刹方丈室里的炉烟将残,酣畅春睡的人刚刚醒来,而此刻在帝京开封府,正是喧阗嚣杂的时候。此中人("春睡足"者)清静无为的闲散心情,由于有了最后一句的对衬,表现得更强烈。这里咏物,写人,都是"遗貌取神"的。

"手挥五弦"易，"目送归鸿"难。所谓"易"和"难"是相对说的。像章质夫写杨花那样，能"曲尽杨花妙处"，也并不容易，因为至少反映出他的观察深刻，不然就不会那样形似了。总之，既不应只求形似，也不应片面追求神似，一般说是在形似的基础上，进一步求其神似。元·韦居安《梅磵诗话》记载：有人尝问句法于宋代"四灵派"诗人赵师秀，赵答之云："'但能饱吃梅花数斗，胸次玲珑，自能作诗。'戴石屏云：'虽一时戏语，亦可传也。'余观刘小山诗云：'小窗细嚼梅花蕊，吐出新诗字字香。'罗子远诗云：'饥嚼梅花香透脾，'亦此意。"诗人要使所写的梅诗"字字香"，"花香透脾"，不仅要吃梅花，而且须吃数斗之多，而且要"细嚼""饥嚼"，吃出个滋味来。这样才能"胸次玲珑"，不仅写出梅花的"形"，还能写出梅花的"神"。宋代人陈善说："唐人有'嫩绿枝头红一点，动人春色不须多'之句（按：胡仔《苕溪渔隐丛话》前集引《石林方诗话》，此宋人王安石咏石榴花句："浓绿万枝红一点，动人春色不须多"）。闻旧时尝以此试画工，众工竟于花卉上装点春色，皆不中选。惟一人于危亭缥缈，绿杨隐映之处，画一美妇人，凭栏而立，众工遂服。"（《扪虱新语》）如果这位画工平日没有对生活细致的观察，是不可能有此神思妙想，设计出如此奇妙构思的。元好问《论诗绝句三十首》有云："眼处心生句自神，暗中摸索总非真，画图临出秦川景，亲到长安有几人？"说从眼睛接触到的实境，而激起内心的诗情，才能写出入神的诗句。但如果不"眼处"，也就不能"心生"。只凭想象，暗中虚拟，绝写不出具有真情实感的诗。杜甫因为在长安附近住过有十年之久（天宝五年至十四年），所以他才写出了那么多、那么好关于长安地区的真情实感的诗。

手挥五弦，比作诗的形似；目送归鸿，比作诗的神似，只是为便于说明问题的一个蹩脚的比喻。苏轼说："诗画本一律，天工与清新。"从诗画都要求"天工"清新来说，它们是一律的。但是诗画却又是两种表现手法不同的文学样式，它们在描绘生活上，也并不尽同。苏轼论诗人兼画家王维(摩诘)《蓝田烟雨图》云:"味摩诘之诗,诗中有画;观摩诘之画,画中有诗。诗曰:'蓝溪白石出,玉山红叶稀,山路元无雨,空翠湿人衣。'此摩诘之诗也。或曰:'非也,好事者以补摩诘之遗。'"苏轼所引的诗,是王维的诗还是好事者所补,无关紧要,把它放进王维自编《辋川集》中,确实难分真伪。但虽说是一首"诗中有画"的诗,不过"蓝溪白石出,玉山红叶稀",能画出一幅景色清奇、情调冷艳的画,而"山路元无雨,空翠湿人衣",则难以入画。勉强画出幅一个穿着湿衣服的人在山路上走,恐怕也不会好看。诗与画在表现手法上,既有相同处(所谓"一律"),也有不相同处。所以诗的形、神问题,并不等同于顾恺之说的"手挥五弦、目送归鸿",不过从"易""难"的方面说,又可说是相同的。

① 陆龟蒙:《白莲》
素花多蒙别艳欺,此花真合在瑶池。
无情有恨何人觉? 月晓风清欲堕时。

② 王安石:《金陵报恩大师西堂方丈》
檐花映日午风薰,时有黄鹂隔竹闻。
香炧一炉春睡足,上方车马正纷纷。

虚实相生

方熏《山静居画论》:"石翁'风雨归舟图'笔法荒率,作迎风堤柳数条,远沙一抹,孤舟蓑笠,宛在中流。或指曰:雨在何处?仆曰:雨在画处,又在无画处。"说沈石田画的"风雨归舟图"笔法荒率。堤岸上有几枝杨柳,迎风摇摆,远处有平沙一抹,孤舟里有一渔翁,身披蓑笠,在水的中央。有人指着画说:雨在什么地方?我说:雨在画面的事物里表现出来,又在没有画的空白处表现出来。

清代另一位画家布颜图在《画学心法问答》中说:"山水间烟光云影,变幻无常,或隐或现,或虚或实,或有或无,冥冥中有气,窈窈中有神,茫无定象,虽有笔墨莫能施其巧。故古人殚思竭虑,开无墨之墨,无笔之笔以取之。"他以自然界的事物比喻作画:青山绿水间的烟光云影,本来就或隐、或现、或虚、或实、或有、或无,"茫无定象"的,因此画家必须用"无墨之墨,无笔之笔以取之"——即前人说的"无象之象"的虚笔,也就是方熏说的"没有画的空白处"。中国画很讲究这种"空白",所谓"计白当黑"——表面是空白,是"虚",实际上却非空白,而是"虚"中有"实"。清初画家笪重光的话更简括精辟:"位置相戾,有画处多属赘疣;虚实相生,无画处皆成妙境。"(《画筌》)画面上拥塞堆积,无意境可言,肯定不会好看;只有有虚有实,才成妙境。看似无形的"虚",而它

442

形成的无墨之墨,无笔之笔的境界,却可以启诱人们按照画面规定的情境,去想象,去思索。人们可以从那堤柳远沙、孤舟蓑笠,感到风雨;更可以从渺漠空濛的天际,浮漾江面的轻烟淡霭中,触摸到风情雨意,而这,正是实境无法描绘出来的。

虚与实是相通的。通常说,画面上的空白是虚,笔墨着色处是实;主体是实,背景为虚;正面写是实,侧面烘托为虚;浓墨是实,淡墨为虚;状物是实,写意为虚;近景实,远景虚。概言之,艺术家创造的艺术形象是实,引起读者的联想是虚;由形象而产生的意象境界就是虚实的结合。"虚实相生,无画处皆成妙境。"戏剧舞台上,演员挥动着马鞭走几圈,给人以跋山涉水,越关跨隘的感觉;十几个跑龙套的上下场几次,给人以万马千军,追奔逐野的感觉;正是"三五步行遍天下,六七人百万雄兵"。"虚",在这里达到了奇妙的境界。但"实者逼肖,则虚者自出"(邹一桂《山水画谱》)。只有逼真的艺术形象,才能引导人们去驰骋想象的原野。"实景清而空景现。"(《画筌》)如果没有切实的功力,虚还是难以"出""现"的。

虽说"诗画本一律",但在同中也仍有不尽同处。诗中的"虚",往往于写实后,将笔锋远扬开去,借助想象,另外开拓一个新境界。如戴叔伦《过三闾庙》:

沅湘流不尽,屈子怨何深!
日暮秋风起,萧萧枫树林。

屈原主管过昭、屈、景三姓王族的教育,称为三闾大夫。他遭受谗言,忠而见疑,自沉汨罗,后人为建三闾大夫庙。沅水、湘水日夜奔流,滔滔不尽,如同屈原的哀怨,永无止境,含恨何深!表现出诗人对屈原遭遇的深厚同情。末两句抒怀:白日将暮,秋风乍起,枫叶萧萧,飘红满径。这里既是化用《楚辞·招魂》中的"湛湛江水兮上有枫，目极千里兮伤春心"，也是写眼前实景，但它"化实为虚"，不直言自己的悲感沉痛，而于日暮秋风、萧萧落叶中见之。寓意言外，更觉情深。

但也有与上述情况相反的，即开头虚摹，而后实写，从而也收到虚实相生的艺术效果。如郑谷《淮上与友人别》：

> 扬子江头杨柳春，杨花愁杀渡江人。
> 数声风笛离亭晚，君向潇湘我向秦。

郑谷是袁州宜春（今江西省宜春县）人，在淮水之滨与友人作别。淮水发源河南桐柏山，经过安徽，东流入江苏省。首句的"扬子江"指扬州、镇江一带的长江。首两句揣想友人将由淮上南下，在柳吐金丝、杨花漫天的阳春烟景，渡过扬子江后，必然心情落寞，愁绪满怀。"愁杀"，为友人设想，这是虚摹即将出现而尚未到来的事。与王昌龄《送魏二》诗中"忆君遥在潇湘上，愁听清猿梦里长"用笔相同，但此诗在前半，王诗在后半。"数声风笛离亭晚，君向潇湘我向秦"，实写与友人分别时的情景。数声风笛，离亭向晚，酒杯频举，难赋深情：因为君南去湖南（潇湘），我将北去陕西（秦），相背而行，愈去愈远，不知相会在何日！明·胡元瑞称此诗有"一唱三叹之致"，正是和它以虚（前两句尚未到的揣想）衬实（后两句眼前淮上的分别）分不开的。

诗中虚实的运用并无定则，它总是根据内容的需要和思想感情的充分表达而定。有的既不在前，也不在后，而错落散见于诗中，如李白的《送友人》：

> 青山横北郭，白水绕东城。
> 此地一为别，孤蓬万里征。
> 浮云游子意，落日故人情。

挥手自兹去,萧萧班马鸣。

古代城分内外,内曰城,外曰郭。北城外远处青山横亘,东城外近处白水环绕。首两句言送别之地,渲染环境气氛,色彩对色彩,方位对方位,工稳自然。接言“别易会难”:一别之后,则孤蓬万里,浪迹天涯。蓬,蓬草,秋后枯萎根断,随风飞扬,故又称飞蓬。这里比喻被送的友人,不一定是此刻真的目睹飞蓬,是以景物寄托离情。五、六句正面抒情:浮云飘游不定,一去无迹,就像游子那颗难以捉摸的心;落日依山缓缓而下,不忍遽去,就像自己的恋恋惜别之情。“浮云”、“落日”是眼前所见,用以比“游子意”、“故人情”,是实景虚用,与上句寓寄托于虚景中又不同。最后,分别的时刻到了,朋友跨上征鞍,挥手告别,真的走了,只听得马鸣萧萧,逐渐逐渐地远了,远了……“孤帆远影碧空尽,惟见长江天际流”(李白《送孟浩然之广陵》),是目之所见,诉诸于视觉形象;此是耳之所闻,诉诸于听觉形象。但后者似更情深。正是“主客之马将分道而萧萧长鸣,亦若有离群之感。畜犹如此,人何以堪”(《李白集校注》引)?景、声、情,通过虚实结合的手法,表现得酣畅尽致。

李白《与史郎中钦听黄鹤楼上吹笛》,实中有虚,虚中寓实,虚实结合,达到不露痕迹的程度。诗云:

一为迁客去长沙,西望长安不见家。
黄鹤楼中吹玉笛,江城五月落梅花。

诗为李白流放夜郎途中遇赦复至武昌,在黄鹤楼上闻笛写的。首句用贾谊遭谗言被贬为长沙王太傅的典故,来比喻自己的被放逐。说自己一旦成为像贾谊那样流放长沙的人远去夜郎,“西望长安不见家”,侧望帝都长安,再也得不到皇帝的信任了。李白另有诗云:“总为浮云能蔽日,长安不见使人愁。”望帝都而不见,诗

445

人的政治抱负，无从伸展，求生无路，报国无门，胸中积满着郁愤。三句点题，写与史郎中在黄鹤楼中闻笛，言直而朴，但与第四句合看，则朴者有味，灵者无痕，成为浑然天成的妙笔。落梅花，即《梅花落》，笛中乐曲名。这里一因押韵而倒置，更因黄鹤楼高，临楼闻笛，笛音飘扬，诗人感觉好像梅花纷纷飘落，化实为虚，此其二。江城（武昌古称江夏，俯临长江）五月，气候温暖，绝无梅花飘落，不寒而觉寒，此乃诗人独特感觉，也正是诗人前路茫茫郁闷填胸的真实感受。实（感情）中有虚（"落梅花"），虚中寓实，但写来却这样不露痕迹。明·谭友夏说：诗文的"大患"在于"朴者无味，灵者有痕"，在于朴与灵的"隔而不合"。他主张："必一句之灵能回一篇之朴，一篇之朴能养一句之灵。"（《题简远堂诗》）证之于李白这首诗，以朴"养"灵，以灵"回"朴的话，是不无道理的。

"候馆梅残，溪桥柳细，草薰风暖摇征辔。"（欧阳修〔踏莎行〕）①看似纯写景，是实写，但它实中寓虚（情），不仅表现春光明媚，而且寄寓着行人的离情别绪。传说陆凯曾自江南寄一枝梅花给在长安的友人范晔，并附诗云："折梅逢驿使，寄与陇头人。江南无所有，聊赠一枝春"，"候馆梅残"，又怎能折梅寄远呢？"柳"与"留"谐音，有留念的意思。北朝乐府有《折杨柳枝》。"杨柳枝，芳菲节，可恨年年赠离别。"（唐代柳氏《杨柳枝》）当行人看到"溪桥柳细"时，怎能不想到离情？草，早在《楚辞·招隐》"王孙游兮不归，春草生兮萋萋"中，就将春草与离思合二而一了。"闺中风暖，陌上草薰。"（江淹《别赋》）此后在诗人们笔下，两者结下了不解之缘。这三句实中寓虚，比径说离愁，更生动真切。"画桥流水，雨湿落红飞不起。月破黄昏，帘里余香马上闻。"（王安国〔减字木兰花〕）前两句写男方已跨上征鞍，举目画桥流水，雨湿落红，馨香满地。是写眼前所见的实景。"月破黄昏，帘里余香马上闻。"此刻暮色暝濛，新月初升，"帘里（指闺中）余香"，在马上犹能闻到！一片痴语，纯属虚拟，前实后虚，彼映此衬，愈见出离情之愁苦!"东城渐觉风光好,縠皱波纹迎客棹。绿杨烟外晓云轻,红杏枝头春意闹"(宋祁〔玉楼春〕上阕)。春意盎然,春情荡漾,但起两句虚写,想象东城春景宜人,水波粼粼,正含笑以待远客;后两句是眼前景:绿柳含烟,晓云轻卷,春满枝头,红杏竞艳,似传出一片喧闹之声。虚实相映,耀眼的春光直逼我们眼前了!总之,虚实结合,相映生辉,它们或给人留下广阔的想象余地;或加深加浓感情的分量;或使景物历历如绘,令人有身临其境之感,具有着深厚的艺术魅力,如同在绘画、小说中一样,是诗人们所喜闻乐见的一种手法。

① 欧阳修:〔踏莎行〕

候馆梅残,溪桥柳细,草薰风暖摇征辔。离愁渐远渐无穷,迢迢不断如春水。　　寸寸柔肠,盈盈粉泪。楼高莫近危阑倚。平芜尽处是春山,行人更在春山外。

质实·清空

　　一般地说,不论何种体裁的文学作品,总应首先内容充实。古代的经籍就有"君子以言有物"(《周易·家人》)和"质胜文则野,文胜质则史。文质彬彬,然后君子"(《论语·雍也》)之类的话。它们是说,文章要讲究内容。或者说,朴实多于文采,就未免粗野;文采多于朴实,又未免虚浮。文采和朴实,配合适当,这才是个君子。这种"尚质抑淫",要求"文附质",反对片面追求"夸繁斗缛,缀锦铺花"重形式而忽视内容,无疑都是正确的。但对于"诗有别趣"、"诗者,根情"的古典诗歌,是不是内容堆垛得多就好呢? 有时并不一定。"感人心者,莫先乎情"(《与元九书》),诗人们对生活有所体会感受之后,重要的往往是:如何把它抒发出来,从而收到"以情感人"的艺术效果。清人郑文焯的话讲得好:"词之难工,以属事遣词,纯以清空出之。务为典博,则伤质实;多着才语,又近猖狂。"(《词话丛编》第五册)在文学家族中,诗词有它自己独特的个性,具体地说,"诗与文体迥不类:文尚典实,诗贵清空;诗主风神;文先理道"(胡应麟《诗薮》外编卷一)。如果过于"典博",必然堆垛;反之,一味追求华美的语句,也往往流于空泛。"质实"与"清空"如何配合适当,不能不说是写好一首诗的关键。

据《东坡志林》卷一记载,苏轼第一次游庐山,觉得山峦奇秀,平生所未见,目不暇给,看不胜看,"遂发意不欲作诗"。后来有人送一本陈令举编的《庐山记》给他,看见李白和徐凝的咏庐山瀑布诗都题在上面。此老一见徐诗,"不觉失笑",濡笔蘸墨,立即写成一首诗:"帝遣银河一派垂,古来唯有谪仙词。飞流溅沫知多少,不与徐凝洗恶诗。"(《戏徐凝瀑布诗》)以徐比李,的确小巫见大巫;但以两诗相比,徐诗并不太坏,在琳琅满目的唐诗中,它称得上是中上品,白居易就曾称赏过它。与白居易、元稹有诗酒之交的徐凝,曾说"一生所遇惟元白,天下无人重布衣"。苏轼不仅不"重布衣",简直有点破口骂人了。为什么呢? 先看徐凝的《庐山瀑布》:

> 虚空落泉千仞直,雷奔入江不暂息。
> 千古长如白练飞,一条界破青山色。

首句写眼见:虚空落泉,直垂千仞(古代以七尺或八尺为一仞),破空而来,气势雄伟。二句写耳闻:瀑布声如雷鸣,连续不断(从"奔"字看出),滚滚奔流,直泻江底。三句是上句的延伸,但不是想象,仍是写实:从古至今瀑布都如洁白的丝绸一样飘飞。上句有声,此句有色,形象鲜明,对瀑布极其叹赏。四句再写瀑布,纯以形胜,最后虽以青山作衬托,但因"青山色"的"青"与"白练飞"的"白",色彩相近,所以给人的感觉也只不过是一条洁白的瀑布把青山分成两半而已。没有进一步显示出鲜明飞动的形象美。

李白的《望庐山瀑布二首》,历来为人们所称道的是第二首"七绝":

> 日照香炉生紫烟,遥看瀑布挂前川。
> 飞流直下三千尺,疑是银河落九天。

香炉,指庐山香炉峰,"在庐山西北,其峰尖圆,烟云聚散,如博山香炉之状"(宋·乐史《太平寰宇记》)。李白则说:雄峙云天的香炉峰,在冉冉红日拂照下,升起了紫色的烟雾。旭日初升,云霞似锦,水汽山岚,交相辉映。本来是静止的香炉峰,在诗人笔下,化静为动,袅袅升腾起"紫烟"了。"遥看瀑布"四字点题,"挂前川"是望中所见。瀑布直流而下,本无所谓"挂",诗人偏用一"挂"字,正应"遥看",且与上句化静为动相反,这句是化动为静,使人仿佛看到一幅色彩鲜明的瀑布图,从高入云表的山顶,直挂到前面河面上(其实是瀑布汇流成河)。三句,诗人再给瀑布以气势,进一步具体地写出它的动态:"飞流",状瀑布凌空而出,飞散而降的气派和它的晶莹闪烁;"直下",加深了飞流湍急的感觉;"三千尺",显示出瀑布直泻的高度。至此,山高水急,劈空而来,势不可挡而又奇观壮采的庐山瀑布如在眼前了。最后,诗人又偏抛开一笔,化实为虚:"疑是银河落九天。""疑是",诗人明白说出似疑似是,迷离惝恍;读者也明知"不是",不过却又觉得这种恍然若是更生动逼真。请看,奇峰突起、高出云表的香炉峰,由于云雾被日光照射,呈现出紫色像紫烟升起;喷珠溅玉的瀑布从高空直奔而下,银光闪烁,多么像从九天之上掉落下来的银河啊!是想象,是夸张,可我们又觉得它真实、有理(三千尺之高的瀑布离"银河"不很近么)。这一结,使前面的巍巍壮观,历历奇景,瑰丽画面,给人留下无穷的回味,不尽的想象!正是"万里一泻,末势尤壮",难怪苏轼说"古来唯有谪仙词"了。和徐凝的诗来比,徐诗场景气魄虽不小,却觉得局促,纯以形胜,就由于他四句话不离本题——说来说去离不开瀑布。首句写瀑布的长,次句写瀑布的声,三句写瀑布的色,四句加一笔,从衬托中再写瀑布的色。总之,徐诗显得很实,实则板,板则促,诗人把什么都告诉了读者,读者再不用去想象了。李白的诗不同,它"质实",写的确是遥望中的庐山瀑布,但它更"清空",引人遐思,不仅以形胜,而且神似飘逸,"介在疏密之间"。

把"质实"与"清空"结合无迹,形象飞动,色彩明丽,是徐诗所不能比拟的。

沈括《梦溪笔谈》中说:"河中府鹳雀楼三层,前瞻中条,下瞰大河,唐人留诗者甚多,唯李益、王之涣、畅当三篇能状其景。"李益的诗,在当时和以后影响都不大。畅当的诗,唐诗选本有的选入,王之涣的诗,则几乎是家喻户晓的千古名作了。先看畅当的《登鹳雀楼》:

迥临飞鸟上,高出世尘间。

天势围平野,河流入断山。

首两句言楼之高:鹳雀楼远比鸟飞的高度还要高,在人世间恐怕是无与伦比的高楼了。虽有气势,但造语平淡,了无情味。后两句写登楼所见之广远:可以看到广阔的天际覆盖着无垠的原野,滔滔黄河向两山之间的断峰流去。诗用对偶句式,写出了鹳雀楼的高峻和四望的辽阔以及黄河的奔流。但言尽意止,引不起人们的联想;全诗意浅脉露,像一幅平板乏味的雕塑,显得过于着力,带有斧凿痕迹。

王之涣的《登鹳雀楼》呢?情境完全不同:

白日依山尽,黄河入海流。

欲穷千里目,更上一层楼。

山,是中条山。它由东北向西南走向,长约一百六十公里,斜亘于山西省的东南部,其主峰雪花峰在鹳雀楼东十五里,高达一千九百九十四公尺。诗人登楼远眺,首先映入眼帘的必然是东面的中条山(雪花峰)。"白日",指明亮亮的阳光,并用它来烘托山:日愈明,则山愈"青",愈见出山势的磅礴巍峨。首句的意思是:明亮

451

亮的阳光沿着中条山往前延伸，一直到目力所及的尽头。这是"前瞻中条"。滚滚黄河东逝水，它波涛奔涌，向东直流入大海。山西省永济县离黄河入海处，尚隔河南、山东二省，有千里之遥，登鹳雀楼，实际望不见大海。声调短促的"入"字与舒缓悠长的"流"字相配合，一平一仄，一张一弛，声情摇漾，使我们仿佛看到黄河一泻千里东流直抵大海的雄伟气势。与李白的"黄河之水天上来，奔流到海不复回"，无论从气势的磅礴，想象的超脱，和给予人的飞动壮美之感，都具有同样的魅力，显示出黄河一往无前的气势。王之涣写鹳雀楼的高，没有如畅当那样直说高于飞鸟之上，超出世尘之外，而是通过想象望见黄河流入海之远来表达的。这里突出"流"字，用"入海"来形容"流"，以见其气概非凡。畅当诗两句一义，王之涣诗一句两义：既暗示出楼高，更明写出黄河的雄姿；再衬以上句的"白日依山"，使人仿佛看到，明晃晃的阳光映山照水，飞溅出万点金光，这景色壮美、优美兼而有之了。后两句抒怀，写登临者的心情：你想看到更多更远更宏丽的景色么，那就请再上一层楼吧。诗人的胸襟气度，虽无一字说明，但那种奋发向上，勇于攀登，拓展新境的精神，给人以鼓舞和力量。它将深刻的哲理，寓于形象之中：以景起情，因情见志，从而达到景、情、理三者兼胜而富有理趣的一首诗。

从诗的写作技巧说，王诗起承转合，章法井然。"白日"和"黄河"，"山"和"海"，名词对名词；"依"和"入"，"尽"和"流"，动词对动词。色彩鲜明，景象生动。三、四句用"流水对"，这样前后错落有致，工整而流转。与畅当诗四句紧紧围住"楼"转，而写"楼"也不过只是说"楼高望远"那么平而无奇，大不相同。概括地说，畅当的诗，患在"质实"，王之涣的诗，则融"质实"于"清空"，而诗的境界也高超了。

"质实"与"清空"并非截然对立，它们倒是可以相辅相成浑然无迹的。关键在于，不可过分求实：只取其形，不求其神；只取其景,不抒其情;刻露有余,含蓄不足;这样,"质"则"实"矣,但却不能感人。正是"诗不患无景,而患景之烦"(陆时雍《诗镜总论》)。唐·张彦远论画曰:"夫画物特忌形貌彩章,历历具足,甚谨甚细而外露巧密。所以不患不了,而患于了;既知其了,亦何必了。"(《论画体》)画画怕太细密,堆垛无遗,历历具道,就是"患于了";便不会给人以"清空"之感。"莫将画竹论难易,刚道繁难简更难;君看萧萧只数叶,满堂风雨不胜寒。"(李东阳《麓堂诗话》)以简驭繁,寓繁于间,未尝不是求得"质实"与"清空"完美结合的一个良好途径。

意境的演绎和"意与境浑"

在中国的古籍如《尚书》、《荀子》、《庄子》等书中,有"诗言志","诗言是其志也","诗以道志"等说法,都把诗看作主观情志的表现。《礼记·乐记》讲到音乐时,有"凡音之起,由心生也。人心之动,物使之然也"的话。这里说客观的物(音乐)可以感动人心。但两者的关系如何,仍是语焉不详。

魏晋以后,随着佛教的传入,意境的概念逐渐明确起来。如《俱舍颂疏》:"曰色等五境,为境性,是境界故;眼等五根,名有镜性,有境界故。"就是说外界的色、声、香、味、触,是五境,是客观存在;人有眼、耳、鼻、舌、身五根,具有辨识的能力,"眼能见色,识能了色",物我触融,是为境界。而"觉通如来,尽佛境界",更说明"境界"一词,本自佛家典籍。

西晋陆机的著名理论著作《文赋》:"遵四时以叹逝,瞻万物而思纷。悲落叶于劲秋,喜柔条于芳春。"从情思与物境交融的角度来谈论艺术构思的过程。南朝梁代大文艺理论家刘勰"故思理为妙,神与物游"(《文心雕龙·神思》),从作家的主观精神(思想感情)与客观物象的契合交融,来论述作家构思时的艺术形象问题。正是:"此言内心与外境相接也。"但是,"内心与外境,非能一往相符会,当其窒塞,则耳目之近,神有不周;及其怡怿,则八极之外,理无不浃。然则以心求境,境足以役心;取境赴心,心难于照境。必令心境相得,见相交融,斯则成连所以移情,庖丁所以满志也"(黄侃《文心雕龙札记》)。"心境相得,见相交融",从而达到"思与境谐"的完美境地。

到了唐代,在托名王昌龄的《诗格》中,"意境"一词作为"三境"之一出现了:"诗有三境,一曰物境。欲为山水诗,则张泉石云峰之境,极丽艳秀者,神之于心,处身于境,视境于心,莹然掌中,然后用思,了然境象,故得形似。二曰情境,娱乐愁怨,皆张于意而处于身,然后驰思,深得其情。三曰意境,亦张之于意而思之于心,则得其真矣。"此后,中唐的诗僧皎然提出诗歌创作中的取境问题:"取境之时,须至难至险。"(《诗式》卷一)他认为取境如何,决定一首诗风格面貌:"取境偏高,则一首举体便高,取境偏逸,则一首举体便逸。……偏高偏逸,直于诗体篇目风貌。"(引同上)特别是晚唐的司空图,更进一步发展了这种理论,其所著《诗品》论述诗的二十四种风格,实际上就是诗的二十四种意境或境界。

到了宋代,诗话大量出现。但"宋人诗话多论字句,以致后人见闻愈狭"(吴乔《围炉诗话》卷一)。而于卷帙浩繁的诗话中独树一帜的,是南宋严羽的《沧浪诗话》,他不从论词道句着眼,而以"兴趣"立论,所谓:

> "诗者,吟咏情性也。"盛唐诸人惟在兴趣,羚羊挂角,无迹可求。故其妙处透彻玲珑,不可凑泊,如空中之音,相中之色,水中之月,镜中之象,言有尽而意无穷。

严羽以振兴唐风为己任,他标举"兴趣"说。兴,当指感兴,即诗人受外物感发而兴起的思想情绪涟漪,与郑众的"托事于物"、《文镜秘府论》"立象于前"相仿。总之是:触物起情。"趣",当指情趣,与"理"对举("诗有别趣,非关理也"),随物成韵,随韵成趣;从作者说,指他所抒发的诗情画意,从读者说,则为其感受到的韵味情趣。概言之,诗歌创作与一般论理文章不同:"诗者,吟咏情性也。"因此他进一步指出:一、"羚羊挂角,无迹可求。""羚羊挂角"的故事,见宋·释道原《传灯录》。据说羚羊夜宿为了己身安全,以角挂树,四脚悬空,无迹可寻。用之于诗,就是要求"气象混沌,难以句摘","浑然天成,绝无痕迹"。这同皎然的"但见情性,不睹文字",司空图的"不着一字,尽得风流",正是一脉相承,异曲同工的。"诗者,吟咏情性也",那就必然要形象鲜明,感情真挚,像蔡文姬的《胡笳十八拍》,从肺肝间流出。二、"透彻玲珑,不可凑泊。"前句是说:"意贵透彻,不可隔靴搔痒,语贵洒脱,不可拖泥带水。"这样,就要不假雕琢,真实自然,直抒胸臆。后句的意思是说,高妙的诗是:既不可太实,也不可不实;既不可太似,也不可不似;它源于生活,却又不是生活的模拟;它应该不粘不脱,从而达到"空中之音,相中之色,水中之月,镜中之象"的妙处。《五灯会元》中说:"应物现形,如水中月。""物"者,月也。首先要有"物",才能现"形"——成为"水中之月",而非天上的月。同样,音,是"空中之音";色,是"相中之色";象,是"镜中之象";它们的特点是想象性的,想象通过语言才能表达出来,而不是原始的声音、色彩和线条了。王士禛《师友诗传续录》谓其"皆以禅理喻诗。内典所云不即不离、不粘不脱;曹洞宗所云参活句是也"。以禅喻诗的严羽,虽然把话说得迷离惝恍,但从简略地分析中可以看出,他标举的"兴趣",和前人所称的"境"(皎然)、"意象"(司空图),后人所称的"兴象"(胡应麟),"神韵"(王士禛)"境界"或"意境"(王国维)都是相关、相通,或基本相同的概念。

如果说严羽"兴趣"说源于司空图的"诗味"说,还主要是着重于诗人主观精神方面的东西,那么到跨进二十世纪的王国维,他不仅注意到诗人主观情意的一面,同时还注意到客观物境的一面,既不囿于"理"、"情"的比较,也更系统化;而尤其高超的是,他要求二者交融——只有这样的意境，才能是"上焉者"：

> 文学之事，其内足以摅己，而外足以感人者，意与境二者而已。
> 上焉者意与境浑，其次或以境胜，或以意胜。苟缺其一，不足
> 以言文学。(《人间词乙稿序》)

那么，"意境"（即境界）指什么呢？王国维说："能写真景物、
真感情者，谓之有境界，否则谓之无境界。"他举例说："'红杏枝头
春意闹'，着一'闹'字而境界全出。'云破月来花弄影'，着一
'弄'字而境界全出矣。"他又认为姜白石的词，"惜不于意境上用
力，故觉无言外之味，弦外之响"。又说："大家之作，其言情也，必
沁人心脾。其写景也，必豁人耳目。其辞脱口而出，无矫揉妆束之
态。以其所见者真，所知者深也。"(《人间词话》)。归纳起来，王
国维对"境界"的要求是：真切的感情，生动的画面，情景交融，形
象鲜明，而又含蓄，深远，具有耐人寻味的审美价值。尽管他的
"有我之境，无我之境"，"客观之诗人，主观之诗人"等说法，我们
并不赞同，但较之他的前辈们，王国维确是开拓与深入了"意境"
说，不能不说是他对文艺理论的一个重大贡献。

意境，不仅是自《诗经》以来历代诗人们在创作中极力追求
的，也是历代文艺鉴赏家审美的一个重要标准，以至有"骚赋古选
乐府歌行，千变万化，不能出其境界"（王世祯）的话。尽管当前对
意境的含义，在某些精微方面还有分歧，但总的说，它是作家的思
想感情和作品的生活图景的和谐统一所产生的一种艺术境界，则
是为大多数人所赞同的。不过同是有意境的作品，事实上也的确
如王国维讲的，有的以意胜，有的以境胜，而且只有"意与境浑"的
"上焉者"，具有最动人的艺术魅力；反之，便不那么感人了。

南朝乐府诗中有一首题为《杨叛儿》的诗：

> 暂出白门前,杨柳可藏乌。
>
> 欢作沉水香,侬作博山炉。

　　诗写男女欢会之情。看来是时当初夏薄暮,杨柳藏乌,景色清幽,撩人情思,首两句写欢会之地及周遭景物。《南州异物志》曰:"沉水香出日南,欲取当先斫坏树,着地积久,外自朽烂,其心至坚者置水则沉,名曰沉香。""博山炉",《西京杂记》卷一:"长安巧匠丁缓者,又作九层博山香炉,镂为奇禽怪兽,穷诸灵异。""一云炉象海中博山,下有盘贮汤,使润气蒸香,以象海之回环。"(《晋东宫旧事》)这里以沉水香与博山炉的关系,隐喻男女欢会之事。《杨叛儿》或说是南朝齐隆昌时童谣,虽有一定情趣,但平板单调,缺乏形象感。善于汲取乐府民歌的精英而又勇于创新的李白,就诗的原意加以发挥,艺术魅力就迥然不同了。李诗云:

> 君歌《杨叛儿》,妾劝新丰酒。
>
> 何许最关人?乌啼白门柳。
>
> 乌啼隐杨花,君醉留妾家。
>
> 博山炉中沉香火,双烟一气凌紫霞。

"君歌"、"妾劝",诗开门见山,径写两情欢洽。"何许最关人?"一问,传出女方的心声:歌酒流连,当此"乌啼白门柳"的薄暮之时,你真的愿意归去么?接着就乌起兴,引出"君醉留妾家"的凤愿。周邦彦〔少年游〕中那个女人欲留住自己所欢之人时说:"低声问:向谁行宿?城上已三更。马滑霜浓,不如休去,直是少人行。"还提出了许多"留"的理由。这里只以"酒醉"而留,径直得多,但情味并不稍减。最后两句虽仍如原诗写女方达到爱情欢娱后的欣怡心情,但情味更浓,因为"香化成烟,凌如云霞,而双双一气,不少变散,两情固结深矣"(陈沆《诗比兴笺》)。杨升庵说:"古《杨叛曲》仅二十字,太白衍之为四十四字,而乐府之妙思益显,隐语益彰,其笔力似乌获扛龙文之鼎,其精光似光弼领子仪之军矣。……沉水博山之句,非太白以双烟一气解之,乐府之妙亦隐矣。"(见《李白集校注》)李白的诗,的确写得情思脉脉,真切生动,超过原诗,"乐府之妙益显",何以故? 一言以蔽之曰:不仅"有意境"而且"意与境浑"。

　　苏轼的〔洞仙歌〕前边有一小序,云:"余七岁时,见眉山老尼,姓朱,忘其名,年九十余,自言尝随其师入蜀主孟昶宫中,一日,大热,蜀主与花蕊夫人①夜纳凉摩诃池上,作一词,朱具能记之。今四十年,朱已死久矣,人无知此词者,但记其首两句。暇日寻味,岂《洞仙歌令》乎? 乃为足之云。"小序中说孟昶所作之词未流传下来,苏轼说他只记住其首两句。《温叟诗话》《苕溪渔隐丛话》及《阳春白雪》均载有孟昶诗。清人朱彝尊编《词综》并加"按"说:"苏子瞻〔洞仙歌〕本檃括此词,然未免反有点金之憾。"俞平伯先生《唐宋词释》称:"宋人所传孟昶〔玉楼春〕词,即系就东坡此篇改写者。若系原作,则东坡既抄袭了,又讳言其所出,这当然是不会有的。"这段"公案"留待文学史家们去稽辨吧。现仅从鉴赏的角度来看一下这两首词。

　　冰肌玉骨清无汗,水殿风来暗香满。绣帘一点月窥人,敧枕钗横云鬓乱。　　起来琼户启无声,时见疏星渡河汉。屈指西风几时来? 只恐流年暗中换。

　　　　　　——孟昶〔玉楼春〕《夜起避暑摩诃池上作》

　　冰肌玉骨,自清凉无汗。水殿风来暗香满。绣帘开,一点明月窥人,人未寝,敧枕钗横鬓乱。　　起来携素手,庭户无声,时见疏星渡河汉。试问夜如何? 夜已三更,金波淡,玉绳低转。

但屈指西风几时来,又不道流年暗中偷换。

——苏轼〔洞仙歌〕

　　孟词上阕写他避暑摩诃池上水殿中"夜起"之后见到的花蕊夫人美丽形象——"冰肌玉骨清无汗","敧枕钗横鬓乱"。后者又是因清风徐来,绣帘开处,而月能窥人看到的。下阕是他仰望疏星银河引来的思绪。由始至终,这里只是孟昶一个人的所感,意思浅露,手法平庸。

　　苏词将孟词第一句七字延为两句九字,他加了一个"自"字,这个字在这里表示出"想当然",充满无疑的信心。它加深了花蕊夫人的美丽形象。关键是下阕。"起来携素手",这"素手"自然是"冰肌玉骨"的花蕊夫人的手。"庭户无声",夜深人静,举头仰视星空,"试问夜如何"?"夜已三更,金波淡,玉绳低转"。这情景,令人想起唐明皇和杨贵妃来,"七月七日长生殿,夜半无人私语时"。苏轼在这里加进了孟词所没有的内容:花蕊夫人是受宠的。这样,上阕写她的美丽形象("冰肌玉骨")和娇态("敧枕钗横鬓乱"),便有了着落,把零碎的"珍珠"串了起来,文思一贯如注,不像孟词那样分为两橛。月淡星沉,已是午夜过后了,这时的花蕊夫人,"但屈指西风几时来",殷切盼望秋风驱散燠热,可是"又不道流年暗中偷换"。既盼秋来,又怕年华似水,春去夏来,夏去秋来,周而复始,岁月无情,红颜易老,"年年岁岁花相似,岁岁年年人不同"!即使"花不足拟其色,似花蕊之翾轻"的花蕊夫人,也要人老珠黄的!"君恩如水向东流,得宠忧移失宠愁"(李商隐《宫词》)。词揭示出她的内心矛盾,更揭示出她对色衰爱弛的忧惧心情——而这,正是像她这样的妇女们的共同命运!因此,苏词的境界比起孟词来,高超多了。朱彝尊的"点金之憾",是大可不必的。

　　李白的诗,苏轼的词,与原作诗词不同的是:不仅有意境,而且"意与境浑",是意境中的"上焉者"!

460

① 花蕊夫人:陈师道(无己)《后山诗话》:"费氏,蜀之青城人,以才色入蜀,事后主,嬖之,号花蕊夫人,效王建作《宫词》百首。国亡,入备后宫。太祖(宋太祖赵匡胤)闻之,召使陈诗,诵其《国亡诗》云:'君王城上竖降旗,妾在深宫那得知?十四万人齐解甲,宁无一个是男儿?'太祖悦。盖蜀兵十四万,而王师才数万耳。"又据吴曾《能改斋漫录》:"徐匡璋纳女于昶,拜贵妃,别号花蕊夫人。……陈无己以夫人姓费,误也。"另,花蕊夫人有词〔采桑子〕《题葭萌驿壁》:"初离蜀道心将碎,离恨绵绵。春日如年,马上时时闻杜鹃。"

意胜·境胜

　　王国维论诗词的中心思想是"意境"。"词以境界为最上。有境界,则自成高格。"而且,"上焉者,意与境浑,其次或以意胜,或以境胜"。所谓"以意胜",是指诗的内蕴深刻,感情真挚强烈,但艺术形象不鲜明生动。"以境胜",则是说艺术形象真实生动,而诗的内蕴不丰富饱满。或者说,前者着眼于思想内容方面,后者注意于艺术构思、篇章词语等。不过,在同是"意与境浑"的作品中,同样存在着"或以意胜""或以境胜"的现象。一般地说,我们应该重视"意胜"的作品,但也不能厚此薄彼,或以是而分优劣,它们各有所长,具有不同的艺术魅力,感染着爱好不同的读者的心灵。

　　宋恭帝德祐二年(一二七六),南宋首都临安被元军攻陷。宋帝赵㬎及谢、全两太后等皇室多人被掳往大都。在北行途中,有度宗(一二六五——一二七四)时昭仪(宫中女官)王清惠,写了一首〔满江红〕词,据《永乐大典》载,当时深受人们赞赏,中原地区广为传诵。词云:

　　太液芙蓉,浑不似、旧时颜色。曾记得、春风雨露,玉楼金阙。名播兰馨妃后里,晕潮莲脸君王侧。忽一声、鼙鼓揭天来,繁华歇。　　龙虎散,风云灭。千古恨,凭谁说? 对山河百二,泪盈襟血。客馆夜惊尘土梦,宫车晓碾关山月。问姮娥、于我肯从容,同圆缺。

太液池本汉武帝时宫苑池名,唐代长安大明宫中亦有太液池。太液池中的荷花,色褪香消,全不似旧时那样美艳了。一起写光景骤变,山河易色。不过从古人历来用芙蓉和柳比喻女人的美丽说,开头两句是以花比人,说自己美丽的容颜,经此巨变,如雨打荷花,飘零枯悴,完全失去旧时的艳容了。今如此,昔日又怎样呢?那时候,沐浴春风,备承雨露,住在豪华的宫殿里。依恃着自己的青春貌美,才艺双全,在后妃里面,美名四播;莲脸生春,红润光彩,受到君王的宠爱,过着多么得意的生活。可是,风云突变,"忽一声,鼙鼓揭天来,繁华歇",与白居易的"渔阳鼙鼓动地来,惊破霓裳羽衣曲"同义,说如今一切都成过去了。下阕先是感慨国破家亡,明君贤臣,都风流云散了,"千古恨,凭谁说"?对着万里江山,险河要塞,也只有"泪盈襟血"了。接着途中纪实:夜宿驿馆,梦中犹被日间尘土扰攘、颠沛流离的记忆所惊起,而一大早就又要迎着遍地月色赶路了。昔如彼,今如此,对于王清惠,这变化太大了。何去何从呢?最后两句是她真实的思想写照:希望不要受到胁迫侮辱,如果能到天宫里去伴着嫦娥生活,那该有多好啊!碧海青天,蟾宫桂树,她认为是最好的去处。谁又会责备她这低沉的情绪呢?到大都后,她自请为女道士,表现出不向元军屈服的气节。应该说这也是一种反抗——这种反抗不正合乎王清惠"这一个"的思想么?从这一点说,词写得无比真实。

文天祥有〔满江红〕词二首[①],题目是《代王夫人作》。今录"其一"如下:

试问琵琶,胡沙外怎生风色?最苦是,姚黄一朵,移根仙阙。王母欢阑琼宴罢,仙人泪满金盘侧。听行宫,半夜雨淋铃,声声歇。　　彩云散,香尘灭。铜驼恨,那堪说。想男儿慷慨,嚼穿龈血。回首昭阳辞落日,伤心铜雀迎秋月。算妾身,不愿似天家,金瓯缺。

开头用王昭君比喻王清惠,想象她问手中琵琶:除了胡沙以外,风色如何? 实际是说,塞外之地,除了胡沙,别无风色。接着用牡丹(姚黄)从仙宫里移植他处,比喻皇后等被掳北行的不幸遭遇。再用西王母在瑶池设宴和魏明帝诏宫官牵车西取汉孝武帝捧露仙人的故事,比喻南宋欢去悲来,国土沦丧。又用唐玄宗栈道闻铃比宋恭帝赵㬎被掳北上的痛苦心情。过片"彩云散"四句写繁华事散,荆棘铜驼的感伤。并用张巡"嚼穿龈血"的故事,表示大丈夫当慷慨报国。接着说被掳之人,离开南宋宫殿,来到元朝囚禁他们的地方。最后"卒彰显其志",文天祥代王清惠立志曰:虽然南宋灭亡了,我要保全名节,决不屈从敌人。据说王清惠的词是题在驿壁上的,"文丞相读至末句,叹曰:惜哉,夫人于此少商量矣。为之代作二首云……"(见清·徐釚《词苑丛谈》)。文天祥的词,慷慨激昂,不让于这位爱国志士其他凛然正气的诗篇。但题目曰《代王夫人作》,却没有王清惠原词那样真实。"名播兰馨妃后里,晕潮莲脸君王侧",符合王清惠的宠妃身份;"王母欢阑琼宴罢,仙人泪满金盘侧",则完全是文天祥的臣子地位。"忽一声"三句,是王清惠的切身感受;"听行宫"三句,则完全是文天祥的忠君情怀。总之是,文词虽是"代人作",却完全是作者的自我写照。以意境论,文词"以意胜",王词"以境胜"。而从反映宫妃生活的真实说,她的怆惜、悲痛、惊恐、凄凉的情绪,文词是无论如何"代"不了的。因此,两者是不应以是而分优劣的吧。

唐宪宗元和十年(八一五)春,柳宗元、刘禹锡等五人由贬所奉召还京。"十年憔悴到秦京","驿路梅花处处新"。但由于腐朽势力的阻挠和反对,很快又被调往更为边远的地区,柳宗元任柳州刺史。这年六月,他第一次登上柳州城楼,写了首七律《登柳州城楼寄漳、汀、封、连四州》。元和十四年(八一九)韩愈上《论佛骨表》,触怒唐宪宗,被贬为潮州刺史,途中写了首七律《左迁至蓝关示侄孙湘》。在十年动乱期间的"评法批儒"中,有人把柳宗元的诗捧上九重天,把韩愈的诗打入十八层地狱。其实两首诗各表现了他们的思想实际和切身感受。如果按王国维说的"能写真景物真感情者,谓之有境界。否则谓之无境界",那无疑两首诗都是"有境界",而且"意与境浑"的。现列两诗如下:

城上高楼接大荒,海天愁思正茫茫。
惊风乱飐芙蓉水,密雨斜侵薜荔墙。
岭树重遮千里目,江流曲似九回肠。
共来百粤文身地,犹自音书滞一乡。

——柳宗元《登柳州城楼寄漳、汀、封、连四州》

一封朝奏九重天,夕贬潮阳路八千。
欲为圣明除弊事,肯将衰朽惜残年。
云横秦岭家何在,雪拥蓝关马不前。
知汝远来应有意,好收吾骨瘴江边。

——韩愈《左迁至蓝关示侄孙湘》

柳宗元登楼远望,百感交集,愁思像海天一样茫茫无际。正是"一起意境阔远,倒摄四州,有神无迹,通篇情景俱包得起"(纪昀)。三、四句写登楼所见雨中近景:急风密雨中,水上荷花,墙上薜荔,经受着猛烈的打击。或有以芙蓉、薜荔比君子,惊风密雨喻小人的意思。但"赋中之比,不露痕迹"。五、六句写所见远景:山岭上的树木重重叠叠,遮住了我远望的视线,曲曲折折的柳江,恰似我的九转愁肠。藉景抒情,情寓景中。最后以虽同被贬"百粤",但音信难通,愈增离怀作结。

韩愈的诗一、二句说,朝奏夕贬,既速且远。三、四句说志在为国除弊,性命尚且不惜,何况远贬潮州。五、六句写眼前的情事:马上回顾,秦岭云横,家已不见,前望蓝关(在陕西蓝田县南九十里),白雪拥途,征马踟蹰。最后点题,嘱咐侄孙韩湘收骨之地。

柳宗元的诗,气势壮阔,景色苍茫,感情沉郁;而韩愈的诗,忠君思想浓厚,感情衰飒。可是如果联系本是一片忠心"欲为圣明除弊事",结果突然大难临头,一下从刑部侍郎的宝座上摔下来,远贬千里乏外的瘴江边,则不能说韩愈的诗没有反映出他的"真感情"。两诗相较,柳"以意胜",但韩所反映的是他此时此地的真实思想感情,可说是"以境胜"。至于古人从忠君的观念极力抬高韩诗,那又是另一回事了。

总之话又说回来,单以意胜,或单以境胜的作品,有许多也是堪可称为"上焉者"的。比如一般说宋代的豪放词,是"以意胜"者多,婉约词是"以境胜"者多。它们在文学史上各有自己的位置和不同的读者对象,那么就让它们并行不悖地存在下去吧。

① 文天祥:〔满江红〕(其二)

燕子楼中,又挨过、几番秋色。相思处、青年如梦,乘鸾仙阙。肌玉暗消衣带缓,泪珠斜透花细侧。最无端、蕉影上窗纱,青灯歇。
曲池合,高台灭。人间事,何堪说。向南阳阡上,满襟清血。世态便如翻覆雨,妾身原是分明月。笑乐昌、一段好风流,菱花缺。

随物赋形，姿态横生

苏轼《书鄢陵主簿所画折枝二首》中"论画以形似，见与儿童邻。赋诗必此诗，定知非诗人"这四句诗，从宋到清以至现在，论说不休。其实，所谓"论画以形似"，并非不要形似，只不过说，如果只以形似来论画，那未免所识不深，而有些幼稚了。

苏轼又说："吾文如万斛泉源，不择地皆可出。在平地滔滔汩汩，虽一日千里无难，及其与山石曲折，随物赋形，而不可知也。"（《自评文》）"随物赋形"，首先要有"物"，如果形不似物，就无所谓"随物"；物尽其形，才能形似。但如果以形似为满足，而不求内部形态的更高相似，或离形来论画，苏轼也是不赞成的。他称赏"疏影横斜水清浅，暗香浮动月黄昏"（林逋《山园小梅》），决非咏桃李；"无情有恨何人觉，月晓风清欲堕时"（陆龟蒙《白莲》），决非咏红梅；因为它们都表现出诗人的"写物之工。""工"者就在于它们既显示出物的形，传出物的神，而且把不同的物写得各具神采，移易不得。苏轼极赞赏孙位的画，他说："唐广明中，处士孙位始出新意，画奔湍巨浪，与山石曲折，随物赋形，尽水之变，号称神逸。"（《书蒲永升画后》）这是一种更高的艺术要求。"奔湍巨浪"，一般说是相同的，但当绕不同的山石而流的时候，就应随其不同而不同（"随物赋形"），写出这"奔湍巨浪"的变化来。这样，才能"文理自然,姿态横生"(《答谢民师书》)。而这又非"随物赋形"不可。

用花比美人是古今中外文学作品中最常见的。"一枝红艳露凝香"(〔清平调词〕其二),用含露凝香的牡丹花比杨贵妃的美貌,李白是信手拈来,因为那时唐明皇与杨贵妃正在沉香亭上赏牡丹。不过用丰腴鲜艳的牡丹花,来比喻沉酣春色中的杨贵妃,也是恰当的。苏轼有一首咏海棠的诗:"东风袅袅泛崇光,香雾空濛月转廊。只恐夜深花睡去,故烧高烛照红妆。"清宵夜永,春风轻拂,海棠花透出华美的光泽。在迷濛的夜雾中,好似笼罩着一层淡烟的月光,转过了曲折的走廊。前两句正是"春宵一刻值千金,花有清香月有阴"(苏轼《春宵》)的翻版。稍不同的只是这里是"香雾空濛"——这"雾",不是浓雾,它只是迷迷茫茫,影影绰绰,若有若无,正是"雾里看花",具有一种朦胧美;前两句写景,是为了衬托"泛崇光"的海棠。"只恐夜深花睡去,故烧高烛照红妆"。这两句虽有脱胎白居易"明朝风起应吹尽,夜惜衰红把火看"(《惜牡丹花二首》)的痕迹,但如果透过字面深一层看,苏诗还是别具新意的。惠洪《冷斋夜话》引《太真外传》:"上皇登沉香亭诏太真妃子,妃子时卯醉未醒,命力士从侍儿扶掖而至。妃子醉颜残妆,鬓乱钗横,不能再拜。上皇笑曰:'岂是妃子醉,真海棠睡未足耳。'"苏轼不直接描述春夜的海棠,他借用这个故事,以物拟人,将海棠比作娇柔懒起,春睡未醒的杨贵妃,你看,这海棠花有多么不俗气!比起秦观"有情芍药含春泪,无力蔷薇卧晓枝"(《春日》),以宿雨初晴后的袅袅花枝比喻娇弱女儿的神态,于新颖之外,可以看出诗人赋予它的如美人春睡未足的"形",是极其相称的。

苏轼的〔贺新郎〕是一首在结构上很有特色的词。词云:

乳燕飞华屋,悄无人,槐荫转午,晚凉新浴。手弄生绡白团扇,扇手一时似玉。渐困倚,孤眠清熟。帘外谁来推绣户?枉教人梦断瑶台曲。又却是,风敲竹。　　石榴半吐红巾蹙。待浮花浪蕊都尽,伴君幽独。秾艳一枝细看取,芳心千重似束。又恐被,秋风惊绿。若待得君来向此,花前对酒不忍触。共粉泪,两簌簌。

关于这首词所写内容,向来有不同说法。杨湜云:"苏子瞻守钱塘,有官妓秀兰,天性黠慧,善于应对。一日,湖中有宴会,群妓毕集,唯秀兰不至,督之良久方来。问其故,对以沐浴倦睡,忽闻叩门甚急,起而问之,乃乐营将催督也。子瞻已恕之,坐中一倅怒其晚至,诘之不已。时榴花盛开,秀兰折一枝藉手告倅,倅愈怒,子瞻因作〔贺新凉〕令歌以送酒,倅怒顿止。"(《苕溪渔隐丛话》引《古今词话》)曾季狸云:"东坡〔贺新郎〕在杭州万顷寺作,寺有榴花树,故词中云石榴。又是日有歌者昼寝,故词中云:'渐困倚,孤眠清熟。'"(《艇斋诗话》)这些说法虽"查无实据",不过词的上阕所写的人,倒很像一个抑郁孤独、沦落风尘的不幸女人。下阕以写石榴为主,咏物写人两兼其妙。乳燕飞于有雕梁画栋的华屋之上,时间正当"悄无人,槐阴转午"的午后。"晚凉"三句写浴者之秀丽。这里写景写情只是轻轻一点。扇,是用生丝织成的白色薄绸做的。执扇的手像玉一样,可见其白。而人与扇,不是"持",更不是有伤雅趣的"搖"而是"弄":她只是像对待玩具一样轻搓慢拈,或轻轻地摇动着。就这样,倚着枕头,渐渐地睡熟了。瑶台,传说昆仑山仙人所居。"望瑶台之偃蹇兮,见有娀之佚女。"(《离骚》)梦于瑶台的曲折隐僻处,看来必是美梦,可惜这样的美梦为"风敲竹"所"断"。下阕写石榴。"石榴半吐红巾蹙",与白居易诗"山榴花似结红巾"意同。说榴花半开,像一条紧束起来的有褶纹的红巾。含苞初放,清丽无限。"五月榴花照眼明"(朱熹)。到榴花开放的时候,那些艳冶的桃花都漂浮水上,随流而去,正是"千花事退,榴花独芳",此刻只有她陪伴着这孤独的人。上阕写人的孤

469

独很隐约，只从"枉教人梦断瑶台曲"传出消息。至此才清楚点明：伴君者，如今唯有榴花了。因此也愈觉榴花可爱。"秾艳"两句，借榴花多千叶重叠而花又复瓣，写她与"浮花浪蕊镇长有"（韩愈）的杏花不同，是情有所专，意有所钟的。可是就连这情有所专意有所钟的榴花，到了秋天，也会凋谢，剩下的绿叶也禁受不住秋风的摧残。俞平伯先生说："秋风摇落，不但千红早尽，亦万绿全消，是一层写法。"（《唐宋词选释》）花开花落，是谁都无法阻止的。那么即使良辰美景，也终会消失。所以纵令"君来向此"，重逢有日，那也是泪落簌簌，花落簌簌，"两簌簌"的凄凉情景吧。咏物咏人，融为一体，写花写人，虽分实合。黄蓼园曰："是花是人，婉曲缠绵，耐人寻味不尽。"（《蓼园词选》）"物"与"形"在这里难分难解，但无论写人写花（石榴），都写出了它们的外部形态，又写出了它们的内部形态，达到了"随物赋形"的更高要求。

苏轼称赞宋代大画家文与可画竹，是胸有成竹，他说："与可之于竹石枯木，真可谓得其理者矣。"（《净因院画记》）"理"，即物理——客观事物本身固有的发生、发展、变化规律，而且又能够把它艺术地表现出来。正是"造乎理者，能画物之妙，昧乎理，则失之乎真。"（张怀《山水纯全集后序》）但要知"理"，便须穷"理"，深入客观实际，体察幽微，做深入细致的观察。宋代邓椿讲过一个有趣而含意深刻的故事："徽宗建龙德宫成，命待诏图画宫中屏壁，皆极一时之选。上来幸，一无所称，独顾壶中殿前柱廊栱眼，斜枝月季花。问画者为谁？实少年新进，上喜赐绯，褒锡甚宠，皆莫测其故。近侍尝请于上。上曰：'月季鲜有能画者，盖四时朝暮，花蕊叶皆不同。此作春时日中者，无毫发差，故厚赏之。'"（《画继·杂说》）由于宋徽宗自己是一位花鸟画专家，所以他能准确判断这幅画画的是"春时日中"的月季花，而画的作者却由于从长期细心的观察中，熟悉了月季花在"春时日中"时的态势，才能赋予"物"以如此生动、真实之"形"。反之，便会如黄荃画鸟，竟画成"颈足

470

皆展"。但实际"飞鸟缩颈则足展,缩足则展颈,无两展者"(苏轼《书黄荃画雀》)。戴嵩画斗牛,竟画成"掉尾而斗"。实际"牛斗力在角,尾搐入两股间"(苏轼《书戴嵩画牛》)。两人把飞鸟和斗牛都画错了。所以,如果不深入客观实际,所赋之"形",不仅不能"姿态横生"反会"失物之真",闹出笑话来的。

"随物赋形",有时还"形"随"物"异。不论自然界的风、霜、雨、雪,还是宇宙间的禽、兽、虫、鱼,在不同的时间,地点,条件下,总不会是一个样子。因此,在不同情况的"物"、"形"亦有所不同。"天外黑风吹海立,浙东飞雨过江来。十分潋滟金尊凸,千杖敲铿羯鼓催。"①(苏轼《有美堂暴雨》)狂风劲吹,乌云滚滚,雨借风势,风助雨威,浙东飞雨,排空而来。海"立",雨"飞",尊"凸",羯"铿",一幕幕惊天动地的景象。"黑云翻墨未遮山,白雨跳珠乱入船。"(苏轼《六月二十七日望湖楼醉书》)②乌云满天,如同打翻的墨汁一般,一阵急雨,从湖中溅起的雨点,如同珍珠一样落入船内。同是写暴雨,一在有美堂,一在望湖楼;一在吴山上,一在西湖边;一写在清醒的时候,一是醉书。因前者的主题是表现"暴雨",所以一开头便以泰山压顶之势写"雷",写"云";结尾以李白醉酒应召,唐玄宗叫人用水洒在他脸上,后来写出瑰丽的诗篇,表现诗人的豪情,从旁衬托暴雨。而后者的主题完全不在雨之"暴"或"急",它要表现的是:西湖是优美而值得人们游赏的地方。描写西湖风云变幻,由云而雨,由雨转晴。一阵风来,云开雨止,水天一色,无限可爱。同是写暴雨,而赋予的"形"不同,"物"使之然也。

苏轼喜欢用水来比喻"随物赋形"的道理。他认为诗赋杂文,应"如流水行云",应"与山石曲折",应表现出它们各自不同的"真态"来。"崖崩涧绝可望不可到,孤烟落日相溟蒙。含风偃蹇得真态,刻画始信天有功。"(《欧阳少师令赋所蓄石屏》)这棵老树生长在悬崖绝壁上,它已经被大风刮得扭曲了枝干,俯伏下来,但在落日余晖,烟雾迷茫中,仍显示出它顽强的生命力,迎风傲立,微仰起身子("含风偃蹇"),所以是"刻画"出了老松的"真态"。即同是写春江水乡的诗,也只有"随物赋形",才能写出它们各自的"真态",如苏轼《惠崇春江晓景》。这是为僧惠崇的画题的诗。有实——"竹外桃花三两枝,春江水暖鸭先知"。有虚——由"蒌蒿满地芦芽短",推测此刻"正是河豚欲上时"。本是一首题画诗,却使人如见真画,画早已失传,而诗却单独广泛流传,脍炙人口。王文濡曰:"绝妙风景,老饕见之,馋涎欲滴。""溶溶晴港漾春晖,芦笋生时柳絮飞。还有江南风物否? 桃花流水鳖鱼肥。"(《塞芦港》)景物与上首诗仿佛,"物"同,赋"形"的艺术手段,后者显然平直了一些。

叶燮说:"苏轼之诗,其境界皆开辟古今之所未有,天地万物,嬉笑怒骂,无不鼓舞于笔端,而适如其意之所欲出。"(《原诗·内篇》)沈德潜说:"苏子瞻胸有洪炉,金银铅锡,皆归熔铸;其笔之超旷,等于天马脱羁,飞仙游戏,穷极变幻,而适如意中所欲出。"(《说诗晬语》)两人均说苏轼能"适如其意之所出",而这正和苏轼的"随物赋形"分不开,它避免了雷同,或"似曾相识",进而达到"姿态横生"的美学境界。

① 苏轼:《有美堂暴雨》
游人脚底一声雷,满座顽云拨不开。
天外黑风吹海立,浙东飞雨过江来。
十分潋滟金尊凸,千杖敲铿羯鼓催。
唤起谪仙泉洒面,倒倾鲛室泻琼瑰。

② 苏轼:《六月二十七日望湖楼醉书》
黑云翻墨未遮山,白雨跳珠乱入船。
卷地风来忽吹散,望湖楼下水如天。

"雪中芭蕉"引起的联想

北宋沈括的一部包括故事、艺文、技艺等十七个门类的巨著《梦溪笔谈》，卷十七记载这样一个故事："书画之妙，当以神会，难可以形器求也。世之观画者，多指摘其间形象、位置、彩色瑕疵而已；至于奥理冥造者，罕见其人。如彦远《画评》言王维画物，多不问四时，如画花往往以桃、杏、芙蓉、莲花同画一景。予家所藏摩诘（王维）画《袁安卧雪图》，有雪中芭蕉。此乃得心应手，意到便成，故造理入神，迥得天意。此难可与俗人论也。"从此，"雪中芭蕉"成了千年来聚讼不已的问题，直到今天，仍是见仁见智，看法不一。明代谢肇淛说："王右丞雪中芭蕉，虽闽广有之，然右丞关中极寒之地，岂容有此耶？"（《文海披沙》)，如王维到过闽广，而闽广部分地区冬天的确有雪，则"雪中芭蕉"乃写实，无可争论。但"关中极寒之地"（关中，今陕西省。袁安卧雪在河南洛阳，非关中），冬天不生芭蕉，他便认为是一件荒唐的事情。但王士禛辩驳说："世谓王右丞画雪中芭蕉，其诗亦然。如'九江枫树几回青，一片扬州五湖白'，下连用兰陵镇、富春郭、石头城诸地名，皆寥远不相属。大抵古人诗画，只取兴会神到，若刻舟缘木求之，失其指矣。"（《带经堂诗话》卷三）在古人诗画中，"只取兴会神到"，不"以形器求"，即贵在神似，不求形似，作者画意不画形，观者忘形而得意，是艺术手法之一种,大可不必以此责备王维。也有人一方面认为,"王右丞雪中芭蕉为画苑奇构";一方面又说,"芭蕉乃商飙速朽之物,岂能凌冬不凋乎"?因而认为,"右丞深于禅理,故有是画,以喻沙门不坏之身,四时保其坚固也"(金农《杂画题记》)。就是说,王维把不存在于同时的雪和芭蕉摆到一起来,是别有寓意。这又是另一个问题了。总之,"当以神会,难可以形器求也"的诗词不仅大有人写,而有些还一向被称为是佳作,如卢纶《晚次鄂州》:

> 云开远见汉阳城,犹是孤帆一日程。
> 估客昼眠知浪静,舟人夜语觉潮生。
> 三湘愁鬓逢秋色,万里归心对月明。
> 旧业已随征战尽,更堪江上鼓鼙声。

"安史之乱"期间,诗人客居鄱阳(今江西波阳),后避乱南行,夜间泊船鄂州,写下了这首诗。鄂州,一般指今湖北省武汉市武昌地区。武昌与汉阳距离很近,非"远见",尤不需"一日程",所以,此或指武汉下游的鄂城县。"一日程"有的本子作"半日程"。这里"时间"与"空间"的差异(武昌?鄂城县?)不必深究,意谓旅途中此刻("晚")泊船鄂州,风平浪静,晚色云开,天宇清朗,已可遥望汉阳,孤舟行驶,尚有"一日"的路程。意即明天可达汉阳,今晚只得泊鄂州了。长期孤寂的水上生活,因"遥见"而喜(起句),因"犹是"而微感惘然(次句)。造语平淡,寄情委婉,写出了"晚次"时的心境。"估客(商人)昼眠",足见船中无聊,船外波平浪静。题曰:"晚次鄂州",此句显然是写白天——抵达鄂州以前的事。夜半船泊鄂州,江潮上涨,这是从舟人的活动中感觉到的。通过"估客昼眠"和"舟人夜语"两个细节,生动写出"昼""夜"船上生活。"三湘",指湖南的湘潭、湘乡、湘阴(一作资湘、蒸湘、沅湘,指入洞庭湖之水而言),这是诗人即将到的地方。秋色,古人多感觉

474

堪悲,何况"客中秋色",更令人生愁。因愁而思乡,何况距离家乡蒲州(今山西省永济县)万里迢遥,而且愈走愈远;又何况独对明月;那么这"归心"(回乡之心)怎么按捺得住呢? 最后,以家园荡尽,功业无成,本为避难远行,但此刻却又听到战鼓咚咚声,因此真有"更堪"——不堪之感了。诗写离乱情怀,真切生动,历来为人们传诵。值得注意的是中间两联。"估客"句写"晚次"这一天的白天;"舟人"句写这一天的"夜晚";"三湘"句看见萧瑟的秋色,又是白天,而且是还没有到来的白天——因为此刻"晚次鄂州",尚未进入"三湘",何言"三湘秋色"! 因此,五、六句再写白天和夜晚,应是"想象"。总之是:第三句写白天,第四句写晚上,第五句又写白天,第六句再写晚上。时空交错,超越了"界线"。诗人或感物而发,或视通万里,"兴会神到"——随着自己的意识而流动。这样,更写出了孤帆远征的凄迷心情。

如果说,卢纶的诗只是画面上从打破时间和空间的界限超越时空,而从王安国的〔减字木兰花〕中,这种情况就看得更清楚了。词云:

> 画桥流水,雨湿落红飞不起。月破黄昏,帘里余香马上闻。
> 　徘徊不语,今夜梦魂何处去? 不似垂杨,犹解飞花入洞房。

前两句写男方已跨上征鞍。举目画桥流水,雨湿落花,风吹不起,是眼前所见的实景。"月破黄昏,帘里余香马上闻",此刻暮色暝濛,新月初开,"帘里(指闺中)余香",在马上犹能闻到! 一片痴语,纯属虚拟。如果说"雪中芭蕉"在闽广部分地区确有所见,而闺中人的馨香,远在外的马上人,却绝难闻到。这时空的跨越,岂不更远。但唯其如此,才把男方的恋情写得更细腻深刻。男人走了,而女人呢?"徘徊不语",黯然魂销,思念至极,转而生怨,"不似垂杨",人不如物,因为杨花还可飞入幽深的闺房来,而人却无情地走了。结两句正是"沉恨细思,不如桃杏犹解嫁东风"(张先)的意思。上阕前两句实,后两句虚,下阕前两句实,后两句虚,错落有致,洒脱空灵。无艳语绮思,但恋(男)怨(女)之情,溢于言外。艺术上的成功,是和"兴会神到"超越时空很有关系的。

诗毕竟是诗,有时很难以常理常情或纯科学的态度求之。江淹《别赋》被称为"总论"的最后一段有这样几句:"是以别方不定,别理千名,有别必怨,有怨必盈。使人意夺神骇,心折骨惊。"不管分别时的情况怎样,但分别时的愁怨总是盈积如山,以致"使人意夺神骇,心折骨惊"!

注家谓这几句是"一气呵成,有天骥下峻阪之势"。但关键是上引两句,尤其是后一句颇奇特。心,是柔软的肉质,怎么能折呢?骨,无灵觉,怎么会生惊悸之感呢? 如果把"心"、"骨"两字调个位置:"骨折心惊",就合情合理了。但不知正由于这种看似不近情不入理的特殊的文字构筑,产生了巧妙的艺术效果:连心灵都如被折断一样的痛楚,连无感知的骨头也感到震惊,那么这别情的痛苦,该有多么强烈啊。

"雪中芭蕉",在中国绝大多数地区的确见不到,闽广地区有之,那也是一层薄薄的雪。而问题的实质绝不在于闽广地区是否有此现象——这完全是无关紧要的,关键的关键是:诗人敢于突破常情常理,弃旧立新,创造出更真实的艺术境界。古典诗词的格律,有人奉为圭臬,不敢越雷池一步。陶宗仪《说郛》一书记载,有个叫李廷彦的人,写了首长诗呈给他的上司求教。其中有一联云:"舍弟江南殁,家兄塞北亡。"上司深受感动,频表同情,说:"不意君家凶祸重并如此!"李廷彦赶忙回答说:"实无此事,但图属对亲切耳。"为了对偶工整,可以天南地北的胡诌一气,难怪有人续两句以嘲之曰:"只求诗句好,不怕两重丧。"任何事物都有其发展规律,诗而有"法"也是极其自然的。既然写古体诗,应遵循诗法,可是也不能当成枷锁,更不能束缚思想。李白的一些诗,常打破对偶

476

的约束。五律《夜泊牛渚怀古》①，全篇不用对偶，不受任何拘束，自由地抒发自己内心的情愫，把牛渚秋江月夜的如画情景，把对谢尚的临风怀想，把自己的落魄不遇，明朝又将是一片孤帆，千山落叶的漂泊生涯，如行云流水般地表现出来。而"文从字顺，音韵铿锵"（严羽《沧浪诗话》）；"不用对偶，一气旋折"（沈德潜《唐诗别裁》）。诗中的平仄合乎律诗要求，仍被认为是一首特殊格调的律诗。律诗中间两联应对偶，但李白的一首《塞下曲》②，次联不对，只在第三联"晓战随金鼓，宵眠抱玉鞍"用对偶。苏轼的词，被李清照斥为"句读不葺之诗"，但是丝毫不减这位"豪放、缜密两擅其长"（吴梅语）的大词人的光辉。就是"下字运意，皆有法度"、"妙解声律，为词家之冠"的周邦彦，于〔玉楼春〕一阕，却八句全用对偶。上阕"桃溪不作从容住，秋藕绝来无续处。当时相候赤栏桥，今日独寻黄叶路"，两用流水对式，先借刘阮上天台事引出一段艳遇，再以昔日之相会与今日之独寻对比，从而反映出两种不同的心情。形式虽为对偶，意思却是递进。过片"烟中列岫青无数，雁背夕阳红欲暮"，先写景；"人如风后入江云，情似雨余粘地絮"，后抒情。写景开阔，抒情细腻，对偶之中，时见动荡。因此，既具凝重之姿，又有流丽之态，内容形式，异常和谐。陈廷焯尤称赏其结句，说："美成词，有似拙实工者。如〔玉楼春〕结句云：'人如风后入江云，情似雨余粘地絮。'上言人不能留，下言情不能已，呆作两譬，别饶姿态，却不病其板，不病其纤，此中消息难言。"（《白雨斋词话》卷一）"不病其板"，是因为虽对偶，而暗藏变化，意思连贯；"不病其纤"，是因为感情沉挚，而没有只追求辞语的工巧。

诗词同其他文学样式一样，要真实地反映生活。但真实须既在情理之中，又在情理之外。在情理中，就要合乎生活真实，合乎艺术规律。在情理外，即表面看来不真实，不符合艺术法则，但却使人忘形得意，赏心悦目，更给人以美感。不拘成法，锐意创造，艺术才具有永恒的生命。"雪中芭蕉"和人们对待格律对偶等的认识,不就是这样么?

① 李白:《夜泊牛渚怀古》
　　牛渚西江夜,青天无片云。
　　登舟望秋月,空忆谢将军。
　　余亦能高咏,斯人不可闻。
　　明朝挂帆席,枫叶落纷纷。

② 李白:《塞下曲》(其一)
　　五月天山雪,无花只有寒。
　　笛中闻折柳,春色未曾看。
　　晓战随金鼓,宵眠抱玉鞍。
　　愿将腰下剑,直为斩楼兰。

白天鹅的"红冠"

　　每当假日到公园里漫步,我总要去那禽鸟栖居的小岛上看白天鹅。我觉得她是圣洁、温柔、纯情的美好事物的象征。特别是她顶上那颗太阳般的红冠,在浑身雪白羽毛的映衬下,鲜艳似火,红光炫目,不由得你不想起那个古老的故事:白天鹅原是大漠上一位美丽姑娘,她那红冠,是太阳后生在她雪白的额上亲吻后留下的印记。从此,这位姑娘更美丽了。

　　传说王安石任宰相时,有一天在庭园里散步,见一石榴树枝繁叶茂,但只开了一朵鲜红的花,见景咏诗,有"浓绿万枝红一点,动人春色不须多"句。诗应有"春色",才"动人",可又"不须多",只那么"红一点",就愈把"浓绿万枝"衬托得生动、活脱。如果好诗可比作惹人喜爱的白天鹅的话,那么她顶上的"红冠"就是决不可少的。

　　宫怨,是唐代诗词中屡见不鲜的主题。思君,怨君,恨君的都有。王昌龄的《长信秋词》(其三)是思而有怨的:"奉帚平明金殿开,且将团扇共徘徊。玉颜不及寒鸦色,犹带昭阳日影来。"诗开头直截了当地说出这个宫女是失宠的:天刚破晓,金殿方开,她就拿起扫帚,去做打扫的事情了。接着用西汉成帝初宠班婕妤,后赵飞燕、赵合德两姐妹宠擅专房,班婕妤主动移居长信宫,作团扇诗

479

的故事,表明自己内心的寂寞。两句一写外状,一写内情。作者另一首《西宫秋怨》"谁令含啼掩秋扇,空悬明月待君王",也是用秋扇见捐典故,但怨意却没有那么深。这首诗前两句虽然很平淡,好在末两句:"玉颜不及寒鸦色,犹带昭阳日影来"。乌鸦在人们的耳目中,通常是聒噪而丑恶的。玉颜,无疑是悦目的,但如今玉颜竟比不上丑陋的乌鸦,它们还能从昭阳殿上皇帝的居处飞来呢!如果两美相较,尚有可说,如今美与丑比,反而美不如丑了。

周邦彦的〔醉桃源〕,写一个痴情的妇女,用了与王昌龄相类的手法。词云:

冬衣初染远山青,双丝云雁绫。夜寒袖湿欲成冰,都缘珠泪零。　　情黯黯,闷腾腾,身如秋后蝇。若教随马逐郎行,不辞多少程。

首两句说她裁制冬衣,把冬衣染成如远山一样的青色,在这幅丝花绫的衣服上,还织有云雁的图案。"织为云外秋雁行,染作江南春水色。"(白居易《缭绫》)衣服是美的,但所爱的人不在跟前,所以"夜寒袖湿欲成冰,都缘珠泪零"。在寒冷的夜晚,思念的泪水一直不停地流,她的衣袖湿成一片,都快结冰了。接着说,心忧神伤,满怀愁苦,身子懒洋洋地,怎么也提不起神来,竟如秋后的苍蝇———一动都不想动。可是,"若教随马逐郎行,不辞多少程"。如果让我随马跟在郎的后面,任凭路程多么远,我却一点也不在乎!本来,蝇比乌鸦更讨人厌,但在这个特定的情境中,就把人的伤情念远,特别是她的痴情,生动地表现出来了。乌鸦和蝇在诗词里,似是随手取譬,但这"红一点"的"动人春色",却启开了两位女主人公的心灵之窗,由此我们看到了她们心中那翻滚的感情波涛。一乌一蝇,也如白天鹅的"红冠"一样,增添了诗美和感动人心的艺术魅力。

480

宋·陈郁《话腴》称："写照非画物比:盖写形不难,写心唯难也。"这里说的是给人画像,画出形貌不难,画出人的精神气质来则不容易。但欲人的神似,总还得通过形似,怎么能说写形不难呢?周邦彦有一首写小歌女们天真娇憨的词,他没有"写心",只"写形",他抓住确能表现"面目精神"的不多的"春色",就使她们"跳跃纸上"了。这就是〔浣溪沙〕:

争挽桐花两鬓垂,小妆弄影照清池。出帘踏袜趁蜂儿。
跳脱添金双腕重,琵琶拨尽四弦悲。夜寒谁肯剪春衣?

梧桐树上的花儿开了,她们争着摘下来,插到自己如缨络一样垂下来的鬓发上。在一阵嬉闹(从"争"字看出)之后,她们似乎静了下来,纷纷跑到小池旁,照自己装扮好的模样儿去了。李珣的名句是:"强整娇姿临宝镜,小池一朵芙蓉",写的是一位"旧欢无处再寻踪"的少妇,每天早晨照例"强整娇姿"。这群小歌女不同,她们不是"临宝镜",而是"照清池",池中弄影,那种调皮劲儿,栩栩如见,颇为传神。从第三句的"出帘"看出,她们是在庭院里哄闹了一阵后,又被唤回房里,可是当看见蜜蜂儿打帘外飞过,她们来不及穿鞋,只着袜子又去追赶蜜蜂了。下阕说,她们戴上金钏子,那小小的手腕沉重,弹起琵琶来,那四根丝弦传出来悲悲切切的声音。晚上,叫她们去剪春衣,都怕深夜寒冷,谁也不肯去。全词六句写了六件事情:争挽桐花,照清池,趁蜂儿,戴金钏,拨琵琶,剪春衣。对于表现小歌女们天真活泼的情态,上阕的三件事胜过下阕的三件事:因为事情的本身具有连贯性,且又富情趣。下阕的三件事,彼此脱节。用戴金钏表现小歌女天真活泼情态,并不典型。如果只是为说明她们的手腕细,那也没有什么意义。

周邦彦一首写少女心理状态的〔南乡子〕,刻本有题作"拨燕巢"三字的。清·李调元认为此题是"蛇足"。其实这首词所以

"词景俱新丽动人"（李调元评语），正寓于下阕所写"拨燕巢"的"春色"中。上阕"轻软舞时腰，初学吹笙苦未调"，说她腰肢柔软轻盈，刚学会吹笙，苦于不能入调。"谁遣有情知事早？相撩。暗举罗巾远见招"，说不知是谁教的，小小年纪就像知人事儿那样，也学着远远地举起手帕，去挑逗（"相撩"）男孩子们了。下阕集中只写了一件事：拨燕巢。"痴騃一团娇"，"痴騃"，不是真的傻里傻气，而是由于"娇"作"一团"的缘故。偏在这时，她看见一对燕子相偎相依地卧在巢里。"自折长条拨燕巢"，这是恶作剧呢，还是触动了她内心深处的情弦？联系前句"暗举罗巾远见招"看，两者兼而有之。"不道有人潜看着，从教"，没想到这轻佻的举动被人偷偷地看到了，于是使得她慌忙低下头，急匆匆地逃开。"掉下鬟心与凤翘"，梳整的髮鬟和头上的饰物，却一齐垂落——而"凤翘"是掉在地下了。词通过这一个一个细微行动，揭示出人物的感情世界。这样的少女，在封建礼教森严的宋代，可能是个别的。从艺术手段来说，上首的上阕和这首的下阕，由于选择的细节连贯、集中、真切、生动，所以成功地传达出人的精神世界；而上首的下阕和这首的上阕，无论从连贯性和真实性（"暗举罗巾远见招"，把一个情窦初开的少女，描写得过分轻佻）说，艺术处理都稍逊一筹。从周邦彦上述两首小词看，在不须多的"春色"中，应选择那"动人"的，方能传神。

诗人如果善于摄取"春色"，就可以达到"小中见大"、言微而体大的艺术效果。杨巨源《城东早春》七言四句阐述了执政者应该重视人才的大道理。"诗家清景在新春，绿柳才黄半未匀"，意思是：对于诗人来说，最好的景致是在绿柳刚泛嫩黄，色彩大半还未匀的初春。实际是用鹅黄嫩绿的柳树，比喻虽未成熟但具有生命力的人才，需要善于扶持，它们才会成材。"若待上林花似锦，出门俱是看花人"，如果等到他们"花开似锦"，功成业就，那时人人会施以青睐，又何须执政者的发现和扶持呢？"兹事体大"，诗

人以不多的"春色"（绿柳），清绝鲜活地表现出来。"爆竹声中一
岁除，春风送暖入屠苏。千门万户曈曈日，总把新桃换旧符。"（王
安石《元日》）随着爆竹的声响，一年过去了。春风送暖，酒也变得
更加醉人了。红日初升，照临千家万户，家家户户的大门上，都换
上新的桃符，一派万象更新的气象。通过欢庆新年的景象，表达出
实行新法给人民带来许多好处这样一件政治大事。白居易只用两
句写出杨贵妃的"天生丽质"："回眸一笑百媚生，六宫粉黛无颜
色。"杜甫只用两句为夔州的贫女鸣出不平："若道巫山女粗丑，何
得此有昭君村？"（《负薪行》）晏殊只用两句描绘出往时两情欢乐
的幸福时刻："梨花院落溶溶月，柳絮池塘淡淡风。"（《寓意》）李
商隐只用两句写出痛苦而坚贞的爱情："春蚕到死丝方尽，蜡炬成
灰泪始干。"（《无题》）林逋只用两句写出梅花的形态和神采："疏
影横斜水清浅，暗香浮动月黄昏。"（《山园小梅》）李白只用两句写
出荷花的艳质丽容："荷花娇欲语，愁煞荡舟人。"（《渌水曲》）王
湾只用两句写出异乡漂泊的游子之情："海日生残夜，江春入旧
年。"（《次北固山下》）薛道衡只用两句表现出思归者的真切心情：
"人归落雁后，思发在花前。"（《人日》）李白用"相看两不厌，只有
敬亭山"（《独坐敬亭山》），表示出对现实中丑恶、庸俗事物的厌
弃。白居易用"紫薇花对紫薇郎"（《直中书省》）一句，写出了在
中书省值夜班的寂寞无聊。从这许许多多历来所传诵的名诗佳
句，我们得到的启示是：由于诗人们的观察入微，巧于选择，只取那
"浓绿万枝"中的"红一点"，使看似不多的"动人春色"，闪现出耀
眼的光辉，从而收到"以少总多，情貌无遗"的艺术效果。这个道
理，不也正像那圣洁、温柔的白天鹅么，如果没有那"红一点"的红
冠，就大为减色了。

不着一字，尽得风流

司空图《二十四诗品》第十一《含蓄》开头两句："不着一字，尽得风流。"清·孙联奎解释说："纯用烘托，无一字道着正事，即'不着一字'；非无字也。不着一字，即'超以象外'。尽得风流，即'得其环中'。"此外，或有说："言不着一字于纸上，已尽得风流之致"；"不着一字，正是谓函盖万有"；等等。大体不外说：从字面上看，诗人似乎没有吐露他的思想感情，而将它蕴藏在字里行间。这种在字面上不露一丝痕迹，而又可显示出事物精神的作品，在历代诗词中，屡见不鲜。它与那些"矢口而道，率意而陈"之作不同，当你"思而得之"以后，才能体会到如饮甘泉般的甜美。

陈廷焯《白雨斋词话》论周邦彦（美成）有一段话说："美成小令以警动胜，视飞卿色泽较淡，意态却浓，温、韦之外，别有独致处。"他的一首〔点绛唇〕，恰是这样的作品。词云：

台上披襟，快风一瞬收残雨。柳丝轻举，蛛网粘飞絮。　极目平芜，应是春归处。愁凝伫，楚歌声苦，村落黄昏鼓。

词写暮春时节一个人的所见所闻和所感。此刻，他敞开衣襟，伫立楼台，轻风拂面，残雨将收。不一会儿，雨便完全停了。只见柳条被风轻轻扬起,檐前的蜘蛛网,把飘游的飞絮粘住了。从人的"披襟"和他所见的景物:快风、残雨、柳丝、蛛网、飞絮看,显然他有种舒适的感觉,但字面上并没有写出来。下阕"极目平芜,应是春归处",写他楼头望远,但见芳草连天,想象在那极远的地方,也许就是春天归去的地方吧。前句写景,后句抒情。"愁凝伫",一个人独立凝望,把"春归"的离情再渲染一笔。最后他听到的是:"楚歌声苦,村落黄昏鼓。"楚歌,指古楚国一带的民间歌谣,声音悲怆;在那暮色笼罩的农村里,又传来了咚咚的鼓声。上阕"台上披襟"和目之所见景物,似乎有一点儿惬意。下阕以抒情为主,流露伤感。从表面上看,"无一字道着正事"——"超以象外",超过那可以看见的外部形状,可又"尽得风流"——"得其环中",掌握住事物的本质核心。就是说,词写的是在一个特定时间和特定环境中,一个特定人心灵的感触和变化。它像绘画中的小品,音乐中的短章,不一定表现出明确的主题,可是它也自有其本身的美学价值。

如果说周邦彦的词还多少有点着字之嫌(主要在下阕),李煜的〔捣练子令〕则完全是"不着一字,尽得风流"了。词云:

深院静,小庭空。断续寒砧断续风。无奈夜长人不寐,数声和月到帘栊。

这首二十七个字的词,由始至终只写了一件事:夜闻砧声。词中的景色是那么幽美:院静,庭空,寒风阵阵,砧声不断——而且它似乎与明月相伴着来到了窗前(实际是由于风声传送)。这样,闻风、听砧,伴明月而独眠的人,自然感觉夜长而不能成寐了。词中没有一个字写离怀别感,可是,深刻而强烈的离怀别感却寄寓于声声字字中。孙联奎解释司空图《诗品·雄浑》"超以象外,得其环中"句,曾作比喻说:"人画山水亭屋,未画山水主人,然知亭屋中之必有主人也。"这首词没有一个字叙述离思,但从所"画"的院静、庭空、风寒袭人、砧声处处、月照帘栊,则知离思必在其中矣。

送别,在古典诗词中最为多见。由于大多是"情动于衷,而发于言",所以写来往往情真意切,深刻感人。这类作品,有的直叙其事,直抒其情,毫不含蓄,如韦庄的〔江城子〕:"髻鬟狼藉黛眉长,出兰房,别檀郎。角声呜咽,星斗渐微茫。露冷月残人未起,留不住,泪千行。"开头一句通过髻鬟散乱和脸色愁苦以至感觉"眉黛长",把离愁写得形象具体;最后一句"留不住,泪千行",更直言不讳了。不过也有与此完全不同的写法,字面上不着一字离情,细细思味,却是离情满纸的。如李频的《湖口送友人》:

> 中流欲暮见湘烟,苇岸无穷接楚田。
> 去雁远冲云梦雪,离人独上洞庭船。
> 风波尽日依山转,星汉通霄向水连。
> 零落梅花过残腊,故园归醉及新年。

诗先写送别的环境,时间是在岁末隆冬的傍晚,水上烟雾朦胧,湖畔芦苇瑟瑟,连接着岸上辽阔的田野。仰视长空,雁行成阵,冒雪冲云,翱翔天际。第四句才轻轻一点:"离人独上洞庭船。"这句没有丝毫感情色彩,完全是客观叙述。"送友人",诗人真是这样无动于衷么?五句说离人登舟远行之后,水上风波,非止一日,一重山过后,将又是一重水,暗示旅途的艰辛。六句说银河灿烂,高挂云霄,似与水相连。这是因为夜晚行船,暮霭烟云,上天下水,故有此感觉。杜甫有句云:"星垂平野阔"(《旅夜书怀》);孟浩然有句云:"涵虚混太清。"(《临洞庭》)那是两位诗人亲眼所见,虽一在夜晚,一在白天;一说星与平野相接,一说湖上水气与天空相连;情境都与李诗相近。"风波"两句是诗人送别"独上洞庭船"的友人后,想象他舟行所见的水上风光。和周邦彦"愁一箭风快,半篙波暖,回头迢递便数驿"(〔兰陵王〕)、柳永"今宵酒醒何处,杨柳岸、晓风残月"(〔雨霖铃〕)一样,都是代离人设想之辞。最后两句点明时令:腊月将尽,梅花零落,回到故乡,尚可赶上新年,那么正可一醉了。无论写送别的环境,想象友人的水上生活,或点明时令季节,作者所描写的几乎全是景物,"离情不着一字"。可是透过远近、高低、虚实、动静以及写实、想象的湖边水上景色,送别之情,蕴藏在字里行间,却没有古人通常送行依依惜别的伤感,调子是清朗而明丽的。

唐代红叶题诗的故事,人们常作为风流韵事传述。因为据说诗人顾况曾于御沟水上得一大桐叶,上有诗云:"一入深宫里,年年不见春;聊题一片叶,寄与有情人。"顾另题诗于叶上使流入宫中:"花落深宫莺亦悲,上阳宫女断肠时;帝城不禁东流水,叶上题诗寄与谁?"后十余日,顾又于叶上得诗云:"一叶题诗出禁城,谁有酬唱独含情? 自嗟不及波中叶,荡漾乘春取次行。"后来因缘际会,顾况果然娶了这位宫女。此外,还有诗人卢渥(或于祐)等的类似故事。总之,这类诗明白如话,揭露了封建帝王的荒淫无道和在"那不得见人的去处"(《红楼梦》第十八回贾元妃语)的妇女们的不幸命运。李白有一首有名的《乌栖曲》①,通过乌栖时,山衔日,漏水多,月坠波,旭日升的时间演进,揭露封建帝王通宵达旦寻欢作乐的腐朽生活。李商隐有一首取名《吴宫》的诗,写法不同。诗云:

> 龙槛沉沉水殿清,禁门深掩断人声。
> 吴宫宴罢满宫醉,日暮水飘花出城。

李商隐别开生面,他没有像那类红叶故事的诗,倾诉怨愁;也没有像李白那样,直叙其事;他只写"宴罢",着意渲染此时的一片沉寂:禁门深锁,宫殿沉沉,不闻人声,只有亭轩殿影映现在朦胧暮色中;落花伴随流水,静悄悄流出宫城……言虽止,而意未尽,从这悄没声息的沉寂中,你会想到"满宫醉"前的狂欢纵乐,骄奢淫逸;有多少宫女在嗟叹自己的命运:"唯向深宫望明月,东西四五百回圆";"三千宫女胭脂面,几个春来无泪痕"给你留下了多么广阔的想象余地! 同是揭露封建统治者荒淫生活,讽刺宫闱丑事,李商隐的诗,正是"不着一字,尽得风流"的。

张渭《送人使河源》头两句说:"故人行役向边州,匹马今朝不稍留。"说友人将行,前往边州,路途遥远,行色匆匆。出语平淡,了无情趣。但后两句说:"长路关山何日尽,满堂丝竹为君愁",边塞路远(河源,黄河之源,泛指西北边疆),不知何日才能赶到? 满腹对友人的关怀之情,但诗人却从"满堂丝竹"(送行时堂上奏出的乐曲声)中传出:丝竹尚如许深情,则人之情深虽"不着一字"也尽可知了。刘长卿《送李判官之润州行营》前两句"万里辞家事鼓鼙,金陵驿路楚云西"。说友人远离家乡到江南(润州,今江苏镇江)去从军,从金陵往东沿着驿路行进,与西流的楚云(暗指家乡)越来越远了。十四个字,对友人辞家的原因、去向,虽说得清楚明白,却平淡无味。后两句诗人不直说惜别之情,另换一种说法:"江春不肯留行客,草色青青送马蹄",埋怨江边的春色不肯留住行客,而路旁碧绿的青草,在微风中摇曳,好像是为远去的马蹄有点儿依依不舍。对友人的惜别之情,虽"不着一字",而惜别的内蕴深情,却表现得更加深厚了。

送别,将离情一股脑儿托出,是一种写法;如果纸面上不见离情,而将其隐于字里行间,使读者"思而得之",从"不着一字"到"尽得风流",从"超以象外",到"尽得环中",会有种"豁然开朗"的愉快。因为咀嚼出来的滋味,总是比一闻便知酸甜,更令人口铺生津,尝到真正醇甘之美。所以一般说来,诗人们往往采用后一种写法。如何获取这种技巧? 司空图最后用形象的比喻作出说明:"悠悠空尘,忽忽海沤,浅深聚散,可取一收。"浮尘满空,泡沫满海,它们时聚时散,或深或浅,但收入笔中的只需取那想象中的一粒,从而看出微尘泡沫的实质。也就是说,诗人应独具慧眼,选取精华,并用奇巧的构思,精妙的语言表达出来。这样,便能臻于"不着一字,尽得风流"的境界。总之,诗的思想实质,蕴藏在字里行间,使人"思而得之";如果思而不得,那就是隐僻、晦涩了。

① 李白:《乌栖曲》
　　姑苏台上乌栖时,吴王宫里醉西施。
　　吴歌楚舞欢未毕,青山欲衔半边日。
　　银箭金壶漏水多,起看秋月坠江波,
　　东方渐高奈乐何!

隔帘花影

宋朝僧人惠洪《冷斋夜话》记载："白乐天每作诗,令一老妪解之;问曰:解否？妪曰:'解',则采之;'不解',则易之。"这段话可能稍有夸张,但白居易的诗通俗易懂,无疑是值得称赞的。

不过另方面,诗人们由于所处的时代、社会和个人的经历、素质、学识等的不同,也常会形成独具特征的不同的风格。这应该是文学史上的可喜现象。"仁者爱山,智者乐水",兴趣不同的读者可以各取所需;而评论者最好也不要以个人的口味而扬此抑彼,或抑彼扬此。它们各有自己的存在价值,千百年来如此,今后也必将如此。

翻开近年来的一些唐诗选本,看到人们指出李商隐诗的不足处往往是:"用典故过多,有时隐晦难解";"有些诗隐晦朦胧,不易索解"等等。本来,用典本身无可指责;用典过多,也不一定不好。就以李商隐的《安定城楼》①说,八句诗用了贾谊、王粲、范蠡、惠施等几个典故,不仅无晦涩之感,而且恰切地抒发了诗人忧国愤时"欲回天地"的抱负和对尸位鼠目的朋党势力的尖锐讽刺。连眼光颇高的王安石也说此诗"虽老杜无以过也"(《蔡宽夫诗话》)。所以,对"难解"、"不易索解",应作具体分析;只要不是痴人梦呓,下番工夫,也许还是可解的。

490

说到李商隐的《锦瑟》诗,元遗山等早就说过"一篇《锦瑟》解人难"、"独恨无人作郑笺"之类的话了。难,难在各家有不同的看法。有人说,"此篇乃自伤之词,骚人所谓美人迟暮也"(何焯);有人说,"此悼亡之诗也"(张采田);有人说,锦瑟"令狐家青衣名也"(刘攽),有人说:诗写艳情,"盖始有所欢,中有所恨,故追忆之而作"(纪昀);有人假托苏轼与黄庭坚互相问答,说中四句是形容瑟声的,苏轼称"适"、"怨"、"清"、"和"乃锦瑟之声的说法认为,"'庄生晓梦迷蝴蝶',适也;'望帝春心托杜鹃'怨也;'沧海月明珠有泪',清也;'蓝田日暖玉生烟',和也,一篇之中,曲尽其意,史称其瑰奇雄迈,信然"(胡仔)。今人有说,"此诗伤唐室之残破,与爱情无关"(《隋唐史》卷下);或说"是李商隐全面回顾毕生政治遭遇的"(《李商隐研究》);或说,"《锦瑟》实际上是义山一生遭遇踪迹的概括"(《李商隐评传》),以及其他等等。虽然从古至今,众说纷纭,莫衷一是,但概括地说是诗人写自己一生的遭际(包括爱情),则较切近。试看这首诗:

> 锦瑟无端五十弦,一弦一柱思华年。
> 庄生晓梦迷蝴蝶,望帝春心托杜鹃。
> 沧海月明珠有泪,蓝田日暖玉生烟。
> 此情可待成追忆,只是当时已惘然。

　　从首两句"锦瑟无端五十弦,一弦一柱思华年"看,是对身世的感叹,是全诗的"总冒"。传说瑟本为五十弦,后改为二十五弦。既不必拘泥于"行年无端将近五十"(张采田)(按:李之生卒年说法不同,一般以为生于813年,卒于858年);也不必坐实是诗人听到瑟声而引起"华年"(已逝去的年华身世)之思。"大抵古人诗画,只取兴会神到,若刻舟缘木求之,失其指矣。"(《带经堂诗话》卷三)主神韵说的王士禛的话稍过了点头,"兴会神到"者有之,但恐未必"只取"。不过诗人们有时"兴会神到",确也是事实。总之首两句叹老嗟卑,而兴起"思华年"的感慨。"庄生晓梦迷蝴蝶,望帝春心托杜鹃",连用两个典故。前句见《庄子·齐物论》:"昔者庄周梦为蝴蝶,栩栩然蝴蝶也;……俄而觉,则蘧蘧然周也。不知周之梦为蝴蝶与? 蝴蝶之梦为周与?"后句据古代传说:杜宇本周末蜀国帝王,号望帝,国亡而殁,魂魄化为杜鹃,日夜哀鸣。一则借庄生梦蝶感叹"世事一场大梦",到头皆成虚幻;一则借杜鹃啼血比喻壮志难酬的忧伤,或暗寓伤逝悼亡之痛。"沧海月明珠有泪,蓝田日暖玉生烟。"沧海遗珠,空对明月而垂泪,抒写才能不为世用的悲哀;蓝田美玉,沉埋地下,每临暖日而生烟。正是"声名佳句在,身世玉琴张"(《崇让宅东亭醉后沔然有作》)的同义语。前者感伤身世,悼念亡人;后者以才调无伦,聊可解慰。最后"此情可待成追忆,只是当时已惘然"。意思是说:凡此种种感慨,岂待今日追忆才有,即在当时就已够令人不胜惘然了。总之是,诗写自己一生的遭际:命运坎坷,功业未成,爱情遭受磨难,华年悄悄逝去,抚今追昔,只有愈加令人惘然。诗虽"朦胧",如"雾中看花",如"隔帘花影",但因确实有"花",而又依稀可见,所以虽"朦胧"仍不失其美,或者干脆说,《锦瑟》正是具有一种朦胧美!

"一篇《锦瑟》解人难","独恨无人作郑笺"。说"难",还因为主题确实不易把握;说不难,是大体还是可以索解的。对于与此类似的一些诗,我想,第一应力求甚解,"疑义相与析";第二,在还不能"甚解"的时候,并不影响它们的审美价值。对于一首诗,完全懂了,豁然开朗,情思爽快,固然好;还不完全懂,朦朦胧胧,继续探幽抉微,也自有情趣。"逗晓看娇面,小窗深,弄明未遍。"(周邦彦〔凤来巢〕)杏脸桃腮,蝤首蛾眉,面目毕呈,是一种美;"弄明未遍",娇面朦胧,"隔帘花影",也是一种美,或许后者更给你以神驰意想的余地吧。

从中国数千年的文学史来看,在下述两种情况下朦胧诗不多

492

见：一、当封建王朝政治清明，国运昌隆，言论较自由，思想较开放的时候。二、就个人说，处于生活和事业的顺境而对人对事又不必有所顾忌的时候。反之，如果文禁森严，文网密布；或个人处于忧谗畏讥、境遇坎坷的情况下，朦胧诗就会滋长起来。唐太宗不搞"文字狱"，所以有魏征的《谏太宗十思疏》。魏征的"谏"，虽然是封建帝王统治天下之术，但是他所说的"居安思危，戒奢以俭"等，就一般事理论，仍有可取之处。李商隐"虚负凌云万丈才，一生襟抱未曾开"（崔珏《哭李商隐》）他长期处在牛李党争的夹缝里，再加上和女道士宋华阳姊妹的恋爱纠葛等等，所以他的一部分诗罩上了朦胧色彩。写诗立意不让人家看懂的，不能说绝无其人，恐怕总是为数不多的。

其实，朦胧并非诗的缺点，更无需以此去责备诗人。朦胧作为一种艺术特点，艺术风格，在文学作品中一直程度不同地存在着。有些诗，在年轻时读觉得它"朦胧"，随着知识的增进，阅历的深广，后来再读便不朦胧了。而有些所谓"朦胧"，是相对相比说的。如陆游的名句"小楼一夜听春雨，深巷明朝卖杏花"（《临安春雨初霁》）。诗人没有直叙夜雨，他写在小楼上听雨；他不直写杏花开放，而是设想明朝会听见深巷的卖花声。浓郁的春光，从朦胧的氛围，气息中表现出来。"杏花消息雨声中"（陈与义《怀天经智老，因以访之》），也没有直写杏花开放，而是从"雨声中"倾听到"杏花消息"，感到春的脚步声悄悄临近了。在手法上与韩愈的"天街小雨润如酥，草色遥看近却无"（《初春小雨》）同一机杼。春天的色彩和声音，是从润如酥的小雨，和似有若无，刚刚破土的嫩草透露出来的。再看蒋捷写春的消息、春的脚步声，却一点也不"朦胧"，而是言尽意止，清楚明白，如他的〔昭君怨〕《卖花人》：

担子挑春虽小，白白红红都好。卖过巷东家，卖过巷西家。
帘外一声声叫。帘里丫环入报：问道买梅花，买桃花。

小小卖花担子挑满春色。卖花人穿街过巷,夸赞白花好,夸赞红花好,一声声,一刻儿也不停。丫环掀帘入报:是买梅花呢? 还是买桃花呢? 绘声绘形,人情物态,淋漓尽致。真是遍处春光,关锁不住。如果两者相比,陆游、陈与义的诗句,不就有点"朦胧"了么!

　　古人论诗,有"使人思而得之"的话。的确有道理。不思,怎么能咀嚼出诗味来呢? 如果思而不得,或思而未全得——而仍觉其"朦胧",那么不妨作进一步的探索,或暂时就欣赏一下那"隔帘花影"的朦胧美吧。

　　①　李商隐:《安定城楼》
　　　　迢递高城百尺楼,绿杨枝外尽汀洲。
　　　　贾生年少虚垂涕,王粲春来更远游。
　　　　永忆江湖归白髮,欲回天地入扁舟。
　　　　不知腐鼠成滋味,猜意鸳雏竟未休。

纯写景与纯抒情

　　画,借助色、线、形的美构成艺术形象;音乐,必须把音调、节奏、旋律等按美的手段造成悦耳的声响;而作为文学家族中的诗词,情语与景语却是须臾也不能离开的。所以谢榛说:"景乃诗之媒,情乃诗之胚,合而为诗,以数言而统万形,元气浑成,其浩无涯矣。"(《四溟诗话》卷三)

　　但有没有专作景语的呢? 明·李东阳《怀麓堂诗话》以"鸡声茅店月,人迹板桥霜"为例说:"此两句中,不用一二闲字,止提掇出紧关物色字样。"施补华《岘慵说诗》以"渡头余落日,墟里上孤烟"为例说:"曲肖晚村风景。"贺裳《皱水轩词筌》说,"小窗斜日到芭蕉,半床斜月疏钟后"是"不言愁而愁自见"的:"写迷离之况者,止须述景"的佳句。近人注释唐宋词也常有"此首纯写景物"、"通首写景"之类的话,举为例子的,就是下面的一些诗词。先看陈克的〔菩萨蛮〕:

　　绿芜墙绕青苔院,中庭日淡芭蕉卷。蝴蝶上阶飞,风帘自在垂。　　玉钩双语燕,宝甃杨花转。几处簸钱声,绿窗春睡轻。

495

这是一幅清雅冲淡,动静融溶的暮春景色图。绿芜绕墙,小院苔深,暖日盈庭,蕉心半卷。全是静态。下面静中见动,但也只是蝴蝶飞于阶上,竹帘悠闲地垂挂着。这光景很有点像《牡丹亭》里杜丽娘的居所,"袅晴丝吹来闲庭院,摇漾春如线"。清幽寂寂,一派春光,却不浓丽,而于淡素中见精神。下阕仍是春景:语燕双双,穿帘度幕。杨花飘落井台上(宝甃;井壁),掷钱为赌戏的簸钱声,从远处传来。仿佛"暂向玉花阶阶上坐,簸钱赢得两三筹"。(王建《宫词》九十三)通首写景,只于末句才透出消息:"绿窗春睡轻。""绿窗"句仍是写景,不过这一切皆是绿窗内轻睡之人的所意会(上阕)之所闻(下阕)。表面看,似完全不着人的感情,是所谓纯写景。可是从景中,人的闲适自如,隐约可见。她没有"自在飞花轻似梦,无边丝雨细如愁。宝帘闲挂小银钩"(秦观〔浣溪沙〕)那个人的"愁",也不像"拂拂面红如着酒,沉吟久"(周邦彦〔渔家傲〕)那个有什么事儿需要"沉吟"的人,露出一点微微的不安。她是那么平静,恬适,悠然自得。本来蝴蝶飞,语燕双双,杨花飘落,都是最容易引起感触的。"绣衫遮笑靥,烟草粘飞蝶。"(温庭筠〔菩萨蛮〕)用飞蝶与烟草的恋念不舍,隐喻与"绣衫遮笑靥"的人相聚时的欢情。"罗幕轻寒,燕子双飞去。"(晏殊〔蝶恋花〕)罗幕是燕子每天出入必经之地,如今因感觉"轻寒"(实际是人的感觉)也"飞去"了,则人的孤寂可见。"似花还似非花,也无人惜从教坠"(苏轼〔水龙吟〕),以及杜甫的"落絮游丝亦有情""颠狂柳絮随风舞"等等,都是因蝴蝶、双燕、杨花触动情怀的。可是这一切对于她,却是这么平静!"风帘自在垂","几处簸钱声",一静一动,倒更显示出她那心平如镜,水波不兴的情怀。不过,从"通首写景"的"景语"中,还是透视出了人物的神态、心情和她的悠闲恬适,比径直地倾吐感情,看似淡,却更有味。

古人论诗词,常有情语、景语之分。王世禛说:"美成能作景语,不能作情语。"(《弇州山人词评》)田同之持不同看法,说:"愚谓词中情景不可太分,深于言情者正在善于写景。"(《西圃词说》)前者似重情语,后者则重景语。其实,正如李渔所说:"词虽不出情景二字,然二字亦分主客,情为主,景是客。说景即是说情,非借物遣怀,即将人喻物。有全篇不露秋毫情意,而实句句是情,字字关情者,切勿泥定景即承物之说,为题字所误,认真做向外面去。"(《窥词管见》)再看冯延巳的〔清平乐〕:

雨晴烟晚,绿水新池满。双燕飞来垂柳院,小阁画帘高卷。
　黄昏独倚朱阑,西南新月眉弯。砌下落花风起,罗衣特地春寒。

雨后初晴,池塘水满,新绿溅溅,晚烟覆罩。这是远景。近景则是:垂柳院中,双燕翩翩归来,小楼上的画帘高卷。这一切都是阁中人卷帘闲眺看到的。下阕四句仍纯写景,但景中有人。"西南新月眉弯",是"黄昏独倚朱阑"的人之所见;"砌下落花风起",因而使她感到"春寒"。从"独倚",微露怅意;"落花风起",惆意又深一层;"罗衣特地春寒",更深一层写出人的感受。两首词的共同特色是:以景物烘托人情,但"情"不同:一闲适,一惆怅。

有的诗词,从字面上看似纯写景,并无一字道着"情"。但透进一层看,情在其中,正是"情景名为二,而实不可离。神于诗者,妙合无垠"(《姜斋诗话》卷二)。"语有全不及情而情自无限者。"(《古诗评选》卷三)也正如清代许印芳说的,"情寓景中,神游象外"(《诗法萃编》)。如乐府杂歌《敕勒歌》:

敕勒川,阴山下,天似穹庐,笼盖四野。
天苍苍,野茫茫,风吹草低见牛羊。

表面看无一个字情语,也没有像前词那样从"绿窗春睡轻"、

497

"黄昏独倚朱阑"或隐或显透露出人情。它只是如实描绘景物:开头两句六个字,简括地介绍了敕勒族这个游牧民族的生活地点。穹庐,圆顶的帐篷,即今俗称的蒙古包,取其顶圆,以比苍天,十分恰切,具有北国的特点。苍苍,显示雄浑深远;茫茫,显示广袤无际,这两对叠字,用得自然传神。"风吹草低见牛羊",给人以想象的余地。劲风吹过,牧草披拂,这时才从"草低"处,看到了黄色的牛,白色的羊。正是"写景如此,方为不隔"(《人间词话》)。那么,从这幅天地苍茫,草原辽阔,水草丰美,牛羊成群的宏美壮景中,敕勒族人民的豪情,旷达,表达得多么雄浑深厚!用司马光的话来说,正是:"意在言外,使人思而得之"的。

韦庄〔菩萨蛮〕五首中的第三首,是一首在艺术上颇有特色的词。词用"敷陈其事"的赋体,径书其事,"正言直述",仿佛纯作景语。词云:

> 如今却忆江南乐,当时年少春衫薄。骑马倚斜桥,满楼红袖招。 翠屏金屈曲,醉入花丛宿。此度见花枝,白头誓不归。

词以"却忆"、"当时"开篇,可见是回忆旧事,并非此刻身在江南。韦庄两度入蜀,一次在乾元四年(八九七)六十二岁,为两川宣谕协和使李询的判官,随同去蜀;一次在天复元年(九〇一)六十六岁。再度入蜀,应聘为王建掌书记,此后终老是乡,于七十五岁卒于成都的花林坊。这首〔菩萨蛮〕可能是他晚年羁身蜀地时的作品。另首〔菩萨蛮〕的结句是:"未老莫还乡,还乡须断肠。"他的家乡在长安杜陵(今陕西西安市附近),此时兵荒马乱,欲归不得,所以他想起了旧游之地的江南。"却忆",是不得不忆。"等是有家归未得。"则当日江南之游更成为可追忆的了。唐代刘皂有一首《旅次朔方》诗,与此词写法很相近。诗云:"客舍并州已十

498

霜，归心日夜忆咸阳；无端更渡桑干水，却望并州是故乡。"久客并州，远离故乡（咸阳），今不但不能归，反北渡桑干，离家更远，并州既不得住，何况咸阳！只好退而求其次，把并州当成故乡了。这诗可说是"如今却忆江南乐"的注脚。迫不得已之情，溢于言表。人谓端已词"似直而纡，似达而郁"，正于此处见功夫。"当时年少春衫薄。"春衫趁风，轻轻飘举，何等风流倜傥，神姿翩翩，欢乐之情，昭然在目。"骑马倚斜桥，满楼红袖招。"写当年欢乐的一个场景。白居易《井底引银瓶》诗："妾弄青梅凭短墙，君骑白马傍垂杨；墙头马上遥相顾，一见知君即断肠。""骑马"、"骑白马"，都是用以陪衬人的风采。"桥"曰"斜"，也是显示其欹侧多姿，和"斜拔玉钗灯影畔"、"翩翩马上帽檐斜"的"斜"字同义。再接以"满楼红袖招"，则当年江南之乐，更不言而喻了。"屏"曰"翠"曰"金"，可见屏之华丽，不仅华丽，而且曲折回护（"屈曲"）。在如此幽深的闺房中，"醉入花丛宿"，这是那个时代少年人的赏心乐事。一起六句，写"当时"在江南的欢愉之情，畅快淋漓。结以"此度见花枝，白头誓不归"，意思是说，现在如果再有像当日那样的美好遇合，则将终老于此，不再作还乡的打算。实际呢，"此度"既不能再"见花枝"，"还乡"更是全无希望的了。全词用"春衫薄"、"倚斜桥"、"红袖招"、"翠屏"、"花丛"等种种美好景物，来烘托当年的欢乐，旖旎风流，十分真切。这种纯属客观事物描绘的"写景"，到头来总是隐约曲折地透露出"情"来的。

那么，有没有纯写情的呢？过去的评论家们举过不少例。王国维说："词家多以景寓情。其专作情语而绝妙者，如牛峤之'甘（当作"须"）作一生拼，尽君今日欢'。顾敻之'换我心，为你心，始知相忆深'。欧阳修之'衣带渐宽终不悔，为伊消得人憔悴'（按：乃柳耆卿词句），美成之'许多烦恼，只为当时，一饷留情'。此等词，求之古今词中，曾不多见。"（《人间词话》删稿）况周颐认为周邦彦"天便教人，霎时厮见何妨"、"梦魂凝想鸳侣"、"多少暗愁密意,唯有天知"、"最苦梦魂,今宵不到伊行"、"拼今生、对花对酒,为伊泪落"等句,是"至真之情,由性灵肺腑中流出,不妨说尽而愈无尽"。(见《蕙风词话》)其实,这是摘句法。单看这一两句,的确是"专作情语",但此"情语"所以"绝妙",是和整首词的结构、意境、写景、抒情等分不开的。牛峤〔菩萨蛮〕的前几句是:"玉楼冰簟鸳鸯锦,粉融香汗流山枕。帘外辘轳声,敛眉含笑惊。柳阴烟漠漠,低鬓蝉钗落。"一、二句写欢情,平庸浅薄。"帘外辘轳声,敛眉含笑惊"是传神之笔。辘轳声响,传自帘外,天将破晓,欢愉将尽。"敛眉含笑惊",把此刻人那种既为欢愉而"喜"(故"含笑"),又为将别而"悲"(故"敛眉")因闻辘轳声而"惊"的情态,描摹尽致(此句应倒看,即:先"惊",后"含笑",再"敛眉")。周邦彦〔蝶恋花〕《早行》在"月皎惊乌栖不定。更漏将阑,轳辘牵金井"后,有"唤起两眸清炯炯,泪花落枕红绵冷"句,写因别而难成眠。"两眸炯炯",见眼泪晶莹;"红绵冷",见流泪之久且多,也是传神之笔,却不如"敛眉含笑惊"具有飞动的形态美。五、六句写临岐分别。"烟漠漠",点晨景;"蝉钗落",是由于"低鬓",表示两情缱绻。词的这两句全是景物描写,透视出情意绵绵,因此逼出最后两句:"须作一生拼,尽君今日欢"的"绝妙"情语。如果没有前面种种景物的映衬,烘托,感情的逐步递进,则最后喷涌而出的"情语"(或称"专作情语"),就不会"绝妙",而狎昵已极(《花草蒙拾》),可称"亵语"了。

况周颐认为是"至真之情由性灵肺腑中流出"的"最苦梦魂,今宵不到伊行"。"天便教人,霎时厮见何妨",见周邦彦的〔风流子〕:"新绿小池塘。风帘动,碎影舞斜阳。羡金屋去来,旧时巢燕,土花缭绕,前度莓墙。绣阁里,凤帏深几许,听得理丝簧。欲说又休,虑乖芳信,未歌先咽,愁近清觞。 遥知新妆了,开朱户,应自待月西厢。最苦梦魂,今宵不到伊行。问甚时说与,佳音密耗,寄将秦镜,偷换韩香。天便教人,霎时厮见何妨。"《历代诗

500

余·词话》引《挥麈余话》云："周美成为江宁府溧水令,主簿之姬有色而慧,美成常款洽于尊席之间。世所传〔风流子〕词,盖所寓意焉。"此说不一定可靠,但写的是爱情故事则无疑。词从起句至"最苦梦魂"以前,全是写景。池塘新绿,轻风拂帘,飘落池中的帘影在斜阳中摇动。接写燕子飞入旧巢,而自己却被那堵上次曾经见过的长着青苔的墙阻在外面。"绣阁"以下是忆昔:她居住的绣阁里,有多少重绣有丹凤图案的帐幔垂挂,我曾经在那里听过她动人的演奏。那时,她好像对我要说什么,但终于没有说出来,也许她怕答应了无法实现吧;她好像要为我唱一支歌,可是尚未开口就咽住了,只好愁闷地举起杯来。"遥知"以下是想象。此刻我猜想她已经梳妆完毕,打开朱色的小窗,正待月西厢。词大半写景,或景中含情,或直抒胸臆,情意拳拳,最后逼出:最使人难过的是:今天晚上,我做梦怕也到不了她的身边! 再用汉代秦嘉妻徐淑赠秦嘉明镜和西晋贾充之女窃西域奇香赠韩寿两典,表明渴望有一天能互赠定情礼物。但这些目前全不可得,自己徘徊墙外,于是发出震人心灵的呼喊:"老天啊! 你哪怕让我们见上短短的一面都不行么!"这首词里"不妨说尽而愈无尽"的"至真之情",和前面的写景密不可分。

所以,王国维"一切景语皆情语"的话,表面看似有点过头,但真正好的诗,虽"纯作景语",但总隐含有"情",否则,往往不会感人。"纯作情语"的诗,联系全篇看,总离不开"景";单看几句"纯情语",令人摸不着头脑,也不会感人。"诗者,根情……"(白居易)"情不深则无以惊心动魄"(焦竑)。无"情"便不成其为"诗";而"纯作景语"的诗,更是没有的。

水光山色与人亲

写景、抒情的最终目的,是为了"立意"。"文以意为主,辞以达意而已。"(赵秉文《竹溪先生文集引》)而只有作到情景浃洽才能"辞以达意"。王夫之《姜斋诗话》中的话颇有启发性:

> 诗文俱有主宾。无主之宾,谓之乌合。……立一主以待宾,宾无非主之宾者,乃俱有情而相浃洽。若夫"秋风吹渭水,落叶满长安",于贾岛何与?"湘潭云尽暮烟出,巴蜀雪消春水来",于许浑奚涉?皆乌合也。"影静千官里,心苏七校前",得主矣,尚有痕迹;"花迎剑佩星初落",则宾主历然,镕合一片。

王夫之所谓宾主关系,就是景与情的关系:以情为主,以景为宾;要所写的景物寓有作者的主观情意,否则景物就成了"无帅之兵",谓之"乌合"。"秋风吹渭水,落叶满长安",这两句诗见贾岛《忆江上吴处士》:"闽国扬帆去,蟾蜍亏复圆。秋风吹渭水,落叶满长安。此地聚会夕,当时雷雨寒。兰桡殊未返,消息海云端。"这是一首追忆朋友的诗。一、二句说吴处士去闽后,月亮已经由亏而圆(即一个月)。三、四句说现在长安又进入秋天。五、六句回忆与吴处士相聚是在雷雨交作,使人生寒之夜。七、八句说不见归帆,与吴处士相隔云海,音信渺然,思念情殷。从全诗看,说朋友走了以后,现在长安又到了秋天,烘托出了气氛,但与诗所要表达的追忆友人的内容结合不紧。所以虽为谢榛称赏(见《四溟诗话》卷二),但王夫之认为"于贾岛何与"(即与贾岛没有关系)。即是说成了败笔。"湘潭云尽暮烟出,巴蜀雪消春水来",见许浑《凌歊台》:"宋祖凌高乐未回,三千歌舞宿层台。湘潭云尽暮山出,巴蜀雪消春水来。行殿有基荒荠合,寝园无主野棠开。百年便作万年计,岩畔古碑空绿苔。"这是一首怀古诗,"湘潭"两句纯写云尽雪消的初春景物,与作者登凌歊台兴起的"行殿有基荒荠合,寝园无主野棠开"的凄清感慨,很难浃洽,所以虽为王世贞称赏(见《艺苑卮言》卷四),但王夫之认为"于许浑奚涉"。因为如果"意外设景,景外起意",就如"赘疣上生眼鼻,怪而不恒"(《唐诗评选》卷三),是不足取的。他欣赏杜甫的"影静千官里,心苏七校前"。这两句见杜甫《喜达行在所三首》的第三首。至德二载(七五七)四月,杜甫冒险由长安逃归凤翔,五月十六日肃宗拜为左拾遗。这三首诗便是杜甫饱经忧患,惊魂甫定之作。起两句云:"死去凭谁报?归来始自怜。"说从长安到凤翔一路上艰辛备尝,如果在路上死去,也不会有人知道。接着说:"犹瞻太白雪,喜遇武功天。影静千官里,心苏七校前。"太白、武功皆山名,在凤翔附近。意谓到此得复睹汉家天日。七校,指武卫,汉武帝曾置七校尉。国家复兴有望,置身朝班,觉影静而心苏,没有陷贼时的杀身危险了。这两句把主观的情和客观的景,结合起来,所以说"得其主矣"。但还是嫌它"稍有痕迹",是因为还没有完全达到情景交融的境地。最后"今朝汉社稷,新数中兴年",以汉喻唐,深信唐肃宗中兴有望,表示出欣慰的心情。这里还可联系岑参《和贾至舍人早朝大明宫之作》的五、六句①"花迎剑佩星初落,柳拂旌旗露未干"的话,来说明烘托朝仪,清新不俗。王夫之尤其欣赏前四字,对后三字稍有不满,他说:"'花迎剑佩'四字,差为晓色朦胧传神;而又云'星初落',则痕迹露尽。"(《姜斋诗话》卷一)因为"花迎剑佩",不仅从花见出晓色的清新,而花似与朝官的剑佩相"迎",又显出朝官的不俗,正是"宾主历然,镕合一片"。"星初落",直指天将破晓,便显得浅露。王夫之主张写景必"目之所见",寓意必心有所感,"心目相取",才能情景浃洽,"镕合一片"。

王夫之又提出"景以情合,情以景生"的见解。其实质也是说要情景浃洽,物我谐和,达到宾主镕合的境界。如杜甫的《移居夔州作》:

> 伏枕云安县,迁居白帝城。
> 春知催柳别,江与放船清。
> 农事闻人说,山光见鸟情。
> 禹功饶断石,且就土微平。

首两句说告别云安,移居夔州,点题。接着说春天知道诗人要离开云安,正催促柳枝抽条发青,好折枝送别。李白有"春风知别苦,不遣柳条青"句,两者意相反,但情相同,都是"决不能有其事,实为情至之语"。长江也知道诗人要走,故水清波平,备船送行。正是"从无情处看出有情"(《杜诗镜铨》)。后四句写移居夔州后的所闻所感:春天已到,农事方启,鸟或知情。过去沿三峡一带劈石掘河,故少平土,唯夔州稍平,正便于农事。王嗣奭《杜臆》说:"山光见鸟情"是"揣未然","山光悦鸟性"(见常建《题破山寺后禅院》)[②]是"说已然"。"'见'从'人'说;'悦'从'鸟'说,意自不同",很有见地。移居夔州的欣快之情,从"催"、"放"、"闻"、"见"等状物写景的描绘中,写出情物浃洽,情景相生,彼此之间,相亲相近,达到物我浑溶的境界。

苏轼《书司空图诗》说:"司空图表圣自论其诗,以为得于味

504

外。'绿树连村碧,黄花入麦移。'此句最善。又云:'棋声花院静,幡影石坛高。'吾尝游五老峰,入白鹤院。松荫满庭,不见一人,惟闻棋声。然后知此句之工也。但恨其寒俭有僧态。若杜子美云:'暗飞萤自照,水宿鸟相呼。''四更山吐月,残夜水明楼。'则才力高健,去圣表之流远矣。"苏轼称"黄花入麦移"曰:"此句最善。"因为黄花与成熟的麦色相近,黄花好像扩大延伸,逐渐移入麦田,写景细致,融入了人的欣快感情。"棋声花外静,幡影石坛高"(见《与李生·论诗书》),作"棋声花院闭,幡影石幢幽"两句,因为只写出古庙的幽静,就景写景,"见物不见人",缺乏诗人的情感形象,所以说"寒俭有僧态"。杜甫的诗截然不同。如《倦夜》:"竹凉侵卧内,野月满庭隅。重露成涓滴,稀星乍有无。暗飞萤自照,水宿鸟相呼。万事干戈里,空悲清夜徂。"竹上露重,积成涓滴,月明星稀,衾枕生凉。从初夜到尽夜,诗人一直辗转反侧,不能成眠,这时他发现:萤虫发光以求侣,水鸟相呼争寻伴,而诗人忧国忧民的心,又有谁了解呢?"万事干戈里,空悲清夜徂",孤老寂寞之情,与竹凉、野月、重露、稀星、飞萤、水鸟诸物象,何其浃洽谐和,情景相生!杜甫《月》的首两句:"四更山吐月,残夜水明楼",正是"会景而生心,体物而得神",你看月光从高山上喷吐出来,倾注水中,水底之月反照高楼,静中见动,"心境双莹"(浦起龙评语)。联系诗中"斟酌姮娥寡,天寒奈九秋"两句,如黄生云:"寡妇孤臣情况如一。"抛开诗中的寓意(《杜臆》主此说)不论,情景浃融,也达到了完美的程度。

"言情之词,必藉景物映托,乃具深宛流美之致。"(吴衡照《莲子居词话》卷二)选取何种景物能准确地"映托"出人的情,固然重要;但如何使景物与人水乳交融,从诸种景物绘成的"含情无限"的画面中,感受到人的情思,这样的"景",才可说起到了"映托"的作用。试看周邦彦〔浣溪沙〕:

雨过残红湿未飞,珠帘一行透斜晖。游蜂酿蜜窃香归。

金屋无人风竹乱,衣篝尽日水沉微。一春须有忆人时。

雨过初晴,枝头残红犹在,那上面还浮漾着水珠儿("湿未
飞")。夕阳的斜晖透过竹帘照进屋里。这时,那些寻花酿蜜的蜂
儿,都结伴飞回来。前两句静,后一句动,以动衬静,愈显出环境的
幽寂凄清。上阕全是写景。过片,始现人物。"金屋无人风竹
乱",华丽的屋子里除女主人再没有别人,此刻只听到窗前的竹子
摇摆,簌簌作响。薰衣的香篝里,水沉的香气,已经稀薄,几乎闻不
到了。前句动,后句静,仍是以动衬静,愈见其静的手法。最后,女
主人才发出一声微弱的沉吟:我整个春天都在等待着,你总该也会
有想念人家的时候啊。女主人一声深情的怨叹,与前面诸种景
物——残红、斜晖、游蜂、风竹等绘成的冷艳清奇的画面,相映相
衬,谐和一致,景情交融。

"映门淮水绿,留骑主人心。明月随良掾,春潮夜夜深"(王昌
龄《送郭司仓》),春天的淮水,碧波粼粼,映照门楣,诗人对即将分
别的郭司仓的情意,像淮水一样深长。在临别的时刻,天上美丽的
明月,好像也跟着他走了,而友情却如涨满的春潮,夜夜弥深。淮
水,明月,春潮与人,何其亲昵。"怀君属秋夜,散步咏凉天。空山
松子落,幽人应未眠"(韦应物《秋夜寄邱二十二员外》),秋天的夜
里,我一个人在院子里散步,吟咏着新凉怀人的诗篇。想象着此刻
你正在空旷的山中,一面踽踽独行,一面听着松子从树上静静飘落
下来,也还没有睡眠呢。秋夜、凉天、空山、松子,不正是此刻诗人
与朋友共同的良伴么?"花开红树乱莺啼,草长平湖白鹭飞。风
日晴和人意好,夕阳箫鼓几船归。"(徐元杰《湖上》)湖上花开,莺
啼红树,岸边草长,白鹭翻飞,风和日晴,春光美好,游人心怡神畅。
不久,夕阳西下,箫鼓声喧,一只只船儿满载着欢声笑语归来了。
红花、黄莺、青草、白鹭、风和、日暖、夕阳、箫鼓种种绚烂多姿的景

物,种种悦耳的声音和美丽的色彩,与湖上赏心悦目的游人们,多么情亲意惬,真是景清人好!"丝纶阁下文章静,钟鼓楼中刻漏长。独坐黄昏谁是伴?紫薇花对紫薇郎"(白居易《直中书省》),诗人在草拟皇帝诏令的丝纶阁下,无文章可作,愈觉寂寞无聊,偏偏钟鼓楼上刻漏水滴,一声声一下下传入耳鼓。此刻谁与我这紫薇郎来做伴呢?只有中书省里的紫薇花了。如李白"相看两不厌,唯有敬亭山"(《敬亭山》)一样,紫薇花之与白居易,该有多么亲切!"南山当户牖,沣水映园林。竹覆经冬雪,庭昏未夕阳。"(祖咏《苏氏别业》)窗户正对着终南山,沣水流绕着园林,水光园景,相映成趣。竹木掩映,遮蔽日光,还未到傍晚,庭园里已显得重荫浓密了。山、水、竹、雪,使居此"幽处"的人,怎能不"生隐心"而有"寥寥人静外"之感呢?景物,与流连忘返、恬适畅怀的诗人心情,多么谐调。这类例子,不胜枚举。总之,由于"水光山色与人亲",景与情融,造成一种极为和谐的美,更增加了诗的感染力,几乎使人不能辨何者为景,何者为情,真正达到"景以情合,情以景生","妙合无垠"的程度了。

① 岑参:《和贾至舍人早朝大明宫之作》
　　鸡鸣紫陌曙光寒,莺啭皇州春色阑。
　　金阙晓钟开万户,玉阶仙仗拥千官。
　　花迎剑珮星初落,柳拂旌旗露未干。
　　独有凤凰池上客,阳春一曲和皆难。

② 常建:《题破山寺后禅院》
　　清晨入古寺,初日照高林。
　　曲径通幽处,禅房花木深。
　　山光悦鸟性,潭影空人心。
　　万籁此都寂,但闻钟磬音。

语直·脉露·味浓

严羽说:"语忌直,意忌浅,脉忌露,味忌短。"(《沧浪诗话》)郭绍虞先生《沧浪诗话校释》引《诗说杂记》解释说:"语何以忌直?缘诗主文谲谏,寓意微远,所称甚小,所指极大。"又引《白石道人诗说》:"血脉欲其贯穿,其失也露……"此外,施补华说,"忌直贵曲"(《岘佣说诗》);黄庭坚说,"长篇须曲折三致意"(《诗人玉屑》卷五引);毛稚黄说,"长调如娇女步春,旁去扶持,独行芳径,徙倚而前,一步一态,一态一变"(王子华《古今词论》引)。诸如此类的说法,和诗的传统主张含蓄、蕴藉,是一脉相承的。

但是,文学现象是复杂的,艺术手法也多种多样,不可能"定于一尊"。也有"语直""脉露",但却味浓的。如陈以庄〔菩萨蛮〕(此词《尊前集》作李白词,《草堂诗余》作陈达叟词)云:

> 举头忽见衡阳雁,千声万字情何限。叵耐薄情夫,一行书也无。　　泣归香阁恨,和泪淹红粉。待雁却回时,也无书寄伊。

秋天,北雁南飞。衡阳旧城南有回雁峰,相传雁至此不再南飞。雁鸣不已,千声万声,在闺中人听来,声声含情。这是她的希望,也是"举头忽见"时的感受。情境大抵是这样:落叶惊秋,闺中无聊,信步门外,初闻雁声而喜,因而觉得"情何限"。可是刹那间想到,"叵耐薄情夫,一行书也无"。可恨薄情的丈夫,竟连一纸书信也没有传来(古有鸿雁传书的说法)。下阕写她因未得书信,回归香阁,泪湿红粉,内心愈加感伤。喜而悲,悲而愤,最后说出了决绝的话:"待雁却回时,也无书寄伊。"针锋相对,寸步不让,看来十分坚决。但"硬语"的背后,却隐藏着她沉痛的深情!"语直"、"脉露",但"意"不"浅",味更浓,因为它"直"中含情。

人们历来把宋词分豪放、婉约两派。说以苏、辛为首的豪放词"须关西大汉,铜琵琶、铁绰板,唱'大江东去'";秦观、柳永的婉约词,则"只好十七八女子,执红牙板,歌'杨柳岸,晓风残月'"。其实,唐宋绝大多数的词,应列入"婉约"。婉,就是"婉曲","约"就是"隐约",总归就是"含蓄"。"含蓄无穷,词之妙绝。含蓄者,意不浅露,词不穷尽,句中有余味,篇中有余意,其妙不外寄言而已。"(沈祥龙《论词随笔》)不过婉约词里面,也有不少是"语直"、"脉露",并不含蓄的。试以柳永和周邦彦为例。柳词如"此去经年,应是良辰好景虚设。便纵有千种风情,更与何人说"(〔雨霖铃〕);"对酒当歌,强乐还无味。衣带渐宽终不悔,为伊消得人憔悴"(〔蝶恋花〕);"镇相随,莫抛躲,针线闲拈伴伊坐"(〔定风波〕)。周词如"天便教人,霎时厮见何妨"(〔风流子〕);"拼今生,对花对酒,为伊泪落"(〔解连环〕);"弄粉调朱柔素手,问何时重握? 此时此意,长怕人道着"(〔丹凤吟〕);"多少暗愁密意,唯有天知"〔风流子〕);"玉骨为多感,瘦来无一把"(〔塞垣春〕);"不言不语,一段伤春,都在眉间"(〔诉衷情〕);"许多烦恼,只为当时,一晌留情"(〔庆宫春〕)。这种"专作情语"的词的一个显著特色是:坦率、直露,绝少含蓄。但由于情切意挚,真实生动,比那些"颦眉搔首,作态几许"的还具有感染力。它恰如况周颐说的:"语愈朴愈厚,愈厚愈雅,至真之情由性灵肺腑中流出,不妨说尽而愈无尽。"(《蕙风词话》)"说尽"是为了"愈无尽",所以,味浓而醇厚。

　　同是鞭挞唐玄宗霸占儿媳丑行的诗,李商隐说:"夜半宴归宫漏永,薛王沉醉寿王醒"(《龙池》);杨万里说:"寿王不忍金闺冷,独献君王一玉环"(《题武妃传》)。同是揭露杨贵妃喜吃鲜荔枝,劳师动众,为人民带来苦难的诗,杜牧说:"一骑红尘妃子笑,无人知是荔枝来"(《过华清宫》其一);苏轼说:"宫中美人一破颜,惊尘溅血流千载"(《荔枝叹》)。同是写马嵬坡杨贵妃被缢死而不足惜的诗,郑畋说:"终是圣明天子事,景阳宫井又何人"(《马嵬坡》);袁枚说:"石壕村里夫妻别,泪比长生殿上多"(《马嵬驿》)。同是写杨贵妃美的诗,李白说:"云想衣裳花想容"(《清平调》);白居易说:"回眸一笑百媚生"(《长恨歌》)。同是写长门生活的诗,刘方平说:"寂寞空庭春欲晚,梨花满地不开门"(《春怨》);江采萍说:"长门尽日无梳洗,何必珍珠慰寂寥"(《谢赐珍珠》)。同是为古代所谓"女人是祸水"鸣不平的诗,罗隐说:"地下阿瞒应有语,这回休要怨杨妃"(《帝幸蜀》);韦庄说:"今日不关妃子事,始知辜负马嵬人"(《立春日作》)。同是讽刺隋炀帝荒淫误国的诗,李商隐说:"地下若逢陈后主,岂宜重问《后庭花》"(《隋宫》);罗隐说:"君王忍把平陈业,只换雷塘数亩田"(《炀帝陵》)。同是为王昭君远适异国表示愤懑的诗,王涣说:"紫台月落关山晓,肠断君恩信画工"(《惆怅诗》);崔国辅说:"何时得见汉朝使,为妾传书斩画师"(《王昭君》)。同是闺中望秋月,幽怨满怀的诗,李白说:"却下水晶帘,玲珑望秋月"(《玉阶怨》);崔国辅说:"下帘弹箜篌,不忍见秋月"(《古意》)。同是寄书远人,渴望早归的诗,耿沣说:"叶下绮窗银烛冷,含啼自草锦中书"(《古意》);刘禹锡说:"凭寄狂夫书一纸,住在成都万里桥"(《竹枝词》)。上面这些诗句前者含蓄,后者显露;前者"曲",后者"直"。从艺术的审美价值说,轩轾难分;后者"语直""脉露",却同样是"味浓"的。

在大量"救济人病,裨补时阙","惟歌生民病,愿得天子知"的反映民生疾苦的诗里,"语直""脉露"的很不少。被杜甫赞为"两章对秋月,一字偕华星"(《同元使君舂陵行》)的元结的《舂陵行》、《贼退示官吏》两诗,前者如"朝餐是草根,暮食乃木皮。出言气欲绝,意速行步迟",写人民挣扎在死亡线上;后者如"使臣将王命,岂不如贼焉! 今彼徵敛者,迫之如火煎",写官府的横征暴敛,都是既"直"且"露"的。吴乔说:"已落率直之病。"(《围炉诗话》)然而施补华的评论才是公正的:"诗忌拙直,然如元次山《舂陵行》、《贼退示官吏》诸诗,愈拙直愈可爱。盖以仁心结为真气,发为怨词,字字悲痛,《小雅》之哀音也。"(《岘佣说诗》)

严羽论诗,主"兴趣"。"兴趣"属于美感,属于主观审美活动。它是钟嵘"滋味"说、司空图"味外味"说的一个新发展。这里"味忌短"的"味",也正是那种"韵外之致","味外之旨",也就是诗的含蓄蕴藉美。但诗美是多方面的,"词以含蓄为佳,亦有不妨说尽者"(况周颐语),"小词以含蓄为佳,亦有作决绝语而妙者"(贺裳语)。而这种"说尽者"、"决绝语"的诗词,大都是"语直"、"脉露"的。我们既不应以此抑彼,也不应以彼抑此,它们各有所长,各有所短,各有其"味"。

诗语·词语·曲语

广义地说,诗、词、曲,都是诗歌。但它们又是各自独立的一种文学形式。因此在结构用"语"方面,也是各具特色的。

明代戏曲理论家王骥德在《曲律》中说:"词之异于诗也,曲之异于词也,道迥不侔也。""道",即作品的"主旨",或叫"作意"。如何表现"道"?他认为:如果"以诗为曲"或"以词为曲",便都"误矣"。也就是说"此路不通"。

同样的主题,元代张可久的〔山坡羊〕《闺思》和李清照〔如梦令〕的用语,便不一样。张曲云:

> 云松螺髻,香温鸳被,掩春闺一觉伤春睡。柳花飞,小琼姬,一声:"雪下呈祥瑞",团圆梦儿生唤起。谁,不作美?呸,却是你!

这个妇女的螺形发髻松散了,在温暖的香衾里睡得正美,不料美丽的小丫头却惊异地喊了声:"雪下呈祥瑞!"团圆梦儿被唤醒,于是我们听到了这位少妇的恼怒声:"谁,不作美?呸,却是你!"当李清照"浓睡不消残酒",因"昨夜雨疏风骤"担心花事阑珊、而侍女却说"海棠依旧"时,薄嗔的词人禁不住喊出:"知否?知否?

应是绿肥红瘦。"她的不悦,远不像那个怨"谁,不作美",骂"呸,却是你"的少妇那么情态显露。而李清照的词跟韩偓的诗:"昨夜三更雨,临明一阵寒。海棠花在否?侧卧卷帘看"很相近,但从表达的感情和韵味说,却颇不一样,而李词用对话的形式写物,通过语气的缓急,见出两人心情迥异,表达出一个惜春怜花人的真实感情,韩诗则看不出感情的波澜。只是没有说话人的口气和心曲的表现而已。

再如韦庄〔酒泉子〕①上阕和张可久〔山坡羊〕曲的前三句,同一意境,都是写"美人春睡",而"绿云倾,金枕腻"与"云松螺髻,香温鸳被"更同一含意。词却更凝炼些。这位美人被"子规啼破相思梦"时,她似乎没有着恼,更没有发作。看到"曙色东方才动。柳烟轻,花露重",景色凄清,一夜孤眠,天刚破晓,她"思难任",感情的负荷更沉重了。但一切都在默默无言中。

仅留下一首二十个字小诗《春怨》的唐代诗人金昌绪,常为人们所称道。"打起黄莺儿,莫叫枝上啼。啼时惊妾梦,不得到辽西"。前两句或解作"梦前"或解作"梦后"。如解作"梦前",那是预作防范,也可见过去已有"啼莺惊梦"的事了。但从题上的"怨"字看,毋宁解作"梦后",更具情味。黄莺的叫声是美妙的,但"随郎万里"的梦,"枕上片时春梦中"的梦,更是美妙。因此当"啼时惊妾梦"后,就直欲"打起"(打得飞走)而后快了。语直气急,但写来从容含蓄,"留不尽之意见于言外"。

以上几首诗词曲都是写闺中怀人(李词稍有不同),都是因人因物(侍女、子规、黄莺)而被唤醒(惊梦),但诗词内蕴(词更"蕴"),曲直露;诗词用语雅丽,尚文采(词尤甚),曲则通俗,"肖其声口"。诗词感情深沉,曲的感情纤细些。而且词和曲都较诗更注意人的情态描写。

赋、比、兴是诗词曲传情达意的主要手段。诗词由于讲究含而不露,意在言外,故多用比兴;曲由于贵"尖新",尚"豪辣",故多用

"敷陈其事"的赋。试看元代卢挚的〔蟾宫曲〕：

> 想人生七十犹稀，百岁光阴，先过了三十。七十年间，十岁顽童，十载尪羸，五十年除分昼黑，刚分得一半儿白日。风雨相催，兔走乌飞。仔细沉吟，都不如快活了便宜。

作品内容哀叹人生短促，消极伤感，绝无可取之处。但它确如李渔说的是"以'尖新'出之，则令人眉扬目展，有如闻所未闻"，"不观则已，观则欲罢不能"（《闲情偶寄》）。人生七十，古来就少，何况，"十岁顽童"，不晓人事；"十载尪羸"，昏朦衰病，如此只剩五十岁，"除分昼黑"，便只剩下"一半儿白日"；而这仅余的二十五年，又"风雨相催，兔走乌飞"，有多少不如意事。因此，"仔细沉吟"的结果，"都不如快活了便宜"，干脆寻欢逐乐，去过诗酒自娱的生活了。

这种"莫思身外无穷事，且尽生前有限杯"的思想，在古代诗词文中，并不少见。它们或出于悲怨，或出于疏狂，或出于傲世，或出于闲情，表现着种种不同的意识。李白的"三杯通大道，一斗合自然。但得酒中趣，勿为醒者传"（《月下独酌》），是因为他的"一醉累月轻王侯"的傲世。杜甫的"细推物理须行乐，何用浮名绊此身"（《曲江二首》其一）、"酒债寻常行处有，人生七十古来稀"（《曲江二首》其二），是疏狂与悲怨的混合物，在"及时行乐"的背后，有着诗人无法解脱的时代哀愁，和一颗孤独寂寞的心灵。晏殊的"一向年光有限身，等闲离别易销魂，酒筵歌席莫辞频"（〔浣溪沙〕），只不过是这位达官显宦酒足饭饱后一缕淡淡哀愁的闲情罢了。《古诗十九首》的"生年不满百，常怀千岁忧。昼短苦夜长，何以秉烛游"；苏轼的"身未老，须放些子疏狂。百年里，浑教是醉，三万六千场"（〔满庭芳〕）；李白的"夫天地者，万物之逆旅；光阴者，百代之过客；而浮生若梦，为欢几何？古人秉烛夜游，良有以也"(《春夜宴桃李园序》)。凡此种种,表达的都是人生有限,天地无穷的思想。但是所有这些,都不如卢挚〔蟾宫曲〕尖新、谐趣、耸人视听,给人以"豪辣"之感。这又是曲总是写得痛快淋漓,不留余地的长处了。

滑稽、调笑,在戏曲里很常见。关汉卿的《不伏老》本表示他对当时社会不满,说自己像"蒸不烂、煮不熟、捶不扁、炒不爆、响当当一粒铜豌豆"一样倔强。可是像"你便是落了我牙,歪了我口,瘸了我腿,折了我手,天赐予我这几般儿歹症候,尚兀自不肯休"这样的硬朗话,也不免有打趣的成分。闺中少妇望人不归,迁怒于无知的鸟儿,在诗词里可常看到。冯延巳写一个春日怀人的妇女,"闲引鸳鸯","手挼红杏"百无聊赖,最后,"终日望君君不至,举头闻鹊喜"。古人有以鹊声为喜兆,有灵鹊报喜的说法。但她闻鹊声以后怎么样,词人一个字也没有写。来自民间的敦煌曲子词〔鹊踏枝〕,写那个埋怨"灵鹊多漫语,送喜何曾有凭据"的少妇,也只不过诅咒似的说:"几度飞来活捉取,锁上金笼休共语。"同样主题的散曲《闺中闻杜鹃》,表现手法就不相同了。试看:

〔骂玉郎〕无情杜宇闲淘气,头直上耳根底,声声聒得人心碎。你怎知,我就里,愁无际?〔感皇恩〕帘幕低垂,重门深闭。曲阑边,雕檐外,画楼西。把春醒唤起,将晓梦惊回。无明夜,闲聒噪,厮禁持。〔采茶歌〕我几曾离、这绣罗帏?没来由劝我道"不如归"!狂客江南正着迷,这声儿好去对俺那人啼。

听见杜鹃聒噪,先是埋怨它"你怎知,我就里,愁无际";后是埋怨它"把春醒唤起,将晓梦惊回";最后借杜鹃"不如归去"的叫声说"狂客江南正着迷,这声儿好去对俺那人啼"。曾瑞这支小令,不仅有李渔对"词采"所要求的"贵浅显",而且有他要求的"重机趣","说何人,肖何人",人物语言有机地联结成一个整体,而又

515

要富有人情味和趣味性。

诗发展到唐代,主要是用来读的。王维的《送元二使安西》(《乐府诗集》作《渭城曲》)"此辞一出,一时传诵不足,至为三叠歌之"。即"歌之"者是作为曲的《阳关三叠》^②。这时的诗基本上是"案头文学"了。词,合乐可歌。但听者大多为达官显宦、文人学士。风格,婉曲含蓄。曲,便不同了。它"上而御前,下而愚民,取其一听而无不快意"(凌蒙初《读曲杂记》)。大体可以说,诗,主要是诉诸于视觉;词,视觉听觉兼有;而曲则首先要诉诸于听觉。作品的服务对象不同,用"语"也就不同了。"曲文之词采,与诗文词采非但不同,且要判然相反,何也?诗文之词采贵典雅而贱粗俗,宜蕴藉而忌分明;词曲不然,话则本之街谈巷议,事则取其直说明言。"(《闲情偶记·词采》)李渔在这里说的"词曲",是被当作"曲"或"戏曲"的同义语来使用的,并非我们这里所谈的"词语"的"词"(他称"诗词"之"词"为"诗余")。他对诗文与"曲"(或"戏曲")的词采之不同的说法,是符合诗、曲用语实际的。至于词,沈义父的话较有代表性:"下字欲其雅。不雅,则近乎缠令之体。用字不可太露。露,则直突而无深长之味。"(《乐府指迷》)李清照有一首《春残》诗:"春残何事苦思乡,病里梳头恨最长。梁燕语多终日在,蔷薇风细一帘香。"陈昶云:"清照诗不甚佳,而善于词,隽雅可诵。即如《春残》绝句'蔷薇风细一帘香',甚工致,却是词语也。"(《历朝名媛诗词》)"甚工致,却是词语也",又说明了诗词用语的不同。词的语言,更需要工丽、精致、婉和。概言之,诗词贵雅(词尤甚),曲贵俗;诗词贵含蓄(词尤甚),曲则尚显露。

诗语、词语、曲语的不同,又由于诗词曲表达感情的方式不同而异趣。"无可奈何花落去,似曾相识燕归来"(晏殊〔浣溪沙〕),属对工巧自然,在词里是佳句,在诗里(七律《示张寺丞王校勘》)却显示不出它的特色。因为它"意致缠绵,词调谐婉的是倚声家语,若作七律,未免软弱矣"(《词林纪事》)。隋炀帝诗:"寒鸦千

516

万点,流水绕孤村",变而为秦观的"寒鸦数点,流水绕孤村"(〔满庭芳〕),"虽不识字人,亦知是天生好言语"(《苕溪渔隐丛话》引晁补之《复斋漫录》)。因为它"入词尤是当家"(王世祯《艺苑卮言》)。三变而为"枯藤老树昏鸦,小桥流水人家"(马致远〔天净沙〕),则是曲了。晏几道"今宵剩把银釭照,犹恐相逢是梦中",抒情旖旎曲折,是词语;杜甫"夜阑更秉烛,相对如梦寐",用笔古朴凝重沉滞,是诗语。钟仲山"燕子不来蝴蝶瘦,饼桃开得可怜红"的诗句,如丁绍仪云:"宜易为词,入之诗中纤矣。"李商隐《柳》与晏几道的〔浣溪沙〕同是咏柳,都是"形容先荣后悴之意"。诗曰:"曾逐东风拂舞筵,乐游春苑断肠天。如何肯到清秋日,已带斜阳又带蝉。"(《柳》)词曰:"二月和风到碧城,万条千缕绿相迎,舞烟眠雨过清明。　　妆镜巧眉偷叶样,歌楼妍曲借枝名,晚秋霜霰莫无情。"诗清隽,词纤巧;遣词用字,却都恰到好处。总之同是抒情,"山围故国周遭在,潮打孤城寂寞回"(刘禹锡),是诗语;"山围故国绕清江,髻鬟对起。怒涛寂寞打孤城,风樯遥度天际"(周邦彦),是词语。"小楼一夜听春雨,深巷明朝卖杏花"(陆游),是诗语;"细雨窗纱。深巷清晨卖杏花"(阮大铖),是词语;而"隔帘听,几番风送卖花声。夜来微雨天街净"(贯云石),则是曲语了。

"诗庄词媚,其体无别。"(李东淇《古今词话》)主要是从风格方面说的。从语言方面说,大体是:诗主庄(凝重、浑厚),词主媚(明丽、典雅),曲主尖新(纤巧、铺陈)。如果说"诗有赋比兴,词则比兴多于赋"(沈祥龙《论词随笔》),而曲则赋多于比兴了。诗词曲虽都是诗歌,但它们在语言的运用上,是颇为不同的。

① 韦庄:〔酒泉子〕

月落星沉,楼上美人春睡。绿云倾,金枕腻,画屏深。　　子规啼破相思梦,曙色东方才动。柳烟轻,花露重,思难任。

② 无名氏:《阳关三叠》

517

渭城朝雨,一霎浥轻尘。更洒遍客舍青青,弄柔凝千缕柳色新。更洒遍客舍青青,千缕柳色新。休烦恼,劝君更尽一杯酒。人生会少。自古富贵功名有定分。莫遣容仪瘦损。休烦恼,劝君更尽一杯酒。只恐怕西出阳关,旧游如梦,眼前无故人。只恐怕西出阳关,眼前无故人。

旗亭画壁的故事

王之涣、王昌龄、高适都是唐代开元年间的著名诗人。有一天他们联袂到旗亭饮酒。其时,有皇家梨园伶官十数人也在这里会宴,三人就避席到屋的一角,拥炉观看。不久,歌女们纷纷演唱起来。王昌龄等私下相约说:"我辈各擅诗名,每不自定甲乙。今者可以密观诸伶所讴,若诗入歌词之多者,为优。"他们首先听到一个女伶唱王昌龄的"寒雨连江夜入吴……"接着另一女伶唱高适的"开箧泪沾臆……"跟着又一女伶唱王昌龄的"奉帚平明金殿开……"王之涣诗负盛名,每作诗多被乐工谱成曲。这时,他指着歌女中一个长得最漂亮的女伶说:"待此子所唱,如非我诗,即终身不敢与子争衡。"果然,这个梳双鬟的歌女,唱了"黄河远上白云间……"三人哈哈大笑。歌女们不知道他们为何发笑,都来相问。诗人们说了方才三人的"私语相约",女伶们都来拜见,还请三人共筵,"三人从之,饮醉竟日"。因当时唱到每人的诗,诗人便在旗亭壁上画一记号,所以"旗亭画壁"的故事,一直流传下来。事见唐人薛用弱《集异记》。明代的胡应麟虽以为不可信,不过这件事却成为唐代诗坛的佳话了。

三位诗人的四首诗,除高适的诗,直至今天仍被选入各种唐诗选本,是脍炙人口的作品。王昌龄的第一首诗是《芙蓉楼送辛

> 寒雨连江夜入吴，平明送客楚山孤。
>
> 洛阳亲友如相问，一片冰心在玉壶。

芙蓉楼在唐代润州（今江苏镇江市）城西北角。辛渐由润州渡江，取道扬州，北上洛阳。王昌龄这时任左迁江宁（今南京市）丞。大概他陪辛渐从江宁到润州，在此送别。首句"入吴"，一说当作"入湖"，可能由于身在吴地，不得更言"入吴"。或云"入吴"者，指"寒雨"，是从昨夜的寒雨着笔，"连"、"入"，刻画雨的动态，而送别的时间是在寒雨初过的秋天的早晨（"平明"）。宿雨初晴，隔江遥望，楚山孤峙。楚山的"孤"，一因雨后，是写物；二因友人远去，徒增怅惘，把手话别，双方都会有孤寂之感，是写人。景情和谐，物我融溶了无痕迹。尤妙在第三句的"转"。"送辛渐"，不言辛事，反而宕开一笔，尽说自己：洛阳的亲友如果问起我，请告诉他们，我的心像晶莹清冷的玉壶中的冰一样，透明纯洁。鲍照《白头吟》："直如朱丝绳，清如玉壶冰。"王昌龄把"玉壶冰"变成"冰心"，更表示出自己的清廉自爱。辛渐北返洛阳，自今而后，也是诗人在洛阳亲友之一，因此末句也可看作是对辛说的，是自勉之辞。这样，它既表示出诗人的尚节操，也见出两人关系的深厚。送别而不言别，是诗人的创新。后人跟着说："五陵少年如相问，阿对泉头一布衣"（吴融），"东施效颦"，诗味荡然了。

王昌龄写了好多首宫怨诗，《长信怨》（一作《长信秋词》）共五首，歌女所唱者为其三。首句"奉帚平明金殿开"，清早殿门一开，就拿起扫帚，从事打扫。接着说"且将团扇共徘徊"。打扫之余，别无他事，就拿起团扇来消磨时光。"得宠忧移失宠愁。"（李商隐《宫词》）得宠时，担心失宠；失宠时，更愁！因为她们完全不能主宰自己的命运。班婕好贤而有才，是西汉成帝的姬妾，最初很受宠爱,后来成帝又爱上了赵飞燕、赵合德姊妹,班婕妤怕受谗被害,请求到长信宫去侍奉太后,相传曾作《团扇诗》①。这里以秋扇见捐比喻自己被弃。末两句构思新巧,想象奇特:"玉颜不及寒鸦色,犹带昭阳日影来。"昭阳宫为赵氏姊妹所居。古代以日喻帝王,日影指君恩。意思说:寒鸦从昭阳殿上飞过,尚能沐浴皇帝的恩泽,而自己虽貌如美玉,反倒不如丑陋的乌鸦了。愁怨之深,藉此曲曲传出。

高适的《哭单父梁九少府》在其《高常侍集》中乃五古,后人截为绝句,诗云:

> 开箧泪沾臆,见君前日书。
> 夜台今寂寞,独是子云居。

这是一首为悼念山东单县梁九少府作的诗。前两句,因"见君前日书"而"泪沾臆",徒增悲凄。进而悬想梁九在阴间寂寞凄凉。末两句用扬雄(子云)"惟寂惟寞,守德之宅"句意。前人评李白诗"夜台无李白,沽酒与何人"? 曰:"语谑浪";评高适诗:"夜台今寂寞,独是子云居",曰:"语凄感"。这首诗无论在繁花似锦的唐诗或历代悼亡诗中,都是一首平常的作品,"凄感"之外,别无新意。

被梳双鬟的美貌歌伶最后唱的王之涣的《凉州词》,是一首传诵久远的诗。诗曰:

> 黄河远上白云间,一片孤城万仞山。
> 羌笛何须怨杨柳,春风不度玉门关。

凉州词,唐代乐曲名,多咏边塞生活,又题作《出塞》。"黄河远上",一作"黄沙直上",从五十年代到八十年代,学术界一直存在着不同看法，"公说公有理，婆说婆有理"，的确难下结论。其实也不必非有结论不可。因为说"黄沙直上"，从诗境的独创性和艺术美感说，未必就不如"黄河远上"，也未必就不能和"一片孤城万仞山"的壮阔气象相联相配。刘永济先生说："按玉门关在敦煌，离黄河流域甚远，作河非也。且首句写关外之景，但见无际黄沙直与白云相连，已令人生荒远之感。再加第二句写其空旷寥廓，愈觉难堪。乃于此等境界之中忽闻羌笛吹《折杨柳》曲，不能不有'春风不度玉门关'之怨词。非实指边塞杨柳而怨春风也。"(《唐人绝句精华》)刘先生的话除关于地理位置的说法还可商榷外，其余的话也是入情入理的。的确，从地理位置看，黄河与凉州（唐时治所在今甘肃省武威县）不可能相望。但须知诗人是在写诗，不是绘地域图，往往只求情景相衬，兴象融谐，并不总注意地理位置的，这类事例颇不少。王士禛《带经堂诗话》云："香炉峰在东林寺东南，下即白乐天草堂故址；峰不甚高，而江文通《从冠军建平王登香炉峰》诗云：'日落长沙堵，层阴万里生。'长沙去庐山二千余里，香炉何缘见之？孟浩然《下赣石》诗：'暝帆何处泊？遥指落星湾。'落星在南康府，云赣亦千余里，顺流乘风，即非一日可达。古人诗只取兴会超妙，不似后人章句，但作记里鼓也。"前两句如作"黄河远上"，那是说：黄河从遥远的天际奔腾而来，举目望云，好像一条丝带飞上白云间，气象壮阔，正可与李白"黄河之水天上来"媲美。不同的是王之涣目光逆流西望，李白是目光东注"奔流到海"的黄河，一则洒脱，一则雄奇。孤城独矗，群山万仞，气势雄伟，山水相映，构成一幅苍莽沉浑而又色彩明丽的画。如果是"黄沙直上"，便更"令人生荒远之感"和"空旷寥廓"了。

"杨柳"，即乐府横吹曲《折杨柳歌》。古人有折柳赠别的习惯。在如此荒寒凄凉的背景下，再写远离故乡、久戍边疆的征人。"曲中闻折柳，春色未曾看。"当羌笛奏起悲凉的《折杨柳》曲的时候，人们怎能不引起对故乡春色的回忆！此刻，玉门关外本无春色,亦无柳可折,但诗人递进一层说:羌笛啊,你何必去抱怨《折杨柳》曲调悲伤。或者说:羌笛何必吹出《折杨柳》那样悲怨的曲调?末句才逼出真情:要知道玉门关外,是根本看不见春色的呀。

唐代战争频繁,统治者愈到后来愈耽于淫乐,不事体恤。因此在写边塞的诗里,常有为远征士卒表示不满的怨苦之作。杨慎《升庵诗话》说:"此诗言恩泽不及边塞,所谓君门远于万里也。"这样,"春风不度玉门关",便又暗喻有君恩不及边塞将士的意思了。隐喻象征手法,为诗家所常用。联系当时社会实际,是尽可备此一说的。

"旗亭画壁"的四首诗,出自三位名诗人手笔,从作品的思想深度说,王昌龄的《长信怨》,王之涣的《凉州词》,反映了一定的社会现实,艺术上有独到处,是较好的。王昌龄的《芙蓉楼送辛渐》艺术手法有所开拓,高适的《哭单父梁九少府》,表达出真切的感情。所以,为懂音乐的皇家歌伶所喜欢,是近情理的。"旗亭画壁"的故事流传下来,本身也说明着这些诗的价值。

① 班婕妤:《团扇诗》(又名《怨歌行》)
　新裂齐纨素,皎洁如霜雪。
　裁为合欢扇,团团似明月。
　出入君怀袖,动摇微风发。
　常恐秋节至,凉飙夺炎热。
　弃捐箧笥中,恩情中道绝。

黄鹤楼诗传佳话

古代武昌城西有黄鹄山,俯瞰江汉。山上有黄鹤楼,传说三国时费祎在此乘黄鹤成仙而去(或说有仙人王子安乘黄鹤经过这里)。崔颢临楼凭吊,根据传说写了首七律《黄鹤楼》。这首诗历来被人传诵,除诗本身的原因外,和它一直流传的佳话也不无关系。《唐才子传》和明代杨慎的《升庵诗话》、瞿佑的《归田诗话》等,对此事的记载,大体相同。杨慎的话较客观些:"李太白过武昌,见崔颢《黄鹤楼》诗,叹服之,遂不复作,去而赋金陵凤凰台也。其事本如此。其后禅僧用此事作一偈云:'一拳捶碎黄鹤楼,一脚踢翻鹦鹉洲。眼前有景道不得,崔颢题诗在上头。'傍一游僧亦举前两句而缀之曰:'有意气时消意气,不风流处也风流。'又一游僧云:'酒逢知己,气压当行。'原是借此事设词,非太白诗也。"把崔、李两人的诗和崔所取法的沈佺期的三首诗并读,是可以给我们一些有益启发的。先看崔颢的诗:

> 昔人已乘黄鹤去,此地空余黄鹤楼。
> 黄鹤一去不复返,白云千载空悠悠。
> 晴川历历汉阳树,芳草萋萋鹦鹉洲。
> 日暮乡关何处是,烟波江上使人愁。

对崔颢的诗作出充分肯定的,首先是严羽,他在《沧浪诗话》中说:"唐人七言律诗,当以崔颢《黄鹤楼》为第一。"清代孙洙编选的《唐诗三百首》也列为七律的首篇。诗用一半篇幅写仙人乘鹤飞去的故事。诗用三"黄鹤"、二"去"、二"空"、二"人",还有"悠悠"、"历历"、"萋萋"等叠字,但不觉其繁复,而是如流水行云,飘逸悠远,一气贯注,清新自然。第一、三句不受平仄限制,第三、四句应对偶而不对(似对非对),且上句连用六仄,下句连用五平,完全是古诗句法。诗人信笔写来,直抒胸臆,音节浏亮。不雕琢,不用典,也不受格律限制。沈德潜说:"意得象先,纵笔所到,遂擅古今之奇;所谓'章法之妙,不见句法,句法之妙,不见字法'者也。"(《说诗晬语》)如果李白"叹服之"的话是事实,那么,"平生不喜排偶"的李白,在这一点上与崔颢是相通的。昔人,指费文祎或传说中的仙人,他已经乘黄鹤远扬,现在此地只留下了关于黄鹤楼的传说。"已乘""空余"流露出诗人的感慨,但却像毫不经意,脱口说出来的。联系到崔颢在另一首诗里的"借问路旁名利客,何如此地学长生"(《行经华阴》),前四句可能隐含有希图求仙的意思。此刻,暮色渐临,四顾苍茫,人去楼空,而白云悠悠,却千古常在。大笔濡染,平中见奇,写白云的舒卷、自如、悠闲、淡远,愈衬托出乘黄鹤飞去的仙人的超逸。被称为"有文无行"的崔颢,曾献诗当世名流李邕,有"十五嫁王昌"句,被李邕斥为"小儿无礼",驱逐门外。商璠举他的"杀人辽水上,走马渔阳归。错落金锁甲,豪茸貂鼠衣"及"秋风吹浅草,猎骑何翩翩。插羽两相顾,鸣弓新上弦"后说:"鲍照、江淹,须有惭色。"这首诗的前四句,写的是仙人乘鹤的神话传说,自然写不出游侠猎骑的声威,可是它"鹏飞象行,惊人以远大"(王夫之《唐诗评选》)。"不拘对偶,气势雄大"(方虚谷语),"宽然有余"(谭友夏语),表现出他题材广泛、形式多样的风格。

"汉阳"与武昌隔江相望,鹦鹉洲是长江中的小洲,在黄鹤楼东北。五、六句皆就地取景。天清气朗,波光闪烁,隔着江水,汉阳一带的树木,历历可见;鹦鹉洲上,芳草繁茂,青绿滋荣。"历历""萋萋",连用叠字,显示出远近大小的不同。前人评这两句用"高迥"二字,言简意赅,颇为恰切。全诗由虚(前四句)而实(五、六句),最后写到自身:"日暮乡关何处是,烟波江上使人愁。"时届日暮,江水迷茫,烟波浩渺,家乡(汴州,今河南开封)既不可见,归期尤未可知,羁旅行役,不禁乡愁涌上心头。柳永雨后登楼,有"争知我倚栏杆处,正恁凝愁"(〔八声甘州〕)。杜甫重阳日《登高》有"艰难苦恨繁霜鬓,潦倒新亭浊酒杯"句,司空曙《送人北归》有"他乡生白髪,旧国入青山"句。古人的"怀乡",可谓"通病";而"等是有家归未得"(无名氏),在当时是有世乱、宦游、求仕等许多原因的。所以崔颢虽"抒发故乡之恋情",但既有个人的,也有社会的,还有时代的因素在。如果以此指责作者:"胸襟未免狭隘了些,终没有跳出个人际遇的小天地";或什么"还有些'酸哉不食也'的味道",那是不实际的。通观全诗,它的好处恰在于通脱、流畅、自然、平易,抒情真切,写景明朗,结句虽略含惆怅,但意境开阔,没有中唐以后羁旅行役诗的衰飒气息。

李白离开黄鹤楼后,来到汉阳城西南大江中的鹦鹉洲。在这里他写了一首《鹦鹉洲》:"鹦鹉来过吴江水,江上洲传鹦鹉名。鹦鹉西飞陇山去,芳洲之树何青青!烟开兰叶香风暖,岸夹桃花锦浪生。迁客此时徒极目,长洲孤月向谁明?"正如方回说的,这首诗"乃是效崔颢体"(《瀛奎律髓》)。据说李白自己也不满意,所以到金陵后,他又写了《登金陵凤凰台》一诗:

> 凤凰台上凤凰游,凤去台空江自流。
> 吴宫花草埋幽径,晋代衣冠成古丘。
> 三山半落青天外,二水中分白鹭洲。

总为浮云能蔽日,长安不见使人愁。

　　凤凰台在金陵(今南京市)西南的山上。据《江南通志》载:南朝刘宋元嘉十六年(公元四三九),有三只彩色斑斓的鸟飞到山上,状如孔雀,声音婉转,众鸟群附,时人谓之凤凰,就在山上筑了一座台,名凤凰台。诗的首两句说,凤凰台上曾有凤凰飞游,凤凰飞走了,剩下空台,现在只有滔滔江水日夜奔流。三、四句说,三国时吴国和东晋建都金陵,昔日吴国的亭台苑囿,如今已成了幽静的小径;东晋那些名门贵族也都死去,空留下一座座坟墓。五、六句说,在金陵城西南长江边上,三峰并列,南北相同的那三座山峰,迷迷濛濛,好像有一半落在青天之外,看不清楚。坐落在金陵水西门外的白鹭洲,将流经的秦淮河分为二支。前两句怀古,后两句吟今。怀古表示出:历史上逆潮流而动的帝王将相,尽管他们曾煊赫一时,终会被历史所淘汰。吟今表示出:壮丽的山川,滔滔的流水,永远令人赏心悦目。最后把这种因物(今)兴怀(古)的情思,再推进一层:现在朝廷中皇帝昏庸,权奸当道,浮云蔽日,自己虽然想做一番事业,但"长安不见"——不为君王信用,也只有空添惆怅了。诗人对当时藩镇割据势力的日益跋扈,唐肃宗的昏庸腐朽,政治黑暗,国势濒危的局面,先是由怀古咏今中隐隐流露出来,最后则直言不讳了。

　　人们总是把这首诗与崔颢的《黄鹤楼》相比并。方回(虚谷)说:"太白此诗与崔颢《黄鹤楼》相似,格律气势未易甲乙。此诗以凤凰台为名,而咏凤凰台不过起两句尽之矣,下六句乃登台而观望之景也。"纪昀不同意他的看法,说:"此诗气魄远逊崔诗,虚谷云未易甲乙,误也。"又说:"太白不以七律见长,如此种俱非佳处。"但也有赞此诗胜于崔诗的,如徐季龙说:"说者谓系仿崔颢《黄鹤楼》诗,固矣!但说者谓此诗远不如崔作,则非!盖此诗虽学崔,实觉青出于蓝。如崔诗言黄鹤楼空之意,用四句写之。七律只八句,而一意已费去四句,未免句多意少。又写景两句,此诗曰:'三山半落青天外,二水中分白鹭洲',非但景佳,句亦突兀。至崔诗'晴川'云云,则嫌平。又结两句,崔诗无深寄托,而此诗'总为浮云能蔽日,长安不见使人愁',颇觉有慨乎其言之矣。"公允地说,就前六句论,的确"格律气势未易甲乙"。但从全诗看,崔的愁是由于"日暮乡关何处是";李的愁则由于"浮云蔽日""长安不见"。王夫之说:"无论诗歌与长行文字,俱以意为主。意犹帅也。……烟云泉石,花鸟苔林,金铺锦帐,寓意则灵。"(《姜斋诗话》)李作的思想境界,的确高出一筹。

至于说崔颢的《黄鹤楼》源自沈佺期的《龙池篇》(见《原诗》),并没有错。但就"意"而论,以及艺术的美感说、崔诗却高出一筹。沈诗云:

> 龙池跃龙龙已飞,龙德先天天不违。
> 池开天汉分黄道,龙向天门入紫微。
> 邸第楼台多气色,君王凫雁有光辉。
> 为报寰中百川水,来朝此地莫东归。

两诗都取材神话传说,两诗的结构布局极相近。沈诗前四句重心写"龙"与"池"。崔诗前四句重心在"鹤去"与"楼空"。沈诗第五、六句一转写"邸第楼台"的景物,崔诗一转写黄鹤楼远近的景物。沈诗以歌功颂德作结,崔诗以游子思归煞笔。至于叠字或重复用字,崔之效沈,就更显见了。沈德潜评沈诗有云:"体格亦复超拔,一结有万国来朝之意。"(《唐诗别裁》)除了上述结构、句法有相似之处外,从格调说,是颇有高下之分的。沈诗没有摆脱应制诗的俗套,充满阿谀逢迎、皇恩浩荡的腐朽气息。从封建阶级意识看,它的"体格"也许是"超拔"的吧。

《黄鹤楼》诗的佳话千古流传。粗略剖析一下崔颢、李白、沈佺期三首诗可以看出:崔学沈、李学崔,但都"青出于蓝"。首先是思想境界,李高于崔,崔又高于沈;其次是崔、李都借鉴了人家的东西,却各有所创造和提高,而且在艺术上后者较之前者,都更加成熟。所以从这"佳话"中,我们是应有所获益的。

"温卷"的趣闻

　　唐代以科举取士。在当时的京城长安,盛行一种"温卷"风气。如赵彦卫《云麓漫钞》记载:"唐之举人,先藉当世显人,以姓名达之主司,然后以所业(自己的作品)投献,逾数日又投,谓之'温卷'。"李白初到长安,受到太子宾客、大诗人贺知章的赏识,"金龟(唐代三品以上官员佩戴的饰物)换酒",盛情招待,惊呼李为"谪仙人",还把他推荐给唐玄宗,做了翰林学士。杜甫受到尚书左丞韦济的赏识,也屡次上诗(《奉寄河南韦尹丈人》《赠韦左丞丈济》、《奉赠韦丞丈二十二韵》),请求汲引和推荐。贞元三年(七八七),十六岁的白居易应举,"初至京,以诗谒著作顾况。顾睹姓名,熟视白公,曰:'米价方贵,居亦弗易!'乃披卷,首篇曰:'离离原上草,一岁一枯荣。野火烧不尽,春风吹又生……'即嗟赏曰:'道得个(这)语,居亦易矣!'因为之延誉,声名大振。"(唐·张固《幽闲鼓吹》)只活了二十七岁的诗人李贺,也见知于道德文章名重一时的韩愈:"元和中,进士李贺善为歌篇,韩文公深所知重,于缙绅之间每加延誉。由此声华籍甚。"(《剧谈录》)对有才能的后辈,给以"延誉"以至奖掖,使他们能"出人头地",发挥其所长,并非坏事,所以千百年来,人们常引以为美谈。

　　有一种"温卷"的方式是效法《楚辞》,以男女爱情来比拟君臣、师友等社会关系;用借此喻彼的手法,来表达出希望人家引荐的意思。最具有代表性的是二十九岁中进士的诗人朱庆余的《近试上张水部》:

> 洞房昨夜停红烛,待晓堂前拜舅姑,
> 妆罢低声问夫婿:画眉深浅入时无?

诗是写给水部郎中、诗人张籍的。看来在此以前,朱庆余曾向他"温卷"。现在考期临近了,来打探一下消息。首先他描出一幅洞房花烛的夜景。昨夜新房的花烛一直停放着——点燃着。花烛彻夜不熄,暗示人的彻夜不眠,心情惴惴。公婆总是得见的。因此她一大早就梳妆打扮等待着破晓。这"拜"很像一场考试,时间愈近,心头愈忐忑,于是禁不住低下头来,问一下自己的丈夫:"我这眉毛颜色深浅画得合不合时样啊?"意即能够获得主考官的满意么? 作者以新娘自比,以新郎比张籍,以舅姑(公婆)比主考官。"妆罢"——刻苦力学之后,仍恐"试"而不中,所以有此"问"而且是"低声问",生动细致地表现出"新娘"对此事的关注。在以科举取士的年代,功名得中,上可以致君尧舜,报效国家;下可以光耀门楣,封妻荫子。诗人孟郊几次赴京应试,连遭失败,他禁不住悲吟"失意容貌改,畏途性命轻。"(《下第东南行》)"弃置复弃置,情如刀剑伤。"(《落第》)而当他四十六岁中进士后,那喜悦的情景,令人觉得诗人真是心花怒放了:"昔日龌龊不足夸,今朝放荡思无涯。春风得意马蹄疾,一日看尽长安花。"(《登科后》)两番情景,有多么悬殊! 因为如果考不中,就像新嫁娘得不到公婆的欢心,那么她此后的日子真不堪设想了。把应进士科举的士子比作新嫁娘的地位,是恰当的,也可看出作者的匠心。

的确,希求得到社会上有力人士的支持,使自己登上仕途,在古代文人中并不鲜见。有人说得直露,如李白的《与韩荆州书》:

"今天下以君侯为文章之司命,人物之权衡,一经品题,便作佳士;而君侯何惜阶前盈尺之地,不使白扬眉吐气,激昂青云耶!"有人说得含蓄,朱庆余之外,还有孟浩然。他的《临洞庭上张丞相》①诗,前四句写洞庭湖波澜壮阔的气势,后四句写他望湖兴感:"欲济无舟楫,端居耻圣明。坐观垂钓者,徒有羡鱼情。"想渡过湖而苦于没有船只,想做官而苦于没有人引荐,生当盛世而无所作为是感到可耻的。我见到那些在湖边垂钓者钓到了鱼,心里羡慕,可我手里却没有钓鱼的工具。"临渊羡鱼,不如退而结网。"言外之意是说,我空有想做官的愿望,却难得有一个荐举自己做官的人。在开元时期任唐玄宗宰相的张九龄,自然会一目了然孟浩然赠诗的真意。但孟不直吐真情,他话说得曲折婉转,不露痕迹,不过比起朱庆余完全用借喻来,又不尽同。但如果抛开朱诗的真意,把他的诗看作描写新婚夫妇缠绵的爱情生活,倒不失为一首佳作,宋代欧阳修的词〔南歌子〕上阕用了朱诗的句子:"凤髻金泥带,龙纹玉掌梳。去来窗下笑相扶,爱道:'画眉深浅入时无'?"倒更显示出作品的真实亲切吧。

有趣的是,张籍读完这首诗,竟也用朱庆余的手法写了首答诗,题目叫《酬朱庆余》,诗曰:

越女新妆出镜心,自知明艳更沉吟。

齐纨未足时人贵,一曲菱歌敌万金。

朱庆余越州(今浙江绍兴县)人,索性就把她比作一位越州采菱姑娘。这位生长越地的采菱姑娘,新样靓妆,出现在镜湖的湖心,她知道自己长得很美,光艳照人,可是因为求强好胜的心太迫切了,她反而沉吟——思虑、忖度,而又微有点忐忑起来。这多么像那个"学梳蝉鬓试新妆,消息佳期在此春"的就要结婚的少女,当她梳妆打扮好了之后,"为爱好多心转惑,偏将宜称问旁人"

(《韩偓《新上头》》)。因为过于想打扮好一些,自己反而没有把握,疑惑不定,倒要去问人家这个样儿是不是好看。接着,答诗进一步肯定她的才艺超群:齐地(今山东省)出产的贵重丝绸制成的衣服,并不值得人们看重,而这位明艳姑娘的"一曲菱歌",才是真正可以"敌万金"的呢。对于朱庆余"人时无"——是否合主考官的心意,作了肯定的回答。朱庆余看后,能不为他的"温卷"成功而放心吗?

从艺术手法说,朱庆余、张籍的诗,都是借此喻彼,曲折婉转地表达出真意。张籍一生并不得意,晚年穷愁潦倒。他热心对待人家的"温卷",但有一件事情,几乎可以说他是做了反"温卷"的工作。那就是当他做太常寺太祝小官时,割据一方的大军阀李师道想聘请他去做幕僚,他不便明言"却聘",而借一位"节妇"万转千回的心曲,来表示出他的坚决态度:

君知妾有夫,赠妾双明珠;感君缠绵意,系在红罗襦。妾家高楼连苑起,良人执戟明光里。知君用心如日月,事夫誓拟同生死。还君明珠双泪垂,恨不相逢未嫁时。

诗人一面清楚地表明自己是一个"节妇",不为利诱,不为势屈;一面感谢对方邀请的好意,坚决而又婉转,写得十分得体。如果只看正题(《节妇吟》),它写的是一个坚贞自守却又并非无情的"节妇"。看副题(《寄东平李司空师道》)才透出消息。联系事情的背景,细按正副题目,便进一步揭开谜底——原来是借"节妇"以喻自己的贞洁,而不愿为其所用。

于此,即使抛开"温卷"风气所带来的趣闻,只是就诗构思的奇巧,借此喻彼艺术手法的高超,和所喻妥贴而又不呆滞看,这三首看来浅白的诗,也是意蕴深厚颇耐寻味的。

① 孟浩然:《临洞庭上张丞相》

八月湖水平,涵虚混太清。

气蒸云梦泽,波撼岳阳城。

欲济无舟楫,端居耻圣明。

坐观垂钓者,徒有羡鱼情。

诗的风趣美

林纾《春觉斋论文·应知八则》的第六则名曰:"风趣。""风趣者,见文字之天真;于极庄重之中,有时风趣间出。"一切文学作品,欲给人以思想上的陶冶,感情上的触发,引人入胜,爱不忍释,使作品富有风趣,看来是必不可少的。

清代张皇甫《息歌偶录》引《支颐集》记载,名画家兼诗人唐寅(伯虎)的对门住着一富户人家,某年适值富翁的母亲七十大寿,求诗于伯虎。伯虎慨然应承,振笔疾书:"对门老妇不是人",翁见书愕然,及书两句:"好像南海观世音",翁状稍缓。而第三句却是:"两个儿子都是贼",翁不禁失色。最后见结句书曰:"偷得蟠桃寿母亲",翁始释然。这个传说的真实程度如何,姑且不论,就诗言诗,虽非上乘之作,但在大量阿谀奉承的寿诗中,倒不失为一首富有风趣的诗。

过去有"诗庄词媚","诗庄曲俗"之类的话。一般地说,诗"庄"者居多。不过"庄"与"风趣"非但不矛盾,就是家国大事,如果出之于风趣,有的倒更深切动人。这原因就是刘勰说的:"深入风者,述情必显。"通过风趣的语言,将"情"表达得更显明而强烈了。

唐朝末年,唐昭宗李晔被军阀朱温挟持,由长安迁向洛阳时,这个一向嬉游作乐、喜欢斗鸡弄猴的皇帝,有一个耍猴的艺人随行,猴子竟然能和大臣一起站班觐见。唐僖宗还赐给耍猴人以绯袍,又称他为"孙供奉"。十次考进士皆不中的诗人罗隐,写了一首《感弄猴人赐朱绂》:

> 十二三年就试期,五湖烟月奈相违。
> 何如学取孙供奉,一笑君王便着绯。

五湖烟月,景色优美,可是多年忙着应举赴考,无可奈何地与之"相违",而不能去一游。屡试不第,对封建社会追求功名的知识分子,是莫大的打击。这里罗隐没有像孟郊那样直接抒怀:"失意容貌改,畏途性命轻"(《下第东南行》),"弃置复弃置,情如刀剑伤"(《落第》)。他只说由于"就试期",无可奈何地与"五湖烟月""相违"。语似平淡,意实激愤。三句用"何如"一转,与四句"一笑"对举,说如果是作一个弄猴的艺人,在君王一阵惬意的笑声中,就可以穿上朱红色的官服了。感情激越,讽刺辛辣。如果说唐寅的诗,还带有"以滑稽为风趣"的味道,罗隐对皇帝的嘲讽,则含有深刻的批判,"讽"意更深,而其情也更"显"了。

杜甫的诗,无论忧国忧民、伤时念乱的长篇叙事诗,或摹写花鸟虫鱼、田园风光的抒情短章,往往"于极庄重之中,有时风趣间出"。如他五言古体中最长的(七百字)叙事诗《北征》,苏轼认为其所以可贵,在于"识君臣之大体,忠义之气与秋色争高"(《杜诗镜铨》引)。卢德水认为,"肝肠如火,涕泪横流,读此而不感动者,其人必不忠"(引同上)。就是这样一首"其材则海涵地负,其力则排山倒岳"(李子德)如谏书一样的堂皇宏文,也有一段风趣文字:

> 经年至茅屋,妻子衣百结。恸哭松声回,
> 悲泉共幽咽。平生所娇儿,颜色白胜雪。

536

见爷背面啼，垢腻脚不袜。床前两小女，
补绽才过膝。海图拆波涛，旧绣移曲折。
天吴及紫凤，颠倒在短褐。老夫情怀恶，
数日卧呕泄。那无囊中帛，救汝寒凛慄？
粉黛亦解包，衾裯稍罗列。瘦妻面复光，
痴女头自栉。学母无不为，晓妆随手抹。
移时施朱铅，狼藉画眉阔。生还对童稚，
似欲忘饥渴。问事竞挽须，谁能即嗔喝？

　　"经年"四句写他从至德元年（七五六）七月离开鄜州，二载
（七五七）闰八月回到家里，借无情的松泉"恸哭""幽咽"，极写乱
离的悲哀。接写"颜色白胜雪"的娇儿，"见爷背面啼，垢腻脚不
袜"；而"床前两小女"，穿着带补丁的刚过膝的衣服，那是用原来
绣有海图的旧衣改制、缝补的，海图已拆散开看不清波涛，旧刺绣
走样曲折地变了形。天吴和紫凤图案的花纹被缝补的衣服弄颠倒
了。在叙述了"老夫情怀恶"和"瘦妻面复光"后，又写到儿女们天
真地梳自己的头发，做一切事情都学妈妈的样儿。早晨梳妆时信
手胡乱涂抹，后来在脸上还涂了胭脂和铅粉，又把眉毛画得宽宽
的。这些娇儿女们问长问短，而且争着来扯我的胡须，可是谁能嗔
怪他们呢？如果紧接下来没有"翻思在贼愁"的感叹和对"至尊尚
蒙尘"的忧念，我们不简直如睹一张富有风趣的天伦团聚图吗？
（申凫盟云："此备写归家愁喜之状。"）显然，诗产生了强烈的对比
效果：当我们回顾一下诗人途中所经历的可伤、可喜、可畏、可痛种
种复杂情景，特别是"夜深经战场，寒月照白骨"的惊心动魄的一
幕，那么这"极琐细处"，对于"乾坤含疮痍，忧虞何时毕"的主题的
表达，正是"曲折三致意"（黄庭坚），尤其觉得它深沉浑厚——风
趣中含着眼泪。
　　在杜甫描摹田野风情花鸟虫鱼的诗里，风趣美完全成为一篇

的"锦上之花"。唐代宗宝应元年(七六二)春天,诗人穿着草鞋走出成都草堂,随意观赏桃红柳绿的春景,路遇一位田家老汉,邀请诗人到他家里去尝尝春酒。在《遭田父泥饮美严中丞》①中,写开怀畅饮有这样的句子:"叫妇开大瓶,盆中为吾取"、"高声索果栗,欲起时被肘"、"月出遮我留,仍嗔问升斗"。意思是说,他呼叫主妇打开大瓶好酒,全倒在盆里让我顺手斟取。他又高呼索要果栗,我起身想告辞,却被他扯住臂肘,月出天晚了,他仍拦住不许我走,还生气地对我说:你不用问喝了多少,酒有的是,你只管饮!仅从全诗择引的六句中,就可以看出诗人赋予了他的"主人"多么令人绝倒的风趣!"情景意象,妙解入神";"情状声吻,色色描画入神";"语有天趣";"声音笑貌,仿佛尽之"。古人的这些评语,集中在一点就是:杜甫把这位田父写"活"了——但,他是通过风趣的细节而使其"活"起来的。

　　"即遣花开深造次,便教莺语太丁宁。"(《绝句漫兴九首》其一)"即遣","便教"义同,都是"立刻使""马上令"的意思。春色一到江亭,马上命令花急匆匆开放,命令黄莺频繁不停地叫,并且还反复地嘱咐它们。明知诗人愁闷,春色却偏来添愁,无怪诗人骂它是"无赖"了。本是自己"旅况无聊,发为恼春之词"(仇兆鳌),随兴所到,纵笔所之,却写得多么富有风趣,把内心的烦愁,更生动地表现出来。诗人栖居矮屋,见江上的燕子仍频繁飞来,他说:"衔泥点污琴书内,更接飞虫打着人。"(《绝句漫兴九首》其三)燕子衔泥做巢,不仅污及琴书,而且"燕啄飞虫,虫避之,遂及人"(张潸)。这"绝低小"的"茅斋"充满着多少情趣:对柳絮,他说是"颠狂柳絮随风舞";对桃花,他说是"轻薄桃花逐水流";对杨柳,他说是"恰似十五女儿腰"……这种"骂春色""骂燕子",斥柳絮,嘲桃花,美杨柳的别具风趣的写法,几乎使人忘掉老杜是在"客愁"中了。

　　"鸬鹚鸂鶒莫漫喜,吾与汝曹俱眼明"(《春风生二绝》其一),

诗人把自己说成是它们的同伙,感情完全息息相通。"荒林无径入,独鸟怪人看"(《放船》),一个鸟儿飞走了,诗人好像明白它的心思:是因为"怪人看"。"门外鸬鹚久不来,沙头忽见眼相猜"(《三绝句》其二),几天看不见鸬鹚,诗人说是因为对他有了意见。船行江中,燕语呢喃,诗人竟听出了是:"樯燕语留人。"凡此种种,无不具有一种新鲜活泼,细致生动的风趣美。

有人说,风趣比之"理趣"、"奇趣"是更为大众化的一种趣味,并举黄永玉的《幸好我们先动手》为例:"做生日没这么高兴,娶媳妇没这么开心,收庄稼没这么带劲,过春节没这么提神,好呀!班房里关着四条害人精……"的确,它表现出一位遭受"四人帮"残酷迫害而大难不死的画家的风趣。风趣,说它是"更为大众化的一种趣味"也是对的。因为通过这种"谐而不谑"、"不专主滑稽言也"的如话家常的趣谈,深奥的道理变得浅显通俗;使呆板枯燥的景物栩栩如生;使人于酣畅的兴味中受到感染,而丝毫没有领受"说教"的厌烦。

风趣,不同于插科打诨,不同于油腔滑调,也不尽同于诙谐幽默,更有别于粗俗浅率;有时看似直言不讳,但骨子里巧妙地隐藏着真诚和纯厚,所以常常是含义丰厚的。

① 杜甫:《遭田父泥饮美严中丞》

步屧随春风,村村自花柳。田翁逼社日,邀我尝春酒。酒酣夸新尹,畜眼未见有。回头指大男,渠是弓弩手。名在飞骑籍,长番岁时久。前日放营农,辛苦救衰朽。差科死则已,誓不举家走。今年大作社,拾遗能住否?叫妇开大瓶,盆中为吾取。感此气扬扬,须知风化首。语多虽杂乱,说尹终在口。朝来偶然出,自卯将及酉。久客惜人情,如何拒邻叟?高声索果栗,欲起时被肘。指挥过无礼,未觉村野丑。月出遮我留,仍嗔问升斗。

陌上相逢:真情? 假意?

　　爱情,是古典诗歌中常见的主题,它反映了人们生活的一个方面。这类诗中,有些是写陌上相逢,一见生情的。它不同于歌筵舞席上的相识相爱,大多坦率、直露,绝少含蓄。不过这种邂逅相逢产生的爱,有的是真情,有的是假意,美与丑,判然分明。对照来看,也许能提高我们美的欣赏水平。

　　一提起唐五代词,人们总要记起欧阳炯在中国第一本词集《花间集》的《序》中的几句话:"镂玉雕琼,拟化工而迥巧;裁花剪叶,夺春艳以争鲜。"集子里的多数作品,可以用这四句话来概括。但就各个词人来说,也不尽相同。在"花间派"中,一向温(庭筠)韦(庄)并称,不过温秾,韦淡;温"香软",韦"清丽"。温写妇女着意体态姿容,韦则较赋予真挚的感情。在"浓得化不开"的"花间词"中,韦庄的〔思帝乡〕是超类拔群、不同凡响的一首。词云:

　　春日游,杏花吹满头。陌上谁家年少,足风流。妾拟将身嫁与,一生休。纵被无情弃,不能羞。

　　这是一幅清隽、疏朗的画图。

　　画面上,风吹杏花,落满人头。"红杏枝头春意闹。"在这春意十分浓丽的艳阳天,一位春游的少女,静静的,痴痴的,站在杏树下,任飘飘坠落的杏花,落了满头! 诗人在这里没有用"落"字,他选择了一个精巧的"吹"字。我们仿佛看到:春风轻拂,片片杏花轻飘飘、慢悠悠地落到地上,飘落在她的头上。如果不是心有专注,目有专视,她能这样发痴发呆吗? "杏花吹满头"虽只五个字,连表示她行动的"春日游"也仅八个字,却生动地写出了这位少女的形、神和此刻她那颗跳动着的心。

她为什么这样一副神态? 诗人紧接着作了回答:"陌上谁家年少,足风流。"原来,她看见了一位风流潇洒的年轻人。"足风流",一个"足"字,加重了他"风流"的气质。可是,陌上相逢,尽是他乡之客,有什么办法能通款曲呢? "无计得传消息"。尽管这样,她却一点不灰心,坚决地表示:"妾拟将身嫁与",我就是要嫁给你! 不仅如此,而且"一生休",如果能够实现愿望,我这一辈子也感到满足! 又不仅如此,"纵被无情弃,不能羞"。就是将来你无情意,把我抛弃了,我也决不后悔! 看,她的态度多么坚决! 字字铿铿锵锵,句句斩钉截铁。她勇敢,大胆,把自己的一腔心事,和盘托了出来。于此,我们除感到她爱得深,爱得切,爱的热烈之外,还觉得她的心像一泓秋水,明澈见底。她有纯真的痴情,感受着眼前的事物——从这一面,又显示着她天真无邪,是一位涉世未深的姑娘。

在"花间词"中,这是一首感情健朗,具有很高美感的好词。可是也有的注本说:"这种爱情不过是一见倾心,并没有共同的思想基础,刹那间可以爆发出耀眼的火花,要是所遇非人不也转眼归于毁灭吗?"离开词本身所提供的意识范畴,"求词于词外",是难得到科学结论的。这首词的"美",在于情真、意挚、热情、大胆,从一定意义说,冲破了封建礼教的樊篱,勇敢地表现出人——在封建社会里,一个"只合香闺坐"的青春少女的作为人的权利和意志! 这是十分可贵的。至于"一见倾心"式的爱情,靠得住靠不住? 回答是:既不肯定,也不否定。因为有的靠得住,有的靠不住,自古如此,绝无例外。正如经过长期接触、了解的爱情,也是"如此"一样。我们又何必替古人担忧呢?

读着这首词,不觉想起《花间集》里的另一首词来。它们词境相仿,同是"陌上相逢",只不过这首词的主角是男人。但从情趣的高下,爱的美丑,感情的纯洁与卑污,以及主人公的真情或假意说,都壁垒分明,如泾渭之水,清浊不同。这首词就是张泌的〔浣溪沙〕:

晚逐香车入凤城,东风斜揭绣帘轻,慢回娇眼笑盈盈。　　消息未通何计是? 便须伴醉且随行,依稀闻道"太狂生"。

词一开始便展开一幅幅颇为忙碌的镜头:车声辚辚,由郊区奔向城里;车后面一个小伙子逐车而行。时间是傍晚。东风吹过,轻轻揭开车门绣帘的一角,他看到车里面的人儿娇眼流波,笑脸盈盈。"消息未通何计是"? 是逐车者的思想活动。"便须伴醉且随行",是他大动了一番脑筋后想出来的办法和行动。而这时他好像听到一声娇嗔:"太狂生!"词写的就是这么一件无聊的事:陌上相逢,追车入城,男的轻狂不说,女的似乎也不正经。真情被践踏在脚下,假意浮漾在面上,两个人合演了一出"爱情"的滑稽剧。

鲁迅先生以《唐朝的钉梢》(见《二心集》)为题,把这首词囊括入文,来讽刺三十年代上海洋场上的恶少们。说:"'钉'者,坚附而不可拔也,'梢'者,末也,后也,译成文言,大约可以说是'追蹑'。据钉梢专家说,那第二步便是'扳谈';即使骂,也就大有希望,因为一骂便可有言语来往,所以也就是'扳谈'的开头。我一向以为这是现在的洋场上才有的,今看《花间集》,乃知道唐朝就已经有了这样的事,……倘要译成白话诗,大概可以是这样:

夜赶洋车路上飞，

东风吹起印度绸衫子，显出腿儿肥，

乱丢俏眼笑迷迷。

　　难以扳谈有什么法子呢？

只能带着油腔滑调且钉梢，

好像听得骂道'杀千刀'！"

　　虽然，鲁迅是借题发挥，译诗充满讽刺、挖苦和嘲弄，不能作为对此词的评价，但词的格调不高，也是显而易见的。

　　在张泌以前，唐代大诗人李白有一首绝句《陌上赠美人》："骏马骄行踏落花，垂鞭直拂五云车。美人一笑褰珠箔，遥指红楼是妾家。"诗意与张词完全合拍。前两句写一位翩翩公子，"骏马骄行"，从马的"骏"写出人的风采；"踏花"，表明是一次春游途中。"陌上相逢"，他有什么表示呢？"垂鞭直拂五云车"，马鞭直拂到她乘的五云车上。可见马与车的距离、马上人与车中人的距离之近。如果不是你有情我有意，他也许不会这样放肆吧。"东明九芝盖，北烛五云车。"（庾信《步虚词》）五云车，是仙人所乘的车，不写人，但同上句一样，从车上的"五云"、女人的风姿可见。后两句是车上美人的一个小动作：她掀开缀有珠箔的车帘，浅浅一笑，纤手遥指远处的红楼：我的家就在那儿呀！和张泌的词并看，使我们感到，即使在这类言情小诗中，李白也不愧为大手笔。他立意高，写儿女情，既不超尘绝俗，又不陷入低级情趣，掌握分寸，恰到好处。诗词题旨完全相同，境界高下却有不同。

　　李商隐《无题二首》的第一首云："凤尾香罗薄几重，碧文圆顶夜深缝。扇裁月魄羞难掩，车走雷声语未通。曾是寂寥金烬暗，断无消息石榴红。斑骓只系垂杨岸，何处西南待好风？"诗中的女主人深夜缝制一件织有凤纹的罗帐，期待着与意中人相会。他俩曾经"陌上相逢"：可是当时他的车如雷声匆匆滚过，自己也因害羞用团扇掩面,而未能说一句话。五、六句又回到眼前情景:蜡烛已烧成残灰,暗淡无光,不知多少个夜晚就这样过去了。流光易逝,如今盼到石榴花又开的季节,对方还是杳无音信。什么时候能够西南风吹来,将我吹送到他所在的地方呢?后两句用曹植《七哀》诗意:"君若清路尘,妾若浊水泥。浮沉各异势,会合何时谐?愿为西南风,长逝入君怀。"诗生动地写出一位青年女子渴望与所爱者相会而不得的相思之情。冯浩认为此诗是"将赴东川往别令狐留宿而有悲歌之作";张采田认为"此为将赴柳中郢幕,寓意子直之作";那是另一回事。就一般认为这是一首爱情诗说,"扇裁月魄羞难掩,车走雷声语未通",这"陌上相逢"的一个小小细节,虽未及一言,但联系诗的前后句看,使人感到她是一个多么钟情的女子。情之"真",与"慢回娇眼"者迥异其趣,与那位"一笑褰珠箔"的"美人"也不同,她,是最懂得爱情的。

　　写爱情,"陌上相逢"——不期而遇,是一个小小的侧面。但,是真情?是假意?判然分明。诗贵情,情贵真;情真,才能格高,格高才是好诗。于古于今,都是一条颠扑不破的真理。

会说话的眼睛

我国东晋时的著名画家顾恺之谈到画人物时说:"四体妍蚩,本无关于妙处,传神写照,正在阿堵中。"(《历代名画记》)阿堵,晋代俗语,即"这个",这里指眼睛。顾恺之认为,人体的其他部分,画得好一点坏一点,都不十分紧要,而传达人的精神面貌,栩栩如生,真正画得像,关键全在眼珠上。唐代的张怀瓘评论肖像画时说:"像人之美,张得其肉,陆得其骨,顾得其神,神妙无方,以顾为最。"(引同上)这里说的张和陆,是比顾恺之稍晚的大画家张僧繇和陆探微。传说张画龙不点睛,点睛龙就会飞去;陆作画一气呵成,线条连绵,人誉之为"一笔画"。可是,同顾比较,人们还是认为他俩不如顾,因为"顾得其神"。传说顾恺之的一幅佛门菩萨人物像,售价一百万两,就是因为他把人的眼睛画"活"了。

艺术家们创造的舞台形象,有时也很注意人物的眼睛。旧戏里的所谓"眉目传情";《西厢记》里的"临去秋波那一转";以及从眼神的微妙变化,表现出人物的不同情绪;都会给观众留下深刻的印象。意大利名画家达·芬奇说:"眼睛叫做心灵的窗子。"(《笔记》)他用四年工夫画出蒙娜莉莎的美目巧笑。从眼睛这个"窗子"是可以看到心灵的奥秘的。孟轲说:"存乎人者,莫良于眸子。眸子不能掩其恶。胸中正,则眸子瞭焉;胸中不正,则眸子眊焉。

听其言也,观其眸子,人焉廋哉!"(《孟子·离娄上》)大意说,观察一个人,再没有比观察他的眼睛更好了。因为眼睛不能遮盖一个人的丑恶。一个人胸中正,眼睛就明亮;胸中不正,眼睛就昏暗。听一个人说话的时候,注意观察他的眼睛,这个人的善恶又能往哪里隐藏呢。鲁迅说:"要极省俭的画出一个人的特点,最好是画他的眼睛。"(《我怎么做起小说来》)人们问名导演谢晋是怎样挑选演员的,他回答很简单:"主要是看眼睛。"在这里他指的是会"说话"的眼睛,会"表演"的眼睛。在诗歌里写眼睛的传神作品,从《诗经·硕人》的名句"巧笑倩兮,美目盼兮"以后,通过写眼睛而使诗味浓郁的作品,都有着动人的艺术魅力,给人们留下深刻的印像。

宋初词人张先有一首〔菩萨蛮〕(或作晏几道词),是写一位筝女当筵弹奏的:

哀筝一弄湘江曲,声声写尽湘波绿。纤指十三弦,细将幽恨传。　当筵秋水慢,玉柱斜飞雁。弹到断肠时,春山眉黛低。

始写弹筝先用一"哀"字,接写所"弄"者乃舜之二妃(娥皇、女英)投湘江而成为湘水女神的悲惨故事。词的首句虽只是叙述,但字字传情,字字生哀。这种哀婉之情,笼罩全篇。湘水清碧,绿波荡漾,声色柔美。一、二句极写筝声之美,"哀"字传出人的感情。刘长卿《过长沙贾谊宅》诗云:"湘水无情吊岂知",是哀伤贾谊的生不逢时。湘水有情与否,全在人的感觉。如今清景哀音,皆寓于音乐形象。"纤指"两句,是说筝女拨弦,幽恨绵绵,从筝声中传出。"哀"与"幽恨"前后衔接,愈见哀恨深切。下阕,一句写筝女的美,着重写她的眼睛;二句写筝的美,着重写筝上支弦的枕木("玉柱")如斜飞的雁行。她有一双美丽的明净如秋水的大眼睛。

白居易说："双眸剪秋水"（《筝》）；韦庄说："一寸横波剪秋水"（《秦妇吟》）。可是这种明亮、纯净如秋水的眼睛，现在不流漾、闪光，而是"慢"了。"慢"，有表现人聚精会神进入乐境的意思，但也写出了他的沉思。也许，湘水女神的幽恨与她的哀怨融溶在一块儿了吧。最后又写到她的眼睛："弹到断肠时，春山眉黛低。"敛眉垂目，伤情无限。"春山"喻指妇人姣好的眉毛。元·吴昌龄《端正好》曲："秋波两点真，春山八字分。""末句意浓而韵远，妙在能蕴藉"（黄蓼园语），用来评价全词也是恰当的。弹筝女的形象生动感人，正由于诗人巧妙地写了她的眼睛，一"慢"一"低"，使其形神毕现。

五代牛峤有一首写弹琵琶的词，调寄〔西溪子〕：

> 捍拨双盘金凤，蝉鬓玉钗摇动。画堂前，人不语，弦解语。弹到昭君怨处，翠蛾愁，不抬头。

首句写琵琶装饰之美，如张籍《宫词》说的："黄金捍拨紫檀槽，弦索初张调更高。"接言琵琶女之美。"画堂"三句，言琵琶声音之美。弹的是昭君怨曲，引起了自己的身世之感。结果是："翠蛾愁，不抬头。"这首词也写出了弹者的无限幽怨，题意与张词完全相同，表达也精炼，但不如前者传神。元人杨维祯有云："故论画之高下者，有传形，有传神。传神者，气韵生动是也。"（《图绘宝鉴·序》）题意相同而有高下之分，和张先巧妙地写人的眼睛而传神是分不开的。

刘克庄写陈师文参议家舞姬的〔清平乐〕[①]最后两句是："贪与萧郎眉语，不知舞错《伊州》。"词写一个细腰如赵飞燕，只能住在七宝避风台上，不然就会如惊鸿一样飞去的美人。上阕写她瘦腰，下阕写她美貌风流。"一团香玉温柔，笑颦俱有风流"，也是平常的艳语，传不出此刻"这一个"人的特有情趣。"贪与萧郎眉语，不

547

知舞错《伊州》。"古时舞姬跳舞,是供人欣赏的。眉而能语,已够动人,而致舞步错乱,可见其"语"之非同寻常。"贪"字用得妙;使舞姬的情意深沉,姿态柔媚,比前两句具言其"风流"更为动人。"眉语"——会说话的眼睛,起到了耐人寻味的艺术效果。

陈廷焯评周邦彦的〔蝶恋花〕说:"语带仙气,似赠女冠之作,否则故为隐语。"(《白雨斋词话》)这首词姑勿论是否赠女道士,但其写男女恋情则毫无疑问。"鱼尾霞生明远树。翠壁粘天,玉叶迎风举。"烂如鱼尾的晚霞照亮了远处的树木,苍翠的崖壁耸立云霄,与天连接。她戴的玉叶冠,迎风高举。接两句"一笑相逢蓬海路,人间风月如尘土"。说在通往蓬莱仙境的路上,一笑相逢,两情融洽,此刻人间的情爱都如尘土一样了。换片写人的美,着重写人的眼睛。"剪水双眸云鬓吐。醉倒天瓢,笑语生青雾。"说和这样有着明眸大眼、乌云黑发的美人,密语谈笑,不知不觉地醉倒在北斗星旁,青色的暮霭就降临了。"此会未阑须记取,桃花几度吹红雨。"最后以桃花几度开落,喻离别日久,但旧情"未阑",是永远都不会忘记的。

写人的美,着重写人的眼睛,是周邦彦惯用的一种手法。〔望江南〕《咏妓》②一开头就是:"歌席上,无赖是横波。"既美艳,又含风情(从三、四句看),而这"横波"又到了"无赖"的程度。换头"无个事,因甚敛双蛾?"说她双眉微蹙,似有什么不如意的事儿。最后以"浅淡梳妆疑见画,惺忪言语胜闻歌。何况会婆娑"结尾,就把这个妓女的妍姿艳态,入木三分地表现出来。写人的眼睛("无赖是横波")与写人的声音("惺忪言语胜闻歌"),为塑造"这一个"妓女的完美形象,起到了关键作用。"薄薄纱厨望似空,簟纹如水浸芙蓉,起来娇眼未惺忪。　强整罗衣抬皓腕,更将纨扇掩酥胸,羞郎何事面微红。"〔浣溪沙〕这首词前两句写一对青年夫妇的居室。接写这个沉浸在爱河中的少妇的娇态。"起来娇眼未惺忪"一句,生动地表现了她慵倦、娇痴而又自得的神情。"羞郎何事面微红"，看来和"起来娇眼未惺忪"的"眉语"，是大有关系的。其他如"风流天付与精神，全在娇波转"，"向尊前、频频顾盼"（〔烛影摇红〕），"眼波传意，恨密约、匆匆未成"（〔庆宫春〕）等，都是通过写眼睛，来表达人的意态的。

欧阳修的〔诉衷情〕，《白香词谱》和《乐府雅词》都题作《眉意》，因为这首词几乎全首是写"眉"的：

清晨帘幕卷轻霜，呵手试梅妆。都缘自有离恨，故画作远山长。　　思往事，惜流芳，易成伤。拟歌先敛，欲笑还颦，最断人肠。

晨起卷帘，帘上凝有轻霜，季节正是清秋。欲打扮成时行的梅花妆，因天寒霜冷，故先"呵手"。两句虽是叙事写景，但也隐含有人的感情。接着把这种感情再进一步透视出来。"试"字有别出心裁，追求时新的意思。可是由于离恨难遣，结果还是把双眉画长了，像远处山峰连成的一条线。"山是眉峰聚。"（王观〔卜算子〕）古人常把美人的眉比作山。"故画作"，一见离恨之深，再见情意之长。因为长眉是一种多情的表示。"思往事"三句是"离恨"的具体表白，也是心灵的真实坦露。年华如水，红颜易老，梅妆新试，反而更觉伤情。语言明白如话，却恰切地表达出此刻人的情怀。最后三句正面写"眉意"，是题旨所在，表现出这位歌女的内心抑郁。歌，是她的职业，但"拟歌先敛"；笑，是职业要求于她的，但"欲笑还颦"；未歌未笑，眉头先皱起来了。强颜欢笑，终而不能，此情此景，真令人断肠！把这位歌女"柔肠一寸愁千缕"的情怀表现得如泣如诉、黯然神伤的，是眉的"敛"，眉的"颦"。这首词，看似眉"无语"，却比"眉语"更动人，令人感到这是一双多么会说话的眼睛啊！

小诗小词并不注意去描绘人物，专在眼神上下工夫的更少，不能与舞台、银幕上塑造艺术形象作同样要求。但艺术规律总是相通的,只不过在这种艺术形式是主要的,在另一种艺术形式可能是次要的罢了。通过"眉语"——会说话的眼睛表现出人的思想感情,特别是人的内心情愫,有时倒是有效的手法。"回眸一笑百媚生"(白居易),只一句话写出了杨贵妃的美。"昔时横波目,今作流泪泉"(李白),只两句话写出了"昔""今"欢苦的截然不同。"恨眉醉眼"(秦观)只四个字写出了封建社会中妓女掩饰不住的内心痛苦和不得不强作欢笑的情状。这类例子,不胜枚举。它们都说明:写人的眼睛——会说话的"眉语",在以抒发个人感怀为主的诗词里,也是一种有效的艺术手法。

① 刘克庄:〔清平乐〕

　　宫腰束素,只怕能轻举。好筑避风台护取,莫遣惊鸿飞去。　　一团香玉温柔,笑颦俱有风流。贪与萧郎眉语,不知舞错伊州。

② 周邦彦:〔望江南〕《咏妓》

　　歌席上,无赖是横波。宝髻玲珑欹玉燕,绣巾柔腻掩香罗。人好自宜多。　　无个事,因甚敛双蛾?浅淡梳妆疑见画,惺忪言语胜闻歌。何况会婆娑。

为什么要读点古典诗词？
怎样欣赏古典诗词？

  中国是诗歌的国土。在天苍苍、野茫茫的洪荒年代，相传大舜和皋陶作歌唱和："元首明哉，股肱良哉，庶士康哉！"人们就知道虞舜的政治昌明。听了"今失厥道，乱其纪纲"的《五子之歌》，就知道夏代的政治荒废了。后来，头戴高冠，脚踏芒鞋的诗人们，或涉足河边，用企求思慕的欢乐调子朗声歌唱："关关雎鸠，在河之洲，窈窕淑女，君子好逑"（《诗经·周南·关雎》）；或行吟泽畔，用悲悯深沉的声音轻轻低吟："制芰荷以为衣兮，集芙蓉以为裳"（《离骚》）。而孔老夫子也教他的学生阳货学《诗经》三百篇，因为："诗，可以兴，可以观，可以群，可以怨。迩之事父，远之事君；多识于鸟兽草木之名。"（《论语·阳货》）孔子认为，读诗可以培养想象力，增强观察力，提高合群性，学得讽刺方法。这样，近呢，可以"事父"，远呢，可以"事君"，而且还可以从中获得许多自然科学的知识。总之，在那时候，人们已经用诗歌来抨击暴虐，补察时政，泄导人情，或为青年男女们传递爱情的信息了。

  《诗经》、《楚辞》以后，历代诗人辈出，佳作如林。汉魏六朝五言古诗独盛。唐代五七言古今体诗（即古诗与律诗、绝句）并盛，成为中国古典诗歌史上大放异彩的黄金时代。鲁迅先生不无夸大地说:"我以为一切好诗,到唐已被做完,此后倘非能翻出如来掌心之齐天大圣,大可不必动手。"(《鲁迅全集》卷十224页,一九五七年版)唐代以后,狭义的"诗"在继续发展,一般来讲,其成就都赶不上唐代。但广义地说,诗、词、曲都是诗歌。宋词、元曲又成为一代文学照耀着文坛。

源远流长、悦耳的诗歌宏音在中国大地上嘹亮地振响着。

唐代那个写诗志在使妇孺能解的大诗人白居易死后,刚登上皇位的唐宣宗李忱写了一首七律《吊乐天》,其中两句是:"童子解吟长恨曲,胡儿能唱琵琶篇"。《长恨歌》,"一篇长恨有风情",是诗人自己也比较满意的融叙事于抒情,歌唱李(隆基)杨(玉环)故事的长诗。《琵琶行》借"年长色衰,委身为贾人妇"的琵琶女,抒发了诗人"同是天涯沦落人,相逢何必曾相识"的感慨。其实,不只这两首长诗,远达边塞的"胡儿",近至内地的"童子",都"解吟","能唱";而且,如白居易所说:"自长安抵江西三四千里,凡乡校、佛寺、逆旅、行舟之中,往往有题仆诗者;士庶、僧徒、孀妇、处女之上,每每有咏仆诗者。"典型的例子,有一个身居节度使的大官高霞寓,"欲聘娼妓,妓大夸曰:'我颂得白学士《长恨歌》,岂同他妓哉?'由是增价"(《与元九书》)。在当时,诗国的土地上,一方面是万紫千红,春色满园;一方面是男女老少,无贵无贱,"出门俱是看花人",他们是像爱花一样的诗歌的爱好者和欣赏者啊!而且,诗歌之花的扑鼻芬芳,不仅遍及我们自己的土地上;擅长书法的日本国嵯峨天皇,雅好文学的鸡林国宰相(古称新罗,地在今朝鲜半岛),远至边陲的契丹国王,都或抄写,或吟诵,或翻译,或重金收购。唐诗,成了无价的瑰宝。当代作家秦牧有一段精炼而富有诗意的概括:"中国古典诗歌中的许多精彩之作,在它们问世的时候,就已经不胫而走,或给人谱曲弹唱,流传于舞榭歌台,或给人辗转背诵,低吟于井台酒肆。当年它们就已经影响及于千家万户,邻国外域;后来,有的还演变成为谚语格言,活在人民的口头上;或

者跨越重洋,使欧洲、美洲的读者也为之倾倒。中国古典诗歌,在世界文学宝库中,卓然雄踞一席。"(《古典诗词艺术探幽·序》)

对于这样光辉灿烂的文化宝藏,对于这样动人心弦、令人陶醉的诗篇,难道不值得我们撷其精华,学习取法,用来丰富我们的精神生活,发展我们的精神文明吗?

回答是完全肯定的。实际上许多古典诗词的爱好者,已经这样做了。

当然,古典诗词反映的是古人的思想意识,他们对生活的认识和态度,难免没有消极的东西。这个问题比较复杂,对任何一篇具体作品,都要进行具体分析。毛泽东同志主张对旧戏采取分析态度,看哪些是无害的,哪些有益,哪些有害。这条原则,对于古典诗词也是适用的。调到大学工作后,命运之神并未使我有更多时间接触古典文学。一九七八年夏天,我才正式在古典文学教研室报了户口,定居下来。这次,看来是一个长期住户了。过去,我老是冥思苦想:古典诗词,从整体来看,当然瑕瑜互见,精华糟粕并陈。属于糟粕的篇什,理当受到批判和摒弃;但是,很多很多的作品,像五光十色的花朵,久开不败,老是那样鲜艳芬芳,惹人喜爱,这又是为什么呢? 名师巧匠,振展彩色斑斓的思想翅翼,精雕细琢,写出了一字难移、传诵人口、落地作金石声的力作佳篇,生活和思想起了决定作用;但是,他们的艺术技巧,拔类超群,出人意表,石破天惊,是任何人也否认不了的。可惜的是,在过去一段相当长的岁月里,讳谈艺术技巧,经常把可资借鉴的、弥足珍贵的艺术手段,当作饱含毒汁的罂粟,横加恶谥,委弃在地。十年动乱,我们祖国灿烂夺目的文学史上,也出现了一场从未及见的浩劫:把澡盆里的污水和天真未凿、洁白无瑕的婴儿一块倒出去了。但是,婴儿无罪,保护婴儿有人,而婴儿又在挣扎着保护自己。自我保护,似是一种生命本能,高等植物和低等动物,大都具有这种本能。古代歌手们呕心沥血写出来的作品,他们用以表达自己思想感情的高超的艺术手法,本身就具有强大的生命力。更何况有许多辛勤园丁,不怕邪恶势力,抗御狂风暴雨,在艺苑花圃中精心保护呢! 据我看,在中国的古典诗词中,思想上虽无益也无大害者居多(一般是情绪低沉甚至忧伤一些吧),但艺术上往往有可取之处。真正有害以至思想反动的作品是有的,但为数不多。唐诗有五万多首,宋词超过两万首,把它们筛一筛,就算"百里挑一",也还有七百多首,这对于一般读者来说,确是绰绰有余了。可是怎样来欣赏古典诗词呢?

一曰:言传、意会,两不可偏。古人说:"诗无达诂。"一首十四个字(齐言体〔竹枝词〕)、十六个字(长短句体〔十六字令〕)的小词,或二十个字、二十八个字的小诗,往往包含着深刻的内容,复杂的感情,是诗人经过高度浓缩凝炼的精神劳动的产物。读注释,读分析或欣赏文章,固有必要;另一方面,也还得自己动动脑筋,进行艰苦的学习和探索。比如牛希济的〔生查子〕[①],唐圭璋释曰:"此首写别情。上片别时景,下片别时情。起写烟收星小,是黎明景色。'残月'两句,写晓景尤真切。残月映脸,别泪晶莹,并当时人之愁情,都已写出。换头,记别时言语,悱恻温厚。着末,揭出别后难忘之情,以处处芳草之绿,而联想人罗裙之绿,设想似痴,而情则极挚。"(《唐宋词简释》)虽曰"简释",但词意说得清楚明白。可是,"当时人之愁情",她的心理活动,以及"晓景"的"真切","设想"的"似痴"而"极挚",还得靠你去想象补充,把人家的"言传"和自己的"意会"结合起来,在脑子里形成一幅清晰的画面,只有这时,你才真正领略到了诗的意境,体会到了诗的美。司马光说:诗要"思而得之"。一看就懂,往往并非真懂;思之而后懂,你才是"诗美"的幸福享受者。

二曰:求甚解,又不求甚解。陶渊明说:"好读书,不求甚解。"(《五柳先生传》)他又说:"奇文共欣赏,疑义相与析。"(《移居二首》之一)前者说"不求甚解",后者说对"疑义"要分析、研究、探讨,自然是"求甚解"了。那么,这位陶老先生岂不是自相矛盾?

其实，不！他正道出了事物的精髓：因为对于文学作品特别是"文学中的文学"的诗词，完全、彻底、透辟的理解，探幽抉微，毫厘不爽，几乎是不可能的；即比较深入地理解也是需要一个过程的。郭沫若说："王维的《相思》：'红豆生南国，春来发几枝？愿君多采撷，此物最相思。'我三四岁就读过这首诗了，直到今年（一九六二）七十岁，到了高要、海南等地，见到多种红豆才读懂了它。王维是山西人，没有见过红豆树，因此他这首诗第二句显然应该用问号。"对于自己原来不理解的诗词，初读了解一半，再读有所增进，以后随着思想欣赏水平的提高，社会阅历的丰富，最后，洞察隐微，达到一个新的境界，完全符合人认识客观事物的规律。而对于有些诗，从古至今，一直众说纷纭，莫衷一是。比如李商隐的《锦瑟》，古人有说："此篇乃自伤之词，骚人所谓美人迟暮也"（何焯）；有说："此悼亡之诗也"（张采田）；有说锦瑟"令狐家青衣名也"（刘攽）；有说诗写艳情，"盖始有所欢，中有所恨，故追忆之而作"（纪昀）。今人有说"此诗是伤唐室之残破，与爱情无关"（《隋唐史》卷下）；有说是"李商隐全面回顾毕生政治遭遇的"（《李商隐研究》）；有说"实际上是义山一生遭遇踪迹的概括"（《李商隐评传》）。真是"一篇《锦瑟》解人难"，"独恨无人作郑笺"，元遗山、王渔洋诸人，早已发出浩叹了。就是若干年后，恐怕也很难有一个"权威"，说解释李商隐的诗，我就是"郑笺"——像东汉郑玄笺注经籍那样准确。这类作品，虽难求"甚解"，但由于诗人深情婉约，镂物精细，要言不尽，余味悠然，如"隔帘花影"，还是可以给人以朦胧之美的。同时，对于有些诗的理解，常因人而异，千百年来虽众说纷纭，争论不休，却难得有个结论，其实也不必非有个结论不可。比如，是"黄河远上白云间"好，还是"黄沙直上白云间"好；是"僧敲月下门"好，还是"僧推月下门"好，应允许仁者见仁，智者见智，可不必强求一律。因而欣赏者有无限广阔的想象天地，与其囿于名家所说去钻牛角尖，倒不如不求甚解的好。

三曰：读诗，可用比较法。在大量古典诗词里面，主题相同或近似的很多。但由于诗人们的思想气质、生活经历、写作目的以及艺术技巧等的不同，诗的质量常有大相径庭的。不过，从作诗的人来说，根本原因是由于立意的高低不同，王夫之《姜斋诗话》有云："无论诗歌与长行文字，俱以意为主。意犹帅也。无帅之兵，谓之乌合。李杜所以称大家者，无意之诗十不得一二也。烟云泉石，花鸟苔林，金铺锦帐，寓意则灵。"沈德潜《说诗晬语》也主张："意在笔先，然后着墨。"比如同是临洞庭湖，诗人们情动于衷，因而生"意"，杜甫诗的"意"是："戎马关山北，凭轩涕泗流。"想到的是中原烽火未熄，由个人的处境而联想到国家和人民的命运。孟浩然的"意"是："坐观垂钓者，徒有羡鱼情。"希望张丞相（九龄）高抬贵手，赏给一官半职。刘禹锡则是："遥望洞庭山水翠，白银盘里一青螺。"他欣赏的是湖光山色的优美动人。黄庭坚却是："未到江南先一笑，岳阳楼上对君山。"被贬遇赦的诗人，虽没有回到家乡，却不禁开怀一笑，表示的也只是个人的私心宽慰。再如写"宫怨"的诗，在唐诗中可谓多矣，怨而歆羡者有之："玉颜不及寒鸦色，犹带昭阳日影来。"怨而期待者有之："却恨含情掩秋扇，空悬明月待君王。"怨而恨者亦有之："珊瑚枕上千行泪，不是思君是恨君。"主题相同，立意却又是多么的不同。《唐诗纪事》载：唐武宗宫里的一位孟才人，读张祜的《宫词》："故国三千里，深宫二十年。一声何满子，双泪落君前。""气亟立殒，上令医候之，曰'脉尚温，而肠已绝'。"从这位远离故乡三千里，空居深宫二十年的宫人的凄凉身世，不是更会引起我们对封建制度的强烈憎恨而又会惊异于这首"数字的诗"的精巧构思么？在本书和它的姊妹篇《古典诗词艺术探幽》里，有不少篇我们就是用这种比较法来探索幽微的。这样既可看出诗人们"立意"的高下，也可看出他们艺术手法的不同。

四曰：扫除"路障"，认识诗词的表现特征。诗词为了达到言简意深,借古喻今,有寄托,又把意境推到更深广的地步,往往使用"典故",特别是大家如苏轼、辛弃疾等,"驱使庄骚经史无一点斧凿痕"。要读懂它,就得查查注释本或工具书。其次,须了解诗词的特征。比如不懂夸张手法,会以为"燕山雪花大如席"、"白发三千丈"(李白)是狂语;"黄蜂频扑秋千索,有当时纤手香凝"(吴文英),情人远离了,还说打秋千的绳索上,留有她手上的余香,以致"黄蜂频扑",会被认为是精神失常。再有,诗词容许不必完全像历史那样真实。三国吴蜀对曹操的赤壁之战,周瑜与小乔结婚已十年,可是苏轼说:"遥想公瑾当年,小乔初嫁了。"而且把事情发生的环境搬搬家,也是常有的事情。如白居易说唐玄宗与杨贵妃"夜半无人私语时"是在长生殿,可是我们不必因"长生殿乃斋戒之所,非私语地"而去责备诗人不真实。至于说因《长恨歌》中有"夕殿萤飞思悄然,孤灯挑尽未成眠"句,而责问说:"殿内虽冷,何至挑孤灯也"等等,更是门外之话了。

"不薄今人爱古人。"古今文学都有它的长处,也有它的短处。往精细处剖析,则古今文学都有其长中之短和短中之长。我们的任务是取其"长"者,舍其"短"者。以造就我们今天更为辉煌的文学,因此,我们是需要读点古典诗词,并学会欣赏古典诗词的。

① 牛希济:〔生查子〕
春山烟欲收,天淡星稀小。残月脸边明,别泪临清晓。 语已多,情未了。回首犹重道:"记得绿罗裙,处处怜芳草。"

2010 年 3 月 19 日修订